Via Domitia
Narbona
Aude
Fontfreda
Mittelmeer
Via Domitia
Espira
Perpinhá
Via Domitia
el Nou
Elna
N
W
O
S
0
10 km

Ulf Schiewe

Die Comtessa

Ulf Schiewe

Die Comtessa

Roman

Droemer

Für den Abdruck der Zitate aus den »Amores« von Ovid danken wir dem Philip Reclam jun. Verlag GmbH, Ditzingen

Die Folie des Schutzumschlags sowie die Einschweißfolie sind PE-Folien und biologisch abbaubar.
Dieses Buch wurde auf chlor- und säurefreiem Papier gedruckt.

Besuchen Sie uns im Internet:
www.droemer.de

FSC
www.fsc.org
MIX
Papier aus verantwortungsvollen Quellen
FSC® C019821

Dieses Werk wurde vermittelt durch die Literarische Agentur Thomas Schlück GmbH, 30827 Garbsen
Redaktion: Kerstin von Dobschütz
Umschlaggestaltung: ZERO Werbeagentur, München
Satz: Adobe InDesign im Verlag
Druck und Bindung: C. H. Beck, Nördlingen
Printed in Germany
ISBN 978-3-426-19887-2

2 4 5 3 1

Für meine Kinder
und
für alle jungen Menschen,
die den Mut haben,
für etwas zu kämpfen.

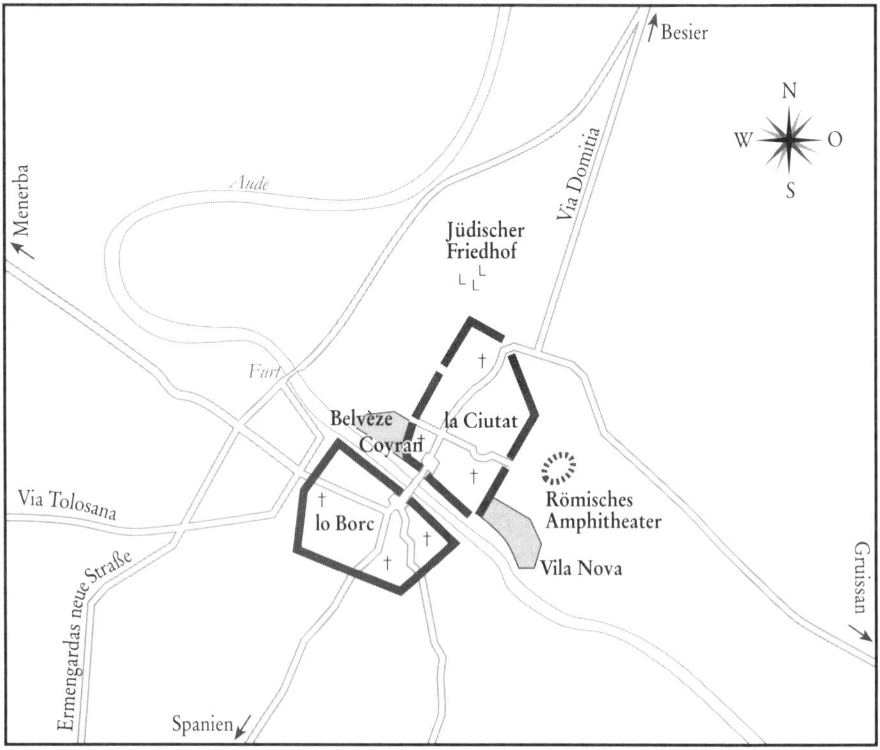
Besier
N
W
O
S
Ande
Menerba
Via Domitia
Jüdischer Friedhof
Furt
Belvèze
la Ciutat
Coyran
Via Tolosana
Römisches Amphitheater
lo Borc
Vila Nova
Ermengardas neue Straße
Gruissan
Spanien

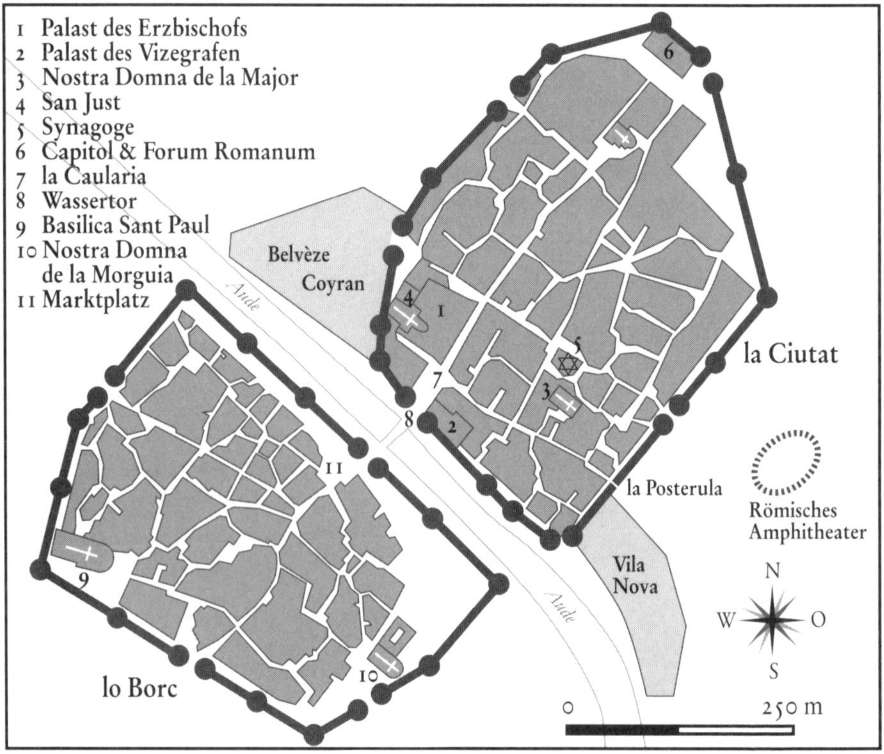
1 Palast des Erzbischofs
2 Palast des Vizegrafen
3 Nostra Domna de la Major
4 San Just
5 Synagoge
6 Capitol & Forum Romanum
7 la Caularia
8 Wassertor
9 Basilica Sant Paul
10 Nostra Domna de la Morguia
11 Marktplatz
Belvèze Coyran
Ande
la Ciutat
la Posterula
Römisches Amphitheater
Vila Nova
N
W
O
S
lo Borc
0
250 m

Inhalt

Anhang

Ermessenda la Bela

»Der Leib kann ohne Herz nicht leben,
und wenn er es doch tut,
so ist das ein Wunder,
das noch keiner sah.«

Chrétien de Troyes (1135, † 1183)*

Aufruhr in Narbona

Oktober, Anno Domini 1142

Nach dreitägiger Reise näherten sich zwei Reiter der alten Stadt Narbona. Es waren junge Männer, noch ungezeichnet vom Leben. Neugierig und voller Tatendrang waren sie gekommen, das Abenteuer zu finden.

Arnaut ritt einen Wallach und führte sein Schlachtross, einen lebhaften Hengst, an einem Seil. Auf einer langbeinigen Stute folgte Severin, sein Schildträger, der ein Packtier hinter sich herzog. Sie waren hungrig und sattelmüde, doch beim Anblick der fernen Wehrtürme und Kirchen füllten sich ihre Herzen mit erwartungsvollem Hochgefühl, und so gaben sie den Tieren noch einmal die Sporen.

Der Weg führte durch wohlbestellte Felder und bewässerte Gärten, wo Bauern sich mühten, Herbstgemüse und das letzte Obst zu ernten, denn die Ebene vor den Mauern war Narbonas Speisekammer.

Am Stadttor verstellte ihnen ein mürrischer Wachposten den Weg. Eine Speerspitze funkelte gefährlich nahe vor Arnauts Brust.

»Stehen geblieben, Knappe!«

Der Wallach scheute und tänzelte erschrocken zur Seite, so dass Arnaut sich am Sattelknauf festhalten musste. Hatte der Mann ihn Knappe genannt? Das war eine Beleidigung, auch wenn sie beide erst achtzehn Jahre zählten. Unbewusst fuhr seine Hand an den Schwertgriff. Doch sofort trat der Wachmann näher. Fast schon berührte die Speerspitze Arnauts Kettenpanzer.

»Ganz ruhig, Jungs! Keine Waffen und runter von den Gäulen! Hände, wo ich sie sehen kann.«
Mit dem Speerschaft fest in den Fäusten funkelte der Kerl ihn angriffslustig an. Auch wenn sein Bart grau war, sah er doch wie ein fähiger Fußsoldat aus, ein *pezo,* wie sie spöttisch im Volksmund hießen.
Als jetzt zwei weitere Söldner hinzutraten, bezwang Arnaut seinen Unmut und hob beruhigend die Hände. Sinnlos, mit der Torwache zu streiten.
Die Speerwimpel der *pezos* trugen nicht das Wappen der Stadt, sondern die goldenen Umrisse eines zwölfeckigen Kreuzes auf rotem Grund, das Wappen von Tolosa. Aber es war allgemein bekannt, dass seit drei Jahren Graf Alfons Jordan über das Schicksal von Narbona bestimmte.
Langsam stieg Arnaut vom Pferd. »Begrüßt man so einen Edelmann, der die Stadt besucht?«, fragte er in herablassendem Ton.
»Nichts für ungut, *Cavalier*«, hörte er eine Stimme hinter sich. »Die Männer tun nur ihre Pflicht.«
Die Sonne stand schon tief, und Arnaut musste die Augen mit der Hand abschirmen, um den Mann, der sich nun näherte, besser sehen zu können. Unverkennbar ein Ritter von adeliger Geburt, obwohl nicht viel älter als sie selbst. Er war gut, wenn auch etwas nachlässig gekleidet, Schwert an der Seite, auf dessen Knauf er eine Hand stützte. Mit einer flüchtigen Kopfbewegung bedeutete er den Wachen, sich zurückzuziehen.
»In letzter Zeit treibt sich hier viel Lumpenpack herum«, sagte er.
»Wir trafen eine Menge Pilgersleute.«
Der Ritter nickte. »Die meisten sind nach Compostela unterwegs. Hier verweilen sie, um am Schrein von Sant Paul zu beten. Leider versteckt sich oft Gesindel darunter. Deshalb überprüfen wir alle Fremden an den Toren.«
»Ich bin Arnaut de Montalban.« Er deutete auf Severin. »Und

mich begleitet mein Schildträger. Wir stammen aus der Corbieras, und meine Familie sind Lehnsleute der Grafen von Tolosa.«

Sein Gegenüber warf einen forschenden Blick über Ausrüstung und Pferde. Er trat an Arnauts prächtigen Hengst heran.

»Großartiger Bursche. Abgerichtet für die Schlacht?«

»Natürlich«, erwiderte Arnaut nicht ohne Stolz. »Wir haben eine Zucht. Araberblut. Mein Großvater selbst hat die ersten Tiere aus dem Heiligen Land mitgebracht.«

»Araber? Ja, man sieht es.« Er strich dem Pferd anerkennend über den Hals, zog aber schnell die Hand zurück, als der Hengst die Ohren zurücklegte, den Kopf hochriss und warnend die Zähne bleckte.

»Ho ho! Lässt wohl nicht mit sich spaßen, was?« Er zog sich einen Schritt zurück.

»Er mag keine Fremden.«

»Solange er mir nicht die Finger abbeißt«, lachte der Mann. Prüfend betrachtete er das mit Lanzen und Satteltaschen beladene Maultier.

»Irgendwelche Handelswaren?«

»Sehen wir aus wie Kaufleute?«

»Nein, das gerade nicht. Und Ihr seid gut gerüstet, wie ich sehe. Was wollt Ihr in Narbona?«

»Ich hatte gehofft, *Coms* Alfons meine Dienste anzubieten.«

»Soso! Ein junger Heißsporn vom Lande, was?«

Sein entspanntes, selbstsicheres Auftreten beeindruckte Arnaut. Neben ihm kam er sich wie ein Bauerntölpel vor. Dass er selbst andere durch seine Körpergröße manchmal einschüchterte, war ihm nicht bewusst.

Der junge Edelmann berührte flüchtig seine Schulter. »Seid herzlich willkommen. Verstärkung können wir allemal gebrauchen, denn seit Wochen liegt ein Geruch von Krieg in der Luft.«

»Krieg?«

»Wenn Fürsten streiten, ist unsereins gefordert, oder?«

Er lachte, als sei es das Natürlichste von der Welt, sich ins Gefecht zu werfen. Arnaut mochte nicht weiter fragen, wollte er doch seine Unkenntnis der politischen Lage nicht offenbaren.
»Wo finde ich *Coms* Alfons?«
»Der ist zurzeit abwesend, aber meldet Euch bei seinem Heermeister. Am besten geht Ihr zum Palast des Grafen und fragt nach dem *secretarius.* Hier durchs Tor und immer geradeaus bis zum Marktplatz. Der liegt noch vor der Brücke über die Aude. Der Palast ist das größte Haus zu rechter Hand.«
Arnaut dankte ihm und schickte sich an, wieder aufzusitzen.
»Eine Warnung. In der Stadt wird nur im Schritt geritten, sonst setzt es eine empfindliche Buße. Am besten nehmt Ihr Eure Gäule am Zügel und geht zu Fuß.«
»Sonst noch irgendwelche Regeln?« Arnaut konnte einen gereizten Ton nicht unterdrücken.
Der Ritter zwinkerte ihm belustigt zu. »Keine Raufereien und lasst vor allem die Waffen stecken, wenn Ihr nicht im Verlies landen wollt. Hier geht es gesittet zu. Ansonsten wünsche ich viel Glück in unserem schönen Narbona. Wir sehen uns gewiss bald wieder.«
»Wie ist Euer Name?«
»Giraud de Trias, zu Diensten.« Mit einem übermütigen Grinsen verbeugte sich der junge Edelmann und wies ihnen mit schwungvoller Geste den Weg ins Herz der großen Stadt, hinein in die hundert engen und verwinkelten Gassen.

***

Narbona lag an der Aude, einige Meilen bevor sich der Fluss in einer ausgedehnten, lagunenartigen Meeresbucht verlor. Dieser Lage und dem Seehafen verdankte die Stadt seit jeher ihren Reichtum.
Die Aude teilte Narbona in zwei Hälften, einzig verbunden

durch eine mächtige, noch aus Römerzeiten stammende Steinbrücke. Am Nordufer befand sich La Ciutat, der alte römische Stadtkern mit Forum und Capitol an seinem Nordende, in Flussnähe der Bischofssitz mit Palast und Kathedrale, gegenüber davon der *palatz vescomtal,* Herrschaftshaus der Vizegrafen von Narbona.

Die Südstadt war neueren Datums und nannte sich lo Borc de Sant Paul Serge, nach der Basilika, um die zuerst das Kloster und nach und nach der gesamte Stadtteil entstanden war. Hier lag der Sarkophag des Heiligen, Wallfahrtsziel der Pilger.

Beide Stadthälften waren von hohen Mauern umgeben, auf denen sich in regelmäßigen Abständen mächtige Wehrtürme erhoben, ein jeder in der Hand eines der adeligen Geschlechter, die von alters her für die Verteidigung der Stadt zu sorgen hatten. In neueren Zeiten stand ihnen auch eine von den reichen Kaufleuten unterhaltene *militia urbana* zur Seite, eine Tatsache, die nicht allen Stadtadeligen schmeckte, denn es erinnerte sie an den wachsenden Einfluss des lästigen Bürgertums.

Über die Brücke verlief die Via Domitia, Roms alte Heerstraße, auf ihrem langen Weg von Italien bis Spanien. Von hier aus begann auch die Via Aquitania nach Tolosa und Bordeu bis an die Küsten des westlichen Ozeans. Wenn Fluss und Straßen die Adern waren, in denen das Blut Narbonas floss, so waren Hafen und Märkte das schlagende Herz der gedeihenden Macht von Handelshäusern und Kaufmannsfamilien.

Arnaut und Severin betraten lo Borc mit Staunen.

Welch ein Unterschied zu den einfachen Hütten und Katen in den Dörfern der Corbieras. Noch nie hatten sie je so viele Häuser auf einem Haufen gesehen. Dichtgedrängt, mit übereinandergetürmten Stockwerken, lehnten und klebten sie aneinander und ließen kaum mehr als eine Schulterbreite für so manche Seitengasse übrig. Umso erstaunlicher, dass es, zwischen Stadthäusern eingepfercht, immer noch den einen oder

anderen Bauernhof gab, so dass sich Blöken und Grunzen unter das Stimmengewirr der Menschen mischten.
Die Pferde am Zügel führend, folgten sie der gepflasterten Via Domitia, die als einzige Straße breit genug für Ochsenkarren war. Alle paar Schritte hielten sie inne, um einen Torbogen oder die verzierte Vorderfront eines Hauses zu bewundern. Neugierig blickten sie in offene Werkstätten und konnten kaum die Augen von den Auslagen der Händler unter den Bogengängen losreißen. Hier und da eine Öffnung zwischen den Häusern, die einen Blick in dunkle Gassen gewährte oder auf einen engen Platz, um den sich Schankstuben oder Stände für Fisch oder Gemüse drängten.
»Alles im Überfluss vorhanden«, bemerkte Severin mit großen Augen. »Wie bei uns nur zu Festtagen.«
Ein paar junge Mägde kreuzten ihren Weg und warfen ihnen neugierige Blicke zu. Severin sah sich nach ihnen um und fuhr sich dabei mit einer Hand über das dunkelblonde Haar, um es zu glätten. Vergebliche Müh, denn es war nicht zu bändigen und stand wie immer sperrig in alle Richtungen ab.
Sie hielten einen Augenblick an, um den Eselskarren eines Bauern durchzulassen, der mit übelriechenden Kübeln beladen war, verfolgt von einem Schwarm grünblau glänzender Schmeißfliegen. Sorgfältig gesammelte Küchenabfälle für die Schweine und Fäkalien für das Feld, denn was des Städters Last, ist des Landmanns Nutzen.
Überhaupt waren sie unvorbereitet für all die Gerüche, die die Sinne bestürmten. Und die stammten nicht allein von Hundekot, Urin oder dem Pferdemist, über den sie stiegen. Je nach Stadtteil und dem dort ansässigen Handwerk wechselten sich der Gestank der Gerberwerkstätten mit dem Verwesungsgeruch von Schlachtabfällen und den verführerischen Düften aus Schenken und Backstuben ab.
Je mehr sie sich dem Stadtkern näherten, desto belebter wurde die Straße, wobei die meisten Leute ebenfalls dem großen Marktplatz zuzustreben schienen.

Als ein Junge sich hastig an ihnen vorbeidrängte, hielt Arnaut ihn am Arm fest. »He, *mon gartz,* wohin laufen alle so eilig?«

Der Kleine wollte sich losreißen, aber nach einem flinken Blick über die Ausrüstung und die wertvollen Reittiere der beiden flog ein schlaues Grinsen über sein Gesicht.

»Ihr seid nicht von hier, feiner Herr, hab ich recht?«

»Woher willst du das wissen, Bengel?«, lachte Arnaut. »Steht es mir etwa auf der Stirn geschrieben? Und wozu das Gedränge der Leute?«

»Das weiß doch alle Welt. Heute ist die Heiligenprozession, und der Erzbischof selbst trägt die Reliquien durch die Straßen.«

»Welcher Heilige?«

»Sant Paul Serge.«

»Sind deshalb so viele Pilger und Bettler in der Stadt?«

»Glaub schon.« Der Junge zuckte gleichmütig mit den Achseln.

»Wir wollen zum Palast des Grafen Alfons.«

»Der ist nicht weit, *Senher.* Ich kann Euch den Weg weisen …«, er setzte ein hoffnungsvolles Grinsen auf, »… wenn Ihr mir etwas dafür gebt.«

Bezahlen? Für einen Hinweis? Arnaut machte ein verdutztes Gesicht. Waren das die Sitten in der Stadt?

»Wie alt bist du?«

»Weiß nicht. Zwölf, glaube ich.«

Nicht sehr groß für zwölf, dachte Arnaut. Weiße Zähne in einem sonnengebräunten Gesicht und darüber ein zerzauster, schwarzer Haarschopf, nicht sehr sauber, wie es schien. Am besten gefielen ihm das freche Lächeln und die aufgeweckten Augen.

»Und wie heißt du?«

»Jori, *Senher.*«

Arnaut zwinkerte seinem Schildträger zu, als sei ihm gerade ein guter Einfall gekommen. Severin, ein junger Mann von

einfachen, gradlinigen Grundsätzen, hatte ein ausgeprägtes Misstrauen gegenüber Leuten, die nicht ihren ordentlichen Platz im Leben ausfüllten. Für Bettelpack und arbeitsscheue Herumtreiber hatte er wenig Verständnis.
»Was willst du mit dem zerlumpten Burschen?«
Jori zog ein finsteres Gesicht. »Nicht jeder wird als großer Herr geboren«, erwiderte er frech.
Zerlumpt war der Junge tatsächlich, ziemlich ausgemergelt dazu, und er lief barfuß herum trotz der Jahreszeit. Die Oktobernächte waren schon empfindlich kalt, wie Arnaut wusste. Sie hatten die letzte Nacht im Freien verbracht und unter ihren Pferdedecken gefroren.
»Ich wette, du kennst dich hier überall aus.«
»Das will ich meinen.« Im Gesicht des Jungen leuchtete die Hoffnung, an den beiden Fremden doch noch etwas zu verdienen. »Ich kann Euch alles zeigen und erklären. Wollt Ihr die Kathedrale sehen?«
»Hör zu, Kleiner«, sagte Arnaut. »In den nächsten Tagen zeigst du uns die Stadt, und dafür teilen wir unser Essen mit dir. Und morgen besorgen wir dir ein paar vernünftige Schuhe. Was sagst du dazu?«
Jori runzelte die Stirn. »Ein *denier* wäre mir lieber.«
»Einen ganzen Silberpfennig?«, schnaubte Severin entrüstet.
Aber Arnaut achtete nicht auf ihn. »Also gut. Ein halber *denier* obendrein. Aber erst am Schluss und nur, wenn wir mit dir zufrieden sind.«
Jori grinste über beide Ohren. »Ihr werdet sehr zufrieden sein, *mon Cavalier*«, rief er strahlend. »Kommt, ich führe Euch zum Palast des Grafen.«
Auf dem Marktplatz fanden sie eine überwältigende Menschenmenge vor. Da waren Handwerker in rauhen Arbeitskleidern, Bürgerinnen mit Kindern an der Hand, Pilgersleute, die ihre ganze Habe auf dem Rücken trugen, und Bauern aus der Umgebung, die, nach den leeren Kiepen zu urteilen, ihre herbstlichen Feldfrüchte an den Mann gebracht hatten. Händ-

ler waren aus den Läden getreten, und ein paar Soldaten der städtischen *militia* lungerten untätig an einer Ecke. Ein Wasserträger zwängte sich durch die Leute, Verkäufer frommer Andenken priesen ihre Ware an, und am anderen Ende des Platzes bemühte sich eine Gauklertruppe, die Leute zu unterhalten.

Zum Glück hatte man die Marktstände weggeräumt, denn immer noch strömten sie aus allen Gassen hinzu. In der Mitte des Platzes, wo das Meer der Köpfe am dichtesten wogte, versuchte eine Schar Tolosaner Soldaten, etwas Platz zu schaffen. Es war so laut, dass man kaum sein eigenes Wort verstehen konnte.

An ein Durchkommen mit den Pferden war nicht zu denken. Das Gedränge und der Lärm machten die Tiere scheu. Bald waren Arnaut und Severin von der Masse so eingekeilt, dass sie weder vor- noch rückwärts konnten. Dicht an eines der Häuser gedrängt, blieb ihnen nichts weiter übrig, als die Tiere ruhig zu halten und darauf zu warten, dass die Prozession bald vorüberziehen würde.

»Das reinste Volksfest«, rief Arnaut dem Jungen ins Ohr, um sich verständlich zu machen.

»Hier wird die Andacht abgehalten, bevor sie weiter zur Basilika ziehen. Viele lassen sich hier segnen«, tönte der Kleine zurück.

»*Deable.* Da hätten wir erst morgen kommen sollen.«

Jori zuckte mit den Schultern. »Der Heilige bringt Euch Gottes Segen, Herr. Ein guter Anfang für Eure Tage in Narbona. Vielleicht sogar Ruhm und Ehren.« Er grinste verwegen.

Arnaut schüttelte den Kopf. Frecher Bengel!

Der hüpfte derweil von einem Bein aufs andere und versuchte, über die Köpfe der Menge hinweg etwas zu erkennen. »Sie müssten bald über die Brücke kommen.«

»He, du Wicht«, knurrte ein Handwerksmann, der noch seine Lederschürze trug. »Hör auf, herumzuhopsen. Du trittst mir auf die Zehen!«

»Hier, steig auf den Wallach.«

Arnaut half Jori in den Kampfsattel. Da saß er seitwärts auf dem Ross und verschränkte zufrieden die Arme vor der Brust. »Jetzt können sie kommen«, krähte er vergnügt. »Ich hab die beste Aussicht.«
Arnaut selbst konnte den ganzen Platz recht gut überblicken, denn wie alle Männer auf der mütterlichen Seite seiner Familie war er hochgewachsen und überragte die meisten um Haupteslänge. Auf der gegenüberliegenden Seite war der Platz durch lo Borcs Stadtmauer begrenzt. Durch ein Tor konnte man einen Blick auf die Aude erhaschen, und auf der Brücke war jetzt, die Menge sah es in freudiger Erwartung, Bewegung zu erkennen. Ein Gesang aus Mönchskehlen wehte herüber, und die Ersten begannen, das Kreuz zu schlagen, Lippen bewegten sich in stillem Gebet. Ruhe kehrte ein.
Die Soldaten, an die vierzig Mann und schwerbewaffnet mit Speer und Schild, drängten die Leute zurück, um Platz für den Umzug zu schaffen. Auch den Weg zum Tor bahnten sie frei und gingen dabei wenig zimperlich vor. Die Vordersten wichen vor ihnen zurück, rückten enger zusammen, traten anderen auf die Füße. Es hallten Flüche und wütende Proteste.
Doch gleich darauf brandete ein erwartungsvolles Raunen auf, denn unter dem Torbogen erschien nun die Spitze des feierlichen Umzugs. Zuerst ein einzelner Priester im Messgewand, der ein vergoldetes, hoch auf einen Stab gepflanztes Kreuz vor sich hertrug. Hinter ihm schritten zwei Ministranten einher, voran der *turifer*, der ein silbernes Weihrauchfass an langer Kette schwang, und der *navicularius*, der würdevoll das Weihrauchschiffchen trug. Ein weiterer Ministrant trug das kostbare Banner des Heiligen, und dann folgte eine schwere, auf den Schultern von vier Mönchen getragene, mit Blattgold und reichen Schnitzereien verzierte Lade, Gegenstand der Verehrung der Gläubigen. Viele in der Menge sanken auf die Knie und bekreuzigten sich.
Eine Marktfrau beugte sich zu Arnaut herüber. »Die Gebeine des Heiligen«, sagte sie laut genug, um den frommen Gesang

der Mönche zu übertönen, die der Lade nachkamen. »Unser erster Bischof. Hat viele Heiden bekehrt.«
Arnaut lächelte freundlich zurück. »Warum halten hier eigentlich Tolosaner die Ordnung und nicht die Stadtmiliz?«
»Weil sie uns schon seit Jahren knebeln«, antwortete der Handwerker zu seiner Linken. »Ganz Narbona dient nur als Geisel für Alfons und seine Höllenhunde.«
»Aber herrscht nicht die Familie der Vizegrafen?«
»Seit Aimerics Tod geht es nur bergab«, knurrte der Mann. »Alles geht zum Teufel, *putan.* Und der Tolosaner reißt sich die Grafschaft unter den Nagel. Verdammte Weiberherrschaft!«
»Hört auf zu fluchen, *Maistre* Bernat!« Die Marktfrau funkelte ihn zornig an. »Die *vescomtessa* tut, was sie kann. Außerdem sagt der Erzbischof, dass Alfons unser oberster Lehnsherr ist. Das wisst Ihr so gut wie wir alle.«
»Der Erzbischof? Dass ich nicht lache!« Der Mann zog verächtlich die Mundwinkel nach unten. »Der stand schon immer in Tolosas Diensten.«
Als habe Gott sie gehört, ließ er in diesem Augenblick den ehrenwerten Kirchenfürsten, von dem die Rede war, in Erscheinung treten. Der Umzug war in der Mitte des Platzes zum Stehen gekommen, der Gesang der Mönche verstummt. Nun herrschte eine erwartungsvolle, nur von Flüstern oder Hüsteln unterbrochene Stille, in die Erzbischof Arnaut de Leveson wirkungsvoll durch das Stadttor trat. Unter einem von vier Ministranten getragenen, seidenen Baldachin wandelte er feierlichen Schrittes daher, Mitra auf dem Haupt und Krummstab in der Linken. An die siebzig Jahre mochte er zählen. Er war von kleiner und schmaler Gestalt. Sein faltiges, bartloses Gesicht und der leicht vornübergebeugte Gang verstärkten den Eindruck von Alter und Zerbrechlichkeit. Im Gegensatz dazu bewiesen das entschlossene Kinn und die klugen Augen, die mit schnellem Blick die Menge überflogen, dass er durchaus regen Geistes war.

Der Erzbischof erteilte dem Volk den Segen, während er sich langsam der Lade des Heiligen näherte. Arnaut bewunderte das golddurchwirkte Gewand und die kostbaren Insignien, wie der Stab mit der vergoldeten Krümme, das schwere Goldkreuz auf der Brust und der Bischofsring, dessen violetter Stein im späten Nachmittagslicht für einen Augenblick aufleuchtete. Die Gestalt des alten Bischofs strahlte so viel fromme Würde aus, dass Arnaut ebenfalls auf die Knie gefallen wäre, hätte er nicht die Pferde halten müssen. Hastig hob er das goldene Kreuz seiner Mutter an die Lippen und küsste es inbrünstig.

Während der Bischof neben der Lade seinen Platz einnahm, umringten ihn Geistliche und Mönche, darunter der weißhaarige Abt des Klosters Sant Paul, wie die Marktfrau Arnaut erklärte. Dichtauf folgten weitere Bewaffnete, diesmal die *militia urbana* in den Farben von Narbona, und drängten die Zuschauer weiter zurück, um Platz für eine Gruppe von erlesen gekleideten Edelleuten zu schaffen, die inzwischen durch das Tor getreten waren. Hinter dem Träger des Banners von Narbona und in Begleitung eines schlanken, ganz in Schwarz gewandeten Mannes schritt eine *domna* von edlem Geblüt. Das kostbare Gewand, der pelzverbrämte Mantel und ihr aufwendiger, edelsteinbesetzter Kopfschmuck, aber vor allen Dingen das stolze, hoheitsvolle Auftreten zeichneten sie als eine Dame höchsten Ranges aus.

»Ermessenda la Bela, Graf Aimerics Witwe und Herrscherin von Narbona«, beantwortete die Marktfrau Arnauts Frage, wer dies sei.

»Regentin, meine Liebe, nur Regentin«, verbesserte der Handwerker. »Obwohl jeder weiß, sie strebt nach mehr.«

Die Marktfrau warf dem Mann einen missbilligenden Blick zu, bevor sie sich wieder an Arnaut wandte. »Und die hübsche *donzela* an ihrer Seite ist ihre Tochter. Ebenfalls mit Namen Ermessenda.«

Das blonde Edelfräulein, eher noch ein Kind, hielt sich bei der

Mutter untergehakt und betrachtete neugierig die Menge. Dass sie den Namen ihrer Mutter trug, war bei den Familien des fränkischen Hochadels nicht unüblich. Den Bischof schien die Fürstin mit keinem Blick zu würdigen, sondern unterhielt sich scherzhaft mit ihrer Tochter, als habe sie nicht viel übrig für fromme Feierlichkeiten. Auch ihr seidener Kopfschmuck in Form eines sarazenischen Turbans war wirklich zu auffällig für die Gelegenheit. Arnaut hatte gehört, dass solcher Kopfputz in letzter Zeit höfischer Brauch geworden war. Darunter war ihr üppiges rotes Haar in einer Art Netz gefangen. Sie war nicht ganz so hübsch wie ihre Tochter, dennoch verliehen die vollen, geschwungenen Lippen und hellgrünen Augen ihrem Antlitz einen eigentümlichen Reiz.

»Warum la Bela?«, fragte Arnaut.

»Weil sie eine eitle Katze ist«, sagte *Maistre* Bernat, bevor die Marktfrau antworten konnte. »Würde mich nicht wundern, wenn sie das Erbteil ihrer Töchter schon verprasst hat.«

Die Marktfrau fauchte wütend zurück, aber Arnaut achtete nicht auf ihren Streit, denn in diesem Augenblick traf ihn ein Blick aus strahlend blauen Augen, der aus unerfindlichen Gründen ihm zu gelten schien und dem er sich nicht entziehen konnte. Es hatte gewiss nicht länger als den Flügelschlag eines Schmetterlings gedauert, trotzdem kam es ihm wie eine halbe Ewigkeit vor, bevor die junge Frau die Augen senkte. Etwas hatte ihn im Innersten getroffen und darin ein Gefühl ausgelöst, wie er es noch nie erlebt hatte. Benommen stand er da und spürte, wie ihm die Röte in die Wangen stieg.

»Das ist Ermengarda«, sagte die Marktfrau mit einem nachsichtigen Lächeln auf den Lippen, als sie sah, wohin er starrte. »Ist sie nicht schön, junger Herr? Von ihr singen schon die *trobadors.*«

»Was der eitlen Stiefmutter nicht gefallen dürfte«, lachte *Maistre* Bernat.

»Wer ist sie?«, fragte Arnaut benommen.

»*Vescoms* Aimerics älteste Tochter«, antwortete die Marktfrau.

»Man sieht sie nicht oft bei solchen Anlässen. Es wundert mich, dass sie heute ihre Stiefmutter begleitet.«
»Sie ist die eigentliche Erbin«, ergänzte *Maistre* Bernat. »Und zudem im heiratsfähigen Alter. Wundern tät es mich nicht, wenn bald die ersten Freier kämen. Von Arle bis Barcelona, welche Familie würde nicht ihren Sprössling mit der schönen Ermengarda vermählen wollen? Wer sie kriegt, wird der nächste Herrscher von Narbona.«
»Ich hoffe, sie trifft eine gute Wahl«, sagte die Marktfrau.
»Da wird sie wohl kaum gefragt werden. Der Graf von Tolosa und der Erzbischof werden es bestimmen.«
»Aber die *vescomtessa* wird schon ein gewichtiges Wörtchen mitzureden haben«, rief die Marktfrau und lachte kurz auf. »Den Nächstbesten wird sie gewiss nicht zum Schwiegersohn nehmen.«
»La Bela?« *Maistre* Bernat zog geringschätzig die Luft durch die Nase. »Die wird es eher so drehen, dass niemand herrscht, außer sie selbst. Die wird doch nicht für ihre Stieftochter abtreten.«
»Ach, was redet Ihr für dummes Zeug, *Maistre* Bernat. Überhaupt, *Domna* Ermengarda ist doch noch ein halbes Kind, *mon Dieu!* Kaum älter als ihre Schwester.«
Wie ein Kind kam sie Arnaut aber nicht vor, auch wenn ihr dunkles Haar noch unverhüllt und jungfräulich zu einem langen Zopf geflochten war und sie in einem eher schlichten Gewand steckte. Unbeachtet von der Menge, stand sie zwei Schritt hinter ihrer Stiefmutter. Nein, ein Kind bestimmt nicht, dennoch kam sie ihm ein wenig verloren vor, als gehöre sie nicht hierher. Auch ihr Gesichtsausdruck war ernst, fast teilnahmslos.
Arnaut hoffte, sie würde noch einmal zu ihm herüberschauen, aber stattdessen verfolgte sie die Andachtsvorbereitungen der Priester. Er war enttäuscht. Doch gleich schalt er sich einen Narren, hatte eine *donzela* ihres Ranges gewiss Besseres zu tun, als einen wie ihn anzustarren. Ihr Blick war gewiss

nur zufällig gewesen, oder ganz und gar seiner Einbildung entsprungen.

Immer noch strömten Teilnehmer des Umzugs durch das Tor auf den Platz, reiche Kaufleute und ihre Familien, wie man an der Kleidung erkennen konnte. Die wenigen Soldaten der *militia urbana* bildeten einen schützenden Ring um die Fürstenfamilie und überließen es den Tolosaner Söldnern, die Menge in Schach zu halten. Trotzdem wurde es immer enger. Der Erzbischof machte schon eine ungeduldige Handbewegung in Richtung der Soldaten. Sie sollten den Priestern doch endlich mehr Raum verschaffen.

Der *capitan* der Söldner brüllte Befehle, und die Männer nahmen die Schilde hoch und drängten die Menschen damit rücksichtslos zurück. Die in der ersten Reihe strauchelten und stürzten auf die Dahinterstehenden. Schreie der Entrüstung füllten den Marktplatz. Einer, der seine Frau schützen wollte, warf sich gegen den Schild eines Soldaten und erhielt dafür eine gepanzerte Faust ins Gesicht. Ein alter Mann lag am Boden und versuchte, unter den Stiefeln der *pezos* wegzukriechen, als ihn mit Wucht das stumpfe Ende eines Speerschafts in den Rücken traf. Schreiend und die Arme zum Schutz um den Kopf geschlungen, lag er zusammengekrümmt am Boden.

Auch in Arnauts Umgebung zwängten sich die Leute enger zusammen, die Pferde wurden unruhig, warfen die Köpfe hoch und wieherten. Arnaut und Severin hatten alle Mühe, die Tiere zu beruhigen, und Jori musste sich an den Sattel klammern, um nicht unter die Hufe zu stürzen.

»Verfluchtes Tolosaner Pack!«, brüllte *Maistre* Bernat. »Benehmen sich, als hätten sie uns unterworfen.«

Er war nicht der Einzige, denn die Menge war plötzlich wütend geworden. Die Rücksichtslosigkeit der Soldaten hatte sie gereizt, vielleicht weil sie seit langem solch tägliche Erniedrigungen hatten schlucken müssen. Zotige Gesten und geballte Fäuste, Pfiffe und Gejohle erfüllten den Platz.

Einzelne Spottrufe verdichteten sich zu skandierten Hasstiraden, die aus tausend Kehlen drangen. Arnaut erschrak, denn so etwas hatte er noch nicht erlebt. Die Menschenmasse schien sich in eine bedrohliche Bestie zu verwandeln. Gleich würden sie die Handvoll Soldaten überrennen und in Stücke reißen.

Die *pezos* jedoch schien dies nicht weiter zu beunruhigen. Sie richteten ihre Speere auf die Vordersten, die vor dem blanken Stahl zurückwichen. Ein Kind kreischte, als es unter die Füße der Nächststehenden geriet. Ein alter Mann, der nicht schnell genug zurückwich, bekam eine Speerspitze in die Brust. Blutend brach er in die Knie.

Nun war der Platz in Aufruhr, die Menge brüllte auf wie ein getroffener Stier, Frauen kreischten. Erzbischof Leveson zerrte den *capitan* am Arm, schrie ihn zornig an. Was er sagte, ließ sich im Lärm nicht verstehen. Und dann geriet die Lage völlig außer Kontrolle, denn auf einmal flogen Steine aus den hinteren Rängen. Ein Soldat wurde im Gesicht getroffen und ging zu Boden. Weitere Steine donnerten wie Hammerschläge auf die Schilde der *pezos.* Die Söldner wichen zurück und rückten enger zusammen.

Besorgt sah Arnaut zu Ermengarda hinüber. Als habe sie es gespürt, warf auch sie ihm einen kurzen Blick zu. Angst stand in ihren Augen. Er war drauf und dran, sich durch das Heer der Leiber zu zwängen, um sie vor der Menge zu schützen, als ein junger Edelmann an ihrer Seite sich mit gezogenem Schwert vor sie stellte. Zu Arnauts Erleichterung hatten jetzt auch die Männer der *militia urbana* ihre Schilde gehoben und umringten die Grafenfamilie.

Plötzlich, wie um alles nur noch schlimmer zu machen, tauchten Berittene aus einer Seitengasse auf, auch sie in den Farben Tolosas. Es waren gepanzerte Reiter mit langen Lanzen, die sie auf die Steigbügel abgestützt in den Fäusten hielten. Sie sahen müde aus, wie nach langem Ritt, und schienen völlig überrascht vom Tumult auf dem Marktplatz.

Als sie ihre Kameraden von der Menge bedrängt sahen, zögerten sie nicht und ritten ihre Schlachtrösser rücksichtslos in die Massen, stachen mit Lanzen um sich und trieben die Menschen in Furcht vor sich her. Ein gewaltiger Aufschrei hallte über den Platz, Panik griff um sich. Wer konnte, rannte in die nächsten Gassen. In Windeseile leerte sich der Platz, manche wurden von den Reitern verfolgt und niedergestochen. Eine Frau geriet unter die Hufe, ein Bauer brach mit durchstoßener Kehle zusammen, und noch viele mehr wurden Opfer der Reiter und *pezos,* die den Flüchtenden nachsetzten.

Langsam kehrte eine unheilschwangere Ruhe ein.

Die verbliebenen Menschen, die es nicht geschafft hatten, in eine der Gassen zu flüchten, drückten sich furchtsam an den Rand des Platzes und wagten kaum zu atmen. Frauen klammerten sich aneinander, ängstlich auf die Söldner starrend, die jetzt gleichmütig ihr Werk betrachteten oder um sich blickten, als erwarteten sie, ja hofften fast auf mehr Widerstand.

Viele Verwundete oder Tote, so genau ließ es sich nicht gleich erkennen, lagen auf dem Boden. Überall war Blut, das in die Ritzen zwischen den Pflastersteinen sickerte. Die Lade des Heiligen war von den Schultern der Mönche gestürzt und des Erzbischofs seidener Baldachin lag zwischen verfaulten Rüben und altem Pferdedreck. *Mossenher* Leveson trug einen Ausdruck des Entsetzens auf dem Gesicht, und auch die *vescomtessa* stand wie erstarrt, die Hand über dem Mund.

In die lähmende Furcht, die jetzt auf dem Marktplatz herrschte, ritt langsam ein einzelner Mann auf einem prächtigen Schlachtross.

Maistre Bernats Flüstern war voller Hass.

»Der Graf von Tolosa.«

***

Der unerwartete Aufruhr hatte fünf Tote und viele Verletzte gekostet. Darunter ein Kind und ein ältlicher Pilger, von dem niemand wusste, woher er gekommen war. Auch die Frau, die unter die Hufe geraten war, hatte ihr Leben verloren. Sie war schwanger gewesen.
Bange Stille senkte sich über die Stadt, nur unterbrochen vom Klang der genagelten Stiefelsohlen der Söldner, die nun verstärkt ihre Runden gingen. Kaum jemand traute sich noch in die Gassen, obwohl man überall das erregte Raunen und Flüstern ahnen konnte, das die ganze Stadt erfasst hatte.
Arnaut und Severin brauchten eine Weile, um sich von dem Erlebten zu beruhigen, denn trotz ihrer kriegerischen Ausbildung hatten sie noch keine Erfahrung im Blutvergießen. Die kalte Brutalität, mit der unbewaffnete Menschen niedergemacht worden waren, hatte sie in ihrem Innersten erzittern lassen. Der Wunsch, am Palast des Grafen vorzusprechen, war ihnen fürs Erste vergangen. Schweigend ließen sie sich von dem Gassenjungen Jori zu einer Herberge am Fluss außerhalb der Mauern führen. Dort schenkten sie ihm den Rest ihrer Reisezehrung und nahmen ihm das Versprechen ab, am nächsten Morgen wiederzukommen.
Hier am Fluss war ein Vorort namens Vila Nova entstanden. Es war, als ob die Stadt ausgeufert wäre, als müsse das Häusermeer die Mauern sprengen und sich in die Ebene entlang des Flusses ergießen. Die Hütten sahen schmuddelig und ärmlich aus, meist Behausungen von Fischern und Hafenarbeitern. Die Herberge lag an einer Stelle, wo man den Fluss vertieft und einen langen hölzernen Kai auf Pfählen errichtet hatte, der sich las Naus nannte, nach den Lastkähnen, die täglich zum Hafen von Gruissan hinausfuhren oder zu Schiffen, die in der Lagune ankerten.
Das *alberc* sah heruntergekommen aus, der Schankraum gefüllt mit Seeleuten und Lastenträgern. Aber zumindest fanden sie hier für wenig Geld einen Stall für die Pferde und eine bescheidene Schlafkammer, auch wenn sie den grobgezim-

merten Strohkasten würden teilen müssen, der als Bett dienen sollte. Nachdem sie Sättel und Habseligkeiten in die Kammer geschleppt hatten, war kaum eine Handbreit Platz zum Stehen übrig. Sie entledigten sich ihrer Rüstungen und hockten sich später in eine Ecke des Schankraums, um das freudlose Mahl herunterzuschlingen, das die schlampig wirkende Wirtin ihnen auf den Tisch stellte.

In dieser Spelunke war man an das Kommen und Gehen von Fremden gewöhnt, niemand schenkte ihnen Beachtung. Umso besser, dachte Arnaut, immer noch fassungslos nach dem Erlebten, denn vorerst war ihm nicht nach Gesellschaft zumute. Auch Severin schien es nicht besser zu gehen, nach der düsteren Miene zu urteilen, mit der er sein Mahl verzehrt hatte.

»Einen Speer durch die Kehle«, sagte er tonlos. »Nicht älter als meine Schwester Maria, höchstens acht oder neun.« Seine Augen waren feucht geworden.

»Es ging alles so schnell.«

»Dein Onkel würde den Schuldigen am nächsten Baum aufhängen.«

Arnaut nickte. Sein Onkel Raol, der daheim seit einiger Zeit die Geschicke der *familia* lenkte, war in der Tat ein strenger Herr. Gerecht, aber nicht sehr geduldig mit Missetätern. Arnaut dachte an das, was sein Großvater ihm eingebleut hatte, dass ein *cavalier,* der dieses Titels würdig sein will, Verantwortung für die Gemeinschaft trüge, vor allem für die Kirche, für Frauen und Schwächere, dass es für das Privileg der adeligen Geburt einen Preis zu zahlen gebe, nämlich sich in den Dienst einer höheren Sache zu stellen. Beide, Großvater und Onkel, hatten im Heiligen Land gedient, eine Tatsache, auf die Arnaut ungemein stolz war. Aber was sie heute gesehen hatten, entsprach nicht diesem Bild eines *cavaliers.*

»Bestimmt sind die Soldaten genauso erschrocken wie wir«, sagte er. »So etwas kann niemand gewollt haben. Am wenigsten der Graf.«

»Bist du immer noch sicher, du willst *Coms* Alfons dienen?«

»Wem sonst? Er ist unser Lehnsherr!«
»Rocafort ist ein freies Lehen und schuldet niemandem Kriegsdienst.«
»Das ist wahr. Aber warum sind wir sonst gekommen?«
»Jedenfalls nicht, um Kinder abzustechen!«
Arnaut ließ den Kopf hängen. Ein fröhliches Leben hatte es werden sollen. Sie wollten die Welt sehen, sich als Kämpfer für die Gerechtigkeit einen Namen machen, Abenteuer erleben. Vielleicht sogar das Herz einer edlen *donzela* erobern. Jedenfalls ein anderes Dasein als das auf dem langweiligen Lehnssitz Rocafort, wo nie etwas Aufregendes geschah. Arnaut hatte nichts sehnlicher erhofft, als in die ehrenvolle Gemeinschaft der Ritter des Grafen von Tolosa aufgenommen zu werden, des größten und reichsten Fürsten des Landes. Doch wo war die Ehre im Töten von Kindern und schwangeren Weibern?
Er warf den Löffel auf den Tisch.
»Fürchterlicher Fraß.«
»Sie hassen ihn hier. Und jetzt werden sie ihn noch mehr hassen. Willst du einem Herrn dienen, den das Volk verachtet?«
Auch das beunruhigte Arnaut. Die Stadt war wie ein wütend aufgestacheltes Wespennest, das Wappen von Tolosa für viele ein rotes Tuch. Wie hatte es so weit kommen können?
»Du übertreibst«, versuchte er, die eigene Bestürzung darüber zu beschwichtigen. »Es war gewiss nur ein unglücklicher Zufall. Und der gute Erzbischof ist doch auf Alfons' Seite. So schlimm, wie du es darstellst, kann es nicht sein.«
Severin zog die Schultern hoch. »Ich sage nur, was ich denke.«
Er goss sich von dem billigen Wein nach und trank ihn in einem Zug, wobei er sich schüttelte und eine Grimasse zog, als hätte er sich gerade Essig in die Kehle gegossen.
»*Putan.* Das saure Gesöff frisst sich durch bis zu den Schuhsohlen!«
Das Gute an Severin war sein umgängliches Gemüt und seine Unfähigkeit, lange einen Groll zu hegen oder in Trübsal zu

verharren. Er versuchte erneut, sein widerspenstiges Haar zu bändigen, und begann, sich neugierig umzusehen. An einem Tresen im Hintergrund lungerten zwei bemalte Dirnen, die schon seit einer ganzen Weile, wie Raubtiere auf der Lauer, die beiden jungen Burschen beobachtet hatten. Severins fröhliches Grinsen schienen sie nun als Einladung zu verstehen, und mit glitzernden Augen und geschäftstüchtigem Lächeln lösten sie sich vom Tresen und setzten zum Angriff an.

»Zwei hübsche Jungs und so ganz alleine«, gurrte die eine und ließ sich dicht neben Severin auf der Bank nieder. Der grinste unsicher, aber sein Arm schlang sich wie von selbst um die Hüften der blonden Hure. Ihre dunkelhaarige Partnerin winkte der Wirtin nach mehr Wein und hockte sich neben Arnaut, wobei sie ihm einen tiefen Blick in den Ausschnitt gewährte. Sie hatte in der Tat prachtvolle Brüste, bemerkte er trotz seiner Verlegenheit. Er hatte oft von Huren erzählen hören, aber jetzt so plötzlich auf Tuchfühlung neben einer Dame dieses Standes zu sitzen, das verschlug ihm die Sprache.

Zwei weitere Becher und ein frischer Krug Wein erschienen auf dem Tisch. Severin entspannte sich zusehends und trank seiner neuen Freundin zu. Er hatte schon immer eine Schwäche für die Mägde gehabt, wie alle daheim wussten. Nicht so wie Arnaut, der in diesen Dingen schüchterner war. Die Schöne neben ihm zog seinen rechten Arm über ihre Schulter und schmiegte wollüstig den Busen an seine Seite. Dabei fasste sie sein Kinn und versuchte, ihn zu küssen. Gleichzeitig spürte er eine harte Hand auf seinem anschwellenden Geschlecht. Ohne zu wissen, wie ihm geschah, hatten sich seine Finger um die fette Brust der Dirne gelegt. Unerwartet wild pressten sich rot verschmierte Lippen auf seinen Mund. Doch der saure Weinatem und der ranzige Schweißgeruch des Weibes widerten ihn plötzlich an.

Er stieß die Hure von sich und sprang auf.

»Komm, Severin. Wir gehen schlafen.«

Er konnte nicht schnell genug aus der Reichweite der beiden Dirnen kommen und wartete ungeduldig an der Tür auf seinen Freund, der ihm zögerlich und maulend folgte. Verärgert streckten die Weiber ihnen die Zunge raus. Um noch eins draufzusetzen, rafften sie zum Vergnügen der anderen Gäste ihre Röcke hoch und streckten ihnen die nackten, runden Ärsche entgegen. »Wohl noch jungfräulich, was?« und »keinem rechten Weib gewachsen, die Kleinen!« und Schlimmeres hallte ihnen auf der Stiege unter gellendem Gelächter hinterher.

Während Severin wenig später, auf die Seite gedreht, tief und fest schlief, lag Arnaut noch lange wach. Die frischen Eindrücke geisterten ihm im Kopf herum. Die Majestät der Stadtmauern, die verwirrende Vielfalt der engen Gassen, die vielen Menschen. Und immer wieder Bilder des Aufruhrs auf dem Marktplatz. Schließlich, trotz seines Abscheus, wich ihm auch die aufreizende Nacktheit der Dirnen unter den geschürzten Röcken lange nicht aus dem Sinn. Wie es wohl mit einem Weib wäre? War es Sünde, sich das vorzustellen?

Er lag auf dem Rücken und beobachtete das Mondlicht, das seltsame Schatten auf die Wand warf, und lauschte dem Gegröle von Betrunkenen auf der Gasse und dem Knarren von Schiffstauen auf dem Kai gegenüber der Schenke. Was mochte Alfons für ein Mann sein? Jemand, dem man mit Ehre dienen konnte? Oder war Severins Misstrauen gerechtfertigt? Plötzlich spürte er wieder diesen eindringlichen Blick aus klaren, blauen Augen auf sich ruhen. Wie wäre es, einer wohlgeborenen *domna* zu dienen, so wie es die *trobadors* besangen? Aber das gab es gewiss nur in ihren Liedern. Trotzdem. Der Name gefiel ihm. Ermengarda.

Die Vescomtessa

Die Dächer der Nachbarhäuser glänzten vor Nässe im trüben Licht des nebelgrauen Herbstmorgens. Fröstelnd nahm Arnaut den Kopf aus der Fensterluke und streifte sich die Beinkleider über. Severin mochte er nicht wecken, und so schlich er auf nackten Füßen die Stiege hinunter.

In der Schankstube regte sich frühes Leben. In der hinteren Hälfte lagen noch Schläfer in Decken gerollt, als könne sie der Morgenlärm der Schankweiber nicht anfechten. Wahrscheinlich noch zu betrunken, um überhaupt etwas wahrzunehmen. Im vorderen Teil des Raumes hockten Hafenarbeiter auf Bänken und verzehrten wortkarg ihr Morgenmahl. Die meisten löffelten einen dicken Brei in sich hinein, begleitet von einer Zwiebel oder einer Handvoll Oliven. Andere aßen gebratenen Speck und dunkles Brot, das sie in heißes Bratfett tunkten. Der säuerliche Geruch des Dünnbiers, das die Mägde ausschenkten, und der beißende Kochdunst aus der Küche verhießen nichts Gutes. Obwohl ihm der Magen knurrte, schwor Arnaut, für heute auf die Kochkünste der Wirtin zu verzichten.

»Über den Hof, junger Mann«, wies ihm eine alte Magd den Weg zum Abort. »Gepisst wird in den großen Bottich daneben, hörst du?« Auf seinen verständnislosen Blick fügte sie hinzu: »Bringt bares Geld bei den Gerbern.« Mit ungeduldigem Kopfschütteln über seinen Unverstand wandte sie sich ab, um einen Humpen Bier zu füllen.

Während er in den stinkenden Bottich pinkelte, überfiel ihn

ein plötzliches und heftiges Heimweh. Die Fürsorge der Mutter war ihm oft lästig gewesen, aber nun wünschte er sich nichts lieber, als wie gewohnt im Kreise der Geschwister und Vertrauten seiner *familia* ein herzhaftes Morgenmahl einzunehmen. Und dann der Anblick der Toten gestern. Fast bereute er die Reise nach Narbona.
Das nasskalte Wetter verstärkte die düstere Stimmung, und er floh in die Wärme des dunklen Stalls, um nach den Pferden zu sehen. In einer Ecke, wo er ihn versteckt hatte, fand er den kleinen Sack Hafer für seine Lieblinge.
Der braune Wallach Basil drehte ihm als Erster den Kopf zu und bedachte ihn mit einem tiefgründigen Blick aus dunklen Augen. Er war ein ruhiges, verlässliches Tier, von kräftiger Statur und ausdauernd. Arnaut strich ihm über die Flanken und hielt ihm eine Handvoll Körner hin. Severins Stute reckte neugierig den Kopf über den Widerrist des Wallachs und blies ihm ungeduldig ins Gesicht, bis er auch ihr eine Handvoll Hafer anbot.
Die Pferde waren aus dem Gestüt des alten Hamid, Großvaters maurischem Freund. Sechs prachtvolle arabische Pferde hatten sie vor dreißig Jahren aus Outremer mitgebracht und damit den Grundstock der Zucht gelegt. Hamid gab für gewöhnlich allen Fohlen arabische Namen. Arnauts Hengst hieß Amir, was so viel wie Prinz bedeutete. Und stolz wie ein Prinz war er wirklich. Weil Arnaut ihn nicht zuerst begrüßt hatte, hielt Amir beleidigt den Kopf abgewandt und tat, als habe er ihn nicht bemerkt. Selbst den Hafer verachtete er, bis Arnaut ihn zwischen den Ohren kraulte und ihm Koseworte zuflüsterte. Dann endlich ließ er sich herab, ihm aus der Hand zu fressen.
Seit drei Jahren ritt er den Hengst täglich und liebte ihn mit all seinen Eigenarten. Und von denen hatte er wahrlich genug und konnte sich, wenn es ihm passte, wie ein bockiger Eigenbrötler benehmen. Das Maultier, zum Beispiel, mochte er gar nicht, und sie mussten es von ihm fernhalten. Dennoch konn-

te Arnaut sich kein besseres Schlachtross vorstellen, denn der Hengst war schnell und ausdauernd und hatte das Herz eines Löwen. Arnauts Hände spürten die starken Muskeln unter dem Fell. So niedergeschlagen er noch vor wenigen Augenblicken gewesen war, die Wärme und der vertraute Geruch der Pferde vertrieben den Trübsinn.

Er war bereit, das gestrige Erlebnis nicht so ernst zu nehmen. Hatte der Pöbel nicht zuerst mit Steinen geworfen? Die Lage war einfach außer Kontrolle geraten, niemand hatte es so gewollt, am wenigsten Alfons. Gleich nach dem Morgenmahl würde er den *secretarius* des Grafen aufsuchen, um sich zum Heerdienst zu melden.

Er griff nach einer Heugabel und gab den Tieren frisches Futter zu fressen, dann ging er, um Severin aus dem Bett zu werfen. Verregnet oder nicht, es war Zeit, etwas Nützliches mit dem Tag anzufangen.

Die beiden jungen Männer rüsteten sich sorgfältig, denn Arnaut wollte einen guten Eindruck machen. Über das wollene Unterhemd zog er eine saubere Leinentunika. Gepanzerte Beinlinge und die schweren, mit Sporen bewehrten Reiterstiefel. Dann wuchtete er das knielange, vorn und hinten geschlitzte *gambais* über den Kopf, ein dickes, gesteppdtes und mit Baumwolle ausgestopftes Wams, das dazu dient, die Wucht von Pfeil und Schwert abzufangen. Seines war noch neu und roch angenehm nach dem harten Rindsleder, aus dem die äußere Haut gefertigt war. Darüber kam der lange Kettenpanzer seines Großvaters, der im Gegensatz zu anderen mit der doppelten Anzahl Ringen versehen war. Ein altes und schweres Stück, dafür besonders sicher und bei Arnauts Größe und kräftiger Statur kein Nachteil. Zuletzt das leinene *sobrecot* in den Farben von Rocafort, dem roten Eber.

Auch Severin war in voller Kampfausrüstung. Er trug die Waffen seines Vaters, ebenfalls ein *veteranus* des Krieges im Heiligen Land vor vielen Jahren. Als sie mit gegürtetem Schwert und Helm unter dem Arm vor die Tür der Herberge traten, fanden sie Jori, der auf einem zusammengerollten Tau auf dem Kai hockte und auf sie gewartet hatte. Der sanfte Regen hatte aufgehört.

»Warum in Waffen, Herr?«, fragte Jori. »Es ist längst überall wieder friedlich.«

»Stell keine dummen Fragen. Führ uns lieber an einen Ort, wo man Besseres zu beißen kriegt als in der Spelunke hier.«

Dieser Ort entpuppte sich als lo Borcs beliebteste Backstube, am Marktplatz gelegen und so voller Menschen, dass eine Schlange bis auf die Straße reichte. Darunter waren Mönche, Handwerker und Kaufmannsgehilfen, aber in der Hauptsache Bürgerinnen mit Korb am Arm und Kindern an der Schürze, die verstohlen und aufgeregt flüsternd den gestrigen Vorfall in der Stadt beredeten. Als ein Tolosaner Wachmann hinzutrat, verstummten sie und beäugten ihn feindselig. Auch Arnaut und Severin in ihrer Kampfausrüstung zogen misstrauische Blicke auf sich.

Bei Joris Anblick bekam die Bäckerin einen roten Kopf und wollte ihn aus dem Laden scheuchen. Doch Arnaut legte dem Jungen die Hand auf die Schulter, was den zweifelhaften Eindruck, den sie bei den Leuten machten, noch zu verstärken schien. Sie kauften ofenfrisches Weißbrot, selbst für Arnaut keine alltägliche Speise, und eine heiße Pastete mit Hasenfleischfüllung. Damit setzten sie sich an den Brunnen mitten auf dem Platz und ließen es sich schmecken.

»Hast du die Bäckerin etwa bestohlen?«, fragte Severin den Jungen. »Oder warum ist sie so wütend auf dich.«

Der zuckte gleichmütig mit den Schultern. Zum Reden war sein Mund zu voll.

»Hast du keine Eltern?«

Kopfschütteln war die Antwort.

»Und wer kümmert sich um dich?«

»Ich komme allein zurecht«, erwiderte der Junge trotzig, nachdem er heruntergeschluckt hatte.

»Mit Stehlen, wette ich!«

»Lass ihn«, sagte Arnaut und leckte sich die Finger ab. »Wo ist der *palatz* des Grafen?«
Jori zeigte auf das große Haus nahe der Wehrmauer, vor dem zwei *pezos* mit langen Speeren standen.
Arnaut fragte sich, ob er den Grafen selbst antreffen würde. Bei dem Gedanken zog sich ihm der Magen zusammen, und das soeben verzehrte Mahl hing wie ein Klumpen Blei in seinem Bauch. Schließlich war Alfons Jordan der mächtigste Fürst des ganzen Landes. Was sollte er ihm sagen? Er fühlte sich wieder wie der kleine Junge, der vor dem bissigen Hofhund Reißaus genommen hatte. Sein Vater hatte ihn wütend einen verdammten Feigling genannt. Ein Ritter habe keine Angst zu haben. Und zu essen gebe es erst, wenn er ihm das Halsband des Köters bringen würde. Dem Gesinde wurde verboten, zu helfen. Stundenlang hatte er sich in der Scheune versteckt und seinen Vater gehasst. Ein Ritter hat keine Angst zu haben. Am Ende hatte er sich getraut, dem Untier vorsichtig einen Knochen hinzuwerfen, hatte ihn gestreichelt und ihm das Halsband abgenommen. Ein Ritter hat keine Angst zu haben.
Arnaut machte seinen Gefährten Zeichen, auf ihn zu warten. Dann schritt er betont gemächlich über den Platz.
Nachdem er den Wachen sein Anliegen genannt hatte, gewährten sie ihm Zutritt zum Innenhof, in dem sich Krieger drängten, die ausnahmslos das Tolosaner Wappen auf *sobrecot* oder Lederwams trugen. In der Mehrzahl Fußsoldaten, aber auch einige *soudadiers,* berittene Söldner, die man an ihren langen, vorn und hinten geschlitzten Waffenröcken erkennen konnte. Gespräche verstummten, und neugierige Blicke folgten ihm, als er betont gemessenen Schrittes die Treppe zur Eingangshalle emporstieg in der Hoffnung, man würde ihm sein Herzklopfen nicht anmerken. Auch vor dieser Tür standen Wachen, aber sie ließen ihn ohne weitere Prüfung eintreten.
Kaum über die Schwelle, blieb Arnaut stehen und sah sich um. Außer einem lebhaften Kaminfeuer im Hintergrund war die

Halle düster, so dass man die Schnitzereien von Greifen und anderen Fabeltieren an den Deckenbalken kaum erkennen konnte. Der Raum besaß schmale Fensteröffnungen, die allesamt auf den Innenhof zeigten und nur wenig vom trüben Licht des Oktobertages hereinließen. Zwei Dutzend Söldner standen in Grüppchen beisammen und schienen auf etwas zu warten. Es roch nach Schweiß und Leder.

Linker Hand, im Schein eines mehrarmigen Kerzenhalters, saß ein Mönch an einem schweren Holztisch und schrieb in einem Folianten. Er rief den Namen eines Soldaten auf, und als dieser zu ihm trat, griff er in eine von zwei weiteren *pezos* bewachte Schatulle und händigte eine Handvoll sorgfältig abgezählter Silbermünzen aus. Den Erhalt musste der Mann durch sein Kreuz bestätigen. Dann war der Nächste an der Reihe.

Arnaut wollte sich gerade dem Mönch nähern, als ein Mann, der hinter ihm eingetreten war, sich mit einem gemurmelten *»Perdona me!«* an ihm vorbeidrängte und sich eiligen Schrittes dem Tisch des Schreibers näherte. Glaubt der Kerl, ihm gehört die Welt, dachte Arnaut entrüstet.

»Ist der Graf zu sprechen?«, hörte er den Mann sagen. Die Stimme, obwohl höflich genug, ließ keinen Zweifel darüber, dass ihr Besitzer sofortige Aufmerksamkeit als ein natürliches Recht beanspruchte. Gut gekleidet war er auch. Zweifelsohne ein Edelmann von Rang.

»Er wird jeden Augenblick erwartet, *Senher* de Malvesiz«, sagte der Mönch, der aufgesprungen war und sich verbeugte.

»Dann will ich warten.«

Ohne einen Blick auf die Männer in der Halle zu verschwenden, schritt er zum Kaminfeuer an der rückwärtigen Wand und rieb sich vor den Flammen die Hände, als sei ihm kalt. Er war schlank und von mittlerer Größe. Eine Erscheinung ganz in Schwarz, von dem dunklen Haar, das ihm locker auf die Schultern fiel, bis hinunter zu den Stiefeln aus weichem Leder. Arnaut erinnerte sich. Dies war der Edelmann, der gestern an der Seite von *Vescomtessa* Ermessenda gewesen war.

Eine rauhe Hand stieß ihn plötzlich zur Seite.
»Was stehst du im Weg, Kleiner, und hältst Maulaffen feil?«
Ein Kerl, so groß und breit wie ein Schrank, stiefelte an ihm vorbei und stellte sich, mit einer Hand in die Hüfte gestemmt, vor dem Schreiber auf. »Wann bist du endlich fertig, Mönch?«, knurrte der Kerl. »Sehe ich aus, als hätte ich den ganzen Tag Zeit?«
»Zahltag, *Senher* de Berzi. Da werdet Ihr Euch schon gedulden müssen«, war die spitze Antwort.
Das rüpelhafte Benehmen dieses Kolosses hatte Arnaut die Zornesröte ins Gesicht getrieben. Als Sohn eines Barons war er solche Behandlung nicht gewohnt. Besonders die *Maulaffen* hatten ihn geärgert. Ein rechter Mann lässt sich von niemandem erniedrigen, war ein Grundsatz seines Großvaters. Aber auch, dass man sich seinen Gegner erst gründlich anschauen sollte, bevor man ihn herausfordert. Doch daran dachte er jetzt nicht. In zwei langen Schritten schloss er auf und riss den Ritter an der Schulter herum.
»Was fällt Euch ein, mich anzurempeln?«, sagte er scharf. »Ich erwarte eine Entschuldigung!«
Schlagartig wurde es still in der Halle, während der Mann ihn aus kalten, grauen Augen musterte. »Teufel noch eins. Der Milchbart wird frech!«
»Milchbart?«, schrie Arnaut, jetzt außer sich. »Ich werd Euch Milchbart geben!« Und er verpasste dem Mann eine schallende Ohrfeige.
Die Hand des Getroffenen fuhr zur Wange. »Teufel noch mal«, entfuhr es ihm. Selbst unter dem kurzen Bart konnte man sehen, dass Arnauts Finger rote Abdrücke hinterlassen hatten.
Obwohl noch fest im Griff seines wilden Zorns, spürte Arnaut undeutlich, dass er sich zu einer Dummheit hatte hinreißen lassen. Aber nun schien ihm Flucht nach vorn das Beste, um in den Augen der umstehenden Männer nicht als Großmaul und Feigling dazustehen.

»Wir können es gleich hier austragen!«, brüllte er und zog das Schwert. Sein Gegenüber glotzte einen Augenblick lang verdutzt auf die Klinge. Dann fing er dröhnend an zu lachen.
»Du willst dich mit mir messen, *mon gartz?*«, spottete der Kerl, ohne Anstalten zu machen, selbst die Waffe zu ziehen. »Das hat schon mancher bereut. Selbst die feine Rüstung wird dir nichts nützen.« Geringschätzig musterte er seinen Herausforderer von oben bis unten. »Was ist das da auf deiner Brust, ein Eber?«
Die unerschütterliche Ruhe des Mannes verunsicherte Arnaut. Um sich nicht zum Gespött der Söldner zu machen, trat er einen Schritt vor und hob die Schwertspitze. »Zieht endlich das Schwert, damit wir es ausfechten«, rief er mutiger, als er sich in Wahrheit fühlte.
Der andere trat grinsend zu einer der Wachen und ließ sich dessen schweren Speer geben. »Wozu ein Schwert?«, höhnte er. »Für das Borstenvieh auf deiner Brust genügt ein Saustecher!«
Grölendes Gelächter in der Halle war die Antwort. Arnaut wurde wider Willen rot, Zorn flackerte erneut in ihm auf. Die Söldner bildeten einen Kreis, um Platz zu schaffen. Auch der Edelmann am Kamin hatte sich umgedreht und wartete mit herablassendem Lächeln auf den Verlauf der Dinge.
Arnauts Gegner packte den Speer mit beiden Fäusten. Er eröffnete mit einer kleinen Finte, dann folgte ein kurzer Speerstoß, dem Arnaut behende auswich.
»Gut, mein Junge, gut machst du das.« Der Kerl lachte ausgelassen. Er schien überhaupt ein Spaßvogel zu sein, trotz seines beeindruckenden Äußeren. »Na komm. Jetzt probier du es mal.«
Während Arnaut fieberhaft überlegte, wie er den Kampf ehrenvoll und ohne Blutvergießen beenden konnte, ließ sich eine tiefe Stimme hinter ihm vernehmen.
»Was geht hier vor, Joan?«
Eine hochgewachsene Gestalt stand im Eingang. Das Gegen-

licht ließ die Gesichtszüge nur schwer erkennen, doch Arnaut war sich sicher, dies war der Graf von Tolosa. Mit Joan war wohl sein Widersacher gemeint, denn der trat sofort zurück, richtete sich respektvoll auf und legte die rechte Hand auf die Brust.

»Nur ein wenig Kurzweil, *Dominus!*«, sagte er mit leichter Verbeugung.

»Du weißt, ich dulde keine Zweikämpfe.«

»Wir alle wissen das, *Mossenher!*«, erwiderte Joan de Berzi. »Aber nicht der junge Bursche hier. Er glaubte, mich fordern zu müssen. Also war eine kleine Lektion angesagt, nicht wahr, Jungs?« Er blickte um Zustimmung heischend in die Runde. Doch die umwölkte Stirn des Fürsten ließ ahnen, dass ihn die Erklärung wenig überzeugte.

Arnaut hatte inzwischen das Schwert in die Scheide gleiten lassen und war gebeugten Hauptes auf sein Knie gefallen. Alfons wandte sich ihm zu und trat näher. Er war ein reifer Mann, aufwendig gekleidet und trug nach Normannenart die dichten, dunklen Haare kurzgeschnitten. Auf seinen glattrasierten Wangen lag ein bläulicher Schimmer. Er musste nach der spanischen Seite der Familie kommen, denn seine Mutter war Elvira von Kastilien, dritte Frau seines Vaters Raimon Sant Gille, Held des Kreuzzugs und Befreier Jerusalems.

Er heftete den Blick auf den jungen Ritter vor ihm. Dabei hielt er das Kinn leicht angehoben, die Unterlippe nachdenklich vorgeschoben, während seine dunklen, etwas hervorstehenden Augen unter den schweren Lidern betrübt auf Arnaut herabsahen.

»Ist das wahr?«, fragte er.

»Nun …« Arnaut fehlten die Worte. Dann entschloss er sich, die Gelegenheit beim Schopfe zu packen. »Ich kam, um Euch zu dienen, *Mossenher.*«

Der Fürst sah ihn einen Augenblick lang aufmerksam an. »Ich kann keine Raufbolde gebrauchen«, antwortete er und begann, sich abzuwenden.

»Ihr habt recht, *Senher*, und es tut mir leid«, stieß Arnaut schnell hervor. Und dann kamen ihm die Worte, die er sich auf dem Weg hierher zurechtgelegt hatte. »Bedenkt, *Dominus*, mein Großvater war *castelan* der Burg Eures Vaters in Tripolis, als Ihr noch ein Kind wart. Er erinnert sich gut an Euch und lässt Euch grüßen.«
Dies schien flüchtig Alfons' Aufmerksamkeit zu erregen. Er wandte sich noch einmal um. Seine Stirn runzelte sich, als wolle er Erinnerungen zurückrufen. »Nach meines Vaters Tod?«
»So ist es. Zuvor hatte er ihn in allen Schlachten begleitet.«
»Und wie ist dein … Name, junger Mann?«
Arnaut fiel auf, dass Alfons bei einigen Worten ein wenig Schwierigkeiten mit der Zungenfertigkeit zu haben schien. Nur ein kaum merkliches Zögern, als brauche er eine winzige Atempause, bevor er sie aussprach.
»Arnaut de Montalban«, erwiderte Arnaut hoffnungsvoll. »Aus Rocafort in der Corbieras.«
Dies schien Alfons leider wenig zu sagen.
»Mein Vater ist Berenguer de Peirapertusa«, fügte er deshalb rasch hinzu.
»Ah, Peirapertusa«, sagte Alfons gedehnt und dachte nach. »Aber die stehen doch eher auf der Seite der Katalanen, oder?«
Arnaut schluckte. In der Tat. Die Familie seines Vaters hatte dem verstorbenen Aimeric von Narbona die Treue geschworen und wenig für Tolosa übriggehabt. Aimeric selbst war durch enge Blutsbande immer den Katalanen verbunden gewesen. Wie dumm, das zu vergessen!
»Es ist so, dass …«
»Genug jetzt«, unterbrach ihn Alfons. »In ein paar Jahren, wenn du gelernt hast, dich wie ein Ritter zu benehmen, werde ich mir überlegen, ob du einen Platz unter meinen Männern verdienst.«
Mit diesen Worten wandte er sich ab. Gleich darauf erkannte

er den schwarzgekleideten Edelmann am Kamin und ging auf ihn zu. »Mein lieber Tibaut de Malvesiz«, rief er. »Ich schätze, Eure Herrin schickt Euch.«

Er nahm den Mann beim Arm, und beide verschwanden ohne ein weiteres Wort durch eine hintere Tür, die ins Innere des Palastes führte.

Arnaut erhob sich. Vor Enttäuschung und Scham wagte er niemandem in die Augen zu sehen, am wenigsten Joan de Berzi, der nun ohne Zweifel sein Feind war. Er drehte sich um und stürmte aus der Halle. Gelächter folgte ihm. Draußen auf dem Marktplatz ballte er wütend die Faust. Schließlich holte er tief Luft und kehrte zu seinen Gefährten zurück.

»Und?«, fragte Severin atemlos. Doch dann bemerkte er die finstere Miene seines Freundes. »Was ist geschehen?«

»Ich hab alles verdorben«, murmelte Arnaut.

***

Im Gegensatz zur großen *aula* war der Empfangssaal der *vescomtessa* der am kostbarsten eingerichtete und, abgesehen von ihrem eigenen Schlafgemach, auch der behaglichste Raum des Palastes.

Im Kamin vertrieb ein Feuer die feuchte Kühle des unfreundlichen Oktobertages. Der Fußboden bestand aus gewachsten, wohlriechenden Dielen, fein gearbeitete Truhen und Möbel füllten den Raum, ein kleiner Tisch für das Schachspiel stand in einer Ecke, und gepolsterte maurische Sitzbänke luden zum Verweilen ein. Die Wände bedeckten Tapisserien mit eingewirkten Motiven aus dem Leben Sant Pauls, des ersten Bischofs der Stadt, aber auch Jagdszenen, wie Aimeric sie geliebt hatte.

In einer Nische, auf einem hohen Marmorsockel, thronte Ermessendas Lieblingsstück, eine kleine römische Bronze der Göttin Diana, zum Glück nur wenig beschädigt. Die Wildheit und Unbezähmbarkeit, die aus der äußerst lebendig wirkenden Figur sprach, beeindruckte die Fürstin immer wieder. Sie glaubte, sich selbst darin zu erkennen. Und insgeheim fühlte sie sich jenem uralten und verbotenen Dianakult verbunden, bei dem es um Magie und Hexenzauber ging, verkörperte die Göttin doch das dunkle Gegenteil ihres Bruders, des Sonnengottes Apollo.

Ermessenda la Bela hauchte auf die glatte Oberfläche ihres Handspiegels und reinigte ihn vorsichtig mit einem weichen Wolltüchlein. Sie liebte dieses Kleinod aus Al-Andalus, das sich selten außerhalb ihrer Reichweite befand. Nicht allein, weil es ein Geschenk ihres verstorbenen Gemahls war, sondern weil dieser Gegenstand Schönheit mit Nützlichkeit auf eine Weise verband, die sie stets aufs Neue entzückte.

Die Innenfläche selbst war aus metallunterlegtem Glas, eine Kunstfertigkeit, die nur die Sarazenen beherrschten und sich fürstlich vergolden ließen. Mit der Echtheit und Klarheit des Bildes, das dieses Kunstwerk wiedergab, waren die üblichen Silber- oder Kupferspiegel nicht zu vergleichen. Griff und Einfassung waren aus feinstem Gold und mit winzigen Edelsteinen besetzt, die das Antlitz eines jeden, der hineinblickte, aufs angenehmste umrahmten.

Prüfend betrachtete sie ihr Spiegelbild.

Wie immer ärgerte sie sich über die Sommersprossen auf ihren Wangen, denn trotz größter Vorsicht, jedes Sonnenlicht zu vermeiden, würde sie nie so vornehm blass erscheinen, wie sie es sich wünschte. Bleiweiß, wie andere Frauen es verwandten, schadete ihrer Haut, das wusste sie aus Erfahrung. Nun, es war nicht zu ändern. Dies war der Fluch aller Rothaarigen.

Ob er heute kommen würde? Ganz bestimmt, beruhigte sie sich. Schließlich hatte sie Tibaut beauftragt, anzudeuten, dass sie unter gewissen Umständen nun doch zu Verhandlungen bereit sei.

Mit der Kuppe des kleinen Fingers nahm sie einen Hauch von der wohlriechenden, roten Wachspaste auf, um eine Winzigkeit zuerst auf den Wangen zu verreiben und dann sorgfältig auf ihre Lippen aufzutragen. Noch so eine der wundervollen Erfindungen aus dem Maurenland, ohne die das Leben nur halb so viel wert war. Sie presste die Lippen zusammen, um die hauchdünne Schicht besser zu verteilen. Zu viel davon, und sie sähe wie eine Dirne aus, aber nur ganz sparsam aufgetragen, verlieh es ihrem Antlitz jugendliche Blüte. Ja, so war es gut. Ihr Mund war das Beste an ihrem Gesicht. Vielleicht auch die hellen, graugrünen Augen.

Mit sich zufrieden legte sie den Spiegel auf den Tisch und sah nach ihren Töchtern, die sich mit der gezeichneten Vorlage einer Stickarbeit beschäftigten. Ihre dreizehnjährige Tochter blickte auf, und als sie sah, dass die Mutter das silberne Döschen der Schminkpaste verschloss, erhob sie sich und trat rasch näher.

»Darf ich auch, Mama?«

»Nina! Diese Schminke ist viel zu teuer für ein Kind«, erwiderte Ermessenda. Da beide den gleichen Namen trugen, hatten die Leute begonnen, die Tochter *la nina,* das Mädchen, zu nennen, und so war am Ende Nina als Rufname geblieben.

»Bitte, Mama.«

Ermessenda seufzte. Am Ende gab sie wie so oft nach. Sie verwöhnte Nina, das war ihr bewusst, aber warum sollte sie ihrem einzigen Kind so eine kleine Freude verwehren? Besonders nach dem Tod ihres Sohnes Berenguer vor einem Jahr, den sie noch nicht verwunden hatte. Er war erst sieben gewesen.

»Finger weg, *filheta*«, rief sie, als Nina nach der Paste griff. »Lass mich es machen. Du verschmierst dich nur.«

Nina schloss die Augen und hielt ihr die halb geöffneten Lippen hin. Ermessenda trug nur ein klein wenig von der roten Paste auf und verteilte sie sorgfältig. Dann hielt sie ihrer Tochter den Spiegel vors Gesicht.

»Na? Bist du zufrieden?«

»Man sieht ja fast nichts.« Nina zog ein Gesicht.

»Für ein kleines Mädchen ist das genug.«
»Ich bin kein kleines Mädchen mehr. Hör auf, mich so zu nennen!«
Ermessenda lachte und nahm ihre Tochter in die Arme. »Mein kleines Mädchen und *mon anjol.* Mein Engelchen«, sagte sie und wiegte Nina sanft. »Das wirst du immer bleiben, ganz gleich, wie alt du bist.«
Nina schmiegte sich an ihre Mutter. Währenddessen fing Ermessenda einen Blick der anderen auf, ein kühler, abschätzender Blick, der ihr tief in die Seele zu schauen schien. Ernüchtert machte sich Ermessenda von Ninas Umarmung frei. »Geh jetzt und hilf deiner Schwester.«
»Warum lassen wir es zu«, fragte Ermengarda, »dass fremde Soldaten hier das Sagen haben und sie ungestraft töten dürfen?«
Ermessenda war erstaunt. Weniger über die Frage als über den unerwarteten Zorn in Ermengardas Augen. Das war sie von ihrer jungen Stieftochter gar nicht gewohnt.
»Nun, das sind Angelegenheiten …«
Wie so oft hatte sie sagen wollen, dass die Kinder sich nicht um Dinge kümmern sollten, die sie noch nicht verstünden. Aber als sie auf Ermengardas gescheites Gesicht starrte, dämmerte ihr, dass das Mädchen inzwischen mehr verstand, als sie ihr zutraute. Und dann diese Frage. War das eine Herausforderung?
»Wir leben in schweren Zeiten«, antwortete sie schließlich, um nicht zuzugeben, dass sie über den gestrigen Vorfall ebenso entsetzt war, sich aber, trotz ihrer Stellung als Fürstin, machtlos fühlte. Wobei man sich fragen musste, was empörender war, der plötzliche Aufstand des Pöbels oder die brutale Art, wie er niedergeknüppelt worden war.
Seit Aimerics Tod vor acht Jahren hatte Alfons von Zeit zu Zeit Ansprüche geltend gemacht, angeblich die eines Herzogs und Lehnsherrn über Narbona. Unter diesem Vorwand und mit Unterstützung des Erzbischofs hatte er sich hier vor

drei Jahren eingenistet. Die einflussreichen Bürger waren mit Versprechen oder Gold zum Schweigen gebracht worden, und aus Furcht vor seinem Heer hatten sich auch die Adeligen der Vizegrafschaft zurückgehalten. Wer hätte sie auch führen sollen? Schließlich war sie selbst kein Mann und Kriegsherr wie Aimeric. Und jetzt sah sie kaum noch einen Weg, die Vorherrschaft Tolosas abzuschütteln.

»Vater hätte dies nie zugelassen«, sagte Ermengarda.

»Was weißt du schon von deinem Vater?«, erwiderte Ermessenda scharf und starrte ihre Stieftochter so feindselig an, dass diese die Augen senkte und es vorzog, zu schweigen.

Gereizt nahm Ermessenda ein Blatt von feinstem Pergament vom Tisch und versuchte, sich zur Beruhigung in die Abschrift eines ihrer Lieblingslieder zu versenken.

Ab la doussor del temps novel
folhon li bosc e li auzel …

Von des Lenzes Süße singen Vögel
im neu ergrünten Wald …

Ein *canso* des berühmten Herzogs Guilhem von Aquitania, den sie schon zu Lebzeiten den *trobador* genannt hatten. Seine blutjunge Enkelin Alienor und einzige Erbin des Herzogtums hatte es geschafft, die Macht über Aquitania in ihren zarten Händen zu behalten, obwohl sie vor wenigen Jahren den König von Frankreich geheiratet hatte. Rechtens sollte er als ihr Gemahl dort herrschen, doch der junge Mann war so vernarrt in die Kleine, dass er ihr jeden Wunsch gewährte. Aber warum nur hatte ihre Stieftochter sie an Alienor von Aquitania denken lassen?

Ärgerlich legte Ermessenda la Bela das Blatt auf den Tisch, denn der Gedanke an Alienor erinnerte sie an ihre eigene missliche Lage als Regentin auf Zeit. Außerdem war es jetzt Herbst und die Süße des Lenzes längst verflogen, die Blätter gestorben, die Bäume kahl. Keine Jahreszeit für die Liebe, eher eine für die grauen Winkelzüge der Politik. Sie wünschte, sie würde sich weniger hilflos fühlen. Was würde aus Narbona mit Ermengarda als Erbin?

Ihre Ehe mit *Vescoms* Aimeric war keine Verbindung aus Gründen der Macht gewesen, denn kaum war seine erste Frau unter der Erde, hatte er begonnen, hartnäckig um sie zu werben. Die Liebe eines solchen Mannes, reich und mächtig, wenn auch zwanzig Jahre älter, hatte ihr zunächst sehr geschmeichelt. Und dass er sie geliebt hatte, darüber bestand kein Zweifel. Eine Frau weiß so etwas. Mit Aufmerksamkeiten hatte er sie überhäuft, und von ihrem Leib hatte er nicht genug bekommen können. Nun, nicht verwunderlich, war sie doch erst achtzehn bei ihrer Hochzeit gewesen. Aber wie zärtlich und verwundbar ein so herrischer Mann in der Abgeschiedenheit der ehelichen Kammer sein konnte, davon hatte sie sich in den ersten Jahren ganz verzaubern lassen, von der Macht ihrer eigenen Wirkung auf diesen beachtlichen Mann.

Ermessenda seufzte. *Vescoms* Aimeric war ein rechter Kerl gewesen. Fast vermisste sie ihn. Wenn er auch alles für sie getan hätte, aber seinem jungen Sohn Aimeric aus erster Ehe das Erbrecht zugunsten ihres eigenen Sohnes Berenguer zu verweigern, zu diesem Schritt hätte er sich natürlich nie entschlossen. Erst der tödliche Jagdunfall des Stiefsohns vor einigen Jahren hatte die Lage zu ihren Gunsten verändert, denn mit diesem Tod war sie nicht mehr nur Regentin auf Zeit, sondern die Mutter des künftigen Vizegrafen Berenguer. Ärgerlich nur, dass darüber Gerüchte die Runde machten, aber die Leute hatten ja immer etwas zu tratschen.

Untröstlich war sie gewesen, als ihr kleiner Liebling dann im zarten Alter von sieben Jahren einem heftigen Fieber zum Opfer gefallen war.

Nach dem Ableben der Brüder fiel das Erbe nun ausgerechnet auf Ermengarda, diesem Balg der Frau, die vor ihr gewesen war.

La Bela erhob sich und schritt zu einem Wandtischchen, wo sie etwas Wein in einen kostbaren Kelch aus geschliffenem Glas schenkte. Eigentlich trank sie wenig Wein, und wenn, dann sehr verdünnt, aber heute brauchte sie etwas, um das Flattern in ihrem Magen zu beruhigen. Zu viel stand auf dem Spiel. Sie nahm einen tiefen Schluck des starken Weins von den Hängen der Corbieras, schloss einen Augenblick die Augen und überließ sich der angenehmen Wärme, die sich in ihrem Leib ausbreitete.

Dann warf sie einen Blick auf die Mädchen. Meine kleine Nina will nicht mehr Kind sein, dachte sie belustigt. Dabei hatte sie noch keine Monatsblutungen, auch ihre Brüste waren kaum mehr als rosa Knospen.

Anders dagegen Ermengarda.

Eigentlich hatte die Stieftochter ihr nie Grund zur Klage gegeben. Bisweilen ein wenig verwöhnt, aber das waren sie beide. Doch schön war sie. *Mon Dieu,* was hätte Ermessenda nicht dafür gegeben, selbst solche Schönheit zu besitzen. Nina war blond wie der Vater und hübsch wie ein kleiner Engel. Aber bei allem Mutterstolz nicht so sterbensschön wie Ermengarda.

In letzter Zeit hatte sie jedoch eine Veränderung bemerkt. Sie beobachtet mich, dachte Ermessenda. Mit diesem kühlen, prüfenden Blick, wie gerade eben. Wie eine Schlange, die ihr Opfer anstarrt. Aber was denk ich da? So ein Unsinn. Sie versuchte, den Gedanken zu verscheuchen. Das war doch ganz und gar lächerlich. Eine Fünfzehnjährige!

Nur, von Monat zu Monat war sie mehr zur Frau geworden, so dass es schien, als würde ihr wachsender Brustumfang mit jedem Tag Ermessendas Ende als Regentin näher bringen. Würde es bald *Vescomtessa* Ermengarda heißen? Wie diese unreife Göre aus Aquitania, die nicht nur Herzogin, sondern auch noch Königin von Frankreich geworden war?

Und was wird dann aus mir? Das Ende meiner Herrschaft? Vielleicht Schlimmeres. Ermessendas Hand flog in plötzli-

cher Furcht zum Halsausschnitt ihrer Robe. Ich muss mich beruhigen, dachte sie. Trotzdem, irgendetwas musste geschehen. Und zwar bald.
Vielleicht sollte sie das Mädchen eiligst mit einem der Stadtadeligen verheiraten, jemanden, den sie in der Hand hatte. Am besten eine wenig begüterte Familie, die sich mit einer Mitgift an Geld und Ländereien begnügen würde statt der Herrschaft über Narbona. Müsste aber alles vertraglich geregelt werden. Ja, zuerst das. Und dann würde sie ihre anderen Pläne weiterverfolgen.
Seit dem Tod ihres Gemahls hatte sie über Narbona geherrscht, und so würde es bleiben, *per Dieu!* So schnell gab sie das Heft nicht aus der Hand.
Domna Anhes, die führende Hofdame der Vizegräfin, steckte den Kopf zur Tür herein. »Ein Besucher, *Domina.*«
La Bela sprang auf. »Danke, Anhes. Aber warte noch …«
Sie hatte auf diesen Besuch gehofft und fühlte sich dennoch überrumpelt. Wie konnte sie ihn in diesem Gemütszustand empfangen?
Sie sah zu den Kindern hinüber. Da war er wieder, Ermengardas forschender Blick, als verstünde sie genau, was in ihr vorging. Ermessenda holte tief Luft und griff nach dem Spiegel. Auf eine Kopfbedeckung hatte sie bewusst verzichtet. Allein ein dünner Goldreif zierte ihr Haupt und brachte das feurige Haar zum Leuchten, das ihr wie ein Wasserfall über den Rücken fiel. Ein paar Löckchen zupfte sie noch aus der Stirn. Gott sei Dank. Alles in allem sah sie blendend aus.
»Führ ihn herein, Anhes«, sagte sie mit wiederhergestelltem Selbstvertrauen. Und ihren Töchtern befahl sie, sich zurückzuziehen. »Geht, Kinder! Die Sache ist vertraulich.«
Nina zog ein Gesicht, begann aber, der Schwester zu helfen, das Stickzeug in einer Truhe zu verwahren.
»Nun beeilt euch!« Ermessenda winkte die beiden mit einer ungeduldigen Handbewegung durch die Seitentür, die in die privaten Gemächer führte. Dann schritt sie bis in die Mitte

des Raumes und atmete tief durch, um sich einen Augenblick zu sammeln. Endlich war Graf Alfons zurückgekehrt. Seit Wochen schon hatte sie ihn mit wachsender Ungeduld erwartet. Angeblich hatten ihn wichtige Angelegenheiten in Tolosa festgehalten, nicht zuletzt die Trauerfeierlichkeiten um seine kürzlich verstorbene Gemahlin Faidiva. Mit dem unerwarteten Hinscheiden dieser Dame hatten sich ganz neue Möglichkeiten eröffnet. Doch sie würde behutsam vorgehen müssen, um den edlen Hirsch nicht zu verprellen.

Als es an der Tür klopfte, trat sie erwartungsvoll einen Schritt vor und bemühte sich um ein gewinnendes Lächeln, welches jedoch erfror, als sie sah, wer im Türrahmen stand.

»Ach, du bist es«, sagte sie.

***

Domna Anhes führte den Besucher herein, obwohl dieser sich hier bestens auskannte. Den Wein, den sie ihm anbot, lehnte er dankend ab. *Domna* Anhes verbeugte sich kurz, zog sich dann still zurück und schloss die Tür hinter sich. Ermessenda würde jetzt keine Störung dulden.

»Hast du jemand anderes erwartet? Deine Enttäuschung war kaum zu überhören«, sagte *Vescoms* Peire de Menerba mit einem bitteren Zug um den Mund. »Es gab Zeiten, da hast du mich anders begrüßt.«

Auch mit über vierzig Jahren war er eine äußerst stattliche Erscheinung, die ihre Wirkung auf sie selten verfehlte, wie Ermessenda sich eingestehen musste. Etwas über mittelgroß, dunkelhaarig, mit ersten grauen Strähnen in Bart und Haar, aber dem gestählten Leib eines Mannes, der täglichen Umgang mit Waffen und Pferden pflegte. Dabei vermittelte er keineswegs den Eindruck eines rohen Kriegsmannes, denn er gab sich meist höflich zurückhaltend, und in den klugen Augen zeigte sich sein unaufdringliches und feinfühliges Wesen.

Sie zog es vor, die Bemerkung zu überhören, ließ sich

stattdessen mit würdevoller Langsamkeit auf ihren Sitz nieder, bemüht um den Faltenwurf ihres Gewandes, hauptsächlich jedoch, um seinem prüfenden Blick auszuweichen.
»Nun setz dich schon«, sagte sie, und als er ihr gegenüber Platz genommen hatte: »Also? Was willst du?«
Menerba musterte sie aufmerksam.
»Du hast selten besser ausgesehen.«
»Du bist doch wohl nicht gekommen, um mir das zu sagen.«
»Warum nicht?« Ein kaum merkliches Lächeln zeigte sich auf seinen Lippen. »Ist es nicht eine Ehre, einer schönen Frau zu huldigen?«
»Lass das, Peire. Die Dinge haben sich zwischen uns geändert, und du weißt das.«
»Ich bin also immer noch verbannt.«
»Keineswegs. Deinen Rat und starken Arm weiß ich stets zu schätzen«, antwortete sie kühl. »Daran hat sich nichts geändert.«
Seine dunklen Augen hielten die ihren gefangen. Es lag kein Vorwurf in ihnen, das hätte sie nur gereizt. Doch die wehmütige Niedergeschlagenheit, die jetzt aus ihnen sprach, berührte sie wider Willen, so dass sie am Ende den Blick abwenden musste. Warum, bei Gott, starrte er sie mit diesen Hundeaugen an, halb bettelnd, halb fordernd, an Gemeinsamkeiten rührend, an die sie nicht erinnert werden wollte?
Dennoch konnte sie ihm nicht länger ausweichen, denn seit eh und je waren die Menerbas das wichtigste Geschlecht in der Grafschaft. Peire hatte oft an Aimerics Seite gekämpft, er war der Fürsprecher der adeligen Familien, und selbst die reichen Kaufleute schätzten seine Klugheit. Sie brauchte seine Unterstützung.
Menerba räusperte sich. »Nun, wie dem auch sei«, seine Stimme klang jetzt höflich und kühl, »wir haben dringendst über einiges zu reden.«
Sie sah ihn scharf an. »Über was?«
»Über den Vorfall gestern. Wir können nicht einfach darüber

hinweggehen. Es brodelt in Narbona. Selbst wenn der Adel noch stillhält, aber Bürger und Volk haben genug.«
»Wer hat denn zuerst mit Steinen geworfen? Ich selbst hätte zu Schaden kommen können. Es war nur recht, dass die Tolosaner für Ordnung sorgten.«
»Es geht ja nicht nur um diesen unglücklichen Vorfall gestern. Seit Jahren macht sich Alfons hier breit. Es wird Zeit, ihn loszuwerden. Hast du es selbst nicht oft genug gesagt?«
Ihr lag eine spitze Erwiderung auf der Zunge, aber dann seufzte sie und ließ unwillkürlich die Schultern hängen. »Das habe ich, es ist wahr.« Daraufhin schwiegen sie, jeder hing den eigenen Gedanken nach.
Ach, was hatte sie doch für Pläne gehabt. Narbonas Lage auf den großen Handelsstraßen des Landes war von einzigartiger Bedeutung. Als Herrscherin dieses Kleinods hatte sie das Zünglein an der Waage spielen wollen zwischen den Mächten des Südens, den Aquitaniern, Tolosanern und Katalanen. Macht, Einfluss und Reichtum zum Greifen. Doch Alfons Jordan hatte sich eingeschlichen wie der Wolf im Schafspelz. Töricht, zu glauben, sie könne sich ihm widersetzen.
Sie erinnerte sich, wie er zum ersten Mal vor drei Jahren mit großem Gefolge in Narbona aufgetaucht war. In Sorge um die Vizegrafschaft habe der gute Erzbischof ihn gerufen und auf seine Verantwortung verwiesen, hatte er salbungsvoll getönt. Schließlich sei er, als Herzog von Narbona, seinem verstorbenen Lehnsmann Aimeric verpflichtet, Gott sei seiner Seele gnädig, sich um die Witwe und verwaisten Kinder zu kümmern. Lauerten nicht fremde Mächte habgierig an Narbonas Grenzen?
Dass die Tolosaner Grafen Herzöge von Narbona sein sollten, davon wisse sie nichts, hatte sie ihm geantwortet. Über diese schroffe Haltung hatte er sich sehr verwundert gezeigt und war eine Weile ihrem Hofe ferngeblieben, ohne jedoch die Stadt zu verlassen.
Bald darauf hatte der gerissene Kirchenfürst Leveson uralte

Dokumente und Urkunden hervorgezaubert, mit denen der Anspruch bewiesen sei. Alfons hatte begonnen, hinter ihrem Rücken den Adeligen und reichen Bürgern der Stadt Versprechungen zu machen. Einer nach dem anderen ihrer Ratgeber hatte ihr gut zugeredet, Tolosas Schutz nicht zu verachten. Still und heimlich, offensichtlich mit Billigung des Erzbischofs, wurden immer mehr Tolosaner Truppen einquartiert. Als sie dagegen aufbegehrte, war es zu spät. Was hätte sie als schutzlose Frau unternehmen können?

Dann war im letzten Jahr die Nachricht gekommen, König Louis rücke mit einem Heer an, um Tolosa zu belagern. Seiner jungen Gemahlin Alienor zuliebe wollte der Monarch den alten Familienanspruch Aquitaniens auf die Grafschaft Tolosa durchsetzen. Heimlich hatte Ermessenda sich die Hände gerieben, ging es doch nun dem Wolf selbst an den Kragen. Bevor Alfons überstürzt Narbona verlassen hatte, um sein Heer zu sammeln, war es ihr gelungen, Menerba als Statthalter durchzusetzen. Dies hatte ihr eine Atempause verschafft und das Gleichgewicht gegenüber dem Erzbischof wiederhergestellt.

Doch zu ihrer Bestürzung hatte König Louis sich anders besonnen und die Belagerung von Tolosa wieder aufgegeben. Bald darauf war auch Alfons zurück, mit noch mehr Kriegern im Gefolge. Selbst ein Hilferuf an den mächtigen Neffen ihres verstorbenen Gemahls, Ramon Berenguer von Barcelona, hatte außer schönen Worten nichts an greifbarer Hilfe gebracht. Wem konnte sie also noch trauen, wenn nun selbst das Volk sie mit Steinen bewarf?

Sie sah Menerba an, der mit gerunzelten Brauen ins Kaminfeuer stierte. Ihm vielleicht schon, aber was er seit langem von ihr verlangte, war sie nicht bereit zu geben. Darüber hatten sie sich zerworfen. Und dennoch war Peire ihr letzter wichtiger Verbündeter.

»Ich bin es müde, auf verlorenem Posten zu stehen«, sagte sie leise. »Vielleicht ist ein Bündnis mit Tolosa nicht das Schlechteste.«

Mit einem Ruck setzte er sich auf und starrte sie ungläubig an.
»Ein Bündnis? Hast du etwa deine Haltung geändert? Bist du jetzt auf Alfons' Seite?«
»Und du? Bist du nicht sein Statthalter?«
»Nur dir zuliebe habe ich dieses Amt angenommen.«
»Ich weiß. Besser du als irgendein Tolosaner Hauptmann oder ein Mann des Erzbischofs. Dann hätte ich gar nichts mehr zu sagen.«
»Wir haben Alfons lange genug ertragen«, beschwor er sie hitziger, als man es von ihm gewohnt war. »Inzwischen überzieht er mächtig sein Willkommen in dieser Stadt. Die Stimmung hat sich gewandelt. Es wird Zeit, etwas zu unternehmen.«
»Willst du etwa einen Aufstand anzetteln?«
Ein abwegiger Gedanke. Sie war sicher, dass die Barone uneins waren, ganz gleich, was Peire zu glauben schien. Er würde nur ein lächerliches Häuflein Wagemutiger unter sein Banner scharen können. Nicht zu vergessen, dass auch der vermaledeite Erzbischof über Soldaten verfügte. Eine Erhebung wäre ein aussichtsloses Unterfangen.
»Dein Gemahl hätte nicht lange gefackelt.«
»Mein Gemahl ist seit sieben Jahren tot«, schrie sie plötzlich aufgebracht. Schon das zweite Mal heute, dass man sie daran erinnerte, was Aimeric getan hätte. »Er ist tot und kommt nicht wieder!«
Er sah sie lange an und nickte dann.
»Das ist er. Und ich bete für seine Seele.«
Sie sah den Schmerz in seinen Augen. Aimerics Tod schwärte immer noch wie eine offene Wunde in seinem Herzen. Würde er denn nie darüber hinwegkommen?
»Was also ist dein Rat?«, fragte sie.
»Ich habe gute Verbindungen zu den Trencavels …«
»Die Trencavels«, lachte sie bitter. »Die sitzen auf ihrer Festung in Carcassona und kehren sich einen Dreck um Narbona. Genauso blind wie alle Großen dieses Landes.«

Menerba ließ sich nicht beirren. »Und nicht zu vergessen Montpelher, Rodes und andere Fürstentümer. Niemand will, dass Alfons zu stark wird.«
»Die werden sich doch nie einigen. Besonders die Trencavels hängen ihr Fähnchen mal so oder mal so in den Wind. Auf die kann sich niemand verlassen.«
»Diesmal ist es anders. Und vergiss nicht Barcelona.«
»Der gute Ramon Berenguer? Auch der scheint die Familie seines lieben Onkels Aimeric vergessen zu haben. Seit seiner Verlobung mit Peronella von Aragon ist ihm die Vereinigung der beiden Reiche wichtiger als alles andere. Ich kann es ihm nicht einmal verdenken. Nein, nein«, sagte sie verbittert. »Von Nachbarn und Verwandten ist nichts zu erwarten. Besser, wir gewöhnen uns daran, mit Alfons auszukommen.«
Menerbas Gesicht verfinsterte sich. »Wieso dieser Sinneswandel? Das passt nicht zu dir. Was hast du vor?«
Unter seinem Blick fühlte sie sich nackt. Wütend auf sich selbst, biss sie sich auf die Lippen, denn sie hatte das Gefühl, zu viel gesagt zu haben. Immer schon hatte er sie mühelos durchschauen können, nicht wie Aimeric, der sich mit Leichtigkeit von ihr hatte nasführen lassen. Sie stand auf und eilte zum Wandtischchen hinüber, um ihren Kelch nachzufüllen. Ihre Hände zitterten so stark, dass etwas Wein auf ihr Gewand tropfte. Sie nahm einen schnellen Schluck, um sich zu beruhigen.
»Was führst du im Schilde?«, fragte Menerba um einiges lauter.
Sie drehte sich um, mit dem Kelch in der Rechten, und bemühte sich, gefasst zu wirken. »Wir müssen einen Weg finden, das Beste aus der Lage zu machen. Man muss sich mit ihm verständigen.«
Er sprang auf. »Sich verständigen? Was soll das heißen?«
Rasch trat er näher und blickte forschend in ihre Augen. Plötzlich sah sie eine wilde Vermutung über sein Gesicht zucken. »Willst du etwa in sein Bett springen? Ja, verflucht!

Das ist, was du vorhast. Du willst seine Hure werden«, schrie er.

»Was erfrechst du dich?«, rief sie heftig und versuchte, ihn mit einem wütenden Blick niederzuzwingen. Ärgerlich, dass ihr dabei die Röte in die Wangen stieg, und noch ärgerlicher, dass er es bemerkte. Jäh holte er mit der Linken aus und schlug ihr den Kelch aus der Hand, der auf den Dielen in tausend Scherben zerschellte.

»Ich werde das nicht hinnehmen«, brüllte er außer sich.

In Furcht vor seinem Zorn war sie einen Schritt zurückgewichen. Der Ausbruch kam ganz unerwartet und widersprach seinem sonst so besonnenen Wesen. Einen Augenblick lang starrte er sie noch wütend an, dann fiel sein Blick auf die Scherben, und das schien seiner Erregung die Spitze zu nehmen. Vielleicht auch, weil ihm bewusst wurde, dass er in Wirklichkeit keine Ansprüche zu stellen hatte. Er atmete tief durch und fuhr sich mit der Hand durch die Haare.

»Ich, für meinen Teil, werde mich nicht länger beugen«, sagte er wieder ruhiger. »Wir schulden es Aimerics Andenken, Ermessenda. Er hätte sich nie mit Alfons' Machtgelüsten zufriedengegeben. Vergiss nicht, auch ich habe Mittel. Meine Männer stehen schon unter Waffen. Und wenn notwendig, gibt es Krieg.«

Ermessenda spürte immer noch das Blut im Hals pochen. Einen eifersüchtigen Menerba, der versuchen würde, ihr einen Strich durch die Rechnung zu machen, konnte sie überhaupt nicht gebrauchen.

»Gar nichts wirst du tun!«, zischte sie.

»Ich werde nach Carcassona reiten und alle mitnehmen, die genug vom Gestank der Tolosaner haben!«

»Das wirst du nicht tun, sage ich dir.«

»Es wird endlich Zeit, Aimerics Erbe zu verteidigen.«

»Und gerade du sagst das?« Sie standen sich immer noch Auge in Auge gegenüber. Sie zwang sich, die Stimme zu senken, denn ihre Worte waren nicht für fremde Ohren bestimmt. »Du siehst dich gern als der geachtete *vescoms* de Menerba, der starke Mann der Grafschaft, auf den man in den Versammlungen hört, nicht wahr? Und immer hältst du Aimerics Banner hoch, als lebte er noch und als seiest du nach wie vor sein erster Vasall. Warum eigentlich? Drückt dich die Schuld? Was würden sie sagen, wenn sie wüssten, dass du ihn mit seinem Weib betrogen hast, eh? Dass es Zeiten gab, da du nichts mehr als seinen Tod gewünscht hast? Muss ich noch mehr sagen?«

Er wich einen Schritt zurück. »Nicht!«, flüsterte er.

Mit hängenden Schultern sah er zu Boden wie ein geprügelter Hund. So standen sie sich gegenüber. Sie hoch aufgerichtet und triumphierend. Er mit geschlossenen Augen, bleich und stumm.

Nach einer Weile blickte er wieder auf. »Wenn du mich nur heiraten würdest, Ermessenda, dann würde sich niemand mehr das Maul zerreißen. Und zusammen könnten wir Alfons die Stirn bieten.«

Er näherte sich ihr und zog sie rauh an sich. Sie ließ es zu, dass er sie küsste, denn sein Begehren verlieh ihr Macht über ihn. So war es schon immer gewesen. Er würde tun, was sie von ihm verlangte.

Doch dann, die heftige Umarmung, der Geschmack seiner Lippen, der Kuss, den sie ungewollt erwiderte, die Erinnerung … all das ließ sie nicht unberührt, es weckte ein Feuer tief im Inneren, das sich über ihren Leib ausbreitete und ihre Haut zum Glühen brachte. Darüber erschrak sie und stieß ihn von sich.

»Das genügt, Peire!« Ihre Stimme war seltsam belegt, und es dauerte, bis sie sich wieder in der Gewalt hatte. »Ich habe es dir oft genug gesagt. Dein braves Weibchen werde ich nie sein. Such dir eine einfältige und gefügige Gans dafür, nicht mich.«

Sie entfernte sich von ihm, trat ans Fenster und sprach mit dem Rücken zu ihm gewandt: »Du schuldest mir Treue, wie du es mir als deiner Lehnsherrin geschworen hast. Und deshalb wirst du dich ruhig halten, weil ich es so will.«

Fast körperlich konnte sie seinen Zorn hinter sich spüren, den ärgerlichen Widerspruch auf den Lippen. Aber er beherrschte sich.
»Da ich dir bei deinen weiteren Vorhaben nur im Wege bin«, sagte er fast tonlos, mit erzwungener Ruhe, »werde ich mich auf meine Güter zurückziehen. Schick einen Boten, wenn du mich brauchst.«
»Gut«, antwortete sie und fügte fast beiläufig hinzu: »Und sag deinem Sohn, er schwänzelt mir zu viel um Ermengarda herum.« Sie drehte sich um und grinste ihn mit boshaftem Schalk in den Augen an. »Einen aus der Familie der Menerbas zu ertragen, das reicht mir schon.«
Er überging diesen mageren Versuch eines versöhnlichen Scherzes, nickte nur mit steinerner Miene und verließ schweigend den Raum.
Ermessenda la Bela blieb zurück, mit dem Rücken gegen den Rahmen des Fensters gelehnt. Das Lächeln starb auf ihren Lippen, und eine bittere Leere breitete sich in ihr aus.

Der Sohn des Statthalters

»*Emantenent*? Was machen wir jetzt?«
Severin war wütend und mit Recht.
Arnaut ließ den Kopf hängen. Einen der Hauptleute des Grafen vor aller Augen zum Zweikampf herauszufordern! Wie konnte man nur eine solche Dummheit begehen? Hatte er mal wieder seinen Mut beweisen müssen?
Ein ihm durchaus bewusster Fehler war sein aufbrausendes Wesen. Oft genug hatte seine Mutter ihn ermahnt, sein heißes Blut im Zaum zu halten und lieber dreimal nachzudenken, bevor er sich zu einer leichtsinnigen Tat hinreißen lasse. Ich will nicht, dass du wie dein Vater endest, hatte sie ihm mit auf den Weg gegeben. Berenguer Peire de Peirapertusa war in der Tat ein Mann von jähzorniger Natur gewesen, besonders wenn er, wie so oft, zu viel getrunken hatte. Ein unsinniger Streit während eines Zechgelages hatte Arnaut und seine Geschwister früh zu Halbwaisen gemacht.
»Was bist du nur für ein Hornochse!«, schimpfte Severin weiter. »Wenn wir so heimkehren, lachen sie uns aus, *putan!*«
Diesen ungebührlichen Ton gegenüber seinem Herrn durfte er sich erlauben, weil die beiden von Kindesbeinen an Freunde waren.
Dass man ihre Dienste ablehnen könnte, war ihnen nie ernsthaft in den Sinn gekommen. Drei Jahre lang hatten sie täglich bis zur Erschöpfung mit Waffen und Pferden geübt. Immer unter der strengen Aufsicht so erfahrener Krieger wie Arnauts Oheim Raol und seinem Großvater Jaufré. Bei der

gemeinsamen Schwertleite hatten sie endgültig ihre Waffen und Ausrüstung erhalten. Nein, stöhnte Arnaut innerlich, nach all den Vorbereitungen, den Geschenken für ihr zukünftiges Kriegerdasein, weisen Ratschlägen und guten Wünschen der Familie konnten sie nicht auf so klägliche Weise wieder zu Hause auftauchen. Lieber wäre er gestorben.

Niedergeschmettert saßen sie auf dem Brunnenrand und blickten verdrossen auf das Marktplatztreiben vor ihren Augen, ohne viel davon wahrzunehmen. Auch Jori hockte still zu ihren Füßen, als habe der Trübsinn der beiden jungen Männer auch ihn erfasst.

An diesem Morgen war nichts mehr vom gestrigen Aufruhr zu spüren, und die Menschen schienen ihren Geschäften nachzugehen, als sei nichts geschehen. Ob sie die Toten schon begraben hatten? Arnaut stellte sich das kleine Mädchen vor, das einer Speerspitze zum Opfer gefallen war, aufgebahrt im Kreise der trauernden Familie, in ein weißes Leichentuch gehüllt. Gewiss hatten sie die schreckliche Wunde bedeckt, ihr Blumen in die kleinen Hände gelegt, vielleicht die bleichen Wangen mit etwas Schminke belebt. Oder hatte man sie in ein Armengrab geworfen, weil sie wie Jori nur ein Straßenkind gewesen war?

Eine Bettlerin näherte sich mit wehleidigem Singsang. Auf der Hüfte trug sie ein halbnacktes Kind, dem der Rotz aus der Nase lief. Unterwürfig, mit verfilzten Haaren, stand die Frau vor ihnen und hielt den Blick gesenkt, als schäme sie sich, der Welt in die Augen zu sehen. Nur ihre schmutzige Hand ragte aus den Lumpen, in die sie gehüllt war. Das Kind starrte Arnaut aus dunklen Augen an. Unwillkürlich griff er in seine Gürteltasche und legte eine Kupfermünze in die Hand der Frau, deren Finger sich um das Geldstück krallten und es zwischen den Lumpen verschwinden ließen.

»*Dieu vos gard, Senher*«, murmelte sie und blickte kurz zu ihm auf, dann wandte sie sich ab und wanderte weiter. Wie jung sie noch ist, dachte er erstaunt.

Severin warf ihm einen missbilligenden Blick zu.
»Ich tue nur meine Christenpflicht«, brummte Arnaut.
»Leben wir etwa im Überfluss? Ausgerechnet jetzt?«
Er hatte recht. Ohne Sold würde das Geld nicht lange reichen, das die Mutter ihm mitgegeben hatte. Sollten sie sich einen anderen Herrn suchen? Aber wen?
Vor lauter Grübeln war Arnaut ganz dumm im Kopf. Er war niemand, der sich lange mit Jammern und Grillenfängerei aufhalten mochte. Schwermütige Gedanken schnürten ihm die Kehle zu.
»Also, was gibt's hier zu sehen, Jori?«, fragte er unwirsch. »Vom Rumsitzen tut einem nur der Hintern weh.«
Der Junge sprang freudig auf, als habe er nur auf eine solche Einladung gewartet. »Ich zeige Euch die Stadt. Dann habt Ihr wenigstens etwas zu erzählen, wenn Ihr zu Euren Leuten heimkehrt.«
Arnaut rutschte vom Brunnenrand und gab ihm einen Klaps auf den Hinterkopf. »So schnell wirst du uns nicht los. Also, wo fangen wir an?«
»Bei der Kathedrale natürlich.«
»Lass uns erst die Panzer ablegen«, maulte Severin. Aber Arnaut gab keine Antwort, sondern marschierte mit Jori an der Seite los. Severin blieb nichts anderes übrig, als mit sauertöpfischer Miene zu folgen. Sie durchquerten lo Borcs Stadttor und erreichten die alte Römerbrücke über die Aude.
»Die größte Brücke der Welt«, krähte Jori.
»Übertreib nicht.«
»Doch. Sie steht auf sieben Bögen und ist so alt, dass niemand weiß, wann sie gebaut wurde.«
Der Fluss war breit, und die Brücke das größte Bauwerk, das Arnaut je gesehen hatte. Unter einigen ihrer Bögen wurden Mühlräder betrieben. Die Gemäuer für Getriebe und Mühlwerk wirkten fast zierlich und wie angeklebt an diesen Koloss von Brücke. Breit und aus mächtigen Quadern gefügt, schien sie unzerstörbar, auch wenn der Stein verwittert war und

unzählige Fuhrwerke in den tausend Jahren ihres Bestehens tiefe Radrinnen hinterlassen hatten.
Sie wichen einem Ochsenkarren und einer Gruppe von jungen Mönchen aus, die laut schwatzend an ihnen vorüberzogen. Auf den Gehsteigen zu beiden Seiten war Platz genug für Buden und Verkaufsstände. Manche waren feste Holzhäuser und ragten zur Hälfte über den Fluss hinaus. Hier war das Reich der Fleischhauer, denn der Standort war günstig, um Blut und Schlachtabfälle ohne Umstände in den Fluss zu leiten.
Aus ähnlichen Gründen waren auch die Fischweiber angewiesen, hier ihre Waren anzupreisen. Dazwischen einfachste Stände, nicht mehr als ein paar aufgebockte Bretter, von Kesselflickern und Messerschärfern, Kräuterfrauen, Töpfern und Korbmachern. Es herrschte ein Kommen und Gehen wie auf einem Jahrmarkt, so dass es Arnaut ganz schwindelig wurde.
An einer freien Stelle lehnte er sich über die Brüstung. Träge floss unter ihm die Aude in Richtung Lagune und Seehafen. An den sandigen Ufern lagen flache Boote, und auf dem Wasser selbst herrschte reges Treiben. Mit langen Riemen, die sanfte Strömung nutzend, trieben Schiffer ihre hochbeladenen Kähne dem Seehafen zu. Fischerboote mühten sich flussaufwärts, um ihren Fang zu landen, in großen, geflochtenen Körben, angefüllt mit silbernen Fischleibern, Krebsen und Muscheln. Am Ufer hockten Weiber und Kinder, um den Fisch auszunehmen. Die Innereien landeten im Fluss, zur Freude der Möwen, die sich krakeelend um die besten Stücke balgten. Die Wolkendecke war inzwischen aufgerissen, und die Sonne hatte sich mit leuchtenden Farben zurückgemeldet. Das Gelb, Braun und Rot der Ziegeldächer spottete dem Grau der weichenden Regenwolken, hellgrün und silbern glitzerte der Fluss, und in der fernen Lagune spiegelte sich das tiefe Blau des südlichen Himmels. Eine Brise wehte von dort herüber, schwanger vom Geruch des Uferschlicks, in dem tausend Seevögel nach Nahrung pickten, und dem salzigen Duft der

Salinen auf den vorgelagerten Stränden, die sich als dunkle Linie am Horizont abzeichneten.

»He, Kamerad, bald werden wir das Meer sehen, stell dir vor.« Er schlug Severin auf die Schulter. »Morgen reiten wir dort hinaus.«

Am anderen Ufer passierten sie den Wachposten für den Brückenzoll, der den durchreisenden Händlern abverlangt wurde, und fanden sich dann vor dem großen Tor zur Ciutat wieder, dem ursprünglichen Kern der Stadt.

»Das Wassertor«, sagte Jori. »Heißt so, weil es zum Fluss führt.«

Die hohe Mauer, in die Turm und Tor gebettet waren, sah aus, als hätte man beim Bau alles verwendet, was zufällig zur Hand gewesen war. Neben Feldsteinen und groben Quadern waren auch Bauteile römischer Herkunft zu erkennen. Polierte Blöcke aus antiken Villen, Bruchstücke von Tempelfriesen, marmorne Grabplatten mit kunstvoll gemeißelten Inschriften. Sogar einen mit römischen Zahlen versehenen Meilenstein konnte Arnaut entdecken.

»Zu Römerzeiten, hat mir Großvater erzählt, war Narbona neben Marselha die wichtigste Stadt westlich Roms«, sagte Arnaut. »Es wurde mit Olivenöl und vor allem Wein gehandelt.«

Sie schlenderten ungehindert durch das Tor und betraten den großen Markt der Ciutat. Jori wies auf einen trutzig dreinblickenden Palast gleich zu rechter Hand. *»Lo palatz vescomtal«*, erklärte er.

Ein wuchtiger Turm, hohe Mauern, schmale Schießscharten und die gekreuzten Speere der Wachen vor dem Tor vermittelten den Eindruck einer wehrhaften Festung. Hier lebt also Ermengarda, dachte Arnaut und versuchte, sich ihr Bild in Erinnerung zu rufen.

»Die eine Hälfte der Ciutat, alles zu rechter Hand der Via Domitia, untersteht der Vizegräfin. Und gleich hinter dem Palast beginnt das Judenviertel.«

Arnaut hatte schon gehört, dass unter dem Schutz der Vizegrafen viele Juden lebten. Sie unterhielten sogar eine berühmte Schule, die von Rabbinern aus der ganzen Welt besucht wurde. Jüdische Geldwechsler und Händler gehörten zu den wohlhabendsten Bürgern, auch wenn sie nicht den Gilden beitreten durften.
»Sind die *jusieus* so geldgierig, wie man sagt?«, fragte Severin.
»Weiß nicht«, erwiderte Jori. »Jedenfalls geben sie mehr Almosen als die Christen.«
»Wirklich?«, sagte Severin erstaunt. »Muss das schlechte Gewissen sein und die Angst vor der Hölle. Schließlich haben sie unseren Heiland ermordet.«
»Unsinn!«, sagte Arnaut. »Der war selber Jude. Und getötet hat ihn Pontius Pilatus.«
In diesem Augenblick kam hoch zu Ross ein fürstlich gekleideter Edelmann aus dem Tor des Palastes, gefolgt von zwei berittenen Leibwachen. Er strebte mit finsterer Miene geradewegs dem Wassertor zu, ohne nach links oder rechts zu blicken.
»Wer ist das?«, fragte Severin.
»*Vescoms* Peire de Menerba«, raunte Jori. »Der Statthalter.«
»Der hätte das Gemetzel gestern verhindern müssen.«
Jori zuckte mit den Schultern. »Wer will sich schon mit den Tolosaner Söldnern anlegen.«
»Als Statthalter kann er doch über sie bestimmen.«
»Was wissen wir schon?«, meinte Arnaut und zog seinen Freund mit sich. »Komm, wir schauen uns den Markt an.«
Der alte Markt, wie man das ehemalige römische Forum nannte, das sich am anderen Ende nahe dem Nordtor befand, hatte in den Jahrhunderten seine Bedeutung verloren und diente nur noch als Pferde- und Viehmarkt. Hier aber, zwischen Wassertor und den Palästen des Erzbischofs und der Vizegrafen, die sich auf Steinwurfweite gegenüberlagen, befand sich der jetzt wichtigste Marktplatz der Stadt, genannt la Caularia.

Die Marktbuden und Verkaufsstände waren nicht so ärmlich wie jene auf der Brücke, denn alles, was Dreck, Gestank oder Lärm verursachte, war aus dieser vornehmen Nachbarschaft verbannt. Wachen der *militia urbana* schlenderten in der Menge der Käufer, Marktaufseher achteten darauf, dass alles mit rechten Dingen zuging. Hier herrschte nicht das Gekreische der Fischweiber, und das Angebot an Weinen, Käse und feinstem Schinken war von erster Güte. Tuchhändler und Kunstschmiede boten ihre Waren feil, es gab wohlriechende Seifen, Kräutersalben, Gewürze aus Outremer, weiches Kalbsleder, ja sogar das sündhaft teure *vellum,* das aus der Haut ungeborener Kälber hergestellt wird und nur für besondere Urkunden und die kostbarsten Bücher Verwendung findet.

An der Ecke zur Via Domitia, die zwischen herrschaftlichen Häusern nach Norden verlief, lag die Münze von Narbona. Gleich daneben gehörte das Ostende des Marktes den *cambiadors,* den Geldwechslern, und war zum Großteil in den Händen der Juden. Hier wurden Anteile an Mühlen oder Schafherden verkauft, Anleihen gewährt, Wechsel ausgestellt, nicht zu reden von den vielen Münzen aus aller Welt, die hier begutachtet, gewogen und getauscht wurden.

Doch die wirklich bedeutenden Geschäfte wurden nicht hier, sondern in den Kontoren der reichen Kaufleute getätigt, in ihren Lagerhallen, die mit Ballen von Wolle, Fässern von Wein, Öl und Salz bis unter die Decke gefüllt waren. Und natürlich fand ein Teil dieses Geldsegens seinen Weg zu den besten Schneidern, wo vornehme Damen Maß nahmen für modische Gewänder in Seide und Damast. Oder zu den Werkstätten der Gold- und Silberschmiede, wo ihre Männer edles Geschmeide für die jeweilige Favoritin erwarben. Denn eines war sicher, auch wenn Scharen von Bettlern in den Gassen lungerten, an Geld mangelte es nicht in Narbona.

***

»Das hier ist der Palast des Erzbischofs«, sagte Jori.
Sie standen vor einem mächtigen Turm, der den Marktplatz überragte und wie ein grimmer Wächter den von einer hohen Mauer umschlossenen inneren Bereich des Palastes schützte, dessen lange Front an die Via Domitia angrenzte. Dahinter die Kathedrale.
»Alles auf der linken Seite der Straße gehört zum Bezirk des Erzbischofs. In lo Borc ist es ähnlich.«
»Der Erzbischof herrscht wie ein Fürst«, klärte Arnaut seinen Freund auf. »Das Erzbistum unterhält auch außerhalb der Stadt große Ländereien und Burgen im ganzen Land.«
Neben dem Tor war ein gewaltiger, eiserner Anker angebracht mit langem Schaft und breiten, spitz zulaufenden Flunken.
»Und wozu der Anker?«
»Er ist das Zeichen, dass der Erzbischof über alle Schiffe herrscht«, rief Jori, bevor Arnaut antworten konnte.
»Nicht ganz, aber so ähnlich«, ließ sich eine Stimme neben ihnen vernehmen. Sie gehörte einem gutgekleideten jungen Mann, der aus dem Tor getreten war und Jori freundlich angrinste. »Das Erzbistum besitzt das Zollrecht auf alle Waren, die per Schiff verfrachtet werden.«
Dann wandte er sich Arnaut zu. »*Perdona me,* aber ich habe zufällig mitgehört. Ihr müsst neu in der Stadt sein. Vielleicht kann ich Euch zu Diensten sein. Mein Name ist Felipe.«
Arnaut erkannte in ihm den jungen Edelmann, der am Vortag die Fürstentochter Ermengarda beschützt hatte. Dichtes, rotblondes Haar umrahmte ein schlankes Gesicht, während ein dünner Bartflaum Oberlippe und Kinn zierte. Das Einnehmendste an ihm war jedoch das großzügige Lächeln, das ihm so bereitwillig auf die Lippen kam, begleitet von einem gewissen Zwinkern in den Augen, mit dem sich Arnaut sogleich anfreunden konnte.
»Felipe *de que?*«, ließ sich Severin misstrauisch vernehmen.
Arnaut stieß ihm einen warnenden Ellbogen in die Rippen.
»Ach, wie unhöflich von mir«, erwiderte der junge Mann.

»Felipe de Menerba. Streng genommen bin ich auch nicht aus Narbona. Meine Familie besitzt Ländereien nördlich von hier.«
»Menerba«, sagte Arnaut etwas atemlos. Das war der Name einer kleinen Festungsstadt, nördlich von Narbona, in den Bergen. »Seid Ihr vielleicht mit dem Statthalter verwandt?«
»Er ist mein Vater.«
Severin errötete heftig und trat einen Schritt zurück. Auch Jori schien seine Keckheit vorübergehend verloren zu haben. Schließlich begegnete man nicht jeden Tag dem Sohn des Statthalters und Vizegrafen von Menerba.
»Ich glaube, wir haben gerade Euren Herrn Vater gesehen«, sagte Arnaut aus reiner Verlegenheit. »Er kam aus dem Palast der Vizegräfin. Ich bin übrigens Arnaut de Montalban. Wir sind aus der Corbieras, wo meine Familie die Burg Rocafort besitzt. Und dieser Naseweis hier ist Severin, mein Schildträger.« Der fuhr sich über den Haarschopf vor lauter Verlegenheit. »Und dann haben wir noch Jori«, fuhr Arnaut fort und legte dem Kleinen die Hand auf die Schulter. »Er zeigt uns die Stadt.«
Felipe lächelte breit, deutete mit dem Kopf eine leichte Verbeugung an. »Willkommen in Narbona«, sagte er. »Nun weiß ich auch, wer Ihr seid.«
»Wie kann das sein? Sind wir doch erst gestern angekommen.«
»Und habt doch schon einen Eindruck hinterlassen.« Felipe musste über Arnauts verdutztes Gesicht lachen. »Einer meiner Freunde tat gestern am Südtor Dienst und hat mir etwas von einem herrlichen Schlachtross vorgeschwärmt, das ein junger Ritter aus der Corbieras mit sich führte.«
Arnauts Miene hellte sich auf. »Ah. Ich erinnere mich. Giraud de Trias.«
»So ist es. Und dann gab es wohl einen abgebrochenen Zweikampf im Palast des Grafen von Tolosa. Muss recht unterhaltsam gewesen sein.«

»Nun …«, murmelte Arnaut und wurde rot.
Aber Felipe legte ihm lachend die Hand auf die Schulter.
»Wer diesen Joan de Berzi herausfordert, hat meine volle Unterstützung. Nicht zuletzt, weil er ein tollkühner Kerl sein muss.«
»Wer ist denn dieser Berzi?«
Felipe wurde ernst. »Er ist *Coms* Alfons' Reiterhauptmann. Ich weiß nicht, wie gut Ihr mit dem Schwert seid, aber seid froh, dass es nicht zum Zweikampf gekommen ist.«
»Wie gut ich mit dem Schwert bin?«, grinste Arnaut, den plötzlich wieder die alte Verwegenheit packte. »Das will ich gern jedem zeigen, der es wissen will.«
»Oho, ein feuriger Provenzale, ein wilder Mann aus den Bergen«, lachte Felipe. »Kommt. Ich zeige Euch den Palast der Vizegräfin, und wenn Ihr wollt, können wir zur Übung die Klingen kreuzen. Ich habe da noch meine Rüstung liegen. Da wird sich zeigen, wie es mit Eurer Kunst bestellt ist.«
Severin, der seinen Herrn nicht stören wollte, gab vor, sich um die Pferde kümmern zu müssen, und verabschiedete sich. Jori nahm er mit. Arnaut und Felipe dagegen überquerten in angeregtem Gespräch versunken den Marktplatz und betraten den Palast.

***

»Hast du gesehen? Felipe wäre beinahe gestürzt.«
Nina legte vor Schreck die Hand vor den Mund und starrte gebannt auf die Kämpfer unten auf dem Übungshof. Der Lärm von Hieben auf eisenbeschlagene Schilde, die Ausrufe der Männer und ihre kaum unterdrückten Flüche drangen bis ans schmale Fenster, hinter dem sich die beiden Mädchen heimlich drängten. Die Mutter hatte ihnen strengstens verboten, Krieger beim Drill zu beobachten. Doch wer konnte dem Schauspiel widerstehen? Ermengarda hatte schon vor einiger Zeit dieses geheime Plätzchen gefunden, die Fenster-

scharte in einem Seitenturm, wohin sich selten jemand verirrte.

»Nina, komm endlich. Du musst dich noch für den Empfang umziehen.«

»Noch ein bisschen, Erminha. Ich beeil mich nachher auch, versprochen.«

Ermengarda verdrehte die Augen und seufzte. Sie mochte es, wenn Nina sie bei der Koseform ihres Namens nannte. Und in Wirklichkeit war sie genauso neugierig und schielte erneut über den Kopf ihrer Schwester in den Übungshof hinunter. Neben Felipe befand sich auch der junge Giraud de Trias auf dem Kampfplatz und ebenjener fremde Ritter, der Ermengarda gestern auf dem Markt in lo Borc aufgefallen war. Sie mühten sich redlich mit Schild und Schwert, mal trat Giraud, mal Felipe gegen den Fremden an. Obwohl beide als geübte Krieger galten, konnten sie ihn nicht bezwingen. Er bewegte sich kraftvoll und doch geschmeidig. Nichts, was die beiden gegen ihn ins Feld führten, schien ihn aus dem Tritt zu bringen oder im Geringsten zu beunruhigen. Außerdem kam es ihr so vor, als ob der Fremde zögerte, seine ganze Kraft einzusetzen. Tat er das aus Höflichkeit? Diese Erklärung gefiel ihr. Es passte zum Bild des edlen *cavaliers* aus den Liedern, die bei Hofe gesungen wurden.

Die Männer legten eine Pause ein und nahmen die Helme ab. Felipes helles Haar leuchtete in der Sonne. Er zog die gepanzerten Handschuhe aus und wischte sich den Schweiß von der Stirn. Man sah sie miteinander scherzen, verstehen konnte man jedoch nichts hier oben. Der Fremde hatte lange, dunkle Locken, die ihm in die Stirn fielen und bis zu den Schultern reichten. Woher er wohl kommen mochte? Sie beobachtete ihn, wie er, Hand auf den Schild gestützt, einen zu gierigen Schluck aus einem Krug nahm, so dass sich Wasser über sein *sobrecot* ergoss. Seine Zähne blitzten, als er über die eigene Ungeschicktheit lachte.

»Bist du in Felipe verliebt?«, fragte Nina.

Ermengarda riss sich vom Anblick der Männer los.
»Wie kommst du denn auf so was?«
»Weil er dich immer so anschaut.«
»Wie denn?«
»Nun …«, Nina überlegte, »… ehrfürchtig, irgendwie.«
»Ehrfürchtig?«
»Ja. Wenn du einen Raum betrittst, hört er auf zu reden. Und dann beobachtet er dich. Er hat dich immer im Auge.«
»Ach! Das bildest du dir ein.«
»Und warum wirst du dann rot?«
»Ich werde nicht rot«, lachte sie.
»Doch, ich kann es sehen.«
»Du willst wohl unbedingt, dass ich rot werde.«
»Ja, bitte, bitte werde rot!«, bettelte Nina und kicherte. »Das sieht so lustig aus.«
Ermengarda fasste sich unbewusst an die Wangen. »Mit deinem Gerede gelingt es gar noch. Jetzt ist aber Schluss.«
Nina schmiegte sich an ihre große Schwester, legte ihr den Kopf auf die Brust und schlang ihr mit einem wohligen Seufzer die Arme um den Leib. »Es wäre doch schön, nicht? Ich mag Felipe. Wenn du ihn nicht willst, dann heirate ich ihn eben. Was meinst du?«
»Warum nicht?« Ermengarda drückte ihr einen Kuss auf die Stirn und wiegte sie in den Armen. Besser, nichts über den ritterlichen Treueschwur zu sagen, den Felipe ihr geleistet hatte. Ach, wenn ich Nina nicht hätte, dachte sie. Auch wenn ihre Halbschwester so viel jünger war, spürte sie so etwas wie Geborgenheit bei ihr, besonders nach dem Tod der Brüder. Nina war alles, was ihr geblieben war. An ihre Mutter konnte sie sich kaum erinnern, außer an die lähmende Angst, mit der sie in ihrem Kinderbettchen vergeblich nach ihr geschrien hatte, in der Nacht ihres Todes. Und diese Angst, von allen verlassen zu sein, überkam sie manchmal noch immer.
»Vielleicht verträgt sich Mama wieder mit Felipes Vater. Dann sind wir fast wie eine Familie.«

Ermengarda schob ihre Schwester brüsk von sich. »Sag so etwas nicht! Es ist doch eine Schande, wie Mutter sich aufführt.«

Nina streckte ihr die Zunge raus. »Und du … mach dir bloß keine falschen Hoffnungen auf Felipe«, rief sie gehässig. »Am Ende bestimmt Mama, wen du heiratest. Gewiss einen fetten alten Grafen mit faulen Zähnen.« Sie kicherte schadenfroh.

»Ich heirate nur, wen ich will«, sagte Ermengarda hitzig und war selbst erstaunt über diese Worte, kaum dass sie aus dem Mund waren. Nina sah sie mit großen Augen an.

»Bist du verrückt? Keine heiratet, wen sie will.«

Ermengarda reckte ihr Kinn in die Höhe.

»Ich schon«, sagte sie mit Bestimmtheit. »Das oder gar nicht.«

Dass Nina recht hatte, das wusste sie. Fürstentöchter waren nicht mehr als Tauschware auf dem großen Brettspiel der Macht, und was man von ihnen erwartete, wurde ihnen schon von Kindesbeinen an beigebracht. Und doch. Die eigenen überraschenden Worte noch im Ohr, war sie plötzlich hoffnungsvoll, ihr Leben könnte vielleicht anders verlaufen.

»Vorerst heiratet hier niemand«, tönte eine strenge Stimme hinter ihnen. Ermengarda fuhr herum. *Domna* Anhes hatte sie erwischt.

»Ihr habt doch nicht geglaubt, dass mir euer kleines Versteck verborgen geblieben ist, oder?« Ein dünnes Lächeln erschien auf Anhes' Lippen, und sie zwinkerte den Mädchen kaum merklich zu.

Domna Anhes war eine entfernte Base des verstorbenen Vizegrafen und lebte seit Ewigkeiten im Palast. Sie hatte mangels einer guten Mitgift, wie sie behauptete, nie geheiratet, denn ihre Familie war arm. Aber jeder wusste, schuld war ihr wenig anziehendes Äußere. Immer schon dünn wie ein Gerippe, mit mausgrauen Haaren, knochigen Wangen und einer viel zu langen Nase, da wunderte es nicht, dass kein adeliger Freier sich für sie hatte erwärmen können. Und unter Stand hatte sie nicht

heiraten wollen. Seit vielen Jahren kümmerte sie sich daher um den Haushalt des Palastes, um Gäste und Empfänge, herrschte mit eiserner Hand über Lieferanten und Dienstboten.
»Nicht böse sein, ich komme ja schon«, rief Nina besorgt und riss sich vom Fenster los, denn sie wusste, mit *Domna* Anhes war nicht zu spaßen.

***

Ermengarda mochte die große *aula* des Palastes nicht. Sie war wie eine Höhle und zu eng für die vielen Menschen, die sich heute hineingezwängt hatten. Durch die winzigen Fenster der zum Hof gewandten Seite drang nur spärliches Tageslicht in den Raum, und die Fackeln an den Wänden machten die Luft schwer und stickig.
Die weitaus meisten Anwesenden waren Männer. Alle in erlesenste Gewänder gekleidet, Tuniken, die bis zu den Stiefeln reichten, darüber prächtig gewirkte *sobrecots,* die in langen Falten bis auf die halbe Wade fielen. Trotz des spärlichen Lichts leuchteten Rot-, Grün- und Blautöne, berückten bestickte Seidenborten und blitzten goldene Fibeln, als gäbe es nichts Wichtigeres, als durch den Wert des Gewands seine hohe Geburt zu betonen.
Zu rechter Hand standen die Edelmänner der Vizegrafschaft mit ihren engsten Gefolgsleuten, in vorderster Reihe Bernard de Carcassona, trotz des Namens aus mächtigem, alteingesessenem Geschlecht der Stadt. Auf der linken Seite hatten sich jene versammelt, die dem Erzbischof lehnsverpflichtet waren. Der Prälat selbst hatte sich nicht erniedrigt, zu erscheinen, dafür hatte er seinen Vertrauensmann, den Domdechant Peire de Montbrun, entsandt. Auch *Paire* Imbert, der Abt des Klosters von Sant Paul Serge, war zugegen. Er hatte Ermengarda gerade in der Menge entdeckt und ihr verschmitzt zugezwinkert.
In dieser rußigen Halle, mit der niedrigen, von mächtigen

Pfeilern getragenen Decke, hatte Ermengardas Vater regelmäßig seine Feste gefeiert. Es war lange her, aber sie erinnerte sich noch gut daran. Fress- und Saufgelage hatte *Domna* Anhes sie verächtlich genannt, wenn auch heimlich und hinter vorgehaltener Hand.

Die Stiefmutter la Bela dagegen war immer dabei gewesen, und die Kinder hatten oft ihr silberhelles Lachen herausgehört, wenn das Grölen der Zechenden sie nicht hatte einschlafen lassen. Die am Vorabend genossenen Unmengen an Wein hatten Aimerics Tatkraft kaum gemindert, denn für gewöhnlich war er schon frühmorgens, begleitet von Jägern und Hunden, zur Jagd geritten, während Ermessenda bei verdunkelter Kammer lange in den Tag hinein geschlafen hatte.

Eines Tages werde ich eine neue *aula* bauen, gelobte sich Ermengarda. Eine größere, lichte Halle, nicht zum Saufen, sondern für Gesang und Freude geschaffen, ein Ort für Gaukler, Musik und Tanz. Oder einen Garten anstelle des hässlichen Kampfplatzes.

An der Stirnseite des Saales befand sich eine niedrige Estrade, auf der *Vescomtessa* Ermessenda auf einem geschnitzten und bemalten Stuhl thronte. Der Graf von Tolosa saß zu ihrer Rechten, Nina zu ihrer Linken.

Bei förmlichen Anlässen trat die Stiefmutter nur in Ninas Begleitung auf. Ermengarda war wie üblich nicht geladen worden. Überhaupt führte sie ein unbeachtetes Schattendasein, beschränkt auf den Palast, mit wenig Gelegenheit, anderes zu sehen.

Nicht, dass sie sich wirklich zu beklagen hatte. Zwar behandelte la Bela sie kaum wie eine geliebte Tochter, aber doch mit der freundlich strengen Fürsorge, die man einer jungen Nichte oder Base angedeihen ließe. Dabei sah sie es nicht gern, wenn Höflinge sich allzu sehr mit ihr beschäftigten oder sie gar hofierten, und was Kleider betraf, so bewilligte sie meist nur einfache Gewänder oder befahl den Näherinnen, die

alten noch ein wenig auszulassen. Nina dagegen war wie ihre Mutter immer erlesen ausgestattet und aufs kostbarste gekleidet.
Ermengarda hatte seit langem beschlossen, ihren Ärger über diese und andere Ungerechtigkeiten nicht zu zeigen, denn seit dem seltsamen Unfalltod ihres geliebten Bruders Aimeric fühlte sie sich wohler, unauffällig im Hintergrund zu bleiben. Warum sie so empfand, konnte sie sich nicht erklären, scheute sich auch, darüber nachzudenken. Wer weiß, wohin solche Gedanken führen würden, wenn man sie einmal weckte. An das zurückgezogene Dasein war sie gewöhnt, es gab ihr ein Gefühl der Sicherheit, bis sie eines Tages berufen würde, ihre Aufgabe zu erfüllen.
Manchmal erdrückte sie fast die Vorstellung dieser Bürde, die ihr auferlegt war. Als alleinige Erbin der Vizegrafschaft würde sie eines fernen Tages das Erbe des Vaters antreten und hoffentlich Dinge tun können, auf die er stolz gewesen wäre. Dabei zählte sie auf Gottes Hilfe. Und auf *Paire* Imbert, denn ihm allein, ihrem Beichtvater, vertraute sie ihre geheimen Gedanken an.
Im Gedränge drückte sie sich neben dem Durchgang zur Küche an die Wand, zwischen einem Wachmann und *Domna* Anhes, die mit scharfem Blick und kurzen Anweisungen überwachte, dass die hohen Herrschaften zügig mit Erfrischungen bedient wurden.
Jeder der Männer von Stand, die darauf erpicht waren, dem Grafen Honig ums Maul zu schmieren, trat vor, um mit einer kleinen Ansprache dessen Rückkehr zu würdigen. Ermengarda dröhnte schon der Kopf von den höflichen, aber ermüdenden Plattheiten, in denen sie sich gefielen. Aber sie kannte das Getue schon von anderen Gelegenheiten. Es schienen stets dieselben zu sein, die sich wie Gockel aufplusterten und mit ernsten Mienen Nichtssagendes von sich gaben.
Und wie immer wurden die Vertreter des Bürgerstands zuletzt gehört. Doch da ging es ihnen immer noch besser als den

reichen Juden, die zu solchen Anlässen nicht einmal geladen wurden, obwohl ihr Geld, wie Ermengarda von Felipe wusste, so manchen Adeligen über Wasser hielt. Die Bürger also drängten sich am Ende der Halle, kaum dass man ihnen ausreichend Platz gewährte. Auch sie waren sorgfältig gekleidet, wenn auch weniger auffällig, wie es ihrem Stand gebührte. Im Gegensatz zu den Männern des Adels trugen sie ihre Haare kurzgeschnitten und vermieden Gold und Edelsteine, als fürchteten sie Neid und Missgunst der höheren Stände.

Nun trat einer unter ihnen vor. Ermengarda reckte den Hals, um ihn besser sehen zu können. Bardine Saptis war ein hochgewachsener, hagerer Mann mit schlohweißem Haar. Schon oft hatte er bei Verhandlungen mit Genua und Pisa so manche Handelsvorteile für Narbona herausgeschlagen. Er vertrat das reiche Bürgertum in seiner Rolle als Erster Konsul des Rates der Stadt, eine Einrichtung, die Ermengardas Vater den Kaufherren widerwillig und erst nach Jahren zähen Ringens zugestanden hatte.

»Auch ich«, hob er an, »im Namen des Rates und der Bürger dieser Stadt, grüße Euch, *Mossenher,* und möchte gleichzeitig unser tiefes Beileid über den Tod Eurer Gemahlin ausdrücken. Wir alle beten für sie täglich. Möge der Herr ihre Seele aus dem *purgatorium* befreien und in sein Himmelreich führen.«

Pflichtgemäß setzten bei diesen Worten die Männer der ersten Reihe eine gebührende Trauermiene auf. Auch Alfons rang sich ein gequältes Kopfnicken ab, jedoch schien ihn eher das lange Gerede zu langweilen.

»Ich danke Euch, *Maistre* Bardine, und weiß es zu schätzen«, sagte er in einem Tonfall, der deutlich machte, dass Bardine entlassen war. Damit wandte er seine Aufmerksamkeit erneut der Frau an seiner Seite zu.

La Bela schien ihren Beinamen heute besonders zu verdienen. Über einer taubengrauen, unter der Brust eng geschnürten Tunika, die in feinen Falten um den schönen Leib floss, trug sie ein nachtblaues Obergewand, an den Rändern mit feinem Goldfaden bestickt, mit Schleppe und tiefhängenden Ärmeln versehen. Ein langer, durchsichtiger Schleier, den ein schmaler Goldreif am Platz hielt, bedeckte in vorgetäuschter Keuschheit das flammende Haar, das ihr darunter bis auf den Rücken fiel. Nicht nur, dass sie sich besonders herausgeputzt hatte, sie leuchtete förmlich vor Liebenswürdigkeit und Frohnatur und schien alle Welt mit ihrem heiteren Wesen bezaubern zu wollen, besonders Alfons, dem dieses betörende Spektakel ganz offensichtlich gefiel.

Aber Bardine Saptis war noch nicht zu Ende. Er wagte es sogar, noch einen Schritt vorzutreten. *»Mossenher lo Coms«*, sagte er mit ruhiger, aber fester Stimme. »Dürfen wir hoffen, dass Ihr die Schuldigen bestrafen werdet?«

Alfons riss sich widerwillig von la Bela los, die ihm gerade lächelnd etwas zugeflüstert hatte.

»*De que parla?* Welche … Schuldigen?« Ärgerlicherweise musste er sich erst zusammennehmen, ehe er das letzte Wort sauber hervorbrachte.

»Die Männer unter Euren Söldnern, die gestern fünf Menschen getötet und Dutzende verletzt haben.«

Einen Augenblick lang wurde es sehr still im Saal. Alles blickte erwartungsvoll auf Alfons, der Bardine mit gerunzelter Stirn musterte und nicht recht wusste, was er sagen sollte. Auch Ermengarda wartete gebannt auf eine Antwort. Sie bewunderte Bardine für den Mut, diese heikle Frage anzusprechen.

»Verdammte Aufrührer waren das!«, rief plötzlich einer unter den Leuten des Erzbischofs.

»Aufrührer, sagt Ihr?«, fragte Bardine an den Sprecher gewandt, laut genug, dass ihn alle hören konnten, trotz des wütenden Gezischels, das den Saal erfasst hatte. »Unter den Toten waren eine schwangere Frau, ein alter Pilger und ein Kind. Sind das die Aufrührer, die Ihr meint?«

»Und wer hat Pflastersteine geworfen?«, hieß es von links.

»Kindsmörder!«, schrie es wütend aus den Reihen der Bürger, die erregt und mit geballten Fäusten dastanden. Rechter Hand, unter den Adeligen der Grafschaft, gab es viele, die beschwichtigen wollten, andere enthielten sich der Stimme mit nachdenklichen Gesichtern. Die Heißsporne beider Lager begannen sich zu ereifern. *Verfluchte Tolosaner* hörte man von der einen Seite und *frecher Stadtpöbel* von der anderen. Immer wütender und ausfälliger wurden die Worte, mit denen sie sich bewarfen. Bardine selbst schien überrascht über die Gefühle, die er ausgelöst hatte.
Wo war Peire de Menerba?, fragte sich Ermengarda. Der hätte die Versammlung mit seiner ruhigen Art zur Vernunft gebracht, aber er war nicht zugegen. Da erinnerte sie sich an die wütenden Stimmen, die früher am Nachmittag aus Ermessendas Empfangssaal gedrungen waren, und an das zornige Gesicht, mit dem Menerba aus den Gemächern der Stiefmutter gestürmt war. Irgendetwas war zwischen ihnen vorgefallen.
Nina war über den plötzlichen Aufruhr erschrocken und drängte sich enger an ihre Mutter, während *Coms* Alfons la Bela gereizte Blicke zuwarf. Offensichtlich erwartete er von ihr, dass sie den Bürgerpöbel in die Schranken wies.
Ermessenda selbst war rot angelaufen und sprang endlich von ihrem Stuhl auf. Aber da die Streithähne kaum auf sie achteten, kam ihr Tibaut de Malvesiz zu Hilfe, ihr Vertrauensmann für besondere Aufgaben. Wie immer war er in düsteren Farben gekleidet. Ermengarda mochte ihn nicht. Kalt wie ein Fisch war der.
»Hört die *vescomtessa!*«, rief Tibaut mit Stentorstimme und machte gleichzeitig den Wachen Zeichen, sich bereitzuhalten. Einige Unentwegte zischelten noch, aber langsam trat Ruhe ein.
»Was fällt Euch ein?«, schrie Ermessenda aufgebracht. »Wir sind hier versammelt, um meinen Gast zu ehren, nicht, um ihn zu beleidigen.«

Zornig und angriffslustig starrte sie in die Runde. Viele senkten den Blick, andere machten trotzige Gesichter.
»*Domina*«, versuchte Bardine es noch einmal. »Zumindest sollte es eine Untersuchung geben. Das Volk ist sehr aufgebracht.«
»Was willst du denn untersuchen?«, rief ihm Peire Monetarius spöttisch zu. »Wie man Steine ausbuddelt und auf Soldaten wirft, die nichts als ihre Pflicht tun?«
Peire Monetarius war der Münzer der Stadt und ein fetter, reicher Pfeffersack. Bardine war zwar Konsul, aber Peire Monetarius war sein allbekannter Gegenspieler im Rat. Es wurde gemunkelt, er sei sich nicht zu schade, mit dem Silbergehalt der Münzen zu spielen, die er prägte und in Umlauf brachte. Böse Zungen behaupteten, dies geschehe mit Unterstützung der *vescomtessa,* weshalb bisher niemand etwas habe beweisen können.
La Bela hatte sich wieder gefasst. »Wenn sich nicht einmal der Stadtrat über diese Angelegenheit einig ist, sehe ich nicht, dass Wir Uns damit beschäftigen müssen«, sagte sie kühl und fügte mit Bestimmtheit hinzu: »Die Versammlung ist geschlossen!«
Klug von ihr, dachte Ermengarda. Mit Hilfe des Münzers hatte sie Bardines vernünftiger Forderung die Grundlage entzogen. Manchmal konnte Mutter sehr gewitzt sein, es lohnte sich, von ihr zu lernen. Aber warum unterstützte sie neuerdings Alfons Jordan? Bisher hatte sie doch immer über die *Defacto*-Besetzung geflucht und sich darüber, wer weiß wie oft, mit dem Erzbischof angelegt. Nur bei Alfons selbst hatte sie sich zurückgehalten. Vielleicht aus Furcht, er könnte sie ganz aus ihrer Stellung verjagen, wenn sie ihn offen angriff.
Die Leute verließen, ohne sich gegenseitig anzusehen, einer nach dem anderen die *aula.* Draußen aber erhob sich wieder ein aufgeregtes Gemurmel, das sich erst beruhigte, als die Männer sich entfernten.
Die *vescomtessa* atmete tief durch und wandte sich erneut mit verführerischem Lächeln ihrem Gast zu, der ihr nach höfischer

Art den Arm bot. Sie buhlt um ihn, durchfuhr es Ermengarda plötzlich. Und dann fiel es ihr wie Schuppen von den Augen. Natürlich! Alfons war jetzt Witwer und wahrscheinlich der begehrteste Junggeselle im ganzen Süden. Will sie etwa *Comtessa* von Tolosa werden?
Es fröstelte Ermengarda, als sie plötzlich den kalten, prüfenden Blick wahrnahm, mit dem der schwarze Tibaut sie bedachte. Ein Raubvogelblick. Hatte er ihre Gedanken erraten? Sie versuchte, die Beklemmung abzuschütteln, die dieser Mann ihr einflößte, und verließ rasch den Saal. Sie würde in Ruhe über all diese neuen Gegebenheiten nachdenken müssen und was sie bedeuten mochten.

***

»Wir müssen weichen, mein Freund«, verkündete Felipe mit einem Achselzucken. Ein Bediensteter hatte ihnen zu verstehen gegeben, dass aufgrund der anstehenden Versammlung in der *aula* kein weiterer Kampfeslärm erwünscht sei. »Kommt, ich lade Euch zu einem Becher Wein ein. Drüben in lo Borc kenne ich eine ruhige Schenke.«
An einem Pferdetrog kühlten sie sich die heißen Gesichter. Flüchtig dachte Arnaut an Severin, der gewiss auf ihn wartete. Auch der junge Giraud hatte sich vor einer Weile davongemacht. Arnaut hätte gern den Panzer und das verschwitzte *gambais* abgelegt, aber die Gelegenheit, die Bekanntschaft mit diesem Felipe zu vertiefen, wollte er sich nicht entgehen lassen.
Die Schenke Zum Silbernen Fisch, *Al Peis d'Argent,* zu der Felipe ihn führte, befand sich in einer Seitengasse nicht weit vom Fluss entfernt. Abends sei es hier voll von Fischern, erklärte der junge Fürstensohn, aber jetzt am frühen Nachmittag würden sie ungestört bleiben.
»Seid Ihr schon lange mit Giraud befreundet?« Sie ließen sich in einer stillen Ecke der Schenke nieder.

»Schon immer eigentlich. Meine Familie besitzt ein Haus in der Stadt, und ich glaube, ich habe dort mehr Zeit verbracht als in Menerba. Girauds Leute halten einen Wehrturm an der Südmauer, und die Sicherung des Haupttors der Via Domitia liegt in ihrer Obhut. Gelegentlich hat er daher in Bereitschaft zu stehen. Keine schwere Bürde, denn seit kurzem bestehen die Tolosaner darauf, alle Ausfalltore selbst zu bewachen.«
Arnaut sah sich um. Die Schenke war nicht viel besser als die dreckige Spelunke am Fluss, in der Severin und er abgestiegen waren. Unverputzte Wände, uralte, rauchgeschwärzte Balken, die die Decke kaum zu tragen schienen, rauhe Bänke an aufgebockten, weißgescheuerten Tafeln. In einem halbherzigen Versuch, den düsteren Raum zu verschönern, hing über dem Tresen ein ausgebreiteter Fetzen Fischernetz, davor ein rostiger Anker und ein Dreizack.
Zu seinem Erstaunen begrüßte der Wirt Felipe zwar unterwürfig, aber mit einer gewissen Vertrautheit, scheuchte gleich die Schankmagd fort und bestand darauf, sie selbst zu bedienen. Offensichtlich war Felipes Anwesenheit keine Seltenheit. Der junge Fürstensohn schenkte dem Getue des Wirts keine Beachtung, bestellte Wein und eingelegte Oliven und wandte sich wieder Arnaut zu.
»Giraud und ich«, sagte er, »gehören zu einer losen Gruppe, die sich regelmäßig trifft. Alles gesellige Kerle und gute Freunde. Ich will Euch gern einführen, wenn Ihr wollt. Wir gehen auf die Jagd oder lassen unsere Pferde gegeneinander laufen. Manchmal stellen wir zum Vergnügen einfach nur dummes Zeug an.« Er grinste vielsagend, und Arnaut fragte sich, wie viele Bauern oder deren Töchter dabei wohl zu Schaden kamen, denn übermütige *Vergnügungen* junger Edelleute waren landein, landaus eine Plage.
»Ihr trefft Euch hier?«
»Nicht die feinste Weinstube, was?«, lächelte Felipe verlegen. »Wir haben in dieser Spelunke schon manche wilde Nacht durchzecht, denn hier ist man unter sich. Nicht jedes unge-

zügelte Wort wird gleich unseren edlen Vätern zugetragen. Die gegenwärtige Lage erhitzt die Gemüter, und wir Jungen würden manches anders angehen, wenn wir nur könnten.«

»Es ist etwas verwirrend«, sagte Arnaut. »Alfons Jordan, die *vescomtessa* und der Erzbischof ... wer hat denn nun das Sagen in der Stadt?«

»Da habt Ihr den Finger auf die Wunde gelegt. Narbona ist seit jeher ein Zankapfel. Das meiste Land weit und breit untersteht der Vizegrafschaft ebenso wie die hohe Gerichtsbarkeit. Aber seit alters her hält das Erzbistum Fürstenrechte an der halben Stadt und kassiert die Seezölle. Es gibt Urkunden von Carolus Magnus, die das verbriefen. Und da die Kirchenprinzen im Streit mit den Vizegrafen schon oft um ihre Vorrechte fürchten mussten, sind sie seit langem mit Tolosa verbündet.«

Der Wirt brachte das Gewünschte, goss ihnen ein und zog sich schweigend und katzbuckelnd zurück. War die Zurückhaltung und Verschwiegenheit des Wirts der Grund, warum Felipe sie hierhergeführt hatte? Irgendetwas sagte Arnaut, dass man ihn nicht ohne Hintergedanken in diese Schenke geladen hatte. Sie hoben die Becher und kosteten von dem Wein, der erstaunlich gut mundete.

»Es kann nicht einfach sein, zwei Herren zu dienen.«

»Manchmal meint man, es zerreißt die Stadt«, nickte Felipe. »Besonders in diesen Tagen. Da liegen Adelshäuser im Streit, wenn ihnen Einigkeit wahrlich besser anstünde. Schlimmer noch, der Bruch geht gar durch manche Familie.« Er zog die Mundwinkel herunter. »Selbstverständlich geht es immer um Geld. Streit um Warenzölle, Übergriffe durch Steuereintreiber, es wird um Zuständigkeiten bei Gericht und Bußgelder gerangelt. Und seit die Tolosaner hier ihr Gewicht herumwerfen, ist es noch schlimmer geworden. Es ist wahrlich ermüdend. Diese Stadt hat Besseres verdient.«

»Was ist Alfons' Anliegen? Will er schlichten?«

»Schlichten?« Felipe lachte bitter. »Nein. Er nutzt die gegenwärtige Schwäche, um seine Macht über den ganzen Süden des Landes auszuweiten. Mit Narbona in seiner Gewalt kann er den Einfluss der Katalanen in der Region zurückdrängen. Und der Erzbischof, wie immer, steckt mit ihm unter einer Decke.«

»Aber ist Alfons nicht Herzog von Narbona.«

»Ein fadenscheiniger Anspruch, der dem Licht der Sonne nicht standhält. Früher hielt er sich noch zurück. Da führte er Krieg in der Provence und konnte sich keine zweite Front erlauben, denn unser verstorbener *Vescoms* Aimeric hatte ja seine katalanische Verwandtschaft im Rücken.«

»Ich muss zugeben, die Sache gestern …« Arnaut hielt inne, denn er wollte nichts Unbedachtes sagen, immerhin war Felipe der Sohn des Statthalters.

»Eine wahre Schande das, sag ich!«, zischte sein Gegenüber. »Es wird Zeit, dem Tolosaner die Tür zu weisen.«

»Ihr seid also nicht auf Alfons' Seite?«

»Um Gottes willen, wie könnte ich? Der Mann will die Stadt doch nur melken, um seine kriegerischen Abenteuer zu bestreiten. Wir wollen unser eigenes Schicksal bestimmen.«

»Aber irgendeinen Herrn muss die Stadt ja haben. Ob der Erzbischof, Alfons oder die *vescomtessa,* was macht das schon aus?«

Felipe lachte erneut bitter auf. »Ja, das sagen die Alten. So ist es immer gewesen, heißt es. Aber so muss es nicht bleiben, *putan.*«

»Die Stadt muss aber doch regiert werden.«

»Heutzutage gibt es Städte, die sich selbst regieren.«

»Sich selbst regieren?«

Arnaut machte große Augen. Davon hatte er noch nicht gehört. Jeder hatte einen Herrn, oder etwa nicht? Auch wenn man nicht immer tat, was dieser gerne sähe – Rocafort war in dieser Beziehung stets ziemlich unabhängig geblieben –, aber schlussendlich musste man sich mit seinem Lehnsherrn irgendwie einigen. Das war die Ordnung der Welt.

Felipe starrte ihn einen Augenblick wie abwesend aus zusammengekniffenen Lidern an. Doch dann glättete sich sein Gesicht, und er lachte, schien seine gute Laune wiedergefunden zu haben.

»Ach, ich gebe mal wieder wirres Zeug von mir«, grinste er. »Aufrührerisches Geschwätz, wie mein Vater sagt, und es treibt ihn zur Weißglut. Reden wir lieber von Euch.«

Auf Felipes gezielte Fragen hin erzählte Arnaut von seiner Familie, seiner Heimat und der Hoffnung, sich im Dienste eines großen Herrn einen Namen machen zu können. Umso enttäuschender, dass er am Morgen die Gelegenheit verspielt hatte, der Ritterschaft des Grafen beizutreten.

»Mir geht schon mal der Gaul durch«, murrte er verlegen. »Ich könnte mich selber treten, denn heimkehren wollen wir auf keinen Fall, Severin und ich. Andererseits, der Vorfall gestern …« Er zögerte. »In unehrenhafte Dienste treten, das möchte ich auch nicht.«

»Das höre ich gern.« Felipe musterte ihn mit erneuter Aufmerksamkeit. »Vielleicht gibt es da eine Möglichkeit … Aber was rede ich? Zuerst sollten wir Freundschaft schließen. Schließlich sind wir fast im gleichen Alter.« Er hob seinen Becher. »Lassen wir also die Förmlichkeiten, mein lieber Arnaut.«

Darauf sie stießen an.

Unter Gleichgestellten war die formlose Anrede durchaus üblich. Doch vom Sohn eines *vescoms* auf gleicher Höhe behandelt zu werden, dies empfand Arnaut als besondere Auszeichnung. Er war daher hocherfreut über den Verlauf, den die Dinge nahmen.

»Deinen Mut hast du heute Morgen ja schon bewiesen«, nahm Felipe die Unterhaltung wieder auf. »Und dass du ein ausgezeichneter Kämpfer bist, konnte ich nun gerade selbst feststellen. Glaube nicht, es wäre mir entgangen, dass du uns geschont hast.«

Dass Arnaut bei den Übungskämpfen so mühelos hatte mithalten können, war ihm eine kleine Entschädigung für die am Morgen erlittene Schmach.

»Nachdem ich mir schon einen Feind gemacht habe …«
»Und was für einen!« Felipe lachte herzlich. »Joan de Berzi zum Feind zu haben, darauf kann man sich fast etwas einbilden. Aber, sag mir, bei wem hast du so kämpfen gelernt?«
Arnaut ging auf den scherzhaften Ton ein. »Nur bei den Allerbesten«, prahlte er. »Bei den Männern meiner *familia.*«
»Oho! Vielleicht sollten wir uns mehr Krieger aus der Corbieras holen.« Darüber lachten sie erneut.
Doch plötzlich wurde Felipe ernst.
»Um ehrlich zu sein, ich brauche Hilfe«, sagte er. Dann holte er tief Luft und sammelte einen Augenblick lang seine Gedanken. »Ich habe mich einer *domna* von Stand verpflichtet«, fuhr er in vertraulichem Ton fort, fast als handele es sich um eine Beichte. »Sie ist mir teuer und ans Herz gewachsen, und ich habe gelobt, ihr in allem selbstlos und ergeben zu dienen.«
»Wie schön«, lächelte Arnaut. Von solch höfischem Gebaren hatte er gehört. Hochgestellte Damen erkoren sich *champios,* die für sie in den Turnieren antraten, die man an Fürstenhöfen veranstaltete. »Weiß sie denn davon? Hat sie deine Dienste angenommen?«
»Das hat sie.«
»Und warum lässt du dann den Kopf hängen?«
Felipe sah ihn lange prüfend an. »Du musst mir versprechen, dass die Angelegenheit unter uns bleibt.«
»Selbstverständlich.«
Felipe blickte sich flüchtig um, ob ihnen etwa jemand zuhörte, aber die Schankstube war leer. Selbst der Wirt war nicht zu sehen. »Die *domna,* von der ich spreche, befindet sich in Gefahr«, raunte er dann.
»In Gefahr?«
»Sie selbst lehnt es ab, die Sache ernst zu nehmen. Aber ich spüre, dass sich drohende Wolken zusammenziehen. Besonders jetzt. Es ist, als würde sich alles zuspitzen.«
»Wer ist ihr denn übelgesinnt?«

»Ich habe meinen Verdacht, aber der genügt nicht. Noch ist ja nichts geschehen. Und dennoch bin ich sicher, sie muss beschützt werden, bevor etwas Schreckliches geschieht.«

»Und dabei soll ich helfen?«

Felipe nickte. »Ich bin allein in dieser Angelegenheit. Alles höchst verwickelt und politisch. Mit meinem Vater bin ich zerstritten, und bei der Lage in der Stadt weiß man nicht mehr, auf wen man sich verlassen kann. Du dagegen bist ein Fremder und keiner Partei verpflichtet.«

»Was ist mit Giraud?«

»Giraud hat sich dem Gebot der Seinen zu beugen. Die Familie Trias ist dem Erzbistum verbunden. Ich kann ihn nicht darum bitten. Andere ... die würden mich wahrscheinlich auslachen. Die meisten eigentlich.«

»Verstehe.« In Wahrheit verstand er gar nichts.

»Noch etwas, das du wissen solltest. Falls ich recht habe, kann es gefährlich werden. Ich würde es dir deshalb nicht verübeln, wenn du sagst, dies ist nicht dein Kampf.«

Er lehnte sich zurück und schwieg.

Arnaut trank langsam von dem feurigen Wein in seinem Becher. Dabei spürte er, wie Felipes Augen auf ihm ruhten, als wollten sie jede seiner Regungen erforschen. In was war sein neuer Freund da verstrickt? Da steckt ein Abenteuer dahinter, sagte er sich, man kann es spüren. Mit einer hübschen *donzela* noch dazu. Zwar kam ihm die Angelegenheit äußerst ungereimt und rätselhaft vor, aber gerade das war so unwiderstehlich. Waren sie nicht gekommen, um Abenteuer zu erleben? Gefahr schreckte ihn wenig, im Gegenteil, das verlieh der Sache erst die rechte Würze, und als Angsthase zu gelten, erfüllte ihn mit Entsetzen.

»Du kannst auf mich zählen!«, sagte er in entschlossenem Tonfall, laut genug, um die leise Stimme in seinem Herzen zu übertönen. Hatte er nicht versprochen, zuerst gut zu überlegen, bevor er handelte? Aber die Bitte um Hilfe von diesem hochgestellten jungen Mann schmeichelte ihm, und die

Gelegenheit, sich der neuen Freundschaft würdig zu zeigen, ließ ihn alle Vorsicht in den Wind schlagen.
»Ich bin dein Mann, Felipe«, bekräftigte er noch einmal.
Der machte ein erleichtertes Gesicht und drückte ihm die Hand. »Ich danke dir von Herzen. Lass uns darauf trinken.«
Also nahm Arnaut einen weiteren kräftigen Schluck. Sein Kopf schien plötzlich so leicht. War es die Aussicht auf das Abenteuer oder der Wein, der ihn belebte und sein Herz kräftiger schlagen ließ?
»Wegen unserer Unstimmigkeiten«, sagte Felipe, nachdem er den Becher wieder abgesetzt hatte, »gibt mir mein Vater kein Geld mehr. Deshalb werde ich dich für diese Aufgabe nicht entlohnen können.«
»Ich werde dir doch nicht auf der Tasche liegen«, antwortete Arnaut großspurig. »Das ist doch Ehrensache!«
In Anbetracht der bescheidenen Barschaft, die er mit sich führte, war die Aussicht, keinen Sold zu verdienen, weniger angenehm. Doch warum sich sorgen? Gott würde sie nicht verhungern lassen.
»Eines Tages werde ich es dir vergelten«, versprach Felipe.
»Mach dir darüber keine Gedanken. Aber nun musst du mir sagen, wer sie ist und was zu tun ist.«
Felipe sah sich noch einmal um. Dann rückte er näher.
»Sie heißt Ermengarda«, flüsterte er verschwörerisch.
Arnaut saß plötzlich stocksteif auf seinem Stuhl.
»Doch nicht die Erbin von Narbona?«
»Du hast mich verstanden.«
Jawohl, das hatte er. Vor allen Dingen begann Arnaut zu ahnen, in welches Wespennest er möglicherweise gestolpert war. Doch nun war es zu spät, denn er hatte sein Wort gegeben.

Ränkespiele

Graf Alfons Jordan lehnte sich zurück und hob das Kinn, um sich von seinem alten Diener einseifen zu lassen. Auch wenn er sich allmorgendlich rasieren ließ, war sein Bartwuchs so stark, dass sich spätestens am frühen Abend, so wie jetzt, sein Gesicht wie ein verdammtes Reibeisen anfühlte. Doch niemand außer dem alten Ferran durfte sich mit dem scharfen Messer seiner empfindlichen Kehle nähern.

»*Diga me, mon velh*«, sagte er. »Kannst du dich an einen Montalban in Tripolis erinnern? Einer aus der alten Truppe meines Vaters?«

In Ferrans vertrauter Gegenwart kamen ihm die Worte immer leicht und flüssig von den Lippen. Zu viele Leute waren es, die ihn störten und manchmal unruhig machten. Vor allem Menschenansammlungen wie heute Nachmittag, die mochte er gar nicht.

»Montalban? Sagt mir nichts«, brummte der Alte.

»So ein Gelbschnabel heute Morgen wollte mir seine Dienste anbieten. Sein Großvater habe angeblich meinem Vater im Heiligen Land gedient.«

»Da waren so viele, wer will sich da alle gemerkt haben?«

Ferran war ein griesgrämiger Alter, der an allem etwas auszusetzen fand. Und doch war er für Alfons wie der Vater, den er niemals gehabt hatte, denn der große Raimon Sant Gille von Tolosa war bei einem Scharmützel vor Tripolis, als Alfons gerade erst zwei Jahre alt gewesen war, schwer verletzt worden und einige Zeit später daran gestorben.

Seit er sich erinnern konnte, hatte Ferran sich um ihn gekümmert. Als seine Mutter Elvira mit Sohn und Gefolge dem Heiligen Land den Rücken gekehrt hatte, war auch Ferran dabei gewesen. Später, als er fünfzehn war, hatte die Mutter wieder geheiratet und war in ihre Heimat Kastilien zurückgekehrt, während Alfons auf den Besitzungen bei Sant Gille geblieben war. Ferran hatte ihm immer treu gedient. Niemanden liebte und vertraute Alfons mehr als diesem zänkischen Alten.

»Er soll *castelan* von Mons Pelegrinus gewesen sein.«

»Kann nicht sein«, knurrte Ferran und zog gleichmäßig das Messer über das Leder.

»Ist nicht so wichtig. Vergiss es.«

Ferran hielt inne. »Lass mich mal nachdenken. Kann es sein, ein großer Kerl? Stammte hier irgendwo aus den Bergen, glaube ich.«

»Las Corbieras.«

»*Certas, certas.* Ich erinnere mich. Wurde *castelan* der Burg deines Vaters, kurz bevor wir damals das Schiff in die Heimat nahmen.« Er seufzte und schüttelte den Kopf. »Ich denke noch oft an Outremer und frage mich, warum wir nicht geblieben sind. Statt deiner verfluchten Vettern solltest du dort herrschen. Was vergeudest du deine Zeit in Narbona? Homs und Damaskus könntest du erobern, wie es dein Vater gewollt hätte. Stell dir nur die Mengen an Sarazenengold und Edelsteinen vor, die du anhäufen könntest.«

Ähnliche Vorhaltungen hatte Alfons schon oft von ihm gehört und achtete nicht weiter darauf. Während Ferran seine Wangen schabte und kopfschüttelnd vor sich hin brummelte, zog Alfons es vor, an la Bela zu denken. Er mochte diesen Beinamen. Und welch ein Weib! Dagegen war seine Faidiva, der Herr sei ihrer frommen Seele gnädig, doch nur ein blasser Schatten gewesen.

Und wie sie diesen aufmüpfigen Konsul zurechtgewiesen hatte. Eine Untersuchung wollte der. Diese Leute nahmen sich immer mehr heraus. Ohne Frage war es der Handel, der das meiste Geld brachte, aber daraus ein Mitspracherecht ableiten zu wollen, das war vermessen.

Dennoch hatte Alfons nicht vergessen, dass es die Tolosaner Bürger und ihre *militia urbana* gewesen waren, die vor über zwanzig Jahren die lange Besetzung durch die Aquitanier beendet und ihn im Triumph zurückgeholt hatten. Sogar noch letztes Jahr hatten sie durch ihre Entschlossenheit König Louis bewegt, die Belagerung abzubrechen, die ihm diese Viper, sein aquitanisches Weib, eingeredet hatte. Wie immer war es um den verfluchten Erbstreit gegangen, der mit ihrer Großmutter Felipa vor fast fünfzig Jahren begonnen hatte und immer noch nicht beendet war.

Als der Alte mit der Rasur fertig war, erhob sich Alfons und trat durch eine Tür ins angrenzende Gemach, wo man sein Bad gerichtet hatte. Nach dem langen Ritt der letzten Tage sehnte er sich nach dieser Wohltat. Mit Befriedigung gewahrte er die Dampfschwaden, die aus dem großen Zuber stiegen, und das anheimelnde Feuer im Kamin. Zwei leichtbekleidete junge Frauen legten Handtücher zurecht und füllten einen Kelch mit Wein, den sie ihm reichten.

Dann halfen sie ihm aus dem leichten Baumwollumhang, bis er nackt dastand. Die eine kicherte, als sie ihn so sah, verbarg aber schnell ihr verlegenes Lächeln hinter der Hand. Was haben sie mir denn da geschickt?, dachte er und runzelte die Stirn. Das ist ja noch ein halbes Kind, mager mit knabenhaftem Leib und winzigen Titten. Er hatte nie verstehen können, was Männer an so jungen Dingern mochten. Die andere war schon eher nach seinem Geschmack, denn Alfons liebte die Sinnlichkeit des weiblichen Leibes in strotzender Blüte. Er legte seine Hand auf ihr pralles Hinterteil. Es fühlte sich gut an. Schon wollte die dralle Schöne sich an ihn drängen, aber er wehrte ab. Zuerst wollte er entspannen und in Ruhe nachdenken.

»Geht und lasst mich allein«, brummte er. »Aber bleibt in der Nähe. Ich rufe euch dann.«

Vorsichtig stieg er ins Wasser, das so heiß war, dass er es kaum ertragen konnte. Langsam und unter wohligem Stöhnen senkte er seinen Leib hinein, lehnte sich mit dem Nacken an die Zuberwand und nahm einen tiefen Schluck Wein. Er schloss die Augen und genoss den Eindruck des Schwebens im heißen Wasser. *Que meravilha!*
Bald jedoch verfinsterten weniger angenehme Gedanken seine Stirn. Im Spiel um Macht und Einfluss in der Region, besonders gegenüber Barcelona, war Narbona immer wichtiger geworden. Aimeric, als er noch lebte, hatte sich seinen Ansprüchen widersetzt, und als Halbbruder des Grafen von Barcelona hatte er auch das nötige Gewicht dazu gehabt. Außerdem waren die Kinder der Brüder einander versprochen – Catalonhas junger Erbe sollte einmal Aimerics Tochter heiraten. Ein solches Bündnis hätte den Vormarsch der Katalanen auf dem Gebiet nördlich des Pireneus entscheidend gestärkt.
Aber dann war es anders gekommen. Zuerst war der Graf von Barcelona gestorben, dann Aimeric selbst. Und als zuletzt der junge Erbe, Ramon Berenguer, eine Heiratsverbindung mit dem Hause Aragon eingegangen war, hatte dies für Alfons endlich den Weg frei gemacht, seine Ansprüche nachdrücklicher durchzusetzen.
Mit Narbona in seiner Hand wäre der Ausbreitung der Katalanen endlich ein Riegel vorgeschoben, ganz abgesehen davon, wie viel zusätzliches Gold ihm der reiche Handel des Hafens bescheren würde. Er musste die Vizegrafschaft, koste es, was es wolle, in seine Gewalt bringen.
Und doch kam er nicht recht voran, denn obwohl er die Stadt nun schon seit fast drei Jahren *de facto* besetzt hielt, war das nicht das Gleiche wie eine allgemein anerkannte, rechtmäßige Lehnsherrschaft als Herzog von Narbona. Die Sache musste rechtskräftig sein, schließlich war er Edelmann und kein Wegelagerer. Es würde sonst nur zu neuen Kriegen führen.
Wie schon so oft grübelte er, wie dies zu erzwingen wäre. Der

Erzbischof hatte alte Urkunden zutage gefördert. Aber Alfons konnte sich des Eindrucks nicht erwehren, dass sie nicht mehr als gute Fälschungen waren. Nein, etwas Stichhaltigeres musste her.
Das Beste wäre eine urkundliche Bestätigung seitens König Louis', der dem Namen nach immer noch Lehnsherr des gesamten Frankenreichs war. Nur, seit Louis' Vermählung mit Alienor war die Sache eher hoffnungslos.
Alfons seufzte und betätigte den Klingelzug, um die Mägde zu rufen. Als sie eintraten, erhob er sich und spreizte die Arme. »Ihr dürft mich waschen«, sagte er missmutig. »Bin schon verrunzelt wie ein Bratapfel.«
Sie seiften ihn am ganzen Körper ein. Er schloss die Augen und genoss die sanften Frauenhände, die immer wieder über seinen vom Bad geröteten Leib glitten und am Ende länger als notwendig, und nicht ohne lüsternes Kichern, an seinem Geschlecht verharrten. In der Tat, da regte sich etwas. Er öffnete die Augen und griff nach den Brüsten der runderen Magd. Aber sie entzog sich ihm mit einem anzüglichen Grinsen. Kübelweise schöpften sie warmes Badewasser aus dem Zuber und gossen es über ihn, um die Seife abzuspülen, dann hüllten sie ihn in vorgewärmte Leinentücher und rieben ihn trocken.
Ächzend ließ er sich bäuchlings auf einer gepolsterten und mit sauberem Leinen bedeckten Bank nieder. Nun verteilten sie warmes Öl auf seiner Haut und massierten seine müden Schultern. Er musste sich zusammennehmen, um nicht einzuschlafen.
Da kam ihm die *vescomtessa* in den Sinn, und die Gedanken an dieses Prachtweib weckten seine Geister. Nach der Versammlung hatte sie ihn noch lange in ihrem Audienzsaal festgehalten. Vorhaltungen hatte er erwartet, wegen des Zwischenfalls bei der Prozession, oder die Wiederaufnahme ihrer schwierigen Verhandlungen über die Lage der Vizegrafschaft. Aber nichts dergleichen. Süße Küchlein hatte sie ihm gereicht

und ihm höchstselbst den Wein eingeschenkt. Die Worte waren liebenswürdig gewesen, wenn auch von nichtssagender Höflichkeit. Ihre Blicke jedoch hatten ihn verwirrt. Sie ließen anderes ahnen. Wären nicht die Höflinge und edlen Damen des Hofes zugegen gewesen, hätte man glauben können, sie wollte ihn verführen.

Eine der Mägde bedeutete ihm, sich auf den Rücken zu legen. Als er sich umdrehte, bemerkte er, dass die beiden Weiber nun ebenfalls nackt waren. Die Rundlichere verteilte Öl auf seiner Brust, und im Vorgriff auf die Freuden, die ihn erwarteten, nahm er einen Augenblick lang ihre schwere Brust in die Hand. Dann schloss er wieder die Augen und überließ sich den fleißigen Händen.

Ermessendas Benehmen hatte ihn überrascht. Zuvor war sie ihm gegenüber feindselig gewesen, wollte nichts von seinen Ansprüchen wissen. Das Angebot seines Schutzes hatte sie ausgeschlagen, immer mit Unterstützung durch die Katalanen gedroht, von Gegenbündnissen mit Tolosa feindlich gesinnten Grafschaften geredet. Hätte sie sich ihm vor aller Augen in einem Akt des *homagiums* unterworfen und die Treue geschworen, dann wäre seine Lehnsherrschaft bestätigt und der Rang eines Herzogs unanfechtbar gewesen.

Aber allein bei der Erwähnung dessen war sie jedes Mal zornesrot geworden. Gold und Ländereien hatte er ihr geboten, Kriegsschiffe, um die Handelsflotte der Kaufleute zu schützen, aber nichts hatte gefruchtet. Dann hatte man ihm zugetragen, eine heimliche Liebschaft verbinde sie mit dem *Vescoms* Peire de Menerba, einem Mann von außergewöhnlichem Rang und Fähigkeiten. Ihr zuliebe hatte er den Kerl sogar zum Statthalter bestellt, aber auch das hatte ihre Haltung in der Sache nicht aufgeweicht.

Warum nur jetzt der Wandel?

Menerbas Abwesenheit in der Versammlung war Alfons nicht entgangen, und er hatte es als Schmähung der eigenen Person gewertet. Aber vielleicht hatte das nicht ihm, sondern

la Bela gegolten. Waren die beiden etwa zerstritten? Der Gedanke gab ihm neue Hoffnung für seine Pläne.
Mit umso größerem Vergnügen genoss er die weichen Hände, die sich seinen Bauch entlangtasteten, die Schenkel durchkneteten und sich plötzlich fest um sein ersteiftes Glied legten. Wie sie wohl im Bett wäre, die stolze la Bela, fragte er sich. Ohne die Augen zu öffnen, langte er nach der Magd. Während er sich vorstellte, die geheimen Rundungen der noblen *vescomtessa* zu ertasten, schlossen sich feuchte Lippen um seinen angeschwollenen Phallus.

***

Ein kühler Wind aus Nordwest fegte den Strand entlang. Das Schiff mühte sich durch die Passage, um offenes Meer zu erreichen. Es war zu weit entfernt, als dass man Einzelheiten erkennen konnte, die Mannschaft nicht größer als schwarze Punkte, die wie Ameisen auf dem Deck herumkrochen. Arnaut und Severin beobachteten den Zweimaster schon seit einer Weile, wie er sich über die weite Lagune genähert hatte. Zuerst kraft seiner Ruder, dann hatten die Seeleute mehr und mehr Segel gesetzt.
In den frischen Böen legte sich das Boot nun auf die Seite, nasse Planken glänzten im grellen Licht der Sonne, und weiße Gischt stob an der Bordwand hoch, wenn der schlanke Bug sich in die Wellen stemmte.
»Wohin die wohl fahren?«, sagte Arnaut.
»Genua oder Pisa?« Severin zuckte mit den Schultern.
»Oder Sicilia. Vielleicht noch weiter.«
Das Meer in seiner unfassbaren Weite hatte sie überwältigt. Sie, die in den engen Tälern der Corbieras aufgewachsen waren, ergriff scheue Ehrfurcht vor der Majestät des nimmer enden wollenden Horizontes. Es erschien ihnen wie ein Abbild der Allmacht Gottes.
Lange hatten sie nicht gesprochen, sondern nur die Augen

über dieses unendliche Blau wandern lassen, das Spiel der Wellen verfolgt und die Kunststücke der vielen Seevögel beobachtet, die sich schwerelos im Wind treiben ließen. Der Gedanke, dass Menschen den Mut hatten, diese gewaltigen Wassermassen auf ihren zerbrechlichen Schiffen zu überqueren, ließ sie in Ungläubigkeit erschauern. Und doch fühlte Arnaut sich seltsam angezogen, dem Ruf der Ferne zu folgen. Fast wehmütig blickte er dem Segler nach, der sich inzwischen nach Südosten gewandt hatte, mit schwankenden Bewegungen vor dem Wind lief und langsam kleiner wurde.
»Vielleicht fahren sie bis Outremer«, murmelte er verträumt. Das Wort Outremer hatte diesen unvergleichlich geheimnisvollen Klang für ihn. Das Land, wo Kostbarkeiten, Gewürze und Seide herkamen, das Land der *sarasins,* denen christliche Waffen vor über vierzig Jahren einen breiten Küstenstreifen abgerungen hatten. Antiochia, Edessa, Tripolis, Jaffa und Jerusalem. Überall dort hatte sein Großvater in vorderster Reihe gekämpft. Die vielen Geschichten schwirrten ihm seit seiner Jugend im Kopf herum. Outremer, das größte, das wahnwitzigste aller Abenteuer.
Er wusste, dass die Männer, die damals ausgezogen waren, grausamste Leiden auf sich genommen hatten, dass die meisten nie mehr die Heimat wiedergesehen hatten … trotzdem, der Gedanke, vielleicht eines Tages nach Outremer aufzubrechen, jagte ihm aufregende Schauer den Rücken hinunter.
»Wir sollten den Jungen nicht so lange allein lassen«, sagte Severin und riss ihn aus seinen Tagträumen.
Arnaut blickte den Strand entlang zurück. Weit entfernt sah er Joris winzige Gestalt einsam auf dem flachen Sand hocken. Den Umgang mit den Pferden war der Junge nicht gewohnt. Reiten konnte er schon gar nicht, und wie ein verzweifeltes Äffchen hatte er sich auf dem Weg hierher an Severins Rücken geklammert. Sie hatten ihm das zahme Maultier zur Gesellschaft gelassen, um den Pferden ungestörten Auslauf zu erlauben. Besonders Arnauts Hengst hatte den langen Galopp

am Strand genossen, sich am Ende voller Übermut in die anlaufenden Wellen gestürzt, so dass Arnauts Kleider durchnässt waren. Im scharfen Wind frierend, verfluchte er den Eigenwillen seines Gauls.

»Was bist du so besorgt um den Bengel?«

Severin antwortete nicht, zuckte nur verlegen mit den Schultern. Sonderbar, wie sein Freund auf einmal begonnen hatte, sich um den kleinen Straßenhalunken zu kümmern. Während Arnauts gestrigem Treffen mit Felipe de Menerba hatte Severin dem Jungen, wie versprochen, ein Paar feste Bundschuhe gekauft und von seinem eigenen Geld bezahlt. Sogar für gebrauchte, aber ordentliche Kleider hatte er ausgelegt.

Severin setzte seine Stute in Bewegung. Arnaut folgte, der Wallach ging brav am Seil mit, und in leichtem Trab ritten sie an der Schaumlinie der Wellen entlang. Severin rief etwas über die Schulter, das im Tosen der Brandung unterging.

»Ich fragte, warum du dich gegen deinen Lehnsherrn stellen willst?«, wiederholte er, als Arnaut zu ihm aufgerückt war. Dem Bericht über das Gespräch mit dem Fürstensohn hatte Severin nur schweigend gelauscht und bisher nichts dazu verlauten lassen. Jetzt schien er reden zu wollen. »Mit seinem Reiterhauptmann hast du dich ja schon überworfen. Und jetzt die Sache mit diesem Felipe.«

»Es soll doch nur die Erbin beschützt werden. Wer sollte etwas dagegen haben?«

Severin versah ihn mit einem Blick, als rede er mit einem tumben Kind. »Na die, die ihr schaden wollen«, knurrte er. »Sei doch nicht einfältig.«

»Wenn du so verdammt klug bist, dann klär mich auf.«

»Wenn ihr jemand Böses will, dann doch sicher die Partei, die hier feindselig auftritt, oder? Und das ist Tolosa, wie wir gestern gesehen haben. Deshalb frage ich dich nochmals, willst du dich da einmischen?«

Seit der blutigen Niederschlagung des Volksaufruhrs hatte sein Freund eine Abneigung gegen Alfons entwickelt. Vielleicht

war diese unbegründet, aber Arnaut wurde nachdenklich. Severins Worte nährten seine eigenen Zweifel, denn Felipes unversöhnliche Haltung gegenüber Tolosa war offensichtlich. Und was bedeuteten seine Heimlichtuereien? War er in etwas verwickelt, das gegen den Grafen von Tolosa gerichtet war?
»Ich hab mein Wort gegeben«, erwiderte er lahm.
Sie ritten nebeneinanderher, während jeder seinen Gedanken nachhing. Arnaut musste sich eingestehen, dass er nicht nur geschmeichelt gewesen war, sich einem Felipe de Menerba anzuschließen, sondern auch einer schönen Fürstentochter zu dienen. Da hatte er keine weiteren Fragen gestellt, aus Furcht, Felipe könnte es sich anders überlegen.
»Und bekommen wir Zugang zum Palast?«, brach Severin das Schweigen, wie immer der zweckmäßig denkende Kopf.
»Ich glaube nicht.«
»Wie wollen wir uns dann nützlich machen?«
»Felipe ruft uns, wenn er uns braucht.«
Severin schüttelte den Kopf. »Und Sold gibt es auch keinen«, brummte er.
Sie waren wieder bei Jori angelangt, der mit den Zügeln des Maultiers in der Hand etwas verloren dastand. In den neuen Kleidern war er kaum wiederzuerkennen. Man hätte ihn für den Sohn eines ehrbaren Handwerkers halten können. Nur der ungepflegte Haarschopf und die Schuhe, die er an den Schuhriemen verknotet über der Schulter trug, widersprachen diesem Eindruck.
»Was läufst du wieder barfuß?«, fuhr Severin ihn an.
»Sie drücken mich.«
»Das tun neue Schuhe immer.« Severin beugte sich vom Pferd herunter und fuhr dem Jungen mit rauher Hand durch die Locken. »Zieh sie besser wieder an, damit sie sich anpassen.«
Zu Arnauts Überraschung tat Jori wie ihm geheißen und dies ganz ohne freche Bemerkungen. Als Severin ihm dann den Arm reichte, zog der Junge sich behende hinter ihn auf die Kruppe der Stute und grinste zufrieden.

In gemächlichem Schritt kreuzten sie die niedrigen, dünn mit Strandhafer bewachsenen Dünen und machten sich auf den Heimweg. Das Land war flach wie ein Pfannkuchen, von Sumpfland und Brackwassertümpeln unterbrochen, in denen die unterschiedlichsten Vogelarten nach Nahrung suchten. Vorrangig die seltsam anmutenden Flamingos mit gebogenen Schnäbeln, langen Stelzbeinen und weißrosa Gefieder.
Aus dieser Einöde ragten felsige und dicht mit Nadelgehölz bewachsene Hügel wie Fremdkörper heraus. Auf einem dieser Felsbrocken, am Wasser gelegen, thronte die erzbischöfliche Burg Gruissan, in deren Schutz der Seehafen lag ebenso wie das gleichnamige Dorf. Hier lebten Fischer und Salzbauern, wie Jori ihnen erklärte.
»Am Ende des Sommers, zur Salzernte, gibt es hier bezahlte Arbeit«, sagte er, nachdem sie einige Gräben überquert hatten, die bis ins Meer liefen.
»Salzernte?«, fragte Severin ungläubig. »Das Salz wächst doch nicht auf Feldern.«
»Nicht auf Feldern, aber hier in den Salinen.«
Er zeigte auf die ausgedehnte Wasserfläche, an der sie vorüberritten und die durch schmale, flache Dämme in rechteckige Teiche unterteilt war, ein jeder kaum mehr als eine Handbreit tief. Er erklärte ihnen, wie die Salzbauern im Frühjahr genügend Meerwasser in die äußeren Teiche ließen. Sobald die Sonne eine gewisse Menge Wasser verdunstete, leiteten sie den Rest ganz langsam in das nächste, immer ein wenig tiefer gelegene Becken. Und so ging es weiter, bis die Brühe am Ende so dick wurde, dass sich das Salz in einer weißen Kruste absetzte.
»Man muss es nur noch herausschaufeln und an der Sonne trocknen. Dann ist es gut.«
»Und du Wicht hast hier gearbeitet.«
»Nur bei der Ernte. Es muss dann alles schnell gehen, damit das Salz nicht verregnet. Es wird in Säcke geschaufelt, und die Händler karren es fort.«
»Es ist ein großes Geschäft in Narbona«, fügte Arnaut hinzu.

Sie ritten weiter. Nachdem sie die Salzgärten hinter sich gelassen hatten, musste Arnaut noch einmal über Felipes ungereimtes Anliegen nachdenken. Wer würde einer so jungen *donzela* schaden wollen?

»Vielleicht ist das Ganze wirklich Unsinn«, sagte er.

Überrascht blickte Severin auf. »Und? Kehren wir also heim?«

»Geht nicht.«

»Warum nicht?«

»Weil wir eine Verabredung haben. Morgen wird Felipe *Domna* Ermengarda auf der Jagd begleiten, und ich soll mitreiten. Er will mich vorstellen.«

Jori starrte sie beide mit offenem Mund an, und auch Severin hob höchst erstaunt die Augenbrauen.

»Jes Maria!«, sagte er. »Du kommst ja hoch hinaus in der Welt.«

»Du auch«, lachte Arnaut.

»Wieso ich?«

»Wenn, dann nur wir beide, hab ich ihm gesagt.«

***

Obwohl der Weg von seinem Palast bis zur Residenz des Erzbischofs nur kurz war, ließ Alfons es sich nicht nehmen, die Strecke mit umfangreichem Gefolge zu bestreiten. Zum einen, um dem Volk seine Macht zu zeigen, zum anderen, um seine eigene Person zu sichern. Man konnte nie wissen.

Und so ritt er langsam und hoch zu Ross über die Brücke, zehn seiner Ritter voraus, von denen einer sein Banner hochhielt, zehn weitere folgten. Zu beiden Seiten war er von seiner berittenen Leibwache umgeben. Er blickte weder nach rechts noch nach links und nahm die Menschen nicht wahr, die fluchtartig vor seinen Männern den Weg räumten, bemerkte auch nicht die beredte Stille, die dem Zug vorauseilte, noch sah er die hasserfüllten Blicke, die ihm folgten.

Im Hof des erzbischöflichen Palastes saß er ab und wunderte sich, dass der alte Fuchs ihn nicht persönlich und in allen Ehren an der Pforte empfing, obwohl er seine Ankunft durch einen Boten hatte melden lassen. Eine Frechheit war das. Immer musste der Mann zeigen, dass er sich nicht vor einem Grafen von Tolosa zu bücken hatte. Dabei, ohne Tolosas Schutz könnte er nicht so großspurig auftreten.

»*Mossenher l'Avesque* ist noch beschäftigt, *Dominus.*« Domdechant Peire de Montbrun, von Dienern und zwei Domherren begleitet, war seinem Prälaten vorausgeeilt, um Alfons ehrfurchtsvoll zu begrüßen. »Er bittet, Euch einen kleinen Augenblick zu gedulden.«

»So. Beschäftigt ist er«, murrte Alfons und zog sich die Handschuhe von den Fingern. Dann ließ er ärgerlich den Domdechant stehen und marschierte würdevoll, von seinen Leibwachen begleitet, durch den Hof, betrat die Kathedrale durch einen Seiteneingang und ließ sich auf einer der Bänke für die Gläubigen nieder.

Dort blieb er sitzen und starrte auf den Altar und das Kreuz, das darüber hing. Als sich jemand räusperte, hallte es unnatürlich laut. Seltsam, wie jedes Geräusch, auch das geringste, in dem gewaltigen Kirchenschiff durch ein sanftes Echo verstärkt und zurückgeworfen wurde, so als bliebe nichts unbemerkt in der Gegenwart des Herrn. Alfons schloss die Augen und ruhte still und in sich gekehrt, wie im Gebet. Domdechant Peire de Montbrun, der ihm peinlich berührt bis in die Kathedrale gefolgt war, blieb in respektvoller Entfernung stehen. Er war angewiesen worden, dem Grafen Erfrischungen bringen zu lassen und ihm mit angenehmem Gespräch die Zeit zu verkürzen. Nun wusste er nicht recht, wie er sich verhalten sollte. Sich zurückzuziehen wäre unhöflich gewesen, aber im Gebet stören durfte er den Grafen auf keinen Fall. Er flüsterte einem Diener zu, eiligst den Erzbischof zu rufen. Die Leibwachen indessen standen unbeweglich wie eiserne Statuen und warteten auf ihren Herrn.

In Wahrheit betete Alfons nicht, sondern nutzte die Zeit, um seine Gedanken zu ordnen, denn es gab Wichtiges zu besprechen. Die Stille des Gotteshauses half ihm dabei. Er spürte das Unbehagen des Domdechants, und es belustigte ihn. Durch sein Verhalten hatte er den Erzbischof ins Unrecht gesetzt, und nun blieb Leveson nichts anderes übrig, als zu ihm in die Kirche zu kommen und nicht umgekehrt.
Ein kindisches Spiel, wenn man es recht bedachte, aber sie waren sich nicht immer grün, er und Leveson. Trotz allem waren sie seit Ewigkeiten Verbündete, denn eines war Alfons heilig. Er vergaß nie solche, die ihm geholfen hatten, und dazu gehörte der Erzbischof. In jenen unruhigen Tagen, nachdem die Bürger von Tolosa sich erhoben und die Herrschaft der Aquitanier abgeschüttelt hatten, war Leveson, damals Legat des Papstes, hilfreich eingesprungen, um dem erst sechzehnjährigen Alfons den Weg zu ebnen. Als Statthalter von Tolosa hatte der Kirchenmann die Wogen geglättet und Alfons' Rückkehr als Fürst von Tolosa vorbereitet. Dafür hatte ihn der Tolosaner Einfluss ein Jahr später auf den Stuhl des Erzbischofs gehoben. Was sie verband, war vielleicht nur eine Zweckgemeinschaft, die sich aber in den Jahren durchaus bezahlt gemacht hatte.
Hinter sich hörte er leise Schritte und ein Getuschel. Kurz darauf räusperte sich der Domdechant neben ihm.
»*Dominus, perdona me*«, flüsterte der Mann.
Alfons ließ ihn warten, als müsse er erst sein Gebet beenden. Dann bekreuzigte er sich. »Was ist?«, brummte er schließlich.
»Der Erzbischof entschuldigt sich, aber wenn Ihr bereit seid, Herr, erwartet er Euch gleich hier im Garten des Kreuzgangs.«
Alfons seufzte gequält und erhob sich umständlich. Der Domdechant verbeugte sich und wies ihm beflissentlich den Weg.
»Spar dir die Mühe. Ich kenne mich aus.«
Alfons betrat den Säulengang des viereckigen Kreuzgangs, in

dessen Mitte sich ein kleiner, liebevoll gepflegter Garten befand. Auf einer steinernen Bank, noch aus Römertagen, erwartete ihn der Erzbischof, sorgfältig in die kostbaren Gewänder seines Amtes gekleidet. Er erhob sich, als Alfons zu ihm trat, und streckte ihm beide Hände entgegen. Sie bildeten ein ungleiches Paar. Der kleine, schmächtige Geistliche neben dem hochgewachsenen, fleischigen Fürsten.

»Tut mir leid«, murmelte Leveson mit einem dünnen Lächeln auf den blutleeren Lippen. »Unaufschiebbare Verpflichtungen ...«

Alfons vermied es, den ihm dargebotenen Bischofsring zu küssen, und setzte sich stattdessen. »Vermutlich konntest du dich nicht von deinen hübschen Chorknaben losreißen«, knurrte er bissig, denn er hatte so seinen Verdacht, wo die Vorlieben des Alten lagen.

Leveson hob ergeben die Augen gen Himmel, als bitte er um Gottes Nachsicht gegenüber solchen Gehässigkeiten, und nahm ebenfalls Platz.

»Du warst in der Kirche, *mon filh*«, sagte er milde. »Solange du die Demut vor dem Herrn und das Beten nicht verlernst, besteht Hoffnung für dich.«

»Ich habe nicht gebetet«, erwiderte Alfons patzig. Der hochtrabende Ton missfiel ihm gründlich. »Was nützt mir Beten? Du solltest lieber darauf sehen, dass du dein Ver...« Er verhaspelte sich an dem Wort und musste einen neuen Anlauf nehmen. »Dass du endlich dein Versprechen einhältst.«

»Wie kann ich dir Narbona geben, wenn du alles wieder einreißt, was ich aufbaue.«

»Was soll ich eingerissen haben?«

»Wir hatten vereinbart, dass deine Männer sich im Hintergrund halten, nicht, dass sie Leute umbringen!«

Leveson mochte alt sein, aber seine Augen sprühten jetzt vor solchem Zorn, dass Alfons unwillkürlich zurückwich.

»Nichts als Gesindel war das«, verteidigte er sich. »Die haben es nicht besser verdient.«

»Wir sind nicht auf einem deiner Güter, wo du deine zerlumpten Bauern straflos niederreiten kannst. Dies hier ist eine ehrbare Stadt. Die Bürger haben Rechte. Der Rat der Konsuln ist wütend, und dies verständlicherweise. Sie verlangen eine Untersuchung, wie ich höre.«
»Anmaßendes Pack!«, antwortete Alfons trotzig. Eine Untersuchung. Allein der Gedanke war schon lächerlich.
»Nun, so weit wird es wohl nicht kommen«, sagte der Erzbischof etwas ruhiger. »Aber muss ich dich daran erinnern, wie wichtig der Handel für uns geworden ist?«
»Kein Grund, sich nach den niederen Ständen zu richten.«
»Ohne die Steuern, die wir den Kaufleuten abnehmen, kannst du dein Heer nicht bezahlen.«
»Sie haben sich dem Willen des Fürsten zu beugen.«
»Das mag sein, aber lass es dir nicht geschehen wie Guilhem von Montpelher.«
Alfons machte eine verächtliche Handbewegung. Dieser Guilhem, Fürst von Montpelher, war ein Schwachkopf. Erst kürzlich hatten seine Bürger sich erhoben und ihn verjagt, den Furz. Und statt sich an Alfons oder einen anderen Fürsten zu wenden, hatte der Mann sich ausgerechnet mit den Genuesen verbündet, um seine Herrschaft wiederherzustellen. Das war, als würde man den Wolf rufen, um den Fuchs zu vertreiben, denn für ihre Hilfe hatten die Genuesen nun ihrerseits Handelszugeständnisse und Sonderrechte gefordert.
»Wo käme die Welt hin, wenn jetzt überall … Krämer und Geldwechsler herrschen wollten? Die Stärke des Fürsten sind seine Ritter und Kastellane.«
»Das sagst gerade du? Wo waren denn deine Kastellane, als du sie brauchtest?«
Alfons zog ein mürrisches Gesicht, denn es war nicht von der Hand zu weisen, dass die Tolosaner Bürger und ihre *militia urbana* in den Jahren mehr für ihn getan hatten als alle seine unzuverlässigen Vasallen und Kastellane. Die Dinge waren nicht mehr so wie früher. Sein Vater Raimon, der alte Hau-

degen, musste nur winken, und schon waren sie herbeigeeilt, um an seiner Seite zu kämpfen. Zwanzigtausend Mann waren ihm nach Outremer gefolgt.

»Warum reden wir eigentlich hier im Kreuzgang?«

»Hier kann uns niemand belauschen.«

Unwillkürlich schaute Alfons sich um. Es war niemand zu sehen, außer den Vögeln, die sich in den sorgfältig beschnittenen Büschen vergnügten. Doch dann entdeckte er einen Diener, der halb versteckt mit beladenem Tablett in der Hand neben einer der Porticosäulen stand.

»Ah, ich habe vergessen, dir eine Erfrischung anzubieten«, sagte der Erzbischof und winkte den Bediensteten heran. »Du nimmst vermutlich Wein?«

Alfons nickte und nahm einen silbernen Kelch aus der Hand des Dieners. »Was ist mit diesem Menerba?«, fragte er und gönnte sich gleich einen tiefen Schluck, ohne auf den Erzbischof zu warten, der sich ebenfalls einen Kelch hatte reichen lassen. »Ist der noch verlässlich?«

Leveson entließ den Diener mit einer ungeduldigen Handbewegung.

»Man hat mir zugetragen, er habe seine Männer abgezogen und die Stadt verlassen. Nur sein Sohn weilt noch in Narbona. Ich sage dir, wenn du auch noch die stillschweigende Billigung des Stadtadels verlierst, steht es nicht gut für deine Sache. Dann hast du nur noch mich.«

»Oh, und welch großartige Hilfe gerade du bisher gewesen bist! Nicht einmal den Segen des … Papstes konntest du mir sichern.«

»Rede mir nicht vom Papst!«, erwiderte Leveson gereizt. »Der ist, weiß Gott, mit anderen Dingen beschäftigt. Und ohne Billigung der Krone Frankreichs wird er ohnehin nichts tun.«

Leveson hatte dem Papst mehrfach geschrieben, ohne eine Antwort zu erhalten. Was nicht so überraschend war, denn jeder wusste, Innozenz hatte mit den sizilianischen Normannen und den von ihnen unterstützten Gegenpäpsten mehr als genug Schwierigkeiten am Hals. Nur dank der Unterstützung Frankreichs hatte er sich überhaupt auf dem Papstthron halten können. Und wo König Louis' Herz schlug, das war spätestens seit seiner Hochzeit mit der jungen Herzogin von Aquitanien klar. Nein, von der Seite war nichts zu erwarten. Missmutig kreuzte Alfons die Arme.

Nachdem sie eine Weile geschwiegen hatten, erhellte sich seine Miene wieder. »Die *vescomtessa* …«, sagte er und hielt inne, weil die Worte nicht recht kommen wollten.

»Was ist mit der Hure?«

»Hure?«

»Sie ist ein niederträchtiges Weib«, wetterte Leveson. »Weiß Gott, was Aimeric in ihr gesehen hat. Ganz vernarrt war er in sie gewesen. Überhaupt erstaunlich, wie ausgewachsene Kerle sich von ihr wie Tanzbären an der Nase herumführen lassen. Über ihre unzüchtigen Beziehungen zu Menerba bist du im Bilde, nehme ich an.«

Alfons nickte. »Was willst du? Sie ist Witwe.« Dabei konnte er ein anzügliches Grinsen nicht unterdrücken. »Dem Kerl kann ich es jedenfalls nicht verdenken«, lachte er.

Leveson bedachte ihn mit einem ungnädigen Blick.

»Also, was ist mit ihr?«, fragte er.

»Sie will verhandeln.«

»Das wäre in der Tat etwas Neues.«

»Vielleicht hat sie ihre Haltung geändert.«

»Warum sollte sie?«

»Sie war gestern sehr … wie sagt man?«, er suchte nach dem passenden Wort, »entgegenkommend. Ja, so kann man es nennen.« Er grinste vielsagend. »Und das ist milde ausgedrückt, würde ich sagen.«

»Ich frage mich, warum.«

»Vielleicht will sie mich heiraten.« Alfons lachte herzlich über diesen Witz. Nur ein Scherz, um Leveson zu ärgern.

»Nimm dich vor dieser Schlange in Acht«, giftete der Alte prompt zurück. »Am Ende will sie es wirklich. Es muss ihr aufgegangen sein, dass du wieder zu haben bist. Und das ändert alles.« Er stellte seinen Kelch ab, holte ein besticktes Tüchlein hervor und schneuzte sich laut und umständlich. »Das ist überhaupt der Grund, warum ich mit dir reden wollte.«

Etwas abwesend beobachtete Alfons den alten Leveson, wie er das Tüchlein sorgfältig zusammenfaltete und in seinem Gewand verschwinden ließ.

Ja, dachte er überrascht, er war wieder frei. Diese Tatsache war ihm noch gar nicht so recht bewusst geworden, so sehr war er daran gewöhnt, die treue Faidiva an seiner Seite zu wissen. Aber nun lag sie begraben, möge Gott sich ihrer Seele erbarmen. Und bei dem unverhofften Gedanken, diese Ermessenda könnte ihn heiraten wollen, kitzelte es ihn nicht zum ersten Mal, die Frau in sein Bett zu holen. Welcher rechte Mann würde sie nicht begehren? Doch eigentlich war es noch etwas anderes, denn Weiber konnte er genug bekommen, daran hatte es nie gemangelt. Es war eine Kraft in ihr, die ihn reizte. Trotz aller Ehrbarkeit sah er etwas Ruchloses in diesem Weib, eben die Schlange, wie Leveson sich ausgedrückt hatte. Eine solche Frau zu beherrschen …

»Was sagst du?«, fragte er. Die Gedanken an Ermessenda hatten ihn für einen Augenblick so gefangen gehalten, dass er nicht auf die Worte des Erzbischofs geachtet hatte.

»Ich sprach von Vermählung«, wiederholte Leveson.

»Wessen Vermählung?«

»Na, deiner selbstverständlich.«

»Ich soll die *vescomtessa* ehelichen?«

»Schwachkopf! Das würde dir wohl gefallen, was? Nein, die Erbin natürlich!«

»Was? Die wäre passender für meinen Raimon.«

»Dein Sohn Raimon ist nicht mal acht Jahre alt. Da müsstest du lange warten, bis euch die Mitgift zufällt. Nein, du selbst musst die Erbin heiraten. Jetzt, da Faidiva das Zeitliche gesegnet hat.«

»Diesen mageren Fratz? Was soll ich mit einer Elfjährigen? Die ist doch nicht weniger unmündig.«
»Dreizehn ist sie.« Arnaut de Leveson rollte die Augen und seufzte tief über das Unverständnis seines Gegenübers. »Aber beruhige dich. Sie ist nur die Halbschwester. Die Erbin Ermengarda ist die andere. Sie ist fünfzehn Jahre alt und äußerst *nubilis,* im mannbaren Alter, wenn du verstehst, was ich meine.«
Alfons starrte ihn verständnislos an. »Wieso hab ich sie nie gesehen?«
»Vielleicht hast du sie gesehen, vielleicht nicht. La Bela hält sie gern im Hintergrund. So als gäbe es sie nicht.«
»Fünfzehn.« Alfons dachte nach. »Das ist etwas anderes. Aber la Bela wird niemals einwilligen.« Dahin seine schönen Tagträume, denn Levesons Plan käme einer Entmachtung der Regentin gleich. Die Dame würde nicht nur eine solche Verbindung verweigern, allein das Ansinnen würde sie so erzürnen, dass er eine Liebschaft mit ihr vergessen könnte. Eine Liebschaft mit der zukünftigen Schwiegermutter. Ungewollt musste er lachen.
»Was gibt es da zu lachen?«, fragte Leveson ungehalten. Doch er wartete nicht auf eine Antwort. »Natürlich wird sie dagegen sein. Aber lass das meine Sorge sein. Ich kümmere mich darum.«
»Wann soll die Hochzeit sein?«
»Ich habe den Festtag der Heiligen Chrysanthius und Daria vorgemerkt, das ist der übernächste Sonntag.«
»Was? Schon so bald?«
Der Erzbischof lächelte spöttisch. »Ein durchaus angemessenes Datum für den Bund der Ehe, denn die beiden Heiligen haben sich nicht nur geliebt, sondern waren so standhaft im Glauben, dass sie sich dafür lebendig haben begraben lassen.«
»Herrliche Aussichten«, knurrte Alfons.
»Außerdem, ihr Martyrium fand hier in Narbona statt.«
»Lass mich mit deinen verdammten … Heiligen in Ruh!«

»Wie du willst. Aber in jedem Fall ist Eile geboten, bevor sich Widerstand bilden kann. Du weißt, es rumort. Die Trencavels und ihre Verbündete heben schon Truppen aus. Aber nun werden wir alle vor vollendete Tatsachen stellen. Sobald die Heiratsurkunde vor Zeugen unterzeichnet ist, gibt es kein Zurück.«
Alfons schüttelte ungläubig den Kopf. Schon in neun Tagen sollte er zum zweiten Mal den Bund der Ehe eingehen. Das ging ihm fast zu schnell.
»Ist sie wenigstens hübsch, diese Ermengarda?«
»Hübsch genug.«
»Nun, wenn sie mir die Vizegrafschaft bringt«, grinste Alfons, »darf sie auch hässlich wie eine lahme Krähe sein.«
»Durch Ermengardas Mitgift wirst du die volle Verfügungsgewalt über Narbona gewinnen. Ich lasse die Heiratsurkunde unmissverständlich aufsetzen. Aber eines merke dir. Sieh zu, dass du das Mädel eiligst schwängerst. Du brauchst einen gemeinsamen Erben, damit Narbona für immer bei Tolosa verbleibt, sollte einer von euch beiden frühzeitig ableben, was Gott verhüten möge. Denn stirbt sie ohne Erben, ist das mit der Mitgift hinfällig, und Narbona geht an ihren nächsten Verwandten. Stirbst du, bevor ihr ein Kind habt, freut sich ihr späterer Ehemann. Ich hoffe, ich habe mich klar ausgedrückt.«
Alfons ließ lange einen nachdenklichen Blick auf ihm ruhen. »Ich sehe, du hast dir alles genau ausgedacht«, sagte er dann. »Und was … was wird es mich kosten?«
»Ich will das Alleinrecht auf die Salzzölle.«
»Ein äußerst einträgliches Geschäft für dich.«
»Ebenso alle Zölle auf den Weinhandel, dazu das Kloster Fontfreda nebst Besitzungen und die Hälfte der Pachtverträge der Ländereien vor dem Stadttor.«
»*Putan!* Jetzt übertreibst du aber! Das ist ein Vermögen.«
»Vergiss nicht, du gewinnst eine reiche Vizegrafschaft und wirst der mächtigste Fürst des ganzen Südens. Ich muss dir die strategische Bedeutung von Narbona nicht erklären. Allein

der Zoll auf den Warenverkehr am Südtor ist jährlich ein paar hunderttausend *solidi* wert.«
Alfons starrte auf seine Stiefelspitzen. Er hatte keine Lust, zu feilschen. Wenn er erst einmal alle Macht in der Hand hielt, ließe sich immer noch überlegen, ob er diese unverschämten Forderungen anerkennen würde oder nicht. Wo sollte ein Leveson sich denn beschweren wollen? Beim Papst? Der hatte ja bekannterweise andere Sorgen. Er hob den Blick und sah dem Alten fest in die Augen.
»Gut. So sei es!«
Der Erzbischof lächelte dünn. »Trinken wir darauf.« Er hob seinen Kelch und nickte dem Grafen zu.
Er hat das berechnende Lächeln eines alten Fuchses, konnte Alfons nicht umhin zu denken. Vor dem muss man sich in Acht nehmen, der hat gewiss schon die nächste Teufelei im Sinn.
»Auf dein Wohl, *Mossenher l'Avesque!*«, erwiderte er spöttisch und leerte den Kelch. Leveson dankte ihm mit einer kaum merklich angedeuteten Verbeugung.
»Übrigens«, sagte er, »die großen Handelsherren wirst du am ehesten auf deine Seite bringen, wenn du ihnen Kriegsschiffe versprichst. Verluste durch maurische Piraten sind ihre größte Sorge.«
»Mal sehen«, brummte Alfons. »Und die *vescomtessa*? Wie willst du die überzeugen?«
»Überlass das nur mir. Sie wird sich fügen.« Als Alfons ihn fragend anblickte, fügte Leveson hinzu: »Um es ihr leichter zu machen, versprichst du ihr die Regentschaft auf Lebenszeit.«
Alfons runzelte die Stirn.
»*Pro forma.* Du verstehst mich«, sagte Erzbischof Leveson und zwinkerte ihm zu. »Nur *pro forma.*«

La Belas Zorn

Amir warf den Kopf hoch und schüttelte seine schwarze Mähne. Der Hengst wollte laufen, verstand nicht, warum man hier so lange am Fleck verweilte. Ungeduldig machte er zwei Schritte vorwärts, doch Arnaut hielt ihn zurück. Gereizt tänzelte das Tier seitwärts in Severins Stute hinein, die nun ebenfalls unruhig wurde, woraufhin der Hengst versuchte, sie in den Hals zu beißen.

»Fol bestia!« Arnaut zerrte ärgerlich am Zügel und zwang Amir von dem anderen Pferd weg.

»Eh! Quet, garça!«, beruhigte Severin seine Stute und strich ihr über den Hals. »Du wirst sehen, die haben uns versetzt.«

»Wart's ab«, brummte Arnaut missmutig.

Sie befanden sich in der Nähe einer alten Eiche an der Via Domitia, nur einige hundert Klafter jenseits der Südmauer. Felipe hatte ihnen eingeschärft, sich dort beim ersten Tageslicht einzufinden, da für die Beizjagd die frühen Morgenstunden am günstigsten seien. Doch inzwischen stand die Sonne zwei Handbreit über dem flachen Horizont, und die Bauern, nach dem Versorgen des Viehs, arbeiteten längst auf den Feldern.

Heute waren sie leichter bewaffnet. Arnaut trug eine knielange Tunika über den Beinkleidern, ein wattiertes, ledernes Wams, der Schwertgurt wie immer um die Hüfte geschlungen und darüber ein wollener Umhang gegen die Morgenkühle. Helm und Schild baumelten vom Sattelknauf.

Die Pferde hatten sich beruhigt und begannen, am Wegrand

zu grasen, als aus dem Südtor der Stadt eine Reitergruppe auftauchte und die Brücke über den Festungsgraben überquerte. Ein Einzelner unter ihnen löste sich und näherte sich in leichtem Galopp. Sie erkannten Felipe.

»Tut mir leid, dass ihr warten musstet.«

Er deutete mit dem Kopf hinter sich und hob bedauernd die Schultern, als helfe keine Macht gegen weibliche Willkür.

Inzwischen war auch der Rest der Reiter herangekommen. Allen voran Ermengarda auf einer hübschen braunen Stute. Arnaut war überrascht, sie in solch einfacher Kleidung zu sehen. Stiefel aus weichem Leder, leichte Beinkleider, darüber eine bequeme Tunika und ein halblanger grüner Umhang, den sie ungeduldig über die Schulter geworfen hatte, um die Arme frei zu haben. Sie unterschied sich kaum von dem jungen Jäger, der die Gruppe begleitete, und das einzige Zugeständnis an weibliche Eitelkeit war eine Fasanenfeder an ihrem grünen Jägerhut.

Trotz des schlichten Aufzugs saß sie mit solch aufrechtem und würdevollem Selbstverständnis im Sattel, dass man sie gleich als Person von Rang erkennen musste.

Auf der mit einem dicken Lederhandschuh geschützten Rechten trug sie einen herrlichen Falken, dem ihre ganze Aufmerksamkeit galt. Der Vogel hielt sich etwas unsicher auf dem schwankenden Stand, krallte sich in den Handschuh und glich die Bewegungen des Pferdes mit den Flügeln aus. Dabei läuteten jedes Mal die winzigen Schellen, die an seinen Füßen befestigt waren.

Ermengarda zügelte ihr Reittier und musterte Arnaut neugierig aus strahlend blauen Augen. Das war der Blick, der ihm vor Tagen so durchs Mark gegangen war, und auch jetzt verfehlte er seine Wirkung nicht. Undeutlich bekam er mit, wie Felipe ihn vorstellte, murmelte selbst ein paar nichtssagende Höflichkeiten, wobei ihm die Röte in die Wangen stieg.

Felipe, der das bemerkt hatte, bedachte ihn mit einem belustigten Blick, und Arnaut, der sonst nicht um Worte verlegen war, stellte unbeholfen seinen Schildträger vor. Dabei ärgerte er sich über die eigene Tölpelhaftigkeit, aber verflucht noch mal, schließlich traf man nicht jeden Tag eine Fürstentochter. Auch der arme Severin war derart eingeschüchtert, dass er kein Wort hervorbrachte.

»Ihr seid aus der Corbieras, wie ich höre«, ließ sich Ermengarda freundlich vernehmen und bedachte sie mit einem wohlwollenden Lächeln.

Arnaut nickte. »So ist es, *Domina.*«

Sie lachte unsicher. »Nennt mich nicht so, *Cavalier,* denn das bin ich nicht.«

»Noch nicht!«, beeilte sich Felipe hinzuzufügen.

Darauf ging sie nicht weiter ein, sondern erzählte Felipe lang und breit, dass Abd Allah, der Falkner, nicht hatte erlauben wollen, ihren Liebling zu fliegen. Arnaut bemerkte eine unbekümmerte Vertrautheit zwischen den beiden, als würden sie sich schon lange kennen.

»Das Tier ist noch zu jung, *Domna* Ermengarda«, klagte Abd Allah, ein älterer, hagerer Maure, »und nicht vollständig abgerichtet.«

Sie schenkte dem Falkner ein hinreißendes Lächeln, nicht ohne ein Fünkchen Triumph in den Augen darüber, dass sie sich durchgesetzt hatte.

Arnaut konnte nicht anders, als sie anzustarren. Sie hatte ein schlankes, ovales Gesicht mit feinen Linien, eine makellos helle Haut, und die dunklen Brauen und Wimpern bildeten einen lebhaften Gegensatz zu den klaren Augen. Ihr dunkelbraunes, fast schwarzes Haar trug sie zu einem langen Zopf geflochten über den Rücken, und die frische Morgenluft hatte Lippen und Wangen gerötet. Als sie sein Gaffen bemerkte, runzelte sie die Stirn, und ihm wurde bewusst, wie unhöflich er war. Beschämt senkte er den Blick.

»Ich sehe, du hast eine Eroberung gemacht, Ermengarda«, spöttelte Felipe. Aber die Fürstentochter hatte sich schon umgewandt und den Jäger angewiesen, die Führung zu übernehmen. Neben ihm und dem Mauren, der nach wie vor ein unglückliches Gesicht machte, gehörten noch zwei Bewaffnete zu Ermengardas Gefolge. Langsam setzte sich die Jagdgruppe in Bewegung, und auch Arnaut und Severin folgten in respektvollem Abstand.

Links vor ihnen lag die weite Bucht mit den vorgelagerten Sandstränden, wo sie gestern den Ausblick aufs Meer genossen hatten. Rechter Hand, gen Westen, erhoben sich am Horizont die ersten Hügel der Corbieras. Von dort waren sie erst vor wenigen Tagen gekommen. Dabei war inzwischen so viel geschehen, dass es Arnaut schwindelte. Nicht zu denken, dass er sich mit dem Sohn des Statthalters angefreundet hatte und vielleicht schon bald zum Gefolge dieser jungen Fürstentochter gehören würde, ihre Zustimmung vorausgesetzt. Seine gestrigen Zweifel waren wie weggewischt.

»Und? Was hältst du von ihr?«, fragte er Severin und fügte scheinheilig hinzu: »Sollen wir Felipes Angebot annehmen, oder kehren wir lieber heim?«

»Machst du Witze?« Severin warf ihm einen entrüsteten Blick zu. »Wir bleiben natürlich!«

Arnaut grinste zufrieden.

Nun verließen sie die Via Domitia, und in schnellem Trab ging es über die Felder in Richtung eines fernen Wäldchens. Arnaut wunderte sich, dass man achtlos durch die frisch bestellten Äcker ritt, in denen schon der Winterweizen ausgesät war. Selbst Gemüsebeete zu zertrampeln schien niemanden zu stören. Zu Hause hätte sein Onkel ihnen dafür die Ohren langgezogen.

Der Vogel auf Ermengardas Faust hatte sich an die Bewegungen des Pferdes gewöhnt. Ein wirklich schöner Falke, graublau wie Schiefer auf dem Rücken, die Kehle weiß und der Bauch dunkel quergebändert auf hellem Grund. Die geduckte Haltung auf dem Handschuh, der durchdringende Blick in die Runde und sein halb geöffneter, gebogener Schnabel verliehen ihm eine Wildheit, als könne er es nicht abwarten, sich auf die nächstbeste Beute zu stürzen.

Fast hatten sie das Wäldchen erreicht, als plötzlich eine Handvoll Tauben mit lautem Flügelschlag aus einem Baum stob. Der Falke hatte sie gleich erspäht und versuchte aufzufliegen, allein die Fußfesseln hielten ihn zurück. Ermengarda zügelte sofort ihre Stute. Sie schien noch aufgeregter als der Falke und nestelte an den Lederriemchen. Abd Allah hob die Arme und rief ihr zu, noch zu warten, aber es war zu spät.

Unter dem Klingeln der Fußschellen schwang sich der Raubvogel in die Lüfte und nahm die Verfolgung auf, während er gleichzeitig möglichst schnell an Höhe zu gewinnen suchte. Immer höher zog er sich, während die Tauben auf den nahen Wald zuhielten. Dann ging der Räuber in einen rasenden Sturzflug über und näherte sich seinen Opfern mit unglaublicher Geschwindigkeit.

Zwei der Tauben änderten unerwartet die Richtung, drei weitere hatten schon fast den rettenden Wald erreicht, nur die letzte bemühte sich verzweifelt, aufzuschließen. Wie ein Pfeil schoss der Falke aus der Höhe auf seine Beute zu. Gleich würde die Taube ihr Leben aushauchen. Doch dann, fast im Augenblick des Aufpralls, änderte sie ihre Flugrichtung, so dass der Falke an ihr vorbeischoss und sie knapp verfehlte. Sofort flog er einen Kreis, um einen neuen Angriff zu starten, aber die Taube war längst im Wald verschwunden.

Ermengarda machte ein so enttäuschtes Gesicht, als hätte sie selbst die Beute verfehlt.

»Seid ihm nicht gram, Herrin«, sagte der Maure. »Die Umstände waren ungünstig.«

»Ganz allein meine Schuld«, erwiderte sie ernst.

»Nun weißt du, dass sich Ungeduld nicht auszahlt«, lachte der Sarazene. »Aber Allah hat uns die Jugend geschenkt, um zu lernen, nicht wahr?«

Arnaut war über den formlosen Tonfall erstaunt, den sich der Mann mit der Fürstentochter erlaubte. Aber sie störte sich

nicht daran, war eher um den Falken besorgt. Der war inzwischen wieder aufgestiegen und flog ziellos umher, als ob er nach neuer Beute Ausschau halte. Aber dann schien er die Lust verloren zu haben und ließ sich im Geäst ebenjenes Baumes nieder, von dem zuvor die Tauben vertrieben worden waren. Dort saß er unbeweglich und starrte hochmütig auf die Jäger herab.
Ermengarda führte ihre Stute näher an den Baum heran, entnahm einer Tasche am Sattelknauf ein Bröckchen rotes Fleisch und legte es auf den Handschuh. Aber sooft sie auch den Leckerbissen darbot oder ihn mit Koseworten lockte, der Falke rührte sich nicht.
»Es ist, wie ich dachte«, sagte Abd Allah, der Ermengardas vergebliche Mühen beobachtete. »Es fehlt ihm noch an Vertrauen.«
»Was meinst du damit?«, fragte Arnaut.
»Ein Greifvogel ist nicht wie ein Hund oder eine Katze, *Senher.* Er liebt seinen Herrn nicht. Allein das bequeme Futter bindet ihn an den Halter. Aber nur, wenn er lernt, seine angeborene Angst dem Menschen gegenüber zu überwinden. Und das braucht Geduld und Zeit.«
Abd Allah stieg vom Pferd und näherte sich langsam dem Baum. Er ließ sich die Tasche mit Lockfutter reichen und bedeutete Ermengarda, sich zurückzuziehen. Doch auch seine Bemühungen halfen wenig. Erst als er mit großer Vorsicht auf den Baum kletterte, fraß der Falke von dem angebotenen Fleisch und ließ sich endlich dazu bewegen, seinen Platz auf dem Handschuh einzunehmen. Der Maure fesselte ihm die Füße und kletterte vom Baum, was mit dem Vogel auf der Faust keine ganz leichte Sache war.
»Du hattest recht, Abd Allah, ich hätte dich nicht überreden sollen«, stellte Ermengarda fest. »Wir müssen ihn also noch länger abrichten. Fangen wir gleich morgen damit an.« Sie blickte mit einem entschuldigenden Lächeln in die Runde. »Damit ist die Jagd für heute wohl beendet.«

Arnaut hätte Zorn, Launen oder Schuldzuweisungen erwartet. Dass sie die Angelegenheit so gleichmütig nahm, überraschte ihn.

»Na, wie hat dir die Falkenjagd gefallen, Arnaut?«, fragte Felipe, als Abd Allah sich wieder in den Sattel gezogen hatte. »Auch wenn sie heute nicht lange gedauert hat.«

»Ich würde es gern selbst erlernen«, erwiderte Arnaut. »Aber ist es denn nötig, dabei so die Felder zu verwüsten?« Er deutete auf die vielen tiefen Spuren, die die Pferde in dem frisch besäten Acker hinterlassen hatten.

»Auf seinem Land reitet der Herr, wo es ihm beliebt«, ließ sich keck der Jäger vernehmen, und die Kriegsknechte lachten dazu. Das aber wollte Arnaut nicht auf sich sitzenlassen, besonders nicht von einem leibeigenen Esel wie dem Jäger.

»Das ist wahr«, erwiderte er kalt, »aber ein kluger Herr weiß sein Landvolk zu schützen und seinen Besitz zu mehren, anstatt auf der Saat herumzutrampeln.«

Es trat eine peinliche Stille ein, während der Felipe ihn erstaunt anstarrte und Arnaut sich wünschte, er hätte seinen vorlauten Mund gehalten, besonders als er Ermengardas nachdenklichen Blick auf sich ruhen spürte.

»*Cavalier* Arnaut hat völlig recht«, sagte sie zu seiner großen Überraschung. »Auf dem Rückweg nehmen wir gefälligst die Feldwege. Dazu sind sie ja da.«

Sie bedachte Arnaut mit einem Lächeln, das ihm unwillkürlich einen Schauer den Rücken hinabjagte, und setzte ihr Reittier in Bewegung.

Später, als sie wieder die Via Domitia erreicht hatten, ließ Felipe sich zurückfallen und gesellte sich zu ihm.

»Das ging ja besser als erwartet«, grinste er.

»Bis auf mein loses Maul.«

»Nein, nein! Auch das gefiel ihr. Ich soll dir sagen, sie fühle sich geehrt, wenn du ihr dienen wollest.«

***

La Bela schäumte so unbändig vor Wut, dass sie zitterte. Rastlos irrte sie mit geballter Faust in ihrem Empfangssaal umher, hätte am liebsten laut geschrien oder den nächstbesten Gegenstand zertrümmert, so sehr hatte die gelbe Galle des Zorns sie im Griff.
»Verfluchter Pfaffe! Wie kannst du mir das antun?«, stieß sie zwischen zusammengebissenen Zähnen hervor. Das Schlimmste war, dass sie sich in Gegenwart dieses heuchlerischen Priesters auch noch hatte beherrschen müssen, anstatt ihm an die Gurgel zu gehen. »Eines Tages werde ich dich zermalmen. Das verspreche ich dir!«
Auf dem Tisch, vor dem sie einen Augenblick lang stehen geblieben war, lag noch die Abschrift ihres Lieblingsliedes. Wie rasend zerriss sie das feine Pergament und warf die Fetzen ins Kaminfeuer, wo sie augenblicklich entflammten und vergingen. Nach dieser so kurzen wie unsinnigen Befriedigung nahm sie ihre rastlose Wanderung wieder auf, wütend vor sich hin murmelnd.
Die Ursache ihres Zorns war der Besuch des Erzbischofs. Besser gesagt, die unverblümte Erpressung, mit der er sie gezwungen hatte, nach seinem Willen zu verfahren. Es war schon ungewöhnlich genug, ihn plötzlich und ohne Ankündigung in ihren Gemächern zu empfangen, hatte er doch seit Jahren den vizegräflichen Palast nicht mehr betreten. Nach einer Begrüßung, so knapp, dass es fast schon an grobe Unhöflichkeit grenzte, war er vor der Statue der Göttin Diana stehen geblieben.
»Ist das die Hexengöttin, mit deren Hilfe Ihr Eure Ränke schmiedet?«, hatte er bissig gefragt.
»Was soll das?«, war sie aufgefahren. »Mein Gott ist derselbe wie der Eure.«
Seine Antwort war ein gehässiges Lachen gewesen.
»Ich mache es kurz und ohne Vorrede, la Bela. Am Sonntag in einer Woche wird sich Alfons Jordan, Graf von Tolosa, mit deiner Stieftochter Ermengarda von Narbona in meiner

Kathedrale vermählen. Und du, meine Schöne, wirst mit einem Lächeln danebenstehen und das Paar beglückwünschen!«

Wie vom Donner gerührt war sie gewesen. Lange hatte es ihr die Sprache verschlagen, während Leveson sie kalt lächelnd beobachtete. Dann hatte sie sich gefasst.

Natürlich. Es lag doch auf der Hand. In ihren Absichten, den Graf für sich selbst einzunehmen und zu verführen, war sie nicht auf das Nächstliegende gekommen. Vielleicht, weil sie erst vor Tagen vom Tod seiner Frau erfahren hatte. Oder weil sie ihre Stieftochter immer noch als Kind hatte sehen wollen. Ohne Zweifel war aber dieses Kind jetzt alt genug, das Blut des Grafen von Tolosa zu erhitzen. Wie einst Aimeric sich in sie vernarrt hatte. Aber er kennt sie doch gar nicht. Wer hat ihm von ihr geflüstert? Dieser Priester natürlich. Da war ihr auf einmal alles klar. Es ging nur um das Erbe. Bei einer Eheschließung würde Alfons die Vizegrafschaft ganz von selbst in den Schoß fallen. Sie hätte also ausgedient, man würde sie nicht mehr brauchen. Und dieser Feigling Alfons hatte den Pfaffen vorgeschickt, anstatt es ihr selbst zu sagen.

»Kommt gar nicht in Frage, alter Mann«, hatte sie trotzig dagegengehalten. »Ermengarda ist immer noch mein Mündel, vergiss das nicht. Und mein Einverständnis werdet ihr nie bekommen.«

»Welch bessere Verbindung könnte es geben, als eine Heirat mit Tolosa? Wenn du klug bist, wirst du zustimmen.«

»Niemals!«

Da hatte er sie angefahren: »Also gut, du kleine Schlampe. In Wahrheit hast du keine Wahl, denn mir ist alles bekannt, was ihr beide, du und dein gewissenloser *fornicator,* getrieben habt.«

Für einen Augenblick verschlug es ihr die Sprache. Wie konnte er wagen, so mit ihr zu reden?

»Dass Menerba mir freundschaftlich verbunden ist, weiß doch wohl ganz Narbona«, zischte sie zurück. »Ich bin niemandem Rechenschaft schuldig.« Ins Gesicht gelacht hatte sie ihm dabei. Aber nicht für lange, denn die nächsten Worte trafen sie bis ins Mark.

»Es steht außer Frage, dass deine Hurerei für niemanden ein Geheimnis ist. Ich aber spreche von ganz anderen Dingen, für die du dich zu verantworten hast.« Boshaft hatte er sie aus zusammengekniffenen Augen angestarrt. »Bisher habe ich geschwiegen, denn es ist immer gut, so etwas in der Hand zu haben, wohl wissend, eines Tages wird es von Nutzen sein. Nun ist dieser Tag gekommen.«

Und dann hatte er ihr schonungslos Einzelheiten genannt, von denen sie glaubte, dass niemand, außer Tibaut, etwas wissen könne. Da war sie weiß wie der erste Schnee geworden, und es war, als hätte eine eiskalte Hand nach ihrem Herzen gegriffen.

»Du hast keine Beweise«, hatte sie mit erstickter Stimme gehaucht.

»Ich habe genug, um alles ans Licht der Welt zu zerren, um dich für immer zu beschmutzen und zu vernichten. Wem, denkst du, wird man mehr glauben, einem Mann Gottes oder einer schamlosen Hure, die nicht aufhört, das Andenken ihres verstorbenen Mannes mit Füßen zu treten?«

Die Hochzeit sollte noch am gleichen Tag verkündet werden, hatte er verlangt, und die Vorbereitungen waren unverzüglich zu beginnen. Dann, als wollte er ihr die bittere Arznei versüßen, hatte er von Regentschaft auf Lebenszeit geredet, die Alfons ihr gewähren könnte, wenn sie sich denn einsichtig zeige.

»Einmal verheiratet, wird die kleine Erbin nach Tolosa übersiedeln, und du wirst in Alfons' Namen hier weiter das Zepter schwingen. Sei zufrieden damit.«

»Was weiß er von diesen Dingen?«

»Noch nichts, mein Täubchen. Und er wird es auch nicht erfahren, solange du dich fügst.« Dann hatte er boshaft gelächelt und war, sicher seines Sieges, ohne Gruß gegangen.

La Bela irrte immer noch heftig atmend umher.

»*Fornicator* selbst und Knabenficker«, fluchte sie vor sich hin. Doch nach einer Weile beruhigte sie sich. Besser, ihre Gefühle im Zaum zu halten. Sie musste nachdenken.

Vor Dianas Statue blieb sie stehen. »Was würdest du tun?«, flüsterte sie. »Was würdest du an meiner Stelle tun?«

Lange starrte sie auf die Göttin, bis sie auf einmal eine innere Stimme vernahm, die ihr sagte, dass der hinterlistige Pfaffe vielleicht schon viel zu lange auf dieser Erde weilte. Sie erschrak über solche Gedanken, neue Furcht bemächtigte sich ihrer. Und dennoch. Etwas musste geschehen. Sie würde mit Tibaut darüber sprechen. Er wüsste Rat. Doch sieben Tage ließ ihnen wenig Zeit, und vorerst hatte sie keine andere Wahl, als nach der Pfeife des verfluchten Priesters zu tanzen.

Sie holte tief Luft und läutete. Einer jungen Magd, die eintrat, trug sie auf: »Lauf und bring mir auf der Stelle Ermengarda her. Ich will sie allein sprechen und gefälligst nicht gestört werden.«

Sie ließ sich auf dem reichgeschnitzten, hohen Lehnstuhl nieder, den schon Aimeric benutzt hatte, um Vasallen oder Bittsteller zu empfangen. Er verlieh dem Sitzenden das rechte Maß an Abstand und Würde. Für das bevorstehende Gespräch gewiss von Vorteil.

Nicht, dass sie die geringsten Schwierigkeiten erwartete, schließlich war es die Pflicht jeder Adelstochter, durch eine gewinnbringende Eheschließung dem Vorteil ihrer *familia* zu dienen. Auch ihre Stieftochter war in diesem Geiste erzogen worden, so wie alle jungen *donzelas* aus gutem Hause. Auch wenn la Bela sie nicht lieben konnte, ein umgängliches Kind war die Kleine immer gewesen. Zweifellos das Erbe ihrer anspruchslosen Mutter, die Aimeric immer und in allem zu Willen gewesen war. Ermengarda würde sich fügen, daran hegte sie keinen Zweifel.

Und dann begann sie an all die vielen Dinge zu denken, die zur Vorbereitung einer fürstlichen Hochzeit notwendig waren. Herolde würden die Kunde noch heute in der Stadt ausrufen lassen. Zuvor sollte sie jedoch den Stadtadel und die Konsuln benachrichtigen. Gleich nach ihrem Gespräch mit Ermengarda würde sie *Domna* Anhes rufen lassen, sie zu beauftragen, sich um Kleider und Festgelage zu kümmern.

»Du hast mich gerufen, Mutter?«

Ermengarda war eingetreten, gefolgt von Nina, die neugierige Augen machte.

»Nina, komm und gib deiner Mutter einen Kuss.« Und nachdem dies geschehen war, schickte sie das Kind aus dem Zimmer. »Lass uns jetzt allein, mein Herz. Ich habe etwas mit deiner Schwester zu besprechen.«

»Ich will es auch hören.«

»Du wirst es früh genug erfahren. Geh jetzt.«

Nina zog ein Gesicht, verließ jedoch gehorsam den Raum, so dass la Bela endlich allein mit ihrer Stieftochter war.

Diese schien den Ernst des Anlasses zu spüren, denn sie setzte sich nicht, sondern blieb steif und in einigem Abstand vor ihr stehen, wobei ihre Arme linkisch herabbaumelten, als wüsste sie nichts Rechtes mit ihnen anzufangen. La Bela betrachtete sie aufmerksam. Wirklich kein Kind mehr, dachte sie, denn die fraulichen Formen waren nicht zu übersehen. Wo hatte sie nur ihre Augen gehabt? Sie presste ärgerlich die Lippen zusammen. Schon längst hätte sie Ermengarda unter die Haube bringen sollen, und zwar auf eine Weise, die ihr zum Vorteil gereicht hätte, anstatt dieser aufgezwungenen Heirat.

»Ich habe dich herbestellt, um dich von deiner bevorstehenden Vermählung zu unterrichten«, sagte sie kühl. Ermengarda riss überrascht die Augen auf. »Und du kannst dich überaus glücklich schätzen, eine solche Verbindung zu Ehren Narbonas eingehen zu dürfen«, fügte sie hinzu.

Ermengarda verlor mit einem Mal ihre kindlich unterwürfige Haltung, stand aufrechter und reckte angriffslustig ihr Kinn. »Vermählung?«, rief sie. »Davon weiß ich ja gar nichts. Und wen soll ich bitte heiraten?«

La Bela blickte sie erstaunt an. Der Ton war ungewohnt.

»Den Grafen von Tolosa«, antwortete sie schließlich bitter, als habe sie Mühe, die verhassten Worte auszusprechen.
Ermengarda zuckte zurück, als hätte man ihr einen Schlag versetzt. Sie schien zu erbleichen. Oder war das nur eine Sinnestäuschung? Denn gleich darauf schoss dem Mädchen das Blut ins Gesicht, die Brauen zogen sich zornig zusammen, und sie trat rasch, fast drohend einen Schritt auf ihre Stiefmutter zu.
»Ich heirate keinen Grafen von Tolosa«, sprach sie mit einer Bestimmtheit, die Ermessenda völlig überraschte. So kannte sie die Stieftochter nicht.
»Du heiratest, wer dir bestimmt wird.«
»Niemanden werde ich heiraten!«
La Bela sprang auf, denn ihr plötzlicher Zorn über diesen unerwarteten Widerstand hielt sie nicht länger auf dem Lehnstuhl. Zuerst der Pfaffe und nun dies. Wie konnte das kleine Luder es wagen?
»Es ist zum Besten der *familia* und der Vizegrafschaft. Du wirst dich fügen«, schrie sie aufgebracht. »Ich dulde keine Widerrede!«
Doch Ermengarda ließ sich nicht einschüchtern und stand ihr an Heftigkeit nicht nach. »Ich werde niemals diesen Alfons heiraten. Ich kann ihn nicht ausstehen. Er bedroht Narbona und außerdem …«
»Außerdem was?«, zischte la Bela und näherte sich ihr drohend wie eine Raubkatze.
»Vater hätte es nie zugelassen!«, warf ihr Ermengarda unerschrocken ins Gesicht.
»Was weißt denn du davon? Eine dumme Göre wie du, noch halb in den Windeln.« La Bela war gefährlich rot geworden. Das Blut pochte ihr in den Schläfen. »Du bist mein Mündel und tust, was ich dir sage, *e basta!*«, keifte sie.
Aber Ermengarda trat keinen Schritt zurück. Im Gegenteil, in ihrem Zorn waren sie sich beide so drohend nahe gekommen, dass ihre Nasen sich fast berührten. Wie zwei Rachegöttinnen standen sie einander gegenüber.

»Ich allein bin Narbona und niemand anders!«, brüllte das Mädchen mit unerwarteter Entschlossenheit zurück. »Du dagegen bist nur die Kebse meines Vaters. Ich lasse nicht zu, dass du sein Erbe verspielst!«

Kebse? Das war zu viel für la Bela. Sie sah nur noch blutrot vor den Augen. Ihre geballte Faust schoss hoch und traf Ermengarda an der Schläfe, dass diese taumelte. Noch mehrmals schlug sie zu, und das Mädchen stürzte zu Boden. Blut quoll von ihrer Lippe. La Bela hatte jede Beherrschung verloren. Sie trat nach ihr, traf sie in den Magen, dann mitten ins Gesicht. Ermengarda krümmte sich und versuchte, die Tritte mit den Armen abzuwehren.

Und dann kam Nina kreischend ins Zimmer gerannt. »Mama, Mama! Was tust du da? Hör auf. Hör endlich auf!« Und das Kind zerrte an ihr, bis der rote Vorhang vor ihren Augen zerriss und sie schluchzend in die Knie sank und ihr geliebtes Töchterchen umarmte und an sich drückte.

»O mein Kind«, jammerte sie unter Tränen, »ich weiß nicht, wie mir geschah.« Undeutlich nahm sie wahr, wie Ermengarda mit blutverschmiertem Kinn von ihr wegkroch und aus dem Zimmer floh. »Deine Schwester …«

Doch Nina riss sich los und rannte hinter Ermengarda her.

La Bela ließ die Arme sinken und rief ihr nach: »Es ist doch alles nur für dich, *mon cor!*«

Aber Nina hörte sie nicht mehr.

Und so blieb sie, immer noch auf Knien und mit vors Gesicht geschlagenen Händen, allein zurück. Warum zerbrach nur alles in ihren Händen?

***

Die Basilika Sant Paul Serge, nahe der Westmauer von lo Borc gelegen, war ein gedrungenes Bauwerk mit massigen Wänden aus grauen Quadern, mächtigen Stützmauern und winzigen Fensteröffnungen, die nur wenig Licht ins Innere ließen. In

der düsteren Krypta lagen die Überreste des heiligen Paulus, der in der grauen Vorzeit des Christentums gekommen war, die gallischen Stämme zum rechten Glauben zu bekehren, und der so das Bistum von Narbona begründet hatte.
Nur die Krypta selbst und die römische Nekropolis neben der Kirche stammten noch aus jener Zeit, die Basilika hingegen war in ihrer langen Geschichte mehrfach zerstört und neu errichtet worden. In den Jahren des großen Frankenkönigs Carolus Magnus war ein Kloster hinzugekommen, dessen Mönche das Andenken des Heiligen pflegten, täglich die Messe lasen und für die abertausend Pilger, die nun jährlich in die Stadt strömten, fromme Gebete gen Himmel sandten. Selbstverständlich nur gegen eine großzügige Gabe für den Opferstock des Heiligen.
Kloster und Kirche unterstanden von alters her dem Willen des Erzbistums. Doch in jüngster Zeit hatten die Äbte sich vom Bistum zu befreien gesucht und standen daher den Vizegrafen nahe, die solche Bemühungen durch großzügige Schenkungen ermutigten. Es war also nicht verwunderlich, dass der gegenwärtige Abt, der ehrwürdige *Mossenher* Imbert, *Vescoms* Aimerics Beichtvater gewesen war und dass diese Hirtenpflicht nun auf die junge Erbin übergegangen war.
Ermengarda kniete vor dem Bildnis des Heiligen in einer Seitenkapelle. Sie hatte eine Kerze an den vielen anderen entzündet, die hier brannten und im Halbdunkel des Kirchenschiffs eine Insel aus warmem, goldenem Licht bildeten. Fromm hielt sie die Hände gefaltet, den Kopf zum Gebet gesenkt.
Neben ihr kniete *Domna* Anhes, die sie wie immer aus Anstandsgründen zum Kirchgang begleitete, während zwei bewaffnete Leibwächter draußen vor dem Portal der Basilika warteten. Niemals konnte sie sich ohne solche Begleitung irgendwo hinbegeben. Wie gern wäre sie manchmal allein durch die Stadt gestreift. Wie es wohl wäre, als einfache Magd

geboren zu sein? Oder als Mann, denn ein Mann konnte tun und lassen, wie ihm beliebte.
Ihr war nicht nach Beten zumute. Niedergeschlagen und verzweifelt starrte sie in die tanzenden Kerzenflammen. Die Schwellungen und Blutergüsse auf dem linken Wangenknochen und um ihr Auge brannten wie Feuer, die aufgeplatzte Lippe behinderte sie beim Sprechen, und auch die Rippen schmerzten bei jedem Atemzug. Ganz benommen war sie noch von der Wut des tätlichen Angriffs ihrer Stiefmutter. Nie zuvor war so etwas vorgekommen. Zwar war sie an la Belas Kühle und strenge Art ihr gegenüber gewöhnt, aber nicht an solchen Hass.
Sie schielte zu *Domna* Anhes hinüber, die mit geschlossenen Augen und steifem Rücken neben ihr kniete, während die schmalen Jungfernlippen tonlos die üblichen Gebetsbeschwörungen formten. Das war *Domna* Anhes, verschwiegen, zurückhaltend, pflichtbewusst. Nie hörte man von ihr eine eigene Meinung oder Anteilnahme. Auf Ermengardas Wunden hatte sie eine heilende Salbe aufgetragen, aber sich sonst nicht zu dem Vorfall geäußert. Wo Ermengarda ein wenig mütterliche Zuwendung gebraucht hätte, erhielt sie nur unbeteiligtes Schweigen. Was für ein kalter Fisch diese Frau doch war. Zum Glück gab es Nina. Ohne ihre kleine Schwester hätte sie es in diesem Palast schon lange nicht mehr ausgehalten.
Doch in Anbetracht der schrecklichen Eröffnung, die man ihr heute gemacht hatte, war dies alles gänzlich unwichtig und ohne Bedeutung. Sie sollte den Grafen von Tolosa heiraten? Einen für sie schon alten Mann, der sie achtlos wie ein Stück Fleisch beim Metzger erwarb, der sie nicht einmal kannte und dem nur an der Vizegrafschaft gelegen war? Seit vier Jahrhunderten herrschte ihre Familie in Narbona. Wie konnte la Bela da zustimmen, die Vizegrafschaft an Tolosa zu verschachern? Dieser Verrat an ihrer ehrwürdigen Familie, am Andenken des Vaters, das war schlimmer als ihr eigenes Schicksal. Und die Hochzeit sollte schon in wenigen Tagen

stattfinden. Ihr wurde ganz heiß und fast übel bei dem Gedanken.

Schnelle Schritte und das Rascheln eines Priesterhabits näherten sich. »Meine Tochter, wie schön, dich zu sehen«, hörte sie die Stimme des Abtes hinter sich. »Und meine verehrte Anhes, der Herr segne Euch.«

Domna Anhes hatte sich zuerst erhoben, um *Paire* Imbert zu begrüßen. Ermengarda zögerte noch einen Augenblick, denn trotz Mantel und Schleier war es ihr unangenehm, sich in ihrem Zustand zu zeigen.

»Bruder Berat sagte mir gerade, dass du …«

Der Abt stockte. Trotz ihrer Vermummung war ihm nichts entgangen. Sanft zog er den Schleier zur Seite. »Gütiger Gott! Was ist geschehen?«, flüsterte er.

Ihr schossen die Tränen in die Augen. Am liebsten hätte sie sich in seine Arme geworfen, aber nicht in der Kirche vor all diesen Leuten, die jetzt schon viel zu neugierig gafften. Sie kämpfte um Beherrschung.

»Wer hat dir das angetan, mein Kind?«

»Niemand«, sie vermied, ihn anzusehen.

Der Abt warf *Domna* Anhes einen fragenden Blick zu, aber diese verkniff nur grimmig den Mund und schwieg. *Paire* Imbert seufzte. »Du willst mir also nichts sagen. Ich verstehe. Aber dem lieben Herrgott wirst du es doch wohl verraten können, oder?«

»Ja, *Paire*«, hauchte sie. Dann zog sie den Schleier wieder vors Gesicht und schritt dem Beichtstuhl entgegen.

»*Domna* Anhes, wenn Ihr erlaubt?«, sagte der Abt.

Sie erlaubte. Und so war es immer, wenn Ermengarda zur Beichte kam, häufiger als man von einem jungen Mädchen erwartet hätte. Schließlich gab es bei ihrem zurückgezogenen Leben kaum etwas zu beichten. Der Grund lag darin, dass *Paire* Imbert ihr Vertrauter geworden war, und kein Ort war verschwiegener als ein Beichtstuhl. Oft zogen sie sich auch stundenlang in die Sakristei zurück, denn immer wollte sie alles wissen über Gott, über ihre Familie, über die lange Geschichte der Vizegrafschaft, und war dabei so versessen auf Einzelheiten, dass der Abt nicht selten alte Folianten und Klosterannalen zu Rate ziehen musste. In letzter Zeit hatte sich ihr Eifer vermehrt auf die Frage gerichtet, was denn eine gerechte Herrschaft ausmache.

Domna Anhes saß währenddessen für gewöhnlich auf einer Bank und wartete geduldig, wie auch die Leibwachen vor dem Portal, bis Ermengarda ihr Herz erleichtert oder ihren Wissensdurst gestillt hatte.

Abt Imbert war jünger, als seine gebeugte Haltung und schlohweißen Haare vermuten ließen. Jünger im Herzen auf jeden Fall, denn auch er liebte diese Gespräche. Hier war ein noch ganz junger Mensch, mit wachem Geist und klüger als mancher Erwachsene, und redete mit ihm, vertraute ihm Geheimnisse an. Immer hörte er geduldig und aufmerksam zu.

Das schien ihr gutzutun. Manchmal stritten sie über den einen oder anderen Gedanken, oder sie lachten über eine witzige Beobachtung, dann wieder flüsterten sie wie zwei Verschwörer. Aber immer genossen sie die vertraute Gegenwart des anderen. Wenn er mit ihr sprach, wurde er selbst wieder jung.

Doch heute musste etwas Schreckliches geschehen sein. Ermengarda kniete neben dem Beichtstuhl und hielt den Kopf gesenkt. Lange schwieg sie. Er spürte ihre Qual, obwohl ihr Gesicht nur undeutlich durch den Schleier und im Dämmerlicht der Beichtnische hinter dem Hochaltar zu erkennen war. Aber er stellte keine Fragen, bedrängte sie nicht, sondern wartete geduldig, dass sie sich ihm offenbarte.

»Ein böser Streit«, flüsterte sie nach einer Weile. »Zwischen meiner Stiefmutter und mir.« Fast konnte er sie nicht verstehen, so leise sprach sie, und er musste sein Ohr dicht an den trennenden Lattenrost legen. »Sie hat mich geschlagen und nach mir getreten, als ich am Boden lag. Doch gewiss ist es meine Schuld. Ich habe ihr nicht genug Achtung gezollt. Ich habe Dinge gesagt, die sie zornig gemacht haben.«

»Was für Dinge, *ma filha?*«

Ermengarda stockte. Er spürte, wie sie mit sich rang. Schließlich kamen die Worte, hastig, als wolle sie ein Gift ausspucken. »Dass ich mich weigere, den Grafen von Tolosa zu heiraten.«

»Was?«, entfuhr es ihm. Er setzte sich aufrechter. »Habe ich dich richtig verstanden? Du sollst Alfons heiraten?«, flüsterte er.

Sie sah zu ihm auf, zerrte den Schleier beiseite, um ihn besser sehen zu können. »Ich muss es doch nicht, oder? Sagt mir, dass ich das nicht muss.« Tränen liefen ihr über die geschwollenen, von Blutergüssen verfärbten Wangen.

»Mein Gott, Kind. Ich weiß nicht, was ich sagen soll.«

Paire Imbert war bestürzt. Eine Schwächung der vizegräflichen Herrschaft wäre auch für das Kloster verheerend, denn der Gemeinschaft der Brüder von Sant Paul Serge war es unter dem Schutz und der Großzügigkeit der Fürstenfamilie gut ergangen.

»Natürlich. *Comtessa* Faidivas Tod …«, murmelte er.

»Aber dann bekommt er Narbona als Mitgift. Das hätte mein Vater nie gewollt.«

»Nein. Eher hätte man ihn in Stücke hauen müssen.«

Ermengardas Urahne, der erste Aimeric von Narbona, hatte sein Lehen vom großen Carolus selbst erhalten, für Heldentaten, von denen noch immer die Lieder kündeten. Wenn auch das Fürstentum nicht groß war, aber stets waren seine Herrscher stolz und unabhängig gewesen. Sogar Normannenblut floss in Ermengardas Adern, seit ihr Großvater Mahalta geheiratet hatte, die Tochter des großen Robert Guiscard von Apulien und Sizilien. *Paire* Imbert seufzte. Aimeric war zu früh gestorben. Und dazu der unzeitige Tod seiner Söhne. Sie schwiegen, Abt Imbert nachdenklich und besorgt, Ermengarda trotzig.

»Ich will das nicht«, stieß sie heftig hervor.
»Du hast keine Wahl, mein Kind, so leid es mir tut. Du musst deiner Mutter gehorchen.«
»Sie ist nicht meine Mutter.«
»Sie ist die Gemahlin deines verstorbenen Vaters und damit dein Vormund und kann über dich bestimmen.«
Es tat ihm im Herzen weh, zu sehen, wie sie sich quälte. »Nimm es nicht so schwer. Es ist das Los aller jungen Töchter, und es bedeutet nicht, dass sie nicht glücklich werden können. Familie, Kinder ...«
»Soll Alfons über Narbona herrschen? Und alle seine Nachkommen? Sollen wir uns kläglich einvernehmen lassen?«
»Wenig wünschenswert. Da gebe ich dir recht. Vielleicht sollte ich mit dem Erzbischof reden.«
»Von dem ist keine Hilfe zu erwarten.«
»Ich wünschte, ich könnte dir einen nützlichen Rat geben«, sagte *Paire* Imbert achselzuckend.
»Lässt sich die Heirat nicht verbieten?«
»Wie meinst du?«
»Zu nahe Verwandtschaft oder Ähnliches.«
Paire Imbert dachte nach. Natürlich schrieb die Kirche vor, dass Eheleute nicht zu nah verwandt sein durften, bis hin zum siebten Grad war eine Ehe verboten.
»Nicht in diesem Fall. Man müsste es genau prüfen, aber ich glaube, hiermit wirst du kein Glück haben.«
»Ich heirate ihn nicht!«, flüsterte sie hitzig. Bisher hatte sie sich immer bemüht, gut mit ihrer Stiefmutter auszukommen, ihr gefällig zu sein, keinen Anstoß zu erregen. Aber nun wollte man sie zwingen, das Erbe ihres Vaters zu verraten, ja, sich selbst aufzugeben. Das konnte sie nicht hinnehmen. »Soll sie mich doch totschlagen, ich werde mich nicht fügen.«
Paire Imbert hörte die Worte, aber er unterschätzte ihre Entschlossenheit. »Du bist ein Dickkopf, wie dein Vater«, rügte er sie und konnte doch ein liebevolles Lächeln nicht unterdrücken. »Jetzt bist du in Zorn. Da sagt sich schnell so

manches. Aber bald wirst du einsehen, dass man sich solchen Geboten nicht widersetzen kann.«

Ermengarda grübelte. Sie war nicht bereit, aufzugeben.

»Kann man die Ehe später lösen?«

»Später? Du meinst eine Aufhebung des Ehebundes, damit die Mitgift wieder an dich zurückfällt?«

»Ja, so etwas.«

»Nicht für eine vor Gott gesegnete Verbindung. Da müssten schon ganz triftige Gründe vorliegen, und der Papst in Rom müsste selbst …«

»Ach, *Paire* Imbert, es muss doch einen Weg geben!«

Er kratzte sich am Kinn. »Nun ja, wenn die Verbindung unfruchtbar bleiben sollte …«

»Wer will schon mit dem ein Bett teilen?«, zischte sie vorlaut, wurde aber gleich rot bei diesen Worten. Auch dem Abt war das Thema unangenehm, und er räusperte sich verlegen.

»Das wird sich kaum vermeiden lassen, *mon cor.*«

Da vergaß sie Scham und Schicklichkeit. »Er kann mich nicht zwingen«, rief sie zornig und viel zu laut, erschrak über den Widerhall ihrer Stimme im Kirchenschiff. »Ich verweigere mich einfach«, flüsterte sie daraufhin, aber nicht minder eindringlich.

Ach, Kind, dachte der Abt betroffen, was weißt du schon vom Leben? Er wird dich noch zu ganz anderen Dingen zwingen können. Aber das wollte er ihr nicht sagen. Vielleicht half ja ein wenig Hoffnung, um sich an den Gedanken dieser Ehe zu gewöhnen, auch wenn es am Ende eine vergebliche war.

»Wie dir nicht unbekannt sein wird«, antwortete er deshalb etwas umständlich, »sieht Gott den Zweck des heiligen Ehebundes in der Zeugung von Nachkommen.« Er schwieg einen Augenblick lang verlegen, denn er fand es unschicklich, solche Dinge mit einem halbwüchsigen Mädchen von Stand zu erörtern. Aber was half's? »Ist die fleischliche Verbindung, aus welchem Grund auch immer, nicht vollzogen, oder bleibt

sie unfruchtbar, dann wird die Ehe als ungültig betrachtet und kann nach einer Weile getrennt werden.«
»Wie lange?«
Der Abt zuckte mit den Schultern. »Ein Jahr vielleicht. Aber so genau kann man das nicht sagen.«
Ermengarda dachte darüber nach, bis sie nickte, als sei sie zu einem Schluss gekommen.
»Wenn alles andere also nichts nützt …«
Sie sprach nicht weiter. Trotz ihres zerschundenen Gesichts gelang es ihr, ein wenig zu lächeln, aber auf eine Weise, die den Abt verwundert den Kopf heben und hellhörig werden ließ. Was hatte sie gemeint? Hatte sie etwa eine Dummheit vor? Er hoffte inständig, sie nicht in ihrer Widerborstigkeit unterstützt zu haben, denn das würde nur Unglück bringen.
»Mach dir lieber keine falschen Hoffnungen, hörst du?«, sagte er und schüttelte besorgt den Kopf. »Es ist klüger, sich zu fügen. Das biegsame Schilfrohr übersteht den Sturm viel eher als …«
»Ich weiß, *Paire*«, erwiderte sie und erhob sich.
Er segnete sie und küsste sie liebevoll auf die Stirn.
»Gott sei mit dir, mein Kind. Und ich bin immer für dich da.«

Stunde der Entscheidung

Seit der Falkenjagd vor zwei Tagen hatte Arnaut von seinem neuen Freund Felipe de Menerba nichts mehr gehört. Er und Severin hatten den gestrigen Abend im Wirtshaus *Al Peis d'Argent* verbracht. Zum einen, um den Huren in ihrer schäbigen Herberge zu entgehen, zum anderen in der Hoffnung, Felipe in seiner gewohnten Schenke anzutreffen. Doch vergebens.

Arnaut vermutete, dies hatte mit der überraschenden Ankündigung zu tun, die seit gestern Abend überall von Herolden verbreitet wurde und in der ganzen Stadt zu Gemunkel und Gerede geführt hatte. Während einige frohlockten, so durften sie es nicht offen zeigen, denn der Großteil des Stadtvolks hatte die Kunde mit eher bösen Vorahnungen aufgenommen und zeigte den Unmut offen. Das wiederum bewegte die Tolosaner dazu, die bewaffneten Streifen in den Gassen und Plätzen zu verstärken.

»Nichts da mit deinem lächerlichen Verdacht«, spottete Arnaut. »Der Graf von Tolosa bedroht sie nicht, er heiratet sie.«

»Hab eh nichts von Felipes dummer Geschichte gehalten«, erwiderte Severin missmutig, denn nun war wohl ihr Dienst an der jungen Fürstentochter hinfällig geworden. Was sollte sie noch der Hilfe zweier junger Burschen aus der Corbieras bedürfen, wenn die ganze Macht Tolosas hinter ihr stand?

Obwohl sie es sich nicht eingestehen wollten, tief enttäuscht waren sie beide, und so war der Abend im *Peis d'Argent* eher wortkarg und trübselig verlaufen. Nicht nur, dass sie auf

weitere Ausritte mit ihrer schönen Patronin verzichten mussten, es würde ihnen wohl auch nichts anderes übrigbleiben, als kläglich den Heimweg anzutreten.
Arnaut, ein wenig angetrunken, hatte sich fast mit einem Tischnachbarn geprügelt, hätte Severin ihn nicht rechtzeitig aus der Schenke gezerrt. Ja, sie waren enttäuscht, sogar in gewisser Weise eifersüchtig, und Severin konnte den Grafen jetzt noch weniger leiden als zuvor.
»Der Kerl ist doch fast dreimal so alt«, entrüstete er sich auf dem Weg zur Herberge. »Da hört man doch die Knochen knacken. Und dann eine so Junge.«
Arnaut sagte nichts, zielte stattdessen Steine nach einem streunenden Hund, der jaulend und mit eingezogenem Schwanz in der Dunkelheit verschwand. So waren sie in übelster Laune und mit hängenden Ohren heimgeschlichen.
Am Morgen, bei gutem Herbstwetter, unternahmen sie einen Ritt durch die flache Lagunenlandschaft, aber auch das hob nicht ihre Stimmung.
Jori saß auf einer Kiste am Kai, als sie am frühen Nachmittag wieder die Herberge erreichten. »Drinnen wartet ein Bote auf Euch«, sagte er. »Der ist schon ganz ungeduldig.«
Der Bote entpuppte sich als ein Diener der Menerbas, der vor einem Humpen Bier saß und einem der Schankweiber schöne Augen machte. Beim Anblick der beiden jungen Ritter sprang er auf und beeilte sich, seine Nachricht an den Mann zu bringen. *Senher* Felipe bitte den *Cavalier* Arnaut aufs höflichste, und falls möglich, unverzüglich und vorzugsweise allein, zum Palast der Menerbas zu kommen. Er selbst werde den Weg weisen. Arnaut und Severin sahen sich vielsagend an.
Nachdem die Pferde versorgt waren, machten sie sich zusammen in Begleitung des Dieners auf den Weg, denn Severin hatte vor, sich während Arnauts Treffen von Jori endlich die Kathedrale zeigen zu lassen.
Am Wassertor gerieten sie in eine erregte Menschenmenge. Einem Eselskarren und seinem Besitzer, aus welchem Grund

auch immer, verweigerten die Tolosaner Torwachen den Zutritt zur Ciutat. Darüber wurde heftiger gestritten, als der Anlass selbst es zu verdienen schien. Ein beredtes Zeichen für die aufgereizte Stimmung in der Stadt.
Auf dem Marktplatz la Caularia trennten sie sich, und Arnaut ließ sich von Felipes Diener zum *palatz* Menerba geleiten. Der Weg führte durch das Judenviertel. Viele der Männer trugen lange Bärte und weite Gewänder, die bis zu den Knöcheln reichten und sie als Hebräer auswiesen. Zwischen den eng stehenden, zwei- oder dreistöckigen Häusern herrschte fröhlich lärmendes Leben. Schuhmacher, Töpfer und andere arbeiteten vor der Haustür, kleine Kinder tollten zwischen den Beinen der Großen, während freundliche Sticheleien von einem Haus zum anderen flogen. Vor den Läden der Händler stapelte sich ein vielfältiges Angebot, das oft die halbe Gasse einnahm, so dass man achtgeben musste, wo man hintrat.
Am südlichen Ende des Judenviertels wurde es ruhiger und die Häuser vornehmer. Unweit der Synagoge erreichten sie endlich das Stadthaus der Menerbas. Es lag gegenüber der Kirche Nostra Domna de la Major und war ein großes, dunkles Gebäude mit breiter Front und einigen wenigen vergitterten Fensteröffnungen. Ein breites Tor öffnete sich zu einem Innenhof, der auf der gegenüberliegenden Seite durch Pferdestallungen begrenzt war. Eine Steintreppe führte zum Hauseingang im ersten Stock hinauf, und kaum waren sie in die Diele getreten, als eine rückwärtige Tür sich öffnete und ein ungeduldiger Felipe ihn begrüßte.
»*Mercé de Dieu!* Da bist du ja endlich!«
»Warum die Eile?«
»Komm erst mal herein.«
Felipe führte ihn in eine große Stube mit holzgetäfelten Wänden und einem lebhaften Feuer im Kamin. Verstohlen sah er sich um. Polierte Fliesen, gediegene Möbel mit bronzenen Beschlägen, wertvolle Wandteppiche und schwere silberne Kerzenhalter. All dies vermittelte den Eindruck jahr-

hundertealten, gediegenen Reichtums, doch ohne Gepränge oder aufdringliche Opulenz, eine eher verhaltene Pracht, die nur der Bequemlichkeit und stillen Freude der Bewohner dieses Hauses dienen sollte. So also lebten die Großen des Landes.

»Wein für unseren Gast«, rief Felipe dem Diener zu und stellte Arnaut dann einen jungen Mann vor, der sich erhoben hatte und wie Felipe nicht älter als zwanzig Jahre zählen mochte.

»Dies ist mein Freund Peire Raimon de Narbona. Wir nennen ihn nur kurz Raimon, denn es gibt schon zu viele Peires in der Stadt.« Er grinste kurz und fuhr dann fort: »Seine Familie ist den Vizegrafen lehnsverpflichtet, pflegt aber auch ausgezeichnete Beziehungen zu den großen Kaufmannsfamilien und den jüdischen *cambiadors.*«

Arnaut fragte sich, warum Felipe den Umgang mit Kaufleuten und Geldwechslern hervorhob, konnte er selbst diesen Leuten wenig abgewinnen. Jedes Jahr zogen die Wein- und Olivenhändler durch die heimatlichen Berge, und jedes Jahr fluchten die Gutsherren wie sein Onkel Raol, dass man sie mal wieder übers Ohr gehauen habe. Für Arnaut waren Kaufleute nichts als gieriges Krämervolk, das dem Landadel das letzte Silber aus den Taschen raubte. Er nahm aus der Hand des Dieners einen gefüllten Becher entgegen und ließ sich auf dem angebotenen Stuhl nieder. Auch die anderen setzten sich und tranken ihm zu.

»Es rumort in der Stadt«, eröffnete Felipe das Gespräch.

»Am Wassertor gab es erneut einen Auflauf«, nickte Arnaut.

Der junge Raimon de Narbona schien ihn aufmerksam zu mustern. Er war kleiner als die beiden anderen, von untersetzter Gestalt und etwas weichen, aber klugen Gesichtszügen. Er schenkte Arnaut ein freundliches Lächeln, ohne jedoch etwas zu sagen.

»Ein schwerer Rückschlag«, murrte Felipe mit düsterer Miene.

»Du meinst die Hochzeitspläne des Grafen?«, fragte Arnaut.

»Was sonst?« Felipe zog die Mundwinkel herab. »Mein Alter zieht sich auf seine Landgüter zurück, während la Bela die Vizegrafschaft verschachert. Vorher große Worte, jetzt will er angeblich mit alldem nichts zu tun haben.«
Raimon grinste listig. »Ein gutes Angebot vielleicht?«
»Wahrscheinlich«, sagte Felipe angewidert. »Das ist das Elend mit dem alten Adel. Nur auf den eigenen Vorteil bedacht. Für das Schicksal der Stadt, für die Gemeinschaft der Bürger haben sie wenig übrig, außer es betrifft ihre angestammten Rechte oder ihre Geldsäckel. Wie Raimon sagt, der Tolosaner muss sie alle bestochen haben.«
Eine Weile lang hörte man nur das Knacken und Knistern im Kamin, bis Arnaut sich endlich vorwagte, das anzusprechen, was ihn bewegte.
»Ich nehme an, *Domna* Ermengarda wird jetzt meine Dienste nicht mehr benötigen«, sagte er. »In ein paar Tagen werde ich dann wohl heimreisen.«
Felipe starrte ihn verständnislos an. Dann setzte er sich plötzlich ruckartig auf. »Auf keinen Fall«, rief er. »Ich zähle auf dich. Jetzt mehr denn je.«
»Du solltest ihn endlich einweihen, Felipe«, sagte Raimon und lächelte Arnaut wieder freundlich zu.
»Aber natürlich. Verzeih mir!« Felipe nahm einen tiefen Schluck Wein, um sich zu sammeln, dann lehnte er sich vor und blickte Arnaut eindringlich in die Augen.
»Die Dinge liegen so. Gestern am späten Nachmittag ist es Ermengarda für eine Weile gelungen, der Aufsicht ihrer Anstandsdame zu entkommen und sich mit mir im Hof des Palastes zu treffen. Dabei hat sie mir alles erzählt. Am Sonntag gab es anscheinend einen fürchterlichen Streit mit ihrer Stiefmutter. Die *vescomtessa* hat sich plötzlich für eine völlige Kehrtwende entschieden und zwingt Ermengarda, den Grafen zu heiraten.«
Arnaut nickte. »Und warum der Streit?«
»Weil Ermengarda sich weigert.«

»Sie weigert sich?«
»Ich mach es kurz. Sie will noch vor der Hochzeit fliehen, um alles zu vereiteln.«
»Fliehen?«, fragte Arnaut entgeistert. Er traute seinen Ohren nicht. Eine junge *donzela* floh doch nicht vor ihrer Hochzeit. Schon gar nicht bei der Verbindung großer Grafschaften. Er schüttelte den Kopf. So etwas gab es einfach nicht.
»Hat das etwa mit dir zu tun? Willst du sie entführen?«, fragte er.
Das kam ja gelegentlich vor. Obwohl nur bei Paaren, die einander versprochen und deren Familien sich seit langem einig waren. Ein wilder Brauch aus alten Zeiten zur Belustigung der Beteiligten. Eine ernsthafte Entführung dagegen … nun, das konnte nur mit Blut enden.
Felipes Augen weiteten sich vor Überraschung.
»Ich? Nein, nein! Nicht, was du denkst. Es hat nichts mit mir zu tun. Sie will nicht, dass Narbona in Alfons' Hände fällt. Sie schulde es ihrem Vater, sagt sie, und den guten Bürgern der Stadt. Das ist doch edel von ihr, findest du nicht?«
Arnaut war viel zu erstaunt, um zu antworten.
»Die Arme braucht Hilfe«, fügte Felipe rasch hinzu. »Wer würde sie schon unterstützen? Außer uns hat sie niemanden.«
»Uns?«
»Na ja. Ich zähle selbstverständlich auf dich. Wir müssen uns überlegen, wie wir ihre Flucht zustande bringen. Es muss möglichst lange unbemerkt bleiben. Raimon hier wird uns helfen. Er dient im Hofstaat der Vizegräfin und hat Zugang zum *capitan* der Palastwache.«
»Wohin will sie denn fliehen, um Gottes willen?«
»Nach Carcassona, wohin sonst?«
Auch Raimon nickte eifrig. »Die Trencavels wie auch Guilhem von Montpelher sind strikt gegen eine solche Verbindung.«
»Woher wisst ihr das?«

»Das weiß hier jeder. Niemand im Land will, dass Alfons zu mächtig wird. Die Trencavels und andere rüsten schon seit einer Weile ihr Heer. Bei ihnen wäre Ermengarda sicher.«
Arnaut schwindelte es. »Und ich soll dabei helfen?«
»So ist es!«, grinste Felipe und schlug ihm auf die Schulter. »Es wird ein Heidenspaß!«
»Ein Heidenspaß? Und wie habt ihr euch das gedacht?«
»Ganz einfach! Raimon besticht die Wachen. Wir verkleiden Ermengarda als Knappen. Du holst sie da raus, und ich warte mit den Pferden vor der Stadt.«
»Ich soll sie aus dem Palast holen?«, fragte er benommen.
»Es geht nicht anders. Mich kennt man dort. Dich dagegen können wir als Wache verkleiden und unbemerkt einführen. Raimon bleibt zurück und stellt sicher, dass die Sache nicht zu schnell auffällt. Niemand wird etwas merken, du wirst sehen.«
Mit einem Mal dämmerte es Arnaut, warum Felipe einen fremden Trottel wie ihn brauchte. »Verdammt!«, rief er. »Wenn sie mich erwischen, bin ich des Todes.«
»Ach!« Felipe machte eine wegwerfende Handbewegung. »Du schmuggelst für sie Männerkleider rein. Damit wird sie nicht zu erkennen sein. Und dann marschierst du einfach mit ihr da raus. Niemand wird etwas merken, ich verspreche es. Und später, wenn die Katze aus dem Sack ist, dann sind wir längst über alle Berge und auf halbem Weg nach Carcassona.«
Arnaut stellte seinen Becher ab. Ihm war nicht nach Wein zumute. »Wenn es so einfach ist, warum kommt sie nicht verkleidet, aber allein aus dem Palast?«
»Nun ja. Sie muss ja durch die ganze Stadt bis vor die Tore laufen. Dabei könnte etwas Unerwartetes passieren, wer kann das wissen? Und dann brauchte sie einen starken Arm. Wenn es dir lieber ist, werde ich schon auf der Brücke auf euch warten.«
Er lehnte sich vor und funkelte Arnaut mit breitem Grinsen an. Die Sache schien ihm wirklich Spaß zu machen. »Das ist

doch mal ein Abenteuer für rechte Kerle, oder? Das kann man sich doch nicht entgehen lassen!«

Arnaut starrte ihn schweigend an. Gleichwohl was Felipe sagte, ein Spaß war das bestimmt nicht. Eher ein Spiel mit dem Tod. Felipe, als wohlgeborener Spross einer großen Familie, konnte auf Milde hoffen, wenn sie gefasst wurden. Doch er und Severin … den Gedanken mochte er gar nicht zu Ende bringen.

Andererseits reizte das Abenteuer. Was konnte es Aufregenderes geben, als der Erbin von Narbona zur Flucht zu verhelfen? War das der Weg zu Ruhm und Ehre, ihrer Dankbarkeit auf ewig gewiss? Arnauts Herz hämmerte wie wild, auch wenn er sich äußerlich ruhig gab, während Felipes Blick sich in seine Seele bohrte, als wollte er ihn allein durch den Willen zwingen.

»Ihr seid verrückt!«, sagte Arnaut schließlich.

»Wie meinst du?«

»Es wird das Land in Aufruhr stürzen.«

»Recht so! Für die Freiheit muss man etwas wagen. Nicht, wie unsere Herren Väter immer den Schwanz einziehen.«

»Welche Freiheit?«

»Die Stadt kann nur blühen, wenn man sie von der schweren Hand der Fürsten befreit. So wie Genua und Pisa. *Coms* Aimeric verstand das. Und so sieht es auch Ermengarda.«

Freiheit. Ein gefährliches Wort. Arnaut war mit der altbewährten Ordnung aufgewachsen, wie sie auf dem Lande üblich war. Der *senher* kümmerte sich um die Seinen, legte seine schützende Hand über sie. Dafür schuldete man ihm Respekt und Treue. So war es immer gewesen. Was wäre, wenn jeder dumme Bauer plötzlich von Freiheit träumte? Oder gar gegen seine Herrschaften aufbegehrte? So einer würde schnell am Galgen enden. Und mit Recht.

»Ich soll also dem Grafen von Tolosa die Braut stehlen?«

»Hast du Angst?«, fragte Felipe und zog die Brauen hoch. »Da hatte ich dich anders eingeschätzt.«

»Nennst du mich einen Feigling?« Wütend sprang Arnaut auf und legte die Hand an den Schwertgriff. Unter keinen Umständen zweifelte man den Mut eines Provenzalen an. Nicht, wenn man noch länger leben wollte.
»Eh, beruhige dich, *ome!*« Felipe hob beschwichtigend die Hände. »Setz dich wieder. Es tut mir leid. So habe ich es nicht gemeint.«
Arnaut blickte auf ihn herab. Als Felipe sich noch einmal entschuldigte, nahm er zögernd wieder Platz.
»Sieh es mal anders«, sagte Felipe, der nun ernst geworden war. »*Vescoms* Aimerics Familie herrscht in Narbona, von allen Nachbarn geachtet, seit mehr als vierhundert Jahren. Er war Verbündeter vieler Adelshäuser, die auf ihn zählten und die nun auf einen würdigen und ebenso verlässlichen Nachfolger hoffen. Soll dieses Geflecht von Treuebeziehungen mit einem Streich zu Ende sein?«
Das waren Beweggründe, die Arnaut besser verstand. Ehre, Recht und Treue, die Grundpfeiler jeder Ordnung. Nur durch ein solches Netz von Bündnissen und Verpflichtungen ließ sich der Frieden erhalten. Doch der Gedanke erinnerte ihn auch an die eigenen Pflichten.
»Ich kann nicht. Alfons ist mein Lehnsherr!«
»Alfons ist dein Lehnsherr?«, fragte Felipe gedehnt. Dann schlug er sich an die Stirn. »Du hast es mir, glaube ich, erzählt. Ich muss es vergessen haben.«
»Rocafort ist ein freies Lehen der Tolosaner. Wir sind zu keinem Kriegsdienst verpflichtet, aber ich kann nicht die Treue brechen, die meine Familie dem Grafen schuldet. Ihm die Braut zu entführen, ist kein Abenteuer, bei dem ich Ehre erwerben kann. Es ist Verrat.«
»Ich kann ihn verstehen«, warf Raimon ein. »Den Treueschwur der Seinen zu brechen, könnte seine ganze *familia* in Verruf, wenn nicht gar in Gefahr bringen.«
Sie wussten, dass das Wort *familia* weit mehr bedeutete als nur der engste Verwandtenkreis. Dazu gehörten alle, die

unter dem Dach des *senher* wohnten, von seiner Gunst lebten oder ihm verpflichtet waren. Sie alle bildeten durch Blutsbande, Treueschwur oder Pachtvertrag eine enge Lebensgemeinschaft. In ihr regelte sich das Leben weniger nach der Willkür des Herrn, sondern nach überlieferten Gebräuchen des Gemeinwesens. Gehorsam und Eintracht gehörten ebenso dazu wie die Pflicht, in jedem Fall die Treue zu halten, die man geschworen hatte, denn die *familia* war dem Menschen Hort und Sicherheit. Ohne sie wäre er allen Anfechtungen schutzlos ausgeliefert.

»*Merda!*«, fluchte Felipe.

Lange stierte er mit finsterer Miene ins Feuer. Auch er bewegte sich auf dünnem Eis, wenn er Ermengarda zur Flucht verhalf. Doch schließlich war sie die rechtmäßige Erbin, sagte er sich, und hatte ein Recht, so zu handeln. Und als Edelmann von Narbona war es seine Pflicht, ihr beizustehen, gleich, was sein Vater davon hielt. So zumindest versuchte er, sein Gewissen zu beruhigen.

Nach einer Weile klärte sich seine Stirn wieder. Er sprang auf, legte Arnaut die Hand auf die Schulter und grinste. »Es wird uns schon noch etwas einfallen. Bleib in jedem Fall in der Stadt, bis sich die Sache geklärt hat. Wer weiß, vielleicht kannst du uns ja doch noch auf die eine oder andere Weise nützlich sein.«

Auch Arnaut erhob sich.

»Ich glaube nicht, Felipe. Morgen reiten wir heim. Es ist besser, wir sagen uns jetzt Lebewohl.«

»Ich verstehe. Und nichts für ungut. Ich hoffe, du bist mir nicht gram, dass ich dich in diese Geschichte ziehen wollte.«

»Keineswegs«, erwiderte Arnaut, den es nun maßlos ärgerte, dass die Reise so enden musste. Auf seinem Gesicht zeigte sich die tiefe Enttäuschung, so unrühmlich aus Narbona abziehen zu müssen. »Unter anderen Umständen …«

»Mach dir keine Gedanken. Eines Tages vielleicht, wer weiß … Jedenfalls bist du hier immer willkommen.«

Sie umarmten sich ein wenig kühl, dann verabschiedete sich Arnaut auch von Raimon und ließ sich von Felipe noch bis an die Tür des Hauses begleiten. Ein letzter Händedruck, und er trat missmutig den Heimweg zur Herberge an.
Wie konnte dieser Felipe ihn nur zu einer solchen Dummheit überreden wollen? Er fühlte sich benutzt. Zum Glück hatte er das Spiel durchschaut. Nun, morgen in aller Frühe würden sie aufsatteln, denn es hatte wenig Sinn, noch länger in Narbona zu verweilen. Vielleicht sollten sie sich im Frühjahr auf den Weg nach Aquitanien machen. Oder nach Kastilien reiten, um König Alfonso gegen die Mauren zu helfen. Die Welt war schließlich groß genug, sagte er sich mit einem Achselzucken, und ein gutes Schwert war überall willkommen.

***

Severin sah die Dinge völlig anders.
»Du willst dich also davonmachen, wenn wir gebraucht werden?«, rief er entrüstet. Es war später Nachmittag, und sie waren dabei, die Pferde zu striegeln.
»Ich habe es dir nun schon dreimal erklärt, du Rindvieh«, knurrte Arnaut gereizt. »Es ist wenig ratsam, seinem Lehnsherrn die Braut zu entführen. Noch dazu dem Fürsten von Tolosa, *mon Dieu!* Geht das nicht in deinen dicken Schädel rein?«
»Aber sie will ihn doch gar nicht.«
»Was eine Frau will, hat wenig Bedeutung. Wenn ihre *familia* so entscheidet, hat sie zu gehorchen.«
»Sie ist eine Fürstentochter und kein Bauerntrampel.«
»Das ändert nichts an der Sache.«
Amir riss den Kopf hoch und stampfte mit den Hufen. Das hitzige Gerede behagte ihm gar nicht.
»Ruhig, Alter.« Arnaut strich ihm besänftigend über den langen Hals. Aber erst eine Handvoll Haferkörner stellten den Hengst wieder ruhig.

»Was sind denn das für Töne?«, ereiferte sich Severin. »Bist du jetzt der *pater familias*? Selbst dein Großvater spricht nicht so.«
»Du hast gut reden! Du bist doch der, der immer klagt, dass ich mich dauernd in irgendeine Dummheit stürze. Und recht hast du. Diesmal habe ich eben vorher nachgedacht. Die Sache ist viel zu heiß. Außerdem wollten die mich nur vorschicken, weil sie es selbst nicht tun wollen. Deshalb reiten wir heim!«
Arnaut entfernte die Pferdehaare aus der Bürste und gab seinem Hengst einen liebvollen Klaps auf die Kruppe.
»Hast du kein Herz?«, versuchte es Severin aufs Neue. »Sie braucht uns. Wie kann dich das kaltlassen?«
»Du bist wohl in sie verliebt«, scherzte Arnaut.
»Quatsch kein dummes Zeug.«
Lachend warf Arnaut die Bürste nach seinem Freund, der sich im letzten Augenblick wegduckte. Jetzt wurde auch die Stute unruhig und wieherte gereizt.
»Hör auf, du machst die Pferde scheu«, brummte Severin.
Sie warfen den Tieren einige Gabeln Heu vor die Füße und verließen den Stall.
»Eigentlich ist er doch gar nicht dein Lehnsherr«, sagte Severin auf dem Weg in die Schenke.
»Wie meinst du das?«
»Rocafort schuldet Alfons die Treue, das ist wahr. Aber dein Vater ist aus dem Geschlecht der von Peirapertusa. Die gehören doch zu Narbona, oder?«
»Und wenn schon«, erwiderte Arnaut, dem dieser Disput langsam zu viel wurde. »Wir kehren heim und jetzt Schluss mit dem Gerede!«
Arnaut hatte sich schon immer eher zur Familie Montalban hingezogen gefühlt als zu der seines Vaters. Mit den Verwandten von Peirapertusa hatte er wenig gemein. Manchmal konnte es mit den ererbten Verpflichtungen recht verwickelt werden. Ehe man sichs versah, schuldete man zwei Herren die Treue.

In einiger Verwirrung folgte er seinem Freund in den Schankraum. Sie setzten sich in ihre gewohnte Ecke.
»Ich möchte den Jungen mitnehmen«, sagte Severin, nachdem sie bestellt hatten und zwei Becher des Hausweines vor ihnen standen.
»Wen? Jori?«
»Warum nicht? Bei uns hat er es besser.«
Arnaut schüttelte den Kopf. »Wir können doch nicht jeden Straßenlümmel auflesen und mitnehmen. Außerdem habe ich nicht vor, auf Rocafort zu bleiben. Großvater wird mir mehr Geld bewilligen, und nach der Schneeschmelze reiten wir nach Spanien.«
»Spanien?«
»Wir hauen den Mauren aufs Haupt.«
»Ah.«
Severins Miene drückte Zweifel aus, doch dann zuckte er mit den Schultern, als habe die Frage keine weitere Bedeutung für ihn. Während Arnaut damit beschäftigt war, ihnen Wein einzuschenken, sah sich Severin verstohlen in der Schankstube um. Diesmal waren keine Buhlweiber zu sehen. Zu schade, aber vielleicht war es noch zu früh am Abend.
»Wir haben noch nicht alles erkundet«, sagte er wie beiläufig.
»Da wir schon hier sind, lass uns ein paar Tage bleiben.«
»Ich ahne, was du erkunden willst.« Arnaut, dem die schweifenden Blicke des Freundes nicht entgangen waren, zwinkerte ihm zu und lachte. »Aber meinetwegen. Verschieben wir den Aufbruch für ein paar Tage.«
Er nahm einen tiefen Schluck aus dem Becher und schüttelte sich. »Was für ein saures Gesöff, verflucht!«
Nicht zu vergleichen mit dem edlen Tropfen, den er bei Felipe genossen hatte. Und dann musste er wieder an Ermengarda denken.

Am nächsten Vormittag, umgeben von ihren Beratern, trafen sich in formeller Runde Alfons Jordan, die *Vescomtessa* Ermessenda und Erzbischof Leveson in der erzbischöflichen Kanzlei, um den Ehevertrag auszuhandeln, die wichtigste Sache überhaupt bei dieser heiklen Vermählung.

Nicht, dass Ermessenda allzu große Ansprüche stellen konnte, dachte Erzbischof Leveson, dennoch war es ihm wichtig, dass der Inhalt der Urkunde allen Gepflogenheiten entsprach und beiden Parteien gerecht wurde. Niemand, besonders nicht Tolosas Widersacher, sollte in der Abmachung irgendetwas finden, das die Gültigkeit und Rechtmäßigkeit des Vertrages in Frage stellen könnte.

»Wie hat es dein Mündel aufgenommen?«, fragte er la Bela.

»Sie weigert sich.«

Sie warf dem Erzbischof einen hasserfüllten Blick zu. Wie er sie doch anekelte, dieser listige Alte, mit seinem verkniffenen Mund und der grauen Greisenhaut. Ihr war übel. Und immer noch schmerzte ihr das Hirn. Seit dem wilden Streit mit ihrer Stieftochter hatte sie nur im Bett dahingedämmert und nichts als Kräuteraufgüsse zu sich genommen. Selbst der sonst so gewiefte Tibaut hatte keinen Rat gefunden, wie sie sich so schnell aus dieser Lage befreien konnte.

»Sie weigert sich?« Leveson hob erstaunt die Brauen. »Das wird ihr wenig nützen. Bestell ihr, dass sie Alfons heiraten wird, auch wenn wir sie an den Haaren vor die Kirche schleifen müssen.«

»Nun, dazu wird es wohl nicht kommen«, sagte Alfons peinlich berührt.

Er betrachte la Bela mit großer Aufmerksamkeit, denn seit dem Empfang im *palatz vescomtal* hatte er sie nicht mehr gesehen. Er fragte sich, was wohl in ihr vorgehen mochte und wie es dem gerissenen Erzbischof gelungen war, sie zu diesem Schritt zu überreden. Sie war wie immer erlesen gekleidet, doch ihr Antlitz schien bleicher als gewöhnlich, und die rastlosen Hände vermittelten einen etwas fahrigen Eindruck. Sie hatte ihn mit frostiger Höflichkeit begrüßt, danach aber seinen Blick gemieden.

Er räusperte sich. »Das … Kind wird sich daran … gewöhnen«, sagte er und musste sich zusammennehmen, die Worte klar und deutlich auszusprechen. »Sie wird es gut haben, und es ist für alle das … Beste.«

»Sicher«, erwiderte sie und lächelte gequält.

Dennoch hatte sie ihn diesmal angeschaut, wenn auch nur kurz von der Seite. Das ermunterte ihn, ihr die schlanken Hände zu tätscheln, die unruhig in ihrem Schoß lagen. Diese plumpe Annäherung ließ sie etwas zusammenzucken, aber sie zog die Hände nicht weg.

»Das Beste«, wiederholte er gütig und lehnte sich auf seinem Stuhl zurück. »So ist aller Streit beigelegt.«

»Können wir beginnen?«, fragte sie mit leicht gereizter Stimme.

»Mit Vergnügen, meine Liebe«, erwiderte der Erzbischof und gab dem Domdechant Peire de Montbrun ein Zeichen, das am Vorabend ausgefertigte Dokument zu verlesen. Der ließ sich das Blatt vom erzbischöflichen *secretarius* überreichen, räusperte sich und schaute in die Runde. Alfons hatte seinen eigenen Schreiber und Vertrauten mitgebracht. Als Zeuge und Berater der Vizegräfin war Tibaut de Malvesiz unter den Anwesenden und Bardine Saptis als Vertreter der Bürgerschaft. Jeder der drei erhielt eine Abschrift.

»Im Namen Gottes«, begann Montbrun, den Inhalt der Urkunde vorzutragen, wobei er sorgfältig jede Silbe betonte. *»Es möge jedermann an diesem Tag und in alle Zukunft wissen, dass ich, Ermengarda, Vizegräfin von Narbona, dich, Alfons, zum Gemahl begehre …«*

Das bittere Lachen der *vescomtessa* unterbrach seinen Vortrag.

»Ich muss dich doch sehr bitten«, sagte der Erzbischof, aber Ermessenda lachte immer noch. Dann hörte sie abrupt auf.

»Ich hatte nicht den Eindruck, dass sie dich begehrt«, sagte sie höhnisch zu Alfons. »Wenn ich mich recht erinnere, klang das doch sehr anders.« Sie musste noch einmal lachen.

Alfons wurde rot. »Nun ja. Wir alle wissen, was gemeint ist.«
»So. Wissen wir das? Und warum steht da Ermengarda Vizegräfin?«, regte sie sich jetzt auf. »Denn noch bin ich die Vizegräfin.«
»Mit der Eheschließung erhält sie den Titel. Das vereinfacht die Bestimmungen zur Besitzregelung«, belehrte der Erzbischof sie schroff. »Außerdem ist es üblich.«
»So, ist es das?«, erwiderte sie schrill. »Und was ist mit mir?«
»Du wirst Regentin, wie versprochen«, beeilte sich Alfons ihr zu versichern. Wieder wollte er ihre Hand berühren, aber sie entzog sich ihm ruckartig.
»Zu alldem kommen wir später«, knurrte Erzbischof Leveson. Missmutig bedeutete er dem Domdechant, weiterzulesen.
»… dich, Alfons, zum Gemahl begehre und dir hiermit meine Hand reiche als dein getreues Eheweib.«
Da unterbrach la Bela ein weiteres Mal. »Was soll das? Sie ist mein Mündel. Nur ich kann die Hand der Braut anbieten, niemals sie selbst.«
Leveson holte tief Luft und verdrehte dabei ärgerlich die Augen. »So ist es aber besser«, zischte er ungeduldig. »So kann später niemand sagen, sie sei nicht einverstanden gewesen.«
Ermessenda kniff die Lippen zusammen und schwieg. Auf ein erneutes Zeichen seines Herrn fuhr der Domdechant fort:
»Mit gleichem Akt übergebe ich dir in Gänze und ohne Trug die Stadt Narbona mit all dem, was dazugehört, und allem, was ich darin besitze oder zukünftig besitzen möge, gleich welcher Art.«
Arnaut de Leveson beobachtete mit grimmer Freude, wie Ermessenda den Kopf wandte und wütend an die Wand starrte, um niemandem in die Augen sehen zu müssen. Aber sie unterbrach nicht weiter. Das Weib windet sich und faucht wie eine Katze, dachte er befriedigt, aber es nützt ihr nichts. Sie wird die bittere Medizin schlucken, ob es ihr gefällt oder nicht.
»Das Genannte gebe ich dir unter diesen Bedingungen«, ließ

sich die monotone Stimme Montbruns vernehmen, *»dass wir es gemeinsam nutzen und besitzen, solange wir leben, und dass es nach unserem Tode übergehe auf die Kinder, die wir gemeinsam gezeugt haben, sollten diese uns überleben.«*
An diesen Worten war nichts auszusetzen. So war das Recht. Aber Ermessenda biss sich auf die Lippen, dass es schmerzte, denn dies bedeutete, dass nicht nur sie selbst, sondern auch ihre Linie, ihre Nina und deren Nachkommen für immer von der Erbfolge ausgeschlossen waren. Die Hände auf dem Schoß ballte sie zu Fäusten, aber den Mund hielt sie geschlossen, auch wenn es schwerfiel. Die Erniedrigung war schlimm genug. Vor den Versammelten wollte sie sich nicht auch noch zum Gespött machen.
»Und sollte keines unserer Kinder uns überleben«, tönte Montbruns Stimme weiter, *»aber du, Alfons, Graf und mein Gemahl, mich überleben, so sollst du die genannte Stadt Narbona besitzen, mit all dem, was zu ihr gehört, solange du lebst.«*
Plötzlich horchte la Bela auf. Ja, eine gute Frage. Was würde nach Ermengardas Tod geschehen, wenn es keine Kinder aus dieser elenden Verbindung gäbe?
»Was geschieht in diesem Fall nach Alfons' Tod?«, platzte sie heraus ohne die kleinste Bemühung um höfliche Umschreibung.
Alfons schob die Unterlippe vor, enthielt sich aber jeder Bemerkung, während der Erzbischof Montbrun zunickte, die Frage zu beantworten.
»Nun, *Domina,* dies ist gleich im Anschluss geregelt«, sagte dieser mit einer kleinen Verbeugung in Ermessendas Richtung und deutete auf den letzten Abschnitt der Urkunde. *»Und nach deinem eigenen Tode«*, las er vor, *»soll dann die Stadt mit all dem, was zu ihr gehört, zurückfallen auf den nächsten meiner Verwandten.«*
Die Worte hallten in ihrem Kopf. *Den nächsten meiner Verwandten.* Das kann nur Nina sein, dachte sie, andere gibt es nicht. Zumindest keine, die Ermengarda näherstünden.

Man müsste irgendwie sicherstellen, dass sie keinen Nachwuchs bekam. Während sie darüber nachdachte, kribbelte es ihr im Nacken, und sie überhörte Levesons Frage.
»Was?«
»Ob du mit alldem einverstanden bist«, wiederholte der Alte.
»Keineswegs«, erwiderte sie trocken. »Aber nun ist es so beschlossen, und da will ich mich dem Glück des jungen Paares nicht widersetzen.«
Dabei wandte sie sich Alfons zu und bedachte ihn mit einem so unerwarteten Lächeln, dass der Mann fast die Fassung verlor. Auch der Erzbischof riss erstaunt die Augen auf, so sehr hatte ihn die plötzliche Verwandlung überrumpelt.
»Und meine Regentschaft?«, fragte sie jetzt.
Leveson starrte sie einen Augenblick lang misstrauisch an. Dann nickte er dem *secretarius* zu, der ein zweites Dokument nebst Abschriften verteilte. Aus diesem verlas der Domdechant den Inhalt einer Vereinbarung, die an die Vermählung Ermengardas gekoppelt war und Einzelheiten über la Belas Treuegelöbnis und Pflichten enthielt, im Auftrag und Namen des Grafen von Tolosa die Vizegrafschaft zu verwalten. Im Grunde kam es einer völligen Entmachtung der neu gekürten *Vescomtessa* Ermengarda gleich, die als Mitunterzeichnerin jegliche Einmischung aufgab.
Das gefiel Ermessenda, und Streit gab es nur über den Umfang ihrer Privilegien, die Liste ihrer Lehnsgüter und die Erbregeln solcher. Doch da Alfons in großzügiger Stimmung war und der Erzbischof es eilig hatte, die Angelegenheit abzuschließen, einigte man sich rasch. Der *secretarius* versprach, die Urkunde noch am gleichen Tag anzupassen und den Parteien zur Durchsicht vorzulegen.
»Nun bleibt nur noch eines zu besprechen«, sagte der Erzbischof. »Die Vermählung findet morgen gegen Mittag statt.«
»Wie bitte?«, Ermessenda sprang auf. »Es sollte doch erst am Sonntag sein.«
»Wir haben Berichte erhalten«, erklärte Alfons, »dass sich ein

Bündnis um die Brüder Trencavel auf dem … Kriegsfuß befindet. Ihr Heerhaufen hat sich bereits in Marsch gesetzt, und auch ich muss mich meinen Truppen anschließen.«

La Bela starrte ihn misstrauisch an.

»Das geht mir alles viel zu schnell.«

»Wir haben wenig Zeit«, sagte Leveson. »Ist die Heirat einmal vollzogen, haben wir Tatsachen geschaffen, die auch die Trencavels anerkennen müssen. So wird sich unnötiges Blutvergießen vermeiden lassen.«

»Da bleibt ja kaum Zeit für das Verlöbnis! Und wer sollen die Zeugen sein?«

Ohne Verlöbnis und dem vor Zeugen unterschriebenen Ehevertrag konnte eine Eheschließung später angefochten werden.

»Das Verlöbnis«, erwiderte Leveson, »findet heute Abend in engem Kreis statt. Und wir werden schon genug ehrbare Zeugen zusammenkriegen, keine Sorge. Wenn sich Ermengarda bis dahin fügt, darf sie selbst unterzeichnen, ansonsten tust du es als ihre Muntherrin.«

»Aber wie soll ich in so kurzer Zeit eine Hochzeit ausrichten? Kleider sind zu schneidern, das Volk muss bewirtet werden …«

»Nichts da«, unterbrach der Erzbischof sie barsch. »Wir haben keine Zeit. Du lässt sie doch auch sonst wie eine Magd herumlaufen. Und für das Volk …« Er zog ein verächtliches Gesicht. »Lass Tische auf dem Marktplatz aufbocken und dazu ein paar Rinder und Schweine am Spieß braten. Einige Dutzend Fässer Bier oder billigen Wein werden sich doch wohl auftreiben lassen.«

»Soll sich Narbona so schäbig zeigen?«

Oh, wie sie diesen Mann hasste. Jetzt, da er Oberhand zu haben glaubte, ließ der elende Pfaffe keine Gelegenheit aus, sie noch mehr zu erniedrigen. Nicht genug, dass er sie zu dieser verdammten Heirat gezwungen hatte, nun gab man ihr nicht einmal mehr Zeit, einen dem Stande des Hauses würdigen Rahmen zu schaffen.

Der Konsul Bardine Saptis räusperte sich. »Die Bürgerschaft, *Domina,* wird sich geehrt fühlen, das Fest auszustatten.«
»Auch ich bin bereit, zu helfen, wo es geht«, bot sich Alfons an. »Meine Männer …«
»Macht doch euer Fest, wie es euch passt«, unterbrach sie und erhob sich. »Mich geht das nichts mehr an. Wir sehen uns heute Abend zur Unterschrift.«
Damit rauschte sie mit erhobenem Kopf aus der Kanzlei, gefolgt von ihrem Schatten, Tibaut de Malvesiz.

***

Sie standen in einem stillen Winkel, hinter der Basilika Sant Paul Serge, unter einem Torbogen, der in die alte Nekropolis führte, schräg gegenüber der Sakristei. Arnaut fragte sich ernsthaft, was sie hier sollten, und hatte nicht übel Lust, Felipes Aufforderung in den Wind zu schlagen.
Die rätselhaften Andeutungen des Boten hatten jedoch ihre Neugierde geweckt. Es war der gleiche Bursche gewesen, der ihn am Vortag zum Palast der Menerbas geführt hatte, doch diesmal sollten sie sich zu einer geheimen Zusammenkunft einfinden.
Es sei eilig, aber angesagt, sich möglichst unauffällig zu verhalten. Mehr war aus ihm nicht herauszubekommen gewesen, bevor er wortlos verschwunden war.
Durch die mächtigen Kirchenmauern drang nur schwach der Chor der Mönche, die sich zum *nonus* versammelt hatten, dem nachmittäglichem Gebet in Gedenken an die Sterbestunde Unseres Herrn Jesu.
Langsam wurde es Arnaut unbequem, sie verharrten nun schon eine ganze Weile an diesem Ort, ohne dass sich etwas tat.
»Hör auf zu zappeln«, sagte er, denn Severin steckte alle Augenblicke den Kopf aus dem Torbogen, um links und rechts die schmale Gasse entlangzuspähen, die an die Stadtmauer

angrenzte. Doch außer ein paar Tauben und einem neugierigen Straßenköter regte sich nichts.

Zeitverschwendung, dachte Arnaut. In Gedanken befand er sich schon wieder in Rocafort und dem Dorf zu Füßen der Burg. Nicht zu vergleichen mit dem Trubel einer großen Stadt. Dort gab es keine Fürsten, keine Bischöfe. Und Politik, die beschränkte sich auf Streit um heimlich versetzte Grenzsteine, ein paar entlaufene Kühe oder die Höhe des jährlichen Klosterzehnten. Eine etwas langweilige Welt. Und doch so vertraut. Im Frühjahr würden sie aufbrechen. Nach Spanien.

Severin stieß ihm in die Rippen.

»Er ist da!«

Arnaut lugte um die Ecke und tatsächlich, die Pforte zur Sakristei stand halb offen, und Felipe füllte den Türrahmen und winkte sie ungeduldig heran, nachdem er sich vergewissert hatte, dass sie niemand beobachtete.

»Danke, dass ihr gekommen seid«, flüsterte er. Und zu Severin gewandt: »Würdest du vielleicht draußen Wache halten? Wenn Soldaten kommen, klopfst du dreimal an die Pforte.«

Severin machte ein enttäuschtes Gesicht, schickte sich aber. Arnaut folgte Felipe in die Sakristei. Hier war der Gesang der Mönche deutlicher zu vernehmen. Als sich die Pforte hinter ihm geschlossen hatte, fragte er, um was es ginge, doch Felipe legte nur den Finger auf die Lippen und sagte, man müsse warten. Er sah besorgt aus und begann, unruhig auf und ab zu wandern.

Arnaut setzte sich stirnrunzelnd auf einen der hohen Hocker, die vor dem abgenutzten Schreibpult standen.

Ein Wasserbecken zum Reinigen sakraler Gegenstände war in die unverputzte Außenwand gemauert, an die übrigen Wände reihten sich altersdunkle, an der Vorderseite vergitterte Schrankkästen für Gewänder, Kelche, Hostienschalen und anderes heiliges Gerät. In der Mitte ein breiter Eichentisch, auf dem achtlos dahingeworfen eine *casula* lag, das liturgische Obergewand des Priesters. Der Raum roch ein wenig muffig.

Lange mussten sie nicht ausharren, da flog die Tür zum Kirchenraum auf, und herein trat Ermengarda. Einen Augenblick lang blieb sie auf der Schwelle stehen, ihre Haltung angespannt, das Gesicht halb im Schleier verborgen.
»*Mercé de Dieu,* du bist gekommen«, sagte sie aufgeregt und eilte auf Felipe zu, der auf sein Knie fiel und die ihm dargebotene Hand küsste. Während der Abt, der ihr gefolgt war, eilig die Tür hinter sich schloss und mit einem Riegel versperrte, warf Ermengarda einen Blick auf Arnaut. »Auch Ihr, *Cavalier?* Ich danke Euch von ganzem Herzen.«
Arnaut fühlte sich überrumpelt. Sie weiß nicht, dass ich nicht mitmachen werde, dachte er. Aber ihm fiel auf die Schnelle nichts anderes ein, als verlegen das Haupt zu beugen und ebenfalls einen Kniefall zu machen, insgeheim wütend auf Felipe, der ihn in diese Lage gebracht hatte. Als er aufblickte, hatte sie den Schleier zurückgeschlagen, und er erschrak über die Verwüstungen auf Braue und Wangen.
»Um Himmels willen! Was ist Euch geschehen?«
Ihre Hand flog an ihr Gesicht, als schäme sie sich der Wunden. Dann ließ sie die Hand wieder sinken. »Es ist nicht mehr so schlimm.«
Flüchtig und ohne Einzelheiten erwähnte sie den Streit mit der Stiefmutter. Es schienen sie jedoch weniger die Verletzungen als die rüde erzwungene Trauung zu bewegen.
»Wir können nicht lange reden«, sagte sie atemlos, »sonst wird *Domna* Anhes misstrauisch.«
Abt Imbert räumte die *casula* vom Tisch, Felipe zog Stühle heran, und alle setzten sich. Ermengarda verzog leicht das Gesicht vor Schmerz, als sie sich niederließ. Die Rippen machten ihr zu schaffen.
»Weiß Arnaut …?«, fragte sie.
Felipe nickte ernst. »Er ist eingeweiht.«
Kein Wort, dass er Arnaut mit fragwürdigen Mitteln zu diesem Treffen gelockt hatte. Heimlich jedoch warf er ihm einen beschwörenden Blick zu.

Arnaut öffnete den Mund, um Einspruch zu erheben, als er bemerkte, mit welch dankbarem und vertrauensvollem Lächeln die junge Erbin ihn bedachte. Da verließ ihn der Mut. Wie ein Hase in der Schlinge fühlte er sich. Nun, er würde erst einmal zuhören. Ablehnen konnte er immer noch.

»Mein Kind«, sagte der Abt mit tiefer Sorge in der Stimme. »Was du vorhast, ist Irrsinn und viel zu gefährlich. Ich muss entschieden davon abraten.« Er ergriff ihre Hände und blickte ihr beschwörend in die Augen. »Ich will gar nicht davon reden, dass du die guten Sitten verletzt, indem du dich deiner Muntherrin widersetzt. Aber so eine Flucht muss doch vorbereitet werden. Gute Planung. Eine schlagkräftige Eskorte, um sich gegen Verfolger zu verteidigen.«

Er ließ Ermengardas Hand los und bedachte die jungen Männer mit einem strengen Blick. »Die Stadt wimmelt von Tolosaner Söldnern. Dies wahnwitzige Unterfangen wird Menschenleben kosten. Wie wollt ihr zwei allein das in drei oder vier Tagen auf die Beine stellen und durchführen, ohne Ermengardas Leben zu gefährden?«

Arnaut rutschte auf seinem Stuhl herum. Schau mich nicht an, alter Mann, dachte er, denn ich habe nichts damit zu tun. Ermengarda sah plötzlich wie ein verfolgtes Reh aus.

»Wir haben keine drei oder vier Tage mehr, *Paire* Imbert«, erwiderte sie aufgeregt. »Deshalb hatte ich Felipe die Magd geschickt.«

»Was ist geschehen?«

»Die Trauung findet schon morgen statt.«

»Was?«, fuhr Felipe hoch.

»Zur Mittagszeit. Ich habe es selbst erst vor wenigen Stunden erfahren.« Ermengarda wirkte unruhig und erregt, aber nicht niedergeschlagen. Als vertraue sie tatsächlich zwei unerfahrenen jungen Männern, sie aus der Höhle des Löwen zu befreien. Felipe schlug wütend mit der Faust auf den Tisch.

»Verdammt! Das macht alles zunichte.«

Der Abt bekreuzigte sich indes. »Gelobt sei Jesus Christus!

Ich weiß, wie schmerzlich das für dich ist, mein Kind, aber es ist wahrlich besser, diese wirren Pläne aufzugeben.«

Ratlose Stille folgte diesen Worten.

Felipe stierte wütend vor sich hin. Der Abt blickte sorgenvoll auf Ermengarda, die jetzt in sich versunken, mit gerunzelter Stirn auf ihrem Stuhl saß und nachzudenken schien.

Was Arnaut betraf, so konnte er die Augen nicht von ihrem geschundenen Gesicht lassen. Die Haut immer noch geschwollen, dunkle Blutergüsse hatten sich gebildet, den Riss in der Unterlippe bedeckte ein Wundschorf. Wie, in Gottes Namen, hatte die Stiefmutter ihr so etwas antun können? Er spürte einen Hass in sich aufsteigen. Und so kam es, dass er einfach nicht den Mund halten konnte, obwohl ihn das alles eigentlich gar nichts anging.

»Es muss nachts geschehen«, sagte er mit Bestimmtheit und bereute es gleich wieder, denn Ermengarda blickte auf und sah ihn so hoffnungsvoll an, als habe er gerade den Schlüssel zu ihrer Rettung gefunden.

»Unmöglich.« Felipe schüttelte düster den Kopf. »Nach Einbruch der Dunkelheit wird der Palast verriegelt. Es ginge höchstens vorher, also heute am späten Nachmittag, aber dann bliebe uns überhaupt keine Zeit mehr …«

»Da findet das Verlöbnis statt und der Zeichnungsakt des Ehevertrages«, unterbrach ihn Ermengarda. »Und mir sind weitere Prügel angedroht, wenn ich nicht erscheine.« Sie verzog den Mund zu einem bitteren Lächeln, das Arnaut einen Stich ins Herz verursachte.

»Dürfen sie das überhaupt?«, gab Felipe von sich. »Verlangt die Kirche nicht die Zustimmung der Braut?«

Paire Imbert nickte betrübt. »Eigentlich schon. Doch wie oft wird dagegen verstoßen. Und wer will schon Klage führen, wenn der Erzbischof selbst …« Er hob die Schultern in hilfloser Geste.

»Dann bleibt uns nur morgen Vormittag«, sagte Felipe tapfer trotz der Zweifel, die ihm im Gesicht standen.

Doch auch diesmal schüttelte Ermengarda den Kopf. »In der Früh kommen Näherinnen, um mir in aller Eile ein Kleid auf den Leib zu schneidern.« Sie griff sich an den Hals, als drohe sie zu ersticken. »Was können wir nur tun?«

Es war aussichtslos. Arnaut schielte zu Ermengarda hinüber, die gedankenverloren am Schorf ihrer wunden Lippe rührte. Lamentieren und Tränen hätte er erwartet. Stattdessen hatte sich ihr Atem wieder beruhigt. Still saß sie da, eher ernst als betrübt, die geschwungenen Brauen in tiefer Nachdenklichkeit zusammengezogen. Trotz dieser Beherrschtheit schien sie ihm doch sehr verwundbar. Er konnte ihre Einsamkeit spüren, und es überkam ihn das plötzliche Bedürfnis, ihr Mut zu machen.

»Ich kenne den Palast nicht, aber es wird doch wohl einen Weg geben, unbemerkt hinauszukommen«, sagte er in die Stille hinein. »Ein Fenster, dann übers Dach bis auf die Stadtmauer …«

»Am helllichten Tag?«, fragte Felipe.

»Selbstverständlich nachts. Das ist die einzige Möglichkeit.«

Doch niemand ging darauf ein. Felipe war aufgesprungen und wanderte grübelnd in der Sakristei umher. Unmöglich, etwas vor der verdammten Trauung zu unternehmen. Der Abt seufzte bekümmert, Ermengarda war immer noch in Gedanken versunken und schien nicht zuzuhören.

Auf einmal setzte sie sich auf. In ihren Augen leuchtete es.

»*Paire* Imbert. Ihr habt gesagt, die Ehe muss vollzogen werden, nicht wahr? Sonst gilt selbst die Trauung nicht.«

Der schüttelte ungläubig den Kopf und hob beschwörend die Hände. »Du willst doch nicht etwa deine Ehepflichten verweigern? Kind, Kind! Ich fürchte, du rennst in dein Unglück, wenn du dich ihm widersetzt.«

Sie erhob sich und funkelte ihn an. Wie eine Löwin sah sie plötzlich aus. »Ich renne in mein Unglück, wenn ich mich wie ein Lamm zur Schlachtbank führen lasse«, rief sie scharf.

Der Abt zuckte zusammen, denn diesen Ton war er nicht von

ihr gewohnt. Und auch Arnaut und Felipe waren erstaunt über die plötzliche Verwandlung.
Doch gleich beherrschte sie sich wieder. *»Escusa, Paire«*, sagte sie in gemäßigtem, jedoch nicht weniger festem Ton, der keinen Zweifel über ihre Entschlossenheit zuließ. »Es gibt noch einen Weg. Alfons wird nicht gewinnen.«
Einen Augenblick lang blieb es still. Dann dämmerte dem Abt, was sie vorhatte. »Du meinst das Beilager.«
Felipe sagte: »Ich verstehe nicht.«
Paire Imbert räusperte sich. »Ihr wisst, wie es bei Hochzeiten Sitte ist. Am frühen Abend des Hochzeitstags wird feierlich und unter großem Gefolge die Braut heimgeführt, in diesem Fall bis zum Palast des Grafen in lo Borc, ist es nicht so?«
Ermengarda nickte.
»Und dort findet später dann das Beilager statt, ihr wisst, wovon ich rede, bei dem die frisch Vermählten von den Noblen der Stadt aufs gemeinsame Ehelager geleitet werden.«
Ermengarda verzog das Gesicht, als ob allein der Gedanke ihr schon Übelkeit verursache. »Ohne Beilager ist die Ehe nicht vollzogen«, sagte sie dann aber mit Genugtuung. »Wir müssen also am Nachmittag fliehen, nach der Trauung.«
»Mitten im Trubel des Festgelages?«, fragte Felipe ungläubig. »Weißt du, was du da sagst?«
Sie setzte sich wieder. »Es muss doch möglich sein, Felipe. Ich verkleide mich, wie wir verabredet hatten. Wenn ihr wollt, schneide ich mir die Haare ab. Und reib mir Dreck auf die Wangen. Außerdem findet am Nachmittag das Fest statt. Alle werden auf dem Marktplatz feiern und betrunken sein.«
Sie wandte sich beschwörend an Arnaut, als wüsste er es besser. Auch Felipe fragte ihn: »Was hältst du davon?«
Alle sahen ihn an, selbst der Abt. War es denn seine Entscheidung? Ihm war klar, wenn er den Plan für gut befände, dann würde er nicht mehr zurückkönnen. Besser, er redete ihnen die Sache aus, dieses unausgegorene Vorhaben einer Halb-

wüchsigen. Am hellen Tag auch noch! Das musste ja auffliegen. Jeder könnte sie auf dem Weg aus der Stadt erkennen. Sein Magen verkrampfte sich bei dem Gedanken.

Da merkte er, wie Ermengardas klare Augen auf ihm ruhten. Er wich ihnen aus, ließ seinen Blick zu den groben Spuren wandern, die la Belas Fäuste hinterlassen hatten. Aber das half auch nicht. Es machte ihn nur wieder wütend. Wie hatte man ihr solche Gewalt antun können? Die Erbin von Narbona wie eine gemeine Magd verprügelt und gedemütigt. Darüber konnte man fast vergessen, was sie daheim sagen würden, wenn er eine solche Dummheit begehen würde. Und dann stellte er sich ihre jungfräuliche Gestalt vor, wie sie zitternd und in dünnem Hemd unter anzüglichem Gejohle und dem Beifall der halben Stadt ins Bett des Grafen steigen musste.

Er runzelte die Stirn und starrte ihr scharf in die Augen.

»Seid Ihr denn mutig genug, *Domina*?«

Sie ertrug den Blick, ohne zu wanken.

»Ich will es sein, wenn Ihr es seid.«

»Dann werden wir tun, wie Ihr gesagt habt.«

Arnaut

»Glück wird durch Aufschub süßer,
und es ist besser,
ein kleines Glück später,
als ein großes gleich zu kosten.«

*Chrétien de Troyes (*1135, †1183)*

Flucht

Während sich die jungen Verschwörer, Felipe, Raimon, Arnaut und Severin, im *palatz* de Menerba trafen, um ihre Vorbereitungen zu treffen, erschien der *secretarius* des Erzbischofs bei der Vizegräfin und unterbreitete ihr die überarbeiteten Urkunden.
Tibaut de Malvesiz wurde gerufen, und sobald der eintraf, ließen sie sich von dem Mönch wiederholt die Dokumente vorlesen.
Sie gingen durch alle Einzelheiten, suchten nach Fehlern oder Auslassungen, Verschleierungen, doppeldeutigen Redewendungen, aber sie fanden nichts. Es war alles, wie es sein sollte. Erst als sie die Namen der Zeugen hörten, die die Heiratsurkunde mit unterzeichnen sollten, fand la Bela Grund zur Empörung.
»Warum bin ich nicht als Zeugin geführt?«, schrie sie den verschüchterten Mönch an, der sich wand und hilflos die Schultern hob.
»*Mossenher l'Avesque* hat es so angeordnet, *Domina.*«
Natürlich. Dieser Hundsfott von einem Erzbischof. Als Muntherrin der Braut durfte sie nicht auftreten und jetzt nicht einmal mehr als Zeugin zeichnen. Als ob sie plötzlich Luft geworden wäre. Sie schäumte innerlich. Nicht genug, dass er sie erniedrigt hatte, nun musste er sich auch noch in seinem Sieg suhlen wie die Sau im eigenen Dreck.
»Wenn das so ist, dann verweigere ich meine Zustimmung! Keine Hochzeit. *Basta!*«

Hilfesuchend blickte der *secretarius* den schwarzen Ritter Tibaut an.
»Beruhige dich, Ermessenda«, sagte der auf seine kalte, gelassene Art. »Es ist sogar besser so. Wird die Angelegenheit jemals angefochten, kannst du sagen, du hattest nichts damit zu tun.« Er setzte sein dünnes Wolfslächeln auf. »Bald ist das alles ohnehin hinfällig, wie du weißt.«
Sie warf ihm einen langen Blick zu. Ein unheimlicher Kerl, der ihr Angst machte. Aber nützlich. Sie hatte sich daran gewöhnt, sich auf ihn zu stützen. Er war ihr unersetzlich geworden.
»Wieso Menerba?«, fragte sie den Mönch etwas gefasster. »Der ist nicht einmal hier. Wie kann er seine Unterschrift leisten?«
»Man hat Boten geschickt, *Domina.* Schon gestern früh. Der *Vescoms* de Menerba müsste bereits eingetroffen sein.«
»Unterschreib jetzt gleich die Abmachung bezüglich deiner Regentschaft«, sagte Tibaut und legte ihr das genannte Pergament nebst Abschrift vor. »Nur das zählt im Augenblick.«
Sie ergriff den Federkiel, den ihr der Mönch reichte, tauchte ihn kurz in das offene Tintengefäß auf dem Tisch und unterzeichnete sorgfältig, jeweils auf Original und Abschrift, mit Ermessenda, *Vescomtessa.* Nach ihr unterschrieb Tibaut als Zeuge, und auch der *secretarius* machte seinen gewohnheitsmäßigen Kringel als Verfasser der Urkunde. Noch heute, während des Verlöbnisses, würde der Graf gegenzeichnen, der Erzbischof es bezeugen, und damit wäre ihre Stellung und ihr persönliches Vermögen fürs Erste gesichert.
Während la Bela den Vertrag unterschrieb, hatte Ermengarda auf dem Heimweg von Sant Paul Serge *Domna* Anhes' Unmut über sich ergehen lassen müssen. Warum sie heute so abwesend sei, hatte es geheißen, und was sie nur immer so lange mit dem Abt zu reden habe. Gerade heute, wo noch so viel für die Hochzeit vorzubereiten sei. Ein wenig mehr Rücksicht könne man doch wohl erwarten.
Den Rest des Weges hatten sie schweigend zurückgelegt, auf

Schritt und Tritt von den immer gegenwärtigen Wachen verfolgt. Ermengarda war eiligst zu ihrem Gemach emporgestiegen, hatte sich aufs Bett geworfen und lange an die Deckenbalken gestarrt.

***

Nach dem Vesperläuten von der Kathedrale Sant Just füllte sich die *aula* des vizegräflichen Palastes zur Begehung des feierlichen Verlöbnisses der jungen Erbin von Narbona.
In Wahrheit sollte es keine große Angelegenheit werden, jedenfalls nicht so, wie man es unter anderen Umständen für eine solche Verbindung erwartet hätte, denn dafür fehlte einfach die Zeit. Außerdem wollte man jede Möglichkeit eines öffentlichen Ärgernisses vermeiden, falls die Braut sich immer noch in den Kopf gesetzt hatte, ihre Hand zu verweigern. Nicht, dass ihr das viel genutzt hätte.
Die Liste der Geladenen beschränkte sich auf die Herrschaften, die den Ehevertrag zu bezeugen hatten, verlässliche Männer von Gewicht, auf deren Verschwiegenheit man zählen konnte. Die meisten von ihnen standen dem Erzbistum nahe oder hatten Vorteile aus dem Paktieren mit Alfons gezogen. Unter ihnen Peire de Montbrun, der Domdechant und Levesons Vertrauter, und Peire Monetarius, der reiche Münzer und bedeutendes Mitglied des Bürgerrats. Ihm hatte Alfons einige einträgliche Mühlen an der Aude oberhalb der Stadt zugeschanzt. Die beiden Letzten auf der Liste der Unterzeichner waren der Konsul Bardine Saptis und *Vescoms* de Menerba. Sie ließen sich nicht dem Tolosaner Lager zuordnen, aber sie waren zu bedeutend, um ausgelassen zu werden.
Der Erzbischof war heute in schlichtem Priestergewand erschienen, mit einem silbernen Kreuz als einzige Zierde auf der schmächtigen Greisenbrust. In seinem Gefolge befand sich auch der Gelehrte Rabbi Todros, der *nassim,* Oberhaupt der jüdischen Gemeinde von Narbona. Auch wenn die Juden

nicht im Rat vertreten waren, so hatten ihre Geldgeschäfte und weitreichenden Handelsbeziehungen doch große Bedeutung für die Stadt. Selbst das Erzbistum ließ sein Vermögen von den Juden verwalten. Es gehörte sich also, dass auch der *nassim* an einem Akt von solcher Bedeutung teilnahm.
Der alte Jude machte einen gleichmütigen Eindruck, hielt die Augen halb geschlossen, als ginge ihn all dies hier wenig an, doch in Wahrheit übersah er nichts. Er betrachtete die Angelegenheit mit gemischten Gefühlen, denn mit Alfons als neuem Herrscher von Tolosa könnte sich einiges ändern. Was es für die Juden bedeuten würde, ließ sich noch nicht abschätzen, doch sein Gefühl sagte ihm, bestimmt nichts Gutes.
Alfons, in Begleitung von Joan de Berzi, wartete ungeduldig und hob gereizt die Augenbrauen, als sich Peire de Menerba der Gesellschaft anschloss. Der Mann betrat als Letzter den Saal, mit heißer Stirn und kotbespritzten Kleidern vom langen Ritt aus den Bergen seiner Heimat.
Endlich geruhte auch die *vescomtessa* zu erscheinen.
Wie gewohnt machte sie einen großen Auftritt, ließ sich von einem Diener ankündigen, schwebte hoheitsvoll in den Saal, ganz als sei sie die Königin von Jerusalem.
Man erhob sich, grüßte artig, Verbeugungen, Handküsse. Sie war wie immer sorgfältig gekleidet, wenn auch heute in gedeckten Farben, bescheidener als üblich. Ihr folgten die Töchter. Nina mit anmutigen Bewegungen, kindlich neugierig um sich blickend. Und zuletzt, von den Anwesenden ungeduldig erwartet, betrat die junge Erbin den Raum.
Ermengarda hielt sich aufrecht, in stolzer Haltung, auch wenn sie, einer jungen *donzela* geziemend, die Augen züchtig niederschlug. Heute war sie besser als sonst gekleidet. Eine hochgeschnürte Robe aus lichter Seide mit kunstvollen Falten bis auf den Boden. Im Gegensatz zu la Bela trug sie keinen Schmuck, nur das dunkle, glänzende Haar, das mit hauchdünnen Goldfäden verflochten bis auf die Hüften fiel.
Ein Raunen ging durch den Saal, denn keinem der Geladenen

waren die Verheerungen auf ihrem Antlitz entgangen, auch wenn man das Schlimmste mit Puder und Schminke abzudecken versucht hatte. Als sie daraufhin aufsah und erhobenen Hauptes in die Runde blickte, war es, als trüge sie die Male mit trotzigem Stolz. Den Grafen von Tolosa streiften ihre Augen nur ein einziges Mal. Danach würdigte sie ihn keines weiteren Blickes.

Erzbischof Leveson hielt eine kurze, dem Anlass angemessene Ansprache, redete von Gott und seiner ehrwürdigen Kirche, der es am morgigen Tage vergönnt sein werde, diese zwei edlen Seelen in den heiligen Stand der Ehe zu führen, zum Segen der glücklichen Familien und zum Wohle des ganzen Landes. Man nickte, murmelte Beifall, und es blieb nicht unbemerkt, dass die *vescomtessa* bei diesen Worten einen grimmen Zug um den Mund hatte.

Der Erzbischof kam nun schnell und geschäftsmäßig zur Sache. Domdechant Montbrun wurde aufs Neue bemüht, die Artikel der Urkunden vorzutragen. Man lauschte aufmerksam, Fragen gab es keine. Also schritt man zur Unterzeichnung. Zuerst die Abmachung Ermessenda betreffend, dann reihten sich die Trauzeugen auf, bis einer nach dem anderen sein Zeichen unter die Heiratsurkunde gesetzt hatte. Nur Menerba starrte die Vizegräfin einen Augenblick lang durchdringend an, so dass sie unter seinem Blick leicht errötete. Schließlich schüttelte er bitter seufzend den Kopf und unterschrieb.

Zuletzt war es an Ermengarda. Mit steinernem Gesicht, doch entschlossen und ohne zu zögern, setzte sie ihren Namen unter die Dokumente. Der Erzbischof nickte befriedigt. Alfons atmete auf.

Neugierig und aufmerksam hatte der Graf seine zukünftige Gemahlin beobachtet. Die schlanke Gestalt fand sein Wohlgefallen, ihre Schönheit rührte ihn. Wie konnte es sein, dass sie ihm bisher nicht aufgefallen war?

Die Wundmale auf ihrem Gesicht dauerten ihn zutiefst. Doch

sie würden gewiss bald heilen. Wer la Belas feuriges Gemüt kannte, der konnte keine Zweifel hegen, wie es dazu gekommen war. Dass dies halbe Kind nun, trotz Widerspruch und Züchtigung, so ruhig und gemessen vor die Versammlung getreten war, das zeugte von Adel und Selbstbeherrschung. Er war angenehm überrascht und äußerst befriedigt mit dem Lauf der Dinge. Morgen, nach langen Jahren, würde er endlich Narbona besitzen, und ein prächtiges Weib dazu.
Diese Gedanken mussten sich auf seinem Gesicht gespiegelt haben, denn plötzlich merkte er, wie Arnaut de Leveson ihn mit einem spöttischen Lächeln bedachte. La Bela beobachtete ihn ebenfalls, wenn auch mit verstecktem Unmut. Kann es sein, dass sie eifersüchtig ist? Auch das fand er äußerst befriedigend. Ein guter Tag für *Coms* Alfons de Tolosa. Und der morgige versprach ein noch besserer zu werden.

***

Nach dem Unterzeichnen der Urkunden war für die Anwesenden in der *aula* eine kleine Stärkung aufgetragen worden. Kein großes Abendessen, sondern nur gebratene Wachteln, eingemachte Gänsebrust, Geräuchertes vom Schwein, dazu frisch gebackenes, duftendes Brot und Wein vom besten aus der Gegend, ausgeschenkt in prachtvollen Kelchen, die aus den Glasbläsereien des fernen Jerusalems stammten.
Menerba hatte sich jedoch gleich entschuldigt und war ohne ein weiteres Wort davongeeilt. Auch unter den übrigen Gästen hatte keine rechte Stimmung aufkommen wollen. Außer Alfons, der gutgelaunt und kräftig zugelangt hatte, aßen die anderen spärlich und mehr aus Höflichkeit.
Gespräche hatten sich auf das Mindeste beschränkt, denn selbst diesen Männern, die zum großen Teil Alfons und dem erzbischöflichen Lager nahestanden, war bewusst, dass hier etwas gewaltsam erzwungen wurde, das der langen Geschichte der Vizegrafschaft zuwiderlief. Ob zum Guten, würde sich

erst noch zeigen. Manch einer wünschte sich gar die alten Zeiten unter Aimeric zurück, und der Anblick seiner schönen Tochter, der man so offensichtlich übel mitgespielt hatte, verstärkte ein unbestimmtes Gefühl der eigenen Mitverantwortung. War sie nicht wie die Stadt selbst, der man im Begriff stand, Gewalt anzutun? Aber so war das Leben. Die Dinge änderten sich nun mal, und Opfer ließen sich nicht immer vermeiden. Besser nicht darüber reden. Übrigens, ein ganz vorzüglicher Wein, nicht wahr?

Als Menerba später sein Haus betrat, fand er seinen einzigen Sohn vor, der ihm Vorhaltungen machte.

»Wie konntest du dich dazu hergeben?«, fragte Felipe. »Hast du deinen Stolz verloren? Was haben sie dir geboten? Und was hat nur diese Frau aus dir gemacht?«

»Du wagst es, so mit mir zu reden?« Drohend richtete Menerba sich auf und ballte die Fäuste.

»Willst du mich schlagen? Nur zu!«

Er starrte in Felipes hasserfülltes Gesicht. Wie es schmerzte, von dem eigenen Sohn verachtet zu werden. Er wandte sich um und stieg müde zu seinem Schlafgemach empor.

Die Vorgänge um Ermengardas Vermählung, und was dies für die Stadt und letztlich auch für ihn bedeutete, beschäftigten Felipe noch lange in dieser Nacht und ließen ihn nicht schlafen.

Jahrelang hatte er mit seinen jungen Kameraden Unsinn getrieben, herumgehurt, die Gegend unsicher gemacht. Zuerst war es nur Spaß gewesen. Mit der Zeit war daraus Aufsässigkeit geworden, Revolte gegen den Vater. Je mehr dieser Felipes Umtriebe missbilligte, je dreister hatte der sich aufgeführt. Die unheilvolle Beziehung seines Vaters zu der *vescomtessa* war ihm nicht verborgen geblieben und gewiss der Grund für das lange Siechtum und den Tod der Mutter. Felipe war gegen alles, was sein Vater darstellte, gegen Dünkel und Hochmut des alten Adels, gegen die gleichgültige Selbstherrlichkeit, mit der man sich über die Rechte anderer hinwegsetzte.

Doch jetzt war Schluss mit den hirnlosen Besäufnissen und Vergnügungen der Vergangenheit. Nun würde sein Leben einen Sinn bekommen. Durch Ermengardas Flucht würde er der Gerechtigkeit dienen, die Rechte der Bürger stärken, helfen, Narbona in eine bessere Zukunft zu führen. Er sah sich als Vorkämpfer einer neuen Ordnung. Mehr Offenheit zur Welt, Freiheit vom hemmenden Einfluss des Adels, der sich an die Macht klammerte. Hinwegfegen sollte man sie alle, seinen Vater zuerst. Narbona sollte reich und mächtig wie Genua und Pisa werden, vor allem unabhängig. Das war, wovon er träumte.

Auch Ermengarda, im *palatz vescomtal,* wälzte sich schlaflos auf dem Lager. Sie war so aufgeregt, dass sie wie im Fieber zitterte. Lange hatte sie Ninas Schnattern ertragen müssen, die in Hochzeitsträumen schwelgte, nimmer satt wurde, von Festen, Borten, Bändern und Roben zu schwatzen. Ja, auch von Männern, obwohl nur geflüstert, versteht sich, aber wie es wohl sei in der ersten Nacht, ob man fest die Augen schließen müsse, die Zähne aufeinanderbeißen.

Als sie beim Kinderkriegen angelangt war, hatte es Ermengarda gereicht. Bevor sie in ihr Gemach geflüchtet war, hatte sie ihre Halbschwester noch einmal heftig geküsst und an sich gedrückt. Schwer hatte das Geheimnis auf ihr gelastet, denn wer konnte wissen, wie lange sie getrennt sein würden.

Severin schlief wie immer den Schlaf des Gerechten. Arnaut lag neben ihm im Dunkel der Nacht und hatte Angst. Niemals würde er dies irgendjemandem eingestehen, aber in der Tiefe seiner Seele fürchtete er sich. Nicht vor Tod oder Verletzung, sondern davor, er könne versagen.

***

Es war kein schöner Tag für eine Trauung.

In der Nacht waren Wolken aufgezogen, am Morgen hatte es heftig geregnet. Tiefe Pfützen standen in den Gassen, und die

klamme Feuchtigkeit ließ einen Geruch von Fäulnis aufkommen.
Arnauts Blick folgte der Fassade der Kathedrale Sant Just e Pastor bis hinauf zur Spitze des alten Glockenturms, der sich nass und dunkel vor dem Grau des Himmels abhob. Die Kirche war nach den Heiligen benannt, der Sage nach zwei Jungen aus dem fernen Spanien, die bei den Christenverfolgungen unter Kaiser Diocletian ihr Leben für den Glauben gelassen hatten. Ein Eremit hatte später die Gebeine nach Narbona gebracht. Wann, das konnte niemand mehr sagen, so lange war es her.
Noch immer tropfte es von den Dächern, und ein kühler, feuchter Wind fegte über die Stadt, der die Menschen frösteln ließ. Viele hatten sich hier versammelt, um den heiligen Akt zu verfolgen, den Erzbischof Leveson vor dem Kirchenportal beging.
Dass nur wenige der Zuschauer darüber glücklich waren, zeigte sich an den verschlossenen Gesichtern und den gelegentlichen Pfiffen und Zwischenrufen aus den hinteren Reihen. Zur Sicherheit umschloss eine Doppelreihe Tolosaner Söldner die Gruppe um den Erzbischof, Schild und Speer nach außen auf die Menge gerichtet. Auch in den angrenzenden Gassen standen Soldaten bereit, sollte es irgendjemandem einfallen, die Feierlichkeiten zu stören.
Der Prälat, in vollem Ornat, las aus der Bibel, doch der Wind riss ihm die Worte von den Lippen und trieb sein Unwesen mit dem Schleier der Braut. Sie wirkte zart und verloren neben der kräftigen, hochgewachsenen Gestalt des Tolosaners. Als Leveson das schwere Buch schloss, ergriff *Coms* Alfons würdevoll die Hand der jungen Erbin, um ihr seinen Ring auf den Finger zu streifen. Der Erzbischof segnete feierlich das Paar und geleitete sie in die Kirche, um mit den anderen geladenen Gästen, darunter die *vescomtessa* und ihr Hof, die Messe zu feiern. Die Menge, die nachdrängen wollte, wurde von den Speeren der Söldner zurückgehalten.

»Was für eine elende Posse«, sagte Felipe.
Die vier jungen Männer standen etwas abseits unter dem Dachvorsprung eines Hauses, von wo aus sie alles beobachtet hatten. Die Leute begannen, ihrer Wege zu gehen, als hätten auch sie genug von dem Schauspiel. Nur einige wenige blieben, um das Ende der Messe abzuwarten.
»Seid ihr bereit?«, fragte Arnaut und blickte in die Runde.
Alle nickten.
»Mein Reitknecht wartet mit den Pferden am verabredeten Ort«, sagte Felipe. »Für … ihr wisst schon, wen … habe ich einen hübschen Zelter aus dem Stall meines Vaters entwendet. Der Knecht glaubt, es geht mit Freunden zu einem Jagdausflug. Ich werde ihn nachher wegschicken, wenn Severin mit euren eigenen Gäulen kommt. Und zu gegebener Stunde will ich mich wie verabredet beim Wassertor postieren.«
Um nach Carcassona zu gelangen, hatten sie sich für wenig benutzte Umwege quer durchs Bergland südlich der Aude entschieden. Der von Felipe genannte Treffpunkt lag in der Nähe des Flusses und am Südufer, außerhalb der Stadtmauer von lo Borc und in der Nähe der Kirche Beata Maria de la Morguia, wie das Viertel der Ölhändler genannt wurde.
Von der Brücke bis dorthin war es am Fluss entlang nicht weit. Das Wichtigste war, unbemerkt aus dem Palast, durchs Wassertor und über die Brücke zu gelangen. Felipe, als Sohn des Statthalters, würde zur Sicherheit die Wachen am Wassertor beschäftigen, um Arnaut und Ermengarda Gelegenheit zu geben, unbemerkt hindurchzuschlüpfen. Was Raimon betraf, so hatte er nicht vor, sie auf der Reise zu begleiten.
Arnaut und Severin hatten Jori am Vorabend über ihr Vorhaben und die bevorstehende Abreise eingeweiht. Darüber war der Junge sehr betrübt, allein der versprochene halbe *denier* hatte seine Enttäuschung gemildert. Dann am Morgen hatten sie ihre Wirtin bezahlt, Wegzehr eingekauft und die Pferde mit ihrer Habe beladen. Bald würde Severin die Tiere holen und sie zum Treffpunkt bringen.

»Und bei dir?« Felipe wandte sich an Raimon. »Ist alles vorbereitet?«
»Wir müssen leider unseren Plan ändern«, raunte der verlegen und blickte um sich, ob ihnen auch niemand lauschte. »Ich hatte Schwierigkeiten. Der Kerl, den ich bestechen wollte, hat misstrauische Fragen gestellt. Da hab ich mich nicht getraut.«
Er hatte Lederpanzer, *sobrecot* und Helm der vizegräflichen Wachen besorgen sollen, damit Arnaut im Palast nicht auffiel. Noch dazu den Schlüssel für die Seitenpforte, durch die er ihn heimlich hinein- und zusammen mit Ermengarda wieder hinauslassen sollte.
»Und der Schlüssel?«
Raimon schüttelte betreten den Kopf.
Arnaut packte ihn an der Schulter.
»*Deable.* Was machen wir jetzt?«
»Ich glaube, es geht auch ohne«, beschwichtigte Raimon. »Beim Fest auf der Caularia werden die Leute trinken. Und viele, denen es erlaubt ist, werden sich bei dem Wetter im Palast aufhalten, statt auf dem Marktplatz zu frieren. Wir gehen einfach hinein wie andere auch. Ich habe freien Zutritt, wie du weißt.«
»Ich könnte ja auch mitkommen«, sagte Felipe.
»Besser nicht. Du weißt, la Bela ist nicht gut auf dich zu sprechen. Wenn sie dich sieht …«
»Und Ermengarda?«, fragte Arnaut leise.
»Ich habe ihrer Magd wie verabredet ein Paket zugesteckt. Hochzeitsgeschenke meiner Familie. Nur ihre Herrin selbst dürfe es öffnen, habe ich ihr eingeschärft. Darin sind die Kleider für sie. Auch eine Mütze, die sie sich ins Gesicht ziehen kann. Zur verabredeten Stunde klopfen wir an ihre Kammer …«
»Du kommst also mit?«
»Ich habe mir überlegt, es ist besser so. Du kennst den Palast nicht. Man kann sich leicht darin verlieren.«
»Gut. Und wie kommen wir mit ihr wieder raus?«

»Als Knappe verkleidet wird sie niemand erkennen. Die Wachen prüfen eher diejenigen, die hineingehen. Wenn nötig, lenke ich sie ab. Ihr müsst hinter mir ganz ruhig und unbeteiligt hinausschlendern.«

»Durch das Haupttor?«

Raimon nickte.

»Verdammt! Das ist gewagt«, warf Felipe ein.

Arnaut, der sich von seinem ersten Schrecken erholt hatte, dachte nach. Überraschung ist der halbe Sieg, hatte ihm Großvater immer eingebleut. Wofür du dich im Krieg auch entscheidest, waren seine Worte, erledige es schnell, mit Entschlossenheit und ohne Zögern. Aber vor allem tue das, was der Feind am wenigsten erwartet. Mit einem Mal sah er alles klar vor sich, und ein erregtes Kribbeln packte ihn, als könne er es kaum abwarten, sich in das verwegene Abenteuer zu stürzen.

»So machen wir es«, sagte er. »Das ist sogar viel besser als der alte Plan. Niemand wird vermuten, dass sie vor aller Augen durch das Tor marschiert.«

»Falls man sie aber erkennt, wirst du sie in der Menge nicht freikämpfen können«, wandte Severin ein. »Was machst du dann?«

Allen war inzwischen klargeworden, dass dies kein frecher Bubenstreich mehr war, sondern eine ernste Angelegenheit.

Arnaut dachte nach. »Ermengarda wird man nichts tun. Raimon kann sich unbeteiligt geben. Und ich ... ich verschwinde unerkannt unter den Feiernden. Ich nehme auch keine Waffen mit. Dann läuft niemand Gefahr, verletzt zu werden.«

»Mon Dieu!«, stöhnte Felipe. »Ich bete zu Gott, die Magd hat nicht vergessen, Raimons Paket abzugeben.« Man sah ihm an, dass er ein schlechtes Gewissen hatte. »Eigentlich sollte ich es tun, Arnaut. Ich habe mir schließlich das Ganze ausgedacht. Ich hätte dich nicht in die Sache hineinziehen sollen. Lass mich gehen.«

Felipes sorgenvolle Miene ließ plötzlich auch in Arnaut die Furcht wieder aufsteigen. Er versuchte, sie zu unterdrücken. Ein Ritter darf keine Angst haben, fuhr ihm durch den Sinn. Und dann sah er Ermengardas geschwollenes, verletztes Gesicht vor seinen Augen und spürte wieder, wie die Wut ihn packte.

»Nein. Nun ist es auch meine Sache. Es bleibt dabei, wie besprochen.«

***

Ermengarda schob den Riegel vor die Kammertür. Dann hastete sie zu einer ihrer Kleidertruhen und hob den schweren Deckel hoch. Raimons Paket hatte sie unter Umhängen und Mänteln versteckt. Nun holte sie es hervor und warf es auf die Lagerstatt.

Dass Raimon de Narbona sich Felipe angeschlossen hatte, um sie zu befreien, überraschte sie. Sie kannte ihn als freundlichen jungen Mann, der sich jedoch nie besonders hervorgetan hatte. Mehr als drei Worte hatte sie kaum jemals mit ihm gewechselt, obwohl sie ihn oft im *palatz vescomtal* gesehen hatte. Einer der vielen Höflinge von adeligem Blut, die zu Ermessendas Hofstaat gehörten und von ihrem Tisch aßen.

Sie fand ihren kleinen, silberverzierten Dolch, ein Geschenk des Vaters, und schnitt hastig die Schnüre auf, die die Leinenhülle zusammenhielten. Die Sachen nahm sie heraus, hielt sie sich kurz vor den Leib, warf sie wieder aufs Bett. Es waren Kleider aus festem Material, wie Männer sie auf der Jagd trugen. Vielleicht ein bisschen groß, aber sie würden in etwa passen.

Sie setzte sich, versuchte, sich zu beruhigen.

Es kam ihr alles so unwirklich vor. Bis vor wenigen Tagen noch war ihr Leben in gewohnten, eher langweiligen Bahnen verlaufen. Täglich übte sie ihr Latein anhand der Bibel und schrieb ganze Seiten ab. Ansonsten Stickereien und Nadelarbeit mit den anderen Frauen des Hofes, deren ewiges Gerüchtekochen ihr oft zu viel wurde. Es gab kein Geheimnis in diesem Haus, nein, in der ganzen Stadt, das hier nicht lang und breit ausgewalzt und durchgehechelt wurde. Wenn so mancher stolzer *senher* nur wüsste, wie man hier über ihn lästerte.

Das Aufregendste in ihrem Leben waren die Ausritte zur Falkenjagd und die gestohlenen Stunden mit *Paire* Imbert. Und natürlich das kleine Büchlein, das sie unter ihrem Kissen versteckt hielt und zu ihrer eigenen Beschämung der Stiefmutter entwendet hatte. Sie hatte einfach nicht widerstehen können. Obwohl – oder gerade weil – es für eine junge *donzela* die unpassendste Lektüre war, handelte es sich doch um eine Abschrift der empörenden Verse Ovids, sehr beliebt bei den wandernden *trobadors* und *joglars,* die oft bei Hofe weilten.

Und dann, mit einem Schlag, war alles anders geworden.

Da waren Dinge über sie hereingebrochen, die ihre Welt völlig auf den Kopf gestellt hatten. Heute vor der Kirche, als Alfons ihr seinen Ring aufgesteckt hatte, war ihr mit einem Mal alles in seiner ganzen Tragweite bewusst geworden. Dieser fremde Mann neben ihr wollte sie zur *Comtessa* von Tolosa machen, zur Herrin des mächtigsten Fürstentums im Süden des Frankenreiches. Sie hatte gezittert und wäre fast unter diesem Gewicht zusammengebrochen. Alle hatten sie ehrerbietig angestarrt. Es schien Gottes Wille zu sein. Wie konnte sie sich widersetzen?

Schon in wenigen Stunden würde man sie abholen, um für immer an der Seite dieses Mannes zu leben. Was tat sie also hier mit Fluchtkleidern auf dem Bett? Auf einmal kam ihr der ganze Plan so kindisch vor. Hoffnungslos eigentlich. Glaubte sie wirklich, es würde ihr gelingen, zu entfliehen? War doch die Stadt voller Soldaten. Oder glaubte sie gar, dass man sie mit offenen Armen in Carcassona empfangen würde? Wer würde Verständnis für eine Braut haben, die am Hochzeitstag ihrem jüngst angetrauten Gemahl entflohen war? Sie biss sich auf die Unterlippe, bis es schmerzte. Was sollte sie nur tun?

Da klopfte es an die Kammertür.
Sie sprang auf. O Gott! War es denn schon so weit?
»Die Näherin schickt mich, Herrin«, hörte sie durch die Tür.
»Was ist denn?«
»Euer Nachtgewand für heute Abend.« Die Magd konnte ihr Kichern nicht zurückhalten. »Ihr müsst es anprobieren.«
Ermengarda zog den Riegel zurück und steckte den Arm durch den Spalt. »Gib her. Und jetzt lass mich in Ruhe. Ich bin todmüde. Sag allen, ich muss ein paar Stunden schlafen, sonst stehe ich das nicht durch.«
Sie schloss die Tür, legte den Riegel vor und ließ sich heftig atmend auf den Stuhl sinken. Das neue Nachtgewand rutschte ihr dabei vom Schoß und taumelte zu Boden. Weiße Damastseide mit samtenen Borten, kostbar bestickt. Allein der kunstvoll gewebte Stoff aus dem fernen Orient war ein Vermögen wert. Noch nie hatte sie so etwas getragen.
Aber dann sah sie Alfons' Gesicht vor sich, den blauen Schimmer auf seinen fülligen Wangen, die ersten Anzeichen von Tränensäcken, die plumpen Hände, die in der Kirche nach ihr gegriffen hatten. Das erinnerte sie, wozu das Gewand dienen sollte. Ihr schauderte.
Sie erhob sich, stieß das Damasthemd mit dem Fuß beiseite, legte in Eile ihr Hochzeitsgewand ab und begann, in die Männerkleider zu schlüpfen. Es dauerte eine Weile, während sie mit den ihr fremden Kleidungsstücken kämpfte. Beinkleider aus dünnem Leder, die man an den Kniekehlen festschnürte, darüber enge Hosen, ebenfalls aus weichem Leder, die bis über das Knie fielen. Eine Tunika aus gutem Leinen, mit breitem Gürtel um die Mitte. Stiefel waren nicht in dem Paket gewesen. Sie zog ihre eigenen Reitstiefel über.
Als sie an sich herunterblickte, merkte sie, dass die Rundungen ihrer Brüste immer noch zu offensichtlich in Erscheinung traten. Sie zerrte die Tunika wieder über den Kopf, fand einen breiten Seidenschal und band ihren Busen flach an den Leib. Die Enden befestigte sie mit einer Gewandnadel. Jetzt saß die Tuni-

ka besser. Sie schlüpfte in ein offenes, wattiertes Lederwams mit weiten Ärmeln. Es war etwas zu breit in den Schultern. Zuletzt probierte sie den Umhang aus unbearbeiteter, wasserdichter Wolle, weit genug, um ihre Gestalt zu verbergen.
Den Schmuck durfte sie nicht vergessen. Sie öffnete eine kleine Schatulle. Da lag Alfons' Ring aus schwerem Gold. Den würde sie zurücklassen. Ansonsten gab es wenig Wertvolles, das sie besaß, außer einem Goldkettchen mit Rubinanhänger, dem Lieblingsstück ihrer Mutter. Der in dünnem Gold gefasste Stein war rund und glatt geschliffen, in Form eines Tropfens, tiefrot mit einem Stich ins Bläuliche. Taubenblut, so nannte man diese Farbe. Er schien aus dem Inneren zu leuchten, wenn man ihn ans Licht hielt, wie ein Tropfen vom heiligen Blut des Erlösers.
Rasch legte sie die Kette um und versteckte den Stein unter der Tunika. Zur Prüfung starrte sie in den polierten Kupferspiegel an der Wand. Mein Gott, die Haare! Sie griff zur Schere. Aber sollte sie wirklich ihre langen Haare, auf die sie stolz war und so viel Mühe verwandte, einfach abschneiden? Wieder überfielen sie heftige Zweifel an dem ganzen Unterfangen. Sie musste verrückt sein, wie *Paire* Imbert gesagt hatte.
Sie war noch mit der Schminke beschäftigt, um ihre blauen Flecke abzudecken, als es vom Glockenturm der Kathedrale zum *nonus* läutete. Sie erschrak, denn das war die verabredete Stunde. Der Klang der schweren Glocke hatte etwas Schicksalhaftes. Es kam ihr wie die Stimme aus dem Jenseits vor. Als rufe sie ihr Vater. Ja, sie hatte es fast vergessen. Für ihn nahm sie all dies auf sich. Für ihn und die lange Reihe ihrer Vorfahren.
Hastig steckte sie ihr Haar mit Nadeln hoch, dass keine Strähne sie verraten mochte, wand ein dunkles Seidenband um den Kopf und setzte sich die Jägermütze auf, deren Krempe Stirn und Ohren bedeckte. Den Dolch schob sie in den Gürtel und holte tief Atem. So musste es gehen.
Plötzlich sah sie das Büchlein mit den Versen Ovids beim

Bett liegen. Besser, sie nahm es mit, damit niemand merkte, dass sie so etwas las. Den Empfehlungsbrief, den der Abt ihr gestern in aller Eile verfasst hatte, legte sie hinein und steckte beides in die Tunika, die sie am Hals verschnürte. Auch den Opferstock hatte er für sie geplündert, denn das Geld des Klosters war bei den Juden in Verwahrung. Sie verstaute die Handvoll Münzen in ihrer Gürteltasche.

In diesem Augenblick klopfte es an die Kammertür. Sie schrak auf. Zweimal kurz, einmal lang. Das war das Zeichen. Ihr Herz schlug ihr bis in den Hals, als sie entriegelte und vorsichtig nur ein klein wenig öffnete. Durch den Spalt erkannte sie Arnauts sonnengebräuntes Gesicht.

»Komm schnell«, flüsterte er.

Sie schlüpfte durch die Tür in den dunklen Gang, schloss hinter sich ab und steckte den Schlüssel in ihr Wams. Er musterte sie kurz von oben bis unten und nickte dann.

»Das muss genügen. Raimon wartet unten.« Er schaute sich um. Niemand war zu sehen. »Komm!«

Er bewegte sich leise auf eine Hintertreppe zu, die er zuvor genommen haben musste, um zu ihrer Kammer zu gelangen. Sie folgte ihm. Sie war erstaunt, dass er unbewaffnet war.

»Warte! Ich habe etwas vergessen«, flüsterte sie.

Wie konnte sie nur so dumm sein und ihre Reisetasche liegenlassen, die sie gestern Abend so sorgfältig gepackt hatte? Sie hastete zu ihrer Kammer zurück und zog den Schlüssel aus dem Wams.

Doch sie kam nicht mehr dazu, ihn in das Türschloss zu stecken, denn plötzlich war ein dunkler Schatten über ihr. Sie schrie und taumelte zwei Schritte zurück. Eine Klinge blitzte auf. Ermengarda stolperte, sank in die Knie, hob schützend den Arm.

Arnaut, vom Angreifer noch nicht bemerkt, handelte schneller, als es dauert, mit den Augen zu blinken, stürzte sich auf den Mann, packte den erhobenen Dolcharm und rang mit ihm.

Sein Gegner war nicht groß, aber zäh, und es kostete ihn einige Mühe, ihm den Dolch zu entreißen. Dann rammte er ihm ohne Zögern den langen Stahl in den Leib, unter das Brustbein, wie er es gelernt hatte, riss gewaltsam die Klinge nach oben, durch Darm und Zwerchfell, stieß noch einmal zu, tief ins Herz.

Der Mann schrie gellend auf, zerrte wild an seinen Schultern und fiel ihm dann zuckend in die Arme. Arnaut hielt ihn einen Augenblick lang fest. Als er sich nicht mehr regte, ließ er ihn zu Boden gleiten und zog die blutige Klinge aus dem Leib des Toten.

Ermengarda war weiß geworden.

»Schnell! Schließ die Tür auf«, flüsterte Arnaut.

Der Todesschrei des Mannes war gewiss nicht unbemerkt geblieben. Ermengardas Hand zitterte, und es war, als würde ihr es nie gelingen, den Schlüssel ins Schloss zu stecken.

Aber dann war die Tür auf, Arnaut zerrte den Toten in die Kammer, riss die Decke vom Bett, warf den Leichnam darauf und rollte ihn ein, so dass es aussah, als schlafe jemand. Ermengarda stand da und zitterte immer noch. Sie konnte den Blick nicht von dem Toten wenden.

»Komm jetzt«, zischte Arnaut.

»Meine Tasche«, flüsterte sie, suchte mit den Augen nach ihr.

»Die können wir nicht gebrauchen.«

Er nahm ihr den Schlüssel ab, zerrte sie mit blutverschmierter Faust aus der Kammer, schloss rasch ab. Sie starrte auf das fremde Blut auf ihrer Hand, wo er sie berührt hatte.

Als ihr Blick sich hob, sah sie plötzlich in *Domna* Anhes' Augen.

Erneut fuhr der Schreck ihr in die Glieder. Die Frau musste den Hauptaufgang heraufgestiegen sein. Jetzt ist alles aus, dachte Ermengarda. Nun wird sie die Wachen rufen. Sie werden Arnaut packen und wegschleppen. Es war alles ihre Schuld. Was hatte sie nur getan?

Arnaut hielt immer noch den Dolch in der Hand. *Domna*

Anhes' Augen hatten sich geweitet, die Hand fuhr ihr an den offenen Mund. Dann wanderte ihr schreckstarrer Blick zu Ermengarda, und sie erkannte sie sofort, trotz der lächerlichen Verkleidung.

»O mein Gott ...«, stammelte die Frau.

Im unteren Stockwerk, am Hauptaufgang zu diesem Bereich des Palastes, hörte man schwere Schritte, Waffengeklirr, Stiefel auf der Treppe. Plötzlich schien *Domna* Anhes zu begreifen und erwachte aus ihrer Starre.

»Die Wachen. Schnell!«

Sie lief ihnen voraus und machte eine ungeduldige Handbewegung, ihr zu folgen. Arnaut fasste Ermengarda behutsam am Arm und zog sie mit sich. Über die Hintertreppe schlichen sie ein Stockwerk höher bis unters Dach. *Domna* Anhes holte ein Schlüsselbund aus der Rocktasche und schloss eine Tür auf.

»Kleiderkammer«, flüsterte sie. »Rasch hinein.« Sie reichte Arnaut den Schlüssel, den sie vom Bund gehakt hatte. »Sie werden euch bald überall suchen. Am besten, ihr schließt euch ein. Wartet, bis es dunkel wird. Ich überlege mir, wie ich euch hier herausbekomme.«

Dann war sie weg, und Arnaut schloss die Tür hinter ihr ab. Ermengarda ließ sich völlig benommen auf eine Truhe sinken. Ihr Herz raste wie wild. Sie sahen sich an. Auch Arnaut schien um Fassung zu ringen. Er atmete heftig, und seine Stimme klang seltsam brüchig, als er sprach.

»Ich habe noch nie zuvor einen Menschen getötet.«

Der dunkle Fluss

Während die beiden Flüchtenden in ihrem Versteck ausharrten, hatte man die Tür zur Kammer aufgebrochen und die Leiche in Ermengardas Bett gefunden. Sie selbst war verschwunden. Die *vescomtessa* erbleichte, als man ihr flüsternd berichtete. Niemand solle etwas wissen, ordnete sie an. Das Fest müsse weitergehen. Sie befahl Tibaut, sich um die Sache zu kümmern, und vor allen Dingen müsse er schleunigst Ermengarda finden.

Tibaut warf einen Blick in die Kammer. Die Wachen hatten die Decke von dem Leichnam gezerrt und auf den Boden geworfen. Mit ihren Stiefeln hatten sie achtlos auf dem kostbaren Nachtgewand herumgetrampelt. Er hob es auf und legte es vorsichtig auf eine Truhe. Dann befragte er die Männer. Sie hatten den Toten nie zuvor gesehen. Er trug das Abzeichen der Tolosaner Söldner auf der Brust. Das Blut auf dem Bett war anscheinend nur sein eigenes. Das hieß, Ermengarda lebte. Aber wo war sie? Hatte der Tote sie bedroht? Wer hatte ihn umgebracht? Denn dass die junge Erbin dies getan hatte, schloss Tibaut sofort aus.

Er suchte nach einer Waffe und fand nichts, außer achtlos hingeworfenen Kleidern, darunter auch das Brautgewand, ein wenig billigem Leinenstoff und Schnüren. Schnüre? Das sah nach einer Verpackung aus. Er bückte sich und nahm Stoff und Schnüre an sich. Dabei bemerkte er einen ledernen Reisebeutel und kehrte den Inhalt auf dem Bett aus. Frauenkleider, Unterwäsche, nichts Besonderes. Neben dem Bett ein offenes Schmuckkästchen. Ein paar Ohrringe, Armreifen. Er wollte es schon schließen, als ihm der Ring ins Auge stach. Aber das war doch Alfons' Ring. Erst heute Morgen in der Kirche hatte er ihn an ihrem Finger gesehen.

»Findet Ermengarda«, trug er dem *capitan* der Wache auf. »Aber so, dass niemand etwas merkt. Wir wollen die Gäste nicht beunruhigen. Vor allen Dingen nicht den Grafen.«

»Die Leiche trägt sein Abzeichen«, erwiderte der Mann misstrauisch. »Wie erklärt sich das?«

Tibaut zuckte mit den Schultern. »Wir werden sehen. Jetzt beeilt euch, die *donzela* zu finden. Aber ohne Aufsehen.«

Als die Wachen sich auf die Suche machten, betrat *Domna* Anhes die Kammer. Sie nahm sofort das mit Stiefelspuren beschmutzte Nachtgewand an sich und versuchte kopfschüttelnd, den Stoff zu glätten.

»Es ist gerade erst von der Näherin gekommen. Und nun schaut her, wie es aussieht!«

Was redet die Frau über ein verdammtes Nachthemd, wenn die Erbin von Narbona verschwunden ist?, wunderte er sich. Aber dann fiel ihm etwas ein.

»Wer hat ihr das gebracht?«

»Ihre Magd wahrscheinlich.«

Als *Domna* Anhes auf seine Anweisung hin die Magd holte, schüttelte diese beim Anblick des Leinens und der Schnüre den Kopf. Nein, das Nachtgewand sei unverpackt gewesen.

Während Tibaut langsam die Stiege hinunterging, um la Bela zu berichten, dachte er nach. Wozu hatte sie eine Reisetasche gepackt, aber den Ring zurückgelassen? Was bedeuteten Leinen und Schnüre?

Plötzlich traf es ihn wie mit einem Hammer. Sie ist geflohen, und jemand muss ihr dabei geholfen haben, hatte ihr wahrscheinlich Kleider gebracht. Und derjenige hatte auch den Kerl getötet, der sie überrascht hatte. Ein Mann also. Die Tasche hatten sie zurücklassen müssen. Das war mit Sicherheit kein unüberlegter Fluchtversuch. Die kleine Hure muss

das seit Tagen vorbereitet haben. Kaum zu glauben. Mit so etwas hatte niemand gerechnet.
»Was ist?«, hauchte la Bela besorgt, als er sie in eine Ecke der *aula* zog. »Was ist geschehen?«
»Nichts Gutes, *Domina*«, raunte er.

***

Ermengardas wildes Herzklopfen hatte sich etwas gelegt, obwohl die gegenwärtige Lage, eingesperrt, wie sie waren in dieser Kleiderkammer, nicht gerade vielversprechend war. Wie sollten sie nur unbemerkt aus dem Palast entkommen, wenn inzwischen alle Welt nach ihnen suchte? Ermessendas Wut konnte sie sich lebhaft vorstellen. Wie der Graf von Tolosa ihren Fluchtversuch aufnehmen würde, war ihr dagegen gleichgültig.
Nachdem alles anders gekommen war als geplant, machte sie sich nur noch wenig Hoffnung auf einen erfolgreichen Ausgang. Wäre sie allein gewesen, hätte sie sich längst aufgegeben. Was konnte ihr schon geschehen?
Aber nun hatte sie diesen fremden Ritter in die Angelegenheit verwickelt. Ihretwegen hatte er einen Mann umbringen müssen. Ihr war bewusst, dass man Arnaut nicht so leicht davonkommen lassen würde. Das schreckliche Bild des Galgens, dort draußen vor der Stadt, erschien vor ihren Augen. Sie fühlte sich elend und voller Gewissensbisse.
Dass Arnaut jetzt so ruhig wirkte, erstaunte sie. Vielleicht beherrschte er sich nur. Die hochgewachsene Gestalt, seine körperliche Stärke und das scheue Lächeln, mit dem er sie gelegentlich aufzumuntern versuchte, gaben ihr ein Gefühl von Sicherheit, auch wenn es ein trügerisches Gefühl war. In jedem Fall tat ihr seine Gegenwart wohl.
Verstohlen beobachtete sie ihn aus den Augenwinkeln. Arnaut hatte auf einer anderen Truhe Platz genommen und schien tief in Gedanken versunken zu sein. Bestimmt grübel-

te er über einen Ausweg nach. Sie mochte sein offenes Gesicht, in dem man jede Gemütsregung lesen konnte. Doch ohne es zu wollen, fiel ihr Blick auf seine blutverschmierte Hand. Der grässliche Vorfall wollte ihr nicht aus dem Sinn. Wie war es möglich, ein Lebenslicht so schnell auszulöschen? Und was war Arnaut für ein Mensch, dass er dazu fähig war? Fast hatte sie sie ein wenig Angst vor ihm.
»Kanntest du den Mann?«, fragte er, als hätte er ihre Gedanken erraten.
Sie versuchte, sich an ein Gesicht zu erinnern, das sie im Schrecken des Augenblicks nur undeutlich wahrgenommen hatte. Spärliches dunkelblondes Haar, schmale Nase, fleischlose Lippen. Sie schüttelte den Kopf.
»Ich glaube nicht.«
»Er war wie einer der Wachen gekleidet.«
»Ich habe es nicht so genau gesehen.«
»Er muss dich für einen Eindringling gehalten haben.«
Dass er sie ohne jede höfische Förmlichkeit ansprach, gefiel ihr, schließlich waren sie Verschwörer und aufeinander angewiesen.
Während sie warteten, horchten sie angespannt auf jedes Geräusch, das zu ihnen heraufdrang. Lärm der Wachen hatten sie erwartet, gebrüllte Befehle, Stiefelgetrampel, Rütteln an der Kammertür.
Aber nichts dergleichen. Außer dem Lautenspiel der *joglars* und den ausgelassenen Stimmen der Festgäste, unten im Hof und in der *aula,* war nichts zu hören. Wie konnte das sein? Hatte man den Toten nicht gefunden?
Da ließ sich ein Rascheln vor der Kammertür vernehmen und ein leises Kratzen. *Domna* Anhes. Arnaut sprang auf und öffnete, jedoch nicht ohne eine Hand auf den Dolchgriff zu legen. Die ältliche Hofdame schlüpfte in die Kammer und riegelte gleich wieder hinter sich ab.
Misstrauisch starrte sie Arnaut an.
»Wer ist dieser junge Mann?«, flüsterte sie.

»Er heißt Arnaut und ist Felipes Freund«, erwiderte Ermengarda ebenso leise. »Felipe de Menerba. Du weißt schon.«
Domna Anhes zog ein feuchtes Tuch aus ihrem Rock und drückte es Arnaut in die Hand.
»Besser, du wischst das Blut ab.« Dann wandte sie sich wieder Ermengarda zu. »Menerbas Sohn. Der ist also auch dabei. Hätte ich mir denken können, so wie du immer mit ihm tuschelst.« Sie seufzte und schüttelte den Kopf. »Und wer, um Himmels willen, ist der tote Mann in deiner Kammer?«
»Wir wissen es nicht. Er hat uns plötzlich angefallen. Vielleicht hat er mich für einen Dieb gehalten, so wie ich aussehe.«
»Ich habe dich gleich erkannt«, bemerkte *Domna* Anhes trocken. »Na ja, dafür kenne ich dich zu gut. Du willst also vor dem Tolosaner fliehen, wenn ich es recht verstehe.«
»Die Ehe ist noch lange nicht vollzogen.«
»Und wo willst du hin?«
Ermengarda schwieg und blickte trotzig.
»Nun, du musst es mir nicht sagen. Sogar besser so, dann kann ich mich nicht verplappern. Aber du weißt, dass ich das nicht gutheißen kann!«, sagte sie streng. »Nein, gutheißen kann man es nicht. Zumindest nicht mit dem Verstand.«
Und plötzlich lächelte sie, fast wie ein junges Mädchen. Ein wahrhaft seltener Anblick. Und dann geschah etwas noch Seltsameres, denn auf einmal hatte sie Tränen in den Augen und drückte die überraschte Ermengarda kurz und heftig an ihre knochige Brust. »Aber mit dem Herzen bin ich bei dir, mein Kind.«
Dann berichtete sie den Stand der Dinge. »Sie haben alles durchwühlt und natürlich den Toten entdeckt. Jetzt suchen sie überall nach dir. Aber die Gäste sollen nichts merken. Wahrscheinlich hoffen sie, dich noch rechtzeitig vor der Heimführung der Braut zu finden. Tibaut ist ein kluger Mann. Ich glaube, er vermutet, dass du Hilfe von außen hattest.«
Ermengarda ließ sich entmutigt auf ihre Truhe sinken.

»Wenn wir ein Seil hätten«, sagte Arnaut, »dann könnten wir in der Nacht über die Mauer klettern.«
»Nein, nein«, entgegnete *Domna* Anhes sofort. »So lange dürft ihr nicht hierbleiben. Das ist zu gefährlich. Ich selbst werde euch aus dem Palast schmuggeln. Am besten sofort, bevor sie alle Tore der Stadt abriegeln. Ich weiß auch schon, wie.«
»Eine Bitte«, sagte Arnaut. »Findet Raimon de Narbona. Er wartet unten und wird sich Sorgen machen. Sagt ihm, was geschehen ist. Sie sollen auf uns am Treffpunkt warten, ganz gleich, wie lange es dauert.«
Domna Anhes versprach es und machte sich dann eiligst davon. Doch es dauerte nicht lange, da war sie zurück und kratzte erneut an der Tür.
»Gib mir deinen Umhang«, sagte sie zu Ermengarda. »Den nehme ich. Und das hier zieht euch über.« Sie reichte jedem einen *sobrecot* aus grobem Leinen mit dem Wappen der Vizegrafen versehen. »Wie Ermengarda weiß, gehe ich oft von Wachen begleitet zu den Bauern vor der Stadt, um Feldfrüchte auszusuchen, die sie an die Küche zu liefern haben.«
Ermengarda machte große Augen, aber tat wie ihr geheißen. Auch Arnaut verwandelte sich in einen Wachmann des Hauses.
Domna Anhes musterte Ermengarda von oben bis unten. »Ein bisschen schwächlich für einen Soldaten. Und die Mütze ist auch unpassend. Aber das lässt sich jetzt nicht ändern.« Auch Arnaut bedachte sie mit einem prüfenden Blick. »Wir gehen jetzt gleich, denn Tibaut de Malvesiz hat schon die meisten Wachleute auf den Markt und auf die Brücke geschickt, nachdem sie hier nichts gefunden haben.«
»Und Raimon?«, fragte Arnaut. »Habt Ihr ihn gesprochen?«
»Er weiß, wohin ich euch bringe. Sie werden euch finden, war seine Antwort.«
Sie verließen die Kammer und schlichen die Hintertreppe hinunter. Der Festlärm drang immer lauter zu ihnen, aber sie

begegneten keiner Seele, denn alle Dienstboten waren vollauf damit beschäftigt, für das Wohl der Gäste zu sorgen.
Mit einem Mal blieb *Domna* Anhes abrupt stehen und legte den Finger auf die Lippen. Unten, auf dem Gang vor der Stiege, sahen sie die breiten Schultern eines Wachmanns. Obwohl er ihnen den Rücken zukehrte, erkannte Ermengarda in ihm eine jener Leibwachen, die sie regelmäßig zum Kloster Sant Paul begleiteten. Ihr Magen verkrampfte sich, denn sie war überzeugt, der Mann würde sie trotz Verkleidung sofort erkennen.
Sie warteten. Es kam ihr schier endlos vor, aber endlich bewegte er sich, um seine Runde an anderer Stelle fortzusetzen. Zur Vorsicht harrten sie noch einen Augenblick aus, bis man sicher sein konnte, dass er sich entfernt hatte.
Nun kam der schwierigste Teil des Weges.
»Geht aufrecht, als ob ihr nichts zu verbergen hättet«, flüsterte *Domna* Anhes und machte es ihnen vor. Wie immer, mit strengem Blick, geradem Kreuz und erhobenen Hauptes stieg sie die Treppe hinab. Arnaut und Ermengarda folgten mit klopfenden Herzen.
Die Stiege mündete in einen Gang, der die Küche mit dem Rest des Hauses verband. Bedienstete hasteten mit Speise und Trank an ihnen vorbei. Ermengarda wagte kaum zu atmen. Jeden Augenblick erwartete sie, dass jemand aufschrie und auf sie zeigte, waren ihr doch alle aus täglichem Umgang vertraut. Aber niemand achtete auf sie.
Dann betraten sie die Küche. Hitze, Lärm und Bratendunst schlugen ihnen entgegen. Schwitzende Kochweiber mit fleischigen Armen mühten sich an klobigen Tischen, Knechte drehten vor dem riesigen Kaminfeuer Ferkel und ganze Lämmer am Spieß.
Domna Anhes marschierte voran, blickte weder links noch rechts. Einige schauten kurz auf, wunderten sich über die fremden Gesichter, die ihr folgten, doch das Wappen der Vizegrafen auf den *sobrecots* ließ die Neugierde schnell

erlahmen. Was kümmerten einen die Wachen? Schließlich hatte man selbst kaum Zeit zum Schnaufen.
Noch eine Treppe hinunter, und sie befanden sich in den kühlen Vorratsgewölben unter dem Palast. Hier lagerten Wein und Öl in großen Fässern, Kisten voller Äpfel, Rüben und Kohl, Schinken hingen von der Decke, Käse in Rädern aufgestapelt, säckeweise Mehl, Nüsse, Hirse. Auch an diesem Ort arbeitete Gesinde, aber wie zuvor schenkte ihnen kaum jemand einen Blick. Für Ermengarda, die es gewohnt war, ihr Lebtag lang von Höflingen und Bediensteten beachtet und verwöhnt zu werden, war es eine seltsame Erfahrung so unerkannt, ja fast gesichtslos durch den Palast zu wandern.
»Jeder nimmt sich einen Korb«, befahl *Domna* Anhes und zeigte auf geflochtene Weidenkörbe, wie sie Marktfrauen benutzten.
An der Rückwand des Gewölbes befanden sich ausgetretene Steinstufen, die sie erklommen. Sie wies nach oben, woraufhin Arnaut eine knarrende Falltür hochstemmte, dann standen sie in einem kleinen Innenhof, genau gegenüber einer Pforte in der Außenmauer des Palastes. Nichts war zu sehen außer Schubkarren, alten Fässern und aufgestapeltem Feuerholz.
»Hier werden die Vorräte angeliefert«, sagte sie und holte ihr Schlüsselbund hervor. Sie entriegelte, steckte einen großen Schlüssel ins Schloss und zog die dicke, eisenbeschlagene Tür auf. Dann trat sie hinaus auf die Gasse und schaute sich um. »Niemand zu sehen. Kommt.«
Nachdem sie die Pforte wieder sorgfältig verschlossen hatte, setzten sie ihren Weg fort. Unbehelligt durchschritten sie das Judenviertel, *Domna* Anhes voran, Arnaut als Letzter. Beide trugen sie brav ihre Körbe. Viele der Bewohner des Viertels grüßten ehrerbietig die wohlbekannte Hofdame, ihren beiden Begleitern schenkte man keine Beachtung.
Als sie das an der Ostmauer gelegene Stadttor Sant Esteve erreichten, bemerkte Ermengarda erleichtert, dass nur zwei Bewaffnete der *militia urbana* am Torbogen herumlungerten.

Sie schwatzten ausgelassen miteinander und achteten kaum auf die wenigen Leute, die durch das Tor gingen. Kunde von ihrer Flucht war also noch nicht bis hierher gelangt.
»Gott zum Gruß, *Domna* Anhes!«, rief einer der beiden und hob freundlich die Hand, als sie vorübergingen, um das Tor zu passieren. Anhes nickte kurz und schritt ohne Unterbrechung weiter. Arnaut und Ermengarda folgten ihr.
»He, du da! Lass dich mal anschauen!«, brüllte plötzlich einer der Männer hinter ihnen her.
Ermengarda erstarrte. Als sie den Kopf wandte, pochte ihr das Herz bis in die Kehle, und die Knie waren plötzlich so weich, dass sie fürchtete, zu Boden zu taumeln. Jetzt hatte man sie erkannt, das Ende ihrer Flucht war gekommen. Neben sich spürte sie, wie Arnaut sich langsam umdrehte und seine Rechte den Dolchgriff hinter dem Rücken packte. Der Ältere der beiden Wachen war zwei Schritte näher getreten und deutete auf Ermengarda.
»Nehmt ihr jetzt sogar Knaben in den Dienst?«, spottete er. »Der kann doch noch kaum einen richtigen Spieß halten.« Sein Gefährte lachte laut.
Domna Anhes funkelte die Männer ungehalten an. Dann nahm sie ihren Weg wieder auf und bedeutete ihren Begleitern ungeduldig, ihr zu folgen.
»Hübsches Veilchen haben sie dir verpasst, mein Kleiner!« Ausgelassenes Gelächter ließ sich hinter ihnen hören. Ermengarda stand der Schweiß auf der Stirn. Sie unterdrückte das Bedürfnis, sich vor Erleichterung zu bekreuzigen.
Nach einer Weile, sie befanden sich inmitten von Gärten und Feldern, hielten sie an. Der Hauptweg machte eine Biegung nach rechts in Richtung Fluss, während ein kleiner Fußpfad weiter geradeaus zwischen wildwachsenden Büschen und kleinwüchsigen Kiefern verschwand. Hier versteckten sie die Körbe hinter dichtem Gebüsch.
Trotz des schnellen Fußmarsches war *Domna* Anhes kaum außer Atem.

»Hört zu. Eure Freunde werden irgendwann in der Nacht kommen und euch mit einem Boot über den Fluss setzen. Bis dahin müsst ihr euch verstecken. Haltet euch aber von der Vila Nova am Fluss fern. Dort würdet ihr nur auffallen. Wenn ihr diesem Pfad geradeaus folgt, so führt er euch zur Ruine der alten Arena.«

Ermengarda nickte. »Ich kenne den Ort.«

»Das ist euer Treffpunkt, verstanden? Ich, für meinen Teil, werde auf einem anderen Weg in die Stadt zurückkehren.«

»Gott wird Euch lohnen, was Ihr heute für uns getan habt«, sagte Arnaut und beugte sich zum Kuss über ihre Hand.

»Pass nur gut auf sie auf, junger Mann. Ich will sie gesund und munter wiedersehen«, erwiderte sie streng, aber nicht ohne ein Lächeln. Dann nahm sie den Umhang ab und legte ihn Ermengarda um die Schultern. »Was immer du vorhast, es wird gewiss ein schwerer Weg. Aber du bist ein Dickkopf wie dein Vater. Ich habe ihn immer verehrt, und er wäre heute stolz auf dich.«

Sie umarmten einander, und Ermengarda küsste die ältere Frau ungestüm auf beide Wangen. »Danke für alles«, rief sie mit feuchten Augen. »Ich werde es dir nie vergessen.«

»Gott segne dich, mein Kind.«

Bevor jemand ihre Tränen sehen konnte, wandte sich *Domna* Anhes ab, und ohne sich ein weiteres Mal umzublicken, ging sie kerzengerade zurück in Richtung Narbona.

***

Noch war es nicht Abend, es hatte nicht einmal zur Vesper geläutet, dennoch rückte die Stunde der feierlichen Heimführung der Braut unweigerlich näher. Unter den Feiernden mehrten sich die Rufe nach Ermengarda. Man wollte sie sehen in ihrem Festkleid und jungfräulichen Glanz. Besonders ungeduldig warteten die jungen *donzelas* von adeligem Blut, die selbst auf eine gute Verbindung hofften, denn die

Braut an einem solchen Tag zu berühren, das brachte Glück und Segen.
Doch plötzlich, so wie die ersten schleierdünnen Federwölkchen am blauen Firmament von schlechtem Wetter künden, begannen zaghafte Gerüchte die Runde zu machen. Nur erst ein Flüstern von Ohr zu Ohr, anfänglich noch mit zweifelndem Kopfschütteln begegnet, bis man es dann gleich von mehreren Seiten vernahm. Das erzeugte Unruhe in der Menge, entsetzte Blicke bei den einen, spöttisches Grinsen bei den anderen. Zunächst nur hinter vorgehaltener Hand, dann immer offener und frecher, verbreitete sich die unglaubliche Kunde vom *palatz vescomtal* über die Caularia und von dort bis in alle Winkel der Stadt. Dem Tolosaner Fürsten war die Braut weggelaufen! Da hallte es in allen Gassen vom schadenfrohen Gelächter der guten Bürger.
Wie so oft im Leben waren es auch diesmal die Betroffenen, die als Letzte davon erfuhren. Hastig war eine Zusammenkunft im Empfangssaal der *vescomtessa* einberufen worden. Der Erzbischof, der Ermengardas festliches Geleit mit kirchlichem Segen hatte feiern wollen, war bereits im Ornat, als Domdechant Montbrun ihn rief und beide so eilig über den Marktplatz hasteten, wie es den Leibwächtern möglich war, den Weg durch die Menge zu bahnen. Gelächter und Spottrufe überschwemmten Arnaut de Leveson, die er nur halb verstand und noch weniger glauben mochte. Als sie jedoch in la Belas Empfangssaal traten, war das Erste, was er zu seinem Entsetzen wahrnahm, Alfons' hochroter Kopf und Ermessendas leichenblasse, betretene Miene. Es stimmte also. *Mon Dieu, mon Dieu, mon Dieu!*
»Wie konnte das geschehen?«, brüllte Alfons.
»Wir untersuchen die Angelegenheit noch«, redete Tibaut beschwichtigend auf ihn ein. Doch der schenkte ihm keinerlei Beachtung. Sein Zorn und gekränkter Stolz entluden sich mit voller Wucht über der Vizegräfin.
»Willst du mich zum Narren machen, Weib?«, donnerte er.

»Und das vor der ganzen verdammten Stadt?« Seltsamerweise verhaspelte er nicht die Worte, wenn ihn die Wut gepackt hatte.
»Wieso glaubst du, es ist meine Schuld?«, schrie Ermessenda.
»Du hast sie irgendwo versteckt! Wo ist sie?«
Nun starrte auch der Erzbischof sie aus zusammengekniffenen Augen an. »Es ist ihr durchaus zuzutrauen. Sie ist ein Teufelsweib.«
»*Mossenher l'Avesque*, was sagt Ihr da?«, warf Tibaut ein. »Welchem Zweck sollte dies denn dienen? Die Verträge sind unterschrieben und alle im Sinne der Vizegräfin. Sie wird doch nicht gegen den eigenen Vorteil handeln.«
»Lächerlich will sie mich machen!«, schäumte Alfons.
»Und dein Spitzel in meinem Haus?«, keifte sie zurück. »Was ist damit, eh?«
»Was für ein Spitzel?«
Tibaut musste ihm die Sache mit der Leiche erklären, die man in Ermengardas Gemach gefunden hatte.
»Er trug dein Wappen«, ereiferte sich la Bela.
»Bist du verrückt? Ich habe keinen Spitzel geschickt!«
Plötzlich wurden seine Augen zu Schlitzen, als er den Erzbischof misstrauisch anstarrte. »Vielleicht war es deiner. Was für ein heimtückisches Spiel treibst du hier eigentlich?«
»Messenhers!«, rief Peire de Montbrun. »Ich bitte Euch! Was nützen gegenseitige Anschuldigungen? Besonders, wenn sie so grundlos sind.«
Tibaut räusperte sich, um sich erneut zu Wort zu melden. »Es ist offensichtlich, dass diese sogenannte Flucht nicht unüberlegt und aus dem Augenblick heraus erfolgt ist. Entweder hatte Ermengarda Hilfe von außen, was auf eine Verschwörung schließen ließe. Oder sie ist nicht freiwillig verschwunden.«
»Nicht freiwillig?«
»Möglicherweise ist sie entführt worden.«

Bei diesen Worten riss Alfons die Brauen hoch, während der alte Leveson Tibaut argwöhnisch musterte. »Wer soll sie denn entführt haben?«, fragte er.
»Die, denen es am meisten nützen würde.« Tibaut lächelte sein dünnes Wolfslächeln. »Es ist selbstverständlich nur eine Vermutung, aber wenn man die Umstände betrachtet, die vorzügliche Planung, die Gewaltanwendung …«
Alfons starrte ihn lange an.
»Die Trencavels«, flüsterte er dann und nickte zustimmend. Tibaut blieb ganz ruhig und sagte nichts weiter. Der Graf sollte nicht später sagen können, er habe ihn angelogen.
Alfons marschierte nun aufgeregt umher.
»Natürlich!«, murmelte er. »Das trägt eindeutig Rogers Handschrift.« Gemeint war Roger de Trencavel, der älteste der drei Brüder und Oberhaupt jener berüchtigten Familie. »Der war schon immer ein verschlagener Hund.« Er blieb stehen und grinste bitterböse. »Mit der Erbin von Narbona als Faustpfand in der Hand … Mein Gott, wie kann er mich da erpressen, der Hund!«
Erzbischof Leveson schien nicht überzeugt. Er öffnete den Mund, aber Alfons ließ ihn nicht zu Worte kommen.
»Das arme Kind! Wie muss sie leiden!« Er schlug sich in die Faust und nahm seine Runden wieder auf.
»Meine Männer sind dabei, die Stadt zu durchsuchen«, sagte Ermessenda, »denn die Flüchtenden müssen noch in den Mauern sein. Allerdings sollten auch die Ausfalltore gesperrt und die Straßen in alle Richtungen überwacht werden. Nur, fürchte ich, fehlen mir die Mannschaften dazu.«
»Recht hast du, meine Liebe«, rief Alfons und wandte sich an Joan de Berzi, der ihn begleitet hatte. »Du hast gehört, Joan. Schick sofort deine Reiter aus. Wir müssen sie fassen, ehe es zu spät ist.«

***

Sie saßen auf den obersten, bröckeligen Stufen der Überreste einer römischen Arena, die in eine gewaltige, von Menschenhand geschaffene Mulde gebettet war. Wenig war von der kreisrunden Umfassungsmauer geblieben. Torbögen und Treppenaufgänge, durch die einst die Zuschauer der alten Welt zu ihren Sitzen geströmt waren, konnte man nur noch erahnen. Auch in den Steinstufen der gleichmäßig ansteigenden Ränge klafften gewaltige Lücken, und in der Mitte, wo Gladiatoren mit Löwen gekämpft hatten, wucherten Steineichen, Ginster und Holunder.

Trotz Verbot der Fürsten bedienten sich heimlich viele an den Steinblöcken der Ruine. Bald würde sie gänzlich verschwunden sein, denn die fortschreitende Ausdehnung der Vorstädte erzeugte einen immerwährenden Hunger nach billigen Quadern.

Arnaut blickte lange in alle Richtungen.

Gen Süden erstreckten sich die Häuser der Vila Nova, die unterhalb der Stadtmauer der Ciutat das Nordufer der Aude einnahmen. Dort war auch die Herberge, in der er seit seiner Ankunft genächtigt hatte, und gegenüber, auf der anderen Seite des Flusses befand sich La Morguia, das Ölhändlerviertel von lo Borc, in dessen Nähe Severin mit den Pferden auf sie wartete. Wenn er dort überhaupt noch war, denn nun war alles anders geworden.

Nach Norden zu erkannte er die Straße nach Gruissan, die sie während ihres Ausflugs ans Meer genommen hatten. Zwischen der Ruine und der Straße erstreckte sich größtenteils Ödland, mit Ausnahme einiger verwahrloster Hütten und Bretterbuden.

»Wer haust da?«, fragte er.

»Aussätzige, soviel ich weiß.« Ermengarda zuckte gleichgültig mit den Schultern. »Sie betteln gern drüben bei der Straße, wo Kaufleute und Seeleute von den Schiffen kommen. Es gibt sie auch an anderen abgelegenen Orten. Eine Plage, wirklich.«

Es war später Nachmittag, fast schon Abend. Nach dem Guss

am Morgen hatte es nicht mehr geregnet. Dennoch hingen dicke Wolken graubleiern am Himmel, und ein kühler Wind fegte über die Landschaft. Auf der fernen Straße konnte er ein paar Karren erkennen, ansonsten schien alles ruhig. Kein Soldat weit und breit. Trotzdem fühlte Arnaut sich nicht wohl hier, denn sollte ein Suchtrupp die Gegend durchkämmen, würden sie gewiss bei der Ruine nachschauen.

Er dachte an den Mann, den er getötet hatte. Wie überraschend leicht das gewesen war. Und doch so grauenvoll. Das heiße Blut, das sich über seine Hand ergossen hatte, die Zuckungen eines Menschen im Todeskampf. Er hatte es oft genug geübt, aber Strohsäcke und Vogelscheuchen bluten nicht.

Er versuchte, sein Gewissen damit zu beruhigen, dass der Kerl ihm keine Wahl gelassen hatte, als er Ermengarda mit dem Dolch überfiel. Außerdem hätte er Alarm schlagen können. Aber hatte der Mann sie wirklich bedroht? Arnaut war sich nicht mehr so sicher. Vielleicht hätte er ihn besinnungslos schlagen können, aber es war alles so schnell gegangen. Und jetzt war es zu spät.

»Ist dir nicht zu kalt?«, fragte er.

Sie schüttelte schüchtern den Kopf und sah auf den Boden. »Meinst du, wir schaffen es?«

»Warum nicht?«, grinste er. »Wenn wir es bis hierher geschafft haben, ist alles möglich.«

Sie warf ihm einen verunsicherten Blick zu.

»Und wenn Felipe uns nicht findet?«

»Dann stehlen wir irgendwo ein paar Pferde.«

»Als ob das so einfach wäre.«

»Sie werden uns schon finden. Auf Severin ist Verlass.« Er rieb sich die Arme warm und wünschte, er hätte einen Umhang dabei wie Ermengarda. Seine Sachen waren alle bei den Pferden. »Was hast du vor, wenn wir in Carcassona sind?«

Sie starrte lange vor sich hin, während sie nachdachte.

»Ich weiß nur, dass *Paire* Imbert sagt, die Fürsten regieren die Welt, und die Herrschaft geht vom Vater auf den Sohn über. Meine Brüder sind tot, und so ist es an mir. Das ist Gottes Wille.«

Arnaut riss einen Grashalm aus, kaute darauf herum und überlegte.

»Und wie willst du dein Recht durchsetzen?«, fragte er.

»Ich zähle auf die Trencavels.«

»Aber das könnte das Falsche sein.«

»Was meinst du?«

»Auf die Brüder Trencavel zu vertrauen, meine ich. Die benutzen dich vielleicht auch nur für ihre Zwecke.«

»Aber wem soll ich sonst vertrauen?«, klagte sie.

»Außer mir, meinst du?« Er lächelte sie so schalkhaft an, dass sie lachen musste.

»Außer dir natürlich.«

»Daheim wagt keiner unserer Nachbarn, sich mit uns anzulegen. Das ist, weil wir Freunde haben. Aber hauptsächlich, weil wir streitbare Leute sind. Wir haben Männer unter Waffen und den Mut, sie einzusetzen. Was ich sagen will, du brauchst ein Heer.«

»Ein Heer? Und wie soll ich das herzaubern?«

»Das weiß ich nicht.« Er zuckte mit den Schultern. »Ich weiß nur, man braucht einen dicken Knüppel, um den Wolf zu vertreiben.«

»Einen dicken Knüppel?« Sie kaute unschlüssig auf ihrer Unterlippe. »Aber woher nehmen?«

»Darf ich dir einen Vorschlag machen?«

»Natürlich.«

»Wir reiten zuerst nach Fontfreda und nicht nach Carcassona. Zumal die Straßen nach Carcassona ohnehin von Alfons' Männern überwacht werden. Wenn du denen nicht in die Arme laufen willst …«

»Du meinst das Kloster Fontfreda? Was sollen wir dort?«

»Ich kenne da jemanden. Aus meiner *familia.* Dem kannst du trauen. Er ist ein kluger und gelehrter Mann und war an allen großen Höfen. Er wird dir raten, was zu tun ist.«

»Und wie heißt er?«
»*Fraire* Aimar. Aimar de Rocafort.«
»Noch nie von ihm …« Sie brachte den Satz nicht zu Ende, denn auf einmal gewahrte sie eine schmale Gestalt zwischen den Trümmern. »Da ist jemand«, flüsterte sie erschrocken.
Arnaut starrte angestrengt hinüber. Dann erhellte sich seine Miene. »Ich will verdammt sein!«, lachte er. »Es ist Jori.«
»Wer ist Jori?«
»Du wirst ihn gleich kennenlernen.«
Freudig winkte er den Jungen heran. Der bahnte sich seinen Weg durch Gräser, Disteln und Büsche, bis er heftig atmend vor ihnen stand.
»Die anderen sind krank vor Sorge«, sagte er und lächelte glücklich. »Mich haben sie geschickt, weil ich mich hier auskenne.«
»Und weil du den Wachen nicht auffällst«, grinste Arnaut und fuhr ihm mit der Hand durch die Haare. Dann stellte er ihn Ermengarda vor. »Einer deiner zukünftigen Untertanen«, lachte er.
Jori wurde schrecklich rot, und als Arnaut nach Neuigkeiten aus der Stadt fragte, wollte er erst die Zähne nicht auseinanderkriegen. Doch bald legte sich seine Scheu vor Ermengarda, und er berichtete, was er gesehen hatte.
»Überall schnüffeln Wachen herum. Die Brücke haben sie abgeriegelt, jedermann wird überprüft. Inzwischen wissen alle, was geschehen ist, und die ganze Stadt lacht sich krumm.«
»Die da drüben sind aber nicht zum Lachen«, sagte Arnaut unvermittelt. Er deutete in Richtung Vila Nova, wo ein Trupp bewaffneter Reiter aufgetaucht war. Sie verteilten sich und begannen sorgfältig, Felder und Brachland zu durchsuchen.
»Wird nicht lange dauern, bis die hier sind, *putan!*« In der Erregung vergaß er, sich für den unflätigen Ausdruck zu entschuldigen.
Hastig sah er sich nach einem weniger auffälligen Versteck

um. Die Straße nach Gruissan wurde gewiss überwacht. Offene Felder sollten sie meiden. Am besten wäre es wohl, sich irgendwo tief ins Gebüsch zu schlagen. Er hoffte, die Reiter hatten keine Hunde dabei. Ihre Verkleidung als Wachen der Vizegräfin würde keiner näheren Überprüfung standhalten. Vielleicht wusste man gar schon von dieser List und suchte nach zwei Flüchtenden mit dem Wappen der Vizegrafen auf der Brust. Er riss sich das *sobrecot* vom Leib und bedeutete Ermengarda, das Gleiche zu tun.

»Steck es in dein Wams. Könnte noch mal nützlich werden.« Er packte Jori am Arm. »Wenn du dich hier so gut auskennst, dann zeig uns ein Versteck, wo sie uns in keinem Fall vermuten würden.«

Der Junge dachte nicht lange nach und zeigte auf die Hütten.

»Bei denen da!«

»Bist du verrückt? Doch nicht bei den Aussätzigen!«

»Genau das werden die Reiter auch denken«, grinste Jori.

»Da stecken wir uns doch an«, flüsterte Ermengarda entsetzt. »Sollen wir den Rest des Lebens als Aussätzige verbringen?« Auch wenn sie diese Menschen flüchtig bedauerte, aber für sie waren Aussätzige der Abschaum der Welt. Man wagte sich nicht einmal in ihre Nähe. Mitleidige Seelen warfen ihnen Almosen hin oder Küchenabfälle. Sich freiwillig unter diese Verdammten zu mengen … allein der Gedanke jagte ihr Gruselschauer über den Leib.

»Ich bin oft bei ihnen gewesen«, sagte Jori unbekümmert. »Letzten Winter wäre ich fast erfroren. Da haben sie mich aufgenommen und durchgefüttert.« Er zeigte mit beiden Händen auf sein Gesicht. »Sehe ich aus, als hätte ich Aussatz?«

Arnaut runzelte die Stirn. »Und die würden uns verstecken?«

Jori nickte überzeugt. »Es sind gute Leute. Ich kenne sie.«

Arnaut suchte noch einmal sorgfältig den gesamten Umkreis

von Horizont zu Horizont ab. Die Reiter waren näher gekommen. Man würde sich schnell entscheiden müssen. Als Ermengarda merkte, dass Arnaut sie nachdenklich anstarrte, stampfte sie mit dem Fuß auf den Boden.
»Nein! Da kriegt ihr mich nicht hin. Kommt nicht in Frage!«
»Wir haben keine Wahl. Sie werden uns fangen.«
»Nein. Ich geh da nicht hin«, sagte sie widerspenstig, in Furcht vor der schrecklichen Krankheit.
Arnauts sonst so freundliches Gesicht wurde plötzlich zornig, und seine Augen blitzten gefährlich.
»Willst du nun fliehen, oder tust du nur so?«, herrschte er sie an. »Am besten stellst du dich gleich den Reitern da drüben. Sie werden dich heimbringen in deinen schönen Palast. Wir dagegen verstecken uns, wo Jori gesagt hat. Ich hoffe nur, du verrätst uns nicht.«
Damit machte er kehrt und bahnte sich seinen Weg über die Trümmer in Richtung der Hütten. Jori blickte sie verlegen an, zuckte dann bedauernd mit den Schultern und folgte ihm.
Sie war wütend und ängstlich zugleich. Was für ein grober Kerl. Sie hatte Lust, ihm einen Stein an den Kopf zu werfen. Dann fiel ihr Blick auf die Reiter. Auch sie erkannte, dass sie näher gekommen waren. Arnaut hatte recht. Sie konnte zu ihnen hinübergehen und sich aufgeben. Ihr würde nichts geschehen. Im Gegenteil. Man würde sie erleichtert heimführen. Sie kaute unschlüssig auf der Lippe.
Aber dann sah sie Alfons' Gesicht vor sich. War das ihre Zukunft? Und sie dachte an *Domna* Anhes, die alles gewagt hatte, um ihr zu helfen. Ihr Vater wäre stolz auf sie, hatte sie gesagt. Plötzlich schämte Ermengarda sich für ihre Feigheit.
»Wartet!«, rief sie den beiden hinterher und stolperte unsicher über die verwitterten Steine der Arena. Eine Dornenranke ritzte ihr Gesicht, und als sie sich die Wange rieb, war Blut auf der Hand. Still vor sich hin fluchend, kämpfte sie

sich durch die Ruinen. Wer denkt er eigentlich, wer er ist? Meint er, er hat Mut und Tapferkeit für sich allein gepachtet?

***

Joan de Berzi war äußerst schlechter Laune.
Anstatt mit seinen Männern zu fressen und zu saufen und gebührend die Hochzeit seines Lehnsherrn zu feiern, mussten sie nun bei einbrechender Dunkelheit die Gegend nach der flüchtigen Braut durchkämmen.
Eines musste er ihr lassen, das Mädel hatte Schneid. Obwohl, es hieß, sie war entführt worden. Doch da hatte er seine Zweifel. Die hatte mit Sicherheit einen *domnejant,* einen Liebhaber, das kleine Luder. An der Nase herum hatte sie alle geführt, besonders seinen Herrn.
Die Gärten oberhalb der Vorstadt hatten die hundert Mann, die er gesammelt hatte, schon allesamt durchstöbert, sehr zum Leidwesen der Bauern, denen sie das letzte Gemüse des Jahres zertrampelten. Hier im Ödland voller Disteln und Gestrüpp hatte er die Flüchtenden eher erwartet, aber bisher war nicht ein Zipfel von ihnen zu sehen gewesen. Hundeführer hätte man mitnehmen sollen. Aber in der Eile war daran nicht gedacht worden.
Gellend pfiff er durch die Finger und machte seinen Männern missmutig Zeichen, zu der Ruine zu reiten. Dort, wenn überhaupt, mochten sie vielleicht sein. Bei zunehmender Dunkelheit würde es in jedem Fall schwierig werden, die kleine Ausreißerin zu fassen. Er hatte seine Männer gewarnt, dass sie in Begleitung bewaffneter Kerle war. Es musste ja nicht sein, dass sich einer seiner Jungs auch noch verletzte.
Am Rande der römischen Arena angekommen, ließ er den Blick über das Innere der verfallenen Anlage schweifen. Nichts Auffälliges zu sehen, aber da unten war genug an Baum und Strauch, um eine halbe Hundertschaft zu verste-

cken. Er wies seine Leute an, die Arena zu umzingeln, damit niemand entkommen konnte, sollten sich die Flüchtenden hier befinden. Dann ließ er zwanzig Mann absitzen und die Sohle der Mulde von einem Ende bis zum anderen sorgfältig durchsuchen. Mit gezogenen Schwertern arbeiteten sie sich langsam in einer Reihe vor, aber außer einem verschreckten Fuchs und ein paar lärmenden Krähen scheuchten sie nichts aus den Büschen.

Joan zog geräuschvoll den Schleim durch die Nase und spuckte, was immer er zutage gefördert hatte, angewidert aus. Zeitverschwendung das Ganze. Da bemerkte er die elenden Bretterbuden, die ein Stück weit von der Ruine entfernt lagen. Er gab seinem Pferd die Sporen und winkte den Männern, ihm zu folgen.

Die aneinandergelehnten Hütten, ein halbes Dutzend an der Zahl, waren aus verwitterten Holzresten, mit Lehm verschmiertem Weidengeflecht, Strohmatten und kaputten Dachziegeln zusammengeflickt und sahen aus, als genüge ein kräftiger Windstoß, um sie hinwegzuwehen. Dahinter ein dürftiger Gemüsegarten mit zur Hälfte geernteten Steckrüben und zwei Reihen Kohlköpfe. Hühner stoben gackernd davon, als die Reiter sich näherten, und eine magere Ziege zerrte an ihrem Pflock. Ansonsten war niemand zu sehen.

»*Ola!*«, rief Joan de Berzi. »Wer lebt hier?«

Am Eingang der größten Hütte wurde ein grobes Sacktuch beiseitegeschoben, und zwei gebückte Gestalten schlurften hinkend heraus. Sie waren in unsägliche Lumpen gekleidet, Hände in zerfranste, schmutzige Binden gewickelt, das Haupt halb verhüllt.

»Was wollt ihr?«, krächzte die Stimme einer alten Frau. Als sie den Kopf hob, sah man ihr grässlich entstelltes Gesicht. Graue, aufgeworfene Haut von schrecklichen Furchen durchzogen, die Nase wie von Würmern zerfressen. Nur die Augen starrten klar und vorwurfsvoll auf die Reiter. »Was stört ihr uns?«, fragte sie noch einmal aus zahnlosem Mund.

Joan zerrte erschrocken am Zügel seines Gauls, der unruhig ein paar Schritte rückwärtstänzelte. Auch die Männer an seiner Seite nahmen Abstand und bekreuzigten sich.

»Habt ihr jemanden gesehen, Mütterchen?«, rief Joan, der sich wieder gefasst hatte.

»Wen sollen wir denn gesehen haben?«

»Flüchtende. Ein junges Mädel. Und ein paar Kerle dazu.«

»Hier sind nur wir«, kam die Antwort.

»Bist du sicher?«

»Wenn du mir nicht glaubst, Süßer, dann komm doch in meine Hütte. So einem stattlichen Kerl wie dir koch ich gern ein Süppchen. Sogar ein bisschen mehr kannst du kriegen, wenn's sein darf.« Die Alte lachte scheppernd. »Einen wie dich hab ich schon lange nicht mehr gehabt.«

Auch die andere Gestalt grinste zum Fürchten.

»Ich glaube, ich verzichte fürs Erste«, knurrte Joan.

»Ein paar Fackeln auf die verdammten Buden«, ließ sein Unterführer vernehmen, »und das Ungeziefer ist rasch getilgt.«

Joan warf ihm einen gereizten Blick zu. »Gott hat die armen Schweine schon genug gestraft. Außerdem ... wir haben noch das Brachland da drüben bis zur Straße zu durchsuchen. Beeilt euch gefälligst, bevor es dunkel wird!«

Sein Magen hatte sich gemeldet. Höchste Zeit, dass sie wieder in die Stadt kamen. Er wandte sich der Alten zu, hob die Hand zum Gruß und folgte seinen Männern.

***

Es wurde für Ermengarda die schlimmste Nacht ihres bisherigen Lebens. Es war ihr, als sei sie in die Welt der Trolle und Kobolde hinabgestiegen oder gar in Luzifers Höllenreich.

Buckelige Gestalten mit verzerrten Fratzen wankten herein. Die alte Frau, die draußen mit den Reitern geredet hatte, und ihre Helferin unterhielten ein wärmendes Feuer und rührten in einem großen Suppentopf wie Hexenmeisterinnen, die einen Zaubertrank bereiteten. Das Flackern der Flammen durchdrang nur mühsam das düstere Innere der Hütte und warf tanzende Schatten auf die seltsamen Wesen, die sie neugierig anstarrten.

Die Verwüstungen auf den Gesichtern dieser Menschen nahmen Ermengarda vor Entsetzen den Atem. Mancher hatte Auge oder Ohr verloren, der Mund nur ein schiefes Loch ohne Lippen, andere versuchten, den Suppennapf mit kurzen Stummeln zu fassen, wo einst Finger gewesen waren. Einige wenige hatten nicht mehr als feurig geschwollene Flecken auf der Haut. Am häufigsten aber waren die hässlichen braunen Knoten, die wie fette Geschwulste Gesicht und Arme bedeckten. In einer Ecke, auf einem Lumpenlager, lag ein alter Mann, den sie fütterten.

Schrecklich hatte die Krankheit ihn zugerichtet, nur noch Höhlen im Gesicht, abgemagert war er, sein Atem keuchte schwach.

»Gott wird ihn bald erlösen«, murmelte die Alte. Sie füllte einen Napf mit dampfender Suppe und hielt ihn hin. »Iss, mein Kind.«

Doch Ermengarda schüttelte den Kopf.

»Ich kann nicht«, flüsterte sie.

Der Gedanke, auch nur einen Bissen von einer Aussätzigen zu nehmen, drehte ihr den Magen um. Auch Arnaut lehnte dankend ab. Jori dagegen zeigte keine Hemmungen und schlürfte zufrieden seine Suppe.

Die Alte hockte sich ihnen gegenüber auf den Boden aus fest gestampfter Erde. Es fiel Ermengarda schwer, ihr ohne Furcht in das entstellte Gesicht zu sehen, aber sie zwang sich dazu.

»Ich danke dir für deine Hilfe«, brachte sie hervor.

Die Frau lächelte, wenn man diesen Anblick lächeln nennen konnte. Sie winkte eine jüngere heran, sich zu ihnen zu setzen. Auch ihr Gesicht war von Flecken und Knoten verunstaltet, aber die Krankheit war noch nicht so weit vorangeschritten.

»Das hier ist Maria«, sagte die Alte. »Sie hat früher in deinem *palatz* gearbeitet. Als Dienerin der Vizegräfin.«

»Mein Gott. Ist das wahr?«

Maria nickte schüchtern lächelnd. »Ich kannte noch Eure Mutter, Herrin. Und auch die jetzige *domina.*«

»Ich erinnere mich nicht an dich.«

»Ihr wart noch jung, als ich gehen musste. Außerdem …« Die Hand fuhr ihr unwillkürlich an die Wange. »Da hab ich noch nicht so ausgesehen.«

»Ja, da gab es eine Maria. Ich erinnere mich schwach.« Es gab so viele Bedienstete im Palast. »Und warum musstest du gehen?«

Maria zeigte sich verlegen. »Das ist lange her. Ich möchte nicht darüber reden.«

Ermengarda spürte, dass Maria etwas verbarg. »Hast du etwas angestellt?«, platzte sie heraus und bereute es sofort. Diese Menschen hatten sie gerettet. Was musste sie so dumme Fragen stellen? »*Perdona me!* Es geht mich überhaupt nichts an.«

Sie wollte Maria entschuldigend die Hand auf den Arm legen und zuckte im letzten Augenblick vor Ekel zurück. Darüber schämte sie sich noch mehr und schlug die Hände vors Gesicht. »Oh, mein Gott, es tut mir leid. Warum hat Gott dich so gestraft?«

Maria seufzte. »Warum es den einen trifft und nicht den anderen, kann niemand sagen. Warum wird jemand vom Blitz getroffen? Nur Gott weiß das. Es ist übrigens nicht so ansteckend, wie alle glauben. Ihr müsst keine Angst haben. Inzwischen habe ich mich damit abgefunden. Wir sind hier wie eine Familie und helfen einander bis zum Ende. Verwandte bringen manchmal etwas zu essen. Ich wünschte nur, man würde uns nicht so verachten und schlecht behandeln.«

»So Gott will, werde ich eines Tages etwas für euch tun.«

Maria lächelte schüchtern und betrachtete dann lange ihre abgemagerten Hände, bevor sie weitersprach. »Was Eure

Frage angeht … ich war damals Zeuge von Dingen, die man nicht wissen sollte. Das ist alles.«

Ermengarda nickte und drang nicht weiter in sie ein. Nach dem Ende der mageren Mahlzeit schlurften die meisten hinaus, um sich in ihren eigenen Unterkünften zum Schlaf zu legen.

»Besser, ihr bleibt fürs Erste«, meinte die Alte. »Wer weiß, wie lange die euch heute noch suchen.«

»Um Mitternacht müssen wir gehen«, gab Jori zu bedenken, »wenn die Glocke von Sant Just schlägt. Der Treffpunkt ist weiter flussabwärts. Da werden sie mit einem Boot warten.«

»Ruht euch aus. Ich werde euch wecken.«

Die Alte kam ächzend auf die Füße und holte ein paar von Mäusen angefressene Decken. Ermengarda lehnte ab und zog sich ihren Umhang enger um die Schultern. Arnaut legte sich ohne Umstände auf den nackten Boden und rollte sich in eine der Decken. Die Alte deckte Jori liebevoll zu, der es sich auf einem Strohhaufen bequem gemacht hatte.

»Er ist ein guter Junge«, sagte sie. »Ein guter Junge.«

Langsam wurde es still in der Hütte. Das Feuer brannte nieder, und Ermengarda, die sich neben Jori auf die Strohschütte gelegt hatte, lauschte auf die Atemzüge der Schläfer.

Wie brachte Arnaut es fertig, zu schlafen? Sie selbst bekam kein Auge zu. Ungeachtet, was Maria gesagt hatte, war in ihr immer noch die Angst zu groß, sich anzustecken. Sie hüllte sich ganz in ihren Umhang, um jede Berührung mit dem übelriechenden Stroh zu vermeiden. Und doch juckte es sie an allen Gliedern, als hätte ein Heer von Flöhen sie überfallen. Bei jedem Ruf eines Käuzchens oder dem Rascheln einer Feldmaus schreckte sie auf. Und mit fortschreitender Nacht wurde es kalt, bis ihre Füße zu Eis wurden und sie nicht aufhörte, in die Finger zu hauchen, um sie ein wenig zu wärmen.

Wie eine Erlösung wehte endlich der ersehnte Glockenschlag von der Stadt herüber. Die Alte rührte sich auf ihrem Lager,

stöhnte ausgiebig, begann zu husten und zu fluchen, setzte sich geräuschvoll auf.
Da spürte sie Arnauts Hand auf ihrem Arm.
»Komm. Es ist Zeit.«
Die Alte warf ein paar Scheite auf die Glut, ließ das Feuer aufflackern. Aber nicht einmal das angebotene Wasser wollte Ermengarda trinken, nur endlich weg von diesem Ort. Plötzlich stand Maria da und lächelte aus ihrem entstellten Gesicht.
»Geht mit Gott, Herrin. Und vergesst uns nicht!«
Ermengarda schluckte und wusste nichts zu sagen. »Eines Tages lass ich ein richtiges Haus für euch bauen«, sagte sie aus Verlegenheit. Sie wandte sich auch an die Alte. »Ja, das will ich tun. Ein *hospitium.* Und habt Dank nochmals.«
Dann waren sie draußen an der kalten, feuchten Luft, und Ermengarda sog sie tief in ihre Lungen.
Ein bleicher Halbmond leuchtete ihnen den Weg. Jori ging voran. Stumm marschierten sie dahin, und Ermengarda wusste bald nicht mehr, wo sie sich befanden. Sie folgten schmalen Fußpfaden durch taufeuchtes Gras, halbhohes Gestrüpp und verkrüppelte Kiefern. Jedes Rascheln im Gebüsch erschreckte sie. Gelegentlich kamen sie an Feldern vorüber oder eingezäunten Koppeln, auf denen die dunklen Schatten dösenden Viehs standen. Auf Menschen trafen sie nicht.
Ermengarda war froh, dass niemand sprach. So viel war an diesem Tag geschehen, dass sie das Gefühl hatte, ihr Kopf müsse zerspringen. Auch schon in der Nacht davor hatte sie vor Aufregung nicht einen Augenblick schlafen können, nicht einmal in ihrem warmen, bequemen Bett im *palatz vescomtal.*
Obwohl der Abscheu vor den Aussätzigen sie fast überwältigt hatte, so konnte sie, nach dieser Erfahrung, nichts als tiefes Mitgefühl empfinden. Sie lebten in grausamer Erbärmlichkeit, mussten um jeden mageren Bissen kämpfen, schliefen auf verfaultem Stroh, waren nichts als Ausgestoßene, von allen

verachtet. Und doch kannten sie Gemeinsinn und Erbarmen, hatten selbst ihr geholfen in der Not, ihr, der verwöhnten Fürstentochter. Und dies, ohne Bezahlung oder Gegenleistung zu fordern. Sie kam sich klein vor neben diesen Elenden. Was strebte sie nach Herrschaft, wenn so wenig zum Leben genügte?

Nun, es soll ja nicht für sie allein sein, sagte sie sich. Wie *Paire* Imbert gern sagte: Wer hat, muss auch teilen. Ja, ein *hospitium* würde sie bauen, wenn Gott es ihr nur vergönnte.

»Ich möchte mich entschuldigen«, raunte Arnaut plötzlich.

»Was?«

»Ich habe mich ungehörig benommen. Bei der Ruine.«

»Ach was. Hab's schon vergessen.« Sie drehte sich kurz um und grinste zu ihm auf. »Eigentlich hattest du ja recht.«

Nach einer Weile fragte sie ihn: »Hast du keine Angst, dass wir uns angesteckt haben könnten?«

»Doch, große sogar.«

»Aber du zeigst es nicht.«

Sie dachte schon, er hätte sie nicht gehört, aber dann sagte er: »Mein Onkel Raol sagt, ein Mann tut, was er tun muss. Jammern und Wehklagen hilft nichts. Außerdem kann niemand wissen, wann Gott ihn ruft. Deshalb sollte man sich darüber keine Gedanken machen.«

»Und danach willst du leben?«

»Ich versuche es.«

Sie marschierten weiter, bis Jori den Finger auf die Lippen legte. »Seid jetzt leise«, flüsterte er. »Wir sind bald am Fluss.«

Kurz darauf trafen sie auf einen breiten Fußpfad, dem sie Richtung Süden folgten. Durch die Büsche zu rechter Hand sah man Mondlicht auf dem Wasser schimmern. Endlich erreichten sie eine offene Stelle mit Zugang zu einer Art flachem Strand. Und dort lag ein Boot. Zwei dunkle Schatten ruhten daneben. Einer erhob sich und kam heran.

»Jori? Seid ihr das?«, rief er leise.

»Es ist Severin«, flüsterte Jori glücklich und rannte ihm entgegen. Die anderen folgten. Ihre Schritte knirschten auf dem Sand.
»*Ome!* Bin ich froh, dich zu sehen.« Severin packte Arnaut an den Schultern und umarmte ihn stürmisch. »Ich hab dich schon verloren geglaubt.«
»Es war haarscharf, das kannst du mir glauben«, lachte Arnaut.
Severin schlug ihm noch einmal auf die Schulter. Dann wandte er sich an Ermengarda. »Wir sollten nicht viel reden, *Domina*«, flüsterte er. »Der Fischer weiß nicht, wen er rudern soll.«
»Dann nenn mich nicht *Domina.*«
Man sah Severins Zähne im fahlen Mondlicht, als er lachte.
»Ich versuche, es mir zu merken, *Domina.* Aber jetzt kommt. Die anderen warten.«
Sie näherten sich dem Boot. Der Fischer, ein knorriger Alter mit zotteligem Schnauzbart, viel mehr konnte man in der Dunkelheit nicht erkennen, hatte sein Gefährt ins Wasser geschoben. Die jungen Männer halfen Ermengarda hinein. Severin stieß ab und landete mit nassen Füßen im Boot. Dann glitten sie den dunklen Fluss hinunter.

Das Kloster zur kühlen Quelle

Ein Fischer hat die Bande über den Fluss gerudert«, sagte Tibaut.
Er war zu Ermessenda geeilt, um zu berichten. Tibaut war einer der wenigen bei Hofe, die im Notfall Zutritt zu den Gemächern der Fürstin hatten. Und zweifellos rechtfertigte die gegenwärtige Lage sein ungestümes Vordringen in ihre Kammern.
Dem strahlend blauen Mittagshimmel zum Trotz saß die *vescomtessa* im Halbdunkel der angelehnten Fensterläden übernächtigt und übel gelaunt im Bett. Lustlos schob sie ihr Morgenmahl von sich, denn die halbe Nacht hatte sie nicht schlafen können, und ihr Kopf fühlte sich an, als würde man heiße Nadeln hineinstechen.
»Ein Fischer? Woher weißt du das?«
»Der Mann hat sich soeben gemeldet.« Tibaut grinste spöttisch. »Ich hab ihm den Tag fürstlich versilbert, dein Einverständnis vorausgesetzt.«
La Bela nickte abwesend. »Sie war also nicht allein.«
»Das wäre auch sehr unwahrscheinlich gewesen. Da steckt Plan und Vorbereitung dahinter, das wird sie sich nicht selbst ausgedacht haben. Der Fischer hat sie jedenfalls nach Mitternacht aufgenommen und ein Stück weiter flussabwärts am anderen Ufer an Land gesetzt. So konnten sie die Straßensperren umgehen.«
»Wer war bei ihr, will ich wissen.«
»Der Mann sagt, ein junger Kerl, unbewaffnet.«

»Nur einer?«
»Auch ein Knabe, zwölf oder dreizehn Jahre alt.«
»Ein Knabe? Was soll das? Will dein Fischer uns zum Narren halten?«
Tibaut zuckte mit den Schultern. »Er beschwört es. Er sagt, ein weiterer junger Mann habe ihn am Abend zuvor angeheuert und ist dann in der Nacht mit ihm rüber, um die drei zu holen. Am Ankunftsort hätten zwei andere mit Pferden gewartet, auch junge Burschen, nach den Stimmen zu schließen. Nur konnte er sie in der Dunkelheit nicht recht erkennen. Er glaubt aber, es seien Edelleute gewesen.«
»Woher will er das wissen, wenn er sie nicht erkennen konnte.«
»Redeweise, Gebaren, du weißt schon. Außerdem trugen sie Schwerter und sahen aus, als wüssten sie damit umzugehen. Ritter oder *soudadiers* in jedem Fall, obwohl sie keine Wappenröcke oder Abzeichen trugen.«
»Vier junge Ritter oder Söldner. Und ein Knabe. Seltsam.«
Dass die Trencavels Ermengarda entführt haben könnten, diesen Bären hatten sie Alfons aufgebunden und sich insgeheim über dessen Leichtgläubigkeit lustig gemacht. Jedenfalls war es gut, ihn in dem Glauben zu lassen. Es lenkte den Mann von ihren eigenen Plänen ab. Aber nun hatten sie endlich eine erste Fährte.
La Bela schloss für einen Augenblick die Augen. Bei dem Stechen in ihrem Hirn war es schwer, einen klaren Gedanken zu fassen.
»Es muss jemand aus der Stadt sein«, sagte sie. »Aber mit wem hatte sie schon Umgang, außer den üblichen Höflingen …« Da fiel ihr Felipe ein. »Menerbas Sohn. Mit ihm habe ich sie des Öfteren tuscheln sehen.«
Warum ihr sofort Felipe de Menerba eingefallen war, hätte sie nicht sagen können, aber ihr Gefühl sprach deutlich. Ein schmucker junger Bursche, schwärmerisch dazu. Der hatte sich gewiss in die hübsche Göre verguckt, machte sich viel-

leicht sogar Hoffnungen auf eine dauerhafte Verbindung, der Narr. Dieser Streich würde ihm nicht gut bekommen, denn dass man die beiden bald einfangen würde, daran hegte sie keinen Zweifel. Tibaut würde sie nicht entkommen lassen.

»*La garça!*«, stieß sie wütend hervor. »Die will sich mit ihm davonmachen. Irgend so eine verzweifelte Liebesgeschichte, da bin ich sicher.« Sie verdrehte die Augen. »Mädchen in dem Alter ... du weißt, was ich meine. Aber musste es ausgerechnet Menerbas Sohn sein? Das macht alles noch verworrener, als es schon ist.«

»Eine Liebesgeschichte?« Tibaut zog Brauen und Schultern hoch. »Gut möglich. Aber der Fischer kennt Felipe aus irgendeiner Spelunke. Er sagt, der sei nicht dabei gewesen, soweit er das in der Dunkelheit erkennen konnte. Jedenfalls nicht im Boot.«

»Und ich wette doch!«, rief la Bela. »Ich frage mich nur, wie sie es angestellt haben. Wie sind sie aus dem Palast gekommen, an allen Wachen vorbei? Es ist unglaublich!«

»Möglicherweise stecken noch andere in der Sache mit drin. Jemand im Palast selbst. Aber wie dem auch sei, wichtig ist jetzt, schnellstens die Verfolgung aufzunehmen, damit wir sie nicht verlieren.«

»Woher willst du wissen, wo sie hin sind?«

»Das Nächstliegende, wie wir wissen, wäre Carcassona oder Besier. Ich habe Joan de Berzi ans Herz gelegt, besonders die Straßen dorthin zu überwachen.« Dabei lächelte er hinterhältig. »Das hält die Tolosaner fürs Erste beschäftigt. Ich werde mit meinen Leuten inzwischen andere Möglichkeiten erkunden.«

»Du glaubst nicht, sie flüchtet zu den Trencavels?«

»Wer weiß? Wenn Ermengarda gewitzt genug ist, diese Flucht zu planen, wird sie kaum so dumm sein, das zu tun, was jeder als Erstes vermuten würde. Ich meine, sie oder ihre Helfer, wer auch immer der Schlaukopf unter ihnen ist. Jetzt muss ich mich empfehlen, *Midomna.* Meine Männer warten.«

Mit diesen Worten verbeugte sich Tibaut und ließ la Bela tief in Grübeleien versunken zurück. Sie fühlte sich immer noch schwach, unfähig aufzustehen. Hatte ihre Göttin sie verlassen? Nie hätte sie gedacht, dass Ermengarda zu so etwas fähig gewesen wäre. *Jes Maria,* was für eine Wildkatze!
Zu ihrem Unmut wurde nun auch noch Alfons gemeldet, der nach ihr verlangte. Sie stöhnte, denn das kam ihr gar nicht gelegen, aber man musste den Fürsten von Tolosa bei Laune halten, gerade jetzt. Hastig, und trotz ihres Kopfschmerzes, sprang sie aus dem Bett und ließ sich von ihrer Dienerin ankleiden.
Alfons, der ungeduldig in Ermessendas Empfangssaal gewartet hatte, sprang auf, als sie sich endlich zeigte.
Er nahm ihre Hand und hauchte einen Kuss darauf. Sie kam ihm müde, abgespannt vor. Kein Wunder, dachte er, wenn einem die eigene Tochter entführt wird. Trotz der Schatten unter ihren Augen fand er, dass la Bela mehr denn je ihrem Beinamen Ehre machte. Die vornehme Blässe passte zu den feuerroten Haaren. Während sie mit niedergeschlagenen Augen Platz nahm, drapierte sie die körperschmeichelnden Falten ihres Gewandes auf eine Weise, die sowohl züchtig wie verhalten aufreizend wirkte. Fast schmerzhaft spürte er den Zauber ihrer Weiblichkeit.
»Es tut mir leid, meine Liebe«, sagte er. Und als sie ihn aus grünen Augen fragend ansah, fügte er hinzu: »All die Aufregung. Es muss quälend für dich sein.«
»Eher für dich. Man hat dich deines Weibes beraubt.«
»Nun ja.« Er räusperte sich. In ihrer Gegenwart war es ihm peinlich, von Ermengarda als seinem Weib zu reden. Außerdem musste er sich an den Gedanken erst noch gewöhnen. Aber die Frechheit, mit der man ihm unter der Nase die Braut entführt hatte, war schon atemberaubend.
Eine Erniedrigung, ein Schlag ins Gesicht, der seinen Stolz empfindlich verletzt hatte. Daran, dass er Ermengarda zurückbekommen würde, zweifelte er jedoch keinen Augen-

blick. Und dann würde er sich an den Entführern grausam rächen.
»Meine Männer suchen alle Straßen ab«, knurrte er. »Man wird sie finden.«
»Und wenn nicht?«
»Nun«, er zögerte. »Dann wird es wahrscheinlich auf ein … ein Lösegeld hinauslaufen, verflucht noch mal! Entschuldige die grobe Redeweise, aber es ist wirklich mehr als ärgerlich. Man wird dann mit den … Trencavels zu verhandeln haben. Und vermutlich wird sich Narbona wohl oder übel an einer Summe … beteiligen müssen.« Sein Sprachfehler machte sich wieder bemerkbar.
La Bela blickte überrascht auf. »Du willst uns dafür bluten lassen, dass man dir dein Weib gestohlen hat?«
Die Frage machte ihn sichtlich verlegen.
»So weit ist es ja noch nicht. Wir werden die Entführer gewiss bald fangen. Und schlimmstenfalls … nun, man könnte ja den Juden eine Sondersteuer auferlegen, was meinst du? Die haben doch genug Geld.«
Er fasste erneut ihre Hand.
»Den Trencavels, den verfluchten Hunden, werde ich in jedem Fall das Leben schwermachen, das verspreche ich dir. Meine Männer sind gerüstet. Wir brechen noch heute auf. Ab nun herrscht Krieg!«
»Was für Zeiten!«, seufzte la Bela schwach.
Von dem Fischer und der nächtlichen Flucht über die Aude erzählte sie ihm jedoch nichts.

***

»Nicht sehr beeindruckend«, sagte Felipe.
Sie befanden sich auf einer der vielen bewaldeten Anhöhen dieser östlichen Ausläufer der Corbieras und blickten hinab auf die bescheidenen Klostermauern, die sich in das stille Tal zwischen den grünen Hügeln duckten.

»Bist du sicher, dein Mann hält sich hier auf?«
»Ganz sicher«, erwiderte Arnaut. »Noch auf der Herreise haben wir ihn besucht. Er mag es hier, gerade wegen der Einsamkeit. Er ist ein Bücherwurm.«
Aber Felipe hatte recht. Santa Maria de Fontfreda war keines der großen Klöster, deren ehrwürdige Namen jedermann auf der Zunge trug. Hier gab es nur einfache Unterkünfte, die mit dem gedrungenen Haupthaus ein Viereck bildeten, eine kleine Kapelle, Scheunen und Stallungen, Schweinekoben und Schafhürden, viel mehr war nicht zu sehen. Vor etwa fünfzig Jahren durch eine Landgabe und Stiftung von Ermengardas Großvater gegründet, dann von den Vizegrafen prompt vergessen und sich selbst überlassen, hatte die kleine Gemeinschaft der frommen Brüder durch Schweiß und Hartnäckigkeit der Wildnis einen bescheidenen Wohlstand abgetrotzt. Sie hatten Auen in fruchtbare Felder verwandelt, Wald gerodet, Ölbäume und Wein gepflanzt, eine Schafzucht begonnen und das Wasser des kleinen Bachs, der hier floss, genutzt, um ihren Gemüsegarten zu bewässern. Nach diesem Bächlein war auch das Kloster benannt, *font freda,* die kühle Quelle, und sein sanftes Plätschern ließ sich bis hier oben vernehmen, wo Arnaut und Felipe müde und durstig zwischen den Büschen lagen. Sie hatten beschlossen, mit Umsicht vorzugehen, sich erst zu vergewissern, dass keine Gefahr drohte.
In der vergangenen Nacht, nach geglückter Überquerung der Aude, hatten sie den Fischer entlohnt und sich auf den Weg machen wollen. Da hatte Jori lange gebettelt, ihn mitzunehmen. Doch was sollten sie auf der gefährlichen Reise mit einem halben Kind anfangen, das nicht einmal reiten konnte? Andererseits, wie alle wussten, hatte Jori sich in der Nacht würdig erwiesen, seinen Platz unter ihnen einzunehmen. Felipe hatte nur mit den Schultern gezuckt, Severin war sofort dafür gewesen, und als dann auch Ermengarda für ihn sprach, ließ sich Arnaut erweichen. Sie hatten den Jungen auf das Maultier gehoben, wo er sich fortan tapfer festgeklammert hatte.

Quer über die Felder waren sie im letzten Licht des Mondes geritten und dann westwärts bis in die ersten sanften Erhebungen der Corbieras. Um sich im unbekannten, offenen Gelände nicht zu verirren, hatten sie bis zum Morgengrauen in einem Waldstück ausgeharrt. Ermengarda, vor Übermüdung völlig erschöpft, hatte ein wenig schlafen können.

Im Kloster unter ihnen regte sich etwas. Sie sahen einen Mönch, der mit aufgekrempelten Ärmeln einen Holzeimer über den Hof und zu den Ställen schleppte. Vermutlich Küchenabfälle für die Tiere, denn bald darauf hörte man Schweine quieken und grunzen.

Verstohlen blickte Arnaut zu Felipe hinüber, der neben ihm im Gras lag und auf einem Halm kaute. Felipe hatte nichts dagegen gehabt, diesen Umweg über Fontfreda zu nehmen, und hatte sie alle unterwegs mit Scherzen und ausgelassenen Sprüchen bei Laune gehalten. Am Fluss, nachdem der Fischer endlich davongerudert war, hatte Ermengarda den jungen Fürstensohn stürmisch umarmt und sich überschwenglich bei ihm bedankt, während Arnaut abseits zugeschaut hatte.

Doch dann hatte sie ihn ebenfalls bei der Hand genommen. Alles habe sie nur Arnaut und seinem Mut zu verdanken, ohne ihn wären sie kläglich gescheitert. Auch Felipe hatte ihm begeistert auf die Schulter geklopft und ihn Bruder genannt, nachdem die Geschichte ihrer Flucht aus dem Palast erzählt war. In der Erinnerung konnte Arnaut immer noch Ermengardas Hand spüren. Weich und zart hatte sie sich angefühlt.

»Gehen wir«, sagte er. »Keine *soudadiers* zu sehen.«

Sie zogen sich zurück und schlugen sich auf der rückwärtigen Seite des Hügels durch Wald und dichtes Unterholz bis hinab zum schmalen Pfad, wo die anderen mit den Pferden warteten. Alle, außer Ermengarda und Jori, steckten in schweren Rüstungen, trugen Schild und Schwert. Es ließ sie älter aussehen, als sie waren. Sie fühlten sich als ehrenvolle Ritter ihrer Garde, wild entschlossen, die Erbin von Narbona bis zum letzten Mann zu verteidigen.

»Alles in Ordnung?«, fragte Raimon.
»Niemand hier, außer den Mönchen«, erwiderte Felipe.
Raimon hatte im letzten Augenblick beschlossen, sich ihnen anzuschließen, obwohl er in der Rüstung aussah, als sei ihm der Umgang mit Waffen nicht ganz geheuer. Er sei kein großer Krieger, hatte er selbst zugegeben, aber er habe es satt, nur den Höfling zu spielen. Eine Reise mit Ermengarda sei doch gewiss kurzweiliger. In kluger Vorausschau hatte er neben seiner eigenen Ausrüstung auch ein Maultier mit warmen Decken und ein paar Zeltplanen beigesteuert, Dinge, die Felipe in seinem Eifer vergessen hatte. Falls also nötig, würden sie zumindest für Ermengarda ein wärmendes Zelt errichten können.
Felipe und Arnaut saßen auf, und die kleine Truppe setzte sich in Bewegung. Auch mit der Wahl des Zelters hatte Felipe kein Glück gehabt, denn obwohl ein schönes und wertvolles Tier, war er Ermengarda zu brav. Sie hatte Arnauts kräftigen Wallach Basil vorgezogen. Ein Zelter sei etwas für Mädchen, hatte sie gescherzt, und passe doch kaum zu einem jungen Knappen, oder?
Unterwegs hatten sie lange darüber gestritten, ob sie vor den Mönchen Ermengardas Maskerade aufrechterhalten sollten. Aber irgendjemandem mussten sie doch vertrauen, und *Paire* Imberts Empfehlungsschreiben würde gewiss für ihr Anliegen sprechen, nicht zu vergessen Bruder Aimar, der, wie Arnaut behauptete, das Vertrauen des Priors genoss.
Sie näherten sich dem Kloster von der rückwärtigen Seite und erreichten das breite Hoftor in der aus einfachen Feldsteinen errichteten Einfriedung hinter den Scheunen und Ställen. Der gleiche Mönch, der zuvor die Schweine versorgt hatte, stellte die mistbeladene Schubkarre ab und kam ihnen entgegen. Sein Haar unter der Tonsur war graugefleckt, und an den schwieligen Händen standen die Adern hervor. Am Torgatter blieb der Mann stehen und musterte sie misstrauisch.
»Wir wünschen den Prior zu sprechen«, sagte Arnaut, der aus dem Sattel gestiegen war.

»Wer wünscht ihn zu sprechen?«
»Ich bin Arnaut de Montalban. Und ich bitte dich, sag auch *Fraire* Aimar Bescheid, der sich hier befindet. Er kennt mich gut.«
Der Mönch starrte ihn aus wässrigen Augen an. »Wart Ihr nicht erst kürzlich hier?«
»So ist es. Vor neun Tagen. Nun geh und tu deine Pflicht.«
Ohne viel Begeisterung drehte der Mönch sich um und stapfte zum Haupthaus hinüber.
Doch bevor er es erreichte, öffnete sich eine Tür, und mehrere Mönche traten heraus, um sich neugierig zu nähern. Dann machten sie Platz für den Prior, einem großen, knochigen Mann in mittleren Jahren.
»Gott zum Gruß, Prior Berard«, sagte Arnaut und nahm den Helm ab. »Wir suchen Eure Gastfreundschaft.«
Der Prior kniff die Augen zusammen, um besser sehen zu können. »Ihr seid doch der junge *cavalier,* der neulich hier war. Ein Verwandter unseres geschätzten Bruders Aimar, nicht wahr?«
»So ist es.«
Der Prior lächelte erfreut und befahl den anderen Mönchen, das Gatter zu öffnen. »Bruder Peire ist nicht immer sehr höflich zu Fremden. Steigt von Euren Reittieren und führt sie herein. Wir werden uns um sie kümmern, nicht wahr, Peire?«
Bei den letzten Worten warf er dem Genannten einen strengen Blick zu. Dann wandte er sich wieder an Arnaut. »*Fraire* Aimar wird sicher bald kommen. Ich habe ihn zur Abwechslung in den Wald geschickt, um Nüsse zu sammeln und um einen klaren Kopf zu bekommen. Er studiert zu viel, der arme Kerl. Aber Ihr kennt ihn ja. Kriegt die Nase nicht aus den Büchern.«
Alle waren inzwischen abgestiegen und überließen den Mönchen die Tiere.
»Dies ist Felipe de Menerba«, stellte Arnaut ihn vor. »Ihr habt gewiss von den Menerbas gehört.«

»Wer hat das nicht?« Der Prior verneigte sich, sichtlich überrascht und ein wenig verunsichert. »Es ist mir eine große Ehre.«
Arnaut fasste den Mann leicht am Ellbogen und zog ihn zur Seite. »Wir hätten Euch gern in vertraulicher Angelegenheit gesprochen, *Mossenher*«, raunte er.
Prior Berard hob erstaunt die Augenbrauen, aber bevor er antworten konnte, war noch ein Mönch aus dem Haus getreten und begrüßte Arnaut und Severin aufs herzlichste. Er war kein großer Mann, knapp an die dreißig, hatte aschblonde Haare. Und die freundlichsten blauen Augen, fand Ermengarda.
»Ah, Bruder Aimar. Da bist du ja«, sagte der Prior. »Wir haben Besuch, wie du siehst.«
»Und wer sind deine Begleiter, Arnaut?«, fragte Aimar.
Arnaut senkte die Stimme. »Ich wollte es gerade dem Prior erklären …«
»So ist es. Wenn du uns für einen Augenblick entschuldigst, Aimar«, sagte der Prior. »Die jungen Leute wollten mich eiligst sprechen. Es ist wohl etwas Vertrauliches.«
»Es betrifft auch Bruder Aimar«, sagte Arnaut.
Der Prior schüttelte den Kopf. »Da spannt Ihr mich aber auf die Folter.« Er bat sie in sein Gemach. Als Ermengarda ihnen folgte, fragte er: »Auch der Knappe?«
Arnaut nickte verlegen. »Ihr werdet es gleich verstehen.«
Die Kammer des Priors war weitaus geräumiger als eine einfache Mönchszelle, dennoch blieb neben der Lagerstatt, dem Schreibpult, einer Gebetsbank unter schlichtem Kreuz, der großen Kleidertruhe und zwei harten Stühlen wenig Platz, so dass Arnaut und Felipe in ihren schweren Rüstungen etwas gedrängt neben dem winzigen Fenster standen, das auf den Innenhof blickte. Aimar setzte sich auf die Truhe, Ermengarda stand etwas verloren neben der Gebetsbank. Der Prior rief nach Wein, man trank einen Schluck, und sobald der Gastfreundschaft Genüge getan und die Kammertür wieder verschlossen war, blickte er sie erwartungsvoll an.

»Nun denn, *Messenhers?*«

Bevor Arnaut den Mund öffnen konnte, trat Ermengarda vor. Man merkte ihr die innere Unruhe an, aber sie zwang sich zu einem Lächeln.

»Ich bin Ermengarda von Narbona«, sagte sie mit überraschend fester Stimme. »*Vescoms* Aimerics älteste Tochter und alleinige Erbin der Vizegrafschaft.«

Der Prior wusste nicht, wie ihm geschah. Er riss Mund und Augen auf und sah fragend von einem zum anderen. Da nahm sie die Mütze vom Kopf, entledigte sich des Seidenbands und schüttelte ihre dunkle Haarpracht frei, dass diese, wenn auch etwas verschwitzt und verklebt, bis auf die Hüften fiel. Das veränderte mit einem Schlag ihr Aussehen.

Prior Berard starrte sie lange an.

»Jes Maria!«, stammelte er, fiel auf ein Knie und küsste ihre Hand. Schließlich gehörte das ganze Land ringsum den Vizegrafen, und somit war Ermengarda, wenn sie es wirklich war, seine Lehnsherrin. Dann sprang er wieder auf und bot ihr einen der Stühle an, wagte sich selbst aber nicht zu setzen. »Wie kann ich Euch zu Diensten sein, Herrin?«

»Man trachtet mir nach meinem Erbe«, sagte sie ohne Umschweife. »Ich brauche Eure Hilfe.«

Sie löste die Schnüre ihrer Tunika und holte das Schreiben des Abtes von Sant Paul hervor. Der Prior trat ans Fenster, las aufmerksam und lauschte dann Ermengardas Geschichte von erzwungener Heirat, Tolosaner Machtgelüsten und den Ränken ihrer Stiefmutter. Als sie ihre Flucht schilderte, schüttelte er vor Staunen immer wieder den Kopf. Von den Stunden bei den Aussätzigen erzählte sie vorsichtshalber nichts.

»Aimerics Erbe gehört seinen Kindern, nicht den Grafen von Tolosa«, sagte sie, als sie geendet hatte. »Gott kann diese unrechte Verbindung nicht wollen.« Ihre Stimme zitterte etwas bei diesen Worten, obwohl sie versuchte, sich keine Schwäche anmerken zu lassen.

Wenn sie gedacht hatten, der Mönch würde die Hände über

dem Kopf zusammenschlagen vor so viel jugendlichem Ungehorsam, vor ihrem Unverstand und Leichtsinn, dann hatten sie sich gründlich in Prior Berard getäuscht. Er war eine kämpferische Seele, und seine Augen leuchteten bei ihren letzten Worten.

»Bei allen Heiligen, Herrin«, rief er mit großem Nachdruck. »Gott ist auf der Seite der Gerechten! Und was mich und meine Brüder hier betrifft, so könnt Ihr auf uns zählen. Für sie alle lege ich die Hand ins Feuer.«

»Und wie soll es jetzt weitergehen?«, fragte Bruder Aimar in mildem Ton.

»Das wollten wir dich fragen«, antwortete Arnaut an Ermengardas Stelle. »Deshalb sind wir hier.«

»Warum mich, um alles in der Welt?«

Zum ersten Mal mischte sich Felipe ein. »Mein Vater hat gute Beziehungen zum Hause Trencavel, wo man schon seit geraumer Zeit Alfons' Taktieren um Narbona mit Sorge betrachtet. Es gehen Gerüchte um, dass sie sich zum Krieg gegen Alfons rüsten. Deshalb schien es das Beste, nach Carcassona zu reiten. Aber dann hat Arnaut uns überzeugt, die Straßen dorthin seien jetzt zu gefährlich, und außerdem«, er grinste unbekümmert auf seine einnehmende Art, »Ihr wüsstet besser, was zu tun sei, bevor wir eine Dummheit begehen.«

»Du bist doch weit gereist, Aimar«, pflichtete Arnaut bei. »Du warst an Domschulen und Fürstenhöfen. Wenn du uns nicht raten kannst, wer dann?«

»Ach, die große Politik«, sagte der Prior und hob hilflos die Arme. »Das ist fürwahr nicht meine Sache.«

Bruder Aimar erhob sich und lächelte. »Erwartet nicht zu viel von mir. Ob ich helfen kann, weiß ich nicht, aber gehen wir doch ein wenig nach draußen. Hier drinnen ist es zu eng und stickig.«

Unter den neugierigen Blicken der übrigen Mönche traten sie ins Freie, verließen die Einfriedung und schlenderten tief im

Gespräch am Bach entlang, bis sie zu Prior Berards Zuflucht kamen, wo er oft und gern ungestört mit seinem Gott sprach. Ein schattiges Plätzchen mit einer Bank im grünen Gras und moosbewachsenen Steinen.

Es war ein strahlender Oktobernachmittag, wie es sie nicht selten gibt, angenehm warm für die Jahreszeit, voll goldenen Lichts über sanften Hügeln, die in den schönsten Herbstfarben glühten.

»*Vescomtessa* Ermengarda«, wandte sich *Fraire* Aimar an sie. »Ich nenne Euch so, denn trotz Eurer Jugend seid Ihr durch diese Heirat in den Genuss des Titels gekommen. Das kann Euch niemand abstreiten. Gerade deshalb aber ist es wichtig, zu erwägen, in wessen Hand Ihr Euch begebt. Ohne Zweifel seid Ihr ein Pfand der Macht von außerordentlichem Wert. Arnaut hat Euch deshalb gut beraten, vorsichtig zu sein.«

»Glaubt Ihr, die Trencavels hegen böswillige Absichten?«, fragte sie verunsichert.

»Keineswegs! Doch wäre es vielleicht besser, sich der Partei anzuvertrauen, die noch am ehesten Euren Vorteil am Herzen hat. Ich meine die Katalanen, Eure eigenen Verwandten. Graf Ramon Berenguer ist doch Euer Vetter.«

»Ich weiß, aber Barcelona ist weit. Was kümmert ihn unser kleines Narbona. Außerdem sagt man, dass er seit seiner Verlobung mit Peronella von Aragon nur noch die Vereinigung der beiden Reiche im Sinn hat.«

»Das mag sein, aber vergesst nicht, dass die Katalanen auch diesseits des Pireneus Besitzungen haben. Dazu kommt der katalanische Teil der Provença, ein ewiger Zankapfel zwischen Barcelona und Tolosa. Ihnen ist daran gelegen, ein Gleichgewicht der Mächte zu erhalten. Deshalb pflegen sie gute Beziehungen entlang der ganzen Küste, und wichtigstes Glied des Bundes war immer Narbona. Deshalb ist mein Rat, vergesst erst einmal die Trencavels und Guilhem von Montpelher. Obwohl sie mit den Katalanen verbündet sind, haltet Euch lieber an Ramon Berenguer selbst. Reitet also nach Barcelona. So eifrig auch die Hunde bellen, man muss den Bären wecken, um den Wolf zu vertreiben.«

Ermengarda lächelte über dieses Bild.

Doch dann schielte sie zu Felipe und Arnaut hinüber und seufzte entmutigt. »Aber was habe ich dem Grafen von Barcelona schon zu bieten? Wird er mir überhaupt glauben und auf mich, ein Mädchen, hören?«

»Natürlich wird er das. Ihr unterschätzt Eure Bedeutung, Herrin. Aber, wenn Ihr wollt, will ich noch heute Abend in einem ausführlichen Schreiben die Lage darlegen und meine Empfehlung ausdrücken.«

Plötzlich grinste er augenzwinkernd. »Außerdem werdet Ihr das Gespräch von ganz Barcelona werden, denn Euer Abenteuer ist doch wirklich zu köstlich. Dem Grafen von Tolosa im letzten Augenblick noch vom Teller gehopst. Verzeiht mir den Ausdruck.«

»Dem Grafen vom Teller gehopst!« Da musste auch Ermengarda herzlich lachen. Es war wie eine Befreiung nach der Anspannung der letzten Tage.

Und so beschloss man, dass sie und ihre jungen Begleiter sich gleich am nächsten Morgen auf den Weg nach Barcelona machen würden. Mit Glück würden sie die gewaltigen Bergmassen des Pireneus noch vor dem ersten Winterschnee überqueren können.

Nach der Vesper aßen sie mit den Mönchen in einer bescheidenen Halle, die als *refectorium* diente, und bei Sonnenuntergang, nach dem Abendgebet, rüsteten sie sich für die Nachtruhe. Während Prior Berard seine Kammer Ermengarda überließ, legten sich Jori und die jungen Männer in Decken gerollt in der Scheune zu den Pferden ins Stroh. Severin schlief wie immer gleich ein. Die anderen flüsterten noch ein wenig über die bevorstehende Reise, doch bald fielen einem nach dem anderen die Augen zu, hatten sie doch in den vergangenen Nächten kaum geschlafen. Und so mischten sich die tiefen Atemzüge der Schläfer mit dem gelegentlichen

Schnauben der Tiere oder den leisen Geräuschen der heukauenden Pferdekiefer.
Nur Arnaut wälzte sich von einer Seite zur anderen.
Er durchlebte im Geist die abenteuerliche Flucht aus dem Palast und sandte ein inbrünstiges Dankgebet an die Heilige Jungfrau, denn wie leicht hätte es anders ausgehen können. Seine Mutter Adela hatte ihm schon als Kind eingebleut, dass die *familia* von Rocafort den besonderen Schutz der Jungfrau genoss, solange sie täglich am Ende des Tages zu ihr beteten, eine Familientradition, die schon die Großmutter begründet hatte, vor langer, langer Zeit im Heiligen Land. Dass das Kloster Fontfreda der Jungfrau Maria geweiht war, wertete er als ein gutes Zeichen für die kommende Reise.
Trotzdem war er aufgeregt. Im Herbst über die Berge und bis nach Barcelona, *mon Dieu!* Das war schon der halbe Weg bis ins Maurenland. Und dann dachte er an Ermengarda, wie sie ihn angesehen und bei der Hand genommen hatte. Diesen Augenblick hatte er genossen. Er war nur ein paar Jahre älter und fühlte sich dennoch verantwortlich für sie. Wer weiß, was ihnen unterwegs begegnen würde? Reisen war immer gefährlich. Gesetzloses Gesindel hauste in den Wäldern, Banden trieben ihr Unwesen. In den Bergen musste man sich vor reißenden Tieren in Acht nehmen. Aber zusammen mit Felipe und Severin würden sie mit solchen Schwierigkeiten fertig werden. Raimon wusste er noch nicht einzuschätzen, aber auf Felipe konnte man sich gewiss verlassen. Er mochte ihn immer mehr, je länger sie sich kannten.
Endlich dämmerte er hinüber in einen tiefen Schlaf, und nur einmal war ihm in der Nacht, als hörte er die Mönche singen.

***

Es kam Arnaut so vor, als sei er gerade erst eingeschlafen, als der erste Hahnenschrei ihn aus einem unruhigen Schlummer riss. Benommen fuhr er hoch. Er fühlte sich am ganzen Körper wie zerschlagen. Severin war schon auf den Beinen. »Zeit für dein Morgenbad, *mon velh*«, schmetterte er fröhlich und stapfte aus der Scheune.

Stöhnend erhob sich Arnaut und folgte ihm. Draußen herrschte Halbdunkel, die Nacht war noch nicht ganz gewichen, und grau und schwer lag der Nebel über dem Kloster, die Luft feucht und doch wie gefroren. Zitternd verschränkte er die Arme vor der Brust, dann nahm er sich ein Herz, rannte hinter Severin her, durch das Tor und hinunter zum Bach. Schon hatten sie die Tuniken über den Kopf gezogen, standen auf wackeligen Steinen und schöpften glasklares, eisiges Wasser über Gesicht und Brust. Dabei johlten und lachten sie, schüttelten sich wie junge Hunde.

»In dieser Kälte! Seid ihr verrückt?« Felipe stand auf der sanften Böschung und starrte sie entgeistert an.

»He, du siehst so trocken aus!«, lachte Arnaut und warf ihm eine Handvoll Wasser ins Gesicht. Da stürzte Felipe sich mit Geheul ins Bachbett, und bald spritzte es in alle Richtungen. Triefend und außer Atem traten sie schließlich den Rückzug an. In der Scheune, während sie sich trockenrubbelten, bewarfen sie sich mit höhnenden Scherzworten statt mit Wasser. Auch Raimon bekam seinen Teil davon ab, so dass er sich zum ersten Mal als ebenbürtiges Mitglied der Gruppe fühlte. Jori lachte ausgelassen.

In trockenen Kleidern und mit glühenden Wangen standen sie später neben Ermengarda in der Kapelle, um am *laudes* der Mönche teilzunehmen. Nach Hymnen, Morgenpsalmen und Vaterunser bat Prior Berard Gott den Herrn um Seinen Schutz auf der bevorstehenden Reise und um gutes Gelingen für Ermengardas Vorhaben. Dann segnete er sie alle.

Fraire Aimar führte eine gesattelte Stute aus dem Stall, ein feingliederiges Reittier, ohne Zweifel auch dieses aus Rocaforts Zucht.

»Ich komme mit«, sagte er zu Arnauts Überraschung. »In der Nacht habe ich versucht, den Brief aufzusetzen. Aber dann

kam es mir in den Sinn, wie jung ihr doch alle seid. Wie kann ich euch da allein reiten lassen?«
»Wir werden es schon schaffen.«
»Die Reise gewiss. Aber wie werdet ihr die Höflinge des Grafen überzeugen, die hohen Räte und Bedenkenträger? Ermengarda braucht einen Berater. Ihr Anliegen ist zu wichtig.« Er legte Arnaut die Hand auf die Schulter. »Außerdem, dein Großvater, den ich liebe, würde es mir nicht verzeihen, wenn ich dich in so einer Sache alleine ziehen ließe.«
»Ach was! Du musst das nicht tun.«
»Ich schulde es der *familia.* Ihr wart immer mehr als gut zu mir. Dies ist eine Gelegenheit, meinen Dank zu zeigen.«
Für den langen Weg stifteten die frommen Männer Schafskäse, harte Wurst und Trockenfleisch als Wegzehrung, dazu eine Notration Hafer für die Tiere. Und für die kalten Nächte im Gebirge verteilten sie Handschuhe, Schafspelze und warme Wollmäntel aus eigener Herstellung. Auch drängte ihnen Prior Berard alles Silber auf, das die Mönche besaßen. Pferde und Maultiere wurden beladen, Felipes hübschen Zelter nutzten sie als weiteres Packtier.
Nachdem sich die jungen Ritter gerüstet und ihre Waffen geprüft hatten, erschien Ermengarda in ihren Männerkleidern, immer noch unbeholfen in dieser Aufmachung.
»Sie sieht heute anders aus«, raunte Severin den anderen zu.
»Die Haare«, flüsterte Jori.
»Hast du die Haare abgeschnitten?«, rief ihr Felipe zu.
Ermengarda wurde rot. »Sieht es hässlich aus? Sagt es mir lieber gleich!«
»Nein!«, beteuerten sie ganz ernsthaft im Chor. Dann musste Felipe lachen. »Na wenigstens nimmt man dir jetzt den Knappen ab, bei diesem Schnitt.«
Sie streckte ihm die Zunge raus. »War ja auch die Absicht.«
Arnaut wurde langsam unruhig. Die Tolosaner waren gewiss seit dem Morgengrauen unterwegs, um sie zu suchen. Etwas sagte ihm, es war höchste Zeit, sich auf den Weg zu machen.

Doch Prior Berard wollte nichts davon hören. Im *refectorium* mussten sie eine letzte stärkende Mahlzeit einnehmen. Bruder Koch fuhr mächtig auf, gebratene Eier mit Schinken und Kräutern, krustige Brotlaibe, in Essig eingelegten Kohl und Herbstobst aus dem Garten. Dazu verdünntes Bier aus dem Keller.

»Heute ist Freitag«, sagte der Prior, »und da ist natürlich Fasten angesagt. Doch Gott wird es uns nachsehen, denn für die Reise müsst ihr euch stärken.« Dabei langte er selber kräftig zu. »Bruder Loris wird euch auf den Weg bringen«, sagte er mit vollen Backen und stellte ihnen einen jungen Mönch vor. »Er ist in der Gegend aufgewachsen und kennt jeden Weg und Steg. Er wird euch über versteckte Pfade führen und so die Straßen meiden.«

»Wir sollten aufbrechen«, erinnerte Arnaut, aber *Paire* Berard ließ sich nicht drängeln. Er erhob sich und erging sich in einer wohltönenden Rede über die noble Vizegrafschaft von Narbona, die Ehre, die ihnen die junge *vescomtessa* erwiesen habe, freundliche Abschiedsworte für den geliebten Bruder Aimar.

Doch plötzlich wurde er rüde unterbrochen. Der Hufschlag vieler Pferde tönte laut im Hof des Klosters, Männerstimmen, Hundegebell. Reiter stiegen von ihren Tieren, Schritte näherten sich.

Mit einem Satz waren Felipe und Arnaut mit blanken Waffen von den Bänken und stellten sich mit den Rücken an die Wand gleich neben dem Eingang, um jeden Eindringling niederzumachen, der es wagte, bis hierher vorzudringen. Severin zog ebenfalls sein Schwert und trat schützend vor Ermengarda. Raimon wischte sich erschrocken das Fett von den Lippen, dann war auch er auf den Beinen.

Schon hämmerten sie an die schwere Außentür, dass es durch die Vorhalle dröhnte. Im *refectorium* war es, als sei der Fuchs unter die Hühner geraten. Alle Mönche waren von den Sitzen geschnellt, redeten entsetzt und wild durcheinander, bis

Prior Berard sich gefasst hatte und sie mit eindringlichen Gesten zur Ruhe beschwörte. Da trat lähmende Stille ein, die fast noch schwerer lastete als das erschrockene Durcheinander zuvor.

Noch einmal hämmerte es herrisch an der Tür.

»Kein Blutvergießen!«, beschwor der Prior sie leise, aber eindringlich. »Ich rede mit ihnen und schicke sie weg. Aber ihr macht euch sofort davon!« Seine Handbewegungen waren unmissverständlich, als scheuche er eine aufgeregte Herde Gänse aus dem Haus. »Schnell, schnell, durch die Hintertür.«

Bruder Loris lief voran, gefolgt von Ermengarda und den anderen. Der Nebel lag noch auf dem Hinterhof, man sah alles wie durch einen hauchdünnen Schleier. Sie machten die Pferde los, saßen eiligst auf. Auch der junge Mönch Loris zog sich auf den Rücken eines klapperdürren Maultiers. Arnaut packte Jori an Hosenbund und Kragen, hievte ihn auf Severins Stute, wo der ihn vor sich in den Sattel setzte.

Als Arnaut sich umdrehte, um seinen Hengst zu besteigen, stürmten plötzlich drei Bewaffnete auf ihn zu. Mit gezogenem Schwert stellte er sich ihnen in den Weg, wehrte den ersten Hieb ab, duckte sich unter dem zweiten, stach seine Klinge einem Kerl ins Gesicht, spürte plötzlich selbst einen Schmerz an der Schulter und sprang zurück.

Einer der Angreifer lag blutend am Boden, die anderen beiden hielten Abstand, brüllten nach Verstärkung.

Jetzt stürzten sich ein paar Hunde auf Arnaut. Ein Schwertstreich, und einer wand sich winselnd im Staub des Hofs, die anderen umkreisten ihn zähnefletschend. Arnaut fragte sich, ob es zu schaffen sei, sich in den Sattel zu schwingen, als zwei Armbrustschützen auftauchten und sofort anlegten.

Schon knallten die Bolzen von den Waffen, einer flog dicht an seinem Kopf vorbei und traf den Zelter im Nacken. Er glaubte einen Schrei zu hören, sah kurz Ermengardas bleiches Gesicht. Dann stieg vor ihm schrill wiehernd das getroffene Tier mit den Vorderhufen in die Luft.

»Lass den Gaul zurück«, schrie Felipe und war auf einmal hoch zu Ross und schwertschwingend mitten unter den *soudadiers* und Hunden, trieb sie zurück. »In den Sattel, *ome,* und nichts wie weg hier!«, brüllte er.

Arnaut ließ sich das nicht zweimal sagen. Er sprang auf, und im Nu waren sie durchs Tor und jagten den anderen nach, noch ein Stück verfolgt von den erregten Hunden, bis sie im Nebel zwischen Bäumen verschwanden. Auch der verwundete Zelter versuchte zu folgen. Doch nicht lange, da blieb das Tier ängstlich und verwirrt stehen, umringt von wütend kläffenden Kötern.

Der Ritt nach Süden

Ohne Bruder Loris hätten die Flüchtenden in den Nebelschwaden den Weg verloren, hätten sich gar im Kreis gedreht und wären so ihren Verfolgern in die Arme gelaufen.

Aber mit ihm an der Spitze legten sie in scharfem Ritt schnell Entfernung zwischen sich und dem Kloster. Dann ging es langsamer, und vor allen Dingen leiser, hinein in die dichten Wälder, wo sie beständig tiefhängenden Zweigen auswichen und auf gewundenen Wildpfaden zu den weiten Hügelkuppen kletterten. Hier oben begrüßte sie eine strahlende Herbstsonne, unten im Tal lag das Nebelmeer.

Sie hielten inne und lauschten angestrengt. Das Bellen der Hunde, vereinzelter Hufschlag und die Rufe der Verfolger klangen immer entfernter. Da entspannten sich ihre Mienen. Arnaut rieb sich die Schulter, wo ein Schwerthieb ihn getroffen hatte. Mehr als einen blauen Fleck würde es, dank Kettenpanzer und Lederpolsterung, jedoch nicht geben. Er bedankte sich bei Felipe, dass er ihn rechtzeitig rausgehauen hatte.

Der grinste nur. »Nicht der Rede wert, Kamerad.«

Severin bekreuzigte sich. »Wir hatten mehr Glück als Verstand. Ich hoffe, es hält noch eine Weile an.«

»O Raimon, du bist ja verwundet«, rief Ermengarda auf einmal und betrachtete mit Schrecken das Blut, das von seinen Fingern tropfte. Einer der Armbrustbolzen hatte die Kettenglieder am linken Oberarm des Panzers durchschlagen und sich tief in den Muskel gebohrt.

»Nicht so schlimm«, antwortete er und lächelte tapfer.
»Der Schuss hätte mich getroffen, wenn er sich nicht dazwischengeworfen hätte«, sagte sie zu den anderen. »Der Pfeil kam genau auf mich zu.«
»*Deable,* Raimon!«, schwor Felipe beeindruckt und tätschelte ihm rauh die Wange. »Hätte ich dir gar nicht zugetraut.«
Ob Raimon sich wirklich für Ermengarda geopfert hatte oder ob es im entscheidenden Augenblick eine Laune seines Gauls gewesen war, wer konnte das jetzt noch sagen, am wenigsten er selbst. Aber es tat gut, sich im Lob der Freunde zu sonnen.
»Wir müssen ihn verbinden«, rief Ermengarda. »*Fraire* Aimar, wisst Ihr, wie man solche Wunden behandelt?«
Aimar schüttelte den Kopf. »Nicht wirklich.«
»Hast du in Montpelher nicht Heilkunst studiert?«, fragte Arnaut.
»Nur ein paar Vorträge über die vier Körpersäfte.«
»Wozu dann die Bücher, wenn nichts Nützliches drinsteht?«
Aimar bedachte ihn mit einem ärgerlichen Blick. »Es gibt doch wahrlich mehr in der Welt als Schlachten und Waffen. Oder Wunden, die ihr Kriegsleute euch zufügt.«
Da meldete sich der Mönch Loris zu Wort. »Ich weiß nur, wir sollten so schnell wie möglich den Bolzen entfernen. Und die Wunde sauber halten.«
Das leuchtete allen ein. Sie hoben Raimon ganz sacht vom Pferd und legten ihn ins Gras. Nach langem Gerede fasste sich Arnaut ein Herz und schnitt den Bolzenschaft kürzer. Dann zogen sie ihm vorsichtig Kettenhemd, *gambais* und Tunika vom Körper. Raimon ertrug es mit verhaltenem Stöhnen und zusammengebissenen Zähnen. Vor Ermengarda wollte er sich keine Blöße geben.
»Wahrscheinlich ein Panzerbolzen«, sagte Arnaut. »Die haben keine Widerhaken, damit sie leichter durch die Kettenglieder fahren.«
»Und wenn nicht?«, fragte Severin.

»Dann sitzt er fest und muss herausgeschnitten werden.«
Raimon machte entsetzte Augen. Trotz der Kühle des Tages hatten sich Schweißtropfen auf seiner Stirn gebildet.
»He!«, rief er ängstlich. »Niemand schneidet an mir herum!«
»Keine Sorge«, beruhigte ihn Arnaut. Und zu den anderen gewandt: »Gebt ihm etwas, auf das er beißen kann, und haltet ihn gut fest.«
Der Verwundete zitterte nun heftig, biss aber kräftig auf seinen eigenen Gürtel, den sie ihm in den Mund gesteckt hatten, und kniff die Augen zusammen. Ermengarda musste wegschauen.
»Jetzt!«, rief Arnaut und zog mit einem Ruck am Schaft. Raimon bäumte sich auf, stieß einen gurgelnden Schrei aus und starrte dann Arnaut benommen an, als der ihm grinsend die blutige Bolzenspitze unter die Nase hielt.
»Eingriff gelungen«, lachte er. »Wie gesagt, ein Panzerbolzen.«
Ein Schwall frischen Blutes war aus der Wunde getreten. Sie rissen ein Stück Saum von Raimons Tunika und verbanden ihn sorgfältig. Dann halfen sie ihm wieder in seine Rüstung. Felipe hielt ihm den Steigbügel.
»Ich kann alleine aufsteigen, *putan!*«, brummte Raimon gereizt und hievte sich in den Sattel. Irgendwie kam er ihnen nun größer vor. Ein Verwundeter. Ein Kriegsheld.
Sie bestiegen die Pferde und setzten den Weg fort. Von ihren Verfolgern war für den Augenblick nichts mehr zu hören, und so wagten sie sich ins nächste Tal hinab, hielten sich aber weiterhin im Schutz des Waldes, soweit es möglich war. Langsam wich der Nebel auch im Tal, und als die Sonne die letzten Schwaden verbrannte, sahen sie in der Ferne eine Burg aufragen.
»Das ist Sant Martin«, sagte Bruder Loris. »Wachtburg und Zollposten der Vizegrafen.«
»Bestimmt kamen die Kerle von dort«, meinte Severin.
»Nein«, entgegnete Felipe. »Es müssen Tolosaner gewesen sein oder vom Erzbistum.«

Sie ritten weiter, Bruder Loris voran, immer in südlicher Richtung. Über Feldwege und Wiesen ging es, manchmal kreuzten sie Bäche oder brachliegende Äcker. Unterwegs trafen sie Landvolk auf den Feldern oder in den Weingärten, denn jetzt wurden die letzten Trauben geerntet. Schafherden kreuzten ihren Weg, ebenso wie schwankende Ochsenkarren, auf denen die Kohlernte heimgefahren wurde.
»Gutes Land«, bemerkte Arnaut, der alles aufmerksam begutachtete. »Fruchtbarer als bei uns daheim.«
»Und wie ist es da, wo du herkommst?«, fragte Ermengarda.
»Ziemlich bergig. Weniger Ackerland im Talgrund. Der Boden ist nicht so dunkel wie hier, hält nicht das Wasser. Die Bauern klagen, sie würden mehr Steine als Feldfrucht ernten.«
Wenn Arnaut so unbeschwert lachte, leuchtete sein Gesicht, und er sah wie ein spitzbübischer Knabe aus. Einer, dem man am liebsten die Finger in die dunklen Locken stecken möchte, dachte sie. Ein wenig erinnerte er sie an ihren geliebten Bruder Aimeric, der ebenso groß und stattlich gewesen war.
An einem Wäldchen verlangte sie verlegen, dass man anhielt. Ohne weitere Erklärung sprang sie vom Pferd und verschwand hinter hohen Büschen, drang tief ins Unterholz ein, wo sie niemand beobachten konnte. Das war das Peinlichste an dieser Reise. Männer stellten sich einfach an den Wegrand. Sie dagegen musste sich hinhocken, ihren Hintern entblößen, immer in der Furcht, man könnte sie in dieser lächerlichen Haltung beobachten. Und dann die unbequemen Beinkleider, die ihr die Haut wund scheuerten.
»Hör auf zu grinsen«, fuhr sie Felipe an, als sie wieder aus dem Wald kam.
»Hab ich gegrinst, Leute?«, fragte der entrüstet in die Runde.
Verärgert stieg sie auf den Wallach. Ihrem fürstlichen Rang entsprechend verhielten sich alle respektvoll genug. Nein, es war mehr als Respekt, denn in Wahrheit waren sie liebevoll hilfsbereit und ständig um ihr Wohl besorgt, das musste sie

zugeben. Trotzdem ließen die jungen Kerle es nicht aus, ihr auf versteckte Weise ihre männliche Überlegenheit unter die Nase zu reiben. Das hatte schon mit Felipes zahmen Gaul begonnen. Als könne sie nicht reiten. Und Arnaut erst. Der hatte immer so ein freundlich überlegenes Lächeln auf dem Gesicht, wenn er mit ihr sprach. Und wie er sie bei der Arena behandelt hatte, war ihr noch gut im Gedächtnis geblieben. Männer scheinen sich immer wie Gockel auf dem Hof aufführen zu müssen, dachte sie wütend.

Aber dann erinnerte sie sich, wie waghalsig sich die beiden den *soudadiers* entgegengeworfen hatten, um allen anderen Zeit zur Flucht zu geben. Sie hätten sterben oder verwundet werden können, wie der arme Raimon. Sie biss sich auf die Lippen. All dies geschah schließlich nur ihretwegen. Da nahm sie sich vor, ihren jungen Gefährten das großspurige Gehabe nicht allzu übelzunehmen, zumal sie von ihren eigenen Brüdern, Gott hab sie selig, Schlimmeres gewohnt war. In jedem Fall aber war sie entschlossen, sich den Männern ebenbürtig zu erweisen. Denn wollte sie eines Tages über Narbona herrschen, war es gut, sich gleich darin zu üben.

Bei einer alten Bauernkate machten sie Rast, aßen von ihrer Wegzehr und baten um Wasser aus dem Brunnen im Hof. Die Bäuerin ließ sie gewähren, aber trieb eiligst Hühner und Gänse in die Scheune, als habe sie Angst, man würde sie bestehlen. Überhaupt wunderte sich Ermengarda über die verschlossenen Mienen und furchtsamen Blicke des Landvolks, denen sie begegneten.

»Es ist nicht wie in der Stadt, wo die *militia urbana* für Ordnung sorgt«, beantwortete *Fraire* Aimar ihre Frage. »Auf dem Land streunt viel herrenloses Gesindel herum. Vor allem Soldaten treiben es schlimm, nehmen sich ungefragt, was sie brauchen. Wen wundert es, wenn man um Fremde, besonders Bewaffnete wie wir, einen möglichst weiten Bogen macht.«

»Aber schützen die Gutsherren und Barone nicht ihre eigenen Bauern? Sie brauchen sie doch.«

»In der Regel schon. Aber viele, besonders die großen Herren, leben lieber in der Stadt und zeigen sich nur, um Abgaben einzutreiben. Selbst das überlassen sie gern ihrem Verwalter. Der Bauer hat es nicht leicht. Alle leben von seiner Mühe, alle plündern ihn aus.«
»Und wie kann man das ändern?«
»Ändern?«, rief er erstaunt und musste unwillkürlich über Ermengardas jugendliche Arglosigkeit lächeln. »Ach, herrje! Wenn man erst einmal mit dem Ändern anfangen würde, da gäbe es reichlich zu tun. Aber wo selbst die Geistlichkeit …« Er schüttelte den Kopf und seufzte. »Ich meine nicht die kleinen Klöster wie Fontfreda. Dort mühen sich die Brüder, und sie fallen niemandem zur Last. Im Gegenteil, sie helfen den Armen, wo sie können, und an ihnen kann man sich ein christliches Beispiel nehmen. Aber die reichen Äbte und Bischöfe … die sind nicht besser als andere abwesende Grundbesitzer, eher noch schlimmer. Sie schwelgen in Pomp und Überfluss, während sie das Volk ausbluten, wo sie können. Eben das macht es ja den Wanderpredigern so leicht, Anhänger um sich zu scharen, wenn sie von Jesus reden, von seinem bescheidenen Leben und wie er sich um jeden Einzelnen im Volk gekümmert hat, und nicht nur um die großen Herren.«
Felipe kaute gelangweilt auf einem Stück Käse. Ihm lag nicht viel am Landvolk. Er war ein Mensch der Stadt. Was kümmerte ihn das Los der Bauern.
Doch Arnaut lauschte angeregt der Unterhaltung. »Was hat es mit diesen Predigern auf sich?«, fragte er. »Im Kloster haben sie davon geredet. Ketzer seien es, die die Gegend unsicher machten.«
Aimar nahm sich Zeit, bevor er antwortete. »Es hat schon immer Streit im Ringen um den Glauben gegeben. Und dass manch einer seinen Heiland nachahmt und das Seelenheil in der Armut sucht, ist ebenfalls nichts Neues. Gerade das ist ja einer der Pfeiler unseres Klosterlebens, auch wenn dies über der Gier nach reichen Pfründen und Stiftungen gern verges-

sen wird. Aber in letzter Zeit scheint die Unzufriedenheit gegenüber Gottes Kirche zuzunehmen.«
»Und warum ist das so?«, fragte Ermengarda.
»Ich glaube, vielen ist das Gezänk und Machtstreben der Kirchenfürsten zuwider. Es scheint immerfort nur um eine Frage zu gehen: Wer regiert die Welt? Kaiser oder Papst?«
»Wie der Erzbischof, der sich in alles einmischen will.«
»Ein gutes Beispiel. Dabei sehnen sich die Menschen nach dem Himmelreich, nach der wahren Heilsbotschaft, die uns Christus lehrt. Liebe deinen Nächsten, lebe ein reines und gottgefälliges Leben, entsage den nutzlosen Gütern und Versuchungen dieser Welt. Davon reden die Wanderprediger. Ist es ein Wunder, dass die Menschen ihnen zulaufen?«
»Wer sind diese *Guten Christen,* wie ein Bruder in Fontfreda sie genannt hat?«, fragte Arnaut.
»Eine neue, heimliche Glaubensgemeinschaft. Sie scheinen einigen Zulauf zu haben. Sogar ein paar Adelige sollen sich ihnen schon angeschlossen haben. Man weiß nicht viel über sie, nur dass sie die reine Lehre predigen und die Mutter Kirche rundweg ablehnen. Nur, was soll es denn bringen, das feste Haus Gottes einzureißen? Daraus kann nur Wirrsal, Elend und Unordnung entstehen. Besser, man verändert die Kirche von innen.«
Es war das erste Mal, dass Ermengarda von solchen Dingen erfuhr. *Paire* Imbert hatte niemals von Ketzern oder Wanderpredigern gesprochen, und *gute Christen* waren sie doch alle, oder? Bei nächster Gelegenheit würde sie Bruder Aimar bitten, ihr das näher zu erklären.
Nach einem langen Tag zu Pferde verbrachten sie die erste Nacht im Freien. Arnaut hatte darauf bestanden, denn er fürchtete, dass die *soudadiers* des Grafen von Tolosa, falls sie ihnen auf der Spur waren, zuerst in den Schenken und Herbergen nach ihnen fragen würden. Selbst auf ein wärmendes Feuer verzichteten sie, fanden eine Lagerstatt tief im Wald zwischen Felsen und Dornenbüschen.

Der jungen *vescomtessa,* wie Aimar sie nun nannte, errichteten sie ein einfaches Zelt und füllten es mit Decken und Schafspelzen. Dabei war es hauptsächlich Felipe, der sich so besorgt um sie kümmerte. Das wunderte Ermengarda. Er sah gut aus, war immer zu Scherzen aufgelegt, zog gern die Blicke auf sich und hatte ein gewandtes, selbstsicheres Auftreten, ohne überheblich zu wirken. Sie kannte ihn seit Jahren, mochte ihn sehr, fühlte sich vertraut in seiner Gegenwart, aber diese fürsorgliche Seite war ihr neu.
Und während sie mit den Decken für ihre Lagerstatt hantierten, berührte er sanft ihre Hand. Dabei sah er sie auf eine Weise an, die sie nicht zu deuten wusste. Es war wie zufällig geschehen, hatte nur einen kurzen Augenblick gedauert. Gewiss täuschte sie sich, und es hatte gar nichts zu bedeuten. Aber ihr Herz schlug plötzlich bis zum Hals.
Im Wald dunkelte es noch früher als unter freiem Himmel, bald konnte man kaum noch eine Hand vor Augen sehen. Eine Weile noch hörte sie Arnaut und Severin miteinander reden. Sie schloss die Augen und versuchte zu schlafen. Aber sie war es nicht gewohnt, auf hartem Boden zwischen Baumwurzeln und Brennnesseln zu liegen. Sie fürchtete sich vor Schlangen und anderem Getier, erschrak vor den Nachtgeräuschen des Waldes und fror trotz der warmen Decken erbärmlich.
Da rief sie Jori, der noch wach war, um ihr Zelt zu teilen. Der Junge zögerte, kroch dann aber zu ihr. Er ist ja nur ein Kind, sagte sie sich, und schlug in den Wind, was die anderen denken mochten. Schließlich hatte sie das Bett nicht selten mit Nina oder ihrem kleinen Bruder geteilt, wenn die beiden sich in der Nacht gefürchtet hatten.
Jori fiel bald in tiefen Schlaf. Die Nähe seines jungen Leibes wärmte Ermengarda ein wenig, und seine gleichmäßigen Atemzüge legten sich wie Balsam über ihre Ängste. Auch versuchte sie, nicht mehr an Felipe zu denken.

***

Wieder graute der Morgen nebelig und kalt. Klamm und feucht war es unter der Zeltplane, als Ermengarda aufwachte und sich nach Jori umsah. Sie entdeckte ihn mit Severin bei den Pferden. Der Atem der Tiere bildete Dampfwolken in der eisigen Morgenluft.

»Werd nicht frech, nur weil du bei der Herrin schlafen durftest«, hörte sie Severin knurren. Das Haar schien ihm heute Morgen noch mehr als sonst in alle Richtungen abzustehen. Trotz seiner strengen Worte sah sie ihn grinsen und den Jungen in die Wangen knuffen. »Es wird langsam Zeit, dass du dir dein Brot verdienst, mein Lieber.«

Damit reichte er Jori eine Bürste und zeigte ihm, wie man das Fell der Tiere bearbeitete. »Ich bring dir das Reiten bei, und du wirst lernen, was ein rechter Pferdeknecht ist.«

»Wie soll ich reiten, wenn ich kein Pferd habe?«

Severin kratzte sich am Kinn. »Das ist wahr. Da ist das Maultier, aber wir brauchen es als Packtier.«

»Nehmt doch meines«, meldete sich Bruder Loris zu Wort. »Ihr braucht mich nun nicht mehr, und heimkehren kann ich auch zu Fuß.«

»Kommt nicht in Frage«, sagte Arnaut.

Aber Loris ließ nicht mit sich reden. Prior Berard wäre mit Sicherheit einverstanden, sagte er, außerdem handele es sich um ein altes Tier, das nur noch wenig nütze.

»Kein schlechter Tausch«, grinste Felipe. »Euer klappriges Maultier gegen den teuren Zelter, den wir zurücklassen mussten.«

»Oh, wir werden ihn schon gesund pflegen«, versprach Loris. »Sobald es Euch beliebt, könnt Ihr ihn abholen, *Senher* Felipe.«

»Behaltet ihn nur. Mein Geschenk an den Prior, für seine Gastfreundschaft. Meinem Vater wird der Verlust kaum auffallen. Und wer weiß, wann wir zurückkommen.«

Ja, dachte Ermengarda plötzlich voller Wehmut. Wer weiß? Besser nicht über ihre Lage nachdenken, sonst wurde ihr angst und bange.

Nach einem schweigsamen Morgenmahl sattelten und beluden sie die Tiere. Beim Pfad angekommen, dem sie tags zuvor gefolgt waren, erklärte ihnen Bruder Loris den weiteren Weg und verabschiedete sich von ihnen. Ermengarda sah dem kleinen Mönch nach, wie er kräftig ausschritt, sich noch einmal umdrehte und winkte. Dann war er hinter einer Biegung verschwunden.

Sie hielten sich an die versteckten Saumpfade, die den Höhen der Hügel und Berge folgten und nur für Packtiere geeignet waren, denn sie führten oft durch unwegsames Gelände, durch Wald und dichtes Gestrüpp, über steile Felshänge und an Abgründen vorbei. Dennoch waren sie bei Schmugglern beliebt und all jenen, die die Zollstellen in den Tälern zu meiden suchten. In dem Gewirr von schmalen Pfaden konnte man sich leicht verirren, und so manches Mal mussten sie ein Stück des Weges zurückreiten. Dennoch, für den Fall, dass man ihnen immer noch nachstellte, waren sie auf diesen Wegen sicherer.

Ermengarda genoss den Ritt durch die herbstliche Landschaft. Wie am Vortag hatte die Sonne bald den Nebel vertrieben, es wurde wärmer, auch wenn die Luft angenehm frisch blieb. Der Himmel leuchtete in tiefem Blau, die Wälder wetteiferten miteinander in den betörendsten Farben. Auf dem dunklen, kräftigen Hintergrund immergrüner Gehölze flammte das Gelb, Braun und Rot der Laubbäume auf und dazwischen das Grauweiß der Felsbrocken, die so manche Höhe krönten. Fuchs und Reh kreuzten ihren Weg, die Vögel schienen noch einmal alles an Gesang herausschmettern zu wollen, was die Kehlen hergaben, bevor sie bald in wärmere Gefilde entfliehen würden.

Sie konnte sich nicht helfen, Felipe verstohlen zu beobachten. Er war ein guter Reiter, saß fest im Sattel seines grobknochigen, braunen Wallachs. Trotz hellerer Haut erkannte sie in ihm die männlichen Gesichtszüge seines Vaters und verstand plötzlich la Belas Schwäche für den älteren Menerba.

Um sich abzulenken, rückte sie auf, in *Fraire* Aimars Nähe. Auf ihre Fragen hin erzählte er, wie er zu Arnauts *familia* gestoßen war.

»Ich war damals in Arnauts Alter und lebte bei den Einsiedlern von Galamus, nicht weit von Rocafort. Eines Tages schickte mein Prior mich zum *castelan* der nahen Burg, *Senher* Jaufré, das ist Arnauts Großvater. Der brauchte einen Schreiber für sein Testament. Er fand Gefallen an mir, und so bin ich geblieben. Später sandte er mich nach Fontfreda, um bei den Mönchen zu studieren und die Priesterweihe zu empfangen.«

»Dann sollte ich Euch also Pater nennen?«

»Nein, denn geweiht bin ich nicht. Zum Priesteramt tauge ich nicht viel. Aber Bücher und Reisen sind meine Leidenschaft. Ich war in Carcassona, Tolosa, Paris, Montpelher und Marselha. Ja sogar in Toledo und Compostela. Ich habe die Schriften unserer Kirchenväter studiert und in Spanien die Übersetzungen der alten Philosophen aus dem Arabischen gelesen.«

»Und was habt Ihr aus alldem gelernt?«

Aimar hatte gemerkt, dass Ermengarda weder mit Kirchenvätern noch mit Philosophen viel anzufangen wusste.

»Denkt Ihr, wie Arnaut, dass es nutzlos ist, sich mit Büchern zu beschäftigen?«, fragte er scherzhaft.

»Ich glaube nicht, dass er das denkt. Er wollte sich nur ein wenig lustig über Euch machen.« Sie wusste nicht, warum sie das Bedürfnis hatte, Arnaut zu verteidigen. »Ohne ihn würden wir jetzt nicht miteinander reden.«

»Ich weiß.« *Fraire* Aimar lächelte. »Arnaut ist der Stolz seiner Mutter. Und eines Tages wird er gewiss das Erbe seines Oheims antreten, als *castelan* von Rocafort. Aber um auf Eure Frage zurückzukommen, Herrin, ich habe vor allen Dingen gelernt, dass im Angesicht Gottes alle Menschen gleich sind, ob arm oder reich, mächtig oder schwach, gleich ob Christ, Jud oder *sarasin.* Wir sind alle Seine Geschöpfe.«

»Auch die Sarazenen? Die glauben doch nicht an Gott, und sie sind unsere Feinde.«

»Auch sie glauben an Gott, wenn auch auf andere Weise. Und was solche Feindschaften angeht … es wird gern von Heiligen Kriegen geredet. Aber am Ende geht es doch nur um neue Reiche, um Land und um Geld. Das ist auch, was ich gelernt habe. Alle Menschen streben nach den gleichen Dingen, wo auch immer, ob Landmann, Ritter oder Fürst.«
»Nur nach Reichtum?«
»Nein, natürlich nicht. Und wenn, dann eigentlich nach dem, was sie glauben, damit kaufen zu können. Macht, Sicherheit, Zufriedenheit, ein wenig Glück. Und am Ende das Seelenheil. Manche geben kurz vor dem Tod die Hälfte ihres Vermögens an die Klöster, um sicher zu sein, ins Paradies zu gelangen. Es ist die Angst, die sie großzügig macht.«
Was Bruder Aimar da sagte, gefiel Ermengarda nicht. Das war ihr eine zu nüchterne, abgeklärte, ja fast abschätzige Sicht des Menschen. Sie, die sich oft einsam im großen *palatz vescomtal* gefühlt hatte, die ohne Mutter und Vater herangewachsen war, sehnte sich nach Gemeinschaft, Wärme und menschlicher Nähe. Ein wenig davon begann sie auf dieser seltsamen Reise durch die Wildnis zu verspüren. Die Gemeinschaft der jungen Gefährten.
»Ihr vergesst Freundschaft«, sagte sie. »Und die Liebe der Eltern für ihre Kinder. Ja überhaupt … was ist mit der Liebe?«
Aimar warf ihr einen listigen Blick zu, unter dem sie errötete. Warum hatte sie das nur gesagt? Sie fühlte sich durchschaut. Trotz seiner freundlichen und verschmitzten, blauen Augen hatte Aimar so einen Blick, als könne er die Tiefen der Seele ergründen.
»Ach, die Liebe«, sagte er mit einem Funkeln in ebendiesen Augen. »Von ihr wird viel geredet und noch mehr gesungen. Aber ob sie den Menschen wirklich erfüllt? Nun, in jedem Fall ist sie das Vorrecht der Jugend.«
Er deutete lächelnd mit dem Kopf auf die jungen Männer, die vor ihnen ritten. »Da üben sie ihr halbes Leben, um in der

Schlacht zu bestehen. Wäre es nicht besser, sich mit den Lehren der Philosophen zu beschäftigen? Und wenn sie sich schon Pfeilen aussetzen müssen, wie unser Freund Raimon gestern, dann doch lieber den Pfeilen Cupidos, oder?«
Er lachte herzlich über sein Wortspiel. »Sagt nicht der Dichter: *Wer für den Krieg taugt, taugt auch für die Liebe?*«
Bei diesen Worten spürte Ermengarda das verbotene Büchlein unter ihrer Tunika, ja, es brannte ihr geradezu auf der Haut, denn sie erkannte das Zitat. *Quae bello est habilis, Veneri quoque convenit aetas.* Und noch besser hatte ihr etwas weiter eine andere Stelle gefallen, obwohl unerhört schamlos: *Aus den Jahrgängen, die Feldherren bei tapferen Kriegern bevorzugen, sucht sich auch ein schönes Mädchen ihren Begleiter.* Las der Mönch etwa Ovid? Schlimmer noch … las er in ihren Gedanken? Sie spürte die heiße Röte auf ihren Wangen und wagte kaum aufzuschauen.
»Es tut mir leid, *Domina.*« Aimar hatte bemerkt, dass seine Worte vielleicht etwas zu forsch gewesen waren. »Reden wir nicht von jungen Kriegern. Vielleicht möchtet Ihr lieber von Meister Abaelardus und seiner Heloise hören.«
Und so erzählte er zu ihrem großen Vergnügen die Geschichte dieser beiden Liebenden. Abaelardus war Heloises Lehrer gewesen, sie waren einander schnell verfallen und hatten heimlich geheiratet, als ein Kind unterwegs war. Nie hatten sie voneinander gelassen, auch wenn sie, aufgrund seines Priesterstandes, nicht zusammen hatten leben können. Eine tiefe, wahre Liebe, die alles überdauerte, Trennung, Krankheit und Alter, den Hass der Verwandtschaft, ja sogar Abaelardus' Entmannung als Strafe für seine Liebe zu Heloise. Letztere Tatsache behielt Bruder Aimar allerdings für sich, mit Rücksicht auf Ermengardas zarte Jugend.
»Und leben sie noch immer?«
»Heloise ist Äbtissin in einem Kloster. Er aber ist dieses Jahr im April einer schweren Krankheit erlegen.«
»Das tut mir leid.«

»Ich hatte das große Glück, Vorlesungen des Meisters besuchen zu dürfen. Für mich war er der größte Philosoph seit Augustinus. Aber sein Versuch, den Glauben durch die Vernunft zu erklären, hat den hohen Herren nicht geschmeckt. Anstatt die Welt erst durch den Glauben zu verstehen, so wie es uns von Augustinus überliefert ist, gingen Abaelardus' Gedanken in eine ganz andere Richtung. Bei ihm heißt es: *Nihil credendum, nisi prius intellectum* – nichts ist zu glauben, wenn es nicht auch durch die Vernunft verstanden ist. Doch solches Denken ging ihnen zu weit. Das war offene Auflehnung gegen die absolute Glaubensherrschaft. Am Ende haben sie ihn gebrochen.«
»Davon verstehe ich leider gar nichts«, sagte Ermengarda und kam sich dumm vor. »Aber ich würde gern lernen.«
»Gott hat die Vernunft erschaffen, und alles in Seiner Schöpfung folgt den Regeln dieser Vernunft. Warum sollte Er sich selbst dieser Vernunft entziehen? Gott selbst ist Vernunft. Da ist kein Widerspruch.«
»Ich verstehe«, sagte sie, obwohl ihr verwirrter Gesichtsausdruck sie Lügen strafte.
»Ich arbeite an einer Verteidigung seiner Thesen. Im Geheimen, versteht sich, denn für eine Veröffentlichung ist die Zeit noch nicht gekommen. Vielleicht haben wir einmal Gelegenheit, meine Arbeit zu besprechen.«
Am Abend suchten sie sich erneut ein stilles Plätzchen für ihr Nachtlager und fanden diesmal eine Waldlichtung, an einem Bach gelegen, mit gutem Gras für die Pferde.
Raimon klagte über Schmerzen. Die Wunde war gerötet und geschwollen. Doch mehr als sie auswaschen und neu verbinden konnten sie nicht für ihn tun. Felipe war um seinen Freund bemüht, richtete ihm das Lager und suchte, es ihm so bequem wie möglich zu machen. Trotz seiner sonst so selbstsicheren und unbekümmerten Art schienen Selbstvorwürfe an ihm zu nagen. War er es doch gewesen, der Raimon überredet hatte, bei diesem Unterfangen mitzumachen.

Ermengarda nahm den Sattel ab und führte den Wallach zur Tränke. Obwohl sie sich am Bach Hände und Gesicht wusch, fühlte sie sich nach dem langen Ritt unsauber. Das Haar strähnig, ein Fingernagel schmerzhaft eingerissen und die Glieder so steif, dass sie kaum gehen konnte, nicht zu reden von ihrem sattelwunden Hinterteil. Auch die dreckbespritzten Stiefel und verschwitzten Kleider waren nicht angetan, ihre Stimmung zu heben. Dies war etwas anderes als die vergnüglichen Ausritte und gelegentlichen Falkenjagden, an die sie gewöhnt war. Sie unterdrückte ein Stöhnen, als sie sich steif auf einem moosbewachsenen Stein niederließ. Auf keinen Fall wollte sie sich anmerken lassen, wie abgekämpft und müde sie war.

Jori sammelte trockene Äste, und Severin zündete ein kleines Feuer an, an dem sie sich wärmen konnten. Er füllte einen zerbeulten Topf mit Wasser, warf Bohnen, zerkleinerte Rüben und Speckwürfel hinein, fügte Salz und getrocknete Kräuter hinzu.

Als das Essen fertig war, reichte er ihr einen dampfenden Zinnbecher voll und ein Stück Brot. Sie tauchte den Löffel in die Suppe und schlürfte vorsichtig daran. Auch wenn sie sich die Zunge verbrannte, keine Mahlzeit hatte jemals so gut geschmeckt. In der untergehenden Sonne beobachtete sie Arnaut, der zurückgezogen am Waldrand saß, an einen Baum gelehnt, die Augen geschlossen. Seine Lippen bewegten sich in stiller Andacht. Er sah so friedlich aus.

Diesmal schien es Ermengarda erträglicher, im Wald zu übernachten. Vielleicht war sie einfach zu müde, um sich zu fürchten. Sie verzichtete auf Joris Gesellschaft, hüllte sich stattdessen in den warmen Mief ihrer Pferdedecke. Vor dem Einschlafen dachte sie noch an junge Krieger und Cupidos Pfeile und darüber nach, ob Gott ihr wohl gewähren würde, einen Mann ihr ganzes Leben lang zu lieben. Wie Heloise.

***

Die Pferde standen gesattelt und zum Aufbruch bereit. Severin teilte Brot, Trockenfleisch und Käse aus. Jori hatte bereits die letzte Glut des Lagerfeuers zertreten, den Topf am Bach ausgewaschen und Wasserschläuche und Kalebassen aufgefüllt, die er jedem an den Sattelknauf hängte. Dann hockte auch er sich nieder und nahm seinen Anteil entgegen. *Fraire* Aimar faltete die Hände, forderte mit einem Blick in die Runde, es ihm gleichzutun, und stimmte wie jeden Morgen ein kurzes Gebet an.

»Herr im Himmel, wir danken Dir für Deine Gaben und bitten Dich, uns zu behüten auf all unseren Wegen. Amen.«

»Amen!«, murmelten auch die anderen im Chor und bekreuzigten sich, bevor sie sich über ihr Morgenmahl hermachten.

Arnaut streifte mit der Messerspitze eine Ameise von seinem Brot und beobachtete verstohlen die Gefährten, während er kaute. Severin war wie immer guter Laune und nicht aus der Ruhe zu bringen, und Jori, schon vorher ein keckes Bürschchen, schien in diesen Tagen wahrhaftig aufzublühen. Mit dem alten Maultier, das sich als erstaunlich zäh und ausdauernd erwiesen hatte, kam er immer besser zurecht. Er genoss ganz offensichtlich den Ritt durch die Wälder, die unbekümmerten Scherze unter den jungen Männern, an denen er sich großspurig und vorlaut beteiligte, ganz als sei er ihnen ebenbürtig. Doch bei jeder noch so kleinen Aufmerksamkeit, die ihm Ermengarda schenkte, stieg ihm das Blut in die Wangen, und dann machte er ein Gesicht wie ein glücklicher junger Hund, dem man den Bauch kitzelte.

Nein, Jori ging es bestens, dachte Arnaut. Wer ihm Sorgen machte, das war Peire Raimon. Obwohl der sich nichts anmerken ließ, war er bleich, und der Arm schien ihm bei jeder Bewegung zu schmerzen. Leider konnten sie auf dem Weg kaum hoffen, einen *medicus* anzutreffen, höchstens eine kundige Kräuterfrau in einem der Dörfer, wenn sie nur erst einmal aus diesem wilden Gelände kamen.

Bisher waren sie von niemandem belästigt worden, obwohl durchaus dunkle Gestalten ihren Weg gekreuzt hatten, bewaffnete Schmuggler zumeist, die eine Reihe bepackter Maultiere mit sich führten, oder zerlumpte und verlauste Kerle mit finsteren Mienen. Zweifellos Gesetzlose, die im Wald hausten. Arnaut war überzeugt, dass nur der Anblick von vier schwerbewaffneten Reitern sie zurückgehalten hatte.
Ähnlich wie Jori schien auch Ermengarda der Ritt durch die Wildnis gutzutun, trotz anfänglicher Klagen über dieses oder jenes. Inzwischen murrte sie nicht mehr, lachte häufiger, leistete bereitwilliger ihren Anteil wie jeder andere.
Seit einiger Zeit hatte Arnaut bemerkt, dass Felipe entschlossen war, den *domnejant* zu spielen, Ermengarda wie ein Schürzenjäger den Hof zu machen, und bemüht, ihr bei jeder Gelegenheit Liebesdienste zu erweisen. Er hielt ihr den Steigbügel, wenn sie aufbrachen, reichte ihr die besten Stücke von der Wegzehrung, bot ihr bei jeder Gelegenheit seinen Wasserschlauch an und ließ es nicht zu, dass am Abend jemand anders als er allein ihr Zelt und Lager richtete. Und jedes Mal dankte sie es ihm mit strahlendem Lächeln. Wie die Turteltauben benahmen sie sich.
Plötzlich gab es einen Tumult unter den Pferden. Arnauts Hengst Amir keilte aus und biss nach den Hälsen der anderen Tiere. Besonders ihr Packtier hatte es ihm mal wieder angetan. Arnaut sprang auf und ging dazwischen, zog Amir am Zügel zur Seite und beruhigte ihn.
»Bring das verdammte Maultier weg«, zischte er Severin wütend an. »Du weißt, das gibt nur Ärger.«
Severins Augen funkelten zornig. »Welche Laus ist dir denn über die Leber gelaufen?« Dann fuhr er zu Jori herum und schnauzte ebenfalls los. »Na mach schon! Du hast es gehört, *putan!* Binde das Viech woanders an. Immer nur Ärger mit dieser *bestia.*«
»Beruhigt euch, ihr beiden«, mahnte *Fraire* Aimar lächelnd. »Kein Fluchen am Tag des Herrn!«

»Ein bisschen Fluchen wird Ihn schon nicht beleidigen«, kicherte Severin. Seine gute Laune war wieder zurückgekehrt.
»Ist heute nicht der Gedenktag von Chrysanthius und Daria?«, fragte Ermengarda. »Eigentlich hätte heute meine Vermählung stattfinden sollen. Der Erzbischof fand es passend, mich am Tag der Liebenden an Alfons Jordan zu ketten. Aber dann haben sie den Hochzeitstag vorgezogen, und jetzt nützen ihnen auch die Heiligen nichts mehr.«
Das hatte sie mit einem schadenfreudigen Grinsen gesagt. Lebendig begraben hatte man Chrysanthius und Daria, weil sie lieber gemeinsam hatten sterben wollen, als ihren Glauben aufzugeben. Neben Alfons hätte sie sich auch lebendig begraben gefühlt. Sie warf den Kopf in den Nacken und lachte lauthals, breitete die Arme aus und drehte sich im Kreis.
»Frei wie ein Vogel bin ich jetzt«, rief sie ausgelassen. »Kann gehen, wohin ich will. Ist das nicht wunderbar?«
Als er sie so glücklich sah, musste auch *Fraire* Aimar lachen. »Darüber sind wir alle froh, *Midomna.* Aber nun ist es besser, wir brechen auf. Auch wenn heute der Tag des Herrn ist, so sollten wir uns nicht schonen. Es ist noch weit bis Castel Nou.«
Falls man immer noch nach ihnen suchte und falls man sie in Richtung Catalonha vermutete, was eher unwahrscheinlich war, würden die Verfolger sie mit Sicherheit auf der Via Domitia vermuten, dem schnellsten und einfachsten Weg nach Spanien. Auf Bruder Aimars Drängen hatten sie daher verabredet, weiter im Landesinneren bis nach Castel Nou vorzustoßen. Das lag in den Vorläufern des östlichen Pireneus und war bereits katalanisches Gebiet, wo sie fürs Erste sicher sein würden. Später würden sie von dort aus gut vorbereitet und in Ruhe ihren Weg über das Gebirge nehmen können.
Felipe und Arnaut hatten sich geeinigt, dass jeweils einer von ihnen die Vorhut zu übernehmen hatte, zur Sicherheit in diesen einsamen Gegenden. Felipe besaß ein kleines Jagdhorn aus poliertem Rindshorn. So würden sie die anderen bei

Gefahr rechtzeitig warnen können. Heute Morgen war es an Arnaut, vorauszureiten. Er hängte sich das Horn um, band den Helmriemen fest, bestieg Amir, der ausschlug und unruhig tänzelte. Sie waren wohl beide schlechter Laune, dachte er. Er schlang sich den Gurt seines Schildes um die Schulter und preschte ohne ein weiteres Wort davon.

Severin sah ihm kopfschüttelnd nach. Langsam setzte sich auch der Rest der Truppe in Bewegung.

Es lag kein Nebel in den Niederungen, dafür hing der Himmel jedoch grau in grau und feuchtschwanger über den Bergen. Ein kalter Wind riss die Herbstblätter von den Bäumen und trieb sie in wildem Spiel vor sich her. Singvögel, die gestern noch gejubelt hatten, blieben heute stumm, nur die heiseren Schreie der Krähen waren zu hören. Unheimlich wirkten die bewaldeten Höhen.

Arnaut war es ganz lieb, allein durch den herbstlichen Wald zu reiten. Er war noch immer verstimmt. Worüber genau, war er sich nicht im Klaren. Was sollte es ihn stören, wenn Felipe ihr den Hof machte? War er nicht ihr *champio,* ihr Ritter? Da war es doch nur recht, dass er sich um seine *domna* sorgte, ihr jeden Dienst erwies. Außerdem war er ein Fürstensohn und Arnaut nur der Abkömmling eines unbedeutenden Landbarons.

Es war schon großartig, dass er überhaupt als Leibgarde der Fürstin von Narbona an diesem Abenteuer teilhaben durfte. Und doch. Wie sehr er sich auch gut zuredete, seine üble Laune vertrieb es nicht.

Von Zeit zu Zeit, meist auf einer Anhöhe mit freier Sicht, hielt er an. Während er einen Schluck aus dem Wasserschlauch nahm, sah er sich aufmerksam um. Still lag der Wald auf den Hängen, nur der Wind rauschte in den Kronen, und es kam ihm für Augenblicke vor, als sei er der einzige Mensch in Gottes Schöpfung. Bis dann die anderen in Sicht kamen. Kurz winkte er ihnen zu, dann nahm er seinen Weg wieder auf. So ritten sie durch die Berge bis in den späten Vormittag hinein.

Ermengarda konnte es noch immer nicht recht glauben, dass sie nun von ihren üblichen Zwängen befreit war. Immer hatte jemand sie beaufsichtigt, sie gegängelt und ihren Tagesablauf bestimmt. Mit Ausnahme zur Kirche oder auf die Jagd hatte sie sich kaum irgendwo hinbegeben können, und auch das nur unter Aufsicht und Begleitung von Leibwachen. Nun endlich hielten sie keine Mauern mehr gefangen. Aber ob sie jemals so frei sein könnte wie die Frauen in Ovids Gedichten, die sich Liebhaber nahmen, ganz wie es ihnen passte? Der Gedanke übte einen eigentümlichen Reiz auf sie aus. Aber nein, das kam ihr dann doch zu unerhört und anstößig vor. Das würde sie sich niemals gestatten.
Dennoch war es berauschend, hier so frei und ungebunden durch den Bergwald zu reiten, an der Seite junger Männer, die sich ihr verschworen hatten und denen sie befehlen konnte, wie es ihr gefiel. Warum nach Catalonha reiten, warum nicht nach Kastilien und Toledo oder gar bis ins Heilige Land? Mit Felipe und Arnaut an ihrer Seite war alles möglich. Und Bruder Aimar, von dem sie so viel lernen konnte. Ihr Großvater war im Heiligen Land gewesen, unter den vielen, die das Grab Christi befreit hatten. Dort war er später auch gestorben. Vielleicht könnte sie sein Grab besuchen und sich im Jordan taufen lassen.
Aber dann fiel ihr ein, dass sie kein Gold besaß für eine solche Reise, und der Gedanke an ihren Großvater erinnerte sie daran, dass sie als zukünftige *vescomtessa* von Narbona Verantwortung trug. Immerhin, es war schön zu träumen.
Arnaut, den anderen weit voraus, ritt gerade einen flachen Hang entlang. Der Weg stieg stetig an, bis er einige hundert Schritt weiter um eine Biegung verschwand. Plötzlich vernahm er Stimmen. Es war, als schrie jemand um Hilfe, dann blieb es wieder still, nur um nach kurzer Zeit erneut flehentlich durch den Wald zu schallen.
Er trieb Amir zur Eile an, und in schnellem Trab erklommen sie die leichte Anhöhe. Oben angekommen, verlangsamte er

die Gangart, um sich einen Überblick zu verschaffen. Der Weg bog um den Hang herum und führte wieder hinab bis in eine Lichtung, ein Wiesengrund, der von Bäumen umgeben in einer Mulde lag. Und von dort kam das verzweifelte Geschrei.

Jetzt sah er sie. Vier Kerle setzten einem Mann zu, den sie wie gekreuzigt auf den Rücken gezerrt hatten und der sich vergeblich zu wehren suchte. Zwei von ihnen hielten seine Arme fest, während ein dritter auf ihn einschlug. Der vierte versuchte, ihm die Stiefel von den Füßen zu ziehen, doch er strampelte wie ein Besessener und schrie unentwegt. Noch zwei Gauner wühlten durch die Satteltaschen eines mageren Gauls, und ein weiteres halbes Dutzend umstand die Gruppe und lachte grölend. Alle waren bewaffnet, mit Spießen, Messern oder schartigen Sicheln, zwei von ihnen trugen Bögen. Einer, der wie ihr Anführer aussah, stand mit den Fäusten in die Seiten gestemmt da und beobachtete grinsend das Geschehen. Er trug Helm und Lederpanzer, dazu ein langes Schwert an seiner Hüfte.

Einem Mann in Not muss geholfen werden. Mehr bedurfte es nicht, um Arnaut zum unbedachten, sofortigen Angriff zu reizen. Oder war es gar sein unterdrückter Unmut über Felipe? Jedenfalls dachte er nicht einmal daran, in sein Horn zu blasen, sondern zerrte den Schild vom Rücken, riss sein Schwert aus der Scheide und stieß Amir die Sporen in die Flanken. Sie stoben in so wildem Galopp den Hang hinunter, dass die Erde bebte und die Steine von den Hufen flogen.

»Rocafort!«, brüllte er seinen Schlachtruf und hielt mitten hinein in die völlig überraschte Räuberbande. Ohne dass Amir seinen Lauf merklich verlangsamte, trieb ihn Arnaut auf den Anführer zu. Der hatte nicht einmal Zeit, sein Schwert zu heben, da schulterte der Hengst ihn zur Seite, während Arnauts Klinge ihm in den Nacken fuhr.

Nicht weiter auf den Getroffenen achtend, griff er jetzt die Bogenschützen an. Der eine wurde von Amir in die Schulter gebissen und niedergetrampelt. Der andere bemühte sich verzweifelt, einen Pfeil anzulegen, da traf ihn Arnauts Schwert-

streich so mächtig über dem Ohr, dass der halbe Schädel wegflog.
Arnaut drehte den Hengst im Kreis, suchte mit wildem Blick nach weiteren Angreifern, aber die übrigen Kerle waren wie zu Salzsäulen erstarrt, starrten entsetzt auf ihren Anführer, der in die Knie gesackt war, während ihm das Blut in zuckenden Fontänen zwischen den Fingern hervorschoss und das Gras besprühte.
»Rocafort!«, brüllte Arnaut noch einmal, hob das blutige Schwert und gab Amir erneut die Sporen. Das war zu viel für die Männer. Sie flohen in alle Richtungen, schlugen sich in die Büsche, verloren sich im Wald. Selbst der gebissene Bogenschütze rappelte sich hoch und hinkte ihnen nach. Bevor Arnaut an Verfolgung denken konnte, waren sie verschwunden, auch wenn man sie noch lange durch das Unterholz trampeln hörte.
Er blieb allein zurück mit den Gefallenen und dem halbnackten Opfer dieses Überfalls. Der Mann hatte sich inzwischen aufgerichtet und blickte benommen um sich, als könne er kaum fassen, was gerade geschehen war.
Arnaut stieg vom Pferd und starrte einen Augenblick auf die blutige Waffe in seiner Hand. Sorgfältig wischte er sie an einem Grasbüschel sauber und ließ sie langsam, fast andächtig wieder in die Scheide gleiten. Bei Waffenübungen und Scheinkämpfen war er immer gut gewesen, aber nun lernte er zum ersten Mal, wie verheerend ein Schwertstreich sein kann. Er atmete tief durch, um sein Herz zu beruhigen, das ihm noch heftig in der Brust schlug.
Bevor er sich dem armen Kerl zuwenden konnte, den er gerettet hatte, hörte man Hufschlag, und wenig später stürmte Felipe auf die Lichtung.
»Was ist geschehen?«, rief er, Schwert in der Faust, wild um sich blickend.
»Du kommst zu spät, Bruder«, grinste Arnaut, um einen gleichmütigen Ton bemüht. In Wahrheit musste er die Hände

in den Schwertgürtel stecken, so sehr zitterten sie. Beim Anblick der blutenden Hirnmasse des gefallenen Bogenschützen hätte er sich fast übergeben.

Auch Felipe starrte betroffen auf die Gefallenen.

»Mein Gott, du hast sie getötet«, sagte er erschrocken und bedachte Arnaut mit einem seltsamen Blick. »Wer waren die?«

»Wegelagerer, Gesetzlose, was weiß ich?«, antwortete Arnaut gereizt.

Aus der Ferne hörten sie Severin rufen.

»Ich habe ihnen aufgetragen, zu warten«, sagte Felipe.

Arnaut nahm das Horn und gab das Signal, dass keine Gefahr mehr bestand.

»Schnell, hilf mir. Das muss die *domina* nicht sehen«, sagte er.

Felipe sprang vom Pferd, und vereint zerrten sie die Kadaver hinter die Büsche. Jetzt war, außer ein paar Blutspritzern auf dem zertrampelten Gras, nichts mehr vom Kampf zu sehen.

»Herrgott noch mal!«, fluchte Arnaut wütend, als er sich die Hände am Gras säuberte.

Nie zuvor hatte er einen Menschen verletzt, geschweige denn getötet. Nun waren es schon vier, wenn er den *soudadier* beim Kloster mitzählte, den er verwundet hatte. »Warum geschieht das immer mir?«, rief er aufgebracht. »Ab jetzt reitest du voran, *putan merda!*«

Da räusperte sich jemand hinter ihnen.

»*Escusa me, Mossenher Cavalier!* Macht Euch, um Himmels willen, keine Vorwürfe, denn ich glaube, sie waren kurz davor, mir die Kehle durchzuschneiden. Ich kann Euch nicht genug für Euer beherztes Eingreifen danken.«

Und so lernten sie Peire Rogier kennen.

Der Mann war jung, wenn auch ein wenig älter als die beiden Ritter, fast so dunkelhäutig wie ein Maure, trug eine kräftige Nase im Gesicht, die nach der Rauferei etwas angeschlagen wirkte, und er hatte eine angenehme, sonore Stimme. Da man ihm das Hemd vom Leib gerissen hatte, war es kaum zu übersehen, wie schrecklich abgemagert er war. Arnaut bückte sich

und hob seine Tunika auf, die die Räuber in ihrer hastigen Flucht zurückgelassen hatten, und reichte sie ihm.
Rogier wischte sich das Blut von der Lippe und zog sich wortlos die Tunika über. Auch seine Stiefel fand er wieder. Arnaut wunderte sich, dass sie ihm nicht von den Füßen fielen, so zerschlissen sahen sie aus. Als Rogier die Blicke der beiden spürte, grinste er verlegen.
»Weiß der Teufel, warum die mich überfallen haben. Bei mir ist rein gar nichts zu holen.«
Er sah sich um, was ihm von seiner kümmerlichen Habe geblieben sein mochte. Plötzlich schrie er auf, als stieße man ihm einen Dolch in die Seite.
»*Bon Dieu, non!* Meine Laute, verflucht!« Er lief ein paar Schritte und hob die Reste eines zerbrochenen Saiteninstruments aus dem Gras. »Oh, diese Bastarde! Von allem das Einzige, das etwas wert war.«
Er drehte sich zu ihnen um, und Arnaut war über die Tränen erstaunt, die dem Kerl die Wangen herabliefen. Er trauerte um seine Laute wie um eine verflossene Liebe. In diesem Augenblick erreichten Severin und die anderen die Lichtung. Ermengarda sah sich um, forschte ängstlich in ihren Gesichtern.
»Was ist geschehen?«
»Räuber«, sagte Felipe. »Arnaut hat sie vertrieben.«
»Wer ist dieser Mann, und warum weint er?«
»Ich nenne mich Peire Rogier«, sagte der Genannte und wischte sich mit dem Ärmel über die Wange. »Ich wurde überfallen, und dieser tapfere Ritter hat mich errettet. Leider wurde dabei meine geliebte Laute zerstört.« Er hielt die Reste hoch und machte ein klägliches Gesicht.
»Was gibt's da zu flennen?«, knurrte Severin. »Sei froh, du bist am Leben. Und Lauten gibt es genug.«
»Nicht so ein Meisterstück wie diese. Ein unersetzlicher Verlust für einen *joglar.*«
»Du bist Spielmann?«, fragte Ermengarda neugierig.

Anstatt zu antworten, hob er zu singen an:

Pus nostre temps comens'a brunezir,
e li verjan son de lor fuelhas blos,
e del solelh vey tant bayssatz los rays,
per que'l jorn son escur e tenebros,
et hom non au d'auzelhs ni chans ni lays,
per joy d'amor nos devem esbaudir.

Da nun die dunkle Jahreszeit beginnt,
wenn Blatt um Blatt vom Zweige fällt,
der Sonne Schein so niedrig steht,
dass die Tage grau und düster werden,
und kein Vogellied mehr erklingt,
da sollen wir uns der Liebe erfreuen.

Ermengardas Augen leuchteten, während sie verzückt lauschte. Die wehmütige Melodie und die rauchige Stimme des Sängers berührten sie. Und Rogier, der seine Wirkung wohl bemerkte, warf sich, als er geendet hatte, vor ihr auf die Knie, verbeugte sich tief und rief: »*Trobador* und *joglar* bin ich, *Midomna,* und stehe ganz in Euren Diensten!«
»Warum nennst du mich so? Ist das etwa die Anrede für Knappen?«, fragte sie erschrocken.
Rogier grinste und zwinkerte ihr zu. »Wenn Ihr ein Knappe seid, Herrin, bin ich der Prinz von Antioch.«
»Da seht ihr, was eure dumme Verkleidung wert ist«, sagte sie mit einem wütenden Blick auf Arnaut und Felipe. »Den Mummenschanz hätte ich mir sparen können. Und meine Haare hätte ich auch noch!«
Felipe sah verlegen auf seine Stiefel, und Arnaut runzelte die Stirn. »Wir sollten uns auf den Weg machen«, sagte er, »falls das Räuberpack Verstärkung holt.«
»Ihn nehmen wir aber jetzt mit«, befahl Ermengarda und deutete auf Peire Rogier. Und so kam es, dass der bettelarme *joglar*

die kümmerlichen Reste seiner Laute in eine Satteltasche stopfte, seinen klapprigen Gaul bestieg und sich ihnen anschloss.

***

Niemand hätte dem Mann Beachtung geschenkt. Er war nicht besonders groß, sah unscheinbar aus, nichts wies auf seinen Stand hin. Auch sein Gaul war keinen zweiten Blick wert, obwohl sich das Tier als zäh und ausdauernd erwiesen hatte. Darin ähnelte es seinem Besitzer.

Zwei Tage lang war er um das Kloster herumgestrichen. Hatte die Spuren untersucht, die in den Wald führten und die sich dann in den Hügeln verloren. Bauern hatte er befragt, doch nichts in Erfahrung bringen können. Auch die Klosterbrüder wollten ihm nichts sagen, und der Prior hatte ihn schroff abgewiesen.

Aber er ließ sich nicht entmutigen, denn er war sicher, im Kloster wusste man etwas. Aus einem Versteck, an ähnlicher Stelle, wo zuvor Arnaut und Felipe gelegen hatten, beobachtete er das Kommen und Gehen der Mönchsgemeinschaft. Dabei fiel ihm einer der Brüder auf, der für gewöhnlich mit mürrischer Miene die Arbeit im Stall verrichtete. Er schien ein Außenseiter zu sein, kaum jemand sprach mit ihm.

Als dieser Mönch gerade Stallmist auf den Dunghaufen karrte und niemand sonst zugegen war, sprach der Mann ihn an.

»Gott zum Gruß«, sagte er.

»Was willst du?«, kam die mürrische Antwort. »Zum Betteln gehst du besser an die vordere Pforte.«

Der Mönch kippte seine Karre leer und begann, den dampfenden Mist auf den Haufen zu schaufeln.

»Mir scheint, du bist der Einzige, der hier wirklich arbeitet«, sagte der Mann.

Bruder Peire warf ihm einen misstrauischen Blick zu.

»Was geht dich das an?«

»Ich war selbst mal Klosterbruder und weiß, wie die Sache läuft.«
»Na und?«
»Die feinen Adelssöhnchen, die lesen den ganzen Tag in klugen Büchern. Und unsereins, aus dem Bauernstand, wir tun die ganze Arbeit. Ist doch so.«
Bruder Peire brummte Unverständliches und schaufelte weiter.
»Die denken, wir sind dumm, dabei wette ich, du weißt mehr als alle anderen. Schließlich hat man ja Augen und Ohren im Kopf.«
Bruder Peire sagte noch immer nichts, aber als er mit dem Schaufeln innehielt und sich auf die Mistgabel stützte, schien er etwas aufrechter zu stehen. Sein wässriger Blick richtete sich aufmerksam auf den Mann.
»Du warst im Kloster?«, fragte er.
»Sechs lange Jahre. Nachdem die Büttel mir den Elternhof gestohlen hatten. Wo hätte ich sonst hingehen sollen?« Der Mönch nickte, als sei es ihm ähnlich ergangen, worauf der Mann gehofft hatte. »Aber dann hatte ich genug von der undankbaren Schinderei«, fügte er hinzu.
»Du bist gegangen? Einfach so?«
»Nun, ein wenig Gold hilft natürlich.« Er warf einen *solidi* in die Luft und fing ihn lachend wieder auf. »Und ein großzügiger Herr.«
Das Aufblitzen des Goldes war dem Mönch nicht entgangen, und etwas Gieriges lag jetzt in seinem Blick.
»Wer ist dein Herr?«
»Einer, der noch weit höher steht als dein unfreundlicher Prior.« Er winkte Bruder Peire zu sich heran, als wolle er ihm etwas im Vertrauen sagen. »Der Erzbischof von Narbona«, raunte er.
Peire machte große Augen. »Der Erzbischof?«
»Ich kann vielleicht ein gutes Wort für dich einlegen.«
Der Mönch grinste listig. »Was muss ich tun?«
»Vor zwei Tagen waren Fremde bei euch. Sie werden wegen

Mordes gesucht. Dein Prior tut nicht gut daran, sie zu decken.«
»Wegen Mordes?«, fragte Bruder Peire. »Beim Erzbischof?«
»Ja, sie haben jemanden erdolcht und sind auf der Flucht. Sag mir, wohin sie geritten sind.« Er warf wieder die Goldmünze in die Luft und fing sie geschickt auf.
Peire leckte sich die Lippen. »Sie haben ganz heimlich getan«, grinste er dann. »Aber ich habe alles belauscht. Was gibst du mir, wenn ich es verrate?«
»Hier!« Der Fremde streckte ihm die flache Hand entgegen, auf der die Münze im Licht der Sonne funkelte. Bruder Peire fasste zu, aber schnell hatte der Mann die Faust wieder geschlossen. »Zuerst musst du es mir sagen.«
Peire blickte sich um. Außer ihnen war niemand zu sehen.
»Sie sind nach Spanien«, raunte er. »Nach Catalonha. Zum Grafen dort wollen sie. Und über die Saumpfade in den Bergen wollten sie reiten, wo niemand sie vermutet.«
»Bist du sicher?«
»Ich schwöre es beim Leib Jesu und allen Heiligen!«
»Das ist gut. Sehr gut. Hier ist deine Belohnung.« Der Mann warf ihm die Münze zu. »Der Erzbischof wird sehr zufrieden sein. Ich werde ihm von dir berichten.«
Peire starrte hocherfreut auf die Goldmünze in seiner Hand. Noch nie hatte er einen solchen Schatz besessen. Außerdem würde der Erzbischof von seinen guten Diensten erfahren und ihn vielleicht zu sich rufen. Er blickte auf. Der Fremde hatte sich schon abgewandt.
»Ich heiße Peire«, rief er ihm etwas lahm hinterher. »Sag das dem Erzbischof.« Doch der Mann hörte ihn schon nicht mehr.

Castel Nou dels Aspres

Im Grunde war Ermengarda froh, dass der *joglar* die Verkleidung so leicht durchschaut hatte. Und so schlich sie sich bei erster Gelegenheit, ein gutes Stück Weg vom Ort des Überfalls entfernt, in die Büsche und entledigte sich des straff gebundenen Schals, der ihre Brüste flachgepresst und sie kaum hatte atmen lassen. Auch die hässliche Mütze verschwand in ihrer Tasche.

Sie überlegte, ob sie den Schal, ein schönes Stück aus weinroter Seide, als Kopftuch tragen sollte, wie es sich für eine Frau geziemte. Besonders in Begleitung von Männern, die nicht zur Familie gehörten. Aber das würde sie schon von weitem als Frau verraten und nur Neugier erwecken. Außerdem genoss sie das ungewohnte Spiel des Windes im Haar.

Zum Glück hatte sie es nicht zu kurz geschnitten, sondern trug es, wie eben auch viele junge Männer von Stand, bis fast auf die Schultern. In Castel Nou würde sie eine kundige Magd finden, um zu retten, was zu retten war. Ihren Schal schlang sie kurzerhand um den Hals und atmete tief durch. Die Änderungen waren kaum merklich, trotzdem fühlte sie sich endlich wieder wie eine junge Frau und nicht wie ein zu klein geratener Jägerlehrling.

Inzwischen führte der Weg von den Bergen hinab in die Ebene, die sich zwischen der Corbieras und den Ausläufern des Pireneus befand. Am frühen Abend überquerten sie an einer Furt das Flüsschen Agli und erreichten kurz darauf das kleine Kloster Espira. Hier fanden sie freundliche Aufnahme, ein

einfaches Mahl und für Ermengarda eine Kammer. Besonders genoss sie den Eimer mit heißem Wasser, den man ihr zum Waschen hinstellte, und ließ sich mit einem behaglichen Seufzer in das weiche Bett fallen, auch wenn es nur mit Stroh gefüllt war.
Dann half sie den Mönchen, sich um Raimons Verwundung zu kümmern. Er schrie herzerbärmlich, als man vorsichtig den Panzer abzog und ihn aus dem *gambais* schälte. Der Verband war von Blut und Ausfluss durchtränkt, die Wunde pochte, war geschwollen und rot gerändert. Ein Pfropfen Eiter saß im Wundkanal, den der Pfeil geschlagen hatte. Als man den Eiter zu entfernen suchte, verlor er vor Schmerz fast das Bewusstsein. Sie wuschen die Wunde mit warmem Wasser aus, legten einen Wickel mit dickem Brei aus Schafgarbe an und ließen ihn vorsichtshalber zur Ader, um das vergiftete Blut abfließen zu lassen.
Am nächsten Tag, er hatte gottlob eine ruhige Nacht verbracht, schien es Raimon besserzugehen. Sie halfen ihm, sein *gambais* überzuziehen, verzichteten aber auf den schweren Panzer und legten ihm einen Schlingverband um die Schulter, um den Arm zu entlasten.
Fraire Aimar, der den Weg von früheren Reisen her kannte, hatte nun die Führung übernommen. Die schmale Straße führte durch flaches, fruchtbares Land, mit Winterweizen bestellte Felder, Weingärten, Obst- und Olivenhaine. Pinien säumten an manchen Stellen den Wegrand oder hochgewachsene Platanen. Die Häuser der reichen Gutshöfe und feudalen Anwesen waren aus rotgebrannten Ziegeln und nicht aus unverputztem Feldstein wie die Hütten der Bauern in den Bergen. Obwohl sie sich weiterhin auf Nebenstraßen bewegten, begegneten ihnen nun weit mehr Menschen. Pilger auf der Wanderschaft, Fuhrleute mit ihren Ochsenkarren, einmal sogar ein Trupp bewaffneter Reiter, der ihnen zum Glück keine Beachtung schenkte.
Seit Peire Rogier sie begleitete, hatte Ermengarda weder Aug

noch Ohr für Felipe und Arnaut. Selbst *Fraire* Aimar musste zurückstecken, denn sie schien an dem mageren Poeten einen Narren gefressen zu haben, wollte alles über ihn wissen, ließ sich Beispiele seiner Kunst vortragen oder die Feinheiten gewisser Verse erklären.

Der Mann stammte aus der Alvernhe und war angeblich Geistlicher gewesen, hatte es sogar bis zum Chorherrn der Kathedrale von Clermont gebracht. Doch dann hatte er dem tristen Einerlei des Kirchendaseins das freie Leben eines *joglars,* eines wandernden Spielmanns und Gauklers, vorgezogen. Ermengarda war begeistert, dass er ebenfalls auf dem Weg nach Catalonha war, und erhoffte sich noch viele Stunden ungetrübter Freude und Kurzweil.

»Das hast du von deiner Hilfsbereitschaft«, grummelte Severin. »Jetzt müssen wir uns die Ohren von hier bis Spanien mit seinen Liedern vollquäken lassen.«

»Irgendwann wird er ja wohl das Maul halten.«

»Und wenn nicht, binden wir ihm den Schnabel zu«, lachte Felipe. »Am besten mit seinem eigenen Gürtel.«

In ihrem Misstrauen dem Fremden gegenüber fühlten die drei jungen Männer sich seltsamerweise verbundener denn je. Es stärkte ihre Kameradschaft, und man musste es Felipe zugutehalten, dass ihm plötzlich klarwurde, dass er sich benommen hatte, als besäße er ein Pachtrecht auf Ermengarda. Beschämend nur, dass man von einem verdammten Spielmann vom Sockel gestoßen wurde.

Aber Rogier war kein Dummkopf. Er hatte die finsteren Blicke schon bemerkt und wie still die anderen geworden waren.

»Ich bitte um Gnade, *Midomna*«, sagte er deshalb zu Ermengarda. »Bis Barcelona ist es noch weit. Oder wollt Ihr an einem einzigen Morgen mein ganzes Hirn aussaugen?«

»Nein, gewiss nicht«, lachte sie. »Verzeiht meine Neugierde.«

Von da an nahm sich Rogier auf feinfühlige Art zurück. Er

bemühte sich, Bruder Aimar in ein Gespräch zu ziehen, später dankte er Arnaut noch einmal für seine Rettung und ließ sich von ihm die Geschichte der abenteuerlichen Flucht erzählen.

»Das ist Stoff für ein *canso,* bei Gott!«, rief er, als Arnaut geendet hatte. »Oder für ein Heldenlied, ein episches Gedicht.«

»Ich glaube eher nicht«, mischte *Fraire* Aimar sich ein. »Von einer Dame ihres Standes soll man keine Lieder machen. Das geziemt sich nicht.«

»Schade, aber Ihr habt natürlich recht«, erwiderte Rogier, obwohl ihm dabei der Schelm aus den Augen blitzte.

Arnaut hatte eigentlich nichts gegen den *joglar.* Er fand, der Mann hatte etwas Unbekümmertes, war angenehm und freundlich im Umgang und besaß eine gute Prise Humor. Solche Eigenschaften waren gewiss unentbehrlich für einen fahrenden Sänger, der von Hof zu Hof zog und nur von der Hand in den Mund und der Gunst der adeligen Herren lebte.

In gewisser Weise, vielleicht weil er ihn aus den Klauen der Räuber befreit hatte, fühlte Arnaut sich sogar ein wenig verantwortlich für ihn. Er hatte beobachtet, wie Rogier Ermengarda ganz schamlos den Hof machte, aber mit einer so schalkhaften Leichtigkeit, dass man es nicht übelnehmen konnte, als sei es nur ein Spiel, das zu seiner Rolle gehörte, und nichts weiter. Trotzdem beneidete Arnaut ihn um seine höfische Gewandtheit. Dass Felipe zeitweilig seinen Platz an der Sonne eingebüßt hatte, störte ihn wenig.

Am fernen östlichen Horizont, nicht weit vom Meer gelegen, erkannten sie bald darauf die Mauern des Städtchens Perpinhá, doch hielten sie sich, wie verabredet, weiterhin abseits der Hauptstraßen und verfolgten ihren Weg auf die Berge zu.

Während Arnaut sich mit Rogier unterhielt, machte auch *Fraire* Aimar sich seine Gedanken. Er hatte bemerkt, dass zwischen Felipe und Arnaut ein gewisser Wettstreit um Ermengardas Gunst entstanden war, ein Umstand, der ihm

Sorgen machte. Unbewusst, vielleicht ohne es zu wollen, spielte Felipe den Vorteil seiner Abstammung und seines hohen Ranges aus.
Arnaut litt es mit Unwillen, wusste aber nichts dagegenzusetzen, außer Entschlossenheit und Mut, den er wieder einmal gegen die Wegelagerer bewiesen hatte. Und der Tatsache, dass alle Mitglieder der Truppe, wenn es darauf ankam, auf ihn blickten und seiner Führung vertrauten. Seltsamerweise sogar Felipe.
Trotz dieser kleinen Spannungen hatten sich die Dinge auf dem Ritt durch die Berge eingespielt, es war ein Gleichgewicht entstanden. Das Auftauchen dieses Peire Rogier jedoch schien alles wieder verändert zu haben. Belustigt beobachtete Aimar, wie die jungen Ritter sich etwas betreten zurückgezogen hatten, während der Umgang mit dem Spielmann Ermengarda so offensichtlichen Auftrieb verlieh.
Wie Aimar inzwischen wusste, war sie äußerst behütet aufgewachsen und sich deshalb ihrer Wirkung auf die jungen Männer in keiner Weise bewusst. Die Reise musste eine Offenbarung für sie sein. Sie kam ihm wie ein junger Vogel vor, der zum ersten Mal die Schwingen hebt. Dabei waren die Tölpel alle in sie verliebt, bis hin zum kleinen Jori. Ein wenig sogar er selbst, dachte er belustigt. Jedenfalls genoss er es, sie zu beobachten. Sie erinnerte ihn an die Frau, die er jahrelang heimlich und aus der Ferne geliebt hatte, immer noch liebte, obwohl für ihn so unerreichbar. Er seufzte. Da sangen die Dichter von der Liebe, wie dieser Rogier, und alle zollten ihnen Beifall. Und doch lebte man in einer Welt, in der kaum jemand seine Liebe ausleben durfte. Und wenn, dann wurde man dafür bestraft. Wie Abaelardus.
Auch Ermengarda ritt eine Weile allein. Sie beobachtete, wie die Bauern Kohl, Rüben und Herbstäpfel in die Scheunen fuhren oder ihre Pflüge ausbesserten. Kraut wurde verbrannt und die Asche zur Düngung auf die Felder gestreut. Gänse gaben Warnschreie ab, wenn die Reiter sich näherten, während

das Vieh gemächlich kauend die letzten warmen Sonnenstrahlen des Jahres genoss.
Auf einem Hof, an dem sie vorüberzogen, wurde gerade geschlachtet. Frische Schweinekadaver hingen vom Balken, Gedärme lagen dampfend auf einer Bank zum Säubern. Fleisch, Darm, Haut und Knochen, alles war nützlich. Nichts, was Gott diesen Menschen schenkte, würde verschwendet werden. Der Gedanke erfüllte sie mit Achtung vor dem Bauernstand, gerade weil sie selbst in Reichtum aufgewachsen war und sich über solche einfachen Dinge nie hatte Gedanken machen müssen.
Wenn *Fraire* Aimar glaubte, Ermengarda wüsste nicht um ihre Wirkung auf die jungen Männer, dann irrte er. Hat es der Herrgott nicht gefügt, dass schon kleine Mädchen mehr über die Liebe wissen als so mancher erwachsene Mann? Das Deuten von heimlichen Blicken lernen sie ebenso früh wie ein Gespür dafür, den Sinn ungesagter Worte zu erahnen. Und so war es auch Ermengarda nicht entgangen, dass sie auf dieser Reise weit mehr an Aufmerksamkeit und bewundernden Blicken empfing als je zuvor in ihrem Leben. War es Sünde, sich ein wenig darin zu sonnen?
Gegen Mittag stießen sie auf die grünen Wasser des unteren Flusslaufs der Tet und fanden eine hölzerne Brücke. Es war ein klarer Tag, und von hier aus hatte man eine wunderbare Fernsicht auf die Bergkette des Pireneus und die weiße Spitze des Canigou, des höchsten Berges dieser Gegend, dem das Volk endlose Legenden andichtete. Wie Gottes Hochsitz ragte er in den Himmel.
Endlich, am späten Nachmittag nach langem Ritt, erreichten sie die ersten Hügel. Hier löste rauhe Wildnis die Felder der Ebene ab. Immer weiter bergan schlängelte sich der Weg zwischen felsigen und dichtbewaldeten Anhöhen, bis sie am frühen Abend schon von weitem einen einsamen Wachtturm hoch oben auf einer Berghöhe gewahrten.
Um diesen Berg wand sich die Talstraße, bis der Blick sich

auf ein enges, aber gut bewirtschaftetes Tal öffnete. Und da vor ihnen, auf einem steilen Felshügel, befand sich das vorläufige Ziel der Reise, die Burg Castel Nou dels Aspres, ein finster und trutzig dreinblickender, zinnenbewehrter Klotz wie aus dem Felsen selbst gehauen. Dies war der Sitz der Vizegrafen von Vallespir.

»Das Vallespir gehört zur Grafschaft Besalú«, erklärte *Fraire* Aimar. »Und als der letzte Graf von Besalú vor dreißig Jahren ohne Nachkommen starb, fiel sein Erbe an seinen Schwiegervater, den alten Grafen von Barcelona.«

»Die Burg sieht nicht sehr einladend aus«, sagte Ermengarda.

»Es heißt, die zwei Brüder, die hier herrschen, seien etwas eigenwillig. Sie liegen auch oft im Streit mit ihren Nachbarn, doch ich habe keinen Grund, an ihrer Treue zu Barcelona zu zweifeln.«

Unterhalb der Trutzburg schmiegte sich ein Dorf an den Felsen. Das Bauernvolk starrte sie neugierig an, als sie durch das Tor ritten. Während die Pferde sich die steilen Gassen zur Burg hinaufmühten, bekreuzigte sich Ermengarda voller Dankbarkeit. Hier endlich würde sie freundliche Aufnahme erfahren und Schutz vor ihren Feinden.

***

In Narbona war seit Tagen Ermengardas Flucht das einzige Stadtgespräch. Obwohl viele über den Streich jubelten, den man dem Grafen gespielt hatte, so war doch jedermann überzeugt, seine Männer würden die Ausreißerin innerhalb von Stunden wieder einfangen, spätestens am nächsten Tag. Denn wo sollte ein junges Mädel denn schon hin? Einer der vielen Reiter, die die Gegend durchkämmten, würde sie erkennen und stellen. Oder sie selbst, schutzlos zu Fuß unterwegs – denn niemand vermisste ein Pferd –, noch dazu ohne Nahrung oder warme Kleidung, würde die Aussichtslosigkeit ihres Unterfangens einsehen und heimkehren.

Als sie aber weiterhin verschollen blieb, begannen die Leute zu zweifeln, dass die junge Erbin sich ganz allein davongemacht haben sollte. Die wildesten Gerüchte flogen durch die Gassen. Aus dem *palatz vescomtal* sickerten schaurige Geschichten von Mord, Totschlag und Vertuschung. Von den Tolosanern dagegen ließ sich vernehmen, die Trencavels hätten sie geraubt, man habe stichhaltige Beweise und rüste sich zum bewaffneten Angriff, um Ermengarda zu befreien. Andere dagegen redeten von maurischen Piraten, riesige Lösegeldforderungen stünden im Raum.

Einige, mit der Herrschaft der *vescomtessa* Unzufriedene, bezichtigten sogar Ermessenda selbst. Nie sei sie mit der Vermählung einverstanden gewesen und halte das arme Kind auf einer abgelegenen Burg in der Corbieras gefangen. Sie legten Blumen vor dem Palast nieder und forderten im Chor: »Wo ist Ermengarda? Gebt uns Ermengarda wieder!«

Doch am hartnäckigsten hielt sich ein Gerücht, das trotz la Belas Bemühungen, die Sache geheim zu halten, über den Marktplatz verbreitet und wahrscheinlich aus Quellen des Palastes selbst genährt wurde. Es handelte sich dabei um eine wildromantische Geschichte von verzweifelter, heimlicher Leidenschaft und nächtlicher Flucht, von Liebesschwur und Treue bis in den Tod. Eine rechte Ritterromanze. Besonders die Damen der Stadt ließen nicht ab, sich gegenseitig Einzelheiten auszumalen. Auch wurde der Name Felipe de Menerbas geflüstert. So ein schmucker junger Bursche, raunten sie und kamen aus dem Seufzen nicht mehr heraus.

»Glaubst du wirklich, sie ist mit Felipe davon?«

Auch Nina wollte nicht davon aufhören. Das ging nun schon seit Tagen so und trieb Ermessenda zur Verzweiflung.

»Aber ja doch. Mit wem sonst?«, erwiderte sie gereizt.

»Und warum heißt es, die Trencavels hätten sie entführt?«

Für einen winzigen Augenblick war la Bela um eine Antwort verlegen. Dann sagte sie: »Den Bären haben wir dem Grafen aufgebunden, falls deine Schwester ihm zuerst in die Hände fallen sollte. Wer weiß, was er in seiner Wut mit ihr anstellt, wenn er die Wahrheit wüsste. Inzwischen ist ihnen Tibaut auf der Fährte. Es ist deiner Schwester nur zu wünschen, dass er sie noch vor den Tolosanern findet.«

»Arme Erminha. Hoffentlich wird es nicht so schlimm für sie.«

»Wenn Alfons herausfindet, dass sie sich mit einem jungen Kerl davongestohlen hat, dann gnade ihr Gott. Du sagst also kein Wort, hast du mich verstanden? *No parla mot!*«

Nina nickte ernst. »Versprochen, Mama.« Aber lachen musste sie dennoch. »Einfach so, auf und davon. Mit Felipe!«

Die ganze Sache war einfach zu unwiderstehlich. Dass Ermengarda zu so etwas fähig war, hätte sie nie gedacht. Ninas Bewunderung für ihre Halbschwester fand seit der Flucht keine Grenzen. Und dann auch noch mit Felipe. Für Felipe schwärmte Nina endlos. Mit verträumtem Blick sah sie aus dem Fenster. Ob sie jemals so etwas tun könnte? Nein, den Mut hätte sie bestimmt nicht.

»Du darfst ihr nichts antun, Mama«, sagte sie.

»Wir werden sehen«, erwiderte la Bela streng.

Da klopfte es, und *Domna* Anhes stand steif im Türrahmen.

»Der *Cavalier* Tibaut wünscht Euch zu sprechen, Herrin.«

»Worauf wartest du? Schick ihn sofort herein.«

Endlich hatte das elende Warten ein Ende.

»Geh, Nina! Lass mich mit Tibaut allein.«

»Immer wenn es spannend wird …«

»Geh jetzt«, herrschte la Bela sie an. »Und untersteh dich, an der Tür zu lauschen.«

Nina kannte diesen Tonfall. Mit ihrer Mutter war jetzt nicht zu spaßen. Als sie das Zimmer verließ, wäre sie fast mit Tibaut zusammengestoßen.

»*Escusa, Donzela* Nina.« Höflich hielt er ihr die Tür auf. Nina schlüpfte eilig hindurch. Dieser Tibaut war ihr einfach zu unheimlich.

Als sie allein waren, fragte Ermessenda ungeduldig: »Hast du sie endlich gefunden?«

»Darf ich mich erst einmal setzen?«
»Mit den dreckigen Stiefeln?«
»Es tut mir leid. Bin soeben erst vom Pferd gestiegen.«
»Schon gut. Rede endlich.«
Tibaut füllte einen Becher und setzte sich.
»Sie sind wie vom Erdboden verschluckt«, sagte er, nachdem er einen tiefen Zug Wein genommen hatte.
Ermessenda wurde bleich. »Wie kann das sein?«
»Die Tolosaner haben alles nach Norden und Westen abgesucht und wir die Straßen in die Corbieras. Tatsächlich konnten wir sie dort auch aufspüren, bei den Klosterbrüdern in Fontfreda. Ich hatte vermutet, dass sie diesen Umweg nehmen würden. Und du hattest recht, Felipe ist unter den Verschwörern. Wer die anderen sind, konnten wir nicht feststellen. Leider sind sie uns im Nebel entwischt. Einer meiner Männer wurde dabei schwer verwundet.«
»Du wagst es, hierherzukommen, um mir das zu sagen?«, schrie la Bela plötzlich wild vor Zorn.
Tibaut zuckte gleichmütig mit den Schultern. »Ich bin seit Tagen nicht aus dem Sattel gekommen. Wir haben alles abgesucht, sogar nach Süden die halbe Küste entlang. Sie haben in keiner Herberge übernachtet, niemand hat sie gesehen. Vielleicht konnten sie irgendwo im Wald Unterschlupf finden. Aber wo, das weiß der Teufel.«
Das unerwartete Verschwinden des Mädchens durchkreuzte mächtig ihre Pläne. Aber was nützte es, Tibaut Vorhaltungen zu machen? Solange sie sie noch vor den Tolosanern fanden, ließe sich noch alles zum Guten wenden. La Belas Atem beruhigte sich langsam wieder. Zwischenzeitlich musste sie weitere Möglichkeiten verfolgen. Alfons, durch die Vermählung und den dadurch erworbenen Rechten als Ehemann und Munt der Braut, hielt jetzt alle Macht über Narbona in den Händen. Sie musste versuchen, ihn enger an sich zu binden.
»Hörst du sie da draußen brüllen?«, fragte sie verächtlich. »Die Schafsköpfe glauben, ich selbst hätte sie entführt.«

»Ist ja nicht so abwegig.« Da war wieder sein Wolfslächeln. Sie tat, als habe sie ihn nicht gehört. »Und was machen wir jetzt?«
»Ich vermute, sie sind irgendwo in der Wildnis der Corbieras«, sagte Tibaut. »Aber mit weiteren Suchtrupps durch die Wälder zu trampeln, hat wenig Sinn. Ich habe da einen Mann, der gut im Verfolgen von Spuren ist. Der hat schon manchen Flüchtigen aufgestöbert.«
»Hoffentlich nicht so ungeschickt wie der andere. Wie es aussieht, wissen sie sich zu wehren. Unterschätz sie nicht. Wird dein Mann sie finden?«
»Es wird etwas länger dauern, aber am Ende wird er sie aufspüren, wo immer sie sich verstecken.«
»In der Wildnis, sagst du?« Ermessendas sonst so anziehendes Gesicht verzerrte sich zu einem hässlichen Ausdruck. »Ich hoffe, da fressen sie die Wölfe!«

***

Jahrelang hatte *Vescoms* Peire de Menerba nicht mehr an seine verstorbene Gemahlin gedacht. Ihr Tod lag schon so weit zurück, dass es ihm unverständlich war, warum in letzter Zeit die Erinnerung an sie ihn immer häufiger plagte. Er sah ihr schmales Gesicht vor sich, weiße Hände in den Schoß gelegt, die Augen vertrauensvoll auf ihn gerichtet. Ihren Leib, oder wie es mit ihr im Ehebett gewesen war, konnte er sich beim besten Willen nicht mehr ins Gedächtnis rufen. Hatten sie überhaupt noch miteinander geschlafen in den letzten Jahren? Ihr Bild war mit Schuldgefühlen verknüpft, die sich nicht abschütteln ließen.
In Wahrheit waren sie nie eine glückliche Familie gewesen. Das war allein seine Schuld, wie er wusste, auch wenn er es sich nicht gern eingestand. Seit ihrem Tod hatte er einen strikten Männerhaushalt geführt, einfach, militärisch, streng, ohne Freude. War das der Grund, warum Felipe immer so aufgebracht gegen ihn war? Nein, natürlich nicht. Der Grund

war Ermessenda. Diese unselige Leidenschaft, der er nicht entsagen konnte. Sein Sohn verachtete ihn. Er verachtete sich selbst.

Felipe und er gingen sich meist aus dem Weg. Es war deshalb nicht verwunderlich, dass er ihn seit Tagen nicht gesehen hatte. Von Ermengardas seltsamem Verschwinden wusste er natürlich, konnte sich aber keinen rechten Reim darauf machen und tat es ab als die Torheit einer Heranwachsenden. Waren sie nicht alle ein bisschen wild in diesem Alter? Sie würde schon wiederauftauchen. Von den vielen Gerüchten, die im Umlauf waren, hatte er wenig mitbekommen, und dass sein Sohn in die Flucht verwickelt sein könnte, erfuhr er erst, als Tibaut de Malvesiz ihn am späten Nachmittag aufsuchte.

»Ich kann es nicht glauben«, sagte Menerba. »Warum sollte er das tun? Wer behauptet so etwas?«

»Er wurde gesehen. Die Sache ist eindeutig.« Tibaut lächelte gehässig. »In den Jahren seit Aimerics Tod ist es Euch nicht gelungen, Ermessenda zur Heirat zu überreden. Nun benutzt ihr Euren Sohn, um Narbona an Euch zu reißen.«

Menerba stand auf. »Verlasst auf der Stelle mein Haus!«

Auch Tibaut erhob sich. »Die Vizegräfin versucht, Felipes Beteiligung an dieser Entführung vor Alfons Jordan geheim zu halten.«

»Na und? Ich habe nichts damit zu schaffen. Und Felipe gewiss auch nicht. Er ist rebellisch, aber kein Dummkopf.«

»Ermessenda möchte nicht, dass Unfrieden zwischen Euch und dem Grafen entsteht.«

»Und warum kann sie mir das nicht selbst sagen?«

»Nun. In der gegenwärtigen Lage … Ihr versteht. Man sollte den Grafen nicht mehr verärgern, als er schon ist.«

»Mich zu empfangen, könnte ihn also noch mehr verärgern, was? Ich verstehe nur allzu gut.«

Sie hat mich schon lange kaltgestellt, ich wollte es nur nicht wahrhaben, dachte er voller Verbitterung. Nun spielt sie mit anderen Figuren. Ich bin nur noch ein Bauernopfer wert.

»Bevor ich gehe …«, sagte Tibaut. »Die Vizegräfin wünscht, dass Ihr weiterhin dem Grafen die Treue haltet. Im Krieg gegen die Trencavels wird Einsatz erwartet. Oder tut wenigstens so.«
Was erdreistet sich der Kerl? Aber anstatt ihn zurechtzuweisen, dachte er an Felipe. Der Junge musste wahnsinnig sein, so eine Sache anzuzetteln. Und doch war er irgendwie stolz auf ihn. Dass das Mädel den Klauen des Tolosaners entkommen war, freute ihn jetzt diebisch. Er richtete sich zur vollen Größe auf, als er sprach.
»Ihr wart ja so erpicht darauf, sie zu verheiraten«, sagte er. »Nun heißt die Vizegräfin Ermengarda. Ihr allein bin ich verschworen, wie zuvor ihrem Vater.«
Tibaut bedachte ihn mit einem harten Blick.
»*Domna* Ermessenda zählt auf Euch, *Mossenher.* Ganz so wie immer«, sagte er, verbeugte sich knapp und verließ das Haus.
»So wie immer?«, murmelte Menerba, als Tibaut die Tür hinter sich geschlossen hatte. »Nicht ganz, mein Freund. Einiges hat sich sehr wohl geändert.«

***

Der Mann lag still auf seinem Strohbett in der Herberge des Klosters Espira, das er am späten Nachmittag erreicht hatte. Er war mit sich selbst und seinen Fortschritten sehr zufrieden.
In Fontfreda hatte er leider Zeit verloren. In den Bergen war er dann den Saumpfaden gefolgt, immer in Richtung Süden, wie der Mönch gesagt hatte. An einer Stelle hatte er zwei Erschlagene im Gebüsch entdeckt. Der Gestank ihrer verwesenden Leiber hatte sie verraten. Die Lumpen, die sie trugen, deuteten auf Gesetzlose hin. Ein missglückter Überfall womöglich. Beileibe kein Beweis dafür, dass Ermengardas Gefährten sie getötet hatten. Aber nach dem Zustand der Kadaver zu urteilen, lagen sie hier seit drei oder vier Tagen. Das konnte zeitlich

passen. Auch wiesen die Leichen eindeutig Schwertwunden auf. Bauern und armes Gesindel besaßen keine teuren Schwerter.
Als er aus den Bergen kam, war die Furt die einzige Stelle, wo man bequem über den Fluss Agli setzen konnte, und nichts lag näher, als im Kloster Espira nachzufragen. Die Mönche hatten bestätigt, dass eine Reisegruppe wie beschrieben hier übernachtet hatte. Wohin sie weitergeritten waren, konnten sie nicht sagen, außer, dass die Fremden die Straße nach Süden genommen hatten.
In Fontfreda hatte sein Pfeil Ermengarda verfehlt. Einer ihrer Begleiter hatte sich dazwischengeworfen. Es ärgerte ihn, dass der Schuss missglückt war.
Solche Fehler kamen ihm nur selten unter. Aber er würde nicht nachlassen, bis er seinen Auftrag erfüllt hatte. Schon aus persönlichen Gründen. Er war eigentlich kein rachsüchtiger Mann, aber dass sie seinen Bruder getötet hatten, musste gesühnt werden.
Die Küstenstraße, obwohl weitaus schneller, hatten sie vermieden. Deshalb schloss er aus, dass sie nach Perpinhá geritten waren. Es gab zwei Möglichkeiten, von hier nach Barcelona zu gelangen. Entweder über die Hafenstadt Colliur, danach weiter an der Küste entlang auf der angenehmeren Via Domitia. Oder sie waren ins Vallespir geritten, um von dort über rauhe Bergpässe als Nächstes Girona zu erreichen.
Lange dachte er nach.
Dann entschied er sich für das Vallespir.

***

Gausbert de Castel Nou, ganz im Gegensatz zu seiner herrisch herben Festung, war ein Mann, der Prunk und Bequemlichkeit, verschwenderische Fülle und jede Form der Sinnlichkeit liebte. Das weiche Leben, die täglichen Genüsse aus der Küche ebenso wie die endlosen Gelage mit adeligen

Kumpanen hatten ihre Spuren hinterlassen. In den weichen Falten seines Gesichts konnte man die sonst so kantigen Züge dieser vizegräflichen Familie nur noch erahnen. Die Hüften hatten mit den Jahren einen Speckring erworben, und tiefe Tränensäcke zierten seine Augen, die trotz des angenehmen Daseins immer etwas argwöhnisch oder mit beißendem Spott die Welt betrachteten.

Schweißtreibende Vergnügungen wie die Jagd oder etwa Raubzüge gegen die Mauren überließ er seinem Bruder Artaud. Trotz unverkennbarer Familienähnlichkeiten ließen Artauds scharfes, sonnengebräuntes Adlergesicht und schlanke, muskulöse Gestalt einen Mann der Tat vermuten, der eher auf einem guten Gaul zu Hause war als zwischen seidenen Bettlaken.

Trotz dieser Gegensätze verstanden sich die Brüder gut. Gausbert, der Ältere und Scharfsinnigere, traf die wichtigen Entscheidungen, während Artaud die Lanze des Klans darstellte. Er führte die Fehden, hielt die Barone in Schach und presste so viel Gold wie möglich aus den Familienbesitzungen. Gold, das sein Bruder mit seiner verschwenderischen Lebensweise wieder verprasste. Doch die untergeordnete Rolle, die Artaud spielte, störte ihn wenig, denn er war einfachen Gemütes und zufrieden in der Gewissheit, dass seine Söhne einst die Vizegrafschaft erben würden, denn Gausbert hatte weder Weib noch Nachkommen.

»Was genau erhofft Ihr Euch von Ramon Berenguer?«, fragte Gausbert, während er an einem Froschschenkel lutschte und dann die Reste hinter sich auf den Boden warf. »Soll er mit einem Heer heranstürmen und den bösen Buben maßregeln?« Er grinste spöttisch.

Ermengarda wusste nicht recht, was sie antworten sollte, und blickte hilfesuchend zu Bruder Aimar hinüber. Der aber starrte auf seinen Teller und wollte ihr nicht beispringen. Ihr wurde klar, sie musste lernen, selbst ihre Rolle als *vescomtessa* zu übernehmen, sonst würde man sie nie ernst nehmen.

»Ich meine«, sagte sie, »er wird doch gewiss verhindern wollen, dass das Erbe seines Onkels Aimeric an Tolosa geht.«
Gausbert trank aus einem schweren silbernen Kelch und griff sich einen neuen Froschschenkel. »Kann gut sein. Schließlich ist Narbona eine fette Gans. Die würde ich mir auch nicht entgehen lassen.« Bei diesen Worten lachte er kurz auf und warf seinem Bruder einen seltsamen Blick zu, den Ermengarda nicht zu deuten wusste.
Die Brüder waren ihr nicht geheuer. Man hatte sie freundlich aufgenommen, dennoch wurde sie aus Gausbert nicht schlau. Er schien Anspielungen und doppeldeutige Bemerkungen zu mögen, grinste dazu anzüglich und zwinkerte seinem Bruder zu, als tauschten sie Botschaften aus, deren Sinn nur ihnen zugänglich war.
Castel Nou war ein seltsamer Ort voller Gegensätze. So schroff und abweisend das Äußere des Gemäuers, so überbordend üppig und verschwenderisch gestalteten sich die Annehmlichkeiten im Innern. Teppiche zierten nicht nur die Wände, sondern sogar die Fußböden. Wer, *bon Dieu,* hatte je so etwas gesehen?
Man fühlte sich ins Reich der Mauren versetzt, denn überall standen Sessel und Liegen, auf denen seidene Kissen zum Verweilen luden. Da die schmalen, Schießscharten ähnelnden Fenster wenig Licht ins Innere warfen, brannten überall auch tagsüber teure Wachskerzen, und zwar in solchen Mengen, dass jeder Winkel der Burg hell erleuchtet war. Es musste ein Vermögen kosten.
Der zur Schau gestellte Reichtum beeindruckte Ermengarda und ihre Gefährten. Gausbert schien auserlesene Gegenstände zu sammeln. Herrliche Kandelaber, wertvolle Kelche aus buntem, geschliffenem Glas, silberbeschlagene Truhen aus schwarzem Ebenholz, elfenbeinerne Schatullen, eine Sammlung erlesener Sarazenendolche, die in edelsteingeschmückten Scheiden steckten. Auf dem Fußboden, mitten zwischen

den Flügeln der U-förmigen Tafel lag das Fell eines afrikanischen Löwen samt Kopf und aufgesperrtem Rachen. Ermengarda konnte kaum den Blick von den furchterregenden gelben Fängen wenden, und jedes Mal, wenn sie hinschaute, verschlug es ihr erneut den Atem.

Speise und Trank schienen auf dieser Burg einen gewichtigen Platz einzunehmen. Nicht, dass Gausbert sich übermäßig vollfraß, er bediente sich eher verhalten von dem reichhaltigen Angebot, das aufgetragen wurde. Doch die Beschäftigung mit diesen Köstlichkeiten schien einen guten Teil seiner Zeit einzunehmen. Er aß ein wenig von diesem und jenem, und wenn etwas nicht nach seinem Geschmack war, sandte er es mit scharfen Worten zurück in die Küche.

Sein Bruder Artaud dagegen war weniger wählerisch. Eine gebratene Rehkeule, ein Stück Brot, etwas Schafskäse zum Nachtisch, das war genug für ihn. Gausbert machte sich deshalb über ihn lustig. Seinem Bruder einen guten Wein einzuschenken, sei reine Verschwendung. Eher sollte man das Tröpfchen den Säuen kredenzen, die verstünden mehr davon. Doch solche Lästerungen schienen Artaud wenig zu kümmern. Er zuckte nur mit den Schultern und grinste zu Gausberts Späßen.

Seit zwei Tagen befanden sie sich auf Castel Nou. Ursprünglich hatten sie vorgehabt, eine Weile zu bleiben. Zumindest bis Raimon wiederhergestellt war. Er fühlte sich häufig fiebrig, und die Wunde machte ihm immer noch zu schaffen. Sie eiterte trotz der Behandlungsversuche einer weisen Frau aus dem Dorf. Auch erneute Aderlasse, auf die Gausberts Bartscher bestanden hatte, schienen seinen Zustand nicht zu verbessern, eher im Gegenteil. Er fühle sich danach schwächer, behauptete er.

Wahrscheinlich brauchte er nur etwas mehr Ruhe, aber Ermengarda wäre am liebsten schon gleich morgen aufgebrochen. Gausberts undurchsichtige Anspielungen verunsicherten sie. Und jedes Mal, wenn sein Bruder Artaud seine Augen auf sie heftete, kam sie sich seltsam nackt vor. Es war nicht Lüsternheit, die sie in diesem Bick erkannte, eher die Raublust eines Habichts, der seine Beute nicht aus den Augen lässt.

»Ihr seid also tatsächlich die Erbin von Narbona?«, fragte nun *Mossenher* Ignatius, Abt des reichen Klosters Santa Maria de Vallespir, als könne er es noch gar nicht recht glauben.

Der Abt war ein kleiner, beleibter Mann in den frühen Sechzigern, mit flinken, lebhaften Augen, leider auch etwas schwerhörig, was die Unterhaltung mit ihm nicht gerade erleichterte. Er war am Nachmittag mit einem Gefolge von Mönchen und Bewaffneten eingetroffen, angeblich auf dem Weg nach Elna, um sich mit Udalger, dem Bischof der Region, zu besprechen. Den Umweg hierher habe er seinem guten Freund Gausbert zuliebe auf sich genommen. So gierig, wie er jedoch den Speisen zusprach und dem guten Tropfen aus Gausberts Keller, war es wohl nicht allein die Freundschaft, die ihn nach Castel Nou getrieben hatte.

»Ich habe *Vescoms* Gausbert bereits den Beweis geliefert«, erwiderte Ermengarda auf seine Frage. Auch Gausbert war zunächst misstrauisch gewesen, bis *Paire* Imberts Brief und Aimars Fürsprache ihn überzeugt hatten, dass sie in der Tat diejenige war, für die sie sich ausgab.

»Was sagt Ihr da?«, fragte der Abt und legte die Hand ans Ohr. Ein junger Mönch aus seiner Begleitung wiederholte mit lauter Stimme Ermengardas Worte. Ignatius nickte. »Ich weiß. Er hat es mir erzählt«, sagte er und runzelte besorgt die Stirn. »Verzeiht, aber das Ganze ist äußerst ungewöhnlich, um es milde auszudrücken. Eine Frau, die sich gegen ihren Gemahl auflehnt, wer hat je so etwas gehört?« Er drohte ihr sanft lächelnd mit dem Finger. »Und dann so ganz allein unterwegs. Gefährlich. Sehr gefährlich.«

Ermengarda deutete auf ihre Gefährten. »Ich bin in guter Begleitung«, sagte sie diesmal laut genug, dass er es verstehen konnte.

Der Abt bequemte sich zu einer angedeuteten Verbeugung in

Felipes Richtung. »Ich kenne Euren Vater, junger Mann. Ist er mit diesem Brautraub einverstanden?«

Felipe suchte verlegen nach Worten. »Es handelt sich nicht um Brautraub, *Mossenher*«, stammelte er.

»Nun, wie dem auch sei. Hier haben wir die junge *Vescomtessa* von Narbona. Das ist, was zählt, nicht wahr?« Der Abt hob sein Glas und trank ihr zu.

»Die Gans in Person«, ergänzte Gausbert und wollte nicht mehr aufhören, über seinen eigenen Witz zu lachen.

»Gans?«, fragte der Abt verdutzt, nachdem ihm der junge Mönch die Bemerkung noch einmal laut wiederholt hatte.

»Narbona ist eine fette Gans, hatte ich doch vorhin gesagt. Und nun ist sie hier in Person, sozusagen.«

Gausbert schlug sich dabei vor Vergnügen auf die Schenkel und zwinkerte wieder seinem Bruder zu. Ermengarda wechselte einen betretenen Blick mit *Fraire* Aimar. Auch der schien dem Humor des Vizegrafen wenig abzugewinnen.

Man trug jetzt den nächsten Gang auf, Platten mit dünnen Scheiben von Fasanenbrust, mit Kräutern im eigenen Fett geschmort. Dazu ein prickelnder junger Wein. Ein riesiges Kaminfeuer und die vielen Kerzen sorgten für eine wohlige Wärme in der *aula.* Ermengarda beobachtete verstohlen die Dienstmägde, denn eine weitere seltsame Eigenart dieser Burg war, dass die Bedienung aus hübschen jungen Weibern bestand, alle in lose, leichte Gewänder aus feiner Seide oder hauchdünner Baumwolle gekleidet, die mehr betonten als verhüllten.

»Nun, ich meine …«, begann der Abt in Erwiderung, verlor jedoch den Faden, als sich eine der jungen Frauen über die Tafel beugte und er nicht anders konnte, als ihr auf das hübsche Hinterteil zu starren, sehr zur Erheiterung des Hausherrn.

Fraire Aimar hatte ihr zugeflüstert, es handele sich wohl um Sklavinnen, die meisten von den Sarazenen geraubt und im nahen Hafen von Colliur erworben. Ermengarda warf einen prüfenden Blick hinüber zu ihren Gefährten. Arnaut und

Felipe sagten kein Wort, wagten nur von Zeit zu Zeit, verstohlene, doch neugierige Blicke um sich zu werfen. Die Gegenwart der Dienerinnen verfehlte auch nicht ihre Wirkung auf Peire Rogier, der ganz am Ende der Tafel saß und ebenfalls große Augen machte.

Diese verdammten Kerle, dachte Ermengarda entrüstet und auch ein wenig eifersüchtig. Und wo waren überhaupt die Kinder auf dieser Burg? Nicht eine Kinderstimme war zu hören. Niemanden von Artauds Familie hatte sie zu Gesicht bekommen. Mieden sie die Burg? Kaum verwunderlich bei diesen Sitten. An was für einen Ort war sie geraten, *per l'amor de Dieu?*

»In Wahrheit kommt Ihr mir wie gerufen, *Domna* Ermengarda«, sagte der Abt, als er sich von den Reizen der Schönen losgerissen hatte. »Nicht weit von hier ist ein Dorf, das unserer Abtei gehört, Fourques mit Namen. Schon gehört?« Als Ermengarda dies verneinte, fuhr er fort: »Eure *familia,* meine Werteste, die Vizegrafen von Narbona, halten dort einige Ländereien, die ich schon seit langem zu erwerben suche, um unseren Besitz in Fourques abzurunden, Ihr versteht.«

Raimon, der in den letzten Tagen eher still gewesen war, meldete sich zu Wort und sagte, er wüsste von dem Ort. Sein Onkel habe vor Jahren *Domna* Ermessenda auf einer Reise begleitet, zur Besichtigung entfernter Güter. Narbona gehörten ein Dutzend Pachthöfe in Fourques, erinnerte er sich, Weizen in der Hauptsache und ein einträgliches Weingut.

»So ist es«, sagte der Abt. »Eure Stiefmutter war leider nicht bereit, zu verkaufen. Nun, da Ihr selbst das Erbe angetreten habt ...« Er sah sie erwartungsvoll an. »Ich zahle einen guten Preis.«

Auf eine solche Frage war Ermengarda in keiner Weise vorbereitet. Außer persönlichem Schmuck hatte sie noch nie etwas von Wert besessen, geschweige denn verkauft.

Raimons Gesichtsausdruck schien zu sagen, dass er die Angelegenheit bejahte und nichts Ungewöhnliches darin sah.

Bruder Aimar aber schüttelte unmerklich den Kopf. Er war also dagegen. Und er hatte sicher recht, in jedem Fall besaß er in solchen Dingen mehr Erfahrung als sie selbst. Jetzt, da der Abt die Möglichkeit witterte, diese Ländereien zu erwerben, schien es ihn nicht mehr zu stören, dass sie vor ihrem Ehemann geflohen war. Aber durfte sie überhaupt eigenmächtig Besitz der Familie veräußern? Sie spürte die Augen des Abtes auf sich ruhen. Auch Gausbert beobachtete sie.
»Es ist ein Glück«, sagte der Abt, »dass wir Bares mitführen, Jahresabgaben an die bischöfliche Diözese. Ich kann Euch also gleich bezahlen. Bischof Udalger kann warten.«
Das erinnerte sie, wie wenig Silber sie zur Verfügung hatten. Sollte sie sich in Barcelona bettelarm vor die Füße ihres Vetters werfen und um Gnade winseln? War sie nicht jetzt die *Vescomtessa* von Narbona und konnte über ihre Güter verfügen, wie es ihr gefiel?
»Ist es weit von hier?«, fragte sie.
»Ein paar Stunden zu Pferde«, war die Antwort.
»Dann will ich mir die Ländereien morgen ansehen.«
»Mout ben!«, sagte der Abt hocherfreut. »Sehr gut, sehr gut! Mein *secretarius* hier wird Euch begleiten.« Er deutete auf den jungen Mönch neben ihm.
»Domina«, meldete sich Raimon zu Wort. »Es ziemt sich nicht für eine Fürstin, sich mit solchen Dingen abzugeben. Ich bin kein großer Krieger, aber mit Geschäft und Handel kenne ich mich aus. Erlaube mir, für dich nach Fourques zu reiten.«
»Aber deine Wunde …«
»Es geht mir besser.«
»Und ich begleite ihn«, bot sich Felipe an.
Ermengarda nickte. »Einverstanden.«
Der Abt strahlte, Artaud rief nach mehr Wein, die Sklavinnen huschten und schwebten durch den Raum, mehr Gänge tauchten auf, und Gausberts Augen lagen abschätzend und nachdenklich auf Ermengarda.

Sie selbst konnte nicht mehr essen, wollte sich zurückziehen, aber nun forderte der Hausherr Musikalisches, und Rogier sah sich genötigt, für sein Abendmahl zu singen. Während die Männer dazu tranken und mitsangen, stimmte er ein lustiges Tanzlied nach dem anderen an.
Als man dem *joglar* eine Pause gönnte, nutzte Ermengarda die Gelegenheit, sich zu verabschieden und in ihre Kammer zu begeben. Die Gefährten folgten ihr und verließen ebenfalls den Saal.
Außer Rogier. Den ließ man nicht gehen. Noch lange in der Nacht hörte Ermengarda seine Gesänge, das betrunkene Lachen der Zechenden, nun auch die hellen Stimmen der Sklavinnen, die sich inzwischen am Fest zu beteiligen schienen. Sodom und Gomorrha! Das war ihr letzter Gedanke, bevor sie einschlief.

***

Spät in der Nacht war es still geworden auf Castel Nou.
Die *aula* hatte sich in ein Schlachtfeld des nächtlichen Gelages verwandelt, die Kerzen waren fast alle niedergebrannt. Im Halbdunkel des Saals waren Berge von Tellern zu erkennen, Speisereste lagen auf der Tafel, leere Weinkrüge, ein Kelch am Boden. Ein weiblicher Schatten löste sich vom Leib des Abts, der halbnackt und friedlich schnarchend unter der Tafel lag.
In einer Ecke, im Schein einer einzelnen Kerze, saßen die Brüder an einem Spieltisch und teilten einen letzten Becher. Irgendjemand hatte achtlos die Schachfiguren auf den Boden gefegt, Kissen lagen verstreut, auch ein paar Kleidungsstücke.
»Die Truhen sind leer, Bruder. Wir brauchen Geld.«
Trotz der Mengen, die Gausbert getrunken hatte, war seine Aussprache noch einigermaßen deutlich.
»Und das Gold der Witwe?« Die Frau war ohne Erben gestorben. An gebrochenem Herzen, so traurig.

»Längst ausgegeben«, knurrte Gausbert. »Was denkst du, was das alles hier kostet?«
»Du solltest dich etwas m… mäßigen.« Artauds Zunge wollte ihm nicht mehr so recht gehorchen. Er hob den Arm und umschloss in einem Schwung die gesamte *aula* mit all den Kostbarkeiten, die sie enthielt. »Wer braucht das alles? Nichts als Tand!«
»Lass mir meinen Tand, dann lass ich dir die Weiber. Oder genügt dir neuerdings deine Alte?«
Artaud grinste betrunken. »Nichts auf meine Alte. Fünf Söhne hat sie mir geschenkt. Das mach erst mal nach.«
»Du erinnerst mich ja täglich daran.«
Gausbert knallte gereizt den Becher auf den Tisch.
Das Geräusch unterbrach abrupt Abt Ignatius' Schnarchen. Der murmelte etwas Unverständliches, drehte den Kopf zur Seite und schlief weiter.
»Die Welt ist kein schöner Ort, Artaud«, sagte Gausbert mit düsterer Miene. »Sie ist schlecht, ungerecht und manchmal abgrundtief böse. Warum, glaubst du, umgebe ich mich mit dem Tand, wie du es nennst, oder versuche, die Zeit, die uns auf Erden bleibt, ein wenig zu genießen? Weil es einen das Elend dieses Daseins vergessen lässt. Ja, auch ein schönes Weib hilft dabei, obwohl man schnell ihrer überdrüssig wird. Aber vor allem muss man sich absichern. Gegen die Wölfe da draußen.«
»Wenn du so redest, hast du etwas vor, Bruder. Spuck's aus und streich nicht um den heißen Brei herum.«
Gausbert schwieg, drehte den Becher in seinen Händen, trank einen Schluck und seufzte. Dann raunte er, als habe er sich gerade erst dazu durchgerungen: »Wir nehmen sie aus, die Gans, die uns ins Haus geflogen ist.«
»Was?«
»Die kleine Erbin. Kommt wie gerufen.«
»Die hat doch nichts.«
»Wenn ihr der alte Fettsack hier die Ländereien abkauft, dann hat sie was.«

»Ah. Daran habe ich nicht gedacht.«
»Aber das ist erst der Anfang. Bin sicher, der Graf von Tolosa zahlt ein Vermögen, um sein Täubchen wohlbehalten zurückzukriegen.«
Artaud lachte vergnügt. »Verstehe. Wir setzen sie gefangen, sobald der Pfaffe weg ist.«
»Nicht hier, du Hornochse«, brummte Gausbert. »Das können wir uns nicht leisten. Dann hätten wir die Katalanen schneller am Hals, als du deine Alte schwängern könntest.« Er beugte sich vor und sprach noch leiser. »Wir lassen sie ziehen. Und in gehöriger Entfernung, ich meine gut drei, vier Stunden Ritt von hier, überfällst du sie irgendwo im Wald. Nachher geben wir die Losung aus, es seien Gesetzlose gewesen, veranstalten eine riesige Hetzjagd, um sie zu fangen. Leider vergeblich.«
Artaud grinste. Die Sache gefiel ihm.
»Ist aber nicht ungefährlich«, sagte er dann etwas nüchterner, »denn wenn es rauskäme …«
»Solange du dich nicht von ihr erkennen lässt. Du hast doch gewiss ein paar Halunken, die das erledigen können, oder?«
»Keine Frage.« Artaud hob den Becher und trank. »Ich weiß auch schon, wo wir es tun.«
»Wenn ich es mir recht überlege«, meinte Gausbert grüblerisch, »würden die Katalanen gewiss genauso gern für sie bezahlen. Wir können nur gewinnen.« Er schlug seinem Bruder auf die Schulter. »Truhen voller Gold, sag ich dir!«
»Und was machen wir mit ihren Leuten?«
Gausbert machte eine abfällige Handbewegung. »Was weiß ich? Schneid ihnen die Kehle durch.«

La Tramontanha

In Begleitung des *secretarius* des ehrwürdigen Klosters Santa Maria de Vallespir verließen Felipe und Raimon noch im Morgengrauen die Burg und machten sich auf den Weg nach Fourques. Severin und Jori schlossen sich ihnen für eine kurze Wegstrecke an, um dann auf eigene Faust die nähere Umgebung zu erkunden. Severin hatte außerdem vor, Jori einige Feinheiten im Umgang mit Pferden beizubringen. Schließlich hatte er sich geschworen, aus ihm einen brauchbaren Pferdeknecht zu machen.

Fraire Aimar machte einen Rundgang durch das Dorf, und Rogier schlief tief und fest nach der langen Nacht. So fanden sich Arnaut und Ermengarda auf unerwartete Weise allein miteinander. Castel Nou lag wie ausgestorben da. Nichts regte sich außer den Wachen und den Küchenmägden, die ihnen das Morgenmahl richteten. Später hörten sie einen kurzen Moment Pferdehufe im Burghof, doch dann wurde es wieder still.

Beim Essen konnte Arnaut nicht die Augen von Ermengarda wenden. Immer, wenn sie den Blick zu ihm hob, ging ihm ein Stich durchs Herz. Warum hatte Gott ihr nur so unmöglich blaue Augen geschenkt? Und diese Lippen. Dazu eine Haut wie ein Engel, obwohl sie nach dem Ritt durch die Corbieras nicht mehr so bleich war, wie die feinen Damen in Narbona es bevorzugt hätten. Aber Arnaut gab nichts auf feine Damen. Bei la Bela hätte die Männerkleidung, die sie trug, blankes Entsetzen ausgelöst. Arnaut dagegen fand sie reizend in

Tunika und ledernen Hosen. Sie hätte sich ein Zelt überstülpen können, er wäre begeistert gewesen.
Er beobachtete ihre zarten Hände, wie sie mit dem Messer umgingen, Butter auf das Brot strichen. Am liebsten hätte er diese Hände in die seinen genommen, sie gehalten und zärtlich geküsst. Mit einem Mal wurde ihm bewusst, wie stark dieses Verlangen war, und das beschämte ihn. Er hatte kein Recht, so zu empfinden. Noch peinlicher wurde es ihm, als er merkte, dass seine Blicke ihr nicht entgangen waren, denn es erblühte eine feine Röte auf ihren Wangen. Sie schien verlegen und wurde still. Er hoffte inständig, sie nicht beleidigt zu haben. So beendeten sie ihr Morgenmahl in angespanntem Schweigen und wagten kaum, einander anzusehen.
Um sich die Zeit zu vertreiben, stiegen sie auf die Zinnen. Hier wehte ein kühler Wind von Westen, leichte Wolken segelten am Himmel. Die Wachen entfernten sich rücksichtsvoll. Im Dorf unterhalb der Burg gingen die Menschen ihrem Tagwerk nach, Schafe blökten, Dorfköter bellten. Gausbert und der seltsame Spuk des gestrigen Abends waren wie weggeblasen.
Neugierig sahen sie sich um. Aus dem lateinischen *castellum novum,* der Neuen Burg, war Castel Nou in der *lenga romana* des Volkes geworden. Ein ausgezeichneter Ort für eine Feste. Das Tal war auf allen Seiten von bewaldeten Höhen umgeben. Es gab genug Ackerland, um das Dorf zu ernähren, und mittendrin sprang der Burghügel aus dem Boden, als hätte Gott ihn zu ebendiesem Zweck dorthin gepflanzt.
»Ich wünschte, ich könnte reden wie Peire Rogier«, sagte Arnaut, der sich ein Herz gefasst hatte. Ermengardas Hände lagen auf dem rauhen Stein der Zinne. Jetzt sah sie ihn fragend an.
»Ich meine, er weiß, wie man einer *domna* den Hof macht. Er sagt hübsche Dinge. Wie schön du bist, zum Beispiel.« Er lachte schüchtern. »Vielleicht könnte ich es lernen.«
Ermengarda lächelte. »Es bedeutet nichts. Er meint es nicht ernst.«

»Aber Felipe, der meint es ernst.«
Er bereute gleich, dass er das gesagt hatte. Besonders als er sah, dass sie rot geworden war und ihre Stirn sich verfinsterte.
»Es tut mir leid. Ich rede Unsinn.«
Sie starrte hinaus in die Landschaft und sagte nichts. Ihr Schweigen lastete auf seinem Herzen.
»Siehst du, warum ich bei Rogier in die Lehre gehen muss?«, versuchte er, mit erzwungener Leichtigkeit die Sache wiedergutzumachen. »Ich habe einfach keine Begabung für diese Dinge.«
Da schaute sie ihn an. In ihren Augen lag ein rätselhafter Ausdruck, als sie ihm einen Augenblick lang die Hand auf den Arm legte. »Ich mag dich so, wie du bist, Arnaut. Oder willst du meinetwegen *trobador* werden?«
»Gott behüte!«, rief er. »Singen kann ich schon gar nicht.«
Sie lachten, und nun war die Scheu verflogen, sie redeten stundenlang ganz unbefangen miteinander. Ermengarda ließ sich sogar von ihm stützen, als beide die steilen Treppen von der Zinne in den Burghof hinabstiegen.
Dort ließ sie ihn zurück und machte sich auf die Suche nach den Mägden, um die Zeit für ein Bad zu nutzen. Seit Tagen hatte sie sich nur oberflächlich waschen können. Noch so ein Vorteil, den die jungen Männer hatten. Sie konnten sich unbekümmert und halbnackt an jedem Bachlauf erfrischen. Und was für herrliche Schultern und Arme ihnen die ständigen Schwertübungen verliehen. Sie hatte sich bemüht, wegzuschauen, doch die Neugierde war stärker gewesen. Besonders Arnaut schien nur aus fein herausgebildeten Muskeln und Sehnen zu bestehen. Die Vorstellung, ihn zu berühren, erregte sie. Und beschämte sie zugleich. Überhaupt verwirrte er sie. Hatte sein stümperhafter Versuch, ihr den Hof zu machen, sie deshalb so in Verlegenheit gebracht? Wie eine dumme Gans hatte sie sich benommen. Die Reise brachte so viel Unerwartetes und Neues. Aufregend das meiste, manches tief beunruhigend.

Arnaut traf indessen auf Peire Rogier, der allein auf der Ringmauer saß und in die Weite starrte. »Endlich ausgeschlafen?«, fragte er den Spielmann.

»Falls du den gestrigen Abend meinst ...« Rogier schüttelte den Kopf. »Ich hab schon einiges erlebt, aber so etwas noch nicht. Am schlimmsten war der Abt.«

»Und ich dachte, du hättest es dir gutgehen lassen«, sagte Severin, der sich, von Jori begleitet, zu ihnen gesellt hatte. Sie waren gerade von ihrem Ausritt zurückgekehrt. »Hätte nicht ungern mit dir getauscht«, lachte er. »Bei den hübschen Weibsbildern.«

»Mehr als glotzen durfte ich ohnehin nicht. Und als es spannend wurde, haben sie mich weggeschickt.«

Rogier nahm auf einmal Pose an und tönte in bester Vortragsstimme: »Und gut so, sage ich, o Götter der Liebe. All das klebrige Schwitzen und öde Gerammel in den Niederungen der Gelüste hätte gewiss meinen Sinn für die *fin d'amor,* für die hochedle Minne, für immer verdorben. Und das dürfen wir doch nicht zulassen, oder?«

Als sie ihn verblüfft ansahen, lachte er schallend.

»Gegen ein bisschen Gerammel hätte ich nichts«, meinte Severin trocken. Er stieß Arnaut in die Seite. »Du etwa?«

Da hielt Rogier entsetzt die Hände hoch, als wollte er sich vor bösem Einfluss schirmen. »Hinfort! Hinfort, o Geist der Versuchung.« Dann beugte er sich vor und flüsterte laut genug, dass man ihn über den halben Burghof hören konnte. »Da bist du nicht der Einzige, *ome,* nicht der Einzige.«

»Was gibt's zu lachen?«, fragte *Fraire* Aimar, der hinzugekommen war.

»Oh, verzeiht, Bruder Aimar«, sagte Rogier. »Wir konnten nicht umhin, Abt Ignatius' Hingebung zu bewundern und seinen unermüdlichen Fleiß, den armen sarazenischen Damen dieser Lotterburg Gottes Heil zu künden. Es ist doch immer wieder eine Erbauung, euch Gottesmännern bei der Arbeit zuzuschauen.«

Aimar war einen Augenblick lang sprachlos, dann brach er in Gelächter aus.
»Unser Freund hier«, Rogier legte Severin den Arm um die Schulter, »ist bereit für eine persönliche Lehrstunde. Vielleicht können wir Euch bitten, beim ehrwürdigen Abt für ihn vorzusprechen.«
»Nein, nein«, grinste Aimar. »Ich fürchte, das muss er schon selbst tun. So weit geht meine Hirtenpflicht nicht.«
Sie scherzten noch eine Weile, dann wurde Aimar ernst.
»Ich habe mich ein wenig umgehört. Beliebt sind die Brüder nicht. Die Bauern ächzen unter ihren Abgaben, haben kaum genug, um die Familien durchzubringen, das heißt, wenn sie überhaupt ausreichend Saatgut für das nächste Jahr aufsparen können. Artaud hält sich eine Bande von Kriegsknechten, eher Schurken und Galgenvögel, wie man sie im Dorf nennt, mit denen er jeden Widerstand niederknüppelt.«
»Wir haben ihn im Wald gesehen«, sagte Jori.
»Wen? Artaud?«, fragte Arnaut.
Severin nickte. Er sah sich um, ob eine der Wachen sie hörte. »Auf einer Lichtung«, raunte er. »Schien mir so eine Art Versammlung zu sein. Sie haben uns aber nicht bemerkt.«
Arnaut erinnerte sich an das Hufgetrappel im Hof. Der Bruder des Vizegrafen musste sehr früh ausgeritten sein. Warum traf er sich mit seinen Männern im Wald und nicht hier auf der Burg?
»Habt ihr gehört, was gesprochen wurde?«
Severin und Jori schüttelten die Köpfe.
»Na schön. Es wird wohl nichts zu bedeuten haben.«
»Auf ein Wort, Arnaut«, sagte *Fraire* Aimar und zog ihn von den anderen fort. Sie schlenderten hinüber zum Torbogen, der in den Innenhof führte.
»Ich sage jetzt etwas, das du vielleicht nicht hören willst.« Aimar sprach leise, so dass die anderen ihn nicht hören konnten. »Du weißt, ich liebe dich, und wie sehr mir Rocafort am Herzen liegt.«

Arnaut nickte nur.
»Ermengarda ist ein äußerst hübsches Kind. Und ich habe bemerkt, wie du sie ansiehst.«
»Ist es so offensichtlich?« Arnaut war rot geworden.
»Verlieb dich, um Gottes willen, nicht in sie! Es wird dir nur Unglück bringen. Sie ist die Sonne, du aber bist nur ein kleiner Stern. Kommst du ihr zu nah, verbrennst du.«
Arnaut zog vor Unmut die Augenbrauen zusammen.
»Sprich nicht so von ihr«, sagte er. »Sie ist ein guter Mensch.«
»Das ist sie zweifellos. Und klug dazu. Aber sie ist eine Fürstin, vergiss das nicht. Den Grafen von Tolosa hast du dir schon zum Feind gemacht. Nun gut. Wir alle. Damit müssen wir leben. Falls es uns aber tatsächlich gelingt, mit Hilfe der Katalanen Alfons zu zwingen, die Vermählung aufzuheben, glaubst du, man wird sie dann alleine herrschen lassen? Eine Frau und so jung? *Non, mon gartz.* Man wird sie mit einem passenden Edelmann verheiraten, der den Katalanen genehm ist.«
»Felipe etwa?«, flüsterte Arnaut trotzig.
»Wer kann das sagen? Du jedenfalls wirst es nicht sein.«
Arnaut senkte den Blick. »Ich weiß das«, sagte er tonlos.
»Dann sei kein Tor und mach dich nicht zur Zielscheibe für weitere Anfeindungen.«
»He«, rief Severin zu ihnen herüber. »Was tuschelt ihr da?«
Aimar fasste Arnaut bei der Schulter. »Komm jetzt. Und lass dir nichts anmerken.«
Sie schlossen sich wieder den anderen an.
»Ich habe Arnaut erzählt«, sagte Aimar, »was mir der Priester der Dorfkirche gesagt hat. Da sträuben sich einem die Nackenhaare. Es wird Zeit, dass wir uns davonmachen.«

***

Einen guten Teil des Tages hatten Felipe und Raimon damit zugebracht, sich die Narboner Güter und Besitzungen in Fourques anzusehen. Wobei Felipe solche Dinge wie Feldwirtschaft und Weinbau eher langweilten. Ihm ging es nur darum, bei diesem Handel so viel wie möglich für Ermengarda herauszuschlagen. Alles, um ihren Kampf zu unterstützen, wie er es nannte. Einen Kampf, bei dem es für ihn galt, den alten Adel der Stadt zu entmachten, um dem freien Willen der Bürger mehr Geltung zu verschaffen und Narbona zu ungeahnter Blüte zu führen. Stundenlang musste Raimon sich seine Vorstellungen von einer neuen Ordnung anhören.

Raimons Familie, obwohl adelig, hatte die Finger schon seit Generationen in geschäftlichen Unternehmungen. Sie verliehen Geld, nahmen dafür Land und Güter als Pfand und bewirtschafteten diese gewinnbringend. Es war durchaus üblich, statt Zins die Erträge eines verpfändeten Besitzes zu beanspruchen. Das brachte oft mehr, vorausgesetzt man war bereit, sich um sorgfältige Verwaltung und Bewirtschaftung zu kümmern. Zahlte der Schuldner das Geld irgendwann zurück, so übergab man ihm seinen Besitz, oft in besserem Zustand als zuvor. Wenn nicht, einigte man sich auf einen endgültigen Kauf gegen eine kleine zusätzliche Zahlung. So hatten sie mit der Zeit große Ländereien an sich gebracht. Sie waren an Mühlen und Minen beteiligt, an riesigen Viehherden, die im Sommer auf die Almen des Pireneus getrieben wurden, sie steckten Geld in Handelsunternehmungen, besaßen Anteile an Warenladungen ebenso wie an Schiffen, die das westliche Mittelmeer befuhren.

So selbstverständlich der Umgang mit Pferden, Waffen und Kriegsknechten für Felipe war, so vertraut war Raimon daher mit Geld und Verträgen. Schon als Kind hatte er am Mittagstisch den Gesprächen gelauscht, über Pachterträge, oder ob es sich lohnte, eine gewisse Bleimine weiter zu betreiben. Bei Vater und Onkel war er in die Lehre gegangen, und nun war endlich eine Gelegenheit, sich Ermengarda als nützlich zu erweisen. Daran würde ihn auch seine eiternde Wunde nicht hindern. Und so biss er die Zähne zusammen und begutachtete

mit Eifer und Kennerblick die Felder, über die sie ritten, sprach mit den Pächtern, kostete vom Wein des Gutes und hörte dabei Felipe nur mit halbem Ohr zu.
Felipe, in seinem Redeschwall kaum zu bremsen, sah Ermengarda als künftige, gütige Herrscherin über einem Rat von Bürgern walten, der zum erheblichen Teil die Geschicke der Stadt selbst bestimmte, so wie in Pisa oder Genua.
Obwohl Raimon im Grunde solche Ziele billigte, so waren sie sich uneins über die Mittel. Wenn er einwandte, grundsätzliche Umwälzungen würde der Adel niemals hinnehmen, ereiferte sich Felipe. Dann müsse man die Adeligen eben mit Gewalt verjagen. Zu lange hätten sie wie Schmarotzer an der Brust der Stadt gesoffen. Ihre Vorrechte seien zu beschneiden, die Bürgermiliz dagegen zu stärken. In Montpelher hätte man es vor kurzem ja schon vorgemacht. Selbst vor Blutvergießen dürfe man nicht zurückschrecken, wenn sich endlich Gelegenheit böte, dem Fortschritt Tür und Tor zu öffnen.
Solche Worte erschreckten Raimon. Rebellion brachte nur Unheil und war schlecht fürs Geschäft, wie sein Vater sagte. Außerdem verabscheute Raimon Gewalt aus tiefster Seele.
Während die beiden die Höfe bei Fourques abritten, hatte Ermengarda eine maurische Sklavin gefunden, die die *lenga romana* beherrschte, wenn auch mit starker katalanischer Einfärbung. Die Frau lebte schon lange auf Castel Nou, wie sich herausstellte, und kümmerte sich um den Haushalt und das persönliche Wohlergehen ihrer Herren.
Als diese Sklavin sich mit Kamm und Schere mühte, Ermengardas Haare in eine gefälligere Form zu bringen, tauchte unerwartet eine schwarze Schönheit auf, eine Nubierin aus dem fernen Afrika. Sie betrachtete die junge Fürstin lange und mit abschätzender, ja feindseliger Miene, ohne jedoch ein Wort zu verlieren. Es war das erste Mal, dass Ermengarda einen Menschen von schwarzer Hautfarbe aus solcher Nähe betrachten konnte. Die Frau war in kostbare Seide gekleidet, dabei schlank und hochgewachsen. Sie hatte einen vollen,

sinnlichen Mund, und das Weiße ihrer Augen stand in krassem Gegensatz zu der tiefdunklen Farbe ihrer Haut. Doch der schwelende Hass in ihrem Blick war Ermengarda unheimlich.

»Sie ist schwanger, habt Ihr gesehen?«, sagte die Maurin, nachdem die seltsame Erscheinung ebenso schweigsam wieder gegangen war. »Seitdem ist sie auf jede Frau eifersüchtig, besonders auf eine von Stand. Sie erzählt allen, es sei Gausberts Kind, und hofft, ihn an sich zu binden. Dabei wird das Balg ja doch nur als Sklave aufwachsen, und wenn sie Pech hat, werden beide bei nächster Gelegenheit wieder verkauft. Wer weiß, wo sie dann endet. Es ist besser, man ist nicht so hübsch. Mich zum Beispiel lassen die Herren in Ruhe. Ich habe viel zu arbeiten, bin aber nicht unzufrieden.«

»Vermisst du nicht deine Heimat?«

»Manchmal schon. Aber es ist lange her. Viel besser hatte ich es da auch nicht.« Sie lachte. »Die Kerle sind überall gleich, oder?«

»Und wo hält sich *Senher* Artauds Familie auf?«

»Sie bewohnen einen Palast unten im Dorf. Sein Bruder wünscht keine Kinder um sich.«

Nun, das überraschte sie nicht.

Inzwischen hatten Küchenmägde kübelweise Wasser angeschleppt, um ihr das Bad zu richten, dem die Maurin einige Tropfen Rosenöl beimengte. Ermengarda warf die verschwitzten Männerkleider ab und ließ sich unter wohligem Stöhnen ins heiße Wasser des riesigen Holzzubers gleiten. Dabei konnte sie nicht ahnen, dass sie heimlich beobachtet wurde. Es war Gausbert, dessen Auge an einem winzigen Guckloch in der falschen Rückwand der Badekammer klebte, während er den Anblick ihrer Nacktheit gierig in sich hineinsaugte.

Ermengarda schloss die Augen. Die vom langen Ritt schmerzenden Glieder entspannten sich, bis es ihr vorkam, als schwebe sie auf dem Wasser in einer wunderbaren Duftwolke dahin. Am liebsten wäre sie für immer in diesem Zustand verblieben.

Aber dann musste sie an den gestrigen Abend denken und an das Leben der Frauen hier. Vor allem die schwarze Sklavin wollte ihr nicht aus dem Sinn. Der Hass in ihrem Blick war doch gewiss im Grunde Furcht gewesen. Furcht vor dem Leben. Warum nur hatte sie nicht mit der Frau ein freundliches Wort gewechselt oder ihr zärtlich die Hand auf den schwangeren Leib gelegt? Sie dachte an das arme Kind darin, schon vor der Geburt zur Sklaverei verdammt. Selbstverständlich wurden auch in Narbona gelegentlich Sklavenmärkte abgehalten, meist wenn in Spanien Krieg herrschte, obwohl sie selbst bisher noch nicht damit in Berührung gekommen war. Sklaven arbeiteten auf den Galeeren, in den Minen und sogar auf manchen Ländereien. Doch noch nie hatte sie sich darüber Gedanken gemacht.

Obwohl sie nicht wusste, was in der Nacht vorgefallen war, ließ es sich doch leicht erraten.

Sie verspürte eine seltsame Verbundenheit mit diesen Frauen, die jede Laune ihrer Herren wortlos zu ertragen hatten. Wäre es ihr mit Alfons nicht ähnlich ergangen? War das Geschick junger Töchter, die man an ungeliebte Männer kettete, denn so viel anders?

Beim näheren Nachdenken kam sie jedoch zum Schluss, dass es keinesfalls das Gleiche war. Eine Adelsfrau hatte immer noch ihre Familie, man würde sie als *domina* und Mutter respektieren und nicht erniedrigen, sie hatte Rechte und ihren freien Willen, auch wenn der nur eingeschränkt zur Entfaltung kam, doch eine Sklavin war sie nicht.

Trotzdem, mit der Flucht aus Narbona hatte Ermengarda sich entschlossen, ihr Schicksal selbst in die Hand zu nehmen. Dass es ihr gelingen würde, die Vermählung wieder zu lösen und das Vermächtnis ihres Vaters anzutreten, daran glaubte sie mit fest entschlossener Sturheit. Vielleicht würde sie nie heiraten, sich nie einem Mann unterwerfen. Und was die Sklaverei betraf, die würde sie in Zukunft untersagen, zumindest auf ihren eigenen Besitzungen.

Als das Wasser sich langsam abkühlte, kam die Maurin wieder, um sie zu waschen. Ermengarda erhob sich und wurde von kundigen Händen von oben bis unten abgeseift. Dann goss die Sklavin sauberes Wasser über ihren Leib, und für einen Augenblick stand sie glänzend und nackt in all ihrer jungfräulichen Schönheit.

Jes Maria, dachte Gausbert in seinem Versteck und hielt den Atem an. Was für ein begehrenswertes Vögelchen. Fast zu schade, um sie dem Grafen von Tolosa auszuhändigen. Wäre da nicht das Gold, das er sich erhoffte …

Ermengarda stieg aus dem Bad und ließ sich abtrocknen. Die Sklavin hatte ihr Frauenkleider gebracht und half beim Ankleiden. Sogar Schminke und eine wohlriechende Salbe hielt sie bereit. Doch Ermengarda war es nicht gewohnt, sich zu schminken. Nur einen Hauch der roten Wachspaste legte sie auf Wangen und Lippen. Sie betrachtete sich in einem Spiegel aus poliertem Silber. Das Taubenblut des Rubins an ihrem Hals leuchtete geheimnisvoll im Schein der Kerzen.

»Wie schön Ihr seid«, seufzte die Maurin. »Ihr dürft die Kleider behalten, wenn es Euch gefällt. Der Herr wird sie kaum vermissen.«

»Sagst du mir deinen Namen?«

»Jamila, Herrin.«

»Vielleicht kann ich eines Tages etwas für dich tun, Jamila.«

Jamilas Augen wurden feucht. »Ach, Herrin. Was kann man für mich schon tun? Aber ich danke Euch.«

Ermengarda umarmte sie herzlich und ging dann hinaus, um ihre Gefährten zu suchen.

Männer werden es nie verstehen, wie Frauen sich mit wenigen Mitteln so geschickt verändern können. In der *aula* empfing man sie daher mit Blicken, als habe sie sich von einer hässlichen Raupe in einen wunderschönen Falter verwandelt. Sie selbst fühlte sich großartig. Endlich durfte sie wieder ein Kleid tragen, wenn auch nur für einen Abend. Severin und Jori strahlten, Rogier verbeugte sich tief, und Felipe machte ihr überschwenglich Komplimente. Auch Aimar empfing sie mit einem Augenzwinkern und warmherzigen Lächeln. Arnaut dagegen blieb still und in sich gekehrt, schien sie kaum zu beachten. Seine Zurückhaltung konnte sie nicht verstehen. Verstimmt wandte sie sich Raimon und Felipe zu, die ihr von den begutachteten Höfen und dem Weingut berichteten. Ihr fiel auf, wie bleich Raimon war und wie fiebrig seine Augen glänzten.

»Du wirst morgen nicht reiten können. Du brauchst Ruhe«, sagte sie, obwohl der Gedanke an weitere Tage auf dieser Burg sie mit großem Unbehagen erfüllte.

Aber Raimon bestand darauf, dass es ihm gutginge und er die Angelegenheit für sie zum Abschluss bringen wolle. Er deutete auf den *secretarius* des Abtes, der in einer Ecke saß und mit Pergament und Federkiel auf ihn wartete. Sie hatten an einer Auflistung der Vermögenswerte gearbeitet.

»Fünfhundert *solidi* haben sie geboten«, flüsterte er.

Ermengarda schlug erstaunt die Hand vor den Mund.

»*Verges Maria!* So viel?«

Das entsprach etwa zwanzig Stadthäusern in Narbona oder fast ebenso vielen abgerichteten und gut ausgerüsteten Schlachtrössern. Raimon legte den Zeigefinger auf die Lippen.

»Sag jetzt nichts, aber es ist ein lächerliches Angebot. Sie denken, sie können dich betrügen. Die Höfe sind allerdings nichts Besonderes. Durchschnittliches Ackerland, manche schlecht geführt. Wirklich wertvoll ist nur das Weingut. Überlass in jedem Fall mir die Verhandlung. Als Einstieg werde ich das Vierfache verlangen.«

Ermengarda machte große Augen. Fast hätte sie gelacht, so unglaublich hoch erschien ihr diese Forderung. Aber dann nickte sie. »Gut. Wie du meinst. Ich verstehe nichts davon.«

»Dass sie vorhatten, dich zu übervorteilen, hatte ich mir schon gedacht«, raunte *Fraire* Aimar. Auch ihm hatte Ermengarda inzwischen die vertraute Anrede angeboten. »Ich war deshalb dagegen. Aber der Junge scheint zu wissen, was er tut.«

Der Junge, wie Aimar ihn nannte, wusste dies in der Tat. Aus der Ferne beobachteten sie das Gerangel zwischen ihm und dem *secretarius,* der ab und zu empört die Arme in die Luft warf. Einmal wurde er laut, und mehrfach entfernte er sich vorübergehend, um mit dem Abt zu reden, der sich, ebenso wie Ermengarda, von dem Gefeilsche fernhielt. Schließlich reichten sie sich feierlich die Hände, und der *secretarius* ging, um die Urkunde aufzusetzen. Raimon erhob sich langsam und gesellte sich zu den anderen. Sein Gesicht war von Erschöpfung gezeichnet.

»Das war's. Mehr war nicht zu machen.«

»Merda«, fluchte Felipe. »Du siehst nicht zufrieden aus. Wie viel hast du denn rausschlagen können?«

Da grinste Raimon, und es leuchtete in seinen Augen. »Zwölfhundert *solidi*«, flüsterte er ihnen zu, äußerst zufrieden mit sich selbst.

»Zwölfhundert?« Ermengardas Augen weiteten sich.

»Hundert in Gold, achthundert in Silbermünze, der Rest als Schuldschein. Den Schuldschein habe ich lange abgelehnt und gedroht, die Sache platzenzulassen. Aber mehr Münze haben sie nicht dabei. Wir müssen uns damit zufriedengeben.«

»Keine Frage. Es ist unglaublich«, flüsterte Ermengarda. Auch Aimar klopfte ihm begeistert auf die Schulter.

»Sie waren erpicht auf das Weingut und wollten unbedingt noch heute abschließen. Ich habe gesagt, sie bekommen das Weingut nur zusammen mit den Höfen. Es hätte eigentlich nicht besser laufen können.« Er wankte vor Erschöpfung. Schweiß stand ihm auf der Stirn.

»Du wirst dich jetzt hinlegen«, befahl Aimar. »Ich begleite dich in deine Kammer. Später lassen wir dir etwas zu essen bringen.«

»Fragt nach der Sklavin Jamila«, rief ihnen Ermengarda nach. »Sie wird sich um ihn kümmern.«

Herr im Himmel!, dachte sie, jetzt sind wir reich.

Noch vor dem abendlichen Gelage wurden die Urkunden unterzeichnet. Neben Ermengarda setzten der Abt und sein *secretarius* ihr Zeichen unter die Dokumente, ebenso der *Vescoms* Gausbert und sein Bruder Artaud, der inzwischen wieder anwesend war. Raimon, als Zeuge für die *vescomtessa,* ließ man in seiner Kammer zeichnen. Da auch Bischof Udalger der Ordnung halber unterschreiben sollte, wurde verabredet, Ermengardas Abschrift bei ihm zu verwahren, bis sie diese auf dem Rückweg in Elna abholen würde.

Fraire Aimar prüfte den Schuldschein und steckte ihn zur Verwahrung in sein Habit. Gold und Silber wurde ausgezählt und Severin dazu bestimmt, den Hort zu hüten. Er trug ihn zu Raimon in die Kammer und leistete ihm dort Gesellschaft. Die ganze Nacht über hielt er die Geldbeutel fest umschlungen und traute sich fast kein Auge zu schließen, aus Furcht, man könnte sie ihm stehlen.

Für die anderen verlief der Rest des Abends ähnlich wie am Vortag. Der Wein und das vorzügliche Essen bildeten den Hauptgesprächsstoff der Runde. Der Abt musste gut geschlafen haben, denn er schien in großartiger Verfassung und bereit für eine weitere lange Nacht. Allerdings konnte er sich einige geringschätzige Bemerkungen über Raimon nicht verkneifen, murmelte etwas von Feilschen wie ein Jude und wie ein so junger Bursche nur eine solche Krämerseele besitzen konnte, ganz entschieden unchristlich so etwas. Doch es dauerte nicht lange, da war er wieder guter Dinge und hob sein Glas zu Ehren der jungen Fürstin. Kaum war das Essen beendet, erhoben sich Ermengarda und ihre Gefährten, um das allabendliche Scharmützel den Herren der Burg und ihrem hohen geistlichen Gast zu überlassen.

»Wenn Ihr früh reiten wollt, meine Liebe«, sagte Gausbert, »ist es besser, wir verabschieden uns gleich jetzt, denn ich bin kein Mann fürs frühe Aufstehen.«

Artaud erklärte ihnen, der kürzeste Weg nach Arles de Tec, ihrem nächsten Ziel, ginge auf Nebenwegen durch Berge und

Wälder. Das würde ihnen einen ganzen Tag ersparen. Er begann, den Weg zu beschreiben, da fiel ihm etwas Besseres ein, und er ließ einen seiner Männer kommen, einen graubärtigen Waldmann und Fährtenleser.

»Joan hier kennt sich aus. Er wird Euch führen.« Er klopfte dem Mann rauh auf die Schulter. »Ist seit meiner Jugend bei mir. Auf ihn könnt Ihr Euch blind verlassen.«

Seltsam, dass er dieses Wort benutzte. Es klang wie ein grausiger Scherz, denn der Mann war in der Tat auf dem rechten Auge blind. Braue und Wange trugen Spuren einer schrecklichen Wunde, das vernarbte Lid verbarg kaum die leere Augenhöhle. Bei seinem Anblick lief es Ermengarda kalt den Rücken hinunter.

»Stört Euch nicht an Joans Aussehen«, lachte Artaud, als habe er ihre Gedanken erraten. »Ein Jagdunfall. Schon lange her.«

In der Nacht erhob sich der Wind und rüttelte an den Dachziegeln, so dass sie unruhig schlief. Im Traum sah sie sich von einem einäugigen Unbekannten verfolgt, dann wieder spürte sie die begehrlichen Blicke Gausberts und seines Bruders auf sich gerichtet, als wollten die beiden sie auf die Tafel zerren und sich über sie hermachen, mitten zwischen gegrillten Krebsen und Froschschenkeln in Knoblauch und Weinsoße. Am Ende graute es ihr vor den weichen, weißlichen Händen des Abtes, die im Dunkeln nach ihrem Leib tasteten. Im halbwachen Dämmern hatte sie noch lange mit diesem widerlichen Trugbild zu kämpfen, bis es sie endlich verließ und sie in einen tiefen, traumlosen Schlaf verfiel.

***

Der Himmel sah am frühen Morgen seltsam furchterregend aus. Von der aufgehenden Sonne erfasst, warfen einzelne, in giftiges Graurosa gefärbte Wolkenschlieren einen seltsamen Schein auf die Landschaft. Dazu heulte der Wind in einem Ton über die Zinnen, der durch Mark und Bein ging.

»*La tramontanha,* Herrin«, grinste Joan, der Wildhüter mit dem schrecklichen Auge. »Wenn der sich einnistet, bläst es tagelang. Der fegt hier durch, dass es einem den Atem vom Mund reißt. Hat sich schon manch einer erhängt, weil er das Heulen nicht ertragen hat.«

Er lachte zwar, aber dann, für alle Fälle, spuckte er über die Schulter und machte das Handzeichen gegen den bösen Blick und anderes Unglück. Auch die Pferde waren unruhig und schreckhaft. Amir zerrte am Zügel und wollte nicht still stehen.

»Sollten wir lieber nicht reiten?«, fragte Ermengarda besorgt. Sie zog sich die verhasste Mütze über die Ohren, denn es blies eisig kalt.

Der Einäugige zuckte mit den Schultern. »Im Wald sind wir vor dem Wind geschützt, wenn uns nicht ein Ast auf den Kopf fällt. Oder was einem da sonst so geschehen kann.« Er lachte, fand die Bemerkung lustig.

»Und was soll das sein?«, fragte Arnaut scharf. Der Kerl gefiel ihm nicht. Passte gut zu den zwielichtigen Herren dieser elenden Burg.

»Nichts für ungut, *Cavalier.*« Der Wildhüter hob beschwichtigend die Hände. »Treibt sich oft Gesindel in den Wäldern herum. Aber Ihr seid ja gut bewaffnet. Kein Grund zur Sorge also.«

»Dann rede nicht so dummes Zeug«, brummte Arnaut.

Er sah sich nach seinen Gefährten um, die alle schon im Sattel saßen. Wegzehr hing in ledernen Beuteln am Sattelknauf, die Wasserschläuche waren gefüllt. Raimon trug auch heute keinen Panzer, nur das wattierte *gambais,* das Gesicht bleich, dunkle Ringe unter den Augen. Jede Bewegung des verwundeten Arms schien ihn höllisch zu schmerzen. Arnaut machte sich ernsthafte Sorgen um ihn, obwohl Raimon vorgab, es ginge ihm heute viel besser. Doch das war zweifellos gelogen.

Das Gerede mit dem Wildhüter hatte Arnaut an die Wegelagerer in der Corbieras erinnert. Da man auf Raimon nicht

zählen konnte, waren sie also nur zu dritt, falls es dazu kam, sich zu verteidigen. Das gab ihm ein unsicheres Gefühl im Magen.
»Setz deinen verdammten Helm auf«, raunzte er Severin an. »Und häng den Schild um die Schultern.« Severin verdrehte wegen der groben Worte die Augen, gehorchte aber.
Felipe grinste, stülpte sich ebenfalls den Helm auf und zog den Kinnriemen fest. »*Mossenher* hat wohl schlecht geschlafen.«
»Lass ihn nur«, rief Ermengarda laut genug, um den Wind zu übertönen. »Wenn er so weitermacht wie bisher, verpflichte ich ihn als meinen Kriegsherrn und *capitan* der Haustruppen.« Sie kicherte.
Bei ihren Worten verbeugte sich Felipe vor ihm und lachte spöttisch. Arnaut runzelte die Stirn. Wollten sie sich über ihn lustig machen?
»*Fraire* Aimar wird in jedem Fall mein Botschafter«, fuhr sie ausgelassen fort. »Und philosophischer Berater.«
»Zu Diensten, *Domina.*« Der Mönch verneigte sich in gespielter Demut.
»Was, zum Teufel, ist ein philosophischer Berater?«, fragte Felipe. »Willst du uns mit Philosophie regieren?«
»Warum nicht?«
Arnaut merkte, dass Ermengarda ihm zuzwinkerte, während sie das sagte. Es war also nur ein Spiel, ein Überschwang an guter Laune, als freue sie sich, Castel Nou endlich den Rücken zu kehren.
Aber sie war noch nicht fertig.
»*Maistre* Peire Rogier wird die besten Geister an meinen Hof rufen. Dichter, Sänger und andere kluge Leute.«
Rogier klatschte in die Hände. »Eine große Ehre, *Midomna.*«
»Lacht nicht. Ich meine es ernst. Unser lieber Raimon hier, dem wir den guten Handel zu verdanken haben, wird das vizegräfliche Vermögen verwalten und die Beziehungen zu den Kaufleuten pflegen. Und Severin wird mein Leibwächter.«
Nun grinste auch Severin von Ohr zu Ohr.

»Und wann hast du dir diesen Unsinn ausgedacht?«, fragte Felipe. Trotz seines Lachens lag in der Frage ein gereizter Unterton.
»Heute Morgen, als ich euch alle beim Morgenmahl vor Augen hatte. Ihr seid doch meine Getreuen. Die Einzigen, die ich habe.«
»Mich hast du aber ausgelassen.«
»Keineswegs«, erwiderte sie und lächelte ihn schelmisch an. »Du, der du immerfort den Adel schlechtmachst und ihn entmachten willst, du wirst dich um gute Beziehungen zu den adeligen Häusern der Vizegrafschaft kümmern.«
»Dazu wäre ich doch wohl kaum geeignet.«
»Ich denke doch. Du bist selbst von hohem Adel, und sie werden dich achten. Deshalb bist du der beste Mann, sie von deinen Vorstellungen zu überzeugen. Aber auf friedliche Weise. Wir wollen doch kein Blutvergießen, oder?«
Darauf wusste Felipe nichts zu sagen. Er starrte sie nur entgeistert an, so dass *Fraire* Aimar über seinen Gesichtsausdruck lachen musste. »Unsere *domina,* Felipe, obwohl noch jung an Jahren, ist klüger, als wir alle denken.«
»Aber …«, murmelte Felipe, sprach jedoch nicht weiter. Stattdessen zog er grinsend die Schultern hoch. »Wenn du es so wünschst. Dann werd ich ihnen aber Beine machen, darauf kannst du dich verlassen.«
Sie lachten und vergaßen für einen Augenblick den Wind und die bittere Morgenkälte.
»Und ich?«, fragte Jori schüchtern. »Mich habt Ihr wohl vergessen.«
Ermengarda lächelte. »Wenn du alles lernst, was Severin imstande ist, dir beizubringen, Jori, dann darfst du dich um meine Lieblingspferde kümmern.«
Arnaut sah, wie glücklich sie den Jungen gemacht hatte. In den wenigen Tagen seit der Flucht kam es ihm vor, als sei sie an Statur gewachsen. Es war, als ginge eine seltsame Zauberkraft von ihr aus. Niemand, der sie sah oder mit ihr sprach,

blieb davon unberührt. Wer würde sich nicht für sie in Stücke hauen lassen? Er wollte nicht über seine wirren Gefühle nachdenken, aber zum ersten Mal dämmerte ihm, was die Dichter meinten, wenn sie von der hohen Liebe sangen.
Etwas benommen stieg er in den Sattel und gab dem Wildhüter das Zeichen zum Aufbruch.

***

Mit seiner Warnung vor herabfallenden Ästen hatte der einäugige Waidmann nicht übertrieben. Seit Stunden jammerte, brauste und brüllte der Wind durch die Baumkronen, die sich immer wieder über weite Flächen tief nach unten bogen, als sei eine tosende Welle über sie hinweggedonnert, dann wieder zurückschnellten, um dem nächsten Ansturm zu trotzen. Goldgelbe und braune Blätter wirbelten durch die Luft, sammelten sich in flüchtigen Haufen und zerstoben alsbald wieder. Das gewaltige Rauschen und irre Heulen des Windes übertönten alles außer einem gelegentlichen Krachen brechender Äste oder stürzender Stämme.
Arnaut, der um Ermengardas Sicherheit bangte, hatte sie gebeten, umzukehren. Aber davon wollte sie nichts wissen. Niemals mehr würde sie einen Fuß in diese Burg setzen, hatte sie geschworen. Und das spöttische Grinsen des Wildhüters trug dazu bei, dass niemand vor ein bisschen Wind Reißaus nehmen wollte.
An freien Hängen, die von niedrigem Gesträuch und Kräutern bewachsen waren, traf sie die volle Wucht des Sturms. Arnaut hatte Ermengarda genötigt, einen Schafspelz unter ihrem Umhang zu tragen, denn der Wind war bitterkalt und biss in die geröteten Wangen der Reiter. Auch seine schweren, eisenbewehrten Kampfhandschuhe hatte er ihr aufgedrängt.
Wie zuvor hatten sie sich in Vorhut und Haupttrupp aufgeteilt, sehr zum Unmut des Wildhüters, der vorausritt und immer

wieder ärgerlich winkte, dass die Trödler, wie er sie nannte, endlich zu ihm aufschließen sollten. Im Augenblick leisteten ihm *Fraire* Aimar und der Sänger Rogier an der Spitze des Zuges Gesellschaft. Ein kurzes Stück dahinter folgten die anderen, angeführt von Felipe und Raimon, der sich nur mühsam im Sattel hielt.

Severin hatte sich geweigert, ganz allein die Verantwortung für Ermengardas Geld zu übernehmen. Aimar trug daher immer noch den Schuldschein des Abtes bei sich, während die vier jungen Ritter Gold und Silber unter sich verteilt hatten.

Ein dicker Ast war von einer Eiche gebrochen und versperrte den Weg. Die Pferde mühten sich über die Böschung, um ihn zu umgehen.

»Wir sollten bald eine Rast einlegen«, rief Arnaut Ermengarda zu, die neben ihm ritt. Fast musste man schreien, um den Wind zu übertönen. »Sonst fällt uns Raimon noch vom Pferd.«

Ermengarda machte ein unglückliches Gesicht.

»Ich weiß. Und es ist nur meine Schuld.«

»Denk nicht so. Der Pfeil hätte sonst dich treffen können. Auch Raimon hätte das niemals gewollt.«

»Und du?« Sie warf ihm einen langen, forschenden Blick zu.

»Ich?« Arnaut fühlte sich überrumpelt. Die Röte stieg ihm ins Gesicht. »Wenn dir etwas zustieße …«, stotterte er, »… ich könnte es mir nie verzeihen.«

Sie legte ihm die handschuhbewehrte Hand auf den Arm.

»Ich weiß, Arnaut. Verzeih mir die dumme Frage.«

In diesem Augenblick wandte sich Felipe zu ihnen um. Ermengardas Hand zuckte unwillkürlich zurück, aber er hatte die Geste bemerkt, und ein Anflug von Zorn huschte über sein Gesicht. Dann drehte er sich abrupt wieder um und gab seinem Pferd die Sporen, um zur Spitze aufzuschließen.

»Ich fürchte, wir haben ihn verärgert«, sagte sie.

»Ich sehe keinen Grund«, knurrte Arnaut. Felipes Verhalten missfiel ihm. »Ist es wahr, dass du ihn als deinen *champio* auserkoren hast?«

»Es stimmt. Eine Laune, schon lange vor der Flucht. Er bat mich darum.«
»Gibt ihm das ein Anrecht auf besondere Ansprüche?«
»Natürlich nicht.«
Wieder warf sie ihm diesen seltsamen Blick zu, der ihn verunsicherte und den er nicht zu deuten wusste. *Fraire* Aimar hatte recht. Er war im Begriff, sich in etwas zu verstricken, aus dem es keinen Ausweg gab.
»War das vorhin ernst gemeint«, fragte er, um solche Gedanken zu vertreiben. »Ich soll dein Kriegsherr werden? Das war nur Spaß, oder?«
»Warum sollte ich spaßen?«, rief sie gegen den Wind, der gerade wieder aufbrüllte. »Auch wenn ich nichts davon verstehe … aber dir vertraue ich.«
Arnaut lächelte verlegen. Sosehr ihn das Lob freute, so inständig hoffte er, ein solches Vertrauen nicht zu enttäuschen. Aber dann packte ihn der Übermut.
»Du brauchst gar keinen Kriegsherrn«, rief er und grinste.
»Und warum nicht?«
»Sieh uns doch an. Du kommst daher, und alle sinken vor Liebe zu Boden. Wer kann dir widerstehen? Wozu noch Soldaten?«
»Mach dich nur über mich lustig.« Sie runzelte die Stirn und gab vor, zu schmollen.
»Nein, nein. Ich denke nur, wir machen dir ein Banner wie das *oriflamme,* du weißt doch, das Kriegsbanner des Königs von Frankreich, vor dem alle zittern.«
»Oriflamme?«
»Es ist blutrot, und wenn es vor dem König in die Schlacht getragen wird, weiß jeder, dass keine Gefangenen gemacht werden und keine Gnade zu erwarten ist. Das erfüllt die Herzen der Feinde mit Schrecken, und sie fliehen vor ihm wie der Kaiser der Alemannen bei Metz.«
»Ohne Kampf?«
»So ist es. Wir machen dir also auch ein Banner, aber eines der

Liebe, *una baneira d'amor.* Damit schlägst du alle Feinde in die Flucht. Und Rogier singt eine Hymne dazu. Nie wieder Krieg in Narbona.«

»Und Alfons?«, kicherte sie.

»Den fegen wir gleich als Ersten hinweg!«

Da lachte sie ausgelassen. »Jawohl! Husch und hinfort nach Tolosa. Auf Nimmerwiedersehen!«

In diesem Augenblick hörten sie wildes Gebrüll weiter vorn. Und das Klirren von Stahl. Arnaut blickte sich rasch um. Sie befanden sich auf einem Hang, der dicht mit hohem Gebüsch und Steineichen überwuchert war. Linker Hand des Weges fiel das Gelände steil ab ins Tal, auf der anderen Seite zeigten sich jetzt Männer mit Waffen in den Fäusten. Viele Männer. Einige sprangen von der Böschung auf den Weg.

Ein guter Ort für einen Überfall, fuhr es ihm durch den Sinn. Hier waren sie eingekeilt, konnten nur vor oder zurück. Weiter vorn sah er Felipe mit erhobenem Schwert um sich schlagen und kurz auch das erschrockene Gesicht Aimars, den man vom Pferd gerissen hatte. Als er einen Blick über die Schulter warf, sah er auch hinter ihnen Bewaffnete, aber weniger als vor ihnen. Zwei Kerle versuchten, einen dicken Ast von der Böschung zu zerren, um ihnen den Rückweg zu versperren.

»*Garda* Ermengarda!«, brüllte er, so laut er konnte. Nur ihre Sicherheit zählte jetzt. »Felipe, Severin ... alle auf mich!«

Er ließ die Zügel fahren, zerrte den Schild vom Rücken und riss das Schwert aus der Scheide. Amir wendete schon, er schien zu wissen, was sein Herr von ihm wollte. Severin war als Erster bei ihm, dann sah er Raimons schmerzverzerrtes, bleiches Gesicht neben sich. Sie nahmen Ermengarda in die Mitte. Schreck stand in ihren weit aufgerissenen Augen.

»Mir nach«, schrie Arnaut und stieß dem Gaul die Fersen in die Flanken. Amirs Muskeln ballten sich, und der Hengst schnellte vorwärts, wie von einer Sehne abgefeuert, mitten unter die Männer, die ihren Rückzug zu vereiteln suchten. Einer sprang mit einem Aufschrei zur Seite, hob den Schild,

behinderte einen zweiten. Arnauts Schwert traf, er wusste nicht, wen oder was, dann waren sie durch und galoppierten den Weg zurück, den sie gekommen waren.
Ein Blick über die Schulter versicherte ihm, dass Ermengarda knapp hinter ihm war, auch Severin mit blutigem Schwert in der Faust. Dahinter Raimon und der kleine Jori auf seinem zähen Maultier. Sogar ihr Packtier, im Getümmel vergessen, war ihnen nachgelaufen. Aber was war mit den anderen, Felipe und Aimar? Hatten sie es nicht geschafft? Doch Arnaut durfte sich jetzt nur um Ermengarda kümmern. Das allein war seine Aufgabe.
Severin griff die Zügel des Maultiers, und so galoppierten sie gegen den Wind an, der an ihnen zerrte, sie behinderte und zu verlangsamen suchte. Es ging eine lange Strecke bergauf, bis die Pferde vor Mühe keuchten. Da hob Arnaut die Hand, und sie verweilten kurz auf einer Anhöhe, um nach Verfolgern Ausschau zu halten, denn die würden bald kommen, auch wenn sich noch niemand zeigte.
»Irgendeiner verletzt?«, fragte er atemlos.
Die anderen schüttelten die Köpfe. Auch Severin atmete heftig und bekreuzigte sich. Raimon wankte im Sattel, sein Gesicht grau wie Asche, und er zitterte.
»Was ist dir?«, rief Ermengarda. »Bist du verwundet?«
»Nicht mehr als vorher«, presste er zwischen den Zähnen hervor. »Und mir ist kalt.«
»So viel zu deinem *oriflamme*«, rief sie Arnaut wütend zu. Mit Tränen in den Augen ergriff sie Raimons Hand. »Halt durch, Raimon. Wir finden einen sicheren Ort für dich. Halt durch, ich bitte dich!«
»Oriflamme?«, fragte Severin.
»Nichts«, brummte Arnaut. »Ein blöder Scherz von mir.«
Warum ist sie zornig auf mich? Es musste der Schreck sein, der ihr in den Gliedern steckte, so unerwartet hatten die Wegelagerer zugeschlagen. Hatten sie etwa von ihrem Kommen gewusst? Aber bevor er darüber nachdenken konnte,

tauchte in einiger Entfernung ein einzelner Reiter auf, der gegen den Sturm ankämpfte. War dies der Erste der Verfolger? Er packte sein Schwert fester, aber dann erkannte er Felipe. Als der bald darauf sein Pferd zum Stehen brachte, rief er: »Ich dachte schon, ich finde euch nicht mehr. Hab versucht, Aimar und den Spielmann rauszuhauen, aber es war nichts zu machen. Es waren zu viele.« Er musste wieder Atem schöpfen. »Wie ich da noch rausgekommen bin, weiß ich selbst nicht. Wenigstens zwei von den Kerlen hab ich erschlagen …«

»Du bist ja verwundet«, rief Severin. Erst jetzt merkte Arnaut, dass Blut von Felipes Schenkel tropfte.

»Ein Speerstich. Kann nicht tief sein. Ich spür's kaum«, sagte er. »Wir müssen weiter. Die hatten ihre Pferde irgendwo im Wald versteckt und mussten sie erst holen, aber bald werden sie uns auf den Fersen sein.«

»Ich sehe sie schon.« Severin starrte ins Tal hinunter, aus dem sie gekommen waren. Er deutete mit der Hand. »Da ganz hinten, zwischen den Bäumen, da ist Bewegung.«

»Dann schnell zurück nach Castel Nou«, rief Ermengarda. Die Angst in ihrer Stimme war nicht zu überhören.

»Zu weit«, erwiderte Arnaut sofort. »Das schaffen wir nicht. Nicht mit Raimon.«

»Die Räuber sind doch selbst von Castel Nou«, meldete sich Jori.

»Was sagst du da?«

»Ich habe zwei von ihnen erkannt. Die haben sich mit *Senher* Artaud besprochen, als wir im Wald waren.«

»Bist du sicher?«

Der Junge nickte heftig.

»Jetzt, da du es sagst …«, rief Severin aufgeregt. »Es stimmt, einige kamen auch mir bekannt vor.«

»Teufel noch eins!«, schwor Felipe. »Was machen wir jetzt?«

Arnaut dachte fieberhaft nach. Sie hatten verdammt keine Zeit zu verlieren. Wohin konnten sie fliehen? »Erst mal weiter den Weg entlang«, rief er. »Unterwegs fällt uns was ein.«

Er feuerte seinen Hengst an und preschte davon. Die anderen folgten, so schnell es der steinige Weg durch das bergige Gelände erlaubte. Sie mussten vermeiden, dass eines der Tiere zu lahmen begann.

Unfassbar, dass Artauds Männer hinter dem Überfall steckten. Was war der Grund? Was würden sie mit dem armen Aimar machen, mit Rogier, dem *joglar*? Arnaut konnte ihn inzwischen gut leiden. Und Aimar war wie ein älterer Bruder für ihn. Hätte er versuchen sollen, ihnen zu helfen? Wie auch immer, jetzt war keine Zeit für bittere Vorwürfe.

Sie passierten eine Stelle, wo viel loses Geröll auf dem Weg lag, über das sie die Pferde mit Vorsicht führen mussten. Dabei wäre ihm beinahe der schmale Steig entgangen, der nach links abzweigte und sich weiter den Hang hinauf zwischen dichtem Buschwerk verlor. Ohne viel nachzudenken, folgte er dem Pfad.

»Wo willst du hin?«, schrie Felipe ihm nach.

Arnaut wandte sich im Sattel um. »Kommt!«, rief er. »Mit Glück merken sie nicht, dass wir abgebogen sind. Und weiter oben können wir uns vielleicht verstecken.«

Der Weg, wenn man ihn so nennen konnte, denn er war eher für Ziegen als für Pferde geeignet, führte sie in Windungen immer höher hinauf, zwängte sich zwischen hohen Büschen hindurch, durchquerte immergrüne Buchsbaumwälder, über Bergbäche hinweg und an steilen Abhängen vorbei. Graue Felsbrocken stellten sich ihnen in den Weg, oft mussten sie absteigen und die Pferde führen, manchmal war der Weg kaum noch zu erkennen. Dann zweigten wieder andere Pfade ab. Hier trieben Hirten ihre Ziegen und Schafe zur Weide. Mehrmals änderte Arnaut die Richtung, aber immer bergauf und weg vom Tal, aus dem sie geflohen waren, bis er selbst nicht mehr wusste, wo sie sich befanden.

An einem Bächlein gönnten sie sich zum ersten Mal seit Stunden eine Rast, nahmen ein paar Bissen zu sich, ließen die Pferde saufen, tranken selbst vom klaren Quellwasser.

Der Himmel hatte sich unter einer hohen Wolkendecke verdunkelt, so dass es schwer war, die Himmelsrichtungen zu erkennen. Der Sturm schien eher noch zugenommen zu haben und fegte böig und unregelmäßig über den Berghang, so dass es sich anfühlte, als würde man von einer unsichtbaren Faust geschüttelt und dann wieder losgelassen.
Auf der Höhe, auf der sie sich befanden, war der Wald einem Bewuchs von mannshohen Sträuchern und undurchdringlichem Gestrüpp gewichen. Dazwischen Felsen und Geröllhalden, von denen Staub aufwirbelte und ihnen in die Augen stach. Die Pferde standen mit gesenkten Köpfen eng beieinander und vom Wind abgewandt. Es war deutlich kälter als am Morgen.
»Glaubst du, die sind uns noch auf der Fährte?«, fragte Severin.
»Auf dem felsigen Untergrund müssten wenig Spuren zu sehen sein«, antwortete Arnaut. »Dann haben wir so oft die Bergpfade gewechselt …«
»Weiß einer, wo wir sind?«, fragte Felipe.
Arnaut lachte grimmig. »Keine Ahnung.«
»Warum nur wollten die uns auflauern?«, fragte Severin. »Wegen des Geldes? Ich kann nicht glauben, dass ein *vescoms* sich zum Räuber macht. Da waren doch genug Schätze in der Burg.«
»Bei einem Raubüberfall hätte man uns mit Pfeilen beschossen«, erwiderte Felipe. »Aber die wollten niemanden töten.«
»Und was heißt das?«
»Es gibt nur eine Erklärung. Sie wollten Ermengarda gefangen nehmen.«
»Aber das hätten sie doch auf der Burg tun können.«
»Stimmt.« Felipe dachte nach. »Wahrscheinlich sollte niemand wissen, dass der Vizegraf von Vallespir dahintersteckt, denn das würde den Katalanen nicht gefallen. Und was sagt euch das?«
»Lösegeld«, brummte Arnaut.

»Lösegeld?« Ermengarda machte ein verwirrtes Gesicht.
»Es sollte wohl wie ein Raubüberfall von Gesetzlosen aussehen. Dich hätte man irgendwo versteckt und dann heimlich mit denen verhandelt, die am meisten zahlen.«
»So eine Niederträchtigkeit kann ich kaum glauben.«
»Ist nicht so ungewöhnlich, wie du denkst«, sagte Felipe. »Warum meinst du, reist kaum ein Fürst ohne größeres Gefolge?«
»Ich denke, wir sind ihnen entkommen«, sagte Arnaut. »Hier in den Bergen können sie nicht jeden Weg und Steg absuchen. Das Gebiet ist zu groß.« Er blickte ins Tal hinunter. »Von hier hätten wir sie auch schon längst entdeckt. Fürs Erste sind wir sicher.«
»Gut, dass du uns hier heraufgeführt hast«, sagte Felipe und schlug Arnaut auf die Schulter. Von seinem früheren Unmut war nichts mehr zu spüren. Vielleicht hatten sie sich getäuscht, dachte Arnaut.
»Bin nicht umsonst in den Bergen aufgewachsen«, grinste er.
»Zum Glück sind wir in zwei Abteilungen geritten. Das hat uns gerettet.«
»Außer Aimar und Rogier«, sagte Severin. »Ob sie wohl noch leben?«
Betroffen schwiegen sie und wagten kaum, sich gegenseitig in die Augen zu sehen, denn in ihren Herzen setzte sich die Gewissheit fest, dass man die beiden getötet hatte, schon um Mitwisser aus dem Weg zu räumen. Ermengarda verbarg ihr Gesicht in den Händen, und ihre Schultern zuckten. Sie umarmte Jori, der dichter an sie herangerückt war, als wollte er sie trösten. Schließlich wischte sie die Tränen von den Wangen.
»Was sollen wir jetzt tun?«, fragte sie.
Raimon, der wie leblos an einen Felsbrocken gelehnt hatte, stöhnte plötzlich auf. Er zitterte, als fröre ihn erbärmlich. Ermengarda war sofort bei ihm und bedeckte ihn mit ihrem Umhang. Dann fühlte sie seine Stirn.
»Er ist glühend heiß, *mon Dieu!*«

Jeder wusste, was Wundfieber bedeutete. Sollten sie Raimon nun auch noch verlieren? Ermengardas Kiefer mahlten, als sie erneut versuchte, sich zu beherrschen, doch ihre Augen standen voller Tränen. »Hat Gott uns denn verlassen?«, flüsterte sie.
Darauf gab es keine Antwort.
Noch vor Stunden hatten sie so hoffnungsvoll und guter Dinge ihre Reise wieder aufgenommen. Nun schien es, als nahte das Ende ihrer Flucht. Alle Welt hatte sich gegen sie verschworen. Sie waren verloren mitten in der Wildnis, wussten nicht, wohin sie sich wenden sollten. Immer noch wütete der Sturm und machte jeden von ihnen mit seinem Heulen verrückt. Ein Feuer zu entzünden war unmöglich. Wie sollten sie die Nacht in dieser Kälte überstehen? Nicht einmal eine Höhle hatten sie gefunden. Besonders Arnaut wusste, wie gefährlich ein Sturm zu dieser Jahreszeit in den Bergen sein konnte. Wenn sie nicht bald Unterkunft fanden, würde Raimon mit Sicherheit sterben.
Felipe hielt es nicht mehr aus und sprang auf.
»Ihr bleibt hier, ich suche uns einen Unterschlupf. Irgendwo muss es eine Hütte geben. Hier sind doch Ziegenhirten und Schäfer unterwegs.«
Severin erbot sich sofort, ihn zu begleiten.
»Nichts da«, sagte Arnaut mit harter Stimme. »Zur Not binden wir Raimon auf seinem Gaul fest, aber wir bleiben zusammen.«

***

»Willst du mir sagen, sie sind entkommen?«, schrie Gausbert völlig außer sich. »Ich fasse es nicht!« Er raufte sich den Bart.
»Schrei nicht so«, raunte sein Bruder. »Oder willst du, dass der fette Pfaffe alles mithört?«
Vor Wut schleuderte Gausbert einen herrlichen Glaskelch an die Wand, so dass das gute Stück in tausend Scherben brach.

Ein hässlicher Weinfleck zierte nun den teuren maurischen Wandteppich.
»Wie ist das möglich? Kannst du mir das erklären?«
»Der Hinterhalt war gut gelegt, alles lief wie geplant. Aber sie waren nicht in einem Haufen. Joan sagt, sie haben die ganze Zeit getrödelt. Es hat ein Durcheinander gegeben, und die hintere Gruppe mit Ermengarda konnte sich aus der Umzinglung raushauen.«
»Einfach so.«
»Was soll ich dir sagen?« Artaud machte ein klägliches Gesicht und zuckte mit den Schultern. »Es war zum Teil Joans Schuld. Ich werde ihn die Peitsche schmecken lassen. Mehr kann ich nicht tun.«
»Da fliegt unsere schöne, fette Gans einfach so zum Fenster hinaus, nur weil Joan nicht aufgepasst hat. Ich sollte dich verflucht noch mal von der Zinne werfen, du Hohlkopf.«
»Nenn mich nicht so.«
»Dann benimm dich nicht wie einer.«
»Wir haben sogar ein paar Männer verloren.«
Gausbert lachte gehässig. »Auch das noch. Ihr habt euch veralbern lassen … von halben Kindern!« Die letzten Worte hatte er gebrüllt.
Gausberts Gesicht war immer noch dunkelrot vor Zorn. In diesen Augenblick trat die Maurin Jamila ein. Sie stellte einen Teller mit kandierten Früchten neben ihn, eine Köstlichkeit, bei der man teuren maurischen Rohrzucker verwandte. Als sie die Scherben sah, bückte sie sich, um sie aufzulesen.
»Verschwinde, du hässliche Schlampe«, brüllte Gausbert und warf den Teller nach ihr. Zum Glück verfehlte er sie, aber nun lagen überall kandierte Früchte zwischen den Scherben. Jamila floh aus dem Raum.
»Haben sie dich gesehen?«, fragte Gausbert.
»Ich war gar nicht dabei. So wie du gesagt hattest.«
»Vielleicht war das ein Fehler.« Hasserfüllt starrte Gausbert seinen Bruder an. »Finde sie, verflucht!«

»Wir suchen überall, aber ich mache mir keine großen Hoffnungen. Wir nahmen natürlich an, dass sie hierher zurückkehren würden. Das hat uns Zeit gekostet. Seltsamerweise sind sie aber die Berge hinauf, wie es scheint. Inzwischen könnten sie überall sein. Wenn sie da oben nicht verrecken, bei dem Wetter.«
»Hornochse!«, knurrte Gausbert angewidert. »Bin ich denn umzingelt von Trotteln und Vollidioten?«

***

Raimon war zu schwach, um sich selbst in den Sattel zu ziehen. Mit vereinten Kräften stemmten und zerrten sie ihn aufs Pferd, wobei er schrie, wenn sie auch nur in die Nähe seiner Wunde kamen.
Sie beschlossen, den Arm unbeweglich am Körper festzubinden, und aus Furcht, er könnte vom Pferd fallen, betteten sie ihn vornübergebeugt auf weiche Felle, so dass er über Schulter und Hals des Tieres ruhte. Lederriemen verzurrten sie vom Gürtel bis an den Sattel, und zuletzt warfen sie Pferdedecken über ihn, damit er nicht erfror. Felipe führte vorsichtig das Pferd seines Freundes am Zügel, und Jori hatte die Aufgabe, sie zu warnen, falls Raimon trotz dieser Maßnahmen abzurutschen drohte. So machten sie sich wieder auf den Weg.
Bei dem Sturm fürchteten sie sich, noch höher in die Berge zu steigen. Zurück nach Osten ins Tal konnten sie nicht, nach Süden hin versperrte das Gebirge den Weg nach Catalonha. Im Nordosten lag Castel Nou. Deshalb wandten sie sich nach Nordwest, oder was sie dafür hielten, um irgendwo in einem Tal auf menschliche Behausungen zu stoßen.
»Wir finden sicher ein Bergdorf«, versuchte Arnaut, Ermengarda zu beruhigen. »Dort waschen wir den Eiter aus der Wunde, und nach ein paar Tagen Ruhe erholt er sich wieder.«

Sie nickte niedergeschlagen und war selbst fast am Ende ihrer Kräfte, denn die steinigen Pfade durch die Berge waren oft so steil, dass man die Pferde am Zügel führen musste, an Reiten war nicht zu denken. Auch der nimmermüde Wind zehrte an den Kräften, sein elendes Jammern und Heulen machte sie krank und immer mutloser. Wie war sie nur darauf gekommen, aus Narbona zu fliehen? Welcher Eigensinn hatte sie getrieben? Halsstarrig und selbstsüchtig war sie gewesen. Und was hatte sie erreicht? Nichts als Unglück über andere Menschen hatte sie gebracht. Auch wenn Gott ihr verzieh, sie selbst konnte es nicht. Es wäre das Beste, aufzugeben und heimzukehren.
Doch auch das blieb ihr verwehrt, außer sie ging allein. Denn die Gefährten, die sich für sie eingesetzt hatten, würden schrecklich dafür bestraft werden, falls man sie fing. Untreue, Verrat, Entführung und Mord würde man ihnen zur Last legen. Sie warf einen kurzen Blick zu Arnaut hinüber und schluckte ihre Tränen hinunter. Trotz allen Unglücks wollte sie sich nicht die Blöße geben, wie ein Kind zu heulen. Nicht vor ihm.
Sie waren an der höchsten Stelle eines Bergrückens angekommen, wo sie der Wind mit doppelter Gewalt packte, so dass Ermengarda sich an einen Strauch klammern musste. Sie blickte hinunter in ein kleines Tal. Nichts als Felsbrocken, Gestrüpp und Wald war zu sehen. Hier wohnte keine Menschenseele. Selbst die Bäume wirkten verloren, denn der Sturm hatte sie ihres Herbstlaubes beraubt. Gegenüber reckte sich der nächste Hang in die Höhe. Endlos schienen diese Berge zu sein, wie Wellen im Meer. Eine menschenleere Bergwüste. Es kam ihr alles so sinnlos vor.
»Komm, bergab geht es leichter.« Arnaut grinste ihr aufmunternd zu. Sie zog am Zügel des Wallachs und stolperte ihm erschöpft hinterher. Sie war wütend auf ihn, denn nichts schien ihn zu ermüden oder zu erschüttern. Ihr dagegen taten die Füße weh, die Arme hingen schwer wie Blei. Beine, Rücken,

alles schmerzte. Am liebsten hätte sie sich einfach irgendwo ins Gras geworfen, um zu sterben. Stattdessen biss sie die Zähne zusammen und versuchte, mit Arnaut Schritt zu halten.

»Fürs Erste müssen wir Barcelona vergessen«, rief er ihr über die Schulter zu. »Ich schätze, Raimon braucht einige Wochen, um wieder gesund zu werden.«

Wenn er nicht schon vorher stirbt, dachte sie, und der Gedanke trieb ihr erneut Tränen in die Augen. Barcelona, *mon Dieu!* Das klang wie ein Name aus einer anderen Welt. Etwas Warmes zu essen und ein Bett war alles, was sie sich ersehnte.

»Auch später sollten wir das Vallespir vermeiden. Es gibt sicher einen anderen Pass. Oder wir nehmen doch die Küstenstraße.«

Was redete er da? Was sollte sie in Barcelona? Als ob das alles noch eine Bedeutung hätte. Außerdem war der arme Aimar jetzt tot. Ohne ihn würde man sie gar nicht ernst nehmen. Eine abtrünnige Braut, die ihren angetrauten Mann im Stich gelassen hatte. Eine halbwüchsige Rebellin, die sich auf unerhörte Weise mit jungen Kerlen im Geleit über die Berge geschlagen hatte, um sich dann in abgerissenen Kleidern ihrem Vetter vor die Füße zu werfen. Was für ein Bild würde sie abgeben? Man würde sie aus dem Palast jagen.

Nachdem sie sich durch das Tal gearbeitet hatten, begann erneut der mühselige Aufstieg. Hinter ihr ging Felipe, der sein eigenes wie Raimons Pferd führte. Er sah müde aus und zog das verwundete Bein nach. Noch einer, der sich quälte. Gott, erbarme Dich unser, flehte sie still bei sich. Das hatte sie doch alles nicht gewollt.

»Noch diese eine Anhöhe«, versprach Arnaut. »Dahinter finden wir bestimmt eine Behausung.«

Ermengarda wusste, dass er log. Aber sie zog den Wallach hinter sich her und kletterte wie befohlen, versuchte, dem Schmerz in den Beinen keine Beachtung zu schenken. Es war ihr alles so gleichgültig geworden. Irgendwann würde sie umfallen und sich nicht mehr regen. Auch wenn Arnaut sie küssen sollte.

Mein Gott! Wie war sie denn darauf gekommen? Wurde sie langsam verrückt? Doch der unerhörte Gedanke belebte sie seltsamerweise, trieb ihr frisches Blut ins Gesicht, ließ sie ihre schmerzenden Füße vergessen. Vielleicht würde er sie in seinen Armen tragen und sie ein letztes Mal auf die Lippen küssen, bevor er sie in ihr kühles Grab legte. Sie ließ sich einen Augenblick lang von diesem rührseligen Bild forttragen und schwelgte in Selbstmitleid.

Arnaut war inzwischen auf dem höchsten Punkt angekommen. Hier oben fand sich kein Wald, kein Gebüsch, so dass der entsetzliche Wind mit voller Wucht über den Kamm fegte. Sie stemmte sich die letzten Schritte hinauf und starrte dann, wohin Arnaut wies.

Vor ihr lag ein Tal, ganz wie das letzte, das sie durchquert hatten. Mit einem Unterschied. Auf halber Höhe des gegenüberliegenden Hangs stand eine Kirche auf einem Fels gebaut. Darunter, wie eine Insel der Zuflucht im weiten Meer, duckten sich einfache Hütten aus Feldsteinen errichtet, ein Gemüsegarten, ein paar abgeerntete Felder und Ziegen auf einer kleinen Weide.

»Was ist das?«, stammelte sie.

»Es muss ein Kloster sein.«

Sie bekreuzigte sich. »Gott hat uns erhört.«

Die guten Frauen von Serrabona

Der Krieg gegen die Trencavels, zuerst mit großer Fanfare angekündigt, dümpelte dann mit wenig Begeisterung dahin. Beide Seiten vermieden die offene Feldschlacht. Niemand wollte seine wertvollen Truppen in einem einzigen gewagten Wurf aufs Spiel setzen.
Die Trencavels hatten ihr Heer in Carcassona unter Roger de Trencavels Führung gesammelt und machten einige Vorstöße ins Narboner Gebiet, hielten sich aber mit Verwüstungen zurück, da man die angestammte Freundschaft mit dem Nachbarn nicht allzu sehr belasten wollte. Sie hofften eher auf einen Aufstand der Stadt gegen die Tolosaner. Die angebliche Flucht der Erbin, von der sie hatten munkeln hören, verunsicherte sie. Was mochte das bedeuten?
Außerdem erhielten sie unverständliche Botschaften vom Grafen von Tolosa, in denen er sie der Entführung beschuldigte und verlangte, ihm Ermengarda auszuliefern. Die Trencavel-Brüder berieten sich und konnten sich keinen Vers darauf machen. Sie fürchteten, solche Behauptungen seien nichts als gezielte Verleumdungen, um ihre Familie in den Augen des Narboner Adels ins Unrecht zu setzen. Sie beschlossen daher, vorsichtig zu handeln und abzuwarten.
Alfons dagegen war von seiner Hauptmacht abgeschnitten, die sich in Tolosa befand. Und so verlegte er sich aufs Marschieren kreuz und quer durchs Land, um die Trencavels zu beunruhigen, aber ohne einen ernsthaften Angriff zu unternehmen. Dann entsandte er Joan de Berzi mit einer größeren

Reiterschar nach Besier, um dort die Ländereien des Feindes zu verwüsten, denn Besier wurde von einem anderen der Trencavel-Brüder beherrscht. Sie brandschatzten und mordeten in den Dörfern, raubten Korn aus den Scheunen und trieben das wenige Vieh fort, das die Bauern besaßen.
All dies gewann den Tolosanern wenig, außer dass sie damit großes Elend über das Volk in Besier brachten. Ganze Landstriche würden den Winter über hungern, und um zu überleben, blieb den Bauern nichts übrig, als auch noch das letzte Schwein oder Huhn zu schlachten. Außer der Wintersaat im Boden würden sie nichts mehr besitzen.
So ging der November dahin, ohne eine Entscheidung zu bringen. Erschwerend kam hinzu, dass Herbst und Winter für den Krieg wenig geeignet sind.
Die Mannschaften im Feld zu versorgen ist schwierig, Marschieren in Regen und Schlamm unerträglich, und wochenlanges Lagern in klammer Kälte stärkt nicht gerade die Moral der Truppe.
Manche Barone, besonders die aus Narbona, traten daher erst gar nicht an, sondern verkrochen sich lieber in ihren warmen Kemenaten, vorzugsweise unter den Röcken ihrer Weiber und Mägde. Schließlich war dies nicht die Jahreszeit für Krieg, eher fürs Kindermachen und Bastardzeugen.
Der Wichtigste unter den Narboner Adeligen, die durch Abwesenheit glänzten, war *Vescoms* Peire de Menerba. Allerdings hatte er andere Gründe für sein Fernbleiben. Am Tag nach seinem Gespräch mit Tibaut hatte man ihn in den *palatz vescomtal* bestellt, wo Ermessenda in Alfons' Gegenwart seinen Heeresdienst einforderte. Ohne sie eines einzigen Blickes zu würdigen, hatte Menerba seine Antwort nur an Alfons gerichtet.
»Meinen Heerdienst schulde ich Narbona und nicht Tolosa.«
»Ich bin jetzt Narbona«, war Alfons' gereizte Antwort. »Oder ist dir das entgangen?«

Er war laut geworden, sprach ohne jede Höflichkeit. Aber Menerba ließ sich nicht einschüchtern.
»Narbona ... das ist allein *Domna* Ermengarda«, brüllte er zurück. »Und mit dir scheint sie wenig im Sinn zu haben. Sonst stünde sie hier an deiner Seite.«
»Die Trencavels haben sie entführt.«
Menerba lachte ihm ins Gesicht. »Das glaubst du doch wohl selbst nicht. Wenn *Domna* Ermengarda es mir befiehlt, dann kämpfe ich für dich. Vorher nicht.«
»Aber sie ist doch noch zu jung«, wandte la Bela ein.
Zum ersten Mal blickte er in ihre Richtung. »Wenn sie alt genug ist, sein verdammtes Ehebett zu zieren«, dabei deutete er rüde mit dem Finger auf Alfons, »dann kann sie auch herrschen.«
Daraufhin hatte er den Palast ohne ein weiteres Wort verlassen. Noch am gleichen Tag hatte er seine Männer aus der Stadt abgezogen, war in seine Bergfeste zurückgekehrt und hatte es abgelehnt, auf weitere Mahnungen, sich dem Heer der Tolosaner anzuschließen, auch nur zu antworten.
Das war ein herber Schlag für Alfons, eine Beleidigung seiner Person und offene Auflehnung gegen seine Autorität in Narbona. Besonders seitens eines Vasallen von der Bedeutung Menerbas. Ein solches Verhalten hätte unter normalen Umständen die schärfsten Maßnahmen nach sich gezogen, wenn la Bela sich nicht für Menerba eingesetzt und Alfons bewegt hätte, die Dinge erst einmal abzuwarten. Uneinigkeit und ein offenes Zerwürfnis würden ihm in der gegenwärtigen Lage nur noch mehr schaden, war ihr Rat.
Widerstrebend hatte Alfons es dabei belassen. Allerdings waren dem Beispiel Menerbas auch andere Adelige der Vizegrafschaft gefolgt, so dass sich Alfons neben seinen Söldnern nur auf die Truppen des Erzbischofs verlassen konnte, die zahlenmäßig kaum von Bedeutung waren.
Als die Wochen vergingen und keine Lösegeldforderungen von den Trencavels ihn erreichten, begann er langsam selbst,

an einer Entführung als Erklärung für Ermengardas Verschwinden zu zweifeln. Wahrscheinlich hatte er sich das nur eingeredet, weil er in seinem Stolz nicht hatte zugeben wollen, dass eine rotznäsige Fünfzehnjährige es wagte, den mächtigen Fürsten von Tolosa zurückzuweisen und ihn auf so beschämende Weise der Lächerlichkeit preiszugeben.
Wenn sie aber aus eigenem Antrieb geflohen war, dann musste er die Lage neu überdenken.
Obwohl die unterschriebenen Urkunden ihn ohne Zweifel ermächtigten, über Narbona zu herrschen, so kratzte Ermengardas Schmähung ihrer Verbindung die Rechtmäßigkeit seiner Stellung an. Besonders, da üblicherweise die Kirche auf Zustimmung der Braut bestand, die hier ganz eindeutig in Frage gestellt war. In der Hoffnung, die Dinge zu klären, überließ er die weiteren Plänkeleien gegen den Feind seinen Hauptleuten und kehrte Anfang Dezember nach Narbona zurück.
»Mächtig vorgeführt hat sie dich, *la petit garça*«, bestätigte Erzbischof Leveson seinen Verdacht.
»Sie hat sich also tatsächlich davongemacht.«
»Angeblich mit einem jungen Burschen. Menerbas Sohn.«
»Bin ich jetzt auch noch der Hahnrei?«, brüllte er.
Nicht genug, dass sie ihn vor aller Augen bloßgestellt hatte, nun sah es so aus, als habe sie ihm obendrein gewaltig die Hörner aufgesetzt. Ein unerträglicher Gedanke. Nicht, dass er eifersüchtig gewesen wäre, sondern ein derartiges Verhalten beschädigte ganz entschieden sein Selbstverständnis und seine Ehre als Mann und Fürst. Eine solche Schmach ließ sich nur mit Blut abwaschen.
Dass Ermengarda ganz andere und eigene Gründe für ihre Flucht haben könnte, das fiel ihm nicht ein. Einem jungen Mädchen ein gesundes Maß an Vernunft und politischem Willen zuzusprechen, überstieg sein Weltbild. Eher klammerte er sich an den Namen Menerba, zog es vor, an eine Verschwörung zu glauben.

»Verdammt noch mal!«, knurrte er. »Da steckt doch sein … Alter dahinter. Was will der Kerl? Gold? Oder ganz Narbona an sich reißen? Vielleicht sollte ich die Menerbas in ihren Bergen ausräuchern und ihre … Festung schleifen.«
In der Aufregung verhaspelte sich wieder seine Zunge.
Der Erzbischof schüttelte den Kopf. »Die Festung ist eine harte Nuss. Da kannst du lange dran knacken. Und Menerba ist nicht der Mann, so eine Niederträchtigkeit auszuhecken. Er ist einer von diesen Narren, die sich für ihre Ehre in Stücke hauen lassen.«
»Aber sie muss in seiner Festung sein.«
»Das glaube ich nicht. Vater und Sohn sind sich seit langem nicht gewogen. Felipe wird allein gehandelt haben.«
»Wo sonst soll sie sein?«
»Wenn jemand etwas weiß«, sagte Erzbischof Leveson und grinste gehässig, »dann die *Vescomtessa* Ermessenda. Ihr traue ich schon eher so etwas zu.«
Alfons wusste nicht mehr, was er denken sollte. Es hatte sich alles so schön angelassen. Und nun? Er dachte an Ermessenda. Vermisst hatte er sie während der letzten Wochen. Sie litt gewiss ebenso wie er unter diesen unmöglichen Umständen. Die eigene Tochter … man denke. Alfons konnte dringend etwas Trost und eine verständnisvolle Seele gebrauchen. Immer geiferte der alte Leveson gegen Ermessenda. Was hatte er gegen sie?
Für den Abend ließ er ihr seinen Besuch ankündigen.
Vorher nahm er ein langes Bad, um sich vom Dreck der Straßen und dem klammfeuchten Mief des Feldlagers zu reinigen. Ferran, sein Diener, schabte ihm anschließend den Bart. Körperlich fühlte Alfons sich wie neugeboren, seelisch trug er sich jedoch schwer mit seinen Zweifeln.
»Brauchst du eine dralle Dirne?«, fragte Ferran, dem Alfons' Niedergeschlagenheit nicht verborgen geblieben war. »Soll ich die Bäckersmagd holen lassen, die dir das letzte Mal so gefallen hat?«

»Lass mich mit deiner Dirne in Frieden«, knurrte Alfons schlechtgelaunt. »Ich werde im Palast der *vescomtessa* erwartet.«
»Ah!«, machte Ferran und schwieg eine Weile, während er Alfons duftende Öle ins Gesicht massierte. »Nimm dich vor dieser Schlange in Acht«, brummte er dann. »Ein schönes Äußeres bürgt nicht für eine schöne Seele. Das solltest du in deinem Alter schon gelernt haben.«
»Was, zum Teufel, soll das werden?«, rief Alfons. »Redest du jetzt schon wie der verdammte Pfaffe Leveson? Was habt ihr nur gegen die arme Frau?«
Ferran schien der Ausbruch nicht zu stören. Zweifelnd wiegte er den Kopf. »Du weißt, dass sie Menerbas Geliebte war.«
»Na und? Das ist schon lange vorbei«, schnaubte Alfons aufgebracht. »Und wenn ich noch mal den Namen Menerba höre, platze ich!«
Ferran seufzte. »Altwerden ist fürwahr kein Spaß. Man plagt sich mit Gebrechen, kann nicht mehr herumspringen wie ein junger Bock. Aber ein Gutes hat es doch. Der Verstand wird klarer, mein Junge, wenn einem nicht dauernd die *colhons* jucken und am Denken hindern.« Er lachte gackernd wie ein altes Huhn.
»Wenn du nicht bald den Schnabel hältst, schneid ich sie dir ab, deine alten Eier, ob sie dich jucken oder nicht!«

***

Alfons Jordan war nicht der Einzige, der sich Sorgen machte. La Belas Stimmung wechselte täglich zwischen tiefer Niedergeschlagenheit und ohnmächtiger Wut, denn die *garça* war immer noch nicht aufgespürt.
Was maßte das freche Ding sich an? Glaubte sie etwa, ihr lächerliches Erbrecht hätte irgendeine Bedeutung? Es war nichts als ein Ärgernis, ein Zufall, eine Laune Gottes. Ja, Gott hatte sich in der Reihenfolge der Dinge geirrt, denn wer war

schon diese Mutter, diese verwelkte Kuh, die vor ihr gewesen war? Sie allein, Ermessenda, war die Frau, die Aimeric geliebt hatte, ihr gemeinsames Blut war die Zukunft des Geschlechts der Narbonenser Fürsten, ihr allein gebührte das Recht, zu herrschen. Und nach ihr Nina und Ninas Kinder und Kindeskinder.

Doch alle Welt schien sich dagegen verschworen zu haben. Sosehr sie Tibauts schrecklichen Plan auch verabscheute, sie stand mit dem Rücken zur Wand, hatte keine Wahl. Die verfluchte Hochzeit hatte gedroht alles zunichtezumachen. Dann auch noch Ermengardas Flucht.

Alles schien ihr zu entgleiten, nur das letzte aller Mittel konnte die Dinge noch zum Guten wenden. Zum Guten für Nina, ihren Liebling. Es ist ja nur für Nina, sagte sie sich immer wieder. Tibauts Mann, noch so ein Unfähiger wie der andere, hatte einen Boten, einen Burschen aus dem Vallespir, mit geheimer Nachricht gesandt. Danach waren sie in Castel Nou aufgetaucht, unter den Verschwörern befand sich Felipe und zu ihrer Überraschung auch Peire Raimon de Narbona, ein junger Edelmann aus gutem Hause. Von Castel Nou aus waren sie in Richtung Barcelona aufgebrochen, mehr hatte der Bote nicht zu vermelden gehabt.

Barcelona also. Das verhieß nichts Gutes. Zumindest war jetzt klar, dass es sich nicht um eine Liebesentführung handelte. Dahinter steckte Berechnung. Erstaunlich, dass Ermengarda darauf gekommen war, den Grafen von Barcelona in die Sache zu ziehen. Hätte sie selbst dies nicht schon längst tun sollen? Doch sie hatte immer unabhängig bleiben wollen, um sich alle Türen offen zu halten, um Zünglein an der Waage zwischen den großen Mächten zu spielen. Das war ihr Ehrgeiz gewesen. Ein Fehler vielleicht.

Nun blieb ihr nichts anderes übrig, als sich an Alfons zu halten. Er war in dieser Stadt bis auf weiteres die einzige Macht, die zählte. Er würde sich auch von den Katalanen nicht dreinreden lassen, selbst wenn es Ermengarda trotz

Tibauts Bemühungen gelänge, Barcelona zu erreichen. Aber dazu musste sie sich Alfons gefügig machen. Zum Glück fand sie ihn nicht einmal abstoßend. Ein etwas tolpatschiger Bär, so kam er ihr vor. Es würde ihr Spaß machen, ihn zu verführen.

Ungeduldig hatte sie ihn deshalb erwartet, und die Ankündigung seines Kommens an diesem Abend erfüllte sie mit freudiger Erregung. Natürlich schmeichelte es ihr, dass Alfons trotz Ermengardas Jugend und Schönheit ihr weiterhin begehrliche Blicke zugeworfen hatte. Sie hoffte, dass nach den Wochen im Feld sich nichts daran geändert hatte. Heimlich flehte sie Diana, Göttin der Jagd und der dunklen Magie, um ihren Beistand an, denn heute sollte der Graf zur Beute werden.

Domna Anhes nahm Alfons in Empfang und führte ihn in Ermessendas Audienzsaal. Auf dem Weg dorthin beobachtete sie ihn verstohlen. Er machte einen unruhigen, etwas gehetzten Eindruck. Es freute *Domna* Anhes, in welch verstörten, ja hilflosen Zustand Ermengardas Flucht die Mächtigen versetzt hatte, und wie es einer Handvoll beherzter junger Leute gelungen war, die hochfliegenden Pläne der Großen zu durchkreuzen. Von haltlosen Anschuldigungen, unsinnigen Mutmaßungen bis hin zu planlosen Unternehmungen war alles dabei gewesen. Sie dankte Gott auf Knien, dass Ermengarda nun auf katalanischem Gebiet in Sicherheit war. Ihre Herrin zu belauschen, war sonst nicht ihre Art, aber als der Bote aus dem Vallespir gekommen war, hatte sie sich nicht beherrschen können. Und es waren gute Nachrichten. Graf Ramon Berenguer, Aimerics Brudersohn, würde Ermengarda gewiss zur Seite stehen.

Alfons nahm den Weinkelch als Willkommenstrunk aus *Domna* Anhes' Hand entgegen und nickte ihr zerstreut zu, als sie sich empfahl und die Tür leise hinter sich schloss. Ein Kaminfeuer sorgte für wohlige Wärme und verlieh dem Raum, unterstützt von einigen wenigen Kerzenleuchtern, ein mystisch

goldenes Licht, wohltuend anheimelnd und vertraulich, als befände man sich im sicheren Bauch der großen Mutter Erde.
Alfons nahm noch einen Schluck und fühlte, wie die Spannung von ihm wich. Er wanderte zu einer Tafel voll köstlicher Erfrischungen hinüber, knabberte an einer Fasanenkeule, legte sie aber gleich wieder fort, wischte sich die Finger sauber, bewunderte einen Wandteppich und blieb dann vor der kleinen Statue der Diana stehen.
Da hörte er hinter sich das sanfte Streicheln von Seide auf Seide und drehte sich um. Aufrecht und unbeweglich stand sie am anderen Ende des Raumes, und ihr Blick hielt ihn gefangen. Im weichen Kerzenschein kam sie ihm überirdisch schön vor. Die feurigen Locken fielen ihr bis über die Schultern, die Falten des hauchdünnen Gewandes betonten die enge Taille. Ihre Brüste hoben und senkten sich fast unmerklich im sanften Rhythmus ihres Atems.
Er sah ihr in die Augen. Wenn er ihr nicht zuvor schon verfallen war, dann in diesem Augenblick.

***

Die Fährten im Schnee folgten dem Bachlauf.
»Schwarzwild«, sagte Severin zufrieden. »Eine Bache mit Jungtieren. Auch einige größere, schon im Vorjahr geboren. Und hier …« Er deutete auf eine besonders ausgeprägte Spur. »Ein Keiler hat sich ihnen angeschlossen. Wie es aussieht, ein ziemlich großer Bursche. Die sind eigentlich Einzelgänger, aber jetzt ist Brunftzeit. Da folgen sie dem Geruch der Bachen.«
»Ist die Fährte frisch?«, fragte Felipe.
Severin stieg vom Pferd. Er ging in die Hocke, prüfte Größe und Tiefe der Spuren, besah sich ihre Kanten, suchte nach winzigen Verwehungen, die sich in den Abdrücken gesammelt haben könnten. Dann richtete er sich auf und grinste. »Es hat gestern geschneit, und heute Morgen hatten wir ein

wenig Wind. Trotzdem ist die Fährte scharf und sauber. Ich würde sagen, die ist frisch.«
»Also los. Worauf warten wir?«, sagte Arnaut.
Er blies sich in die froststarren Hände. Dann packte er den Speer fester und setzte Amir mit einem Fersendruck in Bewegung. Severin saß auf und rückte wieder an die Spitze. Er war der erfahrenste Fährtenleser unter ihnen. Schon als kleiner Junge war er oft mit dem Vater auf der Jagd gewesen. Es war ein klarer Tag. Der Wald lag still. Nur ein paar Krähen waren zu hören. Vorsichtig folgten sie den Spuren bachabwärts. Ein leichtes Lüftchen wehte ihnen entgegen. Das war gut, denn solange der Wind ihnen ins Gesicht blies, würden sie die Schwarzkittel überraschen können. Hinter Felipe, den seine Wunde nicht mehr schmerzte, ritt Jori auf seinem Maultier. Er hatte so lange gebettelt, bis sie ihn mitgenommen hatten.
Schwerter, Kettenpanzer und die schweren *gambais* hatten sie im Kloster zurückgelassen und hielten sich stattdessen mit Schafspelzen und wollenen Umhängen warm. Als Jagdwaffen dienten ihre Reiterspeere. Severin allein trug einen Saustecher, den ihm einer der Mönche geliehen hatte, ein Speer mit kräftigem Schaft, breiter Klinge und Parierstange, um das Tier auf Abstand zu halten, denn Wildschweine können gefährlich werden.
Sie kamen an eine Stelle, da hatten die Sauen den Schnee aufgewühlt und nach Eicheln gesucht. Severin fand frische Losung, einiges davon sogar noch warm.
»Die sind nicht weit«, raunte er.
Die Fährte führte jetzt vom Bach weg durch einen Buchenwald. Hohe Stämme und wenig Unterholz. Auch hier fanden sie zerwühlten Schnee und freigescharrten Waldboden. Und dann entdeckten sie die Tiere, schwarz in ihrem Winterfell.
Severin hob die Hand. Sie zügelten die Pferde und verhielten sich still. Ein paar hundert Schritt tiefer im Wald zwischen den Bäumen hatten die Wildschweine ihre Nasen im Schnee und

wühlten nach Bucheckern. Es war, wie Severin gesagt hatte, eine Bache und ihre Jungen. Die größeren Jungtiere trugen schon das dunkle Fell und waren wahrscheinlich ebenfalls Weibchen. Ein mächtiger Keiler näherte sich der Bache, schnupperte an ihr und versuchte, sie zu besteigen. Aber die Sau wich aus und setzte sich mit dem Hinterteil in den Schnee, bis er sich trollte. Offensichtlich hielt sie nichts von seinen Annäherungsversuchen.

Severin machte Handzeichen, dass sie den Keiler jagen und sich jetzt verteilen sollten.

Der Wind stand gut. Langsam pirschten sie sich näher. Der Atem der Pferde bildete Dampfwolken in der klaren Winterluft. Das Wild bemerkte sie nicht, denn der Schnee verschluckte die Hufgeräusche. Da schnaubte eines der Pferde. Die Bache erstarrte und warf den Kopf hoch, blickte sich misstrauisch um. Dann stieß sie ein schrilles Quieken aus und galoppierte in Windeseile davon, die Jungtiere im Gefolge.

Der Keiler, fast einen Klafter lang mit massigem Schädel und dicken gelben Hauern, starrte aus bösen Augen in ihre Richtung. Die hochgestellten Kammborsten ließen ihn noch wuchtiger erscheinen. Er scharrte gereizt mit den Hinterhufen, dann wandte er sich ab und folgte der Bache, jedoch in würdevollem Trott, als sei er über die Jäger erhaben.

Sie gaben den Pferden die Sporen. Die Sauhatz hatte begonnen.

***

Die Priorei Serrabona, vor etwa siebzig Jahren unter der Regel des heiligen Augustinus von Hippo gegründet, lag auf halber Hanghöhe in einem Tal von wilder Schönheit, schwer zugänglich und weit abseits jeder menschlichen Behausung.

Von solchen Neugründungen gab es einige im Land. Es war das Verlangen, durch Demut, harte Arbeit, aber vor allem durch das Leben in Stille und Einsamkeit dem Schöpfer näherzukommen. Diese kleinen, tapferen Klostergemeinschaften waren beliebt beim Volk. Man bewunderte die frommen Brüder und Schwestern, die so unverzagt der wilden Natur ihren Lebensunterhalt abtrotzten.

Die Priorei war ursprünglich ein Frauenkloster und wurde von einer Priorin geleitet, auch *magistra* genannt. Aber da das Überleben in der Wildnis die Kräfte der Frauen oft überstieg, besonders das Freilegen von neuen Ackerflächen, das Baumfällen und Ausgraben hartnäckiger Wurzeln, hatte der Bischof in Elna verfügt, dass auch Mönche dort wohnen durften, obwohl in getrennten Unterkünften. Und so war eine eigentümliche, gemischte Klostergemeinschaft entstanden, die von der Welt abgeschieden und völlig auf sich gestellt ihr Dasein fristete.

Hier hatten Ermengarda und ihre Gefährten Unterschlupf gefunden. Und dass die Priorei nicht mehr zum Vallespir gehörte, sondern sich auf dem Gebiet der Vizegrafschaft Cerdanha befand, hatte ihnen ein zusätzliches Gefühl von Sicherheit vermittelt.

Die Priorin, *Magistra* Bertrada, war eine ausgemergelte Frau in fortgeschrittenem Alter. Auch wenn sie gebeugt ging und ihr Antlitz von tausend Falten durchfurcht war, herrschte sie gütig, wenn auch mit Autorität, über ihre Schäfchen.

Die alte Dame verstand sich auf Kräuterkunde und hatte über die vielen Aderlasse, die Raimons Leib geschwächt hatten, nur den Kopf geschüttelt.

Drei lange Tage wütete das Fieber, aber regelmäßiges Säubern und Umschläge mit Johanniskraut und Ringelblume zogen langsam das Gift aus der Wunde. *Magistra* Bertrada kam täglich, um den Fortschritt zu begutachten. Immer wieder, auch wenn es höllisch schmerzte, stopfte sie ihre Kräuterpaste unmittelbar in den Wundkanal, um ihn offen zu halten, damit der Eiter abfließen und sich keine neuen Entzündungen bilden konnten.

Nach einer Woche war die schlimmste Gefahr gebannt.

Raimon aß wieder und unterhielt sich mit Ermengarda, die während des Fiebers nicht von seiner Seite gewichen war. Stündlich hatte sie seine heiße Stirn mit kaltem Bergwasser gekühlt und ihm aufmunternde Worte zugeflüstert.
Inzwischen heilte die Wunde gut, und er schien wieder ganz der Alte, wenn auch etwas bleich und abgemagert. Während die anderen sich am heutigen Tag auf der Jagd vergnügten, wohnten Ermengarda und Raimon wie schon oft dem *nonus* bei, dem Nachmittagsgebet in der kleinen Klosterkirche.
Das romanische Gotteshaus, wie so viele andere auch der Jungfrau Maria geweiht, war im Vergleich zu den prachtvollen Kirchen der Städte ein bescheidener Bau. Und doch war alles, was die Klostergemeinschaft in den Jahren hatte erübrigen können, jeder Ertrag, jede noch so kleine Stiftung, in die Verschönerung ihrer Kirche gegangen. Mönche und Nonnen mochten in ärmlichen Hütten leben, doch hier gab es Marmor und gute Steinmetzarbeit zu bewundern, nicht überall, aber in bescheidenem Umfang hier und da. Wie zum Beispiel die übermannshohe Sängertribüne, die auf marmornen Säulen ruhte und das langgezogene Kirchenschiff in zwei Abschnitte unterteilte.
Auf ihr standen Mönche und Nonnen im Hymnus vereint und lobten klangvoll den Namen des Herrn. Die geübten Stimmen füllten den hohen Raum und hallten wie überirdisch von Decken und Mauern zurück, als sängen Gottes Engel selbst im Chor.
Nach dem Gebet leerte sich die Kirche, die Klostergemeinschaft ging wieder ihrem Tagwerk nach, und es wurde still.
Ermengarda und Raimon traten hinaus in die Kälte der überdachten, säulengefassten Galerie, die wie ein hoher Söller gut dreißig oder vierzig Fuß über Gemüsegarten, Wohnhütten und Ställen thronte. Von hier hatte man einen herrlichen Ausblick über das ganze Tal. Das abschüssige Gelände und der steile Fels, auf dem die Kirche stand, erlaubten keinen Platz für einen Kreuzgang. Die Galerie jedoch war ein herrlicher Ersatz.

Ermengardas Finger folgten den marmornen Umrissen der Figuren auf den Kapitellen der kaum mannshohen Säulen. Immer wieder entdeckte sie Neues, Mensch und Fabelwesen, Löwen, Greifen, verzerrte Fratzen. Was mochten diese Bildnisse bedeuten? Auf der steinernen Brüstung zu sitzen, so wie jetzt in der Stille eines sonnigen Nachmittags, und den Blick über schneebedeckte Wälder und ferne Berge schweifen zu lassen, das erfüllte das Herz mit Frieden und auch ein wenig Dankbarkeit für Gottes Schöpfung.

Tief unten aus dem Tal drangen entfernte Stimmen zu ihnen herauf. »Das müssen sie sein«, rief sie erfreut und starrte hinunter, um Arnaut, Severin und Felipe zu entdecken, aber ihr Blick konnte den Wald nicht durchdringen.

»Vielleicht haben sie heute Glück.«

»Komm. Es ist kalt«, sagte Raimon und führte sie in den niedrigen Saal, der sich an die Galerie anschloss, eine Art Versammlungsraum, selten genutzt, wie es schien.

Es war auch hier nicht besonders warm, aber immerhin brannte ein Feuer für sie im Kamin, und für den Durst stand eine irdene Kanne Most auf dem Tisch. Hier hatten sie viele Nachmittage verbracht, während die anderen die Wälder durchstreiften.

Raimon war ein angenehmer Gesprächspartner, etwas schüchtern, nie drängte er sich auf. Sie hatte viel von ihm gelernt. Über Steuereinnahmen, Schiffszölle, den Salzhandel. Er hatte ihr erklärt, wie gewinnbringend es wäre, Häuser in den neuen Stadtteilen wie Vila Nova zu bauen, besonders auch im westlichen Vorort Belveze Coyran, der immer beliebter wurde. Schiffswerften sollten gefördert werden, denn ohne Schiffe, besonders auch Kriegsschiffe, könne Narbona nie zu einer bedeutenden Handelsmacht aufsteigen. All dies nahm sie mit großer Wissbegierde auf.

Doch heute stand ihr nicht der Sinn nach diesen Dingen.

»Ich vermisse Bruder Aimar«, sagte sie leise. »Ich wünschte, er lebte noch und könnte hier bei uns sitzen. Wir würden ihm zuhören, wie er aus seinen Büchern erzählt. Ich mochte seine Stimme. Nicht so schön wie Rogiers, aber wohltuend dennoch.«

Sie schwiegen eine Weile und gedachten der verlorenen Gefährten. »Rogier würde uns jetzt ein Liebeslied singen«, fuhr sie fort. »Was ist mit dir? Weißt du keines?«

Raimon zuckte mit den Schultern. »Ich bin kein Sänger und tu mich schwer mit Gedichten. Kann sie mir kaum merken.« Dann dachte er nach. »Außer vielleicht diesem hier.«

Lass! q'ieu d'amor no hai conquis
mas can lo trebaill e l'affan;
ni res tan grieu no's convertis
com fai cho q'ieu vauc desziran;
ni tal enveia no'm fai res
con fai cho q'ieu non puosc haver.

Ach, von der Liebe hab ich nichts gewonnen
Als Leid und Kummer;
Kein Ding ist schwerer zu erringen
Als das, was ich begehr;
Doch nichts gibt mir mehr Verlangen
Als das, was mir ist verwehrt.

Als er endete, wurde er rot und sah verlegen auf seine Stiefelspitzen. Aber Ermengarda merkte es nicht einmal. Die Schwermut in den Worten hatte sie berührt. *Kein Ding ist schwerer zu erringen als das, was ich begehr.* Und was begehrte sie? Sie wusste es nicht. Und doch saß ihr ein Verlangen in der Brust, das sich weder fassen noch erklären ließ.

»Von wem ist das?«

»Cercamon.«

»Ah.« Sie hatte von diesem Cercamon reden hören. Ein berühmter *trobador.* Ob er kommen würde, wenn sie ihn einlud, irgendwann einmal in der Zukunft?

»Bringt denn Liebe wirklich nur Kummer und Leid?«, fragte sie. »Was meinst du?«
Durch die vielen Stunden, die sie in den Wochen seiner Genesung miteinander verbracht hatten, war Raimon ihr so vertraut geworden, dass sie keine Scheu empfand, sich mit ihm über solche Dinge zu unterhalten.
»Ich glaube schon«, sagte er. »Deshalb habe ich mir den Vers gemerkt. Liebe ist nur ein schöner Traum, ohne jemals in Erfüllung zu gehen.«
»Niemals?«
»Selten, glaube ich. Die Römer hielten sie für eine Krankheit.«
»Dann sollte man lieber nicht davon träumen.« Sie lachte. »Wie die guten Frauen dieses Klosters. Die haben der Liebe entsagt. Sind sie damit glücklicher?«
»Da musst du sie schon selbst fragen. Obwohl ... dass sie so ganz der Liebe entsagt haben, bezweifle ich.« Er grinste.
»Wie meinst du?«
»Eigentlich dürfte es hier ja keine Kinder geben, oder? Aber es gibt sie, obwohl man versucht, sie vor uns zu verstecken.«
»Du meinst ...« Sie wagte den Satz nicht zu Ende zu sprechen, konnte aber ein Lachen nicht unterdrücken. »Dann hast du also unrecht, und es gibt doch Erfüllung.«
»Ich glaube, du spielst mit mir und drehst mir das Wort im Munde um«, sagte er.
»Vielleicht weil ich mehr davon verstehe als du«, neckte sie ihn. Aber gleich wurde sie wieder ernst. »Nein. Ich versuche es nur zu verstehen. Meine Mutter war eine gute Frau, aber ich glaube, mein Vater war ihr wenig zugetan. Stattdessen hat er Ermessenda geliebt. Ein garstiges Weib.« Da, jetzt hatte sie es zum ersten Mal laut gesagt. Aber es stimmte, la Bela war ein schreckliches Weib, wenn man hinter ihr angenehmes Äußere schaute. »Wie soll man das verstehen, Raimon? Kannst du es erklären?«
»Ich glaube, nichts, was die Liebe betrifft, lässt sich erklären.«

Ermengarda dachte darüber nach. War der Mensch nur Spielball unbegreiflicher Gefühle? Und wer war dann der *joglar?*

***

»Schneid ihm den Weg ab«, brüllte Severin.

Arnaut preschte vor, um den Keiler daran zu hindern, in einem Tannengehölz zu verschwinden, denn zwischen den dichtstehenden Bäumen hätten sie ihm zu Pferde nicht folgen können.

Der Eber wechselte scharf die Richtung und versuchte nun, hinter Felipe eine Lücke zu finden, aber Severin schloss auf, und das Tier konnte nicht anders, als weiter in Richtung Talgrund zu fliehen, wo der Wald lichter war und die Reiter weniger Gefahr liefen, von tiefhängenden Ästen aus dem Sattel gehoben zu werden.

Sie hetzten ihn nun schon seit einer Weile, und allmählich schien er zu ermüden. Er keuchte, Schaum stand ihm vor dem Maul. Immer öfter verlangsamte er kurzzeitig die Flucht, bis sich ein Reiter näherte und ihn zwang, wieder voranzustürmen. Jetzt entdeckte der Keiler ein mannshohes Dickicht vor sich und zwängte sich gewaltsam und unter dem Geräusch brechender Zweige hinein. Die vier Reiter umzingelten das Gesträuch. Nichts rührte sich, außer dem Atem der Pferde und dem heftigen Schnaufen und Keuchen des Ebers.

»Putan«, fluchte Felipe. »Wie kriegen wir ihn da raus?«

Er sprang behende vom Pferd und näherte sich dem Dickicht mit dem Speer in der Hand.

»He!«, brüllte Severin. »Die Biester sind gefährlich.«

»Ach was«, lachte Felipe. »Ich will ihn nur ein bisschen am Bauch kitzeln.«

Es war ein Brombeergebüsch. Vor ihm hingen die stacheligen Zweige so dicht, dass er nichts erkennen konnte. Er stocherte mit dem Speer darin herum, bis er Widerstand spürte und ein wütendes Schnaufen aus dem Gebüsch drang.

»Ich hab ihn getroffen«, frohlockte er und stach noch einmal zu. Da hörte man ein Stampfen und Zweige brechen. Felipe lachte immer noch, sprang aber vorsichtshalber zwei Schritte zurück. In diesem Augenblick, wie ein schwarzes Urzeitviech, brach das Tier aus der Deckung und stürmte auf ihn los. Im letzten Augenblick hechtete er zur Seite, doch die gewaltigen Hauer erwischten ihn noch am rechten Bein, so dass er stürzte.
Das mächtige Tier stemmte die kurzen Beine in den Waldboden und warf erstaunlich schnell den schweren Körper herum. Jetzt wollte es seinem am Boden liegenden Peiniger endgültig den Garaus machen.
Da preschte Arnaut heran und warf den Speer, der dem Keiler in den borstigen Rücken fuhr. Das lenkte das Untier kurz ab, so dass Felipe sich auf die Knie ziehen konnte, bevor sich der Keiler in seiner Wut erneut auf ihn stürzte. Im letzten Augenblick gelang es Felipe, den eigenen Speer hochzureißen, so dass das Tier mit voller Wucht in die messerscharfe Spitze rannte. Tief bohrte sich der Stahl in die Eingeweide, doch selbst dies schien den Keiler in seiner Raserei nicht zu bremsen, denn er erreichte Felipes Hand und verletzte ihn. Mit einem Schrei ließ der den Speerschaft fahren und wuchtete sich zur Seite.
Aber immer noch schlug der Eber wild mit den Hauern um sich und hätte Felipe den Leib aufgerissen, wenn der Speerschaft, der sich in den Waldboden gebohrt hatte, ihn nicht lang genug behindert hätte, so dass es Felipe gelang, hastig außer Reichweite zu kriechen.
Selbst dann gab der Keiler nicht auf. Als der Schaft zerbrach, begann das Tier, sich mit letzter Kraft erneut auf ihn zu stürzen, aber da war Severin mit dem Saustecher da. Tief rammte er die breite Klinge in den Brustkorb des Ebers und zerfetzte ihm Herz und Lunge. Ein letztes Mal bäumte sich das Tier brüllend auf, ein Blutschwall drang aus seinem Maul, dann brach es zusammen und regte sich nicht mehr.

Da saß Felipe leichenblass auf dem Hintern mitten im zerwühlten Schnee und bekreuzigte sich. Er blutete an der Hand, aber es schien nur eine leichte Verletzung zu sein.
»Bist du noch zu retten, Mann?«, schrie Severin ihn an. »Sei froh, dass du noch lebst.«
»Keine schlechte Taktik«, spöttelte Arnaut. »Wir schicken Felipe als Köder voraus und stechen die Sau ab, wenn sie versucht, ihn umzubringen. Wir sollten uns das merken.«
»Sehr witzig«, murmelte Felipe und erhob sich. Als er versuchte aufzutreten, verzog er das Gesicht vor Schmerzen. »Hat mich auch am Bein erwischt, das Mistvieh.« Er befühlte die Stelle. Sein dicker Reitstiefel hatte zum Glück Schlimmeres verhütet.
»Blutet wenigstens nicht.« Er hinkte zu Severin hinüber. »Danke dir. Bin dir was schuldig.«
Der hatte seinen Zorn schon vergessen. »Erinnere dich daran, wenn es mir mal selbst ans Leder geht«, lachte er und bückte sich, um dem Tier die Ohren abzuschneiden. »Hier. Deine Jagdtrophäe. Kannst du deiner *domna* geben.«
»Aber du hast ihn doch getötet.«
»Nein, nein. Hab nur beendet, was du begonnen hast. Der wäre ohnehin an deinem Speer verendet. Der Triumph ist deiner.«
Sie ließen den Eber ausbluten, brachen ihn auf und nahmen die dampfenden Eingeweide heraus. Den Kadaver häuteten sie und zerlegten ihn in große Teile. Zusammen mit Herz, Leber und Lungen wickelten sie diese in mitgebrachte Leinentücher und verteilten sie auf die Pferde. Den Rest ließen sie für Wolf und Fuchs zurück.
Jori hatte alles atemlos miterlebt. Rausch und Erregung der wilden Hatz durch den Wald, die Furcht, aus dem Sattel zu stürzen, sein hämmerndes Herz, der Schreck beim Angriff des Ebers, aufgeschrien hatte er vor Angst, Angst um Felipe, auch um sich selbst. Jetzt blickte er mit großen Augen auf den zertrampelten, blutigen Schnee. Wie ein Schlachtfeld sah es

aus. Und als hätten sie den Gestank der Innereien schon von weitem bemerkt, tauchten die ersten Raben auf, ungeduldig hüpften sie näher, um sich die Leckerbissen zu schnappen.
Die rohe Gewalt und das Blut hatten Jori erschrecken lassen. Und dennoch hatte er etwas schaurig Schönes im Todestanz zwischen Mann und Tier gespürt, zuletzt das unbändige Hochgefühl des siegreichen Jägers. Jetzt verstand er, warum die Adeligen so versessen aufs Jagen waren. Einen wilden Eber zu erlegen, das machte einen Kerl zum Mann, dachte er.
Auf dem Heimweg führten die jungen Männer ihre Pferde am Zügel. Im Kloster würde man sich über diese Abwechslung des Speiseplans freuen. Sie waren ausgelassen und fröhlich nach ihrem Erfolg, prahlten, witzelten, sangen zotige Lieder und lachten sich halbtot dabei.
Es dunkelte, als sie sich der Priorei näherten. In ihrem Übermut achteten sie nicht auf die Umgebung. Doch selbst wenn sie aufmerksamer gewesen wären, hätten sie den Mann, der sie beobachtete, nicht bemerkt, denn zu gut war er versteckt. Er verfolgte ihren Aufstieg, sah, wie sie freudig in Empfang genommen wurden, wie Mönche das Fleisch der Beute von den Pferden hoben und zum Abhängen in die Scheune trugen.
Er hatte sie also wieder aufgespürt, dachte der Mann mit tiefer Befriedigung. Lang genug hatte es gedauert. Bis Arles de Tec war er geritten, doch auf der Strecke dorthin hatte man sie nirgendwo gesehen. Zurück in Castel Nou, hatte er in einer Schenke von einem Überfall munkeln hören, dem sie aber entkommen wären. Doch wohin, wusste niemand zu sagen. Da sie nicht die Passstraße genommen hatten, mussten sie nach Norden zurückgekehrt sein, was er jedoch nicht recht glauben wollte. Oder sie befanden sich in den Bergen. In mühseligen Wochen hatte er die ganze Gegend abgesucht, ob Adelssitz, Bauernhof oder Hirtenhütte. In Scheunen hatte er geschlafen, sich im Wald den Hintern abgefroren. Nichts. Nichts. Nichts. Als hätte sie die Hölle verschluckt.
Doch nun hatte er sie gefunden. Ermengarda selbst hatte sich

für einen Augenblick lang auf der Galerie bei der Kirche gezeigt. Diesmal würde sie ihm nicht entkommen.

***

Das Abendmahl, das gleich nach der Vesper eingenommen wurde, teilten die Gefährten mit der Klostergemeinschaft im *refectorium* der Priorei. In Wahrheit ein viel zu nobler Name für die einfache, strohgedeckte und aus Feldsteinen errichtete Koch- und Speisehütte.

Der Boden bestand aus festgestampfter Erde, Tafel und Bänke aus unbehandeltem Fichtenholz, andere Möbel gab es nicht. Der hintere Bereich ging ohne Trennwand in die Küche über, in deren Mitte sich eine gemauerte Feuerstelle befand. Der Rauch entwich durch eine Öffnung im Dach, und von den Deckenbalken hing an einer Eisenkette der große Kessel über dem Feuer, in dem die tägliche Suppe köchelte.

Hier ging alles einfach zu. Niemand wurde bedient. Man griff sich seinen Napf und Holzlöffel, erhielt bei der Schwester Köchin ein Stück Brot und eine Schöpfkelle voll dicker Bohnen- oder Erbsensuppe, je nach Jahreszeit auch anderes Gemüse, und setzte sich an seinen angestammten Platz. Gegessen wurde erst, wenn alle versorgt waren und die Priorin das Dankgebet gesprochen hatte.

Auch einen Weinberg gab es nicht auf Serrabona. So mussten die jungen Männer ihr Jagdglück mit Most oder klarem Quellwasser begießen. Aber das tat der guten Laune keinen Abbruch. Vom Keiler wurde heute nicht gegessen, dazu war das Fleisch zu frisch, aber zur Feier des Tages gab es für jeden ein ordentliches Stück geräucherten Speck in der Suppe. Man saß eng beieinander, und trotz der gelegentlich strengen Blicke der Priorin wurde viel geredet und getuschelt. Alle wollten von der Jagd erfahren.

Severin, als allseits erklärter Jagdmeister, genoss die Rolle des

Wortführers, kräftig unterstützt von Jori und Felipe. Es setzte Fragen, Zwischenrufe und Gelächter, so dass der Hergang der Sauhatz in allen Einzelheiten mindestens dreimal erzählt werden musste, bevor das Mahl beendet war. Dabei prahlte Jori am meisten. Und bei jeder weiteren Darstellung schien der Eber mächtiger und gefährlicher und der Mut seiner Bezwinger noch größer geworden zu sein.
Ermengarda genoss es, ihren Getreuen zuzuhören. Sie sahen so fröhlich aus, so jung und stark. Sie liebte jeden Einzelnen von ihnen. Doch dann, zu ihrem Entsetzen, aber unter dem Beifall der gesamten Klostergemeinschaft, widmete Felipe ihr die Ohren des Keilers, zwei hässliche schwarze Dinger voller Borsten, und legte sie vor ihr auf die Tafel.
Dabei fiel ihr Blick auf den Verband, den er um die Hand gewickelt hatte. »Wie konntest du nur so leichtsinnig sein?«, warf sie ihm an den Kopf. »Schon bei der Vorstellung sterbe ich vor Angst.«
»Schön zu wissen, dass du dich um mich ängstigst«, grinste er und deutete eine Verbeugung an.
»Bilde dir nichts darauf ein«, rief sie patzig. »Es war unverantwortlich, das weißt du sehr wohl.«
Aber die Gefährten lachten nur, als sei es nichts, fast um Haaresbreite von einem Eber aufgeschlitzt zu werden. *Magistra* Bertrada lächelte milde und tätschelte Ermengardas Hand.
»Männer, meine Liebe«, sagte sie, »ob klein oder groß, schneiden gerne auf. Sie lieben es, uns Frauen Angst einzujagen. Und je furchtsamer wir kreischen, je mehr freuen sie sich. Am besten gar nicht ernst nehmen.«
»Ertappt, ertappt«, rief Felipe. »Ich bekenne mich.«
Darauf lachten sie alle und wollten schier nicht aufhören. Selbst Raimon beteiligte sich an den Scherzen. Außer Arnaut. Der saß dabei und lächelte still. Während des Mahls hatte er Felipe und Severin, den beiden Helden des Tages, das Feld überlassen. Ermengardas Blick fiel auf seine Hände, die vor ihm auf dem Tisch lagen. Ein Nagel war eingerissen und am

Handgelenk die Haut abgeschürft. Es waren kräftige Hände, die zupacken konnten.
Während er eine Locke aus der Stirn strich, merkte er, dass sie ihn beobachtete. Sein Lächeln starb, ihre Blicke suchten sich. Sie glaubte, so etwas wie Traurigkeit in seinen dunklen Augen zu erkennen, aber dann runzelte er die Stirn und sah wieder fort. Danach musste sie sich zusammennehmen, so zugeschnürt war ihr die Kehle.
Ihr Blick wanderte über die ausgelassene Gemeinschaft, die sonnengebräunten Gesichter der Frauen und Männer, einige wenige schon alt und vom Leben gezeichnet. Trotz der strengen Klosterregeln, nach denen sie lebten, herrschte eine fröhliche Gelassenheit unter ihnen, ein vertrauensvoller, fast zärtlicher Umgang. Sie, die elternlos im vizegräflichen Palast aufgewachsen war, von bösen Zungen und missgünstigen Ränken umgeben, beneidete diese Menschen und ihre friedvolle Verbundenheit. Sie fragte sich, ob Raimon recht hatte, und ob es hier doch mehr als die Liebe zu Jesus Christus gab. Wie dem auch sei, es war nicht an ihr, darüber zu urteilen.
Nach dem Essen, als Nonnen und Mönche sich zurückgezogen hatten, stand Felipe auf und legte noch etwas Holz aufs Feuer.
»Jetzt sind wir allein und können reden«, sagte er. »Wir sind schon lange hier, und Raimon geht es gottlob besser. Nun müssen wir beraten, wie es weitergehen soll.«
Raimon nickte. »Felipe hat recht.«
Die Wochen in der Priorei hatten ihnen eine Verschnaufpause beschert. Aber viel länger durften sie die Gastfreundschaft der Priorin nicht in Anspruch nehmen.
»Was schlägst du vor?«, fragte Ermengarda.
»Wir könnten die Reise nach Barcelona fortsetzen. Nur das Vallespir müssen wir meiden. Deshalb sind auch Elna und die Küstenstraße nicht zu empfehlen. Besser wir überqueren das Gebirge weiter westlich auf der anderen Seite des Canigou. Aber im Winter ist das nicht ungefährlich.«

»Nur zu wahr«, sagte Arnaut. »Dafür sind wir nicht gerüstet. Wir brauchten bessere Kleidung, Zelte, Maultiere und Verpflegung.«

»Ich weiß nicht, ob wir viel erreichen in Barcelona«, sagte Ermengarda entmutigt. »Seit Aimar nicht mehr bei uns ist …« Sie sprach nicht weiter.

Auch die anderen senkten die Köpfe. In Wahrheit, auch wenn die jungen Männer es nicht gern zugaben, fühlten sie sich verloren. Aimar hätte Rat gewusst. Je länger sie unterwegs waren, desto unwahrscheinlicher kam es ihnen vor, etwas gegen die Macht der Tolosaner ausrichten zu können. Das Erlebnis auf Castel Nou hatte nur noch mehr zu diesen Zweifeln beigetragen. Es schien, als sei Ermengarda nichts anderes als Freiwild für die Mächtigen des Landes, nichts als Beute für die jeweils eigenen Zwecke.

»Aber wir waren uns doch einig gewesen …«, hob Arnaut an.

»Ich weiß«, sagte sie. »Stell dir aber vor, wir reiten den ganzen Weg bis Barcelona, und dann will uns dort niemand überhaupt anhören.«

»Was sonst könnten wir tun?«, fragte Raimon.

»Ich glaube immer noch, Carcassona wäre das Beste«, meldete sich Felipe wieder zu Wort. »Ihr habt ja gehört, sie reden nicht nur, sie handeln auch. Schließlich haben sie ein Heer gegen Alfons geschickt.«

Obwohl das Kloster abgeschieden lag, war diese Kunde über einen reisenden Händler zu ihnen durchgedrungen. Es herrschte Krieg, und angeblich hatten die Trencavels die Oberhand, denn Alfons' Truppen waren nicht in voller Stärke. Einzelheiten waren jedoch nicht zu erfahren gewesen. Dass man ihretwegen in den Krieg zog, hatte Ermengarda zuerst beeindruckt, bis ihr klargeworden war, es ging nicht um sie, sondern um Narbona.

»Es würde die Trencavels stärken«, sagte Raimon, »wenn du dich an ihrer Seite zeigtest, als Beweis, dass du immer gegen diese Vermählung warst. Zumindest moralisch wäre Alfons

geschwächt. Vielleicht solltest du gar den König von Frankreich anrufen, ihm einen Brief schreiben.«
»Meinst du, das würde helfen?«
»Ich meine schon. Auch wenn der König hier im Süden wenig Macht besitzt, aber der Form halber ist er doch immer noch der oberste Lehnsherr und dem Tolosaner gegenüber nicht gerade freundlich gestimmt. Das würde es Alfons erschweren, seinen Anspruch auf Narbona aufrechtzuerhalten. Vielleicht wäre der König sogar bereit, ein Schiedsgericht einzuberufen.«
Bei Streit unter Adelshäusern, besonders um kriegerische Handlungen zu vermeiden, war dies nicht unüblich. Ermengarda starrte ihn mit großen Augen an.
»Was für ein kluger Einfall. Warum hat niemand früher daran gedacht?« Ein Hoffnungsschimmer, so schien es ihr. »Und was sagst du dazu, Arnaut?«
Der zog die Schultern hoch. »Ich war immer für Barcelona. Aber die Dinge haben sich geändert. Vielleicht habt ihr recht. Ich hätte nichts dagegen, an der Seite der Trencavels in den Kampf zu ziehen. Besser, als hier untätig herumzusitzen.«
»Ich wäre mehr für einen Brief an den König. Müsst ihr Männer immer nur an Kampf denken? Was sagst du, Severin?«
»Ich bin nur deine Leibwache. Mich musst du nicht fragen.«
»Du willst dich nur um die Antwort drücken«, grinste Felipe, und alle lachten.
»Ich will es mir überlegen«, sagte Ermengarda. »Morgen entscheiden wir.«
In der Nacht lag sie lange wach und grübelte. Vielleicht würden auch die Trencavels sie nur für ihre Zwecke missbrauchen wollen. Aber nach Lösegeld stünde ihnen gewiss nicht der Sinn. Ihr Ziel war es, Alfons' Macht einzuschränken. Wäre es nicht sinnvoll, ihnen dabei zu helfen?
Nachdem die Priorei schon Stunden in tiefer Dunkelheit gelegen hatte, löste sich ein Schatten von den Bäumen und

näherte sich mit Vorsicht. Der Unbekannte achtete darauf, nur in die Fußstapfen anderer zu treten, um keine eigenen Spuren im Schnee zu hinterlassen. Er sah sich um, machte sich mit den Unterkünften vertraut, maß im Geiste Entfernungen. Plötzlich hörte er die Hunde knurren, die bei den Ställen angekettet lagen. Lange blieb er unbeweglich stehen. Dann schlich er sich davon.

***

»Ich bewundere die Eintracht, die bei euch herrscht«, sagte Ermengarda. »Und die Zufriedenheit mit dem einfachen Leben hier in den Bergen.«
Magistra Bertrada lachte. »O Gott, das ist fürwahr nicht immer so. Jetzt, da wir Besuch haben, zeigen sich alle von der besten Seite. Aber Ihr solltet sie sehen, wenn ihnen niemand zuschaut. Unsere Regel sieht vor, dass die Frauen sich vornehmlich dem Gebet widmen, während die Männer die harte Arbeit leisten. Das schmeckt nicht allen. Und dass wir Ehebrecherinnen und manchmal sogar geläuterte Huren aufnehmen, passt wiederum einigen Frauen nicht. Außerdem gibt es Zank über die Sitzordnung in der Kirche oder den Küchendienst. Glaubt mir, ich verbringe die halbe Zeit mit dem Schlichten von nichtigen Streitigkeiten. Aber wann geht es schon friedlich zu, wenn Menschen auf engem Raum zusammenleben?«
»Das tut mir leid.«
»Das muss es nicht. Serrabona ist mein Leben, ich wünsche mir kein anderes.«
Sie saßen auf einer Bank im Garten. Eigentlich hatte Ermengarda über etwas anderes sprechen wollen. »Wir sind schon viel zu lange hier, *Magistra*«, sagte sie. »In den nächsten Tagen werden wir die Priorei verlassen und unseres Weges ziehen.«
»Glaubt, um Gottes willen, nicht, Ihr würdet uns zur Last fallen, *Domina.*«

»Warum nennt Ihr mich *Domina?*«
»Jetzt habe ich mich verplappert.« Die Priorin hielt die Hand vor den Mund und lachte verlegen. »Als Ihr kamt, habt Ihr uns verschwiegen, wer Ihr seid. Wir haben nicht gefragt und Euch aufgenommen, wie alle Flüchtigen, die sich unter unseren Schutz stellen. Aber die jungen Ritter reden oft von Narbona. Und Euer Name ist ja nicht unbekannt. Da war es nicht schwer zu erraten, dass Ihr die junge Erbin seid.«
Ermengarda nickte. »Es ist wahr.«
»Aber warum seid Ihr auf der Flucht?«
Sie beschloss, der guten Priorin nun doch ihre Geschichte zu erzählen. Als sie geschlossen hatte, saß *Magistra* Bertrada lange nachdenklich da.
»Ich verstehe Euch, Herrin«, sagte sie dann. »Aber fast alle Ehen werden aus solchen oder ähnlichen Gründen geschlossen. Es kann sich nicht jede Frau gegen ihr Schicksal auflehnen, wo kämen wir da hin? Und wenn Ihr glaubt, die Männer wären frei, dann irrt Ihr. Sie sind ihren Lehnsherren unterworfen oder ihren Verpflichtungen gegenüber Verbündeten und Vasallen. Der Bauer kann nicht von seiner Scholle, der Mönch gehorcht der Ordensregel und dem Prior. Jeder muss an der Stelle dienen, die Gott für ihn bestimmt hat. Ohne Unterwerfung und Gehorsam würde die Welt in Unordnung und Gesetzlosigkeit versinken.«
»Es gibt aber doch so etwas wie den freien Willen, oder etwa nicht? Hat man nicht das Recht, sein Schicksal selbst zu bestimmen?«
»Der freie Wille, sagt Ihr? Ein schöner Gedanke. Doch die Wirklichkeit ist anders. Wer sich nicht fügen will, muss leiden, wird von der Gemeinschaft ausgestoßen und zerbricht daran. Davor würde ich Euch gern bewahren.«
»Ihr redet wie mein Beichtvater, wenn er vom biegsamen Schilf im Sturm spricht.«
»Ein weiser Rat.«
Ermengarda hob trotzig ihr Kinn. »Ich entstamme einer

langen Linie. Der erste Aimeric hat sich Narbona durch tapfere Taten erkämpft. Mein Großvater ist für seinen Glauben im Heiligen Land gestorben. Mein Vater hat geherrscht, wie es ihm beliebt, und wurde dafür geachtet. Auch er ist ehrenvoll im Kampf gegen die Mauren gefallen. Und durch ihn fließt Normannenblut in meinen Adern. Glaubt Ihr, ich werde zulassen, dass ein Alfons mein Erbe raubt, nur weil ich jung und eine Frau bin?«

»Aber der Erzbischof selbst hat Euch getraut. Wie wollt Ihr trennen, was Gott gefügt hat?«

»Das war nicht Gottes Wille«, rief Ermengarda aufgebracht.

»Wie meint Ihr?«

»Die Kirche verlangt das Einvernehmen der Braut. Das habe ich aber nicht gegeben, ganz im Gegenteil. Der Erzbischof hat mich ja nicht einmal gefragt. Und meine Stiefmutter hat mich fürchterlich verprügelt und mir mehr davon angedroht. Sie haben mich alle gezwungen, weil sie glaubten, ich sei zu jung und dumm, um mich zu wehren. Was blieb mir also übrig, als wegzulaufen?«

Die Priorin sah sie lange an.

»Nun, mein Kind, ich weiß nicht, ob es richtig ist, was Ihr tut. Aber in jedem Fall habt Ihr großen Mut.« Sie fasste Ermengardas Hand. »Alle hier haben Euch liebgewonnen. Bleibt, so lange es Euch gefällt. Und wenn die jungen Herren gelegentlich ein Wildbret beisteuern, so wie gestern, dann ist allem Genüge getan.«

»Ich danke Euch, *Magistra.* Aber wir haben uns entschieden, wir müssen weiter. Ohne Kampf will ich nicht aufgeben. Ob es mir gelingt, weiß der Himmel, aber versuchen muss ich es allemal.«

»Was immer Ihr tut, vertraut in Gott, dass Er Euch leitet.«

Lange noch klangen diese Worte in Ermengarda nach, während sie schweigend das Mittagsmahl einnahm. Danach hatte sie das Bedürfnis, sich die Beine zu vertreten, dem Treiben des Klosters für eine Weile zu entfliehen. Sie bat Arnaut, sie zu begleiten. Von der Priorei führte ein Weg in den verschneiten Wald. Der Pfad wurde häufig benutzt, um Brennholz aus dem Wald zu holen, und war trotz des Schnees ausgetreten und gut begehbar. Die winterliche Pracht und die trockene, kalte Bergluft waren für sie, die aus der Ebene am Meer kam, ein neues Erlebnis, und sie genoss es in vollen Zügen. Als sie sich bei Arnaut unterhakte, merkte sie, wie er ein wenig zurückzuckte und seine Haltung sich versteifte. Aber das reizte sie, sich nur noch enger an ihn zu schmiegen. Sie sah zu ihm auf, konnte jedoch nur ein flüchtiges Lächeln von ihm erhaschen.

»Das nächste Mal will ich auch zur Jagd mitkommen.«

»Solange du keine Dummheiten machst wie Felipe.«

Er verfiel erneut in Schweigen. Auf die Schönheiten des Winterwaldes, die sie ihm zeigte, gab er nur einsilbige Antworten.

»Warum bist du so abweisend zu mir?«, sagte sie.

»Ich bin doch nicht abweisend.«

»Doch, das bist du.«

»Ich verhalte mich respektvoll, wie es sich gebührt.«

»Ach, Arnaut. Was soll das? Ist Respekt denn alles, was du mir zu schenken gewillt bist?«

Sie war zuerst erstaunt, dann doch froh, dass sie das gesagt hatte.

Wenn die beiden nicht so beschäftigt miteinander gewesen wären, hätten sie jetzt ein leises Knacken im Wald gehört, wie jemand, der auf einen trockenen Zweig tritt. Aber Arnauts Aufmerksamkeit galt allein Ermengarda, er hörte nur den Vorwurf in ihrer Stimme, sah nichts als den Schmerz in ihren Augen. Da blieb er stehen und berührte ihre Wange, als wolle er sie streicheln, wagte es dann aber doch nicht.

»Es ist …«, begann er mit gequälter Miene, aber mehr kam nicht heraus. Stattdessen schloss er für einen Moment die Augen, dann sah er weg. »Bedräng mich nicht«, flüsterte er.

»Ich bedränge dich?« Sie packte ihn am Arm und zwang ihn, sie anzusehen. »Warum sagst du das?«

Als er sich ihr zuwandte, blitzte es zornig in seinen Augen auf, wenn auch nur für einen kurzen Augenblick. Dann senkte er den Kopf und ließ die Schultern hängen. »Du bist unsere Fürstin, Ermengarda«, sagte er. »Und wer bin ich?«
Damit wandte er sich ab und nahm den Fußmarsch wieder auf. Ermengarda lief ihm nach und hakte sich abermals bei ihm unter. Er ließ es zu, schwieg jedoch beharrlich. Auch sie sagte nun kein Wort. Sie hatte verstanden. Ein jeder war in die eigenen Gedanken versunken. So wanderten sie durch den Schnee.
Plötzlich gewahrte Arnaut eine Bewegung vor ihnen auf dem Weg. Erstaunt sah er auf und erblickte einen Mann, Fellmütze in die Stirn gezogen, in einen langen Wollumhang gekleidet, nicht mehr als fünfzehn Schritte von ihnen entfernt. Trotz der Mütze kam ihm der Kerl bekannt vor. Und während er noch rätselte, schwang der Fremde den Umhang zur Seite, hob eine Armbrust und zielte auf Ermengarda.
»Nein!«, brüllte Arnaut und stieß sie rauh zur Seite, aber zu spät, denn der Bolzen hatte sie schon erreicht. Er hörte ihren Aufschrei, wusste plötzlich trotz des Schreckens, wer der Mann vor ihnen war, der sich jetzt zur Flucht wandte. Rasende Wut überfiel ihn, er zog sein Schwert und begann, dem Meuchler nachzusetzen. Doch der war schnell wie ein Wiesel.
»Arnaut«, hörte er sie kläglich rufen. »Hilf mir.«
Da hielt er inne, zögerte und musste tatenlos zusehen, wie der Mann zwischen Büschen verschwand. Er drehte sich um.
Ermengarda war auf die Knie gesunken. Auf Brusthöhe ihres Umhangs breitete sich ein Blutfleck aus. Zwischen den Fingern der Hand, die nach der Wunde tastete, ragte die Befiederung des Bolzens heraus.
Er rannte zu ihr, warf sich neben ihr auf die Knie, fasste schreckgelähmt nach ihren Händen und legte zitternd den Arm um ihre Schulter. Dabei drohte ihm vor Entsetzen das Herz in der Brust zu zerspringen.
»O Gott«, schrie er. *»O mon amor.«*

Während sie die Augen verdrehte und ohnmächtig gegen ihn taumelte, vernahm er das dumpfe Stampfen von Pferdehufen, das sich rasch entfernte. Hastig sah er sich um. Sie mussten von hier fort. Vielleicht gab es noch andere Angreifer.
Er hob ihren leblosen Körper auf und begann mit seiner Last, so schnell er konnte, zurück zur Priorei zu laufen. Sie war nicht schwer, aber halbblind vor Tränen stolperte er einige Male, denn statt auf den Weg zu achten, konnte er den Blick nicht von ihrem bleichen Antlitz reißen.
Das Blut auf ihren Kleidern, die Bolzenfedern, die schlaff herabhängenden Arme, all das erfüllte ihn mit Grauen. Einmal blieb er stehen, legte seine Wange an die ihre, küsste ihre Lippen, als könnte er damit alles ungeschehen machen.
»Du darfst mir nicht sterben, hörst du?«, flüsterte er und rannte weiter, immer weiter, obwohl er nach dem langen Weg jetzt keuchte und seine Arme wie Feuer brannten. Als er schon glaubte, nun müsse er vor Erschöpfung zusammenbrechen, tauchten die Hütten des Klosters vor ihm auf.

***

Arnaut brüllte um Hilfe wie ein verwundeter Stier.
Er war abgekämpft nach seiner Anstrengung, außer sich vor ohnmächtigem Zorn und voller Angst um Ermengarda. Es dauerte nicht lange, da kamen sie gerannt, und bald umringten ihn aufgeregt die Männer und Frauen des Klosters, erkannten mit Schrecken in den Mienen, dass Ermengarda verwundet in seinen Armen lag.
Er trug sie über die Schwelle des *refectoriums.* Als er sie vorsichtig auf die Tafel legte, regte sie sich mit einem Mal, stöhnte und schlug die Augen auf. Hastig versuchte sie, sich aufzusetzen, zuckte gleich vor Schmerz zusammen, fuhr mit der Hand an die Wunde. Sie sah zu ihm auf, die Augen voller Furcht.
»Was ist geschehen?« Sie war verwirrt über all die Gesichter, die sie besorgt und neugierig anstarrten.

»Du lebst«, stieß Arnaut in unendlicher Erleichterung hervor. Er drückte sie sanft zurück. »Lieg ganz still und beweg dich nicht.« Dann rief er lautstark nach der Priorin. Als *Magistra* Bertrada erschien und sich einen Weg durch die Umstehenden bahnte, sagte er: »Ein Kerl hat uns im Wald aufgelauert.«
»Was?«, rief Felipe fassungslos, der der Priorin gefolgt war.
Ermengarda würde fürs Erste versorgt sein, sagte sich Arnaut. Nun hatten sie anderes zu tun. »Wir müssen ihn fangen. Ruf sofort die anderen, wir treffen uns bei den Pferden.«
»Bleib doch«, rief Ermengarda mit schwacher Stimme, aber Arnaut war schon fort. Felipe hatte feuchte Augen. Er nahm ihre Hand und küsste sie inbrünstig. Dann war auch er auf und davon.
Während Arnaut und die anderen, auch Raimon schloss sich ihnen an, zu Schwert und Schild griffen, in größter Eile die Pferde sattelten und sich auf den Weg machten, übernahm *Magistra* Bertrada die Herrschaft. Sie schickte alle Männer aus dem Raum, rief nach heißem Wasser und sauberen Binden, sandte eine Schwester nach ihren Kräutern und begann mit einer anderen, Ermengardas Oberkörper vorsichtig zu entkleiden. Scheite wurden aufs Feuer gelegt, frisches Wasser geholt, Binsenlichter angezündet, denn es war auch tagsüber recht dämmrig im *refectorium.*
Ermengarda zitterte vor Kälte in ihrer Nacktheit.
»Es hilft nichts, mein Kind. Ich muss mir das jetzt ansehen.«
Die Priorin hieß einer der Frauen, ihr gut zu leuchten, beugte sich über die Verletzte und betrachtete eingehend die Wunde am Brustansatz. Sie schüttelte den Kopf, hob dann vorsichtig Ermengardas Arm an, wo an der Innenseite der Pfeil steckte, und tupfte mit einem feuchten Tuch das angetrocknete Blut weg. Als sie sich wieder aufrichtete, lächelte sie erleichtert.
»Es sieht schlimmer aus, als es ist. Der Pfeil hat die Brust nur gestreift. Natürlich wird eine kleine Narbe bleiben. Dann hat er einen Teil des inneren Oberarms durchbohrt. Im dicken

Wams ist er stecken geblieben. Es hat stark geblutet, aber sobald wir den Pfeilschaft entfernt haben, wird es heilen.«
Ermengarda blickte an sich herunter. »Genau wie Raimon«, flüsterte sie und schauderte. »Was für ein Zufall.«
»Ein Zufall war das wohl kaum«, sagte die Priorin grimmig. »Da hat es jemand auf Euch abgesehen. Aber jetzt sollt Ihr tapfer sein. Wir müssen den Pfeil entfernen.«
Vorsichtig schnitten sie die Befiederung vom Bolzen. Dann steckten sie Ermengarda ein Stück Holz zwischen die Zähne und hießen sie kräftig zubeißen. Ein kräftiger Ruck, und der Schaft löste sich schneller als erwartet aus dem Fleisch, und doch trieb der scharfe Schmerz ihr Tränen in die Augen. Die Wunde wurde ausgewaschen, eine blutstillende Kräuterpaste aufgetragen und ein fester Verband angelegt. Die leichte Verletzung der Brust wurde ähnlich behandelt.
»Ich weiß nicht, zu welchem Heiligen Ihr betet, Herrin, aber er hat Euch heute einen guten Dienst erwiesen. Es ist ein Wunder, dass Ihr noch lebt. Eine Handbreit weiter rechts …« Sie ließ den Satz unvollendet.
Ermengarda versuchte zu lächeln. »Mein Heiliger ist Arnaut. Er hat mich rechtzeitig zur Seite gestoßen.«
»Wisst Ihr, dass er Euch den ganzen Weg getragen hat?«, sagte eine der Frauen. »Ihr wart ohnmächtig.«
»Hat er wirklich? Ich schäme mich.«
»Das müsst Ihr nicht. Es war der Schreck, den Ihr erlitten habt.«
Die guten Schwestern hüllten sie in warme Decken und schoben ihr einen Stuhl in die Nähe des Feuers, gaben ihr heißen Kamillenaufguss zu trinken und umsorgten sie wie ein krankes Küken. Es war bereits dunkel, und man hatte schon zu Abend gegessen, als die jungen Ritter zurückkehrten.
»Wir konnten lange seine Spur verfolgen, aber am Ende ist er uns entkommen«, sagte Arnaut missmutig und setzte sich zu Ermengarda. Sie legte ihm sanft die Hand auf den Arm.
»Die Wunde ist zum Glück nicht so schlimm. Aber wenn du

nicht gewesen wärst …« Plötzlich hatte sie Tränen in den Augen. »Ich hätte tot sein können.«
Er spürte einen Kloß in der Kehle. Was hätte er nicht dafür gegeben, sie jetzt in die Arme zu schließen.
»Bisher habe ich mich nicht eingemischt«, ließ sich *Magistra* Bertrada vernehmen. »Aber wenn hier ein Mörder frei herumläuft, dann geht mich das etwas an.«
»Kann sie mit der Verletzung reiten?«, fragte Arnaut.
»Wenn sie sich nicht überanstrengt. Aber warum …«
»Wir reiten jetzt gleich«, sagte er. »Wir können keine Stunde länger bleiben.« Die anderen sahen ihn erstaunt an. »Ich weiß, wer der Kerl ist«, gab er als Erklärung an. »Er wird nicht aufgeben. Wir müssen Ermengarda in Sicherheit bringen. Sofort.«
»Das kannst du ihr nicht zumuten«, protestierte Felipe.
Die Priorin erhob sich. »Ich glaube, ihr habt etwas Vertrauliches zu besprechen. Ruft mich, wenn ich gebraucht werde.« Mit diesen Worten bedeutete sie auch den anderen Frauen, die Gefährten unter sich zu lassen.
»Was, zum Teufel, redest du da?«, fragte Felipe, als sie allein waren.
»Es war der Kerl, der Ermengarda in Narbona mit dem Dolch bedroht hat.«
»Soll der etwa von den Toten auferstanden sein?«, spottete Felipe. »Oder siehst du Gespenster?«
»Vielleicht ist es der Teufel selbst, der uns zum Narren hält.« Arnaut schüttelte verwirrt den Kopf und bekreuzigte sich. »Aber das Gesicht habe ich nicht vergessen, glaub es mir. Sogar geträumt hab ich von ihm. Ich schwöre, es ist derselbe Mann.«
Ermengarda bewegte den Arm, um von ihrem Aufguss zu trinken, und biss sich auf die Lippe vor Schmerzen. Da war Jori zur Stelle und half ihr mit dem Becher. Nachdem sie getrunken hatte, dankte sie ihm und lehnte sich müde zurück. Nachdenklich starrte sie vor sich hin.
»Wir dachten damals, er sei einer der Wachen gewesen«, sag-

te sie, »und dass er uns für Eindringlinge gehalten hatte. Aber das war nicht so.«

»Worauf willst du hinaus?«, fragte Felipe.

»Er ist wie aus dem Nichts aufgetaucht, hat sich ohne ein Wort mit der Waffe in der Hand auf mich geworfen. Nun ist es klar, er wollte mich umbringen. Ich konnte es nur nicht glauben. Es schien so abwegig. Überhaupt ging alles viel zu schnell. Da ist man verwirrt. Und dann Fontfreda, der Pfeil, der Raimon getroffen hat, schien nur ein verirrter Pfeil gewesen zu sein. Jetzt aber bin ich sicher, der galt ebenfalls mir. Das heißt, dreimal hat man versucht, mich zu ermorden.« Es war eine furchterregende Erkenntnis, die ihr den Atem nahm. Sie fasste sich an die Kehle, musste tief Luft holen.

»Wer sollte so etwas tun? Und warum?« Severin machte große Augen.

Die Gefährten schwankten zwischen Wut über eine solche Ungeheuerlichkeit und dem Wunsch, sich zu irren. Konnte es denn wahr sein? Ratlos sahen sie sich gegenseitig an.

Außer Raimon. In seinen Augen funkelte der Zorn.

»La Bela«, sagte er grimmig. »Sie steckt dahinter.«

»La Bela?« Felipe zog die Brauen hoch. »Das kann ich nicht glauben. Sie ist doch ihre Mutter. Du bist verrückt.«

»Nicht Mutter … Stiefmutter«, verbesserte Ermengarda in scharfem Ton, und so wie sie es sagte, klang es wie das schlimmste aller Schimpfworte.

»Oh, sie kann jeden bezaubern«, fügte sie hinzu, als die anderen sie erstaunt ansahen. »Sie kann großzügig sein und hat gewiss ihre guten Seiten. Für Nina würde sie alles tun. Aber sie ist rücksichtslos, wenn sie sich etwas in den Kopf gesetzt hat. Ich hatte oft Angst vor ihr, obwohl ich es lange Zeit nicht wahrhaben wollte. Ihr wisst nicht, wie es für mich war, in ihrem Schatten zu leben. Ich hatte immer das Gefühl, ich müsse vorsichtig treten, ohne genau zu wissen, warum.«

»Vielleicht war sie streng mit dir«, rief Felipe, »aber warum sollte sie dich ermorden, um Gottes willen?«

»Bei meinem kinderlosen Tod erbt Ermessenda, meine Schwester. Sie wäre dann der letzte überlebende Nachkomme meines Vaters. Und somit wäre la Bela als Vormund wieder alleinige Herrscherin. Ich weiß es, denn ich habe die Vereinbarung selbst unterschrieben.«

Raimon nickte. »Frage, wem es nützt, und du findest den Täter.«

Ermengardas Gesicht nahm einen harten Zug an. »Ihr erinnert euch gewiss an den Tod meines älteren Bruders Aimeric. Ein Jagdunfall, hieß es. Auch ein Pfeil, und direkt ins Herz. Nie hat man herausgefunden, wer der Schütze war. Muss ich mehr sagen?«

Der Gedanke an solche Schandtaten ließ sie alle verstummen. Felipe dachte an seinen Vater, der ausgerechnet diese Frau liebte. Konnte der sich derart in ihr getäuscht haben, all die Jahre? Er schüttelte den Kopf. »Ich kann nicht glauben, dass sie so niederträchtig sein soll. Sie ist reich, mächtig. Was will sie mehr? Nur wegen eines Titels?«

»Ha!«, gab plötzlich Jori von sich. »Da hab ich schon viel Schlimmeres gesehen.« Die anderen sahen ihn erstaunt an. Auf seinem Gesicht lag die bittere Miene eines abgebrühten Straßenjungen, den nichts mehr überraschen kann. »Da werden schon welche für ein Stück Brot oder eine halbe Münze totgeschlagen. Ich weiß von Müttern, die ihr Neugeborenes ertränken, weil sie nichts zu fressen haben. Oder einer verkauft die eigene Tochter ans Hurenhaus und versäuft das Geld.«

Es war erschreckend, einen Halbwüchsigen so reden zu hören. Betroffen starrte Felipe den Jungen an, der sich aber nur noch mehr ereiferte. »Ihr seid in warmen Stuben aufgewachsen«, sagte er, »und wisst nicht, wie es bei den Allerärmsten ist, zu was manche fähig sind. Und meint ihr, die feinen Herrschaften seien besser? Denkt an Castel Nou. Die Armen morden, weil sie Hunger haben, die Reichen …« Er stockte und senkte den Blick. »Tut mir leid, Herr. Ich wollte Euch nicht beleidigen.«

»Ist schon gut, Jori«, sagte Arnaut und lächelte ihm zu. »In jedem Fall aber müssen wir sofort aufbrechen.«
»Mitten in der Nacht?« Felipe war noch nicht überzeugt.
»Der Kerl ist hartnäckig. Er wird uns aufs Neue belauern.«
»Wir suchen ihn gleich morgen früh und bringen das Schwein um.« Severin war aufgesprungen und sah aus, als wollte er dem Mann eigenhändig die Kehle durchschneiden.
»Wir wissen nicht einmal, ob er allein ist«, sagte Arnaut. »Vielleicht hat er Helfer. Oder sie sind hierher unterwegs.«
»Aber Ermengarda ist verwundet. Sie braucht Ruhe«, gab Felipe zu bedenken. »Wir müssen ein paar Tage warten.«
»Ich schaffe das schon, Felipe«, sagte sie. »Und wenn ich wieder ohnmächtig werde, kann Arnaut mich tragen. Der hat schon Übung.« Es war nur ein kläglicher Versuch, die bedrückte Stimmung zu heben. Doch niemand fand daran etwas zu lachen.
»Das könnte ihm so passen«, erwiderte Felipe. Auch das war in leichtem Ton gesagt, aber als sich die Blicke der beiden jungen Männer unverhofft kreuzten, merkte Arnaut, es war kein Scherz. Felipe war eifersüchtig.
Doch Arnaut ließ sich nicht beirren. »Er muss vermuten, Ermengarda ist tot oder schwer getroffen. Er wird bis morgen warten, um sich davon zu überzeugen. Es wird ihm keinesfalls einfallen, wir könnten mitten in der Nacht aufbrechen. Aber gerade das ist die Gelegenheit, ihm zu entkommen und Ermengarda an einen Ort zu bringen, wo sie sicher ist und niemand weiß, wo wir uns befinden.«
»Und wo soll das sein?«
»Eine sichere Burg mit hohen Mauern, nicht weiter als zwei Tagesreisen von hier. Auf dem Weg nach Carcassona. Sie liegt abgelegen, und ich kenne geheime Wege bis dorthin. Wir werden niemandem auffallen. Wenn wir gleich reiten, haben wir bei Tagesanbruch schon ein Gutteil des Weges hinter uns.«
»Ich weiß nicht«, sagte Felipe. »Was für eine Burg?«

Ermengarda ahnte schon, was Arnaut im Sinn hatte, und lächelte ihm aufmunternd zu. Er beugte sich vor und flüsterte, damit niemand außer den Gefährten ihn hören konnte.
»Wir reiten nach Rocafort.«

***

Dass Arnaut in vielen Dingen das letzte Wort behielt, besonders wenn Ermengarda ihm zustimmte, schmeckte Felipe wenig, ja es ärgerte ihn im Geheimen. Und sich jetzt auch noch auf dessen Familienburg zu flüchten, das war ihm des Guten doch zu viel. Dann hätte er Ermengarda auch in Menerba verstecken können. Dort hätte er sie für sich allein gehabt und müsste sie nicht mit den Gefährten teilen.
Aber natürlich war das Unsinn. Sein Vater hätte nichts dergleichen zugelassen. Und die Kameradschaft ihrer kleinen Truppe, Arnaut inbegriffen, hätte Felipe nicht missen mögen. So ließ er sich mit gemischten Gefühlen von den anderen überzeugen. Es schien im Augenblick wirklich das Beste zu sein. Ein Zufluchtsort, von dem niemand wusste, auf einer gut verteidigten Burg.
In Windeseile packten sie ihre Habseligkeiten, sattelten und beluden die Reittiere. Die Frauen der Priorei bereiteten Zehrung für die Reise zu, und *Magistra* Bertrada übergab ihnen einen Beutel mit sauberen Binden und ein Säckchen getrockneter Kräuter mit Anweisungen, wie Ermengardas Wunden zu pflegen seien. Raimon wurde auserkoren, sich darum zu kümmern.
Auf dem Hof vor dem *refectorium* und im Schein der Fackeln umarmte Ermengarda die Frauen des Klosters, soweit es die Verletzung zuließ, gab den Männern die Hand und verabschiedete sich von der Priorin. Dabei steckte sie der alten Frau einen Beutel mit klingendem Silber zu.
»Für Eure Kirche«, sagte sie und ließ sich von Felipe in den Sattel helfen. Die Wunde schmerzte bei jeder Bewegung, aber

sie biss die Zähne zusammen, um sich nichts anmerken zu lassen. »Betet für uns«, rief sie, winkte noch einmal, dann verschwand der kleine Trupp in der Dunkelheit.

Die Priorin starrte ihnen nach. »Möge Gottes Hand dich leiten und beschützen, mein Kind«, flüsterte sie. In ihren Augen glitzerte es feucht.

Unter der Sichel eines Halbmondes, der die winterliche Landschaft mit silbernem Licht übergoss, folgten sie dem Pfad, den man ihnen beschrieben hatte, und ritten die ganze Nacht hindurch. Auf und ab führte der Ritt über kurvenreiche, steinige Strecken, meist durch dichte Wälder. In der Ferne konnte man Wölfe heulen hören, Reh- und Wildschweinfährten kreuzten ihren Weg, einmal sahen sie eine Bärenspur im Schnee.

In der Dunkelheit kamen sie nur langsam voran, ritten vorsichtig, um Fehltritte der Pferde zu vermeiden, und nicht zuletzt, um Ermengarda zu schonen. Von Zeit zu Zeit rasteten sie, darauf bedacht, sie nicht zu überanstrengen. So war es schon heller Tag, als sie endlich tiefer gelegenes Gelände erreichten und sich Burg und Örtchen Vinça näherten. Dort hielten sie nicht an, sondern beeilten sich, die Brücke über die Tet zu nehmen, um auf der anderen Seite die nächste Anhöhe zu erklimmen.

Die Gegend hieß la Fenolheda und gehörte zum Vorland des östlichen Pireneus. Auch dies war bis zur Grenze der Corbieras noch katalanisches Gebiet. Dennoch zogen sie es vor, sich von allen Siedlungen fernzuhalten. Hier lag kein Schnee, die Wege waren breit, und sie kamen schnell voran. Weinberge und Olivenhaine säumten die Straße, im Boden schlummerte die Wintersaat.

Trotz der Sonne am strahlend blauen Himmel wehte ein eisiges Lüftchen. Das dunkle Grün der Wälder von immergrünen Steineichen und hohen Buchsbaumsträuchern ließ einen fast vergessen, dass es Winter war. Als sie einen Augenblick anhielten und den Weg, den sie gekommen waren, zurückblickten, bot sich ihnen eine Landschaft von einzigartiger Schönheit.

Grüne Hügel gingen in blaue, schneebestäubte Berge über, dahinter strahlte der weiße Gipfel des Canigou. Auch er war nur ein Teil der *serra*, dieser mächtigen Gebirgskette, die sich, so weit das Auge reichte, über den ganzen südlichen Horizont hinwegzog, um sich dann nach Westen zu in den Weiten zu verlieren.

Hinter dieser Mauer aus Bergen liegt Spanien und Catalonha, dachte Ermengarda, nun weiter entfernt als je zuvor. Nichts hatten sie erreicht. Wieder waren sie auf der Flucht, diesmal gejagt von einem Meuchelmörder. Dazu machte ihr jetzt auch noch die Wunde zu schaffen. Jeder Ruck, jede brüske Bewegung des Pferdes übertrug sich auf ihren pochenden Arm.

Aber sie beherrschte sich, klagte nicht über die Schmerzen, denn der Pfeil des Mörders hatte sie weit verheerender in der Seele als in ihrem Fleisch getroffen. Nach außen gab sie sich wie immer, vielleicht ein wenig stiller und zurückgezogener als sonst. Aber tief in ihrem Herzen saß der Stachel des Verrats. Empörung stritt sich mit dem brennenden Begehr nach Gegenwehr und Vergeltung. Jemand aus der eigenen Familie versuchte, sie zu ermorden! Hatte ihr junger Geist zunächst Mühe gehabt, so etwas überhaupt zu begreifen, so zwang sie sich nun, die veränderten Umstände einzuordnen. Was als leidenschaftliche Auflehnung einer Jugendlichen und Flucht vor der ungewollten Ehe begonnen hatte, das war nun zu einem Ringen, einem tödlichen Zweikampf zwischen ihr und der Stiefmutter geworden.

Die Mordversuche hatten sie gewaltsam aus den Grübeleien über die Aussichtslosigkeit ihrer Lage gerissen, sie aufgerüttelt und ihren Willen gestärkt. Die Schmerzen der Wunde waren ihr willkommen, um ihren Hass zu schüren, ihren Widerstand anzufachen. Sie war entschlossen, die Kampfansage anzunehmen und die Feindin, die ihr nach dem Leben trachtete, ein für alle Mal zu besiegen. Auch wenn sie noch nicht wusste, wie dies zu vollbringen war.

Am Nachmittag erreichten sie das Flüsschen Agli, nicht weit von der Stelle, wo die Ruinen eines römischen *aquaeductus* die Senke überspannten. Sie folgten dem Flusslauf bis zum Dörfchen Sant Paul. Dort gab es eine Herberge für Pilger, die hier übernachteten, bevor sie sich hinauf in die wilde Schlucht wagten, die der Fluss durch den Berg gesägt hatte, hinauf zu den Mönchen der Einsiedelei Galamus, um in der geweihten Grotte den Beistand der Mutter Gottes zu erflehen.

Doch statt zur Einsiedelei führte Arnaut sie auf Hirtenpfaden noch einmal hoch hinauf und über die langgestreckte Bergkette, die die natürliche Grenze der Corbieras ausmacht. Endlich, nach Stunden, erschöpft vom langen Aufstieg, blickten sie in der Abenddämmerung hinab in jenes Tal, in dem Arnauts Familie herrschte und in dessen Mitte sich auf einem felsgekrönten Hügel Castel Rocafort erhob.

Die Burg war nicht groß, wirkte eher zierlich aus der Entfernung, doch vor dem Hintergrund dunkler Wälder, im Licht der untergehenden Sonne, da schienen ihre Mauern regelrecht zu glühen, als hätte Gottes Finger sie berührt. So jedenfalls kam es Ermengarda vor. Ein fernes Leuchtzeichen in der Dämmerung. Sie achtete kaum auf Arnauts Erklärungen, denn ein überwältigendes Gefühl neuer Hoffnung hatte sie erfasst. Würde sich nun, trotz aller Rückschläge, ihr Schicksal wenden?

Ermengarda

*»Denn wer liebt, der ist voller Sehnsucht
und findet nie ruhigen Schlaf,
sondern zählt und berechnet die ganze Nacht hindurch
die Tage, die da kommen und gehen.«*

*Chrétien de Troyes (*1135, †1183)*

Das Zerwürfnis

Tibaut de Malvesiz war in diesen Tagen nicht sehr beliebt bei der *Vescomtessa* Ermessenda. Den ganzen Monat Dezember hindurch hatte sie ihn täglich nach Neuigkeiten bedrängt, wobei sie immer ungeduldiger und ihr Ton schärfer geworden war. Doch seit der Botschaft aus dem Vallespir war keine weitere Kunde zu ihnen gedrungen.

Tibauts Miene wurde deshalb stetig grimmiger, als sich die befürchtete Erkenntnis durchsetzte, dass sein Mann den Auftrag verfehlt hatte und Ermengarda sich gesund und munter in Barcelona aufhalten musste. Er sah durch diesen Fehlschlag seinen Einfluss und seine Macht über la Bela in Gefahr.

Ermessenda häufte beißenden Tadel über ihn, war jedoch innerlich erleichtert, dass sein Plan sich nicht erfüllt hatte. Sie hatte zugestimmt, dennoch war ihr immer unheimlich bei dem Gedanken gewesen. Vielleicht war die Gelegenheit gekommen, den Widerling endlich loszuwerden.

Überhaupt, hatte sie sich etwa auf die falsche Seite geschlagen? Bangen Herzens fragte sie sich, ob Ramon Berenguer ein Heer schicken würde, den Trencavels zur Seite zu stehen. Es überfiel sie ein Gefühl der Machtlosigkeit. Immer hatte sie sich etwas darauf eingebildet, Männer beherrschen zu können. Aber Menerba war ihr entglitten, Alfons benutzte nur ihren Leib zu seinem Vergnügen, und Tibaut hatte Dinge gegen sie in der Hand, die ihr gefährlich werden konnten. Und dann erst der raffgierige Erzbischof, der ihr diese vermaledeite Hochzeit aufgezwungen hatte. Sie wünschte ihm die Pocken an den Hals.

La Bela konnte sich einer nagenden Furcht nicht erwehren. Im Geiste sah sie ihre Stieftochter in Waffen gekleidet unter dem Banner ihres Vaters einem katalanischen Kriegshaufen voranreiten, um Alfons aus der Vizegrafschaft zu vertreiben und sie selbst zu töten. Ein lächerliches Bild, wenn man es ernsthaft betrachtete, und dennoch erschreckte sie der Gedanke. Vergeblich versuchte sie, ihn aus ihrem Herzen zu verbannen. Denn unter Barcelonas Schutz und mit Hilfe der Trencavels und genügend Überläufern des Stadtadels … wer weiß? Dass ein solcher Ausgang ihr eigenes Schicksal besiegeln würde, stand für la Bela außer Frage. Sie selbst hätte keine Gnade gekannt, warum also mehr von Ermengarda erwarten? Sie fragte sich, was Menerba vorhatte. Er saß da oben in den Bergen in seiner Festung und rührte sich nicht. Zweifellos warteten viele Barone auf ein Zeichen von ihm, wie man sich verhalten sollte. Wenigstens war er nicht zu Roger de Trencavel übergelaufen. Doch dass er jetzt auf Ermengardas Seite stand, daran hatte er keinen Zweifel gelassen. So wie früher auf seine Hilfe zählen konnte sie wohl nicht mehr.

Sie dachte in letzter Zeit oft an die Jahre mit ihm, öfter, als ihr lieb war, und nicht ohne Wehmut. Sogar, wenn sie sich Alfons' plumpen Zärtlichkeiten hingab. *Bon Dieu,* dieser Tolosaner hatte wahrhaftig kein Talent zum Liebhaber.

Leider war sie nun so weit in die eigenen Machenschaften gegen Ermengarda verstrickt, dass sie kaum noch eine andere Wahl hatte, als sich weiter an Alfons zu halten. Zum Glück konnte sie ihn immer noch wie einen Nasenbären tanzen lassen. Manchmal gab sie sich sinnlich, dass es ihn in seiner Gier nach ihrem Leib schier überwältigte. Keine seiner Huren hatte ihn je so verrückt gemacht, dessen war sie sich sicher. Dann wieder spielte sie die reuige Magdalena, die ehrbare und von ihm verführte *domna,* die sich ihrer Sünden schämte, in die Kirche ging und ihn tagelang zappeln ließ, bis er

bettelnd zu ihr gekrochen kam und sie ihn seufzend erneut erhörte, ganz als könne sie nicht anders, als sei es stärker als sie selbst.
In Wahrheit hatte sie das Ganze satt, war seiner längst überdrüssig geworden, denn Alfons schien an nichts anderes mehr zu denken, als ihr am Rock zu hängen. Seinen Krieg überließ er manchmal wochenlang Joan de Berzi, der sich, wie man hörte, erfolgreich schlug. Eigentlich müsste sie Alfons warnen, dass ein Heer aus Barcelona drohte. Das Dumme war nur, dann hätte sie ihre Lügen aufdecken müssen.
Während Ermessenda sich mit solchen Gedanken quälte, verbrachte auch Tibaut, sonst eher besonnen und berechnend von Natur, unruhige Wochen voller Ungewissheit. Das Hohe Fest zu Ehren der Geburt unseres Herrn Jesu war längst vergangen, ohne dass sich sein Mann gemeldet hätte. Auch andere Männer, die er bis weit in den Süden geschickt hatte, waren ergebnislos zurückgekehrt. Weder Ermengarda noch sein Späher, das hässliche Wort Meuchelmörder mochte er nicht denken, waren aufzufinden gewesen. War dem Mann etwas zugestoßen?
Die Spur verlor sich in Castel Nou, dessen Burgherr, ein gewisser *Vescoms* Gausbert, angeblich nichts zur Erhellung dieses Rätsels hatte beitragen können. Man hatte Tibaut vom Verkauf der Ländereien in Fourques berichtet. Mittellos war sie nun also auch nicht mehr. Widerstrebend musste er dem gewitzten Mädel Bewunderung zollen, sie schien sich hervorragend zu helfen zu wissen. Wo aber mochte sie stecken? Wäre sie bis Barcelona gekommen, hätte man doch längst von den Katalanen gehört, schließlich lag ihre Flucht nun schon fast drei Monate zurück.
Und dann, vier Wochen nach dem Christfest, tauchte sein Mann spätabends auf, müde, verfroren und niedergeschlagen. Und was für eine seltsame Geschichte er zu erzählen hatte. Wer, zum Teufel, hatte je von Serrabona gehört? Dort hatten sie sich versteckt. Angeblich waren sie von Räubern überfallen

worden. Doch warum waren sie dann nicht zu ihrem Schutz nach Castel Nou zurückgekehrt? Tibaut war zu gerissen und misstrauisch, um nicht zu ahnen, dass der gute Gausbert dahinterstecken musste. Aber auch dem waren sie entwischt. Ermengarda zu jagen war, als wollte man einen verdammten Aal packen, der einem immer wieder durch die Finger glitt.
Dass sein Späher sie aufs Neue verfehlt haben musste, war bitter, obwohl der Kerl schwor, dass sein Pfeil getroffen hatte. Am Tag nach dem Anschlag waren sie und ihre Gefährten verschwunden und nicht wiederaufgetaucht. Viele Wochen lang hatte sein Mann die Gegend noch einmal abgesucht und nichts gefunden. Vor Wut über diesen Misserfolg hätte Tibaut ihn am liebsten ohne Lohn zum Teufel geschickt. Aber der Bursche hatte ihm schon oft gute Dienste geleistet. Männer wie er waren selten und nützlich. Man musste sie entweder gut bezahlen oder umbringen, damit sie nicht redeten.
»Zwei Tage zum Ausruhen gebe ich dir, mehr nicht. Dann machst du dich wieder auf den Weg.«
»Ich wüsste nicht, wo ich jetzt noch suchen sollte.«
»Nun, auch ich habe Neues in Erfahrung gebracht. Bevor Menerbas Sohn verschwand, hatte er kurzzeitig Umgang mit einem unbekannten jungen Ritter. Die Wirtin der Herberge, wo der sich aufhielt, hat geplaudert, anscheinend besitzt seine Familie eine Burg, Rocafort mit Namen. Es könnte doch sein, dass sie sich dort verborgen halten. Es soll ganz im Süden der Corbieras beim Berg Bugarach liegen.«
»Ich kenne den Ort.«
»Wenn sie sich auf einer Burg aufhält, könnte sich die Sache als schwierig erweisen, aber ich kann dir keine Männer mitgeben. Du bist wie immer auf dich allein gestellt. Niemand darf von deinem Auftrag wissen.«
Der Mann nickte. »Ist schon klar, Herr. Ihr müsst es nicht ständig wiederholen.«

***

»Sachte, *Senher* Felipe, sachte«, sagte der alte Hamid. »Der Bursche ist ein ausgebildetes Schlachtross und kein Ackergaul. Zerrt nie an der Trense. Sie ist ein feines Instrument, und das Maul verträgt keine rohe Behandlung.«
Felipe runzelte wütend die Stirn, aber dann atmete er tief durch und lockerte die Zügel. Er zwang sich, dem Hengst über den Hals zu streichen, und redete ihm gut zu. Das Pferd warf noch einmal trotzig den Kopf in die Höhe, blieb dann aber ruhig stehen. Ein schönes Tier, dunkelbraun mit schwarzer Mähne, von hohem Wuchs und zu kräftig für einen Araber. Eine gelungene Kreuzung offensichtlich.
»So ist es gut. Natürlich soll er Euch respektieren, *Senher*, aber auch lieben. Und vor allem muss er Euch blind vertrauen können. Und Ihr ihm, denn in der Schlacht hängt Euer Leben von ihm ab. Er muss schon spüren, was Ihr wollt, bevor Ihr es überhaupt denken könnt.«
»Verstehe«, sagte Felipe. »Ich war zu ungeduldig.«
»Aber Ihr sitzt gut im Sattel. Die Haltung kann ich nicht tadeln. Ihr solltet Euch jetzt beide ganz zwanglos aneinander gewöhnen, und dann machen wir ein paar Übungen.«
Felipe nickte. Er gab ein wenig Fersendruck und ließ den Hengst im Schritt um die Koppel gehen. Arnaut und Ermengarda sahen zu.
»So ist die Jugend, Arnaut. Immer in Eile.« Hamid lachte. Er besaß noch alle Zähne, und sie leuchteten weiß in seinem braunen Gesicht. Er war ein stattlicher Mann trotz seiner siebenundsechzig Jahre und saß im Sattel wie ein Junger. »Mit Geduld und Nachdenken kommt man meist schneller ans Ziel, *mon gartz.*«
Arnaut grinste. »Das hast du mir schon oft gesagt, und ich wünschte, ich könnte es mir merken. Bin manchmal noch unbeherrschter als Felipe, wie du weißt.«
Da könntest du recht haben, dachte Hamid still bei sich. Besonders, wenn man bedenkt, in welch gefährliches Abenteuer du dich mit dieser Erbin von Narbona gestürzt hast.

Aber dann lachte er, schlug Arnaut auf die Schulter und sagte: »Na zum Glück macht ihr Jungen immer ein paar Dummheiten. Sonst brauchtet ihr uns Alten ja nicht mehr.«

Hamid war Moslem, aus einer wohlhabenden Kaufmannsfamilie aus Damaskus. Die dunkle Hautfarbe hatte er von seiner Mutter, einer nubischen Sklavin. Wegen eines Fehltritts aus Leidenschaft in der Jugend war er schrecklich bestraft und aus der Gemeinschaft der Muslime ausgestoßen worden. Er und Großvater Jaufré waren sich bei den Kämpfen der *militia christi* begegnet, hatten sich angefreundet und waren unzertrennlich geworden. Im Krieg hatte jeder dem anderen öfter das Leben gerettet, als sie sich überhaupt erinnern konnten. Und als vor dreißig Jahren Großvater dann heimgekehrt war, hatte Hamid ihn begleitet. Sechs herrliche Araberpferde hatten sie mitgebracht und ein in der ganzen Region bekanntes Gestüt aufgebaut, das Hamid führte.

»Wir machen einen Ausritt«, rief Ermengarda, als Felipe wieder bei ihnen angekommen war. »Kommst du mit, Raimon?«

»Ich bleib hier und schau Felipe zu«, erwiderte der.

»Dann sehen wir uns später.«

Der ärgerliche Blick, den Felipe ihnen nachsandte, war voll Misstrauen, ja fast Feindseligkeit. Als er merkte, dass Hamid ihn beobachtete, nahm er sich zusammen und lächelte gezwungen.

»Ein Herz und eine Seele, die beiden«, sagte er leichthin. Aber Hamid war zu weise, um sich täuschen zu lassen.

»Nun, dann wollen mir mal, junger Herr«, sagte er und zog sich in den Sattel. »Ich zeige Euch jetzt ein paar Tricks.«

Arnaut und Ermengarda ließen das Gestüt hinter sich und folgten einem vielgenutzten Pfad, der sich den Hang bis zum Bugarach hinaufzog. Ermengardas Wunde war zum Glück gut verheilt. Sie spürte sie kaum noch. Nach einem langen Anstieg ließen sie sich von den Pferden gleiten und setzten sich auf einen umgefallenen Baumstamm, um die Aussicht zu genießen.

Es war ein angenehmer Tag, weiße Wolken segelten am Himmel, und die Luft fühlte sich an, als ob der Frühling nicht mehr fern wäre. Unter ihnen lag das Tal, an Stellen dichtbewaldet und in winterlichem Graubraun, vor allem wo Laubwald vorherrschte. Dazwischen die langen Felder in unterschiedlichen Schattierungen, je nach Brachland, Koppel oder Acker, und an den steinigen Hängen das Dunkelgrün von Buchsbaum und Steineichen. Auf den Höhen ragten weißgraue Felsen aus dem Gestrüpp von Baum und Strauch, und in der Ferne verlor sich das Auge in einer endlosen Reihe von Bergen und Hügeln, die, je weiter entfernt, immer blasser wurden, bis sich ihre Farben dem Himmel anglichen.

»Sie sind so gut zu uns«, sagte sie.

»Wer?«

»Deine Familie. Und ich liebe deine Mutter.«

»Alle lieben meine Mutter. Sie ist an einem glücklichen Tag geboren, am Tag der Befreiung Jerusalems, direkt vor den Toren der Stadt, stell dir vor. Meine Großmutter war eine armenische Christin, die später bei einem Türkenüberfall ums Leben gekommen ist.«

Ermengarda war von *Domna* Adela beeindruckt. Sie war trotz der ersten grauen Strähnen in ihrem dunklen Haar immer noch eine außergewöhnliche Schönheit. Fast noch schöner als ihre eigene Mutter, hatte sie *Senher* Jaufré sagen hören.

Adela war in den Jahren zu einer klugen und scharfsinnigen Frau herangereift, die auch mit deutlichen Worten nicht zurückhielt. Vielleicht hatte das ihren nichtsnutzigen Gemahl aus dem Haus und in die Arme seiner Saufkumpane und Huren getrieben. Doch trotz des Witwenstandes war sie ein fröhlicher Mensch, dem nicht viel entging. Sie hatte Ermengarda in aller Herzlichkeit aufgenommen und ihr das eigene Gemach in der Burg überlassen. Man hatte sie gebadet und gepflegt, auch einige hübsche Gewänder und Tuniken hatte Adela ihr geschenkt, einen pelzverbrämten Mantel, dazu

Ohrringe und ein paar Armreifen. Damit du nicht so verwildert herumläufst, du armes Kind, hatte sie gesagt.
»Die Sache mit Aimar hat sie schwer getroffen.«
Arnaut nickte. »Ich weiß. Sie mochte ihn sehr.«
Er erzählte, wie Aimar vor etwa elf Jahren, damals achtzehnjährig, in Rocafort aufgetaucht war. Blauäugig, barfuß und zerlumpt war er aus der Einsiedelei gekommen. Niemand wusste, wer seine Eltern waren, wahrscheinlich nicht einmal er selbst. Aber Latein konnte er und schreiben. Aufgeweckt war er gewesen und wissbegierig. Jaufré hatte ihn gleich ins Herz geschlossen, ihn in die *familia* aufgenommen und später zu den Brüdern in Fontfreda geschickt, um einen gelehrten Mann aus ihm zu machen. Vielleicht wird mal ein Abt aus ihm oder ein Bischof, hatte Jaufré immer gescherzt, dann kann er auch etwas für uns tun.
»Ich weiß nicht, wen es schlimmer getroffen hat, meine Mutter oder Großvater. Er habe einen Sohn verloren, war alles, was er gesagt hat. Und dann hat er tagelang mit niemandem geredet.«
»Ich weiß, wie sie sich fühlen. Es geht mir nicht anders.« Um sich von solch traurigen Gedanken abzulenken, fragte sie: »Wo ist Severin?«
»Bei den Seinen. Da drüben in der neuen Rodung.« Er deutete auf einige Gehöfte unten im Tal, die um ein kleines Herrenhaus gruppiert lagen. »Das ist vor dreißig Jahren aus dem Wald geschlagen worden. Severins Vater, Gott hab ihn selig, hat mit Großvater im Heiligen Land gekämpft.«
»Was für ein großartiges Geschenk für Felipe, das dein Onkel ihm gemacht hat. Der Hengst muss ein Vermögen wert sein.«
»Ich habe mich auch gewundert.« Arnaut kannte seinen Onkel Raol eher als zurückhaltend, jemand, der wenig Unnötiges von sich gab und nur spärlich mit Geschenken und Freundschaftsbezeugungen um sich warf.
»Felipe ist in letzter Zeit oft übel gelaunt«, sagte sie. »Ich hoffe, dies muntert ihn auf.«

Und dann, ganz unerwartet, fasste sie nach seiner Hand und hielt sie fest in den ihren. »Wirst du mir immer treu bleiben, Arnaut?«, fragte sie zu seiner Überraschung.
Er starrte in ihre unmöglich blauen Augen, die ihn nicht loslassen wollten. So blau wie das Meer am Strand von Narbona, dachte er, von wo die Schiffe bis nach Outremer fahren. Die Frage verwirrte ihn.
»Natürlich«, sagte er. »Du weißt das.«
»Ich will, dass du es mir beweist.«
»Wie soll ich es dir denn beweisen?«
Lachend sprang sie auf. »Knie vor mir nieder und schwöre mir *homagium,* wie es sich für einen Ritter, der seine *domna* liebt, gehört. Ich verlange Huldigung und Treueschwur.« Sie kicherte.
»Aber …«, stotterte er. »Du hast Felipe. Er ist doch schon dein *champio.*«
»Na und? Dann habe ich eben zwei treue Ritter. Wer will es mir verbieten?« Sie lachte ausgelassen. Das Spiel machte ihr Spaß. »Los, auf die Knie mit dir.«
Arnaut tat wie ihm geheißen und hob ihr die gefalteten Hände entgegen, die sie mit den ihren umfing, wie es Brauch war.
»Sprich den Treueschwur.«
Arnaut grinste und hob in getragenem Tonfall die jahrhundertealte Eidformel vor, die jeder Vasall seinem Herrn schwört, in diesem Fall der *domina* seines Herzens.
»Schwör, du wirst mir auf ewig dienen, mich beschützen und mir in allem zu Willen sein«, setzte sie noch hinzu.
»Ich schwöre es«, sagte er feierlich.
»Und nun der Kuss.«
Verdammt, den Kuss hatte er vergessen. Am Ende der Huldigung küsste der Herr seinen Vasallen auf den Mund, um den Pakt zu besiegeln. Er erhob sich unsicher.
»Wir müssen nicht …«
»Ich bestehe darauf.« Sie nahm sein Gesicht zwischen beide

Hände, stellte sich auf die Zehenspitzen und küsste ihn voll auf den sprachlosen Mund. Als er ihre Lippen spürte, so weich, so zart, war es, als hätte ihn der Blitz getroffen.
Er musste sich große Mühe geben, sich nichts anmerken zu lassen. Benommen ließ er sich wieder neben ihr auf dem Baumstamm nieder. Sie fasste seinen Arm und lehnte sich an seine Schulter.
»Es war kein Spaß«, sagte sie »Ich habe es ernst gemeint.«
»Ich auch.«
»Ich weiß, dass du mich liebst, Arnaut«, flüsterte sie.
»Natürlich tue ich das. Du bist die Herrin. Habe ich dir nicht gerade die Treue geschworen?«
»So meine ich das nicht. Du hast mich *amor* genannt. Deine Liebe hast du mich genannt. Das sagt man doch nicht zu seiner Herrin.«
Erschrocken fuhr er hoch. »Woher willst du das wissen?«
»Ich habe dich gehört, als ich verwundet wurde.«
»Aber du warst ohnmächtig.«
»Nur halb«, gab sie kleinlaut zu.
»Du hast nur gespielt?«
»Es war so schön in deinen Armen.«
»Was? Ich kann es nicht glauben.«
»Und geküsst hast du mich auch.«
»Es tut mir leid. Ich hätte das nicht tun sollen.«
»Ach, du Dummkopf. Es war so schön. Küss mich wieder.«
»Das dürfen wir nicht«, stammelte Arnaut.
»Ich befehle es dir«, sagte sie. »Du hast geschworen, mir zu gehorchen.«
Als er sich immer noch nicht traute, schlang sie ihre Arme um seinen Hals, streichelte sein Gesicht und küsste ihn so innig, dass sein Widerstand zerbrach und er sie endlich umfasste, fest an sich drückte und all ihre Küsse nach Herzenslust erwiderte.
»Sag wieder *amor* zu mir«, bettelte sie.
Mit den Lippen ertastete er die samtweiche Haut ihres Hals-

ansatzes und flüsterte ihr alle Zärtlichkeiten und Kosenamen ins Ohr, die ihm nur einfallen wollten. Da seufzte sie wie ein zufriedenes Kätzchen und schmiegte sich fest an ihn.

***

Rocafort thronte auf einem mächtigen Felsbrocken, der seinerseits einen Hügel krönte, hoch über dem Flüsschen Agli. Burgmauer und Felsen bildeten eine steile, fast zweihundert Fuß hohe Klippe über dem Fluss, die für einen Angreifer schier unmöglich zu erklimmen war. Vom Turm hatte man einen ungehinderten Blick über das ganze Tal, keinem Feind würde es gelingen, sich unbemerkt zu nähern. Unten am Fluss befand sich eine Zollstelle an der Straße, die von Kaufleuten auf ihrem Weg von Colliur und Perpinhá bis Carcassona oder Tolosa benutzt wurde. Eine willkommene Einkunftsquelle für den Burgherrn.

Von der anderen, der Bergseite war der Anstieg sanfter, und dort oben lag das Dorf Rocafort zu Füßen der Burg. Die Hütten der Bauern waren aus einfachen Feldsteinen errichtet und zeugten doch von bescheidenem Wohlstand. Den Mittelpunkt der Gemeinschaft bildete die Schmiede, ein wenig als Gegengewicht zu den Herrschaften auf der Burg, und der Schmied, ein angesehener Mann, sprach für das ganze Dorf. Doch es gab selten Streit. Raol war zwar ein strengerer Herr als sein Vater Jaufré, aber gerecht. Äcker und Wiesen waren gut instand gehalten, Vieh und Volk wohlgenährt. Elend und Lumpen, wie in manch anderen Dörfern, sah man nicht. Dem Klan der Montalban war es gelungen, Krieg und Fehden fernzuhalten, und Gott hatte ihre Mühen belohnt, indem er sie von Hungersnot und Seuchen verschont hatte.

Der alte *Senher* Jaufré saß hoch oben auf der Burg in seiner *aula* und hielt den Glaskelch ans Licht, um die Farbe des Weins zu prüfen. Dann kostete er genüsslich einen Schluck.

»Ein guter Jahrgang«, sagte er. »Das warme Herbstwetter hat fürwahr nicht geschadet.«
Hamid nickte und trank ihm zu. Obwohl sein Glaube es verbot, war er einem guten Tropfen nicht abgeneigt. Aber das lag wohl daran, dass er es mit der Frömmigkeit noch nie besonders ernst genommen hatte.
Die *aula* war nicht groß, ein wenig dunkel und rußig, vor allem zugig im Winter, aber hier wurden nicht nur die Mahlzeiten der Burgherren eingenommen, hier hielt man auch alle wichtigen Gastmahle oder Beratungen ab, so wie heute. Es gab einiges zu besprechen, denn sosehr man sich auch auf Rocafort geehrt fühlte, dass die junge Vizegräfin von Narbona bei ihnen Zuflucht gesucht hatte, so war sie nun schon lange hier, und etwaige Folgen dieses Aufenthalts galt es zu bedenken.
Die Köchin, eine wohlgerundete, stattliche Person in den späten Vierzigern, trat ein und begann, Jaufré eine wollene Decke um die Schultern zu legen.
»Hör auf, mich zu bemuttern, Weib«, knurrte der und schob die Decke von sich.
»Dann gib sie mir.« Hamid legte sie sich über den Schoß. »An euer kaltes Wetter habe ich mich noch immer nicht gewöhnt.«
»Du willst nicht wahrhaben, Jaufré, dass du langsam alt wirst«, ließ die *cosiniera* in spitzem Ton vernehmen. »Wir alle werden alt. Was ist daran so schlimm?« Erhobenen Hauptes verließ sie den Raum.
»Befrei mich einer von Weibern, die einen nichts als gängeln und bevormunden wollen. Sie und ihre Tochter Maria. Nicht auszuhalten.«
Auch wenn er es nicht gerne zugab, aber die *Domna Cosiniera* herrschte in der Burg, als sei sie die Herrin, und es war nicht gut, ihr in die Quere zu kommen. Dass sie Jaufré mehr als eine Dienstbotin war, wussten alle.
»Hör auf, dich zu beklagen«, brummte Raol, sein Sohn. »Du hast es doch ganz gern.«
Raol war seinem Vater wie aus dem Gesicht geschnitten.

Doch wo der eine im Alter sehnig und mager geworden war, schlohweißes Haar hatte und ein Gesicht wie gegerbtes Leder, da war der Sohn noch im besten Mannesalter, dunkelhaarig, kräftig und von beeindruckender Statur. Er hinkte ein wenig. Andenken an eine Kriegsverletzung im Heiligen Land.

»Jaja«, murrte Jaufré. »Sie meint es gut, ich weiß.«

»Reden wir besser über Arnaut«, sagte Raol. »Die Sache macht mir Sorgen.«

»Was willst du? Er hat sich doch wacker geschlagen. Ein Teufelskerl, wenn du mich fragst. Geschieht nicht alle Tage, dass man eine Fürstin rettet, noch dazu aus ihrem eigenen Palast.«

Jaufré liebte seinen Enkel. Adela war die Einzige von seinen drei Kindern, die ihm Nachwuchs beschert hatte. Raol und Martin waren die gemeinsamen Söhne seiner lieben, angetrauten Berta, leider schon vor vielen Jahren verstorben. Auch Martin war früh bei einem Scharmützel ums Leben gekommen. Und Raol? Nun, Raol war nicht wie jedermann. Er hatte zwanzig Jahre im Heiligen Land gedient und war als ein in sich gekehrter Einzelgänger zurückgekommen, der weder Weib noch Kinder wollte. Wer weiß, was Raol dort erlebt hatte, er sprach nur selten über diese Zeit. Und Jaufré, der die Greuel des Krieges in Outremer zur Genüge kannte, dem blutete das Herz für seinen Sohn.

»Er bringt uns in eine schwierige Lage«, sagte Raol.

»Da hast du recht.«

So herzlich sie Ermengarda zugetan waren, und besonders Jaufré konnte ihr kaum widerstehen, so beunruhigend war die Tatsache, dass sie hier auf Rocafort die entflohene Braut ihres Lehnsherrn beherbergten. Schlimmer noch, denn einer aus ihrem Klan hatte das Mädel selbst entführt. Nicht auszudenken, was geschehen würde, wenn diese Kunde Tolosa erreichte. Was sollten sie tun?

»Verdammt noch mal«, polterte Jaufré, nachdem ihm mit einem Mal die ganze Tragweite bewusst geworden war, denn in den vergangenen Wochen war er solchen Überlegungen

eher ausgewichen. »Der Junge hat zu viel vom Blut seines nichtsnutzigen Vaters geerbt. Er denkt nicht nach, ist in allem zu stürmisch.«
Hamid begann zu lachen. »Erst lobst du ihn in den Himmel … Und wenn wir schon von Blut sprechen, mein Lieber, dann erinnere dich gefälligst an deine eigenen Jugendsünden. Da könnte ich so manche aufzählen.«
Jaufré starrte ihn an. Dann musste er lachen. »Also schön. Es liegt wohl in der Familie. Aber was tun wir jetzt, um dem Bengel zu helfen?«
»Es hat auch sein Gutes«, sagte Raol mit Bedacht. »Vielleicht ist dies die Gelegenheit, unsere Gefolgschaft zu verlagern und neue Bindungen einzugehen.«
Jaufré sah ihn erstaunt an. »Was meinst du damit?«
»Unsere Nachbarn sind alle mit Narbona oder mit den Katalanen verbündet«, sprang Hamid bei. »Nur wir halten weiter zu Tolosa. Wir stehen allein in der Region.«
»Meint ihr, das weiß ich nicht?«, fragte Jaufré. »Warum wohl hat Adela diesen Kerl von Peirapertusa geheiratet? Warum ist Robert, Arnauts Bruder, dort jetzt als Knappe in der Ausbildung?«
»Um uns durch solche Bündnisse zu schützen, ich weiß«, erwiderte Raol. »Aber noch besser, wenn wir uns Narbona selbst annähern. Ich zähle auf Barcelona in diesem Streit um die Vermählung. Ramon Berenguer wird Narbona nicht fallen lassen. Außerdem hätte Bruder Aimar Ermengarda nicht ermuntert, nach Süden zu reiten, wenn es nicht so wäre. Ihm hast du immer vertraut, Vater.«
Jaufré brummte etwas Unverständliches. Jede Erwähnung des Mönchs schmerzte ihn.
»Und was die Menerbas betrifft«, fuhr Raol fort, »die sind mächtige Leute in der Vizegrafschaft Narbona. Wir sollten uns gut mit ihnen stellen.«
»Hast du deshalb dem jungen Felipe den Gaul geschenkt?«
Raol nickte. »Was wir für ihn und Ermengarda tun, kann uns

nur nützen. Sie werden sich daran erinnern. Und falls Alfons die Sache verliert, wird vielleicht Felipe ihr Gemahl und neuer Herrscher über Narbona. Er hat doch die ganze Flucht eingefädelt. Nicht ohne Hintergedanken, will ich meinen.«
Raol nahm einen tiefen Schluck, um seine Kehle anzufeuchten. So viel hatte er schon lange nicht mehr geredet. *Domna* Adela betrat den Raum und setzte sich zu den Männern.
»Worum geht es?«, fragte sie.
»Ob der junge Felipe einmal Ermengarda heiraten wird, falls es ihnen tatsächlich gelingen sollte, den Tolosaner abzuschütteln«, sagte Hamid. »Raol will ihn sich warmhalten. Aber in diesem Punkt habe ich schlechte Neuigkeiten.«
»Ich weiß schon«, sagte Adela sofort. »Sie macht Arnaut schöne Augen und nicht Felipe.«
»So ist es«, bestätigte Hamid. »Und Felipe weiß es auch. Er ist nicht glücklich darüber. Da braut sich was zusammen.«
»Verdammt«, fluchte Raol.
»Mein Sohn darf lieben, wen er will«, sagte Adela. »Daran soll auch ein Menerba nichts ändern.«
»Und wir gehören zu Tolosa«, rief Jaufré und schlug mit der Faust auf den Tisch. »Und daran wird nicht gerüttelt, solange ich lebe.« Jaufré hatte eine lange Geschichte mit den Herrschern von Tolosa. Manche munkelten, es sei um mehr als nur ein Lehen gegangen, obwohl man nichts Genaues wusste.
Raol verdrehte die Augen. »Bin ich der Einzige, der hier klar denken kann?«, fragte er gereizt.
»Sie wollen bald aufbrechen«, sagte Adela. »Nach Carcassona.«
»Für die Trencavels sieht es nicht gut aus, wie ich höre«, gab Hamid zu bedenken. »Wenn die Katalanen nicht bald eingreifen, ist es nicht weit her mit deinen Hoffnungen, Raol.«
»Ich will nicht, dass Arnaut alleine reitet«, sagte Adela. »Nicht in Gegenden, wo Krieg herrscht. Stellt ihm eine Eskorte zur Seite.«
Jaufré stimmte zu. »Brun soll mit ihm reiten. Und fünf Mann

dazu.« Brun war schon seit Ewigkeiten der *capitan* der Wachmannschaft der Burg. Nicht mehr jung, aber ein verlässlicher Mann und erfahrener Krieger.
»Ich reite selbst«, sagte Raol zu aller Überraschung. »Werde doch meinen Neffen nicht allein lassen.«
Adela tätschelte ihm die Wange. »Danke, Bruderherz.«

***

»Ich werde Euch vermissen, *Midomna*«, sagte Adela.
Trotz aller Ehrerbietung hatte Adela eine natürliche, warmherzige Art, mit ihr zu reden. Mit ihrer eigenen Mutter hätte Ermengarda sich nicht wohler fühlen können. Sie fasste nach Adelas Hand.
»Mir geht es nicht anders«, erwiderte sie.
Ja, sie beneidete die Menschen hier auf Rocafort. Großvater Jaufré, der sich gern als Rauhbein gab und trotzdem so verständnisvoll sein konnte. Der oft streng blickende Raol, der sich auf seine wortkarge Art um alles kümmerte, dem die Bauern blind vertrauten. Und beim alten Hamid hatte man das Gefühl, er könne einem direkt ins Herz schauen. Arnauts Bruder hatte sie noch nicht kennengelernt, dafür aber Ada, die Schwester, ein vorwitziges Mädchen, das seine hübsche Stupsnase in alles zu stecken schien, was sie nichts anging. Und natürlich *Domna* Adela, die mit so viel Stolz auf ihren ältesten Sohn blickte.
»Ich wünschte, ich müsste niemals fort«, fügte Ermengarda hinzu. Ach, wie verlockend, all die hässlichen Dinge da draußen zu vergessen und zusammen mit Arnaut für immer hier in dieser *familia* bleiben zu dürfen. Vor allem mit Arnaut.
Wie schon oft wurde ihr schmerzlich bewusst, dass sie keine Freundin hatte, keine Frau, mit der sie sich hätte austauschen können. *Domna* Adela war so jemand, der sie gern ihre geheimsten Ängste und Gefühle anvertraut hätte, doch gleichzeitig fiel es ihr schwer.

»Ich meine …«, stammelte sie und brach dann ab, denn sie schämte sich, über Arnaut zu reden.
»Ich weiß«, sagte Adela sanft. »Ich habe Augen im Kopf. Leider kann auch eine Fürstin nicht alles haben, was sie sich wünscht. Und das tut weh.«
Bei diesen Worten lief Ermengarda eine Träne die Wange herab. Sie wischte sie nicht weg, saß nur still da und blickte aus dem Fenster, ohne wirklich etwas wahrzunehmen.
»Wenn Ihr erlaubt, *Midomna,* Ihr seid einen schweren Weg gegangen, denn die Welt wird von Männern beherrscht, und wir Frauen können nicht einfach tun und lassen, was wir wollen. Aber damit sag ich Euch gewiss nichts Neues. Ihr müsst also mit Weisheit vorgehen, die Stärken der Männer nutzen. Stellt Euch nicht gegen sie, sondern bringt sie auf Eure Seite, damit sie für Euch kämpfen. Ihr habt alle Gaben dazu. Ein starkes Herz, Klugheit, eine beredte Zunge und Geschick im Umgang mit Menschen. Wenn Ihr Euch immer darauf besinnt, ist mir nicht bange.«
Ermengarda dachte darüber nach. »Ich will es mir merken«, sagte sie.
Adela bürstete ihr schweigend das Haar und flocht dann hauchdünne, bunte Seidenbändchen hinein. Zuletzt setzte sie ihr einen feinen Goldreif auf die Stirn und hielt ihr lächelnd den Spiegel vor.
»Nun seht Ihr aus wie eine Königin«, sagte sie.
»Wem gehört der Reif? Ist es Euer?«
»Er gehörte Berta, der Frau meines Vaters. Seiner wirklichen Frau. Ich bin ja nur ein Bastardkind.« Sie lachte über Ermengardas verlegenes Gesicht. »Mein Vater hat nie einen Unterschied gemacht. Er hat beide Frauen geliebt und uns Kinder ebenso. Die arme Berta musste vierzehn Jahre lang auf ihn warten, während er sich im Heiligen Land herumgetrieben hat. Mich hat er von dort mitgebracht, und Berta ist meine zweite Mutter geworden. Ich war sehr traurig, als sie starb.«

»Es gibt also auch gute Stiefmütter?«, fragte Ermengarda mit einem bitteren Lächeln.
»Natürlich.«
»Es heißt, meine Mutter habe meinen Vater vergöttert, wie alle, die ihn kannten. Ob er sie jedoch geliebt hat, weiß ich nicht. Nach ihrem Tod hat er jedenfalls gleich Ermessenda geheiratet, die damals noch sehr jung war. Sie hatte schon immer eine Gabe, Männer zu verführen. An meine eigene Mutter kann ich mich kaum noch erinnern. Ein verschwommenes Gesicht, Wärme, eine sanfte Stimme, mehr weiß ich nicht. Dies hier ist alles, was ich von ihr habe. Alles andere hat Ermessenda verschenkt oder vernichtet.« Sie hob den Rubin ans Licht, den sie an seiner dünnen Kette auf der Brust trug.
»Oh, was für ein herrlicher Stein!«
Adela betrachtete eingehend das Schmuckstück.
»Nicht sehr groß, aber ich liebe ihn.«
»Wie wenig einem doch meist von den geliebten Menschen bleibt«, sagte Adela. »Von meiner Mutter Noura habe ich ein Amulett, das eine Haarlocke enthält. Seltsam, es wird nie grau und ist immer noch so schön und glänzend, wie ich es in Erinnerung habe. Und dann ist da noch ein altes, abgewetztes Madonnenfigürchen. Auch das ist mir ein heiliges Andenken, denn sie pflegte täglich zur Jungfrau Maria zu beten.«
Ermengarda lächelte. »Ganz wie Arnaut.«
Adela warf ihr einen überraschten Blick zu. »Ihr habt es bemerkt?«
»Immer bei Sonnenuntergang.«
»Es ist eine Familiengewohnheit.«
»Wie war Eure Mutter?«
»Sie war klug und sehr gelehrt. Aus einer reichen armenischen Familie. Ich musste lesen und schreiben bei ihr lernen, Latein und Griechisch. Da konnte sie recht streng sein.«
»Und wie ist *Senher* Jaufré ihr begegnet?«
»Bei der Eroberung von Antiochia. Es war ein unvorstellbares Gemetzel. Er hat sie in den Trümmern ihres Hauses

gefunden und vor den Plünderern beschützt. Ihre gesamte Familie ist damals umgekommen.«

»Oh, wie schrecklich.«

»Ja, es muss schlimm gewesen sein. Oft hab ich sie später noch weinen sehen. Die kleine Madonna stammte aus ihrer Kindheit und war das Einzige, was ihr aus Antiochia geblieben war. Nein, ich vergaß, da war auch noch ein goldener Leuchter. Damit hat sie ihren eigenen kleinen Altar geschmückt. Ein gesticktes Tuch, die Madonna, ein Hauch von Weihrauch. Abends zündete sie die Kerzen an, und wir beteten. Meist für meinen Vater, denn der war damals für die Tolosaner an vielen Kriegshandlungen und Raubzügen beteiligt. Vor allem während der Belagerung von Tripolis. Aber mit ihm hat sie glückliche Jahre verbracht. Wir besaßen ein Anwesen in den Hügeln über Tripolis, und meine größte Freude war es, über die blühenden Felder zu galoppieren. Ich war schon immer ein Pferdenarr. Eines Tages kamen türkische Krieger. Ich selbst bin nur durch Zufall entkommen. Sie haben alle auf dem Gut umgebracht, alles Wertvolle mitgenommen, auch den Leuchter. Meine Mutter hat noch versucht, sich zu verteidigen, aber …«

Adelas Lippen bebten, so überwältigt war sie von den alten Erinnerungen.

Ermengarda stand auf und legte ihre Arme um sie. Einen Augenblick lang hielten sie sich fest umschlungen.

Da stürmte Ada ins Gemach. »Was ist mit euch?«

»Nichts, mein Engel. Komm her und setz dich zu uns.«

Ada trat zu ihrer Mutter, die sich eine Träne aus dem Augenwinkel wischte, und besah sich Ermengarda im spärlichen Licht, das durch die kleinen Fenster des Frauengemachs fiel.

»Herr im Himmel, wie bist du schön«, platzte sie heraus.

»Man sagt: Wie schön Ihr seid, *Midomna*«, verbesserte Adela wieder lächelnd. »Es wird Zeit, dass du höfische Manieren lernst. Schließlich ist unser Gast eine *vescomtessa.*«

Ermengarda zwinkerte der kleinen Ada freundlich zu. »Ich

habe eine Schwester in deinem Alter«, sagte sie. »Sie würde dir bestimmt gefallen. Nina heißt sie. Und ich vermisse sie sehr.«

***

Am Nachmittag des nächsten Tages zog es Ermengarda in die Kapelle gegenüber der Burg, um in Ruhe nachzudenken. In einer kleinen Festung wie Rocafort war es eng, man war immerfort von Menschen umgeben, Gesinde, Wachleute, Mägde. Knechte, die Futter für die Pferde abluden, Bauern, die etwas zu besprechen hatten, oder Dorfweiber, die im Vorhof ihr Brot buken. Hier in der winzigen Kirche hoffte sie, eine Weile allein zu bleiben, denn es verlangte sie nach Stille und Besinnung, um ihre Gedanken zu ordnen.

Sie zog den Umhang enger um die Schultern, denn es war kalt im Inneren des Gemäuers. Nur eine einzelne Kerze auf dem Altar erhellte den spärlich ausgestatteten Innenraum. An ihr entzündete sie eine zweite und betrachtete das schöne Heiligenbild der Mutter Gottes, das in einer Nische hing. In kräftigen Tönen und mit Goldfarbe verziert, zeigte es die Jungfrau Maria, die mit Liebe und sanfter Trauer auf das Kind in ihren Armen blickte, als erahne sie bereits das Schicksal, das der Herrgott dem Sohn vorgezeichnet hatte. Ein Geschenk, das *Domna* Adela als Elfjährige aus Outremer mitgebracht hatte, ein Andenken an die Kindheit und an ihre Mutter, die in den Hügeln über Tripolis begraben lag.

Bei der Betrachtung der Madonna fragte sich Ermengarda, ob ihre eigene Mutter sie wohl je so zärtlich gehalten hatte. Als sie fünf war, war auch der Vater gestorben, drei Jahre später ihr Bruder. Seitdem war sie als Waise aufgewachsen.

Auch wenn Rocafort wie eine Familie für sie geworden war, so eine, wie sie nie gehabt hatte, durfte sie dennoch nicht ewig bleiben. Ihre Verletzung war geheilt, es war an der Zeit, ihr Schicksal in die Hand zu nehmen.

Unwillkürlich tastete sie unter dem Umhang nach den vernarbten Wunden. Es tat nicht mehr weh, nur noch ein mildes Prickeln ließ sich spüren, wenn sie daran rührte. Doch die Erinnerung an den Schuss war ihr jeden Tag gegenwärtig. Dass es die eigene Stiefmutter gewesen war, die den Todesschützen bestellt hatte, konnte sie nicht vergessen. Außerdem war der Mörder immer noch da draußen. Und wenn nicht er, dann ein anderer. Sie musste sich von der Bedrohung befreien. Und es dürstete sie, zum Gegenschlag auszuholen. La Belas Tat musste gesühnt werden.
Leider hatte die Nachricht Rocafort erreicht, dass das Kriegsglück der Trencavels sich gewendet hatte, dass die Brüder mehr darauf bedacht waren, ihr Gebiet zu schützen, als Alfons weiter anzugreifen. Vielleicht hielt man die junge Erbin für tot. Ja, das musste es sein. Für die Trencavels war sie seit Monaten verschollen, und für eine tote Ermengarda musste man sich nicht mehr ins Zeug legen. Ihr öffentliches Erscheinen war also wichtig. Sie sollte für sich selbst einstehen, den Verbündeten Mut machen. Möglicherweise konnte sie das Heft herumreißen, sie überzeugen, mehr Eifer in den Kampf zu legen und Alfons zu zwingen, seine Ansprüche aufzugeben.
Außerdem würde sie an den König schreiben, wie Raimon es vorgeschlagen hatte, sicher auch nach Barcelona. Vielleicht ließe sich sogar Geld auftreiben, bei den *cambiadors* in Carcassona zum Beispiel. Für irgendetwas musste ihr Titel doch gut sein. Dann könnte sie selbst ein Heer aufstellen. Aber gleich kamen ihr wieder Zweifel. War das nicht vermessen? Sie war doch kein kriegserfahrener Mann, nur ein junges Mädchen. Was konnte sie schon ausrichten? Aber eine innere Stimme flüsterte beharrlich, warum nicht, warum nicht?
Je mehr sie in den letzten Wochen erlebt und über alles nachgedacht hatte, je mehr hatte sie begonnen, die Zusammenhänge zu begreifen. Nun war es an der Zeit, diese Einsichten für sich zu nutzen. Sie musste endlich wie eine Fürstin denken

und handeln, eben nicht mehr wie ein junges Mädchen. Vielleicht konnte Felipe seinen Vater umstimmen, ihr zu helfen. Sie sollte ihn dazu bewegen, sich mit dem Vater zu versöhnen. Auf den Erzbischof konnte sie nicht zählen. Aber da waren die Bürger von Narbona, die Kaufleute. Auch sie hatten Macht. Und die Juden mit ihrem Geld. Sie überlegte. Was gab es noch für Möglichkeiten?

Hinter sich spürte sie einen Luftzug. Die Kerzen flackerten. Als sie sich umdrehte, gewahrte sie Felipe, der in die Kapelle getreten war. »Ich möchte dich nicht stören«, sagte er.

»Du störst nicht. Komm, setz dich her und bete mit mir.«

Sie ließen sich auf einer der Bänke nieder. Felipe starrte vor sich hin. Er schien etwas auf dem Herzen zu haben, aber sah aus, als scheute er sich, es auszusprechen.

»Was ist?« Sie legte ihm aufmunternd die Hand auf den Arm.

Da hielt es ihn nicht länger.

»Wen liebst du mehr, mich oder Arnaut?«, fragte er, und sie spürte ein Beben in seiner Stimme aus Unsicherheit und Furcht, schwankend zwischen Verzweiflung und Hoffnung, als hinge der Lauf der Welt von ihrer Antwort ab. Darüber erschrak sie.

»Ich liebe euch alle beide und Raimon dazu.« Etwas Besseres wollte ihr nicht einfallen.

Felipe starrte sie an. O Gott, dachte sie, er weiß, es ist nur eine dumme Ausflucht. Bevor sie sichs versah, schlang er seine Arme um sie und zog sie heftig an sich, um sie zu küssen. Sie wehrte sich, wandte ihr Gesicht ab.

»Hast du keine Angst, dich bei mir anzustecken«, fragte sie in ihrer Not. »Ich war doch bei den Aussätzigen. Hast du das vergessen?«

Felipe ließ sie los. Er sah sie lange an, ohne sich zu regen.

»Ja, steck mich nur an«, sagte er leise, ergeben, fast ehrfurchtsvoll. »Es würde mich glücklich machen. Was könnte ich mir Besseres wünschen, als ein einzig Schicksal mit dir zu teilen?«

So stark waren seine Gefühle? Tränen sprangen ihr in die Augen. »Oh, Felipe«, hauchte sie. »Es tut mir leid.«
»Du liebst also Arnaut.«
Ihr Schluchzen hallte seltsam von den Wänden zurück.
»Sag es mir!«
Es fiel ihr unendlich schwer, es offen zu bekennen. Aber dann hob sie die Augen und fand den Mut, ihm die Wahrheit zu sagen.
Sie nickte benommen. »Es ist wahr. Ich liebe Arnaut.«
Ganz still war er geworden. Durch ihre Tränen gewahrte sie ihn nur verschwommen. Bleich und steinern saß er da, wankte ein wenig. Dann sprang er auf und lief ohne ein weiteres Wort aus der Kapelle. Krachend fiel die Tür ins Schloss.
Ermengarda presste die Hand vor den Mund, als wollte sie das Gesagte ungesagt machen. Nun war aus unbekümmerter Leichtigkeit tiefer Ernst geworden. Sie hatte doch nur etwas Bewunderung genießen, ein wenig mit der Liebe spielen wollen. Aber jedes Mal, wenn sie in diesen Tagen Arnaut auch nur ansah, wurde ihr Herz schwer vor Sehnsucht nach ihm. War das die Liebe, die sie gesucht hatte? Ihr geliebter Ovid hätte gesagt, sie war wie Ikarus zu hoch geflogen und der Sonne zu nah gekommen. Es überkamen sie Schuldgefühle, als sie daran dachte, was sie Felipe angetan hatte. Ihr schwante, dass das Spiel mit dem Feuer Folgen haben würde, für alle drei.
Und diese Vorahnung täuschte sie nicht. Sie schreckte hoch, als von draußen Geschrei und Waffenlärm hereindrangen. Rasch bekreuzigte sie sich und rannte aus der Kapelle.
Draußen, zu ihrem Entsetzen, sah sie Arnaut und Felipe sich gegenseitig mit blanken Waffen angehen. Die Leute aus dem Dorf kamen angerannt und machten erschrockene Gesichter, doch keiner wagte, einzugreifen. Später sollte sie erfahren, dass Felipe, in einem Anfall von Raserei, seinen vermeintlichen Nebenbuhler Arnaut, der nichtsahnend auf dem Weg hinauf zur Burg gewesen war, vom Pferd gerissen hatte. Nun

hieben sie aufeinander ein, wobei sie weder Helm, Schild noch Rüstung trugen, nur ihre langen, ach so scharfen Schwerter.
»Nein!«, schrie sie auf und hastete zu den Kämpfenden, zwängte sich durch die Umstehenden. Sie merkte nicht, dass Arnaut zurückwich, nur parierte und sich verteidigte. Sie sah nur blitzende Klingen, die durch die Luft fuhren und sich klirrend kreuzten. Ein einziger gelungener Hieb würde genügen, einen von ihnen zu töten oder schwerstens zu verletzen. Alles in ihr bäumte sich dagegen auf. Hätte es Arnaut getroffen, ihr Herz wäre auf der Stelle stehengeblieben, kaum minder, läge Felipe blutend am Boden. Ungeachtet ihrer eigenen Sicherheit warf sie sich zwischen die Streithähne.
»Hört auf!«, schrie sie außer sich. »Hört sofort auf.«
»Geh aus dem Weg«, brüllte Felipe. »Oder willst du gleich mit ihm sterben?«
Als er merkte, dass Ermengardas Eingreifen Arnaut abgelenkt hatte, holte er erneut zum Schlag aus. Da warf sie sich wie eine Wildkatze gegen ihn, hängte sich mit beiden Händen an seinen Schwertarm und ließ nicht mehr los. Für einen Augenblick suchte Felipe freizukommen, dann endlich schien sich der rote Nebel vor seinen Augen zu lichten. Er ließ das Schwert fahren, stieß sie von sich und holte tief Luft.
»Angst um deinen Liebsten?«, fragte er gehässig. Heftig ging sein Atem, der Mund eine bittere Wunde. »Hast du auch schon sein Lager geteilt? Ich hoffe, es hat dir gefallen.«
Da erhob sich Ermengarda zu voller Größe und funkelte ihn zornig an. Wie konnte er es wagen? Fast hätte sie ihm ins Gesicht geschlagen, aber sie beherrschte sich. Doch hinnehmen durfte sie dies nicht. Sie war die Herrin von Narbona.
»Du vergisst wohl, wer ich bin, Felipe de Menerba«, sagte sie in einem schneidenden Ton, den ihr niemand zugetraut hätte. »Du hast mir Treue geschworen und schuldest mir Respekt. Und zollst du ihn nicht, so nimm dein verdammtes Schwert und troll dich.«
Es war sehr still geworden. Felipe stand lange unbeweglich

da und hielt ihrem wütenden Blick stand. Dann bückte er sich und hob die Waffe auf.
»Das will ich tun.« Mit diesen Worten ließ er sie beide stehen.
»Ermengarda …« Arnaut wollte erklären.
Sie fuhr herum. »Lass mich in Ruh«, fauchte sie.

***

Felipe hatte ohne ein weiteres Wort gepackt, die Rüstung angelegt und war auf seinem Wallach davongeritten. Den geschenkten Hengst ließ er zurück.
Ermengardas Auftritt hatte Arnaut erstaunt. Als habe sich das sanfte Kätzchen in eine Löwin verwandelt.
Vor allem verstand er nicht die Schroffheit, mit der sie ihn behandelt hatte, und war wütend und gekränkt. Es war, als machte sie ihn für den Vorfall verantwortlich. Dabei sah er in Felipes Angriff nichts weiter als einen vorübergehenden Ausbruch verletzter Eitelkeit. Der würde sich schon wieder beruhigen.
Es bedurfte Raimon, um ihm vorsichtig verständlich zu machen, dass sich hinter Felipes meist unbekümmertem Auftreten tiefe Gefühle für Ermengarda verbargen. Und dies nicht erst seit ihrer Flucht.
»Weshalb wohl hat er die Sache eingefädelt, den Zorn seiner Familie herausgefordert, vielleicht sogar sein Erbrecht aufs Spiel gesetzt? Keine kleine Sache. Und nun kommst du daher und nimmst sie ihm weg.«
»Ich? Denkst du, ich hab mich vorgedrängelt?«, verteidigte sich Arnaut. »Und hab ich etwa weniger gewagt als er? Mich hätten sie aufgeknüpft, wenn sie uns erwischt hätten. Und was ist mit dir? Du bist an deiner Wunde fast gestorben.«
Raimon erklärte ihm, dass mit Felipe ein bedeutender Pfeiler von Ermengardas zukünftiger Macht weggebrochen war.
»Die Menerbas sind nicht die einzige Stütze der Vizegrafschaft, aber doch eine wichtige«, sagte er. »Auf Felipes Vater wird sie sich kaum verlassen können. Der war immer auf la

Belas Seite und hat sie gegen jede Anfeindung verteidigt. Mit Felipe bestand die Hoffnung, dies zu ändern. Das kann man jetzt ja wohl vergessen.«
»Ist es meine Schuld?«
»Felipe denkt so.«
»Verflucht noch mal.«
»Vielleicht solltest du ihm nachreiten.«
»Soll ich mich dafür entschuldigen, dass er versucht hat, mich zu erschlagen?«
»Wohl nicht.« Raimon seufzte. »Dumme Geschichte.«
Dann räusperte er sich und fragte: »Habt ihr … du und Ermengarda … ich meine …«
Arnaut sah ihn ungläubig an. »Denkst du etwa …«
»Felipe scheint es zu glauben.« Raimon zog hilflos die Schultern hoch, als Arnaut ihn entrüstet anstarrte. »Ach, vergiss, was ich da gesagt habe.«
»Ihr müsst sehr schlecht von ihr denken. Und von mir wohl auch.«
»Nein. Natürlich nicht.«
Arnaut war jetzt richtig wütend. »Wenn du von mir schon nichts hältst, vergiss nicht, sie ist unsere Herrin und keine Dienstmagd, die sich mit jedem Knecht im Heu wälzt.«
»Es tut mir leid.«
»*Putan*, Raimon. Das sollte es auch.« Arnaut konnte richtig furchterregend aussehen, wenn er wütend war.
»Es tut mir leid«, sagte Raimon noch einmal.
Danach schwiegen sie. Es gab ja auch nichts mehr zu sagen. Eine dumme Geschichte in der Tat. Wie Raimon gesagt hatte.

***

Nach diesem Vorfall wollte Ermengarda allein sein und mit niemandem sprechen. Ungeachtet der Gefahr, dass der Meuchelmörder sie trotz aller Vorsichtsmaßnahmen aufgespürt haben könnte, ritt sie ohne Begleitung über die Felder.

Sosehr ihr Herz für Arnaut schlug, Felipes Freundschaft war ihr wichtig. Darüber hinaus spürte sie, genau wie Raimon, dass dies ein Rückschlag für ihre zukünftigen Bestrebungen war. Arnaut gab sie keine Schuld. Beim Anblick der blanken Schwerter hatte sie schieres Grauen erfasst. Wenn ihm etwas geschehen wäre, nicht auszudenken, sie hätte es nicht ertragen.

Nein, es war nicht seine Schuld. Auch nicht Felipes. Sie allein hatte versagt. Sie dachte an die lange Linie ihrer heldenhaften Vorfahren. Wenn sie über Narbona herrschen wollte, musste sie ihre Gefolgsleute vereinen, nicht Zwietracht säen. Auch wenn es schwerfiel, es stand ihr nicht an, kleinmütigen und eigensüchtigen Gefühlen nachzugeben. Auch Adela hatte so etwas angedeutet, glaubte sie zu wissen. Sie musste Selbstbeherrschung und Größe zeigen. Männer mochten Liebschaften haben, aber einer Frau von Rang war das verboten. In dieser Hinsicht war ihre Stiefmutter ein abschreckendes Beispiel. Eine Ermengarda von Narbona musste über jeden Zweifel erhaben sein und über jedem Tadel stehen. Das schwor sie sich.

Und doch konnte sie nicht anders, als immer wieder an Arnaut zu denken. Als ihr das Herz überlief, setzte sie sich an das Flüsschen Agli und weinte bitterlich.

Dann nahte der Abend. Sie ritt den Burghügel hinauf und führte das Pferd in den Stall, wo ein Knecht das Tier in Empfang nahm, um es zu versorgen. Sie streichelte den Wallach. Er hatte ihr bisher gute Dienste getan. Sie ritt ihn umso lieber, weil er Arnaut gehörte.

»Auf ein Wort, *Domina.*« Vor ihr stand Raol. Seine hohe Gestalt überragte sie. Fast ein wenig furchteinflößend sah er aus. »Wird Felipe verraten, wo Ihr Euch aufhaltet?«

Sie hatte erwartet, dass er ihr Vorhaltungen machen und die wilde Rauferei zur Last legen würde, die das ganze Dorf in Aufruhr gebracht hatte, nicht aber, dass er Felipes Treue anzweifelte.

»Nein. Das wird er nicht.«
»Verschmähte Liebe hat schon manche ins Unglück gestürzt.«
Sie senkte den Blick. »Aber verraten wird er mich nicht. Dafür lege ich meine Hand ins Feuer.« Als sie wagte, ihm wieder in die Augen zu schauen, sah sie, dass er sie freundlich ansah.
»Ihr wollt also nach Carcassona.«
»In Carcassona finden wir Unterstützung. Allein können wir nichts ausrichten.« Sie erklärte ihm, was sie vorhatte. Er nickte nur, hielt sich nicht weiter mit ihren Ausführungen auf.
»Ich werde Euch begleiten. Wir nehmen genügend Berittene mit, zum Schutz.« Als sie ihm danken wollte, unterbrach er. »Zunächst aber müsst Ihr hier noch einige Tage bleiben, *Midomna.* Wir werden herausfinden, wie die Dinge stehen. Niemand reitet in ein Kriegsgebiet ohne Kundschafter.« Er musterte sie streng, als dulde er keine Widerrede.
»Ich verstehe«, sagte sie kleinlaut. »Das ist wohl klüger.«
»In drei oder vier Tagen sind wir zurück. Dann könnt Ihr Eure Entscheidungen treffen.«
Und so kam es, dass Arnaut mit seinem Onkel und fünf Mann nach Norden ritt, ins Gebiet der Trencavels.

***

Es klopfte an die Kammertür oben im Turm.
»*Castelan,* wacht auf. Das müsst Ihr Euch ansehen.«
Jaufré stöhnte. Was, zum Teufel, fiel Brun nur ein, ihn beim Mittagsschlaf zu stören?
»Gnade dir Gott, wenn du mich wegen einer Dummheit aufgeweckt hast«, brummelte er vor sich hin und setzte sich auf die Bettkante. Das Turmgemach war schon seit Ewigkeiten sein Lieblingsort auf dieser Burg. Es hatte sogar einen richtigen Kamin mit Rauchfang. Hier legte er sich gern nach dem Mittagsmahl ein Weilchen aufs Ohr.

»Hört Ihr, *Castelan*? Es ist wichtig.«
»Komme ja schon.«
Jaufré mühte sich in seine Stiefel und zog einen warmen Umhang über. Er öffnete die Tür und erklomm die letzten Stufen bis zur Plattform auf der Turmzinne. Ein verdammt kühler Wind wehte hier oben, bemerkte er missmutig. Neben Bruns hünenhafter Gestalt stand der Wachmann, der Dienst hatte.
»Da, schaut.« Brun wies mit der Hand hinunter ins Tal, dort wo die Straße am Kloster Cubaria vorbei nach Osten verlief. »Da kommt ein ganzer Heerhaufen. Die Reiterschlange ist schier endlos.«
Jaufré rieb sich die Augen. Er sah nicht mehr so gut wie früher, aber auch er konnte in etwa die Reiter ausmachen und das Glitzern von Helmen in der Sonne.
»Verflucht! Werden wir angegriffen?«
»Sind wohl eher auf der Reise, meine ich. Scheinen nicht zum Kampf gerüstet zu sein.« Da ertönte auch schon ein freundliches Hornsignal.
»Kannst du ein Wappen erkennen?«
»Katalanen sind das, schätze ich.«
»Bist du sicher? Was wollen die hier?«
Inzwischen waren die Ersten am Zollposten an der Brücke angelangt, wo die Abzweigung zur Burg begann.
»Die kommen doch tatsächlich hier herauf.« Jaufré schüttelte den Kopf.
Hastig kletterten sie die Turmstiege hinab, durchquerten den inneren Burghof, dann noch einen Durchgang hinunter bis in die Vorburg, wo sich Ställe, Werkstätten und der große Backofen befanden. Aus allen Ecken der Burg kamen sie gelaufen, um den seltsamen Besuch zu beäugen. Da Brun das Burgtor sicherheitshalber hatte schließen lassen, erklomm alles die Stiege zu den Wehrgängen auf der Ringmauer. Von dort hatte man einen guten Blick über den kurzen Weg, der zum Burgtor hinaufführte, und die darunterliegende Dorfwiese. Jetzt

erschienen die ersten Reiter, woraufhin die Gänse heftig protestierend die Flucht ergriffen.
Immer mehr *soudadiers* tauchten zwischen den Hütten des Dorfes auf, gefolgt von kläffenden Hunden, Kindern und anderem neugierigen Volk. So ein Schauspiel hatte man schon lange nicht mehr gesehen. Silbern blitzten Helme und Kettenpanzer. Die flatternden Banner und bunten *sobrecots* der Ritter sorgten für Farbtupfer auf der Wiese, wo sich die Reiterschar jetzt sammelte. Mit steifen Gliedern stiegen die Männer von den Pferden, scherzten untereinander oder warfen den jungen Mägden Kusshände zu. Brun rief den Wachen zu, das Tor zu öffnen.
»Ist da ein Pfaffe unter ihnen?«, fragte Jaufré. »Oder täuschen mich meine Augen?«
»Das kann doch nicht sein …«, stammelte Ermengarda, die ebenfalls auf den Wehrgang geklettert war.
»Doch, doch. Es ist Bruder Aimar«, lachte Brun. »Und jetzt winkt er herauf.«
Auch andere riefen erstaunt Aimars Namen und deuteten mit den Fingern. Ermengarda war die Erste, die sich an Mägden und Knechten vorbeidrängte und eiligst die Stiege nahm, dicht gefolgt von Jaufré.
»Nicht so hastig, *Castelan*«, rief Brun. »Nicht, dass Ihr mir noch stürzt.«
Jaufré drehte sich ungehalten um. »Redest du auch schon so?«, zischte er ärgerlich. »Ich bin doch kein verdammter Greis.«
Dann war er unten angekommen und lief zum Tor hinaus. Doch Ermengarda hatte ihn um Längen geschlagen.
Sie flog Aimar in die Arme, der den Weg heraufgelaufen kam.
»Bist du's wirklich?«, schrie sie außer sich vor Freude, warf sich an seine Brust und küsste ihn fest auf beide Wangen. Dass ein solches Benehmen nicht sehr würdevoll für eine junge Fürstin war, war ihr in diesem Augenblick völlig gleichgültig. »Wie ist das möglich? Wir glaubten dich tot.«

»Ach, wie bin ich froh«, lachte er. »Wir haben so gehofft, Euch hier zu finden. Ich hatte also recht.«
Jetzt erst sah Ermengarda, dass auch Peire Rogier neben ihm stand. Auch der strahlte und verbeugte sich höflich.
»*Midomna.* Welch glückliches Wiedersehen.«
Aber jetzt drängte sich Jaufré vor. »Mein lieber Junge«, rief er. »Ich wusste doch, du bist nicht kleinzukriegen.« Rauh und herzlich packte er den Mönch um die Schultern und hatte feuchte Augen dabei. Und nun war auch Adela da, mit leuchtendem Gesicht und geröteten Wangen, heftig atmend vom Laufen und überhaupt vor lauter Aufregung.
»Aimar, du lebst! Ach, wie sind wir glücklich, dich zu sehen.«
Bruder Aimar machte sich von Jaufré los. »*Domna* Adela«, sagte er und küsste ihre Hände. »Wie schön Ihr doch seid.«
»Es ist nicht nett, eine alte Frau auf den Arm zu nehmen, *Fraire* Aimar«, sagte sie streng, aber mit Schalk in den Augen.
»Von wegen alte Frau!«, rief er empört. Er drehte sich zu Rogier um. »Na? Hab ich dir zu viel versprochen? Ist sie nicht eine Augenweide? Nicht weniger als eine Königin.«
Woraufhin Rogier sich seinerseits tief vor Adela verbeugte. Er hob an, etwas zum Besten zu geben, aber Jaufré unterbrach ihn ungeduldig.
»Hört auf, um meine Tochter zu balzen, ihr verdammten Kerle«, lachte er und packte Aimar am Arm. »Kommt in die *aula,* damit ihr alles erzählen könnt.«
Aimar zwinkerte noch schnell Raimon zu, bevor Jaufré ihn wegzerrte. Adela hakte sich auf der anderen Seite bei ihm unter, und so wanderten sie schwatzend zur Burg hinauf, Ermengarda und Raimon im Gefolge. Unterwegs gab es mehr Leute zu begrüßen, Ada umarmte und küsste Aimar freudig auf die Wange, dann das Gesinde, Knechte, Wachleute und zuletzt die Köchin.
»Ich hoffe, du hast wie üblich deinen Hunger mitgebracht«, rief sie, nachdem sie ihn an ihren üppigen Busen gedrückt

hatte. Alle wussten, dass er einer der glühendsten Bewunderer ihrer Kochkünste war. »Denn heute gibt es etwas Feines für dich.«
Und so dauerte es, bis sie unter viel Gerede die *aula* erreichten. Man setzte sich um die Tafel, Ermengarda erhielt den Ehrenplatz, dann tauchten Becher und Karaffen mit Wein wie von Zauberhand auf, Brot, Salz und etwas Käse, damit es ihnen nicht zu lang bis zum Abendmahl wurde.
Plötzlich fasste sich Aimar an den Kopf und sagte, da habe er doch in der Aufregung den *capitan* der Reitertruppe vergessen, und jemand lief, um den Mann zu holen.
Als dieser Edelmann die *aula* betrat, stellte ihn Aimar als Guillem Ramon de Castellvell vor, kriegserfahrener Reiterführer und Vertrauter des Grafen von Barcelona. Der so Gerühmte war in einer prächtigen Rüstung erschienen mit silberverziertem Helm unter dem Arm, klirrenden Sporen und einem gelbrot gestreiften Umhang in den Farben der Katalanen. Von Statur war er mittelgroß, von kräftigem Wuchs und trug einen riesigen schwarzen Schnurrbart im wettergegerbten Gesicht. Diese farbenfrohe Erscheinung verbeugte sich augenzwinkernd vor den Damen, besonders tief vor Ermengarda, begrüßte den *castelan* mit kräftigem Handschlag und stürzte gleich als Erstes einen Becher Wein hinunter.
»Die Straßen sind verflucht staubig«, sagte er und lachte.
»Wo der herkommt, gibt es mehr«, grinste Jaufré und schob eine ganze Karaffe vor ihn hin. »Wie viel Mann habt Ihr dabei, *Mossenher?*« Man sah gleich, dass sie sich mochten.
»Etwa zweihundert. Alles ausgewählte Männer.«
Jaufré zog die Brauen hoch. »Es wird uns ein wenig schwerfallen, sie alle zu verköstigen«, sagte er.
»Keine Angst. Wir versorgen uns selbst. Was wir nicht mitführen, werden wir im Umland kaufen.«
Sichtlich beruhigt trank Jaufré ihm zu und wandte sich wieder an Aimar. »Nun erzähl endlich, wie ihr den Wegelagerern entkommen seid.«

»Es war großes Glück eigentlich. Nachdem es Arnaut und den anderen …«, er sah sich um. »Wo ist Arnaut? Ist er nicht hier?«
»Er ist mit Raol nach Norden geritten«, sagte Ermengarda, »um zu sehen, wie es mit dem Krieg steht. Und Felipe hat uns verlassen. Nur damit du es gleich weißt.«
Mehr wollte sie vor den Anwesenden nicht sagen.
»Wir reden später darüber«, fügte Raimon rasch hinzu.
»Nun gut. Wo war ich stehengeblieben?« Ermengardas Bemerkung hatte Aimars Begeisterung etwas getrübt. »Als es euch also gelungen war, den Hinterhalt zu durchbrechen, rannten die Kerle zu den Pferden, um euch zu verfolgen. In dem Durcheinander konnten wir uns in die Büsche schlagen. Wir sind heimlich ein paar Tage in der Gegend herumgestrichen. Ihr wisst, die Leute auf dem Land reden gern. Da bleibt wenig verborgen. Wir haben dann munkeln hören, dass ihr entkommen seid. Das war eine Erleichterung!«
»Gausbert und sein Bruder steckten dahinter«, sagte Ermengarda.
»Ah. So etwas hatten wir fast vermutet. Und auch meine zweite Annahme ist ja zum Glück richtig gewesen. Da ihr uns nicht über das Gebirge gefolgt seid, war ich fast sicher, dass Arnaut euch nach Rocafort bringen würde. Jedenfalls haben wir uns durchgerungen, in deinem Auftrag, *Domina*, weiter nach Barcelona zu reisen. Zu Fuß. Die Pferde hatten sie uns genommen.«
»Und Geld hattet ihr auch keines.«
»Nein. Nur den Wechsel. Aber den hätte ich gar nicht einlösen können. Ich hab ihn immer noch gut verwahrt.« Er klopfte auf seine Gürteltasche. »Geld hatten wir also keines. Aber unser guter Dichterfreund hier«, dabei legte er Rogier die Hand auf die Schulter, »hat in den Dörfern gesungen, und ich hab für die Armen gesammelt, Gott möge mir verzeihen.«
»Scheint wenig erfolgreich gewesen zu sein«, grinste Jaufré, »so mager wie ihr beide ausseht.«

Nachdem sich das allgemeine Gelächter gelegt hatte, erzählte Aimar, dass sie den Grafen Ramon Berenguer in Barcelona nicht angetroffen hatten und den weiten Weg bis nach Saragossa hatten machen müssen, dem neuen Sitz des Königreichs Aragon. Die Stadt war erst vor etwa über zwanzig Jahren den Mauren entrissen worden. Begeistert begann er, von maurischen Palästen zu schwärmen, vom Hofleben und der Großzügigkeit des Fürsten. Seit der Verlobung mit der kleinen Königstochter Peronella regierte der Katalane Ramon Berenguer nun das vereinte Reich unter dem Titel *Princeps Aragonensis,* Fürst der Aragonesen, obwohl dem Namen nach immer noch der Vater der kleinen Prinzessin König war, Ramir der Mönch, wie man ihn nannte. Es hieß, dass er wohl vorhabe, sich demnächst wieder in ein Kloster zurückzuziehen.
Jedenfalls hatte man sie mit Pferden und Geld ausgestattet.
»Und das Wichtigste, *Midomna*«, sagte Rogier voller Begeisterung. »Man hat mir eine neue Laute geschenkt. Sie klingt noch vorzüglicher als die alte.«
Ermengarda erinnerte Aimar ungeduldig an das, was allen auf der Seele brannte. »Aber, hast du mit den Grafen über Narbona und meine Rechte gesprochen?«
»Das habe ich. Er hat sich viel Zeit genommen und war sehr verständnisvoll. Er plant, höchstselbst mit einem Heer zu kommen, um deiner Sache Nachdruck zu verschaffen.«
»Wirklich?«, fragte Ermengarda. »Das ist doch großartig.«
»Aber auf keinen Fall vor dem Frühjahr«, warnte der Baron von Castellvell. »Er kann nicht alles stehen und liegen lassen. Außerdem, so ein Heer zu sammeln, da ist die Jahreszeit in Betracht zu ziehen, das Wetter, Ihr versteht.«
»Und was ist Euer Auftrag, *Mossenher?*«, fragte sie ihn.
»Mein Befehl lautet, mich Eurer Person zu versichern, *Midomna,* und Euch unter allen Umständen zu schützen.«
»Eure Männer werden den Trencavels willkommen sein. Sie können Unterstützung gut gebrauchen, wie man so hört.«

»Da muss ich Euch enttäuschen, *Midomna.* Ich habe strikte Order, mich zu diesem Zeitpunkt in keine Kriegshandlungen einzumischen. Es geht unserem Herrn allein um Eure Sicherheit.«

»Ich bin doch nicht etwa Eure Gefangene?«

»Um Himmels willen, wie kommt Ihr darauf? Wir sind nur hier, um Euch zu dienen und zu verhindern, dass Ihr in falsche Hände geratet.«

Inzwischen hatten Castellvells Reiter sich auf der Wiese eingerichtet, Zelte aufgeschlagen und ein Kochfeuer entzündet. Auch aus der Burgküche waberten angenehme Düfte bis in die *aula.* Hamid und seine Frau Magdalena trafen ein, ebenso wie Severin. Sein Vater war vor einigen Jahren verstorben, dafür aber war auch der Schmied, der Dorfälteste, eingeladen.

Es wurde ein heiterer Abend. Die *cosiniera* hatte sich mal wieder überboten. Kalte Terrinen von Hasenfleisch, die sie im kühlen Keller verwahrt gehalten hatte, andere mit Gänseleber, gefolgt von gebratenen Wachteln und Fasanen, dann ein riesiger in Wein gedünsteter und mit Knoblauch gespickter Schinken, von dem sie eigenhändig jedem eine dicke Scheibe abschnitt. Als Nachtisch eingelagertes Winterobst in honiggesüßter und eingedickter Milch.

Aimar hielt sich den Bauch und schob den Teller von sich.

»Ich kann nicht mehr«, stöhnte er. »Die Augen sind immer größer als der Magen.« Er warf der Köchin eine Kusshand zu. »Wundervoll, meine liebe Cortesa.«

»Ich war immer der Meinung gewesen, die beste Küche gibt's nur in Catalonha«, bemerkte Guillem Ramon de Castellvell. »Aber nun muss ich zugeben, hier lebt es sich auch nicht schlecht.«

Er hob seinen Becher, strich sich den Schnurrbart und nickte allen Frauen mit einer angedeuteten Verbeugung zu. »Auf die Schönheit der Damen an Eurer Tafel, *Senher* Jaufré. Doch besondere Ehre unter ihnen gebührt *Domna* Cortesa. Ihr

seid eine wahre Meisterin.« Woraufhin die Angesprochene heftig errötete, denn solches Lob war sie nicht gewohnt.
»Wenn ich es recht verstanden habe, werter Guillem«, sagte Jaufré, »solltet Ihr unser Weibsvolk beschützen. Ihnen den Kopf zu verdrehen, davon war nicht die Rede.«
»Da habt Ihr recht«, grinste der Katalane zurück. »Obwohl es einem bei solch weiblicher Pracht verdammt schwerfällt, sich daran zu erinnern.«
Es wurde noch viel gelacht, dabei kräftig dem Wein zugesprochen, bis sich die meisten endlich müde zurückzogen. Nur Jaufré und sein Gast Castellvell wollten sich nicht von der Tafel vertreiben lassen. Noch lange zechten sie und erzählten einander Kriegsabenteuer, bis die Köchin kam und ein Machtwort sprach.
Unterdessen hatten sich Ermengarda, Aimar und Raimon noch auf der Wehrmauer getroffen, wobei Felipes Streit mit Arnaut sie natürlich am meisten beschäftigte.
»Ich habe so etwas kommen sehen«, sagte Aimar bekümmert. »Wenn du mir verzeihst, dies zu sagen, *Domina.*«
Ermengarda seufzte. »Felipe hat sich ungebührlich verhalten. Das konnte ich nicht hinnehmen. Aber im Grunde ist es meine Schuld. Ich hätte nicht …« Sie ließ den Satz unvollendet.
Rogier lächelte hintergründig. »Vielleicht hat Euch einer der Himmlischen einen Streich gespielt.«
»Einen Streich?«
»Sic erit: haeserunt tenues in corde sagittae, et possessa ferus pectora versat Amor.« Und als sie nicht gleich begriff, übersetzte er: »So spricht der Dichter: In meinem Herzen haften zarte Pfeile. Der wilde Amor hat sich meiner Brust bemächtigt, um dort Verwirrung zu stiften.«
Es war ein Glück, dass es so dunkel war, sonst hätten sie bemerkt, dass Ermengarda wie mit Blut übergossen dastand. Es dauerte einen Augenblick, bis sie sich gesammelt hatte.
»Ich schwöre es, von nun an wird so etwas nicht mehr vorkommen«, beteuerte sie.

Rogier schüttelte betrübt den Kopf.
»Amor ist nicht nur unberechenbar, sondern auch ein äußerst ungezogener Bengel, *Midomna.* Wie der gute Ovid gleich im Anschluss rät, es ist wohl besser, man ergibt sich. Denn ringt man mit ihm, wird dies die Flammen nur noch weiter schüren.«

Raols Plan

Nun weißt du, was Krieg bedeutet«, sagte Raol auf dem Weg zurück nach Rocafort.

Es hatte länger gedauert als geplant. Mehrfach hatten sie Umwege reiten müssen, um Truppen der einen oder anderen Seite aus dem Weg zu gehen. An den vielen Rauchsäulen am Horizont hatte sich erkennen lassen, wo sie gerade hausten. Abgebrannte Bauernkaten und angekohlte Leichen bildeten die Spur der Heerhaufen.

Krieger auf einem Feldzug müssen versorgt werden, und so war es nicht anders zu erwarten, als dass Reitertrupps das Land durchstreiften, um Getreide und Vieh zu beschlagnahmen.

Doch es schien nicht zu genügen, dem armen Landvolk ihr letztes Hab und Gut zu stehlen, man musste sie auch noch umbringen, so schien es, am besten nachdem alle Weiber im Dorf missbraucht worden waren. Tiere wurden wahllos und oft sinnlos geschlachtet. Arnaut erinnerte sich immer wieder an das Bild einer toten Kuh, der man hastig ein paar Fleischteile aus der Lende geschnitten hatte, um den Rest des Tieres der Verwesung zu überlassen. Es war nur eine verdammte Kuh, aber sie stand für die sinnlose Willkür und Grausamkeit dieser Plünderungen.

Neben den aufgeblähten, stinkenden Leichen ihrer Eltern hatten hungernde Kinder ihnen flehentlich die Hände entgegengestreckt, andere waren in Schrecken vor ihnen davongelaufen, nur weil sie Waffen trugen. Sie hatten geschändete

Frauen angetroffen, die mit letzter Kraft Männer und Söhne begruben, Trauben von Menschen, die vor den Klöstern um einen Kanten Brot bettelten. Auf den Höfen, die man verschont hatte, verteidigten Bauern mit Sichel und Mistgabel in der Faust ihre Habe vor den hungernden Flüchtlingen, die ihnen das Korn aus den Scheunen stahlen.

Arnaut hatte Mühe, die Eindrücke aus dem Kopf zu bekommen, konnte nachts nicht schlafen, wenn sie irgendwo in einer Scheune oder verlassenen Hütte ihr Lager aufgeschlagen hatten.

»Ist es immer so?«, fragte er.

Raol nickte grimmig. »Meistens.«

»Und in Outremer? War es da auch so?«

Raol antwortete nicht, aber Arnaut konnte sich sein Teil denken. Das Bild, das er vom edlen und heldenhaften Kriegerdasein gehabt hatte, war nun vom Blut und Dreck dieses Feldzugs besudelt. Das verwirrte ihn. Er wollte mit seinem Onkel darüber reden. Aber Raol verweigerte sich, schwieg grimmig.

Nach fünf Tagen erreichten sie wieder Rocafort, wo ihnen ihr heimisches Tal wie eine Insel der Ruhe und Glückseligkeit vorkam.

»Wie sieht es aus?«, fragte Jaufré besorgt.

»Hässlich«, erwiderte Raol und sah seinen Vater mit versteinerter Miene an. Sie wussten beide, wie es gemeint war.

Arnaut traute seinen Augen nicht, als er die katalanischen Ritter auf der Wiese sah. Der Anblick der vielen Pferde und blitzenden Rüstungen, aber vor allem das ausgelassene Lachen seiner Freunde ließen das gerade Erlebte ein wenig in den Hintergrund treten. Vielleicht hatte der Herrgott sie doch noch nicht vergessen. Besonders die Umarmung Bruder Aimars war wie eine Erlösung von den Sorgen um die verlorenen Freunde und den Schuldgefühlen, die er all die Wochen gehegt hatte. Man stellte ihnen *Senher* de Castellvell vor, ein Mann, der ihn beeindruckte. Und als dann Ermengarda ihn bei der

Hand nahm und auf die Wange küsste, schien die Welt doch wieder ein wenig besser zu sein.
Man versammelte sich in der *aula.* In knappen Worten schilderte Raol, was sie in Erfahrung gebracht hatten.
»Die Trencavels ziehen sich auf ihre Festungen zurück und überlassen es Alfons, das Land zu verheeren. Und es sieht ganz danach aus, als ob sie Carcassona belagern werden. Ein längeres und schwieriges Unterfangen, wenn man die Stärke der Stadtmauern gesehen hat. Ein paar Wochen, schätze ich daher, und sie werden sich einigen, irgendein Abkommen treffen.«
»Heißt das, von den Trencavels ist nicht mehr viel zu erwarten?«, fragte Ermengarda besorgt. Bei dieser Frage war es still geworden in der *aula.* Alle blickten auf Raol.
»Ganz recht«, sagte er und vermied es, sie anzusehen. »Sie werden sich noch ein wenig zieren und die Sache hinhalten. Das schulden sie ihrem Stolz. Alfons seinerseits wird sich hüten, zu viele Männer nutzlos an der Mauer sterben zu lassen. Es wird auf gegenseitige Zugeständnisse hinauslaufen. Nur, was Narbona betrifft …« Er ließ den Satz unvollendet.
Alle schwiegen, um das Gesagte zu verdauen. Dann räusperte sich *Senher* de Castellvell und lächelte Ermengarda bedauernd zu.
»Es wird wohl das Beste sein, meine Liebe, dass wir Euch nach Barcelona bringen. Schließlich sollten wir *Senher* Jaufrés Gastfreundlichkeit nicht allzu sehr überspannen. Die Tolosaner werden außerdem bald erfahren, dass wir uns hier aufhalten. Dann käme der Krieg auch in dieses schöne Tal.«
Ermengarda ließ die Schultern hängen. Sie schloss einen Augenblick lang die Augen und holte tief Luft. »Gibt es denn keine andere Möglichkeit? Ich bin nicht bereit, so schnell klein beizugeben.«
Jaufré hob nachdenklich die Brauen, ohne etwas zu sagen. Castellvell lächelte freundlich, zuckte aber mit den Schultern. Die anderen sahen sich hilflos an. Barcelona war wohl das

Beste, was immer das bedeuten mochte, denn ob Ramon Berenguer wirklich ein Heer schicken würde, das wusste Gott allein. Zumindest konnte man von dort aus versuchen, den Papst zu bewegen, die Vermählung mit Alfons aufzulösen. Sollte das nicht gelingen, war sie zu einem Leben in der Fremde verdammt, wo auch immer man ihr Aufnahme gewähren mochte. Niemand sprach. Kaum jemand wagte, Ermengarda in die Augen zu sehen.

»Nun«, sagte Raol plötzlich in die Stille hinein. »Da wäre noch eine andere Möglichkeit.«

Überrascht blickte Ermengarda auf und merkte, dass er sie ernst und unverwandt ansah. Dabei funkelte es bedeutungsvoll in seinen Augen. »Kommt darauf an, wie entschlossen Ihr seid, *Midomna.*«

»Sprecht, *Senher* Raol. Ich bitte Euch.«

»Alfons hat nur eine begrenzte Stärke zur Verfügung, wie wir herausgefunden haben. Und das, was er hat, liegt vor Carcassona. Falls er eine Besatzung in Narbona zurückgelassen hat, wird es sich nur um eine kleine, unbedeutende Truppe handeln.«

Beide, Jaufré und Castellvell, warfen ihm einen scharfen Blick zu. Wie Jagdhunde witterten die alten Krieger sofort, auf was er anspielte.

»Du willst doch nicht etwa …«, sagte Jaufré.

»Es würde die Sache schnell beenden«, antwortete Raol. »Vielleicht sogar blutlos, wenn man es richtig anstellt.«

»Will mir jemand erklären, wovon die Rede ist?«, fragte Ermengarda.

»Ich glaube, *Senher* Raol, *Midomna,* plant, Narbona zu erobern«, sagte Castellvell und strich sich nachdenklich über den Schnurrbart. »Und vermutlich will er sich dazu meiner Männer bedienen.«

»Narbona erobern? Aber das ist doch verrückt.«

Auch Arnaut starrte seinen Onkel erstaunt an.

»Verrückt? Vielleicht«, erwiderte Raol. »Doch weniger, als es klingt, wenn man es recht bedenkt. Wie Arnaut mir berichtet hat, ist der Großteil der Städter gegen Alfons. Auch viele der Adeligen halten sich zurück und warten ab. Der Erzbischof und die Vizegräfin werden nicht viel an Männern unter Waffen haben. Wir müssten sie nur überraschen, am besten nachts. Mit Unterstützung aus der Stadt selbst wäre es zu machen.«

Raimon, der schnell begriffen hatte, schlug vor: »Ich könnte vorausreiten und mit den richtigen Leuten reden. Die reichen Bürger und Kaufleute würden sich eine Herrscherin wünschen, die bereit ist, ihre Rechte auszuweiten. Damit könnte man die *militia urbana* auf unsere Seite bringen.«

»Aber, Raimon« sagte Ermengarda besorgt. »Das ist zu gefährlich. Man wird dich erkennen.«

»Es weiß doch keiner, dass ich mit dir geflohen bin.«

»La Bela wird es inzwischen wissen.«

»Aber nicht die Torwache. Einmal in der Stadt, wird mich keiner mehr finden. Jori sollte mit mir gehen. Der kann ganz unauffällig als Bote dienen.«

»Also ein Bürgeraufstand wie in Montpelher?«, fragte Jaufré und kratzte sich nachdenklich am Kinn.

»Genau so«, sagte Raol. »Ist die Stadt erst einmal in Ermengardas Hand, wird Alfons es nicht wagen, die Sache weiter zu verfolgen. Und Unterstützung aus Barcelona käme vielleicht auch zügiger.«

Arnaut und Ermengarda saßen plötzlich aufrechter auf ihren Stühlen. Sie hatten neue Hoffnung geschöpft. Bruder Aimars Miene dagegen drückte Bedenken aus. Gewaltanwendung war ihm nicht geheuer.

Da sagte Jaufré: »Du darfst keine Waffe gegen deinen Lehnsherrn erheben, Raol. Das weißt du so gut wie ich.«

»Ich werde mich aufs Ratschlagen beschränken, Vater.«

»Auch das ist schon ein Treuebruch. Aber gut, man kann es nachher nicht beweisen«, brummte Jaufré. »Ich habe dennoch ein mulmiges Gefühl dabei.«

»Was sagt Ihr, *Senher* Guillem Ramon?«, fragte Ermengarda.
»Nun, *Midomna.* An sich kein schlechter Plan«, ließ Castellvell sich vernehmen. »Es könnte klappen, wenn die Bürger Euch unterstützen. Vorausgesetzt, es gelingt, die Sache geheim zu halten. Verdammt noch mal«, er grinste auf einmal wie ein Lausbub, »es juckt mich schon, dabei zu sein. Leider darf ich meine Männer für einen solchen Angriff nicht zur Verfügung stellen. Mein Auftrag lautet, die Erbin zu schützen, nichts anderes«, sagte er bedauernd.
Ermengarda wollte widersprechen, aber Raol bedeutete ihr, ihm die Sache zu überlassen. »Verstehe, *Capitan.* Ihr dürft sie nur beschützen«, sagte er und fragte dann: »Heißt das, wo immer sie sich befindet?«
»In der Tat. Wo immer sie sich befindet.«
Raol lächelte etwas hinterhältig. »*Domna* Ermengarda ist eine mutige Frau. Das hat sie ja schon bewiesen. Und wenn sie sich nun in die Stadt begibt? Man kann sie ja schlecht anbinden, oder?«
Castellvell stutzte einen Augenblick lang, bis er verstand, worauf die Frage hinauslief. Auch das Wort *mutig* hatte seine Wirkung nicht verfehlt.
»Ihr seid mir einer, *Senher* Raol«, sagte er augenzwinkernd. »Mit Euch muss man sich in Acht nehmen. Aber recht habt Ihr. Anbinden können wir sie nicht.« Und dann begann er erst leise, dann immer lauter und heftiger zu lachen, bis sein Schnurrbart zitterte. »Selbst wenn sie direkt in die Hölle marschierte, bliebe uns weiß Gott nichts anderes übrig, als ihr zu folgen. Wir müssten sie selbst vor dem Teufel beschützen.« Bei diesen Worten überkam ihn aufs Neue eine unbändige Heiterkeit.
»Na, das ist doch ein Wort«, grinste Raol zufrieden.
Ermengarda drehte sich der Kopf, und bei dem Gedanken an das, was Raol vorhatte, zitterten ihr die Knie. Ein verrückter, viel zu tollkühner Vorschlag. Männer würden ihr Leben lassen. Sie sah von einem zum anderen. Jaufrés Gesichtsaus-

druck ließ sich nicht entschlüsseln. Aimar schien wenig überzeugt. Ihr Blick heftete sich auf Arnaut. Der nickte unmerklich mit dem Kopf und lächelte ihr zuversichtlich zu. Sie erinnerte sich, wie selbstlos und mutig er sie aus dem Palast befreit hatte, und auch die anderen Male, da er für sie gekämpft hatte. Er war der Jüngste unter den Männern, trotzdem hatte sie das Gefühl, alles mit ihm wagen zu können.

Und dann dachte sie wieder an Ermessendas Mordversuche. Hier war die Gelegenheit, zurückzuschlagen. Sie wandte ihren Blick auf Raol und Castellvell. Beides erfahrene Männer, wie aus Granit geschnitzt.

»*Senher* Raol«, sagte sie mit fester Stimme. »Ihr habt nach meiner Entschlossenheit gefragt. Die Antwort ist, mit Eurer und der Hilfe aller hier will ich es wagen.«

Und so wurde es entschieden.

Angriff auf Narbona.

***

»Warum bist du zurückgekommen?«, brüllte Tibaut.

Felipe konnte nicht mehr denken. Sein Kopf schmerzte, die Augen waren zugeschwollen. Blut tropfte von Nase und Lippen. Er versuchte, dem nächsten Schlag auszuweichen, doch wieder krachte ihm die schwere Faust ins Gesicht, und sein Hinterkopf schlug gegen den Stein der Kerkerwand. Er war auf den Boden gerutscht, lag schräg an die Wand gelehnt. Fußeisen und Kette schränkten seine Bewegungen ein.

»Was geht hier vor?«, schrie Tibaut ihm erneut ins Ohr. Felipe wusste nicht mehr, wie oft er diese und ähnliche Fragen schon gehört hatte. Tibaut, wie immer ganz in Schwarz gekleidet, kam ihm in der dunklen Zelle wie der leibhaftige Todesengel vor.

»Nichts«, lallte er.

Tibaut nickte dem massigen Wachmann zu, der noch einmal zuschlug. Wieder krachte Felipes Kopf gegen die Wand. In

seinen Ohren sang und dröhnte es. Das flackernde Licht einer Fackel blendete ihn. Der Kopf sackte ihm auf die Brust.
»Was wolltet ihr in Rocafort?«
Felipe leckte sich die zerschundenen Lippen. Ein Zahn fühlte sich locker an. »Rocafort?«, krächzte er. »Wo ist das?«
»Tu nicht so unschuldig. Man hat euch dort gesehen.«
»Geh zum Teufel.« Felipe spuckte Blut aus.
Sofort spürte er wieder die Faust im Gesicht. Jedes Mal fühlte es sich an, als laufe er mit voller Wucht in eine Wand. Sterne tanzten vor seinen Augen, warmes Blut rann ihm aus der Nase. Die war gewiss schon längst gebrochen. Aber nichts würde er diesem Schwein verraten. Was erlaubte sich der dahergelaufene Emporkömmling?
Seine verletzten Gefühle für Ermengarda, die Rauferei mit Arnaut, der Vater, der sich aus allem herauszuhalten schien, all dies hatte ihn seit Tagen in einen rebellischen Zustand grimmigen Trotzes versetzt. Anstatt sich zu verstecken, war er offen über den Marktplatz stolziert, als wollte er la Bela geradezu herausfordern.
»Schlag mich doch tot, wenn du den Mut hast«, schrie er und schleuderte Tibaut Hass und Verachtung ins Gesicht. »Na los, du Feigling.«
Der Wachmann hob die Faust, aber Tibaut winkte ab.
»Wo kommen diese fremden Ritter her?«, fragte er scharf.
»Ritter?« Davon wusste Felipe nichts. »Bist du irre, Mann?«, murmelte er und fühlte mit der Zunge nach dem Zahn. »Was für Ritter?«
Tibaut war verwirrt und deshalb besonders gereizt. Er hasste es, wenn er nicht den Durchblick hatte und die Dinge aus dem Ruder zu laufen schienen. Vor Tagen war sein Mann aufgeregt heimgekehrt, um von den neuesten Entwicklungen zu berichten. Für einen Anschlag auf Ermengarda sei es leider zu gefährlich gewesen. Von Rittern hatte er gefaselt, zweihundert Mann aus Catalonha angeblich. Eine kleine Schar, nicht genug, um sich darüber zu beunruhigen. Und dennoch.

Wieso tauchte plötzlich diese Reitertruppe aus dem Süden auf? Ermengarda war doch gar nicht bis Barcelona gekommen. Woher wussten die von ihr und wo sie zu finden war? Irgendetwas entging ihm hier, und das nagte an ihm.
Außerdem sah es aus, als ob die Sache la Bela über den Kopf zu wachsen drohte. Jeden Tag wurde sie unruhiger und ihm gegenüber gehässiger. Anscheinend waren ihr verspätet Gewissensbisse gekommen.
Jedenfalls hatte er sie nur mit Mühe davon abbringen können, Alfons eine Nachricht über das Auftauchen dieser Reitertruppe zu senden. Wenn der Graf von Ermengardas Aufenthaltsort erführe und sich einmischte, wäre ihnen jede Möglichkeit genommen, eigenständig zu handeln und das Mädel endlich auszulöschen. Die hatte schon genug Unruhe gestiftet. La Belas Machterhalt lag ihm genauso am Herzen wie ihr selbst, wenn nicht mehr, denn er hatte sich im Laufe der Jahre viele Feinde geschaffen. Ohne ihre vizegräfliche Hand über ihm war er Freiwild. Man würde ihn wie einen Hund davonjagen, besonders wenn man von den dreckigen Geschäften erfuhr, von denen selbst Ermessenda keine Ahnung hatte.
Er musterte Felipe. Wer von beiden mochte die Flucht angezettelt haben? Kaum vorstellbar, aber konnte es sein, dass Ermengarda selbst der Kopf der jungen Ausreißer war?
»Warum hast du deine Herzallerliebste verlassen?«
Felipe zuckte verächtlich mit den Schultern. »Sie ist nicht meine Herzallerliebste.«
»Was hat das Früchtchen vor? Sprich endlich!«
»Wie soll ich das wissen?«
»Will sie nach Barcelona?« Felipe antwortete nicht, stierte ihn nur schweigend an. »Oder nach Carcassona? Will sie mit den lächerlichen zweihundert Mann den Krieg gewinnen?«
Tibaut packte Felipe am Kragen und schüttelte ihn. »*Filh da puta.* Nun rede schon, du Hurensohn.«
Felipe grinste und nickte wie ein Besoffener.
»Klar. Den Krieg gewinnen. Wer will das nicht?«

»Alfons steht schon vor Carcassona. Und wo will sie dann hinrennen? Vielleicht nach Paris?« Er lachte gehässig.
»Weiß nicht«, stieß Felipe zwischen geschwollenen Lippen hervor. »Geht mich einen Scheißdreck an.«
Der Wachmann holte aus, um ihn wieder zu schlagen, aber Tibaut schüttelte den Kopf. »Genug jetzt. Wasch ihm das Blut ab.«
Ginge es nach ihm, hätte er das edle Muttersöhnchen noch härter angefasst, aber la Bela hatte darauf bestanden, den *filius* ihres ehemaligen Liebhabers nur mit Samthandschuhen anzufassen. Dabei wäre es besser, ihn als Mitwisser gleich ganz aus dem Weg zu räumen, spätestens sobald er ihn zum Sprechen gebracht hatte.
Er beobachtete, wie der Wachmann sich den Holzeimer mit dem Trinkwasser des Gefangenen griff und Felipe den Inhalt über den Kopf goss. Gleich morgen früh würde er seinen Mann wieder nach Rocafort schicken, um den Auftrag endlich zu erledigen.
»Es ist noch nicht zu Ende, *mon gartz*«, sagte Tibaut. »Dreimal ist dein Liebchen mir entkommen. Aber *fortuna* wird ihr nicht ewig lächeln.«
Felipe nahm kaum wahr, wie die eiserne Zellentür ins Schloss fiel und abgeschlossen wurde. Ihm dröhnte der Schädel, als hätte ihn ein Pferdehuf getroffen. Sein Gesicht fühlte sich wie Brei an. Stöhnend hob er den Arm und wischte sich mit dem Ärmel Blut und Wasser ab.
»Merda«, flüsterte er und betastete vorsichtig die Nase.
Zwei Tage lang hatten sie ihn hier im Turm schmoren lassen. Wahrscheinlich, um seinen Mut zu brechen. Nun dies. Und es würde nicht das letzte Mal sein, dass Tibaut ihn peinigte, das war ihm klar.
Dann dachte er an Serrabona. Noch benebelt von den Schlägen, sah er das Bild eines Kerls mit Armbrust vor sich und Ermengarda mit einem Pfeil in der Brust niedersinken. Sein Herz krampfte sich zusammen. O Gott. Sie werden sie ermorden.

Und Tibaut war das Schwein, das dahintersteckte. Der Mann ist des Todes, so schwor er sich. Umbringen werde ich ihn, sobald ich hier herauskomme. Dass er freikommen würde, daran hegte er keinen Zweifel. Sie hatten nicht den Mut, ihm etwas anzutun, nicht dem Sohn des Vizegrafen von Menerba.
Aber handelte Tibaut auf eigene Faust? Wie weit war Ermessenda selbst verstrickt? Er verfluchte seine eigene Dummheit. Er hatte sich in Narbona sicher gefühlt, schließlich konnte ihm niemand eine Beteiligung an Ermengardas Flucht nachweisen. Auf Fragen der Leute hatte er nicht ohne zweideutiges Grinsen behauptet, er sei die ganze Zeit in Menerba gewesen. Natürlich hatte ihm niemand geglaubt. Er hatte auch gar nicht gewollt, dass man ihm glaubte. Offen und frech war er aufgetreten, hatte sich überall gezeigt. Seht her, hier bin ich. Und was wollt ihr dagegen tun?
Aber dann war er unter einem Vorwand in eine Gasse gelockt worden, wo ihn drei Wachleute gepackt und einen stinkenden Knebel in den Mund gesteckt hatten. Einen Sack hatten sie ihm über den Kopf geworfen, damit niemand ihn erkennen konnte. Wie ein Verbrecher war er abgeführt und in den *tor de sarasin* gesteckt worden, den Maurenturm, der die Ecke des vizegräflichen Palastes bildete.
Ohne dass Felipe es wusste, hatte zufällig sein Freund Giraud de Trias den Vorfall beobachtet und Raimon berichtet. Der hielt sich schon seit Tagen heimlich in der Stadt auf. Er war allerdings vorsichtiger vorgegangen, wagte sich nicht wie Felipe über den Marktplatz, vermied überhaupt Straßen und Plätze und ging nur nachts oder vermummt vor die Tür. Außer der Familie und den engsten Freunden wusste niemand, dass er in Narbona war. Als er von Felipes Festnahme erfuhr, hatte er lange überlegt, was zu tun sei. Dann hatte er einen Boten nach Menerba gesandt.
Heute dann, kurz nachdem Felipe auf so brutale Weise verhört worden war, traf Menerba an der Spitze einer Truppe von hundert berittenen Kriegern in Narbona ein. Seine

Männer quartierte er in seinem Haus und in Unterkünften der *militia urbana* ein, besprach sich kurz mit Raimon, der ihn erwartet hatte, und eilte dann zum Palast, um eine Audienz bei Ermengarda zu erwirken.
»Wo ist mein Sohn?«, polterte er gleich los.
»Wir haben ihn in Gewahrsam«, antwortete la Bela. Trotz ihres strengen Tons wirkte sie seltsam rastlos, ihr Blick zerstreut.
»Und warum? Auf wessen Veranlassung?«
»Auf meine«, erwiderte Tibaut. »Er hat mit Ermengardas Entführung zu tun. Wir müssen es untersuchen.«
»Musst du deinen Knecht für dich reden lassen?«, fragte Menerba, woraufhin Tibaut ihm einen wütenden Blick zuwarf.
La Bela räusperte sich. Sie schien verlegen. »Nun, es ist so, wie Tibaut sagt. Felipe hat sie entführt, oder sie ist freiwillig mit ihm geflohen, man weiß es nicht genau. Jedenfalls müssen wir ihn befragen, das ist nur rechtens. Außerdem müssen wir wissen, wo sie sich aufhält.«
»Und?«
»Er ist verstockt«, sagte Tibaut.
»Mit dir rede ich nicht«, zischte Menerba.
Tibaut ließ sich nicht beirren. »Ich höre, Ihr seid mit ordentlichem Gefolge gekommen. Sind das die Truppen, die Ihr dem Grafen vorenthaltet?«
Menerba tat, als höre er ihn nicht, sondern starrte nur la Bela an, die vor seinem Blick die Augen senkte.
»Solange Ihr Euren Treuepflichten nachkommt, *Vescoms,* wird es Eurem Sohn gutgehen.« Tibaut grinste spöttisch.
Menerba packte ihn an der Tunika und zerrte ihn zu sich heran. »Willst du mich erpressen, du kleiner Scheißer?«
La Bela war aufgesprungen. »Das reicht, Peire. Lass ihn los«, rief sie scharf.
Menerba stieß Tibaut von sich und drehte sich zu ihr um.
»Ist es so weit zwischen uns gekommen, dass du meinen Sohn

in Geiselhaft nimmst?« Sein Blick bohrte sich in ihr Herz, als suche er dort etwas, das längst verloren war. »Lass ihn frei, Ermessenda.«

Nicht ohne Wehmut ertrug sie diesen Blick. Dann sah sie zur Seite und stählte sich gegen Erinnerungen und Gefühle, die seine Gegenwart in ihr weckte.

»Wo ist Alfons?«, fragte Menerba.

»Bei seinen Truppen. Nicht weit von Carcassona, soweit wir wissen.«

»Vielleicht sollte ich mit ihm reden statt mit dir.«

»Sei froh, dass dein Sohn nicht von den Tolosanern gefasst wurde. Alfons in seiner Wut würde ihn hinrichten lassen.«

»Felipe hat nichts damit zu tun. Alles nur dummes Gerede. Er war bei mir. In Menerba.«

Ermessenda seufzte. »Wir wissen beide, dass das nicht stimmt.« Sie wanderte zu einem Wandtisch hinüber und schenkte sich Wein ein. Menerba sah, dass ihre Hand zitterte, als sie den Kelch an die Lippen hob.

»Wann wirst du ihn gehen lassen?«

»Sobald wir Antworten haben, Peire. Ich verspreche dir, es wird ihm nichts geschehen.«

Ohne ein weiteres Wort stürmte Menerba aus dem Palast.

Es sah so aus, als ob sein eigener Sohn, ohne es zu wollen, ihn zum Gefangenen gemacht hatte. Die Hände waren ihm gebunden. Was konnte er tun? Er durfte es Ermessenda nicht einmal verübeln, dass sie die Umstände der Flucht untersuchen ließ. Er hätte an ihrer Stelle nicht anders gehandelt. Dennoch, Felipe im Kerker und in den Klauen dieses Tibaut, das konnte er nicht hinnehmen. O Felipe, auf was hast du dich da nur eingelassen?

Mit einem Mal fiel ihm wieder Raimons unglaubliche Geschichte ein. Von einer ganzen Schwadron Reiter unter Ermengardas Befehl hatte er geredet. Vermutlich sogar schon in der Nähe, beim Kloster Santa Maria de Fontfreda. In Sorge um seinen Sohn hatte er nur mit halbem Ohr zugehört.

Zweihundert Mann! Damit ließe sich doch etwas anfangen, *putan.* Er eilte durch die Gassen, um sich mit Raimon zu besprechen.

***

Guillem Ramon de Castellvell hielt seine *soudadiers* im Wald nicht weit vom Kloster Fontfreda versteckt. Hier warteten sie auf ihren Einsatz. Wie immer bestand das Soldatenleben weniger aus Kampf als aus endlosem Marschieren, Lagermachen und quälendem Warten. Jetzt, da die Männer wussten, um was es ging, waren sie ungeduldig, es hinter sich zu bringen.

Trotz der Proteste seines Sohns hatte der alte *Senher* Jaufré es sich nicht nehmen lassen, Sohn und Enkel zu begleiten. Mit den Kriegern im Freien zu lagern und Geschichten am Lagerfeuer auszutauschen, das erinnerte ihn an seine eigenen Feldzüge vor so vielen Jahren und wirkte wie ein Jungbrunnen auf ihn.

Prior Berard und seine Brüder waren ganz aufgeregt über all die fremden Gäste. Sie plünderten Schober und Keller, um die hohen Herrschaften würdig zu versorgen. Ermengarda hatte sich wie zuvor bei den Mönchen einquartiert, begleitet und beschützt von Bruder Aimar, Arnaut, Severin und einer Handvoll ausgewählter Ritter als Leibwache. Jori hatte schon auf sie gewartet und sie wissen lassen, dass Raimon wohlbehalten bei seiner Familie angelangt war und dass die Tolosaner in der Tat nur eine dürftige Besatzung zurückgelassen hatten. Nach überbrachter Nachricht kehrte der Junge in die Stadt zurück, um Raimon ihre Ankunft zu vermelden.

Raol und Castellvell erkundeten am nächsten Tag, als einfache Reisende verkleidet, die Umgebung von Narbona, um sich ein Bild von der Lage zu verschaffen. Sie ritten alle Ausfallstraßen ab, um Fluchtwege in Betracht zu ziehen, falls die Sache misslingen sollte. Sie überquerten den Fluss an der Furt westlich der Stadt, ließen den Vorort Belveze zu rechter Hand liegen und ritten in einigem Abstand von der Stadtmauer bis zum jüdischen Friedhof und darüber hinaus, um das Nordtor in Augenschein zu nehmen. Castellvell war besorgt, dass man die Aude, außer an der Furt, nur an einer Stelle überqueren konnte, nämlich über die römische Brücke, die beide Stadtteile verband. Wenn man Narbona als Ganzes einnehmen wollte, war vor allem die Brücke von Bedeutung. Doch sie lag unzugänglich mitten in der Stadt. Nachdenklich schlugen sie den Rückweg ein.

Arnaut hatte es vorgezogen, seinen Onkel auf diesem Erkundungsritt nicht zu begleiten. Nicht weil er fürchtete, unterwegs von jemandem erkannt zu werden, sondern weil er ein klärendes Gespräch mit Ermengarda suchte. Seit dem Vorfall mit Felipe waren sie ständig von Menschen umgeben gewesen. Und wenn nicht, dann war sie ihm ausgewichen. An diesem Nachmittag, hier im Kloster, hatte er sie endlich um eine Unterredung unter vier Augen gebeten. Er führte sie den kurzen Weg am Bach entlang zu Prior Berards Bank, wo sie ungestört waren.

»Ich weiß, ich habe dich gemieden«, sagte sie sofort, bevor er selbst den Mund auftun konnte.

»Und warum?«

Sie senkte den Blick. »Es ist besser so«, flüsterte sie.

»Ist es wegen Felipe? Ich habe ihn nicht herausgefordert, das musst du mir glauben.«

»Nein. Das ist es nicht.« Sie sah ihn an, und ihre Augen wurden feucht. »Ich selbst habe falsch gehandelt und meine Pflicht als Herrin versäumt.«

»Welche Pflicht?«

»Ich darf niemanden bevorzugen. Ich gehöre allen. Gefühle, wie ich sie für dich empfinde, darf ich mir nicht erlauben.«

»Du darfst nicht lieben?«

Sie nahm seine Hand in die ihre und sah ihn durch einen Schleier von Tränen an. »Lieben schon. Ich darf es nur nicht zeigen. Du und ich …« Sie schüttelte den Kopf. »Bitte verzeih mir.«

Bei diesen Worten sprang sie auf und lief davon.
Arnaut blieb lange auf der Bank sitzen.
Er war wie gelähmt und fühlte sich elend, obwohl nicht wirklich überrascht. Was hatte er sich nur eingebildet? Aimar hatte recht behalten. Ein Tor war er gewesen, sich von ihren unschuldigen Augen verführen zu lassen und nach ein paar Küssen solch unsinnige Hoffnungen zu nähren. Nun ging es ihm genau wie Felipe. Beinahe umgebracht hätten sie sich ihretwegen.
Gedankenverloren sammelte er Kieselsteine vom Boden und warf sie nacheinander in den Bach. Als es zu kalt wurde, stand er auf, holte Amir aus dem Stall und sattelte ihn. Freudig blies ihm der Hengst seinen heißen Atem ins Gesicht. Er strich ihm über den Hals, küsste ihn auf die Nüstern, dann saß er auf. Lange blieb er fort. Er trug sich mit dem Gedanken, alles zurückzulassen und in die Ferne zu reiten. Es war, als ob der Wind in den Baumkronen ihm Bilder aus Outremer zutrug, die Weiten der Wüste, das blendende Weiß der Städte. Dort würde er sie vergessen.
Nach einer Weile traf er auf die Katalanen im Wald. Sie luden ihn ein, sich an ihr Lagerfeuer zu setzen, um einen Schluck aus der Heimat zu teilen. Der Wein war gut und wärmte die Gedärme. Sie standen um ihn herum, schlugen ihm auf die Schulter, wollten alles über Ermengardas waghalsige Flucht erfahren. Dann erzählten sie ihm von ihren Liebsten, manche hatten Kinder. Er sah in die lachenden Gesichter und dachte daran, dass diese Männer, auch wenn er sie kaum kannte, nun seine Kameraden waren und bald ihr Leben für Ermengarda wagen würden. Wie durfte er da fehlen?
Er winkte seinem Großvater zu, der in ein Gespräch vertieft war, nahm noch einen Schluck und kehrte zum Kloster zurück. Nicht nur Ermengarda hatte er versprochen, an diesem Kampf teilzunehmen. Wenn später alles vorbei war, dann war er frei zu gehen, wohin es ihn zog.
Am späten Nachmittag und in der Abenddämmerung trafen

die Verschwörer einer nach dem anderen auf unterschiedlichen Wegen im Kloster ein. Als Erster Raimon, der schon mit großer Ungeduld erwartet wurde. Dann kam überraschend Giraud de Trias. Arnaut war hocherfreut, ihn wiederzusehen. Sie umarmten sich wie Brüder.

»Raimon hat mir alles erzählt«, sagte Giraud. »Ich erinnere mich noch, als du mit deinem Severin am Südtor aufgetaucht bist. Der Ritter vom Lande.« Er lachte breit. »Ich hab dich wahrlich unterschätzt. Nicht zu glauben, was ihr vollbracht habt. Du weißt, meine *familia* schwört dem Erzbischof die Treue. Aber nun will ich nicht mehr abseitsstehen. Es wird Zeit, dass Narbona sich zu Ermengarda bekennt. Du kannst auf mich und meine Freunde zählen. Wir sind mehr als fünfzig Mann.«

Prior Berard, völlig überwältigt von den jüngsten Entwicklungen, schüttelte den Kopf. »Alles junges Volk, das sich da um die *domina* schart. Ist es denn ein Aufstand der Jugend? Wenn das nur gutgeht.«

Und zuletzt, zu aller Erstaunen, denn Raimon hatte nichts verraten, ritt *Vescoms* de Menerba, begleitet von zwei Rittern, auf den Hof des Klosters. Er warf den Mantel zurück, in den er sich vermummt hatte, um nicht erkannt zu werden, und schritt auf Ermengarda zu.

»Domina«, sagte er mit bewegter Stimme und sank vor ihr auf ein Knie. »Ich will Euch dienen wie zuvor Eurem Vater, Gott hab ihn selig.«

Sie fasste ihn bei der Hand. »Erhebt Euch, *Vescoms*. Ich bin sehr froh, Euch zu sehen.«

Die Gegenwart des Vizegrafen von Menerba erfüllte den Prior mit mehr Vertrauen in das geplante Unternehmen, und er scheuchte seine Brüder, die Gäste mit allen bescheidenen Vorräten zu bewirten, die das Kloster aufzubringen vermochte. Nachdem auch Raol, Jaufré und Castellvell eingetroffen waren, versammelten sich die Verschwörer im *refectorium* zur Beratung.

Ermengarda war außer sich, als sie von Felipes Kerkerhaft

erfuhr. Menerba versicherte ihr, dass er und seine hundert Männer sich an der Einnahme der Stadt beteiligen würden, und nicht nur, um Felipe zu befreien.

»Ich war lange blind«, sagte er. »Manchmal bedarf es des eigenen Sohnes, um einem die Augen zu öffnen. Jetzt weiß ich, wem meine Treue gehört. Wir werden den *usurpator* vertreiben.«

Nun war es an Raimon zu berichten. Mit den einflussreichsten Kaufleuten hatte er gesprochen, zuerst nur mit Bardine Saptis, dem ersten Konsul der Stadt. Bardine hatte dann heimlich andere zusammengerufen.

»Manche waren sofort dafür, dir zu helfen, *Domina,* andere fürchten sich vor der Rache Ermessendas oder des Grafen von Tolosa, falls das Vorhaben misslingen sollte. Es war nicht möglich, eine Einigung zu erzielen.«

»Dann werden sie uns also nicht unterstützen.«

»In gewisser Weise schon. Sie wollen nicht die Waffen für dich erheben, aber die *militia urbana* hat Befehl, zur Seite zu schauen und sich aus allem herauszuhalten.«

»Und was kostet mich das?«

Sie hat schnell gelernt, dass alles in der Politik seinen Preis hat, dachte Aimar nicht ohne Erstaunen.

»Sie erhoffen sich Wohlwollen und Unterstützung für ihre Handelsunternehmungen. Im Besonderen, dass du die Bestimmungen deines Vaters bezüglich der Ernennung von Konsuln bestätigst und darüber hinaus dem Rat der Stadt mehr Gewicht verleihst.«

»Ich soll also geben, bekomme aber nichts dafür.«

»Sie sind um ihre Warenlager und Handwerksstätten besorgt«, sagte Menerba. »Krieg und Aufruhr schaden dem Geschäft. Nehmt ihnen ihre Feigheit nicht übel. Es ist schon gut, wenn die *militia* sich ruhig verhält.«

»Bardine sagte mir im Vertrauen«, fügte Raimon hinzu, »falls du den vizegräflichen Palast in deine Gewalt bringst, werden sie sich nicht verweigern, dir in allem anderen zu helfen.«

»Also gut«, sagte Ermengarda. »Sag ihnen, ich hätte mir mehr erhofft, und meine Großzügigkeit wird sich am Ende daran messen lassen, wie weit sie mir tatsächlich beispringen.«
»Ich werde es ausrichten«, erwiderte Raimon. »Es gibt aber noch weitere Neuigkeiten. Auf Bardines Rat hin habe ich auch mit dem *nassim* Rabbi Todros, dem Oberhaupt der jüdischen Gemeinde, gesprochen. Seit deiner Flucht im Oktober hat Alfons eine heftige Judensteuer erhoben, um seinen Krieg zu bezahlen. Schon viele ihrer Gemeinde haben Narbona verlassen, weil sie das Geld nicht aufbringen können. Rabbi Todros hat mir versprochen, wenn du die Steuer wieder abschaffst, werden die reicheren jüdischen Familien dir Geld leihen, um deine Macht zu festigen.«
»Das ist vermutlich eine gute Sache, oder?«, fragte sie.
Alle in der Runde nickten zustimmend.
»Die Stadt braucht die Juden«, sagte Raimon. »Und du brauchst ein Heer.«
Sie wandte sich an Menerba. »Was ist mit den Adeligen?«
»Leider war die Zeit zu kurz. Ich konnte noch mit niemandem sprechen. Aber außer dem Erzbischof werden sie sich uns anschließen, da bin ich sicher.«
»Sollten wir warten und erst mit ihnen reden?«
»Es bleibt uns keine Zeit«, meldete sich Raol zu Wort. »Weiteres Warten kann uns nur schaden. Jemand kann plaudern, oder Alfons kehrt mit einer Streitmacht zurück. Jetzt ist der Augenblick günstig. Wir müssen sofort zuschlagen.«
Er stand auf und bat Arnaut, ihm zu helfen, eine große, flache Kiste auf die Tafel zu heben. Mit Hilfe der Mönche hatte er darin aus Erde, Steinen und Zweigen eine ungefähre Nachbildung von Narbona dargestellt, die beiden Stadthälften, der Fluss in der Mitte, die Brücke und die Furt im Westen, die Hauptstraßen und Stadttore, so wie die Paläste, die es einzunehmen galt.
»Die Brücke muss besetzt werden«, sagte Castellvell. »Und das geht nur mit Booten. Eine Gruppe sollte sich lautlos die

Aude heruntertreiben lassen und die Brücken nehmen.« Er deutete auf die Furt. »Von hier aus vielleicht.«
»Und wie kommen wir in die Stadt?«, fragte Arnaut.
»Die Tore sind alle bewacht«, erklärte Raimon. »Die wichtigsten im Norden und Süden von den Tolosanern, auch die an der Brücke.«
»Weißt du, wie viele Männer sie haben?«
»An die hundertfünfzig, habe ich mir sagen lassen. Die Hälfte bewacht die Haupttore, der Rest ist im Palast des Grafen am Marktplatz von lo Borc untergebracht.«
»Und der Erzbischof?«
»Nur seine Palastwache. Dreißig oder vierzig Mann, ähnlich wie Ermessendas. Die kleineren Tore und die Straßen selbst werden von der *militia* bewacht. Sie haben ihre Unterkünfte im Norden am Alten Markt.«
»Wir haben also vier Ziele, die zur gleichen Zeit angegriffen und gesichert werden müssen«, sagte Raol. »In der Ciutat die Paläste von Ermessenda und dem Erzbischof, in lo Borc der Palast des Grafen und die Brücke dazwischen. So weit klar?«
»Keine leichte Aufgabe«, murmelte Menerba.
»Ich wünsche so wenig Blutvergießen wie möglich«, warf Ermengarda in die Runde.
Raol nickte ernst. »Damit sind wir alle einverstanden.«
»Um auf die Frage des jungen Mannes zurückzukommen«, sagte Menerba und nickte Arnaut freundlich zu. »Meine Männer sind schon in der Stadt, hier in der Nordhälfte. Giraud und seine Jungs ebenfalls. Könnt ihr euch unauffällig in lo Borc sammeln?«
»Natürlich«, stimmte Giraud zu.
»Ihr müsst den Palast des Grafen einnehmen. Auch die Wachen am Tor sind Eure Aufgabe. Ich kümmere mich um la Ciutat.«
»Das ist zu viel für Eure hundert Mann«, warf Raol ein. »Eine weitere Truppe der Katalanen soll Euch unterstützen. Die Frage ist nur, wie kommen die in die Stadt, ohne Aufsehen zu erregen?«

Menerba dachte nach. Dann deutete er auf eine Stelle an der Ostmauer nördlich von Vila Nova. »Hier gibt es eine winzige Pforte, durch eine eiserne Tür gesichert. Sehr versteckt, hinter einem Mauervorsprung, als heimliches Ausfalltor gedacht. Sie heißt *la posterula*, das Hintertürchen. Gut benannt, würde ich sagen.« Er lachte. »Der Schlüssel wird sich bei der *militia* auftreiben lassen. Dort lassen wir Euch ein.«

»Gut. Wer führt diese Gruppe?«

»Arnaut«, bestimmte Ermengarda, ohne zu zögern. Er war erstaunt. Ihm wollte sie diese wichtige Aufgabe anvertrauen?

»Er ist noch jung«, gab *Senher* de Castellvell zu bedenken. »Aber was man so hört, hat er sich auf *Midomnas* Flucht ja schon bewiesen. Ich hätte nichts dagegen.« Er klopfte Arnaut auf die Schulter.

»Und ich gehe mit ihm«, fügte Ermengarda hinzu.

Letzteres bewirkte heftiges Stirnrunzeln bei den Älteren. »Zu gefährlich, *Domina*«, sagte Menerba. »Wir wollen doch nicht, dass Ihr zu Schaden kommt.«

»*Senher* Jaufré hat eine leichte Rüstung für mich«, sagte sie und zwinkerte dann *Senher* de Castellvell zu. »Eure Katalanen werden mich schon beschützen, *Capitan.* Bis in die Hölle. War das nicht die Vereinbarung?«

»Nun ja«, war die verlegene Antwort.

»Dann ist es abgemacht.«

Und so besprachen sie sich noch die halbe Nacht, verteilten Aufgaben und Verantwortlichkeiten, klärten alle Fragen. Dann legte man sich schlafen, wobei dies den erfahrenen Kriegern leichter fiel als den übrigen.

Besonders Ermengarda lag lange wach. So forsch und tapfer, wie sie sich während der Beratung gegeben hatte, fühlte sie sich nicht. Ihr Herz schlug aufgeregt. Hin- und hergerissen war sie zwischen grimmer Ungeduld, endlich der Widersacherin entgegenzutreten, und der Furcht, alles, auch ihr Leben, auf eine Karte zu setzen. Konnten sie wirklich die

Stadt einnehmen? Oder würden sie alle bei dem Versuch zu Tode kommen? Aber wie es auch ausgehen mochte, sie würde es an Arnauts Seite erleben. Das beruhigte sie ein wenig.

***

Der Tag graute wolkenverhangen.

Ein scharfer Wind aus dem Norden wirbelte nasses, vermodertes Laub zwischen den Bäumen auf. Die heruntergebrannten Lagerfeuer wärmten wenig, und die Katalanen krochen vor Kälte zitternd aus ihren Zelten. Die Männer fluchten ausgiebig und fragten sich, was, zum Teufel, sie in diesem unwirtlichen Wald zu suchen hatten, mitten im Winter. Schon zu lange waren sie unterwegs und erleichtert, dass es am Abend endlich losgehen sollte.

Arnaut und Severin erreichten früh am Morgen das Lager im Wald. Ihnen war eine Truppe von dreißig der erfahrensten Krieger zugeteilt worden, denn ihre Aufgabe, nachts heimlich in die Stadt einzudringen, war nicht nur gefährlich, sondern für den Ausgang des Unternehmens von entscheidender Bedeutung. Sie sollten den *palatz vescomtal* erstürmen und die *Vescomtessa* Ermessenda ergreifen, bevor sich Widerstand bilden konnte.

Ursprünglich hatte Menerba dies als seine persönliche Pflicht empfunden, aber der Gedanke, die einstige Geliebte mit blutigem Schwert in der Hand aus dem Bett zu zerren, hatte ihn zögern lassen. Und so war er einverstanden, dies den Katalanen anzuvertrauen, solange Arnaut versprach, la Bela lebend zu fangen und vor allem seinen Sohn Felipe zu befreien.

Arnaut machte sich mit seinen neuen Kameraden bekannt. Es war eine Auszeichnung, dass man ihm diese Aufgabe anvertraut hatte. Heimlich war er jedoch froh, dass ihm ein kampferfahrener Haudegen an die Seite gestellt worden war, ein Ritter aus dem Grenzland zu den maurischen Marken, der sich Roderic nannte. Gemeinsam wählten sie einen weiteren als

Unterführer und teilten die Truppe unter sich auf. In allen Einzelheiten sprachen sie den Einsatz durch, aßen das karge Brot der *soudadiers,* sahen nach den Waffen, schärften Schwerter, suchten Zerstreuung beim Würfelspiel oder versuchten, ein paar Stunden zu schlafen, doch meist vergeblich. Der Tag schien nicht enden zu wollen.
Am Nachmittag endlich erreichten Raol, Jaufré und Castellvell in Begleitung einer Gruppe von Mönchen das Lager. Sie verteilten eilig genähte Abzeichen und Wimpel mit dem Tolosaner Wappen, die bei näherer Betrachtung nicht sehr überzeugend wirkten, aber in der Dunkelheit hoffentlich ausreichen würden, den Feind zu täuschen.
Die Männer wappneten sich, zogen ihre schweren Kettenpanzer über die langen, ledernen *gambais.* Den Schwertgürtel schnallte Arnaut eng um die Hüften. Das half, einen Teil des Panzergewichts von den Schultern zu nehmen. Über eine wattierte Lederkappe folgte die Kettenhaube für Kopf und Hals, dann der schwere Normannenhelm mit eisernem Nasenbügel, so dass Gesichtszüge kaum noch zu erkennen waren. Nur die langjährige, tägliche Übung machte es möglich, sich im Kampf trotz des Gewichts der Rüstung schnell und natürlich zu bewegen.
Arnaut schob einen langen Dolch in den Gürtel, und als er prüfte, ob das Schwert leicht genug aus der Scheide glitt, kam Jaufré, um nach ihm zu sehen.
»Versucht, so lange unentdeckt zu bleiben wie nur irgend möglich, hörst du? Und dann schlagt zu, schnell und hart, ohne zu zögern. Und vergiss eines nicht. Einsame Heldentaten sind im Krieg nicht gefragt, ganz gleich, was man so erzählt. Einer schützt den anderen. Nur gemeinsam werdet ihr siegen.«
»Ich weiß, Großvater. Du hast es oft genug gesagt.«
»Und ich sag es noch einmal. Du bist für diese Männer und ihr Leben verantwortlich. Denk daran. Deshalb, für heute Nacht, solltest du lieber deinen Kummer vergessen.«

»Welchen Kummer?«
Jaufré trat näher, damit ihn außer Arnaut und Severin niemand hören konnte. »Denkst du, ich bin mit Blindheit geschlagen? Aber für Herzensleid ist heute keine Zeit, *mon gartz.*«
»Was geht dich mein Herzeleid an, wie du es nennst? Meint hier jeder, er müsse mir kluge Ratschläge geben?«
Jaufrés Augen ließen ahnen, dass Arnauts Ausbruch ihn verletzt hatte. Aber er ließ sich nicht beirren. »Ich will dir sagen, was es mich angeht. Ich bin nicht jeder, und du bist mein Enkelsohn. Und wegen solcher Flausen im Kopf ist schon mancher dumme Junge in ein Schwert gerannt. Das will ich dir nicht wünschen. Also reiß dich zusammen.«
»Ja, Großvater.«
Jaufré musste plötzlich niesen. »Hoffentlich hab ich mich nicht erkältet«, lachte er, und das löste die Spannung zwischen ihnen ein wenig. »Bin das Lagern im Freien nicht mehr gewohnt. Cortesa hat recht, ich werde langsam alt.« Er holte ein Sacktuch hervor und schneuzte sich lautstark. »Und wer schützt deine ungedeckte Seite?«, fragte er dann.
»Ich, *Senher* Jaufré«, sagte Severin.
»Gut. Dir vertraue ich. Wie deinem Vater. Er war ein guter Krieger. Und tapfer.« Er legte Severin die Hand auf die Schulter. »Pass gut auf meinen Enkel auf.«
»Wird gemacht, Herr.« Severin grinste selbstbewusst.
In diesem Augenblick erschien Ermengarda auf Arnauts Wallach. Sie trug den leichten Türkenpanzer, den Jaufré ihr geliehen hatte, ein Beutestück aus seinen Kriegstagen in Outremer. An ihrer Seite hing ein kurzes Schwert, das leichteste, das sich hatte finden lassen. Schon recht seltsam, eine Frau, noch dazu von ihrer Schönheit, in solch kriegerischer Aufmachung zu sehen. Aber den Soldaten schien es zu gefallen, denn die Gespräche verstummten, und aller Augen verfolgten gebannt, wie sie aus dem Sattel sprang und Helm und Lederkappe abnahm.
Etwas befangen trat sie vor, machte plötzlich zum Spaß eine

hilflose Geste, als zwänge das Gewicht des Panzers sie gnadenlos in die Knie, und grinste dabei schalkhaft. Das gefiel den Soldaten, sie riefen Scherze und lachten ausgelassen. Lächelnd ging sie auf die Ritter zu. Ihre Wangen waren gerötet, das Haar wehte ihr ums Gesicht. Wie ein in Eisen gekleideter Engel sah sie aus.

Die Männer liebten es, als sie von Mann zu Mann ging, nach ihren Händen fasste, hier und da nach den Namen fragte, ihnen Glück wünschte. Trotz ihrer zarten Jugend und schlanken Gestalt wirkte sie gefasst und entschlossen zugleich. Wie macht sie das nur?, fragte sich Arnaut. Sie, die es zu beschützen galt, verbreitete ihrerseits Mut und Zuversicht unter den Männern, allein durch ihre Gegenwart. Erst als Ermengarda auch dem Letzten die Hand gedrückt hatte, trat sie zurück in die Mitte.

Senher Guillem Ramon de Castellvell stellte sich in Pose.

»Männer«, rief er. »Heute kämpfen wir für die junge *Comtessa* hier an unserer Seite. Sie fürchtet sich nicht, euch in den Kampf zu begleiten. Sie vertraut euch, eure Pflicht zu tun, wie ich auch. Legt euch also ins Zeug, ihr Hurensöhne, und macht mir keine Schande. Hurra für Ermengarda!«

»Ermengarda«, brüllten sie begeistert, dass es laut durch den Wald schallte, und wollten gar nicht aufhören, bis der *capitan* sie wieder zum Schweigen brachte. Danach sprach der Prior ein kurzes Gebet und segnete ihre Waffen. Nun war es endlich so weit. Arnauts Truppe würde als erste ausrücken, die anderen später folgen.

»Keine Sorge, Neffe«, sagte Raol. »Ihr seid gut vorbereitet. Vor allem habt ihr die Überraschung auf eurer Seite.« Raol war kein Mann für große Worte. Er packte kurz Arnauts Schulter, grinste ihm aufmunternd zu und trat zurück. »*Dieu vos gard.* Gott schütze euch.«

Jaufré dagegen umarmte seinen Enkel überschwenglich, ebenso wie Ermengarda. Er half ihr, den Helmriemen festzuziehen, dann saß man auf.

Roderic gab das Zeichen zum Aufbruch, und die Kolonne setzte sich in Bewegung. Als Arnaut sich noch einmal umsah, erkannte er Bruder Aimar, der etwas abseitsstand und ihnen als Letzter zuwinkte.

***

In der Abenddämmerung erreichten sie den Fluss und fanden zu Arnauts Erleichterung die Boote an verabredeter Stelle. Vom gegenüberliegenden Ufer winkte Jori, der sie führen sollte, wie am Tag von Ermengardas Flucht. So weit verlief alles wie geplant.

In den späten Nachmittagsstunden waren sie vom Kloster über Hügel und Tal und durch unberührte Wälder geritten, hatten die fruchtbare Ebene erreicht, die Via Domitia gekreuzt und waren schließlich bei letztem Licht des Tages und ohne Zwischenfall hierher bis ans Ufer der Aude gelangt. Bauern, Hirten und anderes Volk, denen sie unterwegs begegnet waren, hatten offensichtlich nichts dabei gefunden, einer Truppe von Tolosaner Reitern die Straße zu räumen.

Vier flache Lastkähne hatte Raimon an der Uferböschung verstecken lassen, die Bootsführer waren Leibeigene von den flussnahen Besitzungen seiner Familie. Die machten große Augen, als die kleine Streitmacht von den Pferden stieg und begann, sich auf die Kähne zu verteilen. Ein halbes Dutzend Mönche hatte die Truppe begleitet und würde sich mit den Pferden in einem nahen Wäldchen verstecken, bis man bei erfolgreichem Ausgang nach ihnen senden würde. Es war beruhigend, die Tiere in der Nähe zu wissen, falls der Anschlag misslingen würde. Aus gleichem Grund würden auch die Boote in Stellung bleiben. Aber an Fehlschlag wollte niemand denken.

Zur Tarnung zogen sie sich jetzt weite, kapuzenbesetzte Umhänge über Rüstung und Schilde, die im Kloster in aller Eile genäht worden waren und sie wie Mönche erscheinen

ließen. Wandernde Klosterbrüder waren mit Sicherheit weniger verdächtig als schwerbewaffnete Ritter, die sich zu später Abendstunde der Stadt näherten.
Als es endlich Nacht geworden war, setzten sie über. Jori, der sie in Empfang nahm, war aufgeregt, denn er war sich seiner eigenen Bedeutung als Führer bewusst.
»Was gibt es Neues?«, fragte Arnaut.
»Der Erzbischof ist krank. In der Kathedrale beten sie von frühmorgens bis in die Nacht.«
»Wird er sterben?«
Jori zuckte mit den Achseln. »Wer weiß. Ansonsten ist alles ruhig in der Stadt«, war seine Antwort. »Aber ihr seid so wenige.«
Arnaut lachte. »Keine Sorge. Es kommen mehr. Nur auf anderen Wegen.«
Und so marschierten sie in der Dunkelheit über die Felder. Es schien noch kein Mond, und bei dem verhangenen Himmel sah man kaum eine Hand vor Augen. Jori jedoch kannte den Weg und zögerte nicht ein einziges Mal, bis sie endlich nach Stunden die Ruine der alten römischen Arena erreichten. Hier wollten sie sich verstecken, bis es Zeit war.
»Wie kann man so etwas nur tragen?«, fragte Ermengarda und deutete auf das Kettenhemd unter ihrem Umhang. Ihre Stimme klang erschöpft. Das Gewicht hatte ihr zu schaffen gemacht.
»Man gewöhnt sich daran«, grinste Severin und bot ihr seine Wasserflasche an.
Wie seltsam, dachte sie, dass sie zum Ort ihrer ersten Zuflucht zurückgefunden hatten. So viel war seitdem geschehen. Dass jemand aus ihrer eigenen Familie sie umbringen wollte, das war von allen Prüfungen das Schlimmste, der größte Verrat, den man sich nur vorstellen konnte. Aber so wankelmütig die göttliche *fortuna* auch war, nun hatte sie ihr eine glückliche Wende beschert. Sie war zurück und dies nicht allein, sondern mit einer Truppe harter Krieger unter ihrem Befehl. Der

Gedanke an Rache hatte sie beflügelt, Raols Plan zuzustimmen.
Und gleichzeitig war ihr, als befände sie sich in einem Strom, der sie unaufhaltsam mit sich fortriss. Sie hatte in allem das letzte Sagen, fühlte sich aber unfähig, die ganze Tragweite zu erkennen oder Einzelheiten zu bestimmen. Soldaten gingen für sie in den Kampf, doch was wusste sie schon von kriegerischen Dingen? Schickte sie die Männer in den Tod? Und was war zu tun, wenn der Überfall tatsächlich gelang? Würde dies den Krieg beenden oder nur noch stärker anfachen? Was musste sie dann als Nächstes tun? Überhaupt, wie war zu herrschen? Ihr war, als ob sie im Nebel auf einem schmalen Grat wandelte. Ein falscher Schritt, und der Abgrund würde sie verschlingen. Wem sollte sie trauen, an wem konnte sie sich festhalten?
In der Dunkelheit spürte sie Arnaut neben sich, mehr als sie ihn sehen konnte. Er saß gegen einen Quader gelehnt, und sie konnte kaum merklich seinen ruhigen Atem vernehmen. Seine Gegenwart besänftigte ihr klopfendes Herz und verlieh ihr Stärke.
Aber er beunruhigte sie auch, machte sie schwach. Ein Leben ohne ihn war nur noch schwer vorstellbar, obwohl sie in ihrer Stellung nicht frei war, sich solchen Gefühlen hinzugeben. So etwas wie der Vorfall mit Felipe durfte sich nicht wiederholen.
Dass sie Arnaut tief verletzt hatte, spürte sie. Seit ihrer kurzen Aussprache in Fontfreda hatten sie kaum ein Wort miteinander gewechselt, und es schmerzte sie, dass jedes Mal, wenn er sie ansah, seine Miene verschlossen blieb. Wie sehr sie sich nach der Wärme seines Körpers sehnte. Wenn er doch wenigstens ihre Hand halten würde. Dabei hätte sie sich ihm am liebsten in die Arme geworfen, um alles um sich herum zu vergessen.
»Ich will zu den Aussätzigen«, sagte sie, nachdem sie sich eine Weile ausgeruht hatten, und erhob sich.

»Jetzt, in der Nacht?«
»Da ist etwas zu klären.«
Arnaut gab den Männern Bescheid, dann wanderten sie vorsichtig über die verwitterten Stufen der Arena, zwängten sich zwischen Sträuchern und Büschen hindurch bis zu den Bretterbuden, die nicht weit von ihrem Versteck lagen. Aus dem Innern der Haupthütte drang gedämpftes Licht durch die Ritzen. Ermengarda rief leise nach Maria. Drinnen erhob sich Stimmengemurmel, das Sacktuch vor dem Eingang wurde zurückgezogen, und ein Schatten zeichnete sich vor dem schwachen Schein des glimmenden Herdfeuers ab.
»Ich bin es, Ermengarda.«
Die Gestalt trat näher. »Seid Ihr es wirklich, Herrin?«
»Wie geht es dir, Maria?«
»Wie soll es mir schon gehen? Gott hält mich am Leben.« Sie zuckte mit den Schultern. »Und Ihr, *Domina*? Was, um Himmels willen, tut Ihr hier zu dieser Stunde? Ich habe täglich für Euch gebetet. Wie ist es Euch ergangen?«
»Ich bin gekommen, um mein Erbe anzutreten.«
»*Oh, mon Dieu.* Aber es herrscht doch der Fürst von Tolosa in der Stadt.«
»Nicht mehr lange, Maria. Wenn Gott will, ist Narbona morgen mein. Und wenn nicht, dann bin ich tot. Bete für mich und meine Ritter, Maria, auf dass wir siegen. Und vor allem, dass es ohne viel Blutvergießen gelingt.«
Die Frau bekreuzigte sich und blickte ängstlich um sich, als fürchte sie die Gegenwart der Panzerreiter.
»Ich muss dich etwas fragen, Maria. Man hat dich damals aus dem Palast gejagt, weil du von geheimen Dingen wusstest. Was waren das für Dinge? Du sollst es mir sagen, denn es ist wichtig für mich.«
Marias Schatten bewegte sich, als ob sie mit sich ränge, inwieweit sie sich öffnen durfte. »Es betrifft *Domna* Ermessenda«, sagte sie schließlich.
»Das habe ich erwartet. Sprich mit mir.«

»Sie und *Vescoms* de Menerba.«
»Dass er ihr Geliebter war, darüber durfte man nicht reden, aber ein Geheimnis war es nicht gerade.«
»Es geht weiter zurück, als Ihr denkt, Herrin. Sie haben Euren Vater schon betrogen, als er noch lebte. Fast von Anfang an. Ich war oft die Überbringerin ihrer geheimen Botschaften. Manchmal denke ich, Gott hat mich dafür bestraft. *Perdona me, Domina, perdona me!*« Sie schlug die Hände vors Gesicht.
Ehebruch. Hinter dem Rücken ihres Vaters. Und Maria die Komplizin. Es schien Ermengarda, als habe sie in den letzten Monaten eine Lehre nach der anderen in menschlichen Abgründen durchmachen müssen. Dass es so viel Niedertracht in der Welt gab. Sie hörte Maria schluchzen und hatte Mitleid mit ihr.
»Unsinn«, sagte sie. »Auch ohne dich hätten sie einen Weg gefunden.«
Wieder einmal war sie außer sich über la Belas Unverfrorenheit, aber es passte zum Bild, das sie von ihrer Stiefmutter hatte. Eher noch war sie betroffen, dass ein Mann wie Menerba sich dazu hergegeben hatte, seinen Lehnsherrn so schändlich zu hintergehen. Es verstieß gegen alle Regeln ritterlicher Treue und Anstand. War sie schlecht beraten, diesem Mann jetzt den Erfolg ihrer Pläne anzuvertrauen? Und wenn er auch sie verriet? Vielleicht liebte er noch immer dieses Weib und war dabei, sie alle in eine Falle zu locken. Ermengarda versuchte, ihre Angst herunterzuschlucken. Und dann stellte sie die Frage, die ihr seit Tagen im Kopf herumspukte.
»Hat Ermessenda meinen Bruder Aimeric ermordet?«
»Um Gottes willen, nein!«
»Bist du sicher? Was weißt du darüber?«
Lange schwieg Maria. »Es war *Senher* Tibaut«, ließ sie gequält vernehmen.
»Aber gewiss auf ihren Befehl.«
»Nein. Soviel ich weiß, hatte sie nichts damit zu tun. Es gab

deshalb einen fürchterlichen Streit. Ich habe alles mit angehört, und das war der Grund, warum ich gehen musste. Tibaut hat darauf bestanden. Wahrscheinlich danke ich es Eurer Stiefmutter, dass er mich nicht auch noch hat ermorden lassen.«
»Hat sie die Tat befohlen?«
»Nein, das glaube ich nicht.«
»Aber sie hat den Mord geduldet.«
»Er hat sie erpresst, ihr mit falschem Zeugnis gedroht, um sie für das Verbrechen anzuklagen, das er selbst auf dem Gewissen hatte. Angeblich ein Zeuge und ein Dokument, das sie unbedacht unterschrieben hatte. Er habe sie hereingelegt, hat sie geschrien.«
»Ein Dokument? Was mag das gewesen sein?«
»Ich weiß es nicht, Herrin.«
»Warum sollte er das alles getan haben?«
»Tibaut ist ein von Ehrgeiz Getriebener. Gott möge ihn strafen. Er hat es wohl getan, um Macht über sie zu bekommen. Es gab auch gleich Gerüchte nach der Beerdigung. Jeder hätte unbesehen auf la Belas Schuld geschworen, schließlich nützte Euer Bruders Tod nur ihr allein.«
»Wegen der Regentschaft?«
Maria nickte. »So ist es. Aber sie war es nicht. Sie hat nur geholfen, die Sache zu vertuschen.«
Alles in Ermengarda sträubte sich, Maria in diesem Punkt zu glauben. Vielleicht hatte Tibaut ihre Stiefmutter wirklich erpresst, doch dies schien ihr unwahrscheinlich. Schließlich war er in den Jahren la Belas rechte Hand geworden. Offensichtlich ein nützlicher Handlanger für die wahre Mörderin.
»Dafür wird sie büßen«, murmelte sie.
»Was sagt Ihr, Herrin?«
»Nichts, Maria. Ich danke dir. Ich muss jetzt gehen. Bete für uns.«
»Wir werden die Nacht auf Knien verbringen, *Domina.*«
»Wenn du am Morgen alle Glocken von Sant Just läuten hörst, dann ist es gelungen.«

Damit verließen sie Maria und ihre kleine Elendsgemeinde und kehrten zu den Gefährten zurück.
»Seltsame Geschichte«, sagte Arnaut, als sie ihren alten Platz in der Arena wieder eingenommen hatten. »Dieser Tibaut …«
»Ermessenda ist die Schuldige«, unterbrach sie sofort.
»Das ist nicht, was Maria gesagt hat.«
»Für ihre Taten wird sie sterben. Ich schwöre es.«
Arnaut sah sie erschrocken an. »Aber …«
»Ich will darüber nicht mehr reden«, unterbrach sie ihn zum zweiten Mal und wickelte sich erbost in ihren Umhang.
Er versteht es nicht, dachte sie. Er weiß nicht, wie es ist, wenn man auch noch den Bruder, den Letzten seines Blutes verliert. Durch die Hand einer hinterhältigen Frevlerin. Mein Erbe will sie stehlen? Es wird ihr nicht gelingen. Und Aimeric wird gerächt werden, wie auch mein Vater, den sie betrogen hat. Sie holte tief Luft, als wollte sie die widerwärtigen Gedanken vertreiben, und lehnte sich an Arnauts Schulter.
»Ich bin müde«, sagte sie und schloss die Augen. »Und mir ist kalt.«
Ihre schroffe Haltung befremdete ihn. Nicht weil ihn la Bela dauerte, sondern weil Ermengarda auf ihrer vorgefassten Überzeugung beharrte. Das war nicht die Ermengarda, die er liebte. Außerdem verwirrte es ihn, dass sie sich so selbstverständlich an ihn lehnte, nachdem sie sich in Fontfreda von ihm losgesagt hatte. Die Berührung war ihm jetzt fast unangenehm. Als könne sie einfach über ihn bestimmen, wie es ihr gefiel.
Doch dann fragte er sich, wie es wohl in ihrem Herzen aussah, nach allem, was sie in den letzten Monaten durchgemacht hatte. Sie war allein, eine Ausgestoßene, eine Verfolgte. Zum ersten Mal seit dem Streit bedauerte Arnaut, dass Felipe sich davongemacht hatte, denn auf wen konnte sie sich stützen, wenn nicht auf ihre Gefährten? Trotz seiner enttäuschten Empfindungen fühlte er sich immer noch verantwortlich für sie. Nach einigem Zögern legte er beschützend den Arm um sie und ließ es zu, dass sie sich enger an ihn schmiegte.

Er starrte hinüber, wo schemenhaft die Stadtmauern zu erkennen waren und vereinzelt Lichter auf den Zinnen. Dort standen die Wachen, gegen die sie bald in den Kampf ziehen würden. Er dachte an seine Mutter. Heftiger als sonst hatte sie ihn beim Abschied an sich gedrückt, als ängstigte sie sich, ihn zu verlieren. Fürchtete sie, dass er heute sterben könnte? Oder war es, weil sie spürte, dass ihr Sohn ihr nicht mehr gehörte? Ähnliches hatte er selbst empfunden, als er ihre tränennassen Wangen geküsst hatte. Severin und er waren in die Welt gezogen, wie Kinder, so kam es ihm jetzt vor, gierig auf Abenteuer. Nun, die hatten sie bekommen, mehr als genug. Es war, als habe er seine jugendliche Unbekümmertheit verloren, denn das Erlebte hatte vieles verändert.
Dabei war sein heimatliches Rocafort auf eigentümliche Weise klein und unbedeutend geworden. Vor ihm lag Narbona, so groß, so voller Lärm und Leben. Er liebte diese Stadt, den Trubel in den Gassen, die Händler und Marktfrauen, die ihre Waren ausriefen, Bettler, Pilger oder Gassenjungen so wie Jori. Und überhaupt, es war Ermengardas Stadt.
Aber gerade das machte es nicht leichter. Wie würde er hier leben, sie täglich sehen und dabei so fern von ihr bleiben? Oder sollte er doch nach Rocafort heimkehren? Vielleicht könnte er Severin zu einer Pilgerreise nach Outremer überreden. In Wahrheit fühlte er sich ziellos. Und in gewisser Weise kam ihm der bevorstehende Kampf wie eine Erlösung vor. Besser für eine gute Sache kämpfen und sterben, als tatenlos dahinzusiechen.
Er spürte ihre gleichmäßigen Atemzüge, das Gewicht an seiner Seite wurde schwerer, als ihr Körper sich entspannte, und so wagte er kaum, sich zu rühren. Er ließ sie schlafen, bis endlich die Glocke auf dem Turm der Kathedrale Mitternacht läutete. Dann weckte er sie, denn dies war das Signal zum Aufbruch.

Sturm auf Narbona

Ein großes Feuer loderte im Kamin ihres Gemachs. Ermessenda saß im seidenen Nachtgewand auf der Bettkante und bürstete sorgfältig ihr Haar, wie es ihre Gewohnheit war. Doch sie achtete kaum auf das, was sie tat, denn ihr Herz war unruhig und der Kopf voll schwerer Gedanken.
Der Zauber der Göttin Diana hatte nicht gewirkt. Sie fragte sich, ob es ihr überhaupt jemals gelingen würde, ihre Pläne durchzusetzen. Schweren Herzens hatte sie Tibauts Vorhaben gebilligt, als den einzigen Weg, ihren eigenen Sturz zu verhindern und ihrem Töchterchen Nina das Erbe des Vaters zu sichern.
In letzter Zeit jedoch war sie in allem so unschlüssig geworden. Nina fragte jeden Tag nach ihrer Schwester und weinte häufig, weil sie sich Sorgen um sie machte. Arme Nina. Ob sie ihre Schwester jemals wiedersehen würde?
Immer häufiger hatte sich la Belas schlechtes Gewissen gemeldet. Es war ihr nicht vergönnt, sich so kaltschnäuzig wie Tibaut über alles hinwegzusetzen. Seltsame Angstvorstellungen plagten sie seit geraumer Zeit, genährt von Ermengardas Auftauchen, mal hier, mal dort, um immer wieder wie ein Geist zu verschwinden, als sei sie kein Mensch aus Fleisch und Blut. Das verunsicherte sie, es steigerte ihre Furcht wie vor etwas Unsäglichem, das sich nicht greifen ließ. Sie träumte jetzt jede Nacht von diesem schrecklichen Bild – Ermengarda, die unter einem kriegerischen Banner an der Spitze einer Heermacht ritt, um sie in den Staub zu treten, sie zu töten. Es

schnürte ihr die Kehle zu, obwohl der Gedanke natürlich völlig unsinnig war. Woher sollte sie denn ein Heer haben?
Sie griff nach dem Kelch an ihrem Bett und trank. Der Wein war ihr zuwider, doch sie brauchte ihn immer öfter, um ihre Seele zu beruhigen.
Sie dachte daran, Tibaut zu befehlen, seinen Mann zurückzurufen. Aber auch hierin war sie wie gelähmt. Wer wusste schon, wo der Kerl sich befand? Der war wie ein Pfeil, den man, einmal abgeschossen, nicht wieder einfangen konnte. Das Schicksal ging unaufhaltsam seinen Weg. Was konnte sie noch tun?
Ihre Gedanken wanderten zu Menerba. Sie hatte ihn nicht quälen wollen. Bald würde sie Felipe freilassen, er sollte nur sagen, wo sich Ermengarda befand, dann würde er gehen können. Tibaut hatte ihr versprochen, ihn gut zu behandeln. Vielleicht sollte sie nach ihm sehen. Ja, morgen würde sie den Maurenturm besuchen.
Es klopfte an die Kammertür. Noch bevor sie antworten konnte, trat Alfons ein und grinste aufgeräumt. Rasch setzte er sich zu ihr und nahm sie in die Arme.
»Ich bin zu dir geflogen, *mon cor.* Freust du dich?«
Hastig entzog sie sich seinen Pranken.
»Kannst du dich nicht melden lassen?«, fragte sie gereizt. »Musst du mich immer so überfallen?«
»Tut mir leid«, sagte er lachend.
»Wie ich sehe, tut es dir überhaupt nicht leid. Was tust du hier? Wolltest du nicht Carcassona belagern?«
»Wir sind dabei. Aber die ganzen Vorbereitungen, das können meine Männer auch ohne mich tun. Ich hatte … Sehnsucht nach dir, mein Täubchen.«
Ach, was hatte sie doch nur diesen peinlichen Sprachfehler satt, dachte sie. Er fasste nach ihr, und diesmal konnte sie sich ihm nicht entziehen. Gierig küsste er ihr den Hals, schlang einen Arm um ihre Hüfte, die andere grabschte nach den Brüsten. Sie ließ es zu, dann aber, um ihn abzuwehren, sagte sie: »Fragst du dich nicht, was aus Ermengarda geworden ist?«

Er ließ von ihr ab, sprang auf und begann, im Gemach auf und ab zu gehen. Sein Gesicht hatte sich erwartungsgemäß verfinstert. »Verfluchter Hurensohn, dieser Felipe. Sollte er auch bis ans … Ende der Welt fliehen, ich reiß ihm die *colhons* ab, wenn ich ihn zu fassen kriege.«

Dass Felipe nicht weiter als vierzig Schritt entfernt im Maurenturm saß, das sagte sie ihm nicht. Auch wenn er es herausfand, ausliefern würde sie Felipe auf keinen Fall. Da konnte er toben, wie er wollte.

»Was nützt dein Reden? Du scheinst dich nicht besonders anzustrengen, die beiden zu fassen«, sagte sie spöttisch.

Er unterbrach seinen Rundgang und starrte sie an. »Warum, zum Teufel, soll ich mich anstrengen? Was gewinnt sie damit, sich ewig zu … verstecken? Die Trencavels sind bald in die Knie gezwungen, und dann wird sie schon irgendwann auftauchen. Sie ist im Unrecht, das weiß sie. Schließlich ist sie eine vermählte Frau. Der Papst wird seinen Bann gegen sie schleudern, und dann wird niemand sie noch länger schützen wollen. Nein, da mache ich mir keine Sorgen. Irgendwann kommt sie wie ein reuiges Kätzchen angekrochen.«

»Fürchtest du nicht den Katalanen?«

»Ach was. Der ist viel zu sehr mit Aragon beschäftigt.«

Plötzlich erhellte sich sein Gesicht. »Wenn ich … ehrlich bin, kann sie ruhig noch ein Weilchen fortbleiben, deine Ermengarda. Denn ich hab ja dich, mein liebes, kleines Schwiegermütterchen.«

Das fand er urkomisch. Wohl oder übel schloss sie sich seinem Gelächter an, allerdings mit etwas säuerlicher Miene. Alfons warf nun hastig seine Kleider ab und zerrte an ihrem Nachtgewand.

»Vorsicht, du zerreißt es«, beschwerte sie sich und zog es über den Kopf. Nun stand sie nackt vor ihm. Er hielt noch etwas Abstand, um sie zu betrachten. Das war noch das Beste an ihrem Liebesspiel, dachte sie. Sie schmeichelten ihr, diese Augen unter schweren Lidern, mit denen er sie jedes Mal verschlang, als könne er sich nicht sattsehen. Die kindliche, fast ehrfürchtige Bewunderung in seinem Blick, gepaart mit jenem Hunger, ja Gier, sich mit ihr zu vereinigen, das ließ auch sie meist nicht unberührt. Er hielt sie bei der Hand und ließ seine wollüstigen Blicke noch einen Augenblick lang über ihren Leib wandern. Dann stöhnte er auf, griff nach ihr und warf sie aufs Bett. Wie immer war sein Feuer schnell entfacht. Sie ließ es über sich ergehen. Heute hatte sie nicht die Kraft, ihm Leidenschaft vorzugaukeln. Er schien es ohnehin nicht zu bemerken. Während Alfons bald darauf einschlief, lag Ermessenda noch lange mit offenen Augen neben ihm.

***

Ein Stockwerk tiefer empfing Tibaut einen heimlichen Besucher in seinen Gemächern.

»Sie ist auf dem Weg hierher«, sagte der Mann.

Tibaut riss erstaunt die Augen auf. »Was, zum Teufel, will sie hier?«

»Ich weiß es nicht, aber da ist etwas im Gange.«

»Erzähl von Anfang an.«

»Als ich in Rocafort ankam, waren sie schon fort. Aber zweihundert Ritter kann man nicht einfach so verschwinden lassen. Beim Kloster Fontfreda habe ich sie wiedergefunden. Allerdings bin ich erst heute spät am Nachmittag dort angekommen.«

Verdammt, dachte Tibaut, sosehr sie auch Menerbas Sohn verprügelt hatten, über diese Ritter hatte er nichts in Erfahrung bringen können. Nun waren sie in Fontfreda aufgetaucht.

»Und? Was hast du herausgefunden?«

»Ermengarda und ihre Gefährten habe ich nicht gesehen. Aber die Katalanen waren wie zum Kampf gerüstet und haben nach Einbruch der Dunkelheit ihr Lager abgebrochen. Ich bin ihnen eine Weile gefolgt. Sie hielten sich abseits der Straßen, rasteten im Wald, als warteten sie auf etwas. Dann

ging es weiter, aber in westlicher Richtung, als wollten sie die Stadt umgehen und die Straße nordwärts nach Besier nehmen. Da bin ich hergekommen, um zu berichten.«
»Seltsam. Was kann das bedeuten?« Vielleicht sollte er sich morgen diesen Felipe noch einmal vornehmen.
»Irgendetwas haben die vor.«
»Lächerlich. Die Tore werden jede Nacht verschlossen und sind alle gut bewacht. Da kommt keine Maus durch. Und Ermengarda war nicht bei ihnen?«
»Ich hab sie nicht gesehen.«
»Vielleicht im Kloster oder überhaupt woanders?«
»Warum sollte sie woanders sein. Sie hat Rocafort mit den Reitern verlassen, das habe ich überprüft.«
»Vielleicht haben sie sich unterwegs getrennt. Statt hinter den Rittern herzurennen, hättest du besser nach ihr forschen sollen. Die Katalanen sind vermutlich auf dem Weg nach Norden zu ihren Besitzungen in der Provença. Wir machen uns ganz unnötige Gedanken um sie.«
»Mag sein, Herr. Nur eines. Sie trugen keine katalanischen Banner, sondern die Zeichen von Tolosa.«
Tibaut hob erstaunt die Augenbrauen. »Was erzählst du da für wirres Zeug?«
Bevor er weiter darüber nachdenken konnte, schlug es Mitternacht vom Turm der Kathedrale. Gleichzeitig vernahm er die Rufe der *militia urbana,* die ihre Runden ging. Und an den Toren würden jetzt die Wachwechsel stattfinden. Nein, nein. Ein Angriff auf Narbona mit seinen hohen Mauern und festen Toren, das war lächerlich.
»Du musst dich irren«, sagte er bestimmt. »Leg dich schlafen. Wir reden morgen weiter.«
Er rief seinen Diener, der in einer Kammer nebenan sein Lager hatte, und wies ihn an, dem Mann ein Bett zu richten.
»Besser, du nächtigst hier und nicht bei den Mannschaften. Dann belästigen sie dich nicht mit dummen Fragen.«

In der Nacht hatte ein leichter Regen eingesetzt und ihre langen Umhänge durchnässt. Wasser tropfte von Helmen, sickerte in die *gambais* unter der Kettenpanzerung, rann den Nacken hinunter. Außerdem war es unangenehm, das kalte Eisen der Waffen zu berühren.

Doch mit dem dünnen Glockenton, der zu ihnen herüberschallte, hatte das lange Warten endlich ein Ende. Die Männer erhoben sich, streckten ihre steifen Glieder und hauchten ein wenig Wärme in die durchfrorenen Hände. Die meisten flüsterten ein kurzes Gebet und bekreuzigten sich. Da die Mönchsumhänge nicht mehr benötigt wurden, warfen sie diese unter die Büsche.

Alle hatten Tolosaner Wappen auf ihre *sobrecots* genäht, zwei von ihnen trugen ähnlich markierte Wimpel auf den Speeren. Sie hofften, den Gegner lange genug zu täuschen, um sich einen kampflosen Zugang zum *palatz vescomtal* zu verschaffen.

Arnaut rief die Männer zusammen und sprach noch einmal Einzelheiten des geplanten Angriffs durch. Sie hatten drei Gruppen bestimmt, von denen jede eine andere Aufgabe hatte. Die erste sollte Tor und Hof des Palastes sichern, eine zweite unter Führung von Roderic die Mannschaftsunterkünfte im Untergeschoss besetzen und jeden Widerstand unterbinden. Und die dritte unter Arnauts Führung würde so schnell wie möglich bis in die Wohnbereiche in den oberen Stockwerken vorstoßen und Ermessenda gefangen setzen, bevor sich ihre Leibwache dort verschanzen konnte.

Severin hängte sich den Schild um und verkürzte die Länge des Trageriemens, bis er die richtige Höhe hatte.

»Bist du bereit?«, fragte Arnaut.

»Gehen wir's an«, grinste sein Freund. »Besser als sich hier den Arsch abzufrieren.« Als er lachte, ließ sich in der Schwärze der Nacht nur das Weiße der Zähne in seinem behelmten Gesicht erkennen.

Arnaut wandte sich Ermengarda zu. »Und du?«

»Ich bin bereit«, sagte sie mutiger, als sie sich fühlte, denn ihr Herz klopfte wie wild, und in ihrem Magen hatte sich ein hohles Gefühl ausgebreitet. Wenn alles gutging, würde sie bald la Bela gegenübertreten. Wenn nicht … aber daran wollte sie nicht denken. Sie packte den Griff ihres Schwerts. Die Berührung des kalten Stahls gab ihr Mut.

Auf Arnauts Zeichen lief Jori in leichtem Trott voraus, die anderen folgten. Sie hatten beschlossen, sich den ersten Teil der Strecke warm zu laufen. Matschiger Dreck spritzte an den Stiefeln hoch, als sie auf vom Regen durchweichten Pfaden durch Schlamm und Pfützen trabten. Ermengarda fiel es schwer, unter dem Gewicht ihres Kettenpanzers mit den waffengeübten Männern mitzuhalten, aber sie mühte sich, so gut es ging.

Als sie sich den ersten Häusern der Vila Nova näherten und nicht mehr weit von der Mauer waren, verlangsamten sie den Schritt. Lautlos pirschten sie sich vor, wo sie die *posterula,* das Hintertürchen, vermuteten. Vor ihnen schlug ein Hund an. Eine ärgerliche Männerstimme ließ sich vernehmen. Eine Tür wurde zugeschlagen. Der Hund knurrte noch lange, bis sie außer Hörweite waren. Auf den Zinnen des Mauerabschnitts, dem sie folgten, waren keine Wachen zu erkennen. Bei diesem Hundswetter hielten sie sich vermutlich in den von Kohlenpfannen erwärmten Wachstuben auf, statt die Mauern abzuschreiten.

Plötzlich trat ihnen eine vermummte Gestalt entgegen.

»Wer geht da?«

»Ermengarda«, raunte Arnaut das Losungswort. Der Fremde schlug die Kapuze zurück, und sie erkannten Raimon.

»Alfons ist in der Stadt«, sagte er ohne weitere Begrüßung.

»*Merda.* Was machen wir jetzt?«

»Er hat nur seine Leibgarde dabei. Etwa dreißig Mann. Die meisten haben sich in seinem Palast in lo Borc eingerichtet. Er selbst ist gleich zu la Bela geeilt, wo er sich in dieser Stunde befindet, begleitet von einem Dutzend Kriegern.«

»Nun schläft er also schon bei ihr«, ließ sich Ermengarda vernehmen und schüttelte verächtlich den Kopf.
»Weiß Castellvell Bescheid?«, fragte Arnaut.
»Keine Möglichkeit, ihn zu benachrichtigen.«
»Dann müssen wir uns weiter an den Plan halten. Dreißig Mann werden uns nicht aufhalten.« Arnaut spürte in der Dunkelheit, wie Ermengarda nach seiner rechten Hand tastete, als suche sie Zuversicht. Wie unbeabsichtigt, zog er seine Hand weg. Er wünschte, sie würde ihm nicht dauernd so nahe kommen. Besonders nicht jetzt.
»Gut«, sagte Raimon und ging voraus.
Leise folgten sie ihm, bis sie vor der eisernen Tür standen. Diese lag hinter einem Mauervorsprung, halb von Büschen und Ranken verdeckt, und war nur angelehnt. Raimon öffnete sie einen Spalt weit und schlüpfte in den niedrigen Tunnel, der durch die mächtige, drei Klafter breite Mauer hindurch in die Stadt führte. Nach kurzer Zeit kam er zurück und winkte ihnen zu. Einer nach dem anderen schlich sich durch die Pforte. Halb erwartete Arnaut, den Alarmruf der Wachen zu hören, aber nichts regte sich, bis einer der Katalanen lärmend mit dem Schild gegen die Tür stieß.
Erstarrt blieben sie mit klopfenden Herzen stehen. Doch alles blieb ruhig. Als auch der Letzte hindurch war, zog Raimon die eiserne Pforte wieder zu, ließ sie aber unversperrt, falls sie als Fluchtweg noch gebraucht wurde.
Als Arnaut auf der anderen Seite der Mauer ins Freie trat, sah er sich um. Keine Menschenseele zu sehen. Alles schien zu schlafen. Vor ihnen führte eine lange Gasse in die Stadt, von der Arnaut wusste, dass sie das Judenviertel durchquerte und an ihrem Ende in den Marktplatz der Ciutat, la Caularia, einmündete, wo auch la Belas Palast lag.
Es war zu dunkel, als dass man viel erkennen konnte, außer den schemenhaften Umrissen der nächstgelegenen Häuser, den schwarzen Schlünden von Toreingängen oder den unregelmäßigen Schattenrissen der Dächer gegen den Himmel.

Der Regen hatte sich noch verstärkt und lief an Helmen und Schilden der Männer herab, als wären sie von einer glänzenden Ölschicht überzogen.

Jori, der vor Nässe triefte, ging voran. In der engen Schlucht der Gasse war es noch dunkler, so dass sich kaum die Hand vor Augen erkennen ließ, doch der Junge bewegte sich mit einer traumwandlerischen Sicherheit. Eine Katze rannte laut miauend zwischen den Füßen der Männer hindurch, ein anderes Mal starrte ein Gesicht sie erstaunt aus einem Hauseingang an. Aus der Ferne klang gedämpftes Gegröle aus einer Taverne. Sonst war es still, niemand begegnete ihnen, bis sie die Caularia an ihrem Ostende erreichten, wo tagsüber die Wechseltische der *cambiadors* standen.

Ein Schatten löste sich aus einem Hauseingang.

»*Senher* Arnaut?«, flüsterte der Mann.

Arnaut trat vor. »Hier bin ich.«

»Alles in Ordnung?«

»Wir sind vollzählig, keine besonderen Vorfälle.«

»Gut. Ich heiße Roger und bin einer der Hauptleute von *Vescoms* de Menerba. Ihr wisst, dass der Graf von Tolosa sich im Palast der *vescomtessa* befindet?«

»Wir wissen Bescheid. Und dort ist mit einem Dutzend seiner Leibwachen zu rechnen.«

»So ist es. Solange uns die Überraschung gelingt, sollte das keine Schwierigkeiten bereiten. Wir haben auch das Wort von Castellvell. Er steht mit fünfzig Mann an der Furt und kann sich jederzeit einschiffen, um die Brücke zu sichern. Wir selbst werden uns um die Wache am Wassertor kümmern. Sobald das erledigt ist, geben wir für alle ein Lichtzeichen vom Turm über dem Tor. Das ist das Signal für Giraud de Trias, die Wache auf der anderen Seite des Flusses unschädlich zu machen, und auch für Castellvell, sich auf den Weg zu begeben. Sobald die Brücke sicher ist, öffnen wir die Tore und geben ein zweites Lichtzeichen. Das gilt dann für den allgemeinen Angriff auf die Paläste. Sind wir uns einig?«

»So war es besprochen.«
»Gut. Ich gehe jetzt. Viel Glück.«
Mit diesen Worten verschwand er in der Dunkelheit.
Um in la Belas Palast zu kommen, würden sie sich als Überbringer wichtiger Nachrichten für Alfons ausgeben. Dann waren die Wachen zu überrumpeln. Alles hatte sehr schnell zu geschehen. Sollten sie frühzeitig entdeckt werden, war der ganze Plan in Gefahr.
»Bleib hier draußen bei Raimon und Jori«, sagte Arnaut zu Ermengarda. »Hier kann dir nichts geschehen.«
»Ich will bei dir bleiben.«
»Kommt nicht in Frage. Das ist zu gefährlich.«
»Versprichst du, dass du auf dich achtgibst?«
»Versprochen.«
Sie hob die Hand, um seine regennasse Wange zu streicheln. Was für ein Spiel treibt sie da mit mir?, dachte er entrüstet und stieß ihre Hand brüsk von sich. Flüchtig nahm er den Schmerz in ihren Augen wahr, als ihr Arm erschrocken zurückzuckte und sie sich von ihm abwandte. Er atmete tief durch. Besser, es hörte auf, gleich hier und jetzt. Keine Zärtlichkeiten mehr.
Wieder mussten sie warten, konnten nichts tun, außer das Wassertor im Auge zu behalten, während der Regen sie weiter durchnässte. Klebrig klamm fühlten sich die Männer in ihrer durchweichten Ausrüstung, die immer schwerer zu werden drohte. Die Feuchte verstärkte den körpereigenen, schweißigen Mief der *gambais*, der sich nach langem Gebrauch einzunisten pflegt, und sie stanken wie nasse Hunde. Wenigstens spürten sie vor lauter Anspannung die Kälte nicht.
Mit einem Mal drangen, von Regenschwaden gedämpft, Stimmen zu ihnen herüber, wie Kampfeslärm hörte es sich an. Und dann ein schriller Schrei, der abrupt endete.
»Verdammt!«, fluchte Roderic leise. »Es geht doch immer was schief.«
Arnaut biss sich auf die Lippen. Immer noch hörten sie auf-

geregte Stimmen, wieder ein Schrei, dann war es still. Da wurde das Tor zum vizegräflichen Palast aufgestoßen. Schwacher Fackelschein drang nach außen, und sie sahen, wie drei speerbewehrte Wachen herausgeeilt kamen. Einer zeigte zum Wassertor hinüber. Sie gingen etwas unsicher darauf zu, blieben dann aber unschlüssig stehen, da es wieder ruhig geworden war.

»Das Palasttor«, flüsterte Arnaut und stieß Roderic in die Seite. »Es ist offen. Die Gelegenheit kommt nicht wieder. Ich kümmere mich um die Kerle hier draußen. Stürmt ihr das Tor.«

Roderic nickte und winkte seinen Männern zu, sich bereitzumachen. Arnaut ließ lautlos sein Schwert aus der Scheide gleiten und rannte los, Severin an seiner Seite. Die drei Wachen hörten sie kommen und drehten sich erschrocken um.

Der Größte stellte den Fuß vor und streckte Arnaut die scharfe Speerklinge entgegen. Mit dem Schild zuvorderst und ohne seinen Schwung zu bremsen, krachte Arnaut in den Mann hinein, warf ihn dabei fast von den Füßen und stieß ihm das Schwert in die ungeschützte Kehle, so dass es hinten wieder herausfuhr.

Gurgelnd und blutspuckend ließ der Getroffene den Speer fahren und ging zu Boden. Arnaut drehte sich und hieb im gleichen Schwung dem zweiten Mann so heftig in den Nacken, dass er lautlos und wie ein Schlachtochse in sich zusammensackte. Severins Gegner lag ebenfalls am Boden und wälzte sich stöhnend in seinem Blut. Noch ein Stoß, und er rührte sich nicht mehr.

Keiner der drei Gefallenen hatte mehr als ein Röcheln von sich geben können, so schnell war es gegangen. Einen Augenblick lang konnte Arnaut den Blick nicht vom Blut wenden, das der Regen in die Pfützen schwemmte.

Severin stieß ihn an.

»Das Licht.« Er deutete zum Turm des Wassertors.

Wie, zum Teufel, war es ihnen bei dem Wetter gelungen, die

Fackel anzuzünden, fuhr es Arnaut durch den Sinn. Da zog ihn einer der Katalanen am Arm.

»Schnell! In den Palast, *Senher.*«

Erst jetzt nahm er Waffenlärm und Gebrüll wahr, die von dort herüberhallten. Roderic und seine Gruppe hatten das Tor überrannt und die Wachen angegriffen. Arnaut und der Rest rannten nun in den Innenhof, wo ein wildes Durcheinander herrschte. Das einzige Licht kam von brennenden Scheiten in einem Kohlenbecken unter dem Dach des Torhäuschens und ein paar Fackeln gegenüber bei den Mannschafts- und Diensträumen. Blitzende Klingen, kämpfende Gestalten, die irre Schatten warfen, Flüche, Schreie und Stöhnen. Das schrille Wiehern der aufgeregten Pferde in den Ställen verstärkte noch den Aufruhr.

Arnaut versuchte hastig, sich einen Überblick zu verschaffen. Am Tor lag ein Toter, zwei der Wachen verteidigten sich noch, andere hatten ihre Waffen von sich geworfen. Ihnen wurden hastig die Hände auf dem Rücken gebunden.

Aber er sah deutlich, dass sie den Überraschungsvorteil verloren hatten, denn inzwischen waren Männer aus den Mannschaftsunterkünften geströmt.

Der verfrühte Waffenlärm draußen am Wassertor musste sie aufgescheucht haben. Manche machten einen verschlafenen, verstörten Eindruck, waren nur halb bekleidet, wehrten sich mit dem, was sie in der Hast hatten greifen können. Aber den Kern des Widerstands bildeten die Krieger von Alfons' Leibwache, hochgewachsene, harte Kerle, die umsichtig kämpften und sich gegenseitig mit den Schilden deckten. Sie mussten in ihren Rüstungen geschlafen haben, wenn überhaupt, und wurden nun von weiteren Palastwachen unterstützt, die von überall herbeieilten und begannen, die Katalanen zurückzudrängen.

»Schließt das Tor!«, schrie Roderic zu seiner Verwunderung, und schon hörte er hinter sich, wie die Flügel des Tores zugeschlagen und mit einem Balken gesichert wurden. Nun gab es kein Entrinnen mehr, keine Möglichkeit des Rückzugs. Mit Gebrüll stürzte Arnaut sich ins Getümmel, Severin folgte und deckte seine rechte Seite. Auch andere *soudadiers* warfen sich mit ihm gegen den Feind.

Es gelang ihnen nicht gleich, eine Schildwand zu bilden, so dass die Tolosaner in die Lücken vorstießen und die ersten Opfer unter den Katalanen forderten.

Als Arnaut die Männer fallen sah, packten ihn Wut und Raserei. Ungeachtet der eigenen Sicherheit, stemmte er sich gegen die Angreifer, drückte einen mit dem Schild zu Boden, stach ihm dabei in die Kehle, verletzte einen zweiten, den Severin, der nachgerückt war, mit einem gewaltigen Streich tötete.

Arnaut suchte sich einen neuen Gegner, als ein Schwert von seinem Helm abprallte und mit Wucht in den eisernen Schildrand fuhr. Der Schädel dröhnte ihm von diesem Schlag. Plötzlich hatte er einen hünenhaften Tolosaner vor sich, der mit einer schweren Axt die Katalanen bedrängte. Es schien der Anführer der Leibwachen zu sein, denn er sah sich einen Augenblick um, um seine Männer anzufeuern. Das wurde ihm zum Verhängnis, denn Arnaut fällte ihn mit einem gewaltigen Stoß unter das Brustbein, der Kettenringe und Lederwams durchbohrte.

Als sie ihren *capitan* zu Boden gehen sahen, wichen die Tolosaner zurück, lang genug, dass die Katalanen sich neu formieren und besser aufstellen konnten. Roderics Augen suchten Arnaut in der Menge. Als er ihn entdeckte, deutete er auf die große Treppe hinter ihnen, die in die oberen Stockwerke führte. Männer aus Arnauts Gruppe warteten dort schon. Mehrere von ihnen trugen Fackeln, da die oberen Stockwerke im Dunkeln lagen.

»Tu, wozu wir gekommen sind«, rief Roderic. »Wir halten sie so lange zurück.«

Im Schutz der geschlossenen Schildwand von Roderics Männern, die in einem waffenstarrenden Halbkreis langsam zu-

rückwichen, wandte sich Arnaut zur Treppe mit Severin auf den Fersen. Da sah er plötzlich Ermengarda, wie sie mit dem Rücken an die Innenmauer gepresst stand und mit weit aufgerissenen Augen das Geschehen im Hof verfolgte. Sie musste ihnen unbemerkt nachgelaufen sein.
»Bist du von Sinnen?«, donnerte er, um den Lärm zu übertönen, der sie umgab. »Was tust du hier?«
Sie sah ihn nicht einmal an.
»So schnell wirst du mich nicht los«, schrie sie nur und rannte zur Treppe.

***

Durch den unglücklichen Überfall auf die Wachmannschaft des Wassertors, der den Alarm ausgelöst hatte, waren die Tolosaner am gegenüberliegenden Stadttor von lo Borc gewarnt worden, verbarrikadierten sich und wehrten erfolgreich den Überfall von Girauds Männern ab. Von der Zinne über dem Tor schossen sie Pfeile auf Castellvells Leute, als diese aus den Booten kletterten und sich deshalb fürs Erste in den Schutz der Läden auf der Brücke zurückzogen.
Lärm und Gebrüll der Wachen warnten nun auch die Tolosaner im Palast des Grafen gegenüber, auf der anderen Seite des Marktplatzes, so dass auch dort der Angriff misslang. Es dauerte etwas, bis die Tolosaner sich von ihrer Überraschung erholt hatten und einen Gegenangriff vorbereiten konnten. Aber dann strömten sie, fast eine Hundertschaft stark, auf den Marktplatz von lo Borc und drängten Girauds Männer zurück.
Jetzt fehlten Castellvells Ritter, die an der Brücke festsaßen und ihnen nicht zu Hilfe eilen konnten. Girauds Krieger kämpften tapfer, waren aber zu wenige, als dass sie sich noch lange würden halten können. Viele von Girauds Helfern fielen. Er selbst wurde verwundet. Dass es nicht schneller ein Ende nahm, war nur den vielen jungen Männern aus lo Borc

zu verdanken, die plötzlich überall in den Gassen auftauchten und die Tolosaner mit Steinen bewarfen.
Das Südtor von lo Borc lag zu weit entfernt, als dass die Tolosaner Wachen von den anfänglichen Kämpfen etwas mitbekommen hatten. Dort war es deshalb gelungen, sie zu überrumpeln. Hastig wurde das Tor geöffnet, um Verstärkungen einzulassen. Bald darauf galoppierten katalanische *soudadiers* durch die Gassen von lo Borc und ritten einen Lanzenangriff auf die Tolosaner am Marktplatz, die sich plötzlich diesem neuen Feind gegenübersahen.
Sie zogen sich eiligst in den Grafenpalast zurück, nicht ohne Tote und Verwundete zurückzulassen. Hinter der hohen Mauer schlossen sie sich ein, und nichts als ein Großbrand des Gebäudes hätte sie bewegen können, die Stellung aufzugeben. Das aber hätte die ganze Stadt angezündet. So blieb den Angreifern nichts übrig, als den Palast zu umstellen, in der Hoffnung, die Tolosaner auszuhungern. Zumindest die Wachen am Flusstor gaben jetzt auf, so dass Castellvell endlich beide Tore öffnen lassen konnte.
Menerba dagegen hatte leichtes Spiel. Der Palast des Erzbischofs war nur dürftig bewacht gewesen. Dass Krieger es wagen würden, die *pax ecclesiae* zu brechen und in den Bereich des Erzbistums vorzudringen, war einfach undenkbar. Kriegshandlungen gegen Kirche oder Geistliche waren unter Androhung des Kirchenbanns streng verboten. Die wenigen Wachen wagten keinen Widerstand, und so nahmen Menerbas Männer den Palast ohne Blutvergießen ein.
Als Erzbischof Leveson aus fiebrigem Schlaf hochschreckte, traute er seinen Augen nicht, denn da stand ein gepanzerter Menerba an seinem Bett, umringt von Kriegern.
»*Jes Maria*«, stieß der Erzbischof hervor. Ächzend mühte er sich auf. Fieberschweiß stand ihm auf der Stirn. Menerba erlaubte einem Diener, dem Alten ein Kissen unterzuschieben.
»Es tut mir leid, Euch zu stören, *Mossenher*«, sagte er. »Aber

es musste sein. Jedenfalls freue ich mich, dass es Euch bessergeht.«
»Bist du des Teufels, Menerba?«, krächzte Leveson. »Was geht hier vor?«
»Die wahre Herrscherin von Narbona ist zurückgekehrt, um ihren von Gott gewollten Platz einzunehmen. Ich will nur sicherstellen, dass Ihr dies nicht zu verhindern sucht. Eure Männer habe ich entwaffnet. Befehlt ihnen, sich ruhig zu verhalten, dann geht alles friedlich ab.«
»Du hast dich also auf ihre Seite geschlagen. Aber wie …« Er sprach nicht weiter, denn Schreie und Waffenlärm drangen jetzt über den Platz bis in sein Gemach. »Was ist das?«, flüsterte er heiser.
»Es wird noch gekämpft. Deshalb muss ich gehen, *Mossenher.* Ich empfehle mich.«
Der Erzbischof sah ihm mit offenem Mund nach. *»Que puta merda!«,* fluchte er dann ganz ungeistlich und ließ sich auf die Kissen zurückfallen.
Menschen strömten trotz später Stunde und schlechtem Wetter von überall her auf die Caularia und sammelten sich vor dem vizegräflichen Palast. Es waren Handwerker, Seeleute, Bürger, in der Hauptsache aber junge Männer. Sie ahnten, dass etwas Gewaltiges vor sich ging, und wollten dabei sein. Nicht wenige waren bewaffnet, wenn auch nur mit Messern oder Knüppeln. Viele johlten Spottrufe gegen die Tolosaner. Sie alle aber starrten gebannt auf den Palast, aus dem das Getöse heftiger Kämpfe schallte. Fackelschein bewegte sich hier und da wie Irrlichter hinter den Fenstern der oberen Stockwerke. Was ging dort vor?
Menerbas Krieger drängten die Schaulustigen vom Palasteingang zurück, und dann stand er selbst davor.
»Welcher Esel hat das verdammte Tor verschlossen?«, knurrte er voller Bangen, denn hinter diesen Mauern befand sich sein einziger Sohn. Wer konnte wissen, was la Bela in ihrer Verzweiflung anstellen würde, um sich zu retten? Er gab den

Befehl, irgendwo einen Rammbock aufzutreiben, um das Tor aufzubrechen. In der Zwischenzeit konnte er nur beten, dass Felipe nichts zustoßen würde.

***

Im Innenhof des Palastes hallte es von Flüchen und Schmerzensschreien, erregtem Gebrüll und dem schrillen Wiehern überreizter Gäule, die mit den Hufen gegen die Stallwände schlugen. Die Katalanen hatten sich noch weiter zur Treppe hin zurückgezogen. Immer wieder wurden sie bedrängt, aber sie standen eng zusammen in zwei Gliedern und verteidigten verbissen jeden Fußbreit.

Ermengarda war an Arnaut vorbei auf die Treppe zugeeilt und nahm die ersten Stufen vor allen anderen. An Gefahr dachte sie nicht. Es war, als hätte sie plötzlich ein Rausch erfasst, als müsste sie als Erste die Quartiere der Vizegräfin erreichen. Da packte eine eiserne Faust sie bei der Schulter und riss sie herum.

Vor ihr Arnaut, blutbespritzt und heftig atmend. Ängstlich zuckte sie vor ihm zurück, denn er schien kaum noch er selbst zu sein. Wie der rächende Achilles sah er aus oder der Kriegsgott Mars in Person, schildbewehrt, mit bluttriefendem Schwert in der Faust, gebleckten Zähnen und wilden Augen, die unter dem Helm hervorstarrten, als wollten sie sie durchbohren.

»Halt dich, zum Teufel, hinter uns und in sicherem Abstand«, brüllte er außer sich vor Wut. Wie konnte sie den Angriff und sich selbst so leichtsinnig in Gefahr bringen? »Und zieh dein verdammtes Schwert. Wozu hast du es?«

Schon stürmte er an ihr vorbei die Treppe hinauf. Die anderen folgten ihm. Kaum war er oben auf dem überdachten Wandelgang angelangt, der entlang der Innenseite des Gebäudes verlief, da stellte sich ihm, mehr erschrocken als mutig, ein Wachmann mit der blanken Waffe entgegen. Arnaut schlug ihm den schweren Schild unters Kinn und drängte ihn an die steinerne Brüstung.

Ein *soudadier* hinter ihm stach zu, der Mann griff sich an die Brust, und als Arnaut zurücktrat, verlor er das Gleichgewicht und stürzte mit einem Aufschrei rücklings über das Geländer in den Hof. Arnaut rannte weiter, gefolgt von seinen Männern, und machte sich daran, zum nächsten Stockwerk aufzusteigen.

Ermengarda war entschlossen, ihm zu folgen. Sie zog ihr Schwert aus der Scheide und starrte auf die polierte Klinge. Wie seltsam, eine Waffe in der Hand zu halten. Dann beeilte sie sich, nicht den Anschluss zu verlieren.

Severin war indes nicht von ihrer Seite gewichen, denn ein unbestimmtes Gefühl sagte ihm, dass in diesem Durcheinander sein Platz eher bei ihr als bei Arnaut war. Der würde schon selbst auf sich achten können.

In seinen Gemächern war Tibaut de Malvesiz durch das unverhoffte Getöse im Innenhof aufgeschreckt worden. Er war noch nicht entkleidet gewesen und hatte sofort begriffen, was da unten vor sich ging. Es konnte niemand anders als Ermengardas Reiterschwadron sein, die hier auf eine ihm unverständliche Weise eingedrungen war. Rasch zerrte er sich *gambais* und Kettenpanzer über den Kopf, gürtete sein Schwert und stülpte sich den Helm auf. Auch sein geheimer Schatten war vom Lager aufgefahren und hatte sich einen Umhang umgeworfen.

Tibaut hegte keinen Zweifel, dass es ihm schlecht ergehen würde, wenn Ermengardas Männer ihn zu fassen bekämen. Er kramte fieberhaft in einer Truhe nach Geldbörsen voller Silber, die er in eine lederne Tasche stopfte. Eine andere enthielt seine wichtigsten geheimen Dokumente. Beide hing er sich über die Schulter und zog sein Schwert. Dann stürzten sie aus seinen Gemächern.

Sie hasteten den Korridor entlang, der zum Wandelgang führte, um von dort die rückwärtigen Bereiche des Palastes

zu erreichen, wo sie hofften, im Dunkeln über Hintertreppen zu entkommen. Tibaut erreichte als Erster den Wandelgang, als plötzlich Ermengarda vor ihm auftauchte. Sie bemerkte aus den Augenwinkeln einen drohenden Schatten auf sich zurennen. Schreckstarr und wie gelähmt stand sie da. Wo war Arnaut, um sie zu schützen?
Tibaut erkannte sie nicht in ihrer Rüstung. Im flackernden Licht der wenigen Fackeln gewahrte er nur diesen kleinwüchsigen Krieger, der ihm den Weg verstellte, hob das Schwert und schlug hart zu.
Severin sah den Hieb auf sie niederfahren und warf sich ohne Zögern dazwischen. Er hatte nicht einmal Zeit, den Schild hochzureißen, da traf die schwere Klinge mit voller Wucht seine Schulter. Ihm wurde schwarz vor Augen, er spürte etwas knirschen, und sein Schildarm war von einem Augenblick zum anderen taub und nutzlos. Dennoch mühte er sich, das Schwert zu heben, um Ermengarda zu verteidigen, aber da war der Kerl schon an ihnen vorbei. Fast blind vor Schmerz wankte und taumelte er, und so gelang es auch dem Zweiten, unter seiner Waffe wegzutauchen und Reißaus zu nehmen.
»Das ist Tibaut«, schrie Ermengarda, die wieder zu sich gekommen war. »Haltet ihn!«
Doch der hatte schon eine Hintertreppe erreicht und war die schmale Stiege in großen Sprüngen hinabgeeilt, bevor die wenigen Katalanen, die noch in der Nähe waren, ihn greifen konnten. Der zweite Mann entkam ihnen jedoch nicht. Sie packten ihn und banden ihn mit dem eigenen Gürtel.
Ermengarda war an Severins Seite. »Was ist mit dir?«, rief sie außer sich. »Bist du verletzt?« Sie bemühte sich, ihn zu stützen.
Severin holte schmerzhaft Luft. Es tat höllisch weh, wenn er versuchte, den Schild zu heben. Er fasste sich an die Schulter, aber an seiner Hand war kein Blut zu erkennen. Der Panzer musste den Hieb abgefangen haben.

»Wird so schlimm nicht sein«, grinste er gequält. »Los, weiter. Arnaut soll den Spaß nicht für sich alleine haben.«
Er biss die Zähne zusammen und stellte vorsichtig den Fuß auf die Treppe. Diesmal hielt Ermengarda sich hinter ihm, als er mit schmerzverzogenem Gesicht die Stufen erklomm. Dank des Nackenriemens musste er wenigstens den Schild nicht tragen. Oben angekommen, sahen sie zwei von la Belas Leibwachen am Boden liegen. Einer stemmte sich auf die Arme, um davonzukriechen, das Gesicht eine einzige Maske von Blut.
Auch hier oben ging es wild zu. Männer brüllten, es kreischte das Gesinde, Frauen wichen vor ihnen zurück, Türen schlugen zu. Einen Augenblick lang war es Ermengarda, als hätte sie Ninas schreckensbleiches Gesicht gesehen. Aber dafür war jetzt nicht die Zeit. Sie folgte den Stimmen der *soudadiers* und dem Poltern von Stiefeln, die gegen Türen traten, um zu sehen, wer sich dahinter verbarg.
La Bela lag zitternd in ihrem Bett. Schon beim ersten Lärm, als die Ritter unten die Wachen überrascht hatten und durch das Tor in den Innenhof eingedrungen waren, war sie aufgeschreckt, denn im Gegensatz zu Alfons, der selig schnarchte, hatte sie nicht schlafen können.
Beim Aufheulen der Verwundeten hatte sie ein fürchterliches Entsetzen erfasst. Das Toben und Schreien und Jammern klang in ihren Ohren, als wäre Gottes Strafgericht angebrochen. Das Kreischen des Gesindes draußen auf den Gängen und die Flüche und schweren Stiefel der Soldaten kamen immer näher. Bibbernd vor Angst lag sie in ihrem Bett, unfähig, sich zu rühren.
Nein, es war nicht Gott. Es musste der Teufel sein, der mit allen Furien der Hölle unterwegs war, um sie zu suchen und zu holen. In einem Winkel ihres Hirns war sie noch halb bei Sinnen und wusste, das konnte nicht sein, trotzdem hörte sie nicht auf, am ganzen Leib zu zittern. Sie krümmte sich und wimmerte hilflos.

Als die ersten Stiefeltritte gegen die Kammertür krachten, wachte Alfons auf. Mit einem Ruck fuhr er hoch. »Was, zum Teufel?«, keuchte er, sein Verstand verwirrt vom Schlaf.

Arnaut, draußen vor der Tür, hob das Bein und trat noch einmal mit aller Wucht dagegen, denn hier musste sie sein. Endlich splitterte das Holz des Rahmens, die Tür flog auf und knallte gegen die Wand. Er warf den Schild weg und riss einem der Katalanen die Fackel aus der Hand. Mit dem Schwert in der Faust trat er in die Kammer. Auch die anderen drängten nach und hielten Fackeln hoch.

Alfons saß aufrecht im Bett und blinzelte ungläubig. La Bela aber kreischte wild beim entsetzlichen Anblick blutbesprenkelter Krieger, die im Geisterschein der Fackeln in ihr Gemach eindrangen. Sie raffte das Betttuch, um ihre Blöße zu verbergen. Langsam und mit schlotternden Knien richtete sie sich auf, mit dem Rücken an die Wand gepresst, das Gesicht entstellt vor Furcht. Und dann schrie sie noch einmal auf, denn wie aus dem Nichts aufgetaucht, als sei sie einem ihrer Albträume entsprungen, stand plötzlich Ermengarda vor ihr. Wie ein rächender Engel, in Eisen gekleidet, ein Schwert in der Hand, der Blick voller Hass.

Doch jetzt, da sie ihr gegenüberstand, fiel auf unerklärliche Weise die Furcht von la Bela. Ihre Glieder bebten noch, aber ein trotziger Mut regte sich. Ungeachtet der Männer im Raum, entblößte sie ihre nackte Brust und reckte stolz das Kinn.

»Bist du gekommen, mich zu töten?«, schrie sie. »Dann tu es gleich. Darauf hast du doch gewartet.«

Arnaut sah Ermengardas Augen im Schein der Fackeln wie im Fieber funkeln. Ihr Gesicht war wutverzerrt, als sie vorsprang, das Schwert in beiden Händen gepackt, und weit ausholte.

»Tu es nicht!«, rief er scharf. »Tu es nicht!«

»Misch dich nicht ein«, schrie sie. Aber das Schwert über ihrem Kopf zögerte.

»Willst du ihretwegen zur Mörderin werden?«

»Sie hat meinen Tod befohlen.«
Tränen des Zorns rannen Ermengarda über die Wangen. Sie senkte die Waffe, aber nur, um sie vorzustrecken, so dass die Spitze sich la Belas ungeschützter Kehle näherte.
»Alles wollte sie an sich reißen. Meinen Vater hat sie betrogen und meinen Bruder ermordet.«
Schon berührte der Stahl die weiße Haut der Stiefmutter. La Bela zuckte zurück, aber nur ein wenig.
»Das weißt du nicht«, sagte Arnaut.
»Mir genügt schon, was ich weiß.«
»Willst du deine Herrschaft mit Mord und Unrecht beginnen?«
Sie atmete heftig, warf ihm einen wilden Blick zu. Aber das Schwert schien einen eigenen Willen zu besitzen, denn langsam senkte sich die Spitze.
Diesen Augenblick, als alle gebannt auf Ermengarda starrten, wählte Alfons, um aus dem Bett zu springen. Nackt, wie er war, riss er eine Nebentür zur Ankleidekammer auf und machte sich davon, ehe ihn jemand hindern konnte.
»Putan«, schrie Arnaut und rannte hinterher, um zu verhindern, dass der Graf seine Leibwache erreichte.
Vor ihm tastete sich Alfons durch die dunkle Kammer, stieß sich irgendwo den Fuß, fluchte laut, riss eine andere Tür auf und floh den Gang hinunter. Als Arnaut folgte, sah er ihn eine Stiege nehmen, die ins Stockwerk darunter führte. Das Innere des Palastes war dem Grafen offensichtlich vertraut.
Arnaut versuchte, ihn einzuholen. Fast wäre er dabei die Treppe hinabgestürzt. Unten angekommen, sah er den Flüchtenden eine mit geschnitzten Verzierungen bedeckte Doppeltür aufstoßen und dahinter verschwinden.
Als er ihm mit dem Schwert in der Hand folgte, fand er sich zu seiner Überraschung in einer Kapelle wieder. Eine wuchtige Wachskerze brannte auf dem Altar unter einem mächtigen, vergoldeten Holzkreuz. Alfons riss es von der Wand und hielt es sich schützend vor den Leib.

»Wenn nicht sie, dann willst du wohl mich töten«, brüllte er. »Wagst du es, diesen … Frevel in einer Kirche zu begehen, vor Gottes Angesicht?«
Er hielt das Kreuz hoch, als wollte er damit auf Arnaut losgehen. Der starrte ihn nur an. Vor ihm stand der mächtige Fürst von Tolosa, heftig atmend und nackt wie am Tag seiner Geburt. Arnaut ließ sein Schwert in die Scheide gleiten und schüttelte den Kopf.
»Töten will ich Euch nicht, *Mossenher,* darauf habt Ihr mein Wort. Aber mein Gefangener seid Ihr dennoch. Ergebt Euch, und es wird Euch nichts geschehen.«
Alfons sah ihn misstrauisch an, aber die Ernsthaftigkeit in Arnauts Augen schien ihn schließlich zu beruhigen. Er ließ das Kreuz sinken und lehnte es fast ehrfürchtig gegen die Wand. Dann richtete er sich auf und stand erhobenen Hauptes da. Die dichte, dunkle Behaarung auf seiner Brust hob sich scharf vom Weiß der Haut ab. Seine Nacktheit schien ihn wenig zu bekümmern. Arnaut sah, dass er am Schienbein blutete.
»Wenn ich schon Euer … Gefangener bin, dann sagt mir wenigstens, wie Ihr heißt«, sagte Alfons.
Arnaut nahm Helm und Kettenhaube ab.
»Mein Name ist Arnaut de Montalban. Ihr müsstet mich eigentlich kennen, *Mossenher.*«
Der Graf trat einen Schritt vor, um ihn im Schein der Kerze genauer zu betrachten. »Seid Ihr nicht der junge Mann, der bei mir dienen wollte und den ich fortgeschickt habe?«
»Der bin ich.«
Alfons hob erstaunt die Brauen. Dann lächelte er etwas schief und zuckte mit den Schultern. »Ziemlich dumm von mir, was?«, sagte er und lachte.
Arnaut griff nach dem Altartuch und reichte es ihm, um seine Blöße zu bedecken. Dann traten sie beide auf den Gang.
Als zwei Katalanen, die gefolgt waren, Alfons erblickten, riefen sie mit lauter Stimme, dass der Graf gefangen sei. Der

Ruf pflanzte sich durch den ganzen Palast fort, bis hinunter zu den überlebenden Tolosaner Leibwachen, die immer noch Seite an Seite mit der Palastwache gegen Roderics Katalanen kämpften.
Da zögerten sie zuerst, zogen sich dann aber langsam zurück. Und als es hieß, dass auch die *vescomtessa* gefangen war, senkten sie die Waffen.

Die Last auf jungen Schultern

Die Glocke vom Turm der Kathedrale war kaum vernehmbar. Nur ein schwacher, heller Ton, wie aus weiter Ferne, denn nur wenig drang durch die dicken Mauern seines Kerkers.

Geräusche von außen, auch die unbedeutendsten, waren das Einzige, was es hier drinnen wahrzunehmen gab, außer dem harten Stroh, auf dem er lag, der Kette, die seine Knöchel scheuerte, und der zerlumpten Decke, die viel zu dünn war, um ihn zu wärmen. Die meiste Zeit dämmerte er dahin in Kälte, Schmerz und ewiger Nacht.

Er versuchte, sich bequemer zu legen. Als er sich dabei aufstützte, schoss wieder der stechende Schmerz aus seiner linken Hand den Arm hinauf. Die Finger waren so angeschwollen, dass er sie nicht bewegen konnte. Stöhnend ließ er sich zurücksinken und schloss die Augen. Sein ganzer Leib war eine Qual, besonders die Rippen, die zugeschwollenen Augen, die gebrochene Nase.

Er atmete flach, um seine Rippen zu schonen. Langsam und vorsichtig füllte er die Lungen, bis der erste Schmerz kam, dann ließ er die Luft wieder sanft entweichen. Er vertiefte sich in die Vorstellung, wie der Atem seinen ganzen Leib durchströmte, seine Arme und Beine, und dann wieder verließ. Den Wellen gleich, die an den Strand rollen und sich wieder zurückziehen.

Dabei empfand er ein seltsames Kribbeln und eine wohltuende Wärme in den Gliedern. Wenn er sich ganz darauf ein-

stellte, an nichts anderes dachte und es lang genug durchhielt, kam manchmal für Stunden der Schlaf.
Wie schon oft zählte er seine Atemzüge. Irgendwann bei drei- oder vierhundert vergaß er es dann.
Er lag nun ruhig da, als schwebe er über der stinkenden Strohmatte, ohne sie zu berühren. Solange er sich nicht bewegte, fühlte er sich wohl. Es ließ ihn vergessen, wo er war. Er glaubte, das sanfte Flüstern des Windes in goldgelben Baumkronen zu vernehmen. Licht brach durch das Laub und fiel auf das lächelnde Antlitz eines Mädchens, oder war es ein Engel? Sie reichte ihm die Hand und zog ihn mit sich fort in die Tiefe des Waldes. Doch als er sie umfangen wollte, löste sich ihre Form zwischen seinen Armen auf und ging in eisige Nebelschwaden über, die aus dem Waldgrund aufgestiegen waren. Er zitterte vor Kälte. Die Bäume waren jetzt kahl und grau. Irgendwo in der Ferne vernahm er Schreie, Waffengeklirr, klagende Frauenstimmen. Es klang, als kämpften himmlische Jungfrauen gegen Mächte der Unterwelt. Als er hochschreckte, beklagten sich sofort seine Rippen, so dass er sich wieder zurücksinken ließ. Hatte er geträumt?
Aber jetzt hörte er wirklich etwas. Ein Kampf im Palast der *vescomtessa?* War er schon so geschwächt, dass er Wahnvorstellungen hatte? Nach einer Weile hörte es auf, und er vernahm lange Zeit nichts mehr, außer vereinzelten, aufgeregten Stimmen. Er musste sich wohl getäuscht haben.
Er war durstig, hätte gern etwas von seinem Wasser getrunken, aber das Bedürfnis war nicht dringend genug, um den lästigen Schmerz auf sich zu nehmen, den jede Bewegung verursachte. Fast wäre er wieder eingeschlafen, als der Schlüssel des Wärters ihn auffahren ließ und das grelle Licht einer Fackel ihn blendete. Jemand war in die Zelle getreten, kniete sich neben ihn. Er zuckte unwillkürlich zusammen, denn nun würde die Tortur von neuem beginnen.
»Felipe, *mon filh*«, hörte er die Stimme seines Vaters. »Was haben sie mit dir gemacht?«

»Du hier?«, flüsterte er.
»Wer hat dich so zugerichtet?«
»Ich weiß nicht. Ein Wachmann.« Er merkte, dass er wie eine krächzende Krähe klang, und räusperte sich. Dabei stachen ihn wieder die Rippen. »Auf Tibauts Befehl.«
Jetzt hatten seine Augen sich an die Helligkeit gewöhnt, und er konnte den Vater erkennen. Er sah ihn grimmig nicken. »Natürlich. Tibaut«, hörte er ihn sagen. »War Ermessenda daran beteiligt? Es ist mir wichtig, dies zu wissen.«
Felipe schüttelte den Kopf. »Wenn la Bela nicht wäre, würde er mich noch ganz anders angehen, hat er gesagt.«
»Und was, um Gottes willen, ist mit deiner Hand?«
»Sie haben auf meine Knöchel geschlagen, mit einem Hammer.« Er blickte an sich herab. Die Hand war wie eine aufgeblähte Schweinsblase. »Sieht komisch aus, was?«
»Ach, Felipe. Ich hatte schreckliche Angst um dich«, hörte er seinen Vater sagen und war erstaunt über die sanften Finger, die durch sein Haar strichen, und vor allem über die Liebe in seinen Augen. Plötzlich fühlte er sich wieder wie der kleine Junge, der er einmal gewesen war, wohl und sicher in den Armen des Vaters. Er konnte den Schluchzer nicht verhindern, der ihm aus der Brust drang. Aber dann riss er sich zusammen.
»Wie kommt es, dass sie dich zu mir gelassen haben?«
»Ich bin gekommen, um dich hier rauszuholen, mein Sohn. Narbona ist befreit vom Joch der Tolosaner. Ermengarda hat die Stadt erobert. Und ich hatte die große Freude, an ihrer Seite zu kämpfen.«
»Die Stadt erobert?« Mit Staunen lauschte er den Einzelheiten, die sein Vater ihm erzählte. Katalanische Ritter, Raimon und die Bürger, Ermengarda im Kettenpanzer, Arnaut, der den Grafen von Tolosa gefangen hatte. Es war unglaublich.
»Wo ist Ermengarda? Warum ist sie nicht hier?«
»Sie ist beschäftigt. Außerdem wollte ich zuerst allein mit dir reden«, sagte Peire de Menerba. In seinen Blick lag aufrichtige

Zerknirschung. »Ich wollte dich um Verzeihung bitten. Ich hatte vergessen, dir ein guter Vater zu sein. Und das wegen einer Frau. Sie war es wohl nicht wert, aber ich habe sie geliebt. Vielleicht tue ich es noch immer.«
»Und was geschieht jetzt mit ihr?«
»Man wird sehen. Vorerst ist sie Ermengardas Gefangene.«
Fast schüchtern berührte Felipe die Hand seines Vaters. »Ich weiß jetzt, wie das ist, Vater.«
Erstaunt sah Peire ihn an. Dann nickte er. »Ich habe davon gehört. Auch von eurem Schwertkampf.« Er seufzte. »Der Mensch legt seine Pläne, Felipe. Doch dann kommt *fortuna* daher und macht mit uns, was sie will. Manchmal zum Guten, manchmal zum Schlechten. Und am Ende ist doch alles Gottes Wille. Man muss es nehmen, wie es kommt. Solange wir unsere Würde nicht verlieren, mein Sohn. Und das, an was wir glauben.«
Felipe sah seinem Vater in die Augen. Hatte er seine Würde verloren?, fragte er sich. Arnaut mit dem Schwert anzugehen, war sicherlich dumm gewesen. Auch die Scham über Ermengardas Abfuhr brannte noch in ihm.
»Ich bin stolz auf das, was du getan hast, mein Junge«, fuhr Menerba fort. »Es war mutig und richtig, wenn auch sehr gewagt. Nun aber habt ihr gesiegt. Und bald werdet ihr euch wieder versöhnen. Auch du und Arnaut. Er ist es wert, dein Freund zu sein.«
Menerba öffnete das Kettenschloss und half seinem Sohn auf die Füße. Dann legte er vorsichtig seinen Arm um ihn und führte ihn aus dem Kerker.

***

Tibaut de Malvesiz war es gelungen, aus dem Palast zu entfliehen und unbemerkt in den Gassen unterzutauchen. Nun konnte er aufatmen.
Das Wichtigste war jetzt, Ermengardas Rache zu entkom-

men. Fürs Erste würde er sich auf eines seiner Güter zurückziehen, die er im Laufe der Jahre an verschiedenen Orten erworben hatte, mehrere davon außerhalb der Narboner Gerichtsbarkeit. Dort würde er ausharren, bis Gras über die Sache gewachsen war.

Er spürte das Gewicht der Taschen, die er trug.

Das Geld in der einen war von geringer Bedeutung. Wichtig war die andere, die er fest umklammert hielt, denn sie enthielt die Dokumente und Abschriften, die seine Versicherung waren. Gewisse hohe Würdenträger und Adelige der Stadt würden erbleichen, wenn sie wüssten, was er an geheimen Kenntnissen über sie zusammengetragen hatte, vieles durch schriftliches Zeugnis belegt. Selbst der Erzbischof war nicht vor ihm sicher.

Nein, er machte sich in dieser Hinsicht wenig Sorgen. Anklagen würde man ihn gewiss nicht. Die gegenwärtige Entwicklung bedauerte er natürlich, denn la Bela hatte er gut in der Hand gehabt. Doch zukünftig würden sich andere Gelegenheiten für ihn auftun. Jetzt aber brauchte er erst mal ein Pferd.

Niemand achtete in der Dunkelheit auf ihn, als er auf der Brücke die Aude überquerte, denn Castellvells Männer hatten sich inzwischen an der Belagerung des Grafenpalastes beteiligt. Etwas abseits an der Innenseite der Stadtmauer von lo Borc standen unbewacht die Pferde der Katalanen. Vorsichtig näherte er sich dem letzten Gaul in der Reihe, band ihn los und wollte das Tier unauffällig wegführen, als plötzlich drei Ritter aus einer Nebengasse auftauchten und ihn stellten.

Was er denn mit dem Pferd vorhabe, wollten sie wissen. Pferdediebstahl ist ein schwerwiegendes Verbrechen. Sie sahen sich also den Mann genauer an. Er sah wie ein Edelmann aus, doch in einer Zeit, in der Adelige sich gern mit den buntesten Farben schmückten, kam ihnen die schwarze Kleidung des Kerls verdächtig vor, noch dazu in der Nacht. Als sie ihn durchsuchten, fanden sie eine große Summe Silber in einer seiner Umhängetaschen. Die Sache schien ihnen klar. Es musste sich um einen flüchtigen Dieb handeln.

Doch die *soudadiers* waren ungeduldig, sich dem Kampf um den Grafenpalast anzuschließen. Sie hatten Besseres zu tun, als sich um einen Dieb zu kümmern, und wollten ihn schon laufenlassen, als eine Streife der *militia urbana* erschien, die sich inzwischen wieder auf die Straße traute. Und so übergaben sie den Verdächtigen den erstaunten Männern der *militia.*

Die erkannten natürlich gleich, um wen es sich handelte, waren aber unschlüssig, wie sie mit dem Gefangenen verfahren sollten. Die Lage in der Stadt war noch unsicher. Wer würde siegen? Vielleicht würde man sie für Tibauts Ergreifung reich belohnen. Andererseits kannten sie ihn als wichtigen Mann der Vizegrafschaft.

Während sie sich stritten, versuchte Tibaut, sie zu bestechen. Das Silber lockte gewaltig. Sie waren nahe dran, ihn gehen zu lassen, als einer der Männer sie daran erinnerte, dass die Katalanen nach ihren Namen gefragt hatten. Nicht gut, wenn sie die falsche Entscheidung träfen und ihre Beteiligung herauskäme. Nun war ihnen die Sache entschieden zu heikel, und sie beschlossen, anderen die Verantwortung aufzubürden. Und so schleppten sie Tibaut zu *Senher* Roger, dem *capitan* und Anführer der Krieger Menerbas, die noch immer dabei waren, die unruhige Menge auf der Caularia im Zaum zu halten.

Roger wusste, dass Tibaut für Felipes Einkerkerung verantwortlich gewesen war, wie für so manche andere Schandtat. Was für eine Gelegenheit, es dem Gauner heimzuzahlen. *Vescoms* de Menerba würde es ihm großzügig vergelten. Besser jedoch, wenn im gegenwärtigen Durcheinander Tibauts Ergreifung unbemerkt bliebe. Der *vescoms* würde am besten wissen, wie mit dem abgefeimten Fiesling zu verfahren war. Also ließ er ihn heimlich in den Palast der Menerbas schaffen. Seine Männer mussten ihm hoch und heilig schwören, den Mund zu halten.

Und so kam es, dass der schlaue Tibaut, nun seinerseits von der flatterhaften *fortuna* genarrt, sich in den feuchten Kellergewölben seines Feindes wiederfand.

***

Als Felipe, gestützt von seinem Vater, in die *aula* wankte, merkte er gleich, dass etwas nicht stimmte.

Zwar erhoben sich alle, um ihn überaus freundlich zu begrüßen, auch war es Ermengarda anzusehen, wie sehr sie über sein zerschundenes Gesicht erschrocken war, sie wirkte dennoch zerstreut und brachte nicht viel mehr als ein besorgtes Lächeln zustande. Raimon bemühte sich fürsorglich, ihm einen Sitzplatz in der Runde zu finden, und Severin, der selbst verwundet schien, grinste ihm schmerzlich zu. Sogar Arnaut nickte zu ihm herüber. Doch es fehlte die rechte Freude in der Runde. Wenn sie doch die Stadt erobert hatten, warum, zum Teufel, jubelten sie nicht?

Noch sehr benommen saß er auf dem Stuhl und versuchte, jede rasche Bewegung zu vermeiden, während er seine Gefährten beobachtete. Sie können mir nicht verzeihen, dass ich Ermengarda auf halbem Wege im Stich gelassen habe. Das muss es sein, dachte er.

Nach einer Weile merkte er jedoch, dass nicht er der Grund für die seltsame Stimmung war, sondern dass sie von Ermengarda ausging. Sie kam ihm verändert vor, übermäßig beherrscht und bis zum Zerreißen angespannt, ohne ihre übliche sanfte Herzlichkeit. Nicht verwunderlich, wenn sie mitten im Wirbelsturm dieses waghalsigen Angriffs auf den Palast gewesen war, wie sein Vater ihm berichtet hatte. Welch ein Leichtsinn. Wie hatte man das zulassen können? Die Brutalität des Kampfes, der Schrecken, Männer sterben zu sehen, die Angst um das eigene Leben.

Und jetzt war sie plötzlich Mittelpunkt aller Aufmerksamkeit. Fragen prasselten auf sie ein, Entscheidungen wurden erwartet. Die Last der neuen Verantwortung als Herrscherin. Kein Wunder, sie ist angespannt wie eine Bogensehne.

Auf ihre Frage hin wurden Verluste berichtet. Trotz der heftigen Kämpfe hielten sie sich in Grenzen. Ein Katalane brachte Kunde vom Stand der Dinge in lo Borc. Dort hatte es wesentlich mehr Opfer gegeben. Man entschied, eine der gefangenen Tolosaner Leibwachen zu schicken, um den Belagerten zu bestätigen, dass Alfons in ihrer Gewalt war. Man hoffte, dies würde sie zur Aufgabe bewegen. Außerdem sollte ihnen freies Geleit zugesichert werden.

Ein Trupp von Castellvells *soudadiers* meldete sich zur Stelle, um die Palastwache zu übernehmen. Verwundete waren zu versorgen, Tote zu bergen und die gefangenen Tolosaner und ehemaligen Wachen einzukerkern, bis man über ihr Schicksal entschieden hatte.

Das führte zur Frage, wo Alfons und la Bela unterzubringen waren. In den Turm mochte Ermengarda sie nicht stecken, dennoch war absolute Sicherheit von größtem Vorrang. Vor allem Alfons durfte ihnen nicht entkommen. Der Domdechant Peire de Montbrun platzte im Auftrag des Erzbischofs in die Besprechung und bestand darauf, mit Alfons persönlich reden zu dürfen, ein Ansinnen, das ihm ausdrücklich verweigert wurde.

Bardine Saptis erschien und fiel bei erster Gelegenheit vor Ermengarda aufs Knie, küsste ihre Hand und sicherte ihr im Namen der Bürgerschaft alle Unterstützung zu. Ab sofort stünde die *militia urbana* unter ihrem Befehl. Sie nahm das Angebot höflich dankend, jedoch mit kühler Zurückhaltung entgegen. Auch Rabbi Todros fand sich ein, um seine Aufwartung zu machen. Ihn schien sie freundlicher zu begrüßen und sicherte ihm zu, dass Alfons' Judensteuer ab sofort aufgehoben sei, ja dass man sich sogar um Rückerstattung bemühen würde.

Dann sorgte die Nachricht von Giraud de Trias' schwerer Verwundung für Aufregung. Ermengarda befand, ihn in den

Palast zu holen und überhaupt alle guten Wundärzte der Stadt einzubestellen, um ein *hospitium* für die Verletzten einzurichten.

Kaum war das geregelt, erschien Ritter Roger und fragte, wie mit der erregten Menge auf dem Marktplatz zu verfahren sei. Die Leute wollten nicht nach Hause gehen. Im Gegenteil, es kamen immer mehr, und sie verlangten eine Erklärung. In der Tat konnte man ihr Geschrei bis in die *aula* hören. Während darüber gesprochen wurde, sah Felipe, wie Roger seinen Vater in eine Ecke zog und mit ihm flüsterte. Es musste eine gute Nachricht sein, denn Menerba grinste von einem Ohr zum andern.

Felipe merkte, dass Ermengarda den Debatten inzwischen nur noch mit halbem Ohr zuhörte. Sie sah bleich und erschöpft aus, fast niedergeschlagen. Ihre Haltung war gebeugt, als ob der schwere Panzer an ihren Schultern zerrte. Warum nahm sie das verdammte Ding nicht endlich ab?

Sein Blick wanderte zu Arnaut hinüber, der abseits am anderen Ende der *aula* saß und bisher kein Wort von sich gegeben hatte. Auch er sah müde aus, das Haar wirr und schweißverklebt, Blutflecken auf dem *sobrecot.* Arnauts Augen ruhten ständig auf Ermengarda, während sie dagegen ihn zu meiden schien. Ja, es war schon auffällig, dass sie ihn nie anschaute, nicht einmal das Wort an ihn richtete, so als gäbe es ihn nicht.

Das war also der Grund für die seltsame Stimmung. Etwas musste zwischen ihnen vorgefallen sein. Sie hatten sich entzweit, gestritten. Nun, er hatte ja selbst ihren unerwarteten Zorn zu spüren bekommen. Obwohl Ermengarda Arnaut in keiner Weise zur Kenntnis nahm, war für Felipe eine geheime Spannung zwischen ihnen zu spüren. Als seien sie die Einzigen in diesem Raum, trotz der Menschen um sie herum. Arnauts Gegenwart schien sich in all ihren Gesten und unterdrückten Blicken widerzuspiegeln, auch wenn sie es geschickt zu verbergen suchte. Diese Wahrheit traf Felipe hart. Sie liebte

Arnaut mehr denn je. Und das schmerzte ihn noch mehr als seine verdammten Rippen. Er hatte die Erniedrigung in Rocafort noch nicht vergessen.

Als Ermengarda sich erhob, verfielen alle in Schweigen.

»Ich will zum Volk da draußen sprechen«, sagte sie. »Und zwar beim ersten Morgengrauen. Lasst dann die Glocken der Kathedrale läuten. Es sollen alle kommen. *Vescoms* de Menerba, Bardine Saptis und Rabbi Todros bitte ich, mich zu begleiten. Ruft auch den *Senher* de Castellvell dazu. Und natürlich Raimon und mein treuer Severin. Felipe, auch du, wenn du kannst.« Sie wandte sich zum Gehen. »Und Arnaut.«

Seinen Namen hatte sie beiläufig hinzugefügt, als wäre er ihr erst im letzten Augenblick eingefallen. Dann zog sie sich zurück.

Trotz der aufwühlenden Geschehnisse und des heillosen Durcheinanders, das immer noch im Palast herrschte, hatte jemand, mit Sicherheit *Domna* Anhes, den klaren Gedanken gehabt, das Küchengesinde zu beruhigen und anzuweisen, ein frühes Mahl zu bereiten. Die Soldaten hielten inne und kauten dankbar, wo sie standen, und auch in der *aula* wurde aufgefahren. Das einfache Essen und etwas verdünnter Wein halfen, die Gemüter zu beschwichtigen.

Menerba hatte seinen *medicus* kommen lassen, ein altes Männchen mit schlohweißem Haar, dessen Augen nicht mehr die besten zu sein schienen, denn er blinzelte beständig.

Ihm folgte sein Gehilfe, gebeugt unter der Last einer schweren Umhängetasche voll seltsamer Instrumente, Verbandszeug, Tinkturen und Kräuter. Raimon hatte einen Raum gefunden, wo Felipe und Severin ungestört behandelt werden konnten.

Zuerst wurde Felipes Platzwunde über dem Auge genäht, dann andere Gesichtswunden gesäubert und mit heilender Salbe bestrichen. Die Hand wurde begutachtet, mit einer kühlenden Paste bestrichen und mit einem leichten Leinenverband versehen. Den Arm legte der Gehilfe in einen Schlingenverband, um die Hand zu schonen. Die Brüche in Nase und Rippen wurden untersucht, aber nicht für schwerwiegend befunden.

»Nichts, was der Herrgott nicht bald wieder richten wird, junger Mann«, sagte der *medicus.* »Außer den Fingergelenken. Die werden wohl steif bleiben. Nichts zu machen.«

Vater und Sohn wechselten einen Blick. »Er wird es büßen, Sohn, ich schwöre es«, sagte Peire de Menerba mit grimmer Miene.

Danach war Severin an der Reihe. Vorsichtig half ihm der Diener aus Panzer und Lederwams. Unter der Tunika kam ein riesiger Bluterguss zum Vorschein. Severin biss sich auf die Lippen, bis die Tränen kamen, während der *medicus* die stark geschwollene Schulter aus nächster Nähe betrachtete, betastete und vorsichtig bewegte.

»Clavicula«, murmelte er, nachdem ihm Severin berichtet hatte, wie es zu der Verletzung gekommen war. »Der Panzer hat Euch gerettet, mein Sohn, doch das Schlüsselbein ist gebrochen. Und nun beißt die Zähne zusammen, denn ich muss Euch jetzt weh tun.«

Für einen schwachen alten Mann zeigte der *medicus* erstaunliche Kräfte. Während Severins Gesicht sich vor Schmerz verzerrte und er ein wiederholtes Aufstöhnen nicht unterdrücken konnte, zog und zerrte der Arzt mehrmals an Arm und Schulter, befühlte zwischendurch immer wieder den verletzten Knochen, bis er ein befriedigtes Brummen von sich gab. Severin war kalkweiß geworden und sah aus, als würden ihm die Sinne schwinden.

»Ich glaube, der Knochen ist nun einigermaßen gerichtet«, sagte der *medicus* ungerührt. »Für die nächsten drei bis vier Wochen ist völlige Ruhe angesagt. Am besten, Ihr legt Euch bewegungslos flach auf den Rücken, damit die Enden sauber zusammenwachsen.« Er schüttelte betrübt den Kopf. »Aber wie ich junge Männer kenne, ist Vernunft wohl das Letzte,

was von ihnen zu erwarten ist. Wir werden Euch deshalb einen Verband anlegen, der die Schultern nach hinten zwingt. Das hat schon oft bei solchen Brüchen geholfen.«
»Du siehst aus wie etwas, das die Katze aus dem Müll reingeschleppt hat«, spottete Felipe, nachdem der *medicus* gegangen war.
»Ha!«, knurrte Severin. »Hast du selbst schon in den Spiegel geschaut?«
Darauf mussten sie lachen. Aber als Arnaut eintrat, um nach ihnen zu schauen, verfinsterte sich Felipes Miene sofort.
»Ihr habt gewiss etwas zu besprechen«, sagte Peire de Menerba und zog sich rücksichtsvoll zurück.
»Sie haben Giraud gebracht«, sagte Arnaut. »Er hat einen Schwertstich in die Seite abbekommen. Man muss beten, dass er durchkommt.«
Felipe und Arnaut wechselten einen kurzen Blick, dann schaute Felipe fort. Eine Weile lang herrschte verlegenes Schweigen.
»Erwartet bloß keine Entschuldigung von mir«, sagte Felipe schließlich patzig.
»Du musst dich nicht entschuldigen«, antwortete Arnaut. »Seien wir froh, dass alles gut ausgegangen ist.«
»Als dein Freund, Felipe«, meinte Raimon, »will ich ehrlich mit dir sein. Du hast dich wie ein saudummer Narr verhalten.«
»So, hab ich das?«, fragte Felipe wütend.
»Da ist kein Grund zur Eifersucht«, beschwichtigte Arnaut. »Ich habe dir niemanden weggenommen, wenn du das denkst.«
»Hast du doch«, rief Felipe lauter als gewollt. »Sie sieht nur noch dich.«
»Unsinn, Felipe.«
»Und warum benimmt sie sich dir gegenüber so seltsam? Was ist zwischen euch vorgefallen? Kleiner Streit unter Liebenden?«

»Nichts. Ich wundere mich selbst.«
»Du hast sie ziemlich angefahren, als sie uns in den Palast nachgelaufen ist«, sagte Severin.
»Natürlich. Wie leicht hätte ihr etwas geschehen können.« Und außerdem habe ich sie in ihrer Schwäche erlebt, dachte Arnaut, als sie beinahe ihre Stiefmutter erdolcht hätte. Vielleicht kann sie mir das nicht verzeihen. »Es ist nichts zwischen uns gewesen, Felipe, und es wird auch nie etwas sein. Beruhige dich also.«
»Sag mir nicht, ich soll mich beruhigen«, brüllte Felipe immer noch aufgebracht und sprang auf, zuckte jedoch gleich zusammen, als seine Rippen die unachtsame Bewegung bestraften. »Überschätz dich nicht, *putan*«, presste er zwischen den Lippen hervor. »Sie ist die *Vescomtessa* von Narbona. Und wer bist du? Ein kleiner dahergelaufener Ritter aus irgendeinem stinkenden Kuhdorf. Was bildest du dir überhaupt ein?«
»Felipe!«, rief Raimon entrüstet. Auch er war aufgesprungen.
»Halt dich gefälligst von ihr fern«, zischte Felipe und verließ den Raum. Raimon folgte ihm bis auf den Gang hinaus.
»Bist du von allen guten Geistern verlassen?«, fragte er wütend. Er sprach leise, denn Gesinde hastete den Gang entlang mit Bier, Wein und Speisen, um auch die letzten der übernächtigten Gäste und Soldaten zu versorgen.
»Kommt hierher und spielt sich auf«, schäumte Felipe, aber nicht mehr ganz so aufgebracht.
»Ich muss dir wohl nicht vor Augen halten, was wir den beiden zu verdanken haben. Und heute besonders. Und wie, glaubst du, hat Severin seine Verwundung abbekommen? Er hat ihr heute das Leben gerettet, ist dir das klar?«
Felipe senkte den Blick und schwieg betroffen.
»Und mit Ermengarda hast du dich auch noch angelegt. Du bist ein Hornochse, Felipe.«
»Das brauchst du mir nicht zu sagen. Das weiß ich selbst«,

brummte Felipe wütend. Damit ließ er Raimon stehen und ging zurück in die *aula,* denn plötzlich war ihm bewusst geworden, wie verdammt hungrig er nach seiner Kerkerhaft war.

***

Als die Glocken von Sant Just wenig später zu läuten begannen, war es wie eine Erlösung für die ganze Stadt. Sämtliche Kriegshandlungen waren beendet, die Tolosaner hatten sich endlich ergeben. Man hatte ihre Pferde beschlagnahmt, sie entwaffnet und aus der Stadt geleitet, bevor eine aufgebrachte Meute sich ihrer bemächtigen konnte.

Es hatte aufgehört zu regnen, und die Pfützen trockneten langsam. La Caularia war trotz der frühen Stunde bis auf den letzten Fußbreit gefüllt. Dicht an dicht standen die Menschen. Auf die Zinnen über dem Wassertor waren sie gestiegen, ebenso auf die Verkaufsbuden der Händler. In den Fenstern der umliegenden Häuser hingen sie, ja sogar auf die umliegenden Dächer waren Waghalsige geklettert.

Menerbas Krieger hatten Mühe, einen Bereich vor dem Palasttor frei zu halten. Dorthin hatte man in der Eile einen vierrädrigen Fuhrwagen geschoben, der Ermengarda als Redetribüne dienen sollte. Gerüchte machten die Runde. Es hieß, der Graf selbst befände sich in Gefangenschaft. Kein Wunder, dass der ganze Platz von den Stimmen der ungeduldigen Zuschauer summte und brummte wie ein Schwarm von tausend Bienenvölkern. Alles stand bereit, auch Felipe hatte es sich nicht nehmen lassen, dem Ereignis beizuwohnen.

Und dann kam sie. Jung, schön, mit beschwingtem Schritt. Nichts mehr zu merken von Müdigkeit oder düsterer Stimmung. Ein Aufschrei ging durch die Menge, als sie durchs Tor trat, und der donnernde Jubel wurde von den Mauern ringsum zehnfach zurückgeworfen.

Sie strahlte, als sie sich auf den Wagen schwang. Dort stand sie wie eine Kriegsgöttin in ihrer Rüstung, das Schwert an der Seite. Als sie die Arme in die Höhe riss und ihre Hände in Siegerpose verschränkte, da wurde die Menge wild. Aller Arme reckten sich ihr entgegen, Männer brüllten, Frauen kreischten, Mütter hoben Ermengarda ihre Säuglinge entgegen, der Lärm war schier unglaublich. Zuletzt stimmten sie sogar die alten Schlachtgesänge an.

Sie versuchte, die Menge zu beschwichtigen, hob die Hände zum Zeichen, dass sie reden wollte. Aber es dauerte, bis auch die Letzten verstummten. Fast noch ohrenbetäubender als der Lärm war nun die Stille.

»Narbonenser«, rief sie mit klarer, heller Stimme, die bis in die entferntesten Winkel des Platzes reichte. »Mein Vater Aimeric, Gott hab ihn selig, er wäre heute stolz, denn endlich, endlich gehört die Stadt wieder uns!«

Da tobte die Menge wieder los, noch lauter und begeisterter als zuvor, wenn das überhaupt möglich war. Ein Heer von Fäusten reckte sich in die Luft, sie schrien sich die Seele aus dem Leib, sangen und brüllten Sprechchöre. Da verstand Felipe, warum sie die Rüstung nicht abgelegt hatte. Die Menge vergötterte sie in dieser Aufmachung. Die siegreiche, die jungfräuliche Kriegerin, Liebling der Stadt, die es gewagt hatte, dem Tolosaner zu trotzen und sie alle von dem Pack zu befreien. Ermengarda grinste breit, winkte den Menschen zu und genoss den Jubel. Wieder dauerte es lange, bis sie weiterreden konnte.

»Narbonenser«, rief sie noch einmal und wartete, bis auch der Letzte still war. »Heute will ich die ehren, die mir in schweren Tagen die Treue gehalten haben.«

Sie war klug genug, als Erste *Vescoms* de Menerba und Bardine Saptis vortreten und von der Menge bejubeln zu lassen. Es war ein Zeichen, dass sie den Adel und die reiche Bürgerschaft hinter sich hatte. Ähnliches galt auch für die nächsten beiden, die sie nannte, Vertreter der hochadeligen Jugend der Stadt. Raimon wurde rot bis zu den Haarwurzeln, als sie berichtete, wie er im Kampf für sie verwundet worden war. Und besonders Felipe ließ sie hochleben, der ihre Flucht geplant und überhaupt erst möglich gemacht habe. »Felipe hat sich ganz von seinem Herzen leiten lassen, das ohne Zweifel für diese Stadt und für die lange Linie meiner Familie schlägt.«

Für dich schlägt es, dachte Felipe, nur für dich. Erstaunlich, wie beherzt und selbstsicher sie vor dieser gewaltigen Menschenmenge redete. Unverkennbar, dies war Aimerics Tochter.

Ermengarda deutete nun auf den *Senher* de Castellvell und nannte ihn den tapferen Heerführer ihrer siegreichen Soldaten. Sie erwähnte Giraud und bat die Menge, für ihn zu beten. Danach dankte sie überschwenglich Severin, der ihr das Leben gerettet hatte. Das brachte erneut einen Sturm der Begeisterung hervor.

»Und zuletzt will ich euch Arnaut de Montalban vorstellen.« Sie bat ihn, vorzutreten. »Ebenso wie Severin ist Arnaut nicht von hier. Dennoch hat sein Mut uns immer wieder bestärkt und auch in der Not nicht verzweifeln lassen. Und heute hat er ganz persönlich den Grafen von Tolosa gefangen genommen!«

Da war die Menge außer Rand und Band, und sie ließen Arnaut lange hochleben. Der schien völlig überrascht, dass man ihn überhaupt erwähnt hatte, und sah aus, als würde er sich am liebsten hinter Severin verstecken.

Felipe fand ihr Benehmen widersprüchlich. In der *aula* hatte sie ihn nicht zur Kenntnis genommen, doch hier lobte sie ihn in den Himmel, als wollte auch sie, wie zuvor Raimon, ihn daran erinnern, was man den beiden zu verdanken hatte. Er schielte zu Arnaut hinüber, der aber stand unbeweglich da und starrte geradewegs in die Menge.

»Am kommenden Sonntag«, rief sie nun, »werden wir einen Dankesgottesdienst in den Kirchen abhalten. Und danach ein großes Fest für alle. Bis dahin geht jetzt nach Hause und tut eure Arbeit.«

Sie badete noch einmal im nicht enden wollenden Jubel, dann sprang sie vom Wagen und verschwand hinter den Mauern des Palastes.
Auch Erzbischof Arnaut de Leveson hatte zugehört. Trotz seiner Krankheit und der winterlichen Kühle hatte er sich ans offene Fenster tragen lassen. Jedes Wort hatte ihm sein *secretarius* wiederholen müssen, um sich nur ja keine Einzelheit entgehen zu lassen. Nun lag er wieder auf den Kissen und ließ sich eine stärkende Suppe einflößen.
Die Nachricht von Alfons' Gefangennahme war ein schrecklicher Schlag für ihn gewesen. Und doch schien es seinem leiblichen Zustand seltsam gutzutun. Sein Geist war wach und kämpferisch, denn diese Ansprache war nichts als eine Herausforderung erster Güte. Nicht nur, dass strategische Belange des Hauses Tolosa auf dem Spiel standen, gerade für ihn auch ganz persönliche.
»Wer denkt sie denn, wer sie ist?«, knurrte er gereizt. »Dankgottesdienst befiehlt sie. Darüber bestimme immer noch ich.«
»Aber Ihr müsst zugeben, sie ist geschickt«, sagte Peire de Montbrun, der Domdechant. »Sie hat das Volk auf ihrer Seite.«
»Das Volk!« Leveson spie das Wort verächtlich aus. »Gesindel und Pack, sag ich. Jubelt heute dem und morgen einem anderen zu.«
»Und die reichen Bürger?«
»Denen ist nur ihr Geldsäckel wichtig. All das wird ihr wenig nützen, denn hier herrscht immer noch der Adel. Ich habe ein gewichtiges Wörtchen mitzureden, genau wie all die anderen Fürsten der Region. Ich sage dir, Glück hat sie gehabt, das ist alles. Sie denkt, sie kann regieren? Was für eine Anmaßung. Noch dazu ein halbes Kind.«
»Nun, sie hat das Erbrecht. Und Alfons ist ihr Gefangener. Daran ist nicht zu deuteln.«
»In der Tat. Hat seinen verfluchten Schwanz nicht in der

Hose behalten können. La Bela, dieses Weibsstück, schafft es, alle Kerle zu verhexen. Aber nun ist es aus mit ihr. Das ist das einzig Gute an der Sache.«

»Wir müssen Verhandlungen aufnehmen, herausfinden, was Ermengarda vorhat.«

»Du hast doch gesehen, was sie vorhat. Will sich als Caesar mit Titten aufspielen«, brummte er unwirsch. »Aber dem werden wir einen Riegel vorschieben. Jahrelang hat man darauf hingearbeitet, Narbona unter die Herrschaft der Tolosaner zu bringen. Meinst du, wir geben so schnell auf?«

»Was ist Euer Plan?«

»Zunächst müssen wir Alfons aus dieser Verlegenheit befreien. Zu hoffentlich annehmbaren Kosten. Und dann gilt es, wenn nötig, ein Bündnis zu schmieden. Niemand wird sich ein unzuverlässiges Weib in Narbona wünschen, die macht, was ihr gerade in den Kopf kommt. Wir müssen sehen, dass sich alle einig sind, dann kann sie sich der geballten Macht der Fürsten nicht widersetzen. Das letzte Wort, mein Lieber, ist noch lange nicht gesprochen.«

***

Nach ihrer Ansprache war Ermengarda am Ende ihrer Kräfte angelangt. Sie wollte niemanden mehr sehen, geschweige noch ein einziges Wort reden. Alle Fragen, die man an sie richtete, wehrte sie mit einem kurzen »Raimon de Narbona wird sich um alles kümmern« ab und verschwand die Treppe hinauf in die oberen Stockwerke. Ihr Sinn stand nur noch nach Schlaf und Vergessen.

Umgestürzte Möbel waren hastig wieder aufgestellt worden, Handwerker mühten sich, die aufgebrochenen Kammertüren auszubessern, auch die wenigen Leichen der Leibwache hatte man weggetragen, nur vereinzelte Blutflecken waren noch zu sehen.

Bei ihrem Anblick sprangen ihr sofort wieder die albtraumhaften Bilder der vergangenen Nacht ins Bewusstsein. Noch nie hatte sie solche Schrecken durchlebt, noch nie einen solchen Siegesrausch, als sie, Arnaut und den Katalanen auf den Fersen, mit gezogenem Schwert in la Belas Schlafgemach eingedrungen war. Es war eine erschütternde Selbsterkenntnis, dass sie fähig war, einen Menschen zu töten. Wäre Arnaut nicht gewesen, hätte sie ihrer Stiefmutter bedenkenlos das Schwert in die Kehle gestoßen.

An Arnaut mochte sie gar nicht denken. Es tat zu weh.

Das Gesinde sprang ihr aus dem Weg, knickste oder verbeugte sich ängstlich vor ihr. Warum haben sie nur plötzlich alle Angst vor mir? Sie war zu müde, auch nur zu lächeln. Vor ihrer alten Schlafkammer standen zwei Katalanen Wache und grüßten ehrerbietig. Als sie die Tür öffnete, fand sie drinnen Nina und *Domna* Anhes, die auf dem Bett saßen und auf sie warteten. *Domna* Anhes trug eine ernste Miene auf dem Gesicht. Ihr Arm lag um Ninas Schultern. Sofort wurde Ermengarda von Schuldgefühlen überwältigt. Wie hatte sie nur ihre kleine Schwester vergessen können? Sie warf sich vor ihr auf die Knie.

»Nina, *mon cor.* Wie froh bin ich, dich wohlbehalten zu sehen.«

Nina weinte, als sie sich umarmten. »Ich hatte solche Angst, Erminha«, schluchzte sie. »Warum musstest du mit Soldaten kommen? Sieh, was du angerichtet hast.«

»Was hätte ich sonst tun sollen? Sie hätten uns bis ans Ende der Welt verfolgt.«

»Wer? Tibaut?«

»Tibaut auf jeden Fall. Und natürlich Alfons und …«, sie zögerte, »… und … Mutter.«

Nina nickte. »Ich weiß das. Sie kann schrecklich sein. Aber nicht so schlimm wie Tibaut. Sie sagen, er ist geflüchtet.«

»Leider. Er ist uns entkommen.«

»Und was geschieht jetzt mit Mama?«

Nina strich sich eine blonde Strähne aus der Stirn und sah sie

mit großen, verweinten Augen an. Lange Zeit hatte Ermengarda keine Antwort für sie, zum Teil aus Betroffenheit über die Frage und weil sie es selbst noch nicht wusste.
»Sie muss sich für ihre Verbrechen verantworten.«
»Welche Verbrechen?«
»Darüber will ich jetzt nicht reden.«
»Sie ist unsere Mutter!«
»Deine Mutter, Nina.«
»Nein, sie ist auch deine Mutter, Erminha. Sie hat mit uns gespielt, erinnerst du dich nicht mehr? Sie hat mit uns gesungen und dir das Lautenspiel beigebracht.«
»Hör auf«, flüsterte Ermengarda.
»Wir haben Rätsel geraten und gelacht. Und Geschichten hat sie uns erzählt.«
Ermengarda konnte die Tränen nicht zurückhalten. Sie verbarg ihr Gesicht in den Händen und weinte bitterlich. »Ich weiß«, hauchte sie unter heftigem Schluchzen.
»Ich geh jetzt zu ihr«, sagte Nina mit Bestimmtheit. »Die Soldaten werden mich schon zu ihr lassen. Da bleibe ich dann, Erminha. Und ich komm nicht wieder raus, bis du sie freilässt.«
»Aber das geht nicht.« Ermengarda wischte sich die Tränen von der Wange. »Bitte, Nina …«
Nina beugte sich vor und küsste ihre Schwester.
»Arme Erminha«, sagte sie und verließ die Kammer.

Unversöhnlich

Die nächsten Tage brachten Sorge und Ungewissheit für die Bürger von Narbona, denn sie mussten um ihre junge Herrscherin, dem neuerkorenen Liebling des Volkes, bangen. Man wollte sie sehen, in den Kirchen oder Plätzen der Stadt, ihr zuwinken, vielleicht sogar eine Gelegenheit erhaschen, den Saum ihres Gewandes zu berühren. Doch Ermengarda sei erkrankt, hieß es, und ließe niemanden zu sich. So blieb den Leuten nichts, als zu allen Heiligen der Stadt zu beten, dass sie bald genesen möge, denn so ganz traute man der Versicherung noch nicht, dass die Tolosaner geschlagen und endgültig vertrieben sein sollten.

Da sie Ermengarda nicht zujubeln konnten, hielt man sich an die fremden Ritter aus Catalonha. Wie Helden wurden sie gefeiert, mit Leckerbissen verwöhnt, in allen Schenken trank man auf ihre Gesundheit, ja sogar die Huren der Stadt gaben sich großzügig und verzichteten bei so manchem hübschen Ritter auf ihren Lohn.

Fraire Aimar und Rogier waren von Fontfreda gekommen. Im gleichen Flügel des Palastes wie auch Arnaut und Severin wurden ihnen geräumige Gemächer zugewiesen. Zwei Diener kümmerten sich um alle Bedürfnisse der vier.

»Wo sind Großvater und Raol?«, wollte Arnaut wissen.

»Jaufré hielt es für besser, in Narbona nicht gesehen zu werden«, erwiderte Aimar. »Du weißt, warum. Außerdem ist seine Erkältung schlimmer geworden. Sie haben sich schon gestern auf den Heimweg gemacht.«

Raimon bat *Fraire* Aimar, ihm bei der Erledigung der dringlichsten Angelegenheiten zu helfen, denn Ermengarda war unfähig, sich zu erheben. Kopfschmerz und Erbrechen plagten sie, wie halbtot lag sie auf ihrem Lager und wies jede Speise von sich. Außer Raimon oder *Domna* Anhes war es niemandem gestattet, sie zu besuchen.

Raimon, bei aller Befriedigung über die glückliche Einnahme der Stadt, fand es noch schwer, sich dem Jubel des Volkes anzuschließen. Zu erdrückend war die plötzliche Last der vielen Aufgaben, die auf ihn zustürmten. Mit Aimars Hilfe mühte er sich von morgens bis abends, im Namen Ermengardas das Naheliegendste zu erledigen, um rasch die Zügel der Herrschaft aufzunehmen und das Durcheinander in den Griff zu bekommen, das der Umsturz bewirkt hatte. Hierbei erwies er sich trotz seiner Jugend immer mehr als kluger Verwalter. Er empfing Abordnungen der Bürgerschaft und der handwerklichen Zünfte, ließ sich von Peire Monetarius den Stand der vizegräflichen Münze darlegen, bestellte die Verantwortlichen der Zöllner und Steuereintreiber zu sich und verschaffte sich auch einen ersten Überblick über Einnahmen und Ausgaben des Hofes.

Dann ließ er Botschaften aufsetzen, die er an die Tolosaner Truppen im Feld, an die Trencavels nach Carcassona und Besiers und an andere Fürsten der Region sandte, um diese über die Einnahme Narbonas und Alfons' Gefangennahme in Kenntnis zu setzen. Ebenfalls nach Aragon, wo er dringendst um weitere Unterstützung bat.

»So, krank ist sie«, sagte *Senher* de Castellvell nicht ohne Sorge. »Ich hoffe, es ist nichts Ernstes. War wohl zu viel für sie. Das würd mich nicht wundern.«

»Wir werden Euch noch eine Weile brauchen, *Mossenher*«, sagte Raimon. »Bis Verstärkungen eintreffen oder wir eigene Truppen ausheben können.«

»Macht Euch keine Gedanken. Meinen Jungs gefällt es bestens hier«, war die Antwort. »Das Essen ist gut, die Mädels freundlich. Einer meiner Kerle hat mich sogar schon um eine Heiratserlaubnis gebeten. Bei dem hat es wie der Blitz gezündet.« Mit einem Augenzwinkern zwirbelte er seinen Schnurrbart, als sei auch für ihn Narbona nicht die einzige Eroberung, die er dieser Tage zu verbuchen hatte.

»Ich möchte sicher sein, dass die Stadt gut bewacht ist, dass es nicht zu Plünderungen kommt«, sagte Raimon. »Es gibt immer Leute, die meinen, eine Lage wie diese ausnutzen zu können.«

»Ich habe mich schon mit der *militia urbana* abgesprochen und Aufgaben verteilt. Die Tore sind gesichert, wir haben regelmäßige Streifen unterwegs, auch die Straße zum Hafen wird überwacht.«

Obwohl sie langsam Herr der Lage wurden, beunruhigten Raimon gewisse Nachrichten aus dem Palast des Erzbischofs. Es war die Stunde seiner täglichen Absprache mit Ermengarda, und so eilte er zu ihr.

Wie schon die Tage zuvor fand er sie teilnahmslos auf ihrem Lager liegen. Die geschlossenen Läden sorgten für dämmriges Halbdunkel. Sie bewohnte jetzt la Belas alte Gemächer, hatte diese aber neu einrichten und Bettzeug, Teppiche und Möbel ihrer Stiefmutter verbrennen lassen. Der Raum wirkte noch unfertig, hastig zusammengestellt, ohne Persönlichkeit. Aber im Kamin loderte wenigstens ein einladendes Feuer.

»Es ist ein wenig stickig hier«, sagte er. »Du erlaubst?« Er stieß die Läden auf, um Licht und frische Luft einzulassen.

»Sieh mich nicht an, ich muss grässlich aussehen«, sagte sie und zupfte an ihren Haaren. »Wenn ich versuche, aufzustehen, wird mir schwindelig.«

Es schien ihr dennoch ein wenig besserzugehen, sie konnte Suppe und leichte Kost im Magen behalten. Doch immer noch lagen tiefe Schatten unter ihren Augen, sie war abgemagert, wirkte matt und niedergeschlagen.

»Leveson hat eine Versammlung, eine Art *concilium* der großen Fürsten der Region einberufen. Unter seiner Führung.«

»Und wozu?«, fragte sie.
»Um die Herrschaft der Vizegrafschaft zu regeln.«
»Was fällt ihm ein? Wir werden Alfons zwingen, die Vermählung rückgängig zu machen, auf seine Ansprüche zu verzichten und gewisse Ersatzleistungen zu zahlen. Was soll es sonst zu regeln geben?«
»Ganz so einfach ist es nicht, Ermengarda.« Er starrte verlegen auf seine Hände. »Die Trencavels haben Verluste erlitten. Sie werden Ansprüche anmelden.«
»An uns? Was hätten die uns vorzuwerfen?«
»An Tolosa natürlich. Deshalb werden sie verlangen, an den Verhandlungen mit Alfons beteiligt zu werden. Schließlich haben auch sie für uns gekämpft.«
»Verstehe«, sagte sie lustlos und deutete auf ihr unberührtes Essen. »Möchtest du?«
Raimon erinnerte sich plötzlich, dass er den ganzen Tag noch keinen Bissen zu sich genommen hatte. Er wählte einen Apfel und biss hinein.
»Es wird aber hauptsächlich um politische Fragen gehen«, sagte er kauend. »Der Erzbischof steht wie immer auf Tolosas Seite. Er beeinflusst die Stimmen der Bischöfe und einer Reihe kleinerer Grafschaften, die ebenfalls zu Alfons' Verbündeten zählen. Die anderen … nun, man wird versuchen, sich mit Alfons zu einigen.«
»Niemand soll vergessen, dass er mein Gefangener ist. Von mir aus kann er im Kerker verrotten, bis unsere Forderungen angenommen sind.«
»Sicher, aber selbst die Fürsten, die auf unserer Seite stehen, wollen das Gleichgewicht wiederherstellen, Krieg vermeiden. Sie werden Garantien verlangen, dass Narbona sich als verlässlicher Bündnispartner verhält. Auch für uns steht viel auf dem Spiel. Außer der adeligen Ritterschaft haben wir kein eigenes Heer, um Ansprüche durchzusetzen, denn la Bela hat lieber Geld für andere Dinge ausgegeben. Und vor allem sind wir vom Handel mit den Nachbarn abhängig.«

»Es geht also wie immer ums Geld.«
»So ist die Welt, Ermengarda.«
»Aber das sind doch Dinge, auf die man sich einigen kann.«
Raimon rang sich durch, ihr endlich reinen Wein einzuschenken. »Der Domdechant«, sagte er, »der dir im Gegensatz zu seinem Herrn wohlgesinnt ist, hat mich vorgewarnt. Er sagt, niemand wird die Herrschaft der Vizegrafschaft einer Frau zutrauen, noch dazu einer so jungen wie du.«
Ermengarda setzte sich auf. »Ob sie es mir zutrauen oder nicht, ich bin die Erbin von Narbona. Titel und Herrschaft stehen mir zu, mir allein«, sagte sie gereizt.
»Trotzdem werden sie darauf dringen, einen angemessenen Gemahl für dich zu finden, der die Regentschaft übernimmt. Einen, der allen genehm ist. Darum wird es wohl in der Hauptsache gehen.«
Ermengarda öffnete den Mund und schloss ihn wieder, schüttelte den Kopf. Das hatte sie nicht erwartet.
»Wenn Alienor von Aquitania allein über ihr Erbe herrschen darf, warum nicht ich?«, sagte sie schließlich.
»Sie ist mit dem König von Frankreich verheiratet, und der Form halber ist er der Herzog von Aquitania, das solltest du nicht vergessen, auch wenn er ihr freie Hand lässt.«
Ermengardas Gesicht hatte eine ungesunde Röte angenommen. »Willst du mir sagen, niemand schert sich um die Würde meiner Ahnen? Oder wer ich überhaupt bin, zu was ich imstande bin? Sehen die in mir nur ein Pfand, eine Mitgift? Soll etwa nur der Ehemann getauscht werden, sonst ändert sich nichts?«
Raimon ließ den Kopf hängen. »Ich wollte dich nur warnen, dass es darauf hinauslaufen könnte.«
Es blieb still in der Kammer. Nur ferne Stimmen drangen durch die halboffenen Fensterläden. Fischweiber auf der Brücke, Menschen auf dem Marktplatz, so wie immer.
»Es war also alles umsonst«, murmelte sie niedergeschlagen.

Was hätte er nicht dafür gegeben, ihr bessere Nachrichten überbringen zu können.
»So sollten wir nicht denken.« Er legte den angebissenen Apfel zurück und wischte sich die Finger am Wams ab. »Mich ärgert es maßlos, dass der Erzbischof schneller war als wir. Wir hätten dieses *concilium* einberufen sollen, dann hätten wir die mächtigere Stimme gehabt und könnten Ablauf und Inhalt bestimmen. Nun versucht Leveson, sich zum Richter über uns zu erheben. Es tut mir leid, Ermengarda. All dies hätte mir früher einfallen sollen.«
»Ach, Raimon«, sagte sie und legte ihm die Hand auf den Arm. »Ich bin schon unendlich froh, dass ich dich habe.«
»Wir müssen darauf bestehen, dass die Beratung der Fürsten nicht ohne Beteiligung der Katalanen stattfindet. Nur sie haben genug Gewicht, um Leveson in die Schranken zu weisen. Ich will noch heute eine Botschaft senden.«
Ermengarda dachte nach. »Hast du an Bruder Aimar gedacht? Ramon Berenguer kennt ihn inzwischen. Schick Aimar. Das ist besser als ein Brief.«
Raimon nickte. »Ich werde ihn bitten, gleich morgen die Reise anzutreten.«
Ermengarda ließ sich in ihre Kissen sinken und seufzte tief. Für einen Augenblick war ihr Gesicht ein einziger Ausdruck von Trübsinn und Hilflosigkeit. Dann mühte sie sich ein Lächeln ab und fasste nach seiner Hand.
»Manchmal glaube ich, Raimon, wir sind wie Kinder, die das Spiel der Großen spielen wollen, aber nicht einmal die Regeln kennen. Bei jedem Zug werden wir übertölpelt.«
Es zog an seinem Herzen, sie so zu sehen.
»Das kann schon sein. Aber wir sind schon weit gekommen und dürfen nicht verzagen. Vor allem müssen wir zusammenhalten. Es ist ein Glück, dass Menerba dir zur Seite steht. Täglich kommen weitere Adelige zu mir, um ihren Beistand zu bekräftigen, selbst aus den Reihen des Erzbischofs. Und wenn wir die Sache richtig angehen, wird uns auch die Bür-

gerschaft unterstützen. Das allein wird zwar nicht genügen, aber es hilft.«
Sie nickte.
»Noch etwas. Bring die Sache mit Felipe ins Reine. Ich glaube, er wartet darauf.«
»Es ist an ihm, sich bei mir zu entschuldigen.«
»Gewiss, aber sei milde mit ihm. Er liebt dich.«
»Ich weiß.«
»Und was ist mit Arnaut? Was ist zwischen euch vorgefallen?«
»Was soll schon vorgefallen sein?«
»Es ist jedem offensichtlich.«
Als Raimon merkte, wie ihre Augen feucht wurden, sagte er: »Es tut mir leid. Ich hätte nicht fragen sollen.«
»Siehst du nicht, dass ich so eine Liebschaft nicht gebrauchen kann. Gerade jetzt, nach allem, was du mir heute gesagt hast? Es würde nur Öl auf ihr Feuer gießen. Außerdem hat er …« Sie unterbrach sich. »Ich will darüber nicht mehr reden.«
»Ich verstehe. Aber du wirst auch ihn noch brauchen. Er hat dir manchen Dienst erwiesen, und ich sähe es ungern, wenn er uns jetzt verlassen sollte.«
Erschrocken sah sie zu ihm herüber. Sie öffnete den Mund, sagte dann jedoch nichts, sondern brütete vor sich hin.
»Er wird seinen Lohn erhalten, wie andere auch.«
»Er hat etwas mehr verdient als nur einen Lohn«, sagte er in der Hoffnung, sie milder zu stimmen. Aber ihre verschlossene Miene ließ nicht darauf deuten, dass er sie erreicht hatte. Sie kann stur wie ein Maulesel sein, dachte er. Und jede vermeintliche Missachtung ihrer Person nimmt sie sich arg zu Herzen. Wahrscheinlich das Ergebnis der Jahre unter der Fuchtel ihrer Stiefmutter.
»Kann ich noch etwas für dich tun?«
Sie schüttelte nur den Kopf und sah ihn nicht einmal an, als er sich leise verabschiedete.
Kaum hatte er die Tür hinter sich geschlossen, warf sie sich

auf die Seite und schluchzte in ihre Kissen. Sie weinte um ihre einsame Kindheit, um die zu früh gestorbene Mutter, um die toten Brüder und ihre Schwester Nina. Und vor allem um Arnaut und eine Liebe, die ihr nicht erlaubt war und der sie abschwören musste. Er hatte sie verletzt, vielleicht ohne es zu wollen. Aber der Groll gegen ihn würde helfen, über ihn hinwegzukommen.

Nachdem sie sich ausgeweint hatte, lag sie lange auf dem Rücken, starrte an die Decke und versuchte, Ordnung in die wirren Gedanken und Gefühle zu bringen. Das fast Unmögliche hatten sie erreicht, und dennoch schien das Ziel sich ihrem Griff erneut zu entwinden.

Trotz eindringlichen Drängens von *Domna* Anhes hatte sie auf sämtliche ärztliche Hilfe verzichtet. Kein Aderlass, Pülverchen oder Kräutertee würde ihr nützen. Sie wusste schon, warum sie krank war. Sie fühlte sich überfordert, auch wenn sie es nicht gern zugeben wollte, und hatte das Bedürfnis, sich vor der Welt zu verkriechen, zumindest für eine Weile. Vielleicht hatten die Stimmen recht, die nach einem erfahrenen Mann verlangten. War sie denn überhaupt in der Lage, über eine Grafschaft wie Narbona zu herrschen?

Sie wusste, es war an der Zeit, Gespräche mit Alfons aufzunehmen. Sie selbst aber würde nicht mit ihm reden. Raimon, der sein Geschick in solchen Dingen bewiesen hatte, sollte mit ihm verhandeln. Zusammen mit Menerba. Der würde seine Erfahrung beisteuern.

Aber am meisten versteckte sie sich vor la Bela. Und vor ihrer Schwester. Nina hatte ihre Ankündigung wahr gemacht. Sie teilte die bescheidenen Gemächer der Gefangenen und weigerte sich, die Schwelle ohne ihre Mutter zu überschreiten. Ninas Verhalten steigerte Ermengardas innere Zerrissenheit, was la Bela betraf.

Ob sie ihre Herrschaft mit Mord und Unrecht beginnen wolle, hatte Arnaut sie gefragt. Da hatte sie sich vor ihm geschämt, denn er hatte recht. Gerechtigkeit war gefragt, nicht zügello-

se Rache. Ein ordentliches Gericht sollte einberufen werden. Aber gerade an Beweisen mangelte es. Tibaut, der hätte reden können, blieb verschwunden. Sein Helfer hatte laut Aussage seine Anweisungen nur von ihm erhalten. Mehr war aus ihm nicht herauszukriegen gewesen. Seltsamerweise waren es Zwillingsbrüder, die Tibaut schon seit Jahren für heikle Aufgaben dienten. Arnaut hatte sich also nicht getäuscht, als er in Serrabona geglaubt hatte, den Mörder zu erkennen, nur dass es sich bei der Flucht aus dem Palast um den anderen gehandelt hatte. Über den Tod ihres Bruders Aimeric hatte der Mann nichts sagen können, auch nicht unter der Folter.
Was sollte sie tun? Wenn sie doch nur mit Arnaut darüber reden könnte. Er hatte eine einfache Art, die Dinge zu sehen, die aber oft das Wesentliche traf. Immer wieder kreisten ihre Gedanken um Arnaut. Wie kommt es nur, dass sich zwei Menschen umso mehr verletzen, je näher sie sich stehen?
Sie sah das altersgraue Gesicht des Erzbischofs vor sich. Der Mann wollte sie also wieder in die Knie zwingen. Aber das sollte ihm nicht gelingen. Raimon hatte recht. Sie waren schon weit gekommen. Kein Grund, sich vor dem Rest des Weges zu fürchten.
Sie schwang die Beine über die Bettkante, um aufzustehen. Sie schwankte noch ein wenig, aber Schwindelanfälle blieben aus. Und so rief sie nach ihrer Magd, um sich ankleiden zu lassen.

***

»Ich wollte mir noch mal den tollkühnen … Burschen anschauen, der mich gefangen genommen hat«, sagte Alfons, als die Wachen Arnaut in seine Gemächer führten.
»Ich hoffe, *Mossenher,* Ihr seid angemessen untergebracht.«
»Ein wenig eng, aber ich will nicht klagen.«
Alfons' Gefängnis bestand aus einem großzügigen Tagesraum, einem Schlafraum, Kleiderkammer und einer Schlafkammer

für seinen Diener, den alten Ferran. Die Fenster waren vergittert, wie überall im Palast, oder zu klein, um sich hindurchzuzwängen.
»Aus der … Küche versorgt man mich mit allem, was das Herz begehrt, ich trinke euren besten Wein aus der Corbieras, und man lässt mich Briefe schreiben. Mein *secretarius* ist ebenfalls hier irgendwo untergebracht. Es ist also erträglich.« Er rückte einen Stuhl für Arnaut heran. »Komm, setz dich her, damit wir uns unterhalten. Ich habe ja sonst nichts zu tun.«
Arnaut tat wie ihm geheißen. Alfons bat Ferran, zwei Kelche zu füllen, und stieß mit ihm an.
»Ein wahrhaft gutes Tröpfchen«, sagte er und schmatzte leicht mit den Lippen. »Da wir gerade die Corbieras erwähnen, dort bist du doch her, nicht wahr?«
»Aus dem südwestlichen Teil.«
»Ferran hier erinnert sich noch gut an deinen … Großvater, was, Ferran?«
Der alte Diener trat näher und nickte. »Ein Draufgänger und ein guter *castelan.* Ihr müsst ganz nach ihm schlagen, wenn Ihr mir die Bemerkung erlaubt.« Ferrans Lachen klang wie das Krächzen einer Krähe.
»Und wer hatte den Einfall für diesen frechen Überfall?«, wollte Alfons wissen.
»Nun.« Arnaut zögerte. Er wollte nicht zugeben, dass Großvater und Onkel Raol beteiligt gewesen waren. »Wir haben den Plan gemeinsam ausgearbeitet. Hauptsächlich *Senher* Ramon Guillem, der *capitan* der Katalanen, und *Vescoms* de Menerba.«
Der Graf ließ sich erklären, wie sie in der Nacht vorgegangen waren. Auch Ferran hörte aufmerksam zu.
»Nicht dumm«, sagte Alfons. »Wer hätte das gedacht?« Doch dann sah er Arnaut streng und durchdringend an. »Und wie kommt mein … Lehnsmann dazu, so etwas gegen mich auszuhecken? Es ist ein Treuebruch. Du weißt das.«
Der Stuhl, auf dem Arnaut saß, war ihm plötzlich unbequem

geworden. Verlegen wollte er zu einer längeren Erklärung ansetzen, als er merkte, dass Alfons ihn spöttisch beobachtete und dann zuzwinkerte. »Ich wette, du hast dich in das … hübsche Ding verguckt«, sagte er.

Arnaut wurde rot, und Ferran, den niemand nach seiner Meinung gefragt hatte, murmelte angewidert etwas über die verdammten Weiber, die jeden aufrechten Kerl ruinieren, und warf dabei seinem Herrn einen vernichtenden Blick zu. Alfons schien an solche Frechheiten gewöhnt zu sein und beachtete ihn nicht weiter.

»Sie ist ja auch wirklich eine seltene Augenweide«, sagte er. »Deshalb will ich dir verzeihen, auch wenn sie immer noch mein angetrautes Weib ist.« Dabei zuckte es um seine Mundwinkel. »Ich will dir also, wie sagt man, mildernde … Umstände zubilligen.« Jetzt musste er lachen. Dabei klopfte er Arnaut freundlich aufs Knie. »Mildernde Umstände.«

Arnaut wagte ein vorsichtiges Lächeln. »Wir wollten sie nur beschützen. Man konnte sie doch nicht alleine gehen lassen. Und sie war sehr entschlossen, *Mossenher,* das müsst Ihr mir glauben.«

Alfons nickte. »In der Tat. Was für eine Wildkatze, *mon Dieu.*«

»Es tut mir leid, *Mossenher,* Euch in diese unangenehme Lage gebracht zu haben.«

»Wird mich in jedem Fall einen Haufen … Gold kosten. Sieh also zu, dass du deinen gerechten Anteil am Lösegeld bekommst. Du hast es dir verdient.«

»Ihr scheint es nicht allzu schwerzunehmen, wenn ich das sagen darf.«

Alfons nahm einen Schluck Wein und schmatzte wieder genüsslich mit den Lippen.

»Nun«, sagte er, »die Politik ist der Zeitvertreib der Fürsten, mein Junge. Dabei geht es oft um hohen Einsatz. Land, Geld, Macht, Frauen. Ja, Frauen gehören immer dazu. Schönheit, wie die deiner *Domna* Ermengarda«, er hob lächelnd den

Kelch und neigte kurz den Kopf wie zu einer Verbeugung, »Schönheit spielt dabei kaum eine Rolle. Eher die einträglichen Verbindungen, die die hohen Damen mitbringen, Erbansprüche oder Mitgift. Tja, und manchmal gibt es auch Krieg.«

Er zuckte gleichmütig mit den Schultern. »Man gewinnt und man verliert. Das gehört dazu. Der Graf von Tolosa ist mächtig genug, diesen Verlust wegzustecken. Oder, wer weiß …«, er zwinkerte Arnaut zu, »… vielleicht sogar in einen Vorteil zu verwandeln.«

Arnaut war erleichtert, dass der Graf seine eigene Beteiligung so gleichmütig, ja fast wohlwollend hinzunehmen schien. Gleichzeitig stieß ihn die Kaltschnäuzigkeit ab, die aus seinen Worten sprach, als sei dies nur ein unterhaltsames Spiel. Zerstörte Leben, geplatzte Träume und Schicksale in Trümmern, verheerte Landschaften, das Volk ausgeplündert und geschändet. Fast wurde ihm übel bei dem Gedanken.

»Ich sehe deiner Miene an, du bist nicht einverstanden«, sagte der Fürst und lächelte gütig. »In der Jugend sieht man die Dinge immer so ausschließlich. Kein Mittelweg zwischen edler Gesinnung und nützlichem Handeln, was?« Er lachte etwas gönnerhaft. »Manchmal setzen sich solche jugendlichen Vorstellungen durch, meistens aber nicht. Das Leben lehrt uns anderes.«

Arnaut konnte sich nicht zurückhalten. »In diesem Fall, *Mossenher*«, sagte er, »hat das Leben wohl eher auf der Seite der Jugend gestanden.«

Der Fürst runzelte die Stirn, als habe ihn die Bemerkung verärgert. Aber dann wurde er nachdenklich. »Junge Menschen haben manchmal so eine verwegene Dreistigkeit. Sie tun Dinge, die gegen jede Vernunft sind und gegen jede Regel verstoßen. Aber vielleicht ist das gerade ihre Stärke.« Er zuckte mit den Schultern und seufzte. »In jedem Fall haben wir euch unterschätzt, mein Junge. Und auch wenn es zu meinem Schaden ist, kann ich euren Mut nur bewundern.«

Er winkte Ferran, ihm nachzuschenken. Dann leerte er in einem Zug den Kelch, als habe ihn all das Gerede durstig gemacht. »Genug davon«, sagte er. »Ich will dich nicht mit meinem Geschwätz langweilen. Sag mir lieber, wie ist sie so, deine neue Herrin? Ich kenne sie ja kaum.«

Was sollte er wohl darauf antworten, fragte sich Arnaut.

»Sie ist ein guter Mensch«, sagte er einfallslos.

»Zweifellos. Aber warum besucht sie mich nicht?«

»Soll ich ihr das ausrichten?«

»Ich bitte darum. Sag ihr, ich würde mir ein gutes Einvernehmen wünschen. Das lästige Verhandeln können wir anderen überlassen.«

Arnaut erhob sich. »Ich danke Euch, *Mossenher.*«

Er war schon an der Tür und klopfte, um die Wachen zu rufen, da hörte er den Grafen sagen: »Noch etwas, Arnaut. Sollte es dir irgendwann noch einmal einfallen, in meine Dienste zu treten«, er grinste breit, »dann werde ich es dir diesmal gewiss nicht abschlagen, ich verspreche es.«

»Werde es mir merken, *Mossenher.*«

***

»Musst du immer gewinnen?«

Gereizt schob Severin das Brett von sich und zuckte zusammen, als ihm dabei ein Stich durch die Schulter fuhr. Auch nach zwei Wochen schmerzte es noch. »*Putan!* Langsam hab ich genug von dieser Verwundung. Und von deinem albernen Spiel auch.«

Er erhob sich vorsichtig und versuchte unter leisem Stöhnen, die Schultern gerade zu halten. Peire Rogier lachte und verteilte die schwarzen und weißen Spielsteine wieder auf ihre Ausgangsstellungen.

»Hör auf zu fluchen«, sagte er. »Das schickt sich nicht für einen großen *senher* wie dich.«

»Ein *senher*? Was redest du da?«

»Na, *capitan* der Leibgarde, das ist doch was, oder? Und ein schönes Rittergut dazu. Sei glücklich, *ome!*«

»Wer sagt, dass ich unglücklich bin, eh?«, knurrte Severin in gespieltem Unmut. Aber dann konnte er nicht anders, und ein breites Grinsen leuchtete auf seinem Gesicht. Rogier hatte recht. Unfassbar, dass Ermengarda ihn zum Dank in den Adelsstand erhoben und ihm ihre persönliche Sicherheit anvertraut hatte. Sogar ihr Versprechen dem kleinen Jori gegenüber hatte sie wahr gemacht. Er arbeitete jetzt in ihren Ställen.

»Komm, Arnaut. Jetzt bist du dran«, sagte Rogier.

Sie spielten *alquerque*, das beliebte Brettspiel der Mauren, bei dem das Spielfeld aus jeweils fünf waagerechten, senkrechten und diagonalen Linien bestand. Jeder hatte zwölf Steine, die auf den Kreuzungspunkten aufgestellt wurden, wobei der mittlere frei blieb. Gezogen wurde von Punkt zu Punkt in jede Richtung, außer rückwärts, und geschlagen wurde durch Überspringen. Das Spiel endete, wenn einer der Spieler alle Steine verloren hatte oder es keine Zugmöglichkeit mehr gab. Je nach den restlichen Steinen wurden Punkte gezählt.

Rogier spielte schnell, scheinbar mühelos, ohne nachzudenken. Arnaut dagegen überlegte sorgfältig vor jedem Zug, aber es ging ihm nicht besser als Severin.

»Wo hast du so spielen gelernt?«, fragte er.

»Alles Übung. Hab schon oft meinen Lebensunterhalt damit verdient.«

»Du spielst um Geld?«

»Natürlich. Sogar schon mal bis zu einem *denier* pro Punkt. Nach zehn oder zwanzig Spielen kommt da einiges zusammen.«

»Einen Silberpfennig pro Punkt?« Severin riss die Augen auf. »Da kann einem ja schlecht werden.«

»Willst du es mal probieren? Wenn es um Geld geht, spielt man besser.«

»Das könnte dir so passen.«

»Ich lasse die Leute ab und zu gewinnen, sonst spielt natürlich keiner mit mir. Und verprügelt haben sie mich auch schon.« Rogier grinste wie ein Lausbub.
»Wen wundert's?«
»Neuerdings spielt man es auch auf einem Schachbrett«, meldete sich Jaufré Rudel zu Wort, der Vierte in der Runde, »dabei darf man sich nur auf den schwarzen Feldern bewegen.«
»Es reicht mir schon so, wie es ist«, meinte Arnaut. »Und ich mach jetzt auch Schluss.«
Jaufré Rudel war am Tag zuvor in Narbona angekommen und hatte im Palast vorgesprochen. Er war, genau wie Rogier, ein *joglar* und fahrender Sänger. Sie kannten sich, und Rogier hatte bei Raimon ein gutes Wort für ihn eingelegt. Hatte *Domna* Ermengarda ihm nicht aufgetragen, die Besten an ihren Hof zu holen? Und einen besseren Poeten als Rudel gab es in der ganzen Christenheit nicht.
Während Rogier das Spiel wegräumte, warf Arnaut einen verstohlenen Blick auf den Mann. Er mochte um die dreißig sein. Und wo Rogier laut, unbekümmert und zu allen Scherzen aufgelegt war, kam dieser ihm zurückhaltend, fast verschlossen vor. Er sprach wenig, hörte umso aufmerksamer zu, wobei er meist still dasaß, die Hände in den Schoß gelegt. Das Auffälligste an seinem schmalen Gesicht waren die dunklen Augen und die empfindsame Natur, die aus ihnen sprach. Rogier hatte erwähnt, dass er adelig war, aus einem Ort an der Gironda stammte, nahe der Westküste. Nach einem Aufenthalt am Hof von Aquitania befand er sich gerade auf dem Weg nach Spanien, um mit Glück etwas von der maurischen Liederkunst zu erlernen.
»Möchtest du uns nicht etwas vortragen, Rudel?«, fragte Rogier fast ehrerbietig.
»Ich? O nein. Ich bin noch müde von der Reise. Und ich glaube, ich habe mich ein wenig erkältet.«
»Dann spiel du doch, Peire«, sagte Severin. »Sing uns das Lied vom Frühling. Mir reicht es langsam mit dem Winterwetter.«

»Also gut.« Rogier nahm die Laute zur Hand und stimmte die Saiten kurz nach. Dann füllte seine warme, rauchige Stimme den Raum.

Ab la doussor del temps novel
folhon li bosc e li auzel
chanton chascus en lor lati
segon lo vers del novel chan:
adonc esta ben qu'om s'aizi
d'aisso dont om a plus talan.

Von des Lenzes Süße singen die Vögel
im neu ergrünten Wald,
ein jedes nach seinem Latein
ganz im Takt der neuen Weise:
nur recht, dass auch der Mensch sich an dem
erfreut, was er zumeist sich ersehnt.

Die sanfte Melodie ging allen ins Ohr, aber die Worte, die trafen besonders Arnaut ins Herz. *Was der Mensch sich zumeist ersehnt.* Nun, was er, Arnaut, sich ersehnte, das würde ihm verwehrt bleiben, Frühling oder nicht. Schon seit Tagen fragte er sich, was er überhaupt noch in Narbona zu suchen hatte. Und hatten die verdammten *trobadors* nichts anderes zu singen als das ewige Liebesgeflüster?
Gerade wollte Rogier zu einer neuen Strophe ansetzen, als sich die Tür öffnete und Raimon den Raum betrat, mit dem *secretarius* der Vizegräfin im Gefolge.
»Spiel weiter, Peire. Ich will euch nicht stören.«
»Komm nur herein, Freund«, sagte Rogier und legte die Laute beiseite. »Erzähl, was es Neues in der hohen Politik gibt.«
Raimon setzte sich und nahm einen vorsichtigen Schluck aus dem Becher Wein, den Arnaut ihm reichte.
»Nun, *Fraire* Aimar ist in Spanien, wie ihr wisst. Ich hoffe, wir erhalten bald gute Nachrichten von ihm. Der Rat der Fürsten

ist für Mariä Empfängnis angesetzt. Es ist zwar noch eine ganze Weile hin, dennoch bleibt uns wenig Zeit, alle Adeligen auf Ermengarda einzustimmen und genügend Verbündete zu finden. Ich will es euch nicht verheimlichen, Freunde, die Sache wird schwierig. In unserer Verzweiflung haben wir sogar den *Vescoms* Gausbert aus dem Vallespir eingeladen.«

»Was?«, rief Severin. »Diesen verdammten Halunken. Ich glaube es nicht.«

»Er hat versprochen, Ermengarda zu unterstützen«, sagte Raimon achselzuckend. »Wahrscheinlich aus Furcht, wir könnten ihn bei Graf Ramon Berenguer anschwärzen.«

»Hätte er verdammt verdient.«

»Die Bürgerschaft steht jetzt voll und ganz hinter Ermengarda. Im Gegenzug bestätigt sie die Konsuln der Stadt und erweitert deren Befugnisse. Selbst der Erzbischof hat sich mit viel Murren damit einverstanden erklärt, dass nun jeder der Stadtteile ein eigenes Ratsmitglied wählen darf. Dieser Rat ist für die *militia* zuständig wie zuvor, aber nun auch für alle Belange der Stadtverwaltung. Die Gerichtsbarkeit und das Eintreiben von Steuern obliegen natürlich weiterhin der Vizegrafschaft und dem Erzbistum, die auch wichtige Ratsbeschlüsse bestätigen müssen, bevor sie in Kraft treten können. Es ist nicht viel, wir sind also bei weitem noch kein Genua oder Pisa, aber ein erster Schritt zu mehr Selbstverwaltung ist getan.«

»Wie habt Ihr das durchgesetzt?«

»Die Menerbas. Ohne ihren Einfluss auf den Adel wäre es nicht möglich gewesen. Und dank der Juden haben wir auch wieder Gold in den Truhen, um die nötigsten Dinge zu erledigen.«

»Warum redet sie kaum mit uns?«, beklagte sich Severin. »Seit wir den Palast erobert haben, ist sie nicht mehr dieselbe.«

»Natürlich nicht«, erwiderte Raimon. »Sie ist jetzt die Vizegräfin. Und glaubt mir, es ist nicht leicht für sie. Es stürmt einfach zu viel auf sie ein. Alle Welt starrt auf jede ihrer

Regungen, alles wird sofort herumgetratscht, und der alte Leveson wartet nur darauf, dass sie einen Fehler macht. Im Augenblick würde ich ungern mit ihr tauschen.«

»Verstehe«, sagte Severin.

»Aber keine Sorge, sie hat niemanden vergessen, der ihr geholfen hat. Deshalb bin ich auch hier.«

Er winkte dem *secretarius* zu, der eine gewichtige Ledertasche auf den Tisch hievte. Raimon griff hinein und reichte Severin und Arnaut zu ihrer Verblüffung jeweils eine schwere, prall gefüllte Geldbörse. Auch Rogier erhielt einen Beutel, wenn auch von etwas bescheidenerem Inhalt.

»Eine erste Danksagung von ihr«, sagte Raimon.

Mit der linken Hand versuchte Severin, seine Börse zu öffnen, und als er darin nichts als Gold glänzen sah, riss er erstaunt die Augen auf.

»Oh, Mann, ein Vermögen«, stammelte er. »Damit kann ich mir ja noch ein Anwesen kaufen.«

»Oder zwei«, lachte Raimon. »Jetzt bist du ein gemachter Mann.«

In Arnaut aber war ein schrecklicher Zorn hochgekocht.

»Und warum kommt sie nicht selbst?«, knurrte er wütend und schob achtlos den Geldbeutel von sich. »Ich will ihr Gold nicht. Nimm es gleich wieder mit.«

Betroffen sah Raimon ihn an. Und Severin rief: »Warum, um Himmels willen, nicht?«

»Bin ich denn ein Söldner, um von ihr bezahlt zu werden?« Arnaut sprang auf. »Du kannst gern hierbleiben, Severin. Ich wünsche dir viel Glück. Aber mir reicht es.«

Seine Freunde sahen ihm mit offenen Mündern nach, als er fluchtartig den Raum verließ. Voller Groll und verletztem Stolz begab er sich in seine Gemächer, um zu packen und Narbona endlich den Rücken zu kehren.

***

Doch wenn er geglaubt hatte, er könne sich so ohne weiteres davonstehlen, so hatte er sich geirrt. Als er Amir und seinen Wallach aus dem Stall führen wollte, stellten ihn die Wachen, gleich fünf an der Zahl, angeführt von Severin.

»Tut mir leid, Arnaut. Ermengarda will dich sprechen.«

»Geh mir aus dem Weg. Ich habe ihr nichts zu sagen.«

»Ich versteh nicht. Sie beschenkt dich, und du bist beleidigt?«

»Da ist nichts zu verstehen. Mach endlich den Weg frei.«

»Sei vernünftig, Arnaut. Oder willst du, dass wir dich an den Haaren zu ihr schleifen? Ich meine es ernst.«

»Schon ganz ihr Mann, was? Für ein bisschen Gold.«

»Verdammt! Das muss ich mir nicht sagen lassen.«

Lange starrte Arnaut seinen Freund an. Dann nickte er, reichte einem der Männer die Zügel und folgte Severin die Treppe hinauf bis in den Empfangssaal der *vescomtessa,* die jetzt Ermengarda hieß. Dort ließen sie ihn allein mit ihr zurück.

Seit Tagen hatte er sie nicht gesehen und war erstaunt über die Verwandlung. Der Raum war der gleiche geblieben. Gewand und Aufmachung, wenn auch nicht aus der Kleiderkammer ihrer Stiefmutter, waren prächtig und ganz ähnlich ausgefallen. Es war offensichtlich, sie hatte viel Zeit auf ihr Äußeres verwendet. Die feinen Falten eines lachsfarbenen Seidenkleids umflossen ihre Beine, während sie würdevoll auf la Belas Thron saß. Die langen Ärmelschleppen des weinroten Übergewands hingen bis auf den Boden, ihr dunkles Haar verzierte ein Perlendiadem, und am Hals leuchtete der Rubin, den sie so liebte. Auch auf Schminke hatte sie nicht verzichtet. Sie war überirdisch schön, aber nichts erinnerte mehr an das lebensfrohe Mädchen in Männerkleidern, das er lieben gelernt hatte.

»Gefällst du dir so?«, konnte er nicht umhin zu fragen. »Bald werden sie dich la Bela die Zweite nennen.«

Sie zuckte zurück, als hätte er sie geschlagen, und ihr Gesicht wurde dunkelrot vor Zorn. Aber sie kniff die Lippen zusammen, um nicht die Beherrschung zu verlieren.

»Du schlägst also mein Gold aus«, sagte sie.
»So ist es.«
»Und warum?«
»Ich habe dir gern und aus freien Stücken geholfen. Denkst du, ich bin ein verdammter Söldner, den man bezahlt und wegschickt, wenn er nicht mehr gebraucht wird? Außerdem bin ich nicht so arm, als dass ich dein Gold brauchte.«
»Wer sagt, dass ich dich wegschicke?«
»Ich habe mein Leben für dich gewagt, bin dir in allem zur Seite gestanden. Bei meiner Familie hast du Unterschlupf gefunden, meinem Onkel hast du den Plan zu verdanken, der dich hierhergebracht hat. Wir haben den Zorn unseres Lehnsherrn auf uns gezogen, ihn sogar gefangen gesetzt, damit du dein Recht bekommst. Und jetzt willst du mich mit ein paar Münzen abspeisen?«
Ermengarda schluckte. Die Worte trafen sie hart.
»Was willst du also? Was forderst du von mir?«
»Dass du aufhörst, mich mit deinem Gold zu beleidigen.«
»Ich beleidige dich?«
»Seit wir diesen Palast gestürmt haben, hast du kein Wort mehr mit mir gesprochen, hast mich wie Luft behandelt. Und jetzt schickst du mir deinen verdammten *secretarius,* um mich auszuzahlen. Das ist wirklich zu viel.«
»Das ist dir zu viel?«, rief sie scharf. »Hast du dich schon mal gefragt, warum ich nicht mehr mit dir geredet habe?«
»Du wirst es mir bestimmt gleich sagen«, antwortete er nicht minder heftig.
»Weil dir anscheinend nichts an meinem Leben liegt.«
»Wovon redest du?«
»Schlimm genug, dass du mich anbrüllen musstest, als sei ich eine Küchenmagd. Aber mitten im Kampfgewühl hast du dich einen Dreck um mich geschert, hast mich allein und ohne Schutz gelassen. Ohne Severin wäre ich jetzt tot.«
Arnaut sah sie betroffen an. »Verstehst du denn nicht? Du hattest da nichts zu suchen. Wir hatten eine Aufgabe zu

erfüllen. Roderics Männer wurden von allen Seiten bedrängt, Männer starben. Der ganze Angriff war in Gefahr. Wir mussten so schnell wie möglich la Bela gefangen nehmen.«

»Ich pfeife auf deine Aufgabe. Mein Leben sollte dir wichtiger sein.« Wütend starrte sie ihn an und hatte doch Tränen in den Augen. »Gerade von dir hatte ich mehr erwartet. Bin ich dir so wenig wert?«

Er senkte den Kopf und sagte lange kein Wort.

»Wenn das so ist«, murmelte er schließlich, »dann ist es wirklich besser, ich gehe. Mein Pferd ist schon gesattelt.«

Ermengarda holte tief Luft. »So leicht kommst du mir nicht davon«, sagte sie mit Bestimmtheit, wenn auch etwas gefasster.

»Was willst du noch?«

»Du hast geschworen, mir zu dienen.«

»Ein Kinderschwur.«

»Ach, so siehst du das.« Da funkelte es wieder zornig in ihren Augen. »Für dich ein Kinderschwur. Mir ist es aber ernst damit. Ich verlange, dass du hierbleibst und deinen Schwur erfüllst.«

Er sah sie trotzig an, ohne zu antworten.

Mit einem Mal wurden ihre Züge sanfter und ihre Stimme weicher. »Arnaut, gleich was zwischen uns war, ich brauche weiterhin deine Hilfe.«

Er lachte bitter. »Du hast Raimon und Severin, ein Heer von Katalanen, Bedienstete für jeden Wunsch, ja eine ganze Stadt, die dich anhimmelt und nach deiner Pfeife tanzt. Mich brauchst du bestimmt nicht mehr.«

»Bist du jetzt endlich fertig?«

»Ach, und Felipe habe ich ja noch vergessen. Der fragt sich, wie du dich mit so einem dahergelaufenen Kerl aus niederem Geschlecht wie mich überhaupt einlassen konntest.«

»So, sagt er das?«

»So ähnlich.«

»Man muss nicht jedes erregte Wort auf die Waagschale legen. Du weißt, er meint es nicht so.«

»O doch. Er meint es genau so. Und du auch.«
»Das ist nicht wahr«, flüsterte sie.
Arnaut starrte stur auf die gegenüberliegende Wand, während sie eingehend sein versteinertes Gesicht betrachtete. Lange sagten sie nichts. Bis die Stille im Raum erdrückend wurde.
»Ich will, dass du mir eine Söldnertruppe aufbaust«, sagte sie schließlich. »Ein kleines schlagkräftiges Heer von *soudadiers.* So wie die Katalanen, nur mehr davon. Ich kann mich nicht allein auf den Adel verlassen. Wir fangen zuerst bescheiden an, und sobald ich mehr Mittel zur Verfügung habe, werden wir die Truppe ausbauen.«
Er weigerte sich, sie anzusehen.
»Dazu bin ich nicht der Richtige.«
»Du bist ein guter Krieger.«
»Das genügt nicht. Man muss Männer aussuchen, ausbilden und im Kampf führen. Ich habe nicht die Erfahrung.«
»Arnaut. Sieh mich an.«
Widerstrebend wandte er ihr den Kopf zu. Ein Fehler, dachte er gleich darauf, denn ihre Augen waren immer noch so unmöglich blau.
»Ich vertraue niemandem so sehr wie dir«, sagte sie.
Er nickte, doch ohne jedes Lächeln. »Wenn du darauf bestehst, will ich es versuchen.« Dann drehte er sich um und ging ohne ein weiteres Wort.
Sie schloss für einen Augenblick die Augen. Lange noch saß sie angespannt auf la Belas Stuhl und erhob sich erst, als ihr Herz endlich ruhiger schlug.

***

Auch an anderer Stelle kam es zu einer Aussprache.
Vescoms Peire de Menerba hatte darum gebeten, la Bela besuchen zu dürfen, und Ermengarda hatte dies nach einiger Überlegung gewährt. Die Kammertür wurde für ihn aufgeschlossen, dann ließ man sie allein.

Etwas verunsichert blieb er nahe der Tür stehen.
Sie saßen beide am Fenster. La Bela war damit beschäftigt, Ninas blondes Haar zu flechten, und sah überrascht auf, als sie merkte, dass er es war. Doch ohne weitere Begrüßung wandte sie sich wieder ihrer Tochter zu, die ebenso still blieb, ihn aber aufmerksam beobachtete.
Er ließ den Blick über la Belas flechtende Hände wandern, über ihre feurigen Haare, versuchte, etwas in ihrem Gesicht zu lesen. Sie schien gealtert, Schatten lagen unter ihren Augen. Dies war die Frau, die er bis zur Selbstaufgabe geliebt hatte. Eine Liebe, die ihn die Würde gekostet hatte, den Verlust der Gemahlin und beinahe auch den des Sohnes. Eine verfluchte Leidenschaft, die nichts erschafft, nichts gebiert, sondern den Menschen nur mit Haut und Haar verschlingt, bis nichts mehr bleibt als der unverdauliche Kern aus Hass und Verachtung. War es das wert gewesen? Warum nur hatte er sich alldem ausgeliefert? Und hasste er sie jetzt?
»Bist du gekommen, dich an meinem Elend zu weiden?«, fragte sie tonlos, ohne aufzublicken.
»Wohl kaum.« Er trat vor und setzte sich unaufgefordert. »Aber du hast diesen Hang zur Maßlosigkeit. Deshalb ist es gut, dass dich jemand in die Schranken weist. Mir ist es nie gelungen.«
»Dir ist so manches nicht gelungen.«
»Nur zu wahr. Auch nicht, deinen Ehemann zu täuschen.«
Ihr Kopf fuhr herum. »Nicht vor dem Kind!«
»Das Kind, wie du sie nennst, ist inzwischen vierzehn Jahre alt und selbst heiratsfähig. Und wenn sie dir schon die Treue hält, schuldest du ihr wenigstens Ehrlichkeit.«
Sie ließ die blonden Flechten ihrer Tochter aus den Fingern gleiten und die Hände in den Schoß sinken.
»Was redest du da von Aimeric?«
»Während des ganzen Feldzugs in Spanien damals hat er kaum ein Wort mit mir gesprochen. Er wusste, dass wir ihn betrogen haben, sein geliebtes Weib und ich, sein Waffen-

bruder und engster Vertrauter. Ich habe es in seinen Augen gesehen, und ich habe mich geschämt. All die Jahre habe ich mich geschämt. Und ich gebe uns die Schuld, dass er in jener Schlacht gefallen ist, denn ohne Grund ließ er die Leibwache weit hinter sich und stürzte sich ins Getümmel, wo es am gefährlichsten war. Er hat den Tod gesucht.«
Nina rückte ein Stück von ihrer Mutter ab, und la Bela schlug die Hände vors Gesicht. *»O Verges Maria, que Dieu m'ajut.«*
»Jetzt flehst du um Gottes Hilfe? Warum sollte Gott uns elenden Ehebrechern helfen, sag mir das? Ich habe schon lange aufgegeben, zu beten.«
Sie sah ihn aus tränenblinden Augen an.
»Was wird mit mir geschehen, was hat sie vor?«
»Sie wird dich vor Gericht stellen.«
»Ich habe nichts getan.«
»Sie glaubt, du hast ihren Bruder ermorden lassen, um deiner Tochter Nina hier den Weg zu ebnen.«
»Es ist nicht wahr, ich schwöre es.«
»Tibaut hat Beweise. Und seine Aussage kann dir das Genick brechen, Ermessenda. Wirst du für schuldig befunden, bleibt ihr nichts anderes übrig, als dich hinrichten zu lassen.«
Ninas Augen weiteten sich, aber sie blieb stumm.
»Es sind Fälschungen«, wehklagte la Bela. »Gefälschte Zeugenaussagen. Er war gut darin. Er hat Anschuldigungen und sogenannte Beweise gesammelt, echte und falsche, auch gegen dich.«
Menerba nickte. »Ich weiß. Ich habe einige gelesen.«
»Du hast …? Wie kann das sein? Hat er gestanden?«
Er achtete nicht auf ihre Frage. »Wie konntest du Tibaut erlauben, einen Mörder gegen Ermengarda zu schicken.«
La Bela war weiß geworden, nur auf den Wangenknochen lagen rote Flecken wie aufgemalt. Sie rang nach Luft. »Ich weiß es nicht. Ein Augenblick der Schwäche. Ich bin so froh, dass es ihm nicht gelungen ist.«

»Mutter!«, schrie Nina und sprang auf. »Sag, dass das nicht wahr ist.«
»Aber es ist ihr doch nichts geschehen, *mon cor*«, heulte la Bela und hob beschwörend die Hände. »Es geht ihr doch gut.«
Fast tat sie ihm leid, so erniedrigt, wie sie war, aber nur fast.
»Und meinem Sohn hast du die Knochen brechen lassen.«
»Nein, nein … ich hatte Tibaut befohlen …«
»Immer Tibaut. Hör auf, dich hinter ihm zu verstecken.«
Sie wimmerte hilflos, versuchte vergeblich, Ninas Hand zu fassen, die von ihr zurückwich. Mit großen Augen sah das Mädchen zu Menerba hinüber. »Er wird doch wieder gesund werden?«, fragte sie atemlos, fast flehentlich.
»Es geht ihm besser.«
Ermessenda la Bela, die einst stolze Regentin, warf sich ihrer Tochter zu Füßen und umklammerte ihre Beine. »Verzeih mir, mein Engel. Ich habe das so nicht gewollt. Das musst du mir glauben.«
Nina legte die Arme um das Haupt der Mutter und zog sie an sich, streichelte ihr Haar und die tränennassen Wangen, doch ihr Blick blieb kalt. Sie ist die Nächste, vor der Ermengarda sich in Acht nehmen muss, fuhr es Menerba durch den Sinn.
»Noch eins, bevor ich gehe. Vielleicht freut es dich zu wissen, dass der Kerl entkommen ist.«
La Bela fuhr zu ihm herum. »Wer? Tibaut?«
Auf ihrem Antlitz lag ein Ausdruck von Verwirrung. War das gut für sie oder schlecht, musste sie sich fragen.
»In den Kämpfen um den Palast konnte er fliehen.«
Und niemand weiß, dass ich es bin, der ihn gefangen hält, dachte er mit Befriedigung. Ich werde mir gut überlegen, was ich mit ihm und seinem Wissen anstelle.

Der Rat der Fürsten

Das bevorstehende *concilium* der Fürsten lag wie eine drohende Wolke über Ermengarda. Und so waren die nächsten Wochen von fiebriger Betriebsamkeit geprägt, denn niemand sollte sagen können, sie sei nicht fähig, in ihrem eigenen Reich zu herrschen.

In größter Eile wollte sie alles über die Verwaltung der Vizegrafschaft lernen, was es nur zu wissen gab. Ihre Krankheit war vergessen, und zusammen mit Raimon plagte sie sich täglich bis in die Nacht.

Sie selbst sprach mit allen Vertretern der Stände und Gilden und hörte sich ihre Klagen an. Richter, Kaufleute, Handwerksmeister und Adelige gingen im Palast ein und aus, und zum Ärger des Erzbischofs erhielten selbst Gemeindepriester Zugang zu ihr. Sie wollte möglichst schnell Tatsachen schaffen, ihren eigenen Stempel aufdrücken.

Die alte Riege der Hofbeamten, Zollmeister und Verwalter wurde ersetzt. Peire Monetarius wurde wegen schmutziger Geschäfte das Münzrecht entzogen, dafür stärkte sie Bardine Saptis' Einfluss im Rat, ließ die jüdischen Familien zurückholen, die vor der Tolosaner Besteuerung geflohen waren, und stützte sich immer mehr auf Personen ihres Vertrauens. Sie versöhnte sich mit Felipe, der trotz seiner Wunden Tag und Nacht im Sattel saß, um alle Adeligen der Vizegrafschaft auf sie einzuschwören. Ihr alter Beichtvater, Abt Imbert, wich ihr als väterlicher Berater nicht mehr von der Seite, und *Domna* Anhes hielt ihr von allen Nichtigkeiten den Rücken frei.

Zusammen mit Raimon mühte sie sich, lang überfällige Entscheidungen zu treffen und Dinge in die Wege zu leiten, die la Bela vernachlässigt hatte. Sie holte die Armen von der Straße, ließ von ihnen die Zugangsstraßen ausbessern und Schäden an den Kais beheben. Die Kiellegung eines ersten Kriegsschiffs wurde gefeiert, und sie empfand große Genugtuung, ihr Versprechen Maria gegenüber einzulösen und den Bau eines *leprosariums* zu beginnen, eines Hospizes für die Aussätzigen der Stadt.

Arnaut und Severin kümmerten sich inzwischen um das Militärische. Zuerst wurde die Palastwache ersetzt, dann machte Arnaut sich daran, mit *Senher* Castellvells Rat und Unterstützung eine kleine, gut ausgebildete Reitertruppe aufzustellen. Sie sandten Werber in alle Himmelsrichtungen, um kampferprobte Männer anzulocken, und nach wenigen Wochen konnten sie die Ausbildung mit den ersten hundert Rittern beginnen. Giraud, dem es besserging, hatte seine Hilfe versprochen. Auch Roderic arbeitete mit ihm als Ausbilder.

»Sag mal«, fragte Arnaut ihn. »Warum hast du eigentlich bei dem Sturm auf den Palast das Tor schließen lassen?«

»Ich war mir damals nicht sicher, ob man Menerba trauen konnte.« Er grinste verwegen. »Außerdem kämpfen die Kerle besser, wenn sie mit dem Rücken an der Wand stehen.«

Arnaut starrte ihn lange an und schüttelte den Kopf. »Ich hab wohl noch einiges zu lernen«, war alles, was er dazu sagte.

Sie mussten sich ein neues Areal außerhalb der Stadt suchen, denn im Palasthof waren Umbauten im Gang. Der alte Übungsplatz wurde eingeebnet, und es entstand ein Garten für zukünftige Sommerfeste des Hofes. Weniger Saufgelage für die Ritterschaft sollten es werden, sondern lichte und fröhliche Zusammenkünfte, verschönt und bereichert durch Musik und Tanz und die Künste der besten *joglars* des Landes.

»Mein liebes Kind«, sagte *Paire* Imbert eines Tages. »Du überforderst dich. Man kann die Welt nicht in drei Tagen neu erschaffen. Selbst unser lieber Herrgott hat sechs dazu

gebraucht. Und am siebenten ruhte er. Nimm dir ein Beispiel daran.«
»Du hast recht, Vater«, sagte sie. »Ich werde ein paar Tage auf die Jagd gehen.«
Abd Allah, der so lange arbeitslose Falkner, war überglücklich, ihr endlich die Fortschritte ihres Lieblingsfalken vorzuführen. Auch Raimon war diese Unterbrechung willkommen, denn bei all den ehrgeizigen Vorhaben seiner Herrin gab es nur eine nagende Unsicherheit. Er wusste beim besten Willen nicht, wie dies alles zu bezahlen war.
Das Gerichtsurteil über Tibauts Mordbuben fiel nach Arnauts Zeugenaussage eindeutig aus – Tod durch den Strang. Am Tag der Hinrichtung strömte das Volk vor die Tore, wo der Galgen stand, und genoss zum ersten Mal die Sonne und die lauen Lüfte des nahenden Frühlings. Wer ein Spektakel erwartet hatte, wurde enttäuscht, denn der Mann beschritt den letzten Weg zu seinem Schöpfer ebenso still und unauffällig, wie er gelebt hatte.
»Schrecklich, an solch einem Tag zu sterben«, sagte Severin, als die letzten Zuckungen des Gehenkten geendet hatten.
»Wäre denn ein anderer Tag besser?«, spottete Rogier.
»Der Tod ist die Bestimmung des Menschen und mit Glück die Erfüllung der reinen Liebe«, gab Jaufré Rudel von sich.
»Dass wir alle sterben müssen, ist klar«, erwiderte Severin. »Aber das andere verstehe ich nicht.«
»Er meint, reine Liebe verlangt nach Entsagung«, erklärte Rogier. »Und der Tod ist die höchste Stufe der Entsagung.«
Rudel nickte. »Mit ihrer Erfüllung stirbt die fleischliche Liebe. Schaut euch doch um. Wer mit der Magd liegt, hat bald genug von ihr, und die Ehe ist der Tod jeder Leidenschaft. Nur das, was man sich vorenthält, bewahrt seinen Wert bis in alle Ewigkeit. Nichts ist höher zu werten als die ewig unerfüllte Liebe zu einer reinen, noblen Dame, und der gemeinsame Tod ist die letzte schlüssige Folge. Was ist süßer, als in den Armen einer solchen Geliebten zu sterben?«

Arnaut und Severin starrten ihm erstaunt nach, als er sie stehenließ, um einen Spaziergang durch die sprießenden Felder zu machen.
»Nach seinem schrecklichen Erlebnis ist er ein wenig wunderlich geworden«, meinte Rogier, als Rudel außer Hörweite war.
»Was für ein Erlebnis?«
»Seine angebetete *domna*, fragt mich nicht, wer sie gewesen ist, hatte ihn nach langem Schmachten endlich erhört und heimlich zum ersehnten Liebesspiel in ihre Kammer gebeten.«
»Hört, hört«, grinste Severin und rückte näher.
»In seiner Ungeduld war er schon früh zur Stelle, und als er sie nicht vorfand, zog er sich in froher Erwartung die Kleider aus und legte sich auf ihr Lager. Wenig später öffnete sich die Tür, und herein stürmten Höflinge, zerrten ihn aus dem Bett und jagten ihn unter Johlen und Gelächter splitternackt aus der Kammer.«
»Que garça«, stöhnte Severin.
»In der Tat«, nickte Rogier. »Rudel konnte es lange nicht verwinden. Hat es sogar in Verse gefasst.« Er trug die Worte mit leiser Stimme vor:

Totz temps n'aurai mon cor dolen,
quar aissi's n'aneron rizen,
qu'enquer en sospir e'n pantays.

Mein Herz wird für immer daran leiden,
Denn dass sie lachend davonliefen,
Das verfolgt mich im Traum und in meinen Seufzern.

»Seitdem meidet er die Nähe der Damen an den Höfen, die er besucht. Er sagt, eine erdichtete Liebe sei tausendmal besser als eine echte.«
»Da mag er recht haben«, entgegnete Arnaut grimmig.
Rogier grinste. »Zumindest ist sie treuer.«

Die ersten Sitzungstage der Versammlung der Fürsten wurden zur öffentlichen Geißelung für Ermengarda.
Es begann damit, dass einige Tage zuvor ein Bote in Narbona mit der Nachricht ankam, dass der Graf von Barcelona selbst unterwegs sei, aber wann er eintreffen würde, ließ sich nicht sagen. Man würde ohne ihn beginnen müssen. Erzbischof Leveson versuchte deshalb, die eigenen Pflöcke möglichst zeitig einzuschlagen und die Versammlung auf seine Sicht der Dinge einzustimmen, bevor der Katalane die Stadt erreichte.
Eine angemessene Unterbringung für all die hohen Herren zu finden, war nicht leicht gewesen. Und über Wochen hatte es Streit gegeben, wer wen beherbergen würde, wobei es Leveson gelang, dass die Trencavel-Brüder, Roger de Carcassona und Raimon de Besier, bei ihm abstiegen, während Guilhem de Montpelher und *Coms* Hug de Rodes sich im vizegräflichen Palast einquartieren ließen. Für die übrigen Fürsten kleinerer Grafschaften und Bischöfe des Landes fanden sich Unterkünfte bei den Adelshäusern der Stadt. Überall waren nun fremde Ritter anzutreffen, Geistliche, Leibwachen, Bedienstete, Schreiber und Ratgeber. Die Geschäfte der Herbergen, Tavernen und Hurenhäuser erlebten eine kurze, aber heftige Blüte.
Unter dem Vorwand, es gäbe keine *aula* groß genug für eine solche Versammlung, hatte der Erzbischof entschieden, das *concilium* in der Kathedrale selbst abzuhalten, was der Veranstaltung etwas Ehrwürdiges, von Gott Gewolltes verlieh, außerdem Levesons Bedeutung als Vermittler würdig unterstrich und seinen Einfluss stärkte.
Im Inneren des Kirchenschiffs hatte man zwei gegenüberstehende Tribünen errichtet, dazwischen an der Stirnseite der überhöhte Thron des Erzbischofs. Arnaut kam diese Anordnung einem Tribunal gleich, zumal für Ermengarda nur ein unscheinbarer Platz in der vordersten Reihe vorgesehen war. Aller Augen waren auf sie geheftet, als sie mit ihrem kleinen Gefolge die Kirche betrat. Wer war diese junge Frau, die es

gewagt hatte, die Macht von Tolosa herauszufordern? In den Gesichtern spiegelte sich Neugierde und halb belustigtes Wohlwollen ebenso wie Stirnrunzeln oder gar offene Ablehnung. Unmöglich zu sagen, wie die allgemeine Stimmung war.

Die Trencavel-Brüder, Roger de Carcassona und Raimon de Besier, saßen in vorderster Reihe, der erste weißhaarig, behäbig und den Sechzigern nahe, sein Bruder etwas jünger, dafür fast gänzlich kahl. Aus ihren Mienen war nichts zu lesen. Guilhem de Montpelher war erst Mitte dreißig und neben *Vescoms* de Menerba der Einzige, der Ermengarda aufmunternd zuzwinkerte.

Nach einer überraschend kurzen Andacht, der Erzbischof hatte es offenbar eilig, begrüßte er die Anwesenden und bedankte sich für ihre Teilnahme.

»*Messenhers,* kommen wir gleich zur Sache und halten uns vor Augen, welch ungeheurer Frevel hier begangen wurde.«

Für eine so schmächtige, gebeugte Gestalt hatte seine Stimme eine überraschende Fülle und hallte im mächtigen Kirchenschiff von allen Seiten wider.

»Diesem redlichen Mann, Fürsten und guten Christen, ist großes Unrecht geschehen.«

Er deutete auf Alfons, der Ermengarda gegenüber entspannt auf seinem Platz saß, es aber mit steinerner Miene vermied, sie anzusehen. Auf sein Ehrenwort hin, keinen Fluchtversuch zu unternehmen, war ihm die Peinlichkeit erspart geblieben, vor seinen hochadeligen Standesgenossen in Ketten zu erscheinen. Dennoch hatte Severin zwei schwerbewaffnete Wachen rechts und links von ihm plaziert.

»Sein in dieser Kirche von Gott selbst angetrautes Weib hat es gewagt, den heiligen Bund mit Füßen zu treten und sich ihrer Ehepflichten durch feige Flucht zu entziehen.«

Ein leichtes Raunen lief durch die Tribünen zu beiden Seiten, und viele unter den Geladenen konnten sich ein schadenfrohes Grinsen nicht verkneifen. »Ich würd ihn auch nicht wollen«, rief ein Spaßvogel, und die Kirche bebte unter dem aufbrandenden Gelächter.

Als es ruhiger wurde, sprang Ermengarda auf. »Ihr lacht, *Messenhers,* aber der Mann hat recht. Ich war nie mit dieser Heirat einverstanden. Und die Kirche verlangt …«

»*Domna* Ermengarda«, donnerte der Erzbischof, während er ein Schriftstück hochhielt. »Dies hier ist der Vertrag Eures Verlöbnisses, und den habt Ihr höchstselbst unterschrieben. Oder irre ich mich?«

»Das habe ich, aber …«

»Dann gibt es keine Entschuldigung. Und nun setzt Euch hin. Ihr werdet später Gelegenheit bekommen, Euren Standpunkt darzulegen.«

Hochrot im Gesicht, blieb ihr nichts übrig, als wieder Platz zu nehmen. Arnaut hätte den Priester am liebsten an der Gurgel gepackt und ihn durchgeschüttelt wie einen jungen Hund.

Aber Leveson fuhr unerbittlich fort, Ermengardas Person und Handlungsweise in den dunkelsten Farben zu malen. Von Heimtücke und Hinterhältigkeit war die Rede, von der Schande, die sie über ihre Familie gebracht habe, der verletzten Ehre ihres Gemahls, der besudelten Würde Narbonas. Er machte Andeutungen über die Unziemlichkeit, ja Schamlosigkeit, sich mit jungen Männern in der Wildnis herumzutreiben, und zuletzt verurteilte er aufs schärfste die Hinterlist, mit der sie ihren eigenen Ehemann gefangen gesetzt habe. Dass man Alfons im Bett der *Vescomtessa* Ermessenda erwischt hatte, davon ließ er nichts verlauten.

Er endete mit der Forderung, den Grafen von Tolosa unverzüglich freizulassen und endlich die gottgewollten Pflichten eines braven Eheweibs zu erfüllen. Vorausgesetzt, der Graf sei überhaupt noch gewillt, sich mit ihr zu versöhnen und sie in Gnaden wieder aufzunehmen.

Alles schaute auf Alfons, aber der zuckte nur mit den Schultern und sagte nichts dazu.

Jetzt erhob sich Roger de Carcassona und ergriff das Wort.

»Verehrte Herren«, er machte eine leichte Verbeugung in alle Richtungen. »Alfons' Gefangenschaft ist zunächst einmal ein Segen, und ob er seiner Ermengarda verzeiht, bedeutet mir so viel wie ein Eselsfurz.« Wieder hallte Gelächter durch die Kirche. »Das Wichtigste ist, diese verdammte Vermählung rückgängig zu machen, denn sie stört gewaltig das Gleichgewicht der Mächte im Land. Gleich, was sie seit Jahren behaupten, die Tolosaner haben nie die Lehnsherrschaft über diese Grafschaft besessen. Das ist das Unrecht, über das geredet werden muss, und nicht, ob sein hübsches Täubchen ihn hat sitzenlassen oder ihm gar Hörner aufgesetzt hat.«
Zum ersten Mal regte sich Alfons und warf einen wütenden Blick in Rogers Richtung. Die Anhänger der Trencavels, Guilhem de Montpelher, Hug de Rodes, wie auch andere Grafen und Barone, erhoben sich von ihren Sitzen und klatschten laut Beifall.
»Über dieses Unrecht haben wir Krieg geführt. Und *Domna* Ermengardas beherzter Überfall, weiß der Teufel, wie sie es angestellt hat«, er nickte Ermengarda wohlwollend zu. »Dieser Überfall hat den Krieg beendet und Schlimmeres verhindert. Dennoch müssen wir darauf bestehen, dass unser Schaden ersetzt wird.« Damit blickte auch er drohend zu Alfons hinüber. »Die Summe ist beträchtlich, die wir fordern.«
Diese Rede löste neben Beifall auch Proteste, wilde Zwischenrufe und heftige Wortgefechte aus, so dass Leveson trotz mehrfacher Versuche, die Ordnung wiederherzustellen, feststellen musste, dass ihm die Versammlung entglitten war. Auch nachdem sich die Gemüter wieder beruhigt hatten, wollte niemand mehr über Ermengardas Vergehen sprechen, sondern es lief immer wieder auf die Frage hinaus, wie die Einflussbereiche zwischen Tolosanern und Katalanen am besten zu trennen waren, um einen langfristigen Frieden zu gewährleisten. Ermengarda hatte man fürs Erste vergessen.
Auch die nächsten Tage verliefen nicht anders. Nur auf eines konnten sich die meisten einigen. Einer Frau, und noch dazu

einer von zarten sechzehn Jahren, dürfe man nach Auflösung der Ehe mit Alfons keine so wichtige Grafschaft anvertrauen. Denn das würde sie ja nur wieder zum Freiwild für den nächsten machthungrigen Tyrannen machen. Eine bessere Lösung musste her.

Ermengardas Beteuerung, sie wünsche keinen Ehemann, wurde belächelt, und ihre Versuche, zu zeigen, dass sie durchaus in der Lage sei, ihre Grafschaft ganz allein zu verwalten, wurden besonders vom Erzbischof im Keim erstickt. Sie würfe das Geld mit vollen Händen zum Fenster hinaus, schrie er. Und für was? Für Leprosarien, Gärten und *trobadors.* Kriegsschiffe wolle sie bauen und eine eigene Heermacht aufstellen, hier lachte er sie offen aus, und dann mische sie sich auch noch in Kirchenangelegenheiten ein. Ihr himmelschreiender Unverstand sei, wenn überhaupt, nur durch ihre Jugend zu entschuldigen. Selbst Menerba, der für sie einstand, wurde niedergebrüllt.

Bleich und mit hängenden Schultern verließ Ermengarda die Versammlung.

***

»Warum lässt man sie nicht in Ruhe, *Mossenher* Alfons?«, fragte Arnaut. »Wozu dies Gezänk und Gezeter? So wird es nie eine Einigung geben. Lasst sie doch einfach ihr Erbe verwalten wie andere Fürsten auch.«

Da Alfons ihn aus irgendeinem Grund zu mögen schien, hatte er deshalb gebeten, ihn erneut in seinen Gemächern besuchen zu dürfen, in der verzweifelten Hoffnung, ihn zu bewegen, den gordischen Knoten endlich zu durchschlagen. Natürlich nur eine winzige Hoffnung, kaum dass er selbst daran glaubte. Aber es war ihm unmöglich, zuzuschauen, wie sie litt, ohne etwas zu unternehmen. Die Angriffe auf ihre Person, die offene Missachtung mancher Fürsten ebenso wie die unbeteiligte Gleichgültigkeit anderer, denen nur ihr eigener Vorteil wichtig war, all dies machte ihn krank. Jedes Wort gegen sie hatte ihn selbst ins Herz getroffen, bis er es nicht mehr aushalten konnte.

»Ich will es dir erklären, mein Junge«, entgegnete Alfons. »Die Vizegrafschaft ist sehr begehrenswert. Es gibt nur wenige gute Seehäfen an dieser Küste. Narbona ist reich, viel Geld fließt durch die Stadt. Berge und Ebenen liegen so verteilt, dass sowohl alle wichtigen Handels- wie auch die Heerstraßen durch die Gegend verlaufen, ein … strategisch wichtiger Punkt.«

»Aber was hindert Ermengarda daran, die Fürsten einfach zum Teufel zu schicken? Sie ist doch die Erbin.«

Alfons lächelte nachsichtig. »Narbona ist schwach und braucht starke Verbündete. Die Hälfte der Stadt gehört auch noch dem Erzbischof, und der ist mein Mann, wie du weißt. Sie kann sich natürlich mit den Trencavels und anderen verbünden. Doch das ist langfristig ein unsicheres Geschäft.«

»Oder mit Barcelona.«

»Richtig. Und das muss ich dann wiederum verhindern.«

»Aber warum?«

Alfons seufzte. »Graf Ramon Berenguer ist Ermengardas Vetter. Das sind starke Familienbande. Und nun ist er auch noch Herrscher von Aragon geworden. Dazu beherrscht er das Vorland des Pireneus bis zur Corbieras und die Hälfte der Provence im Norden. Er hat gute Beziehungen zu den Trencavels und zu Montpelher. Mit Narbona in seiner Gewalt, was bleibt mir da noch? Tolosa verkümmert zu einer unbedeutenden Grafschaft im Landesinneren.«

»Ich bin sicher, Ihr übertreibt, Herr. Tolosa ist das mächtigste Fürstentum des Südens.«

Alfons grinste. »Nun ja. Da hast du nicht ganz unrecht, aber ich kann es mir nicht leisten, dass … Narbona von Barcelona aus verwaltet wird. Sie werden ihr irgendeinen Katalanen zum Mann geben, und dann herrschen sie von Aragon bis hoch in die Provence. Bald schlucken sie uns alle. Verstehst du jetzt, um was es geht?«

Arnaut nickte. *Sie werden ihr irgendeinen Katalanen zum Mann geben.* Vor allem dieser Satz hallte in seinem Kopf wider.
»Lasst sie doch alleine herrschen, ohne Gemahl.«
Alfons lachte herzlich. »Das kann man nicht mal ernst nehmen, mein Junge.«
»La Bela hat auch allein regiert.«
»Vorübergehend, als Regentin. Und nicht sehr gut.«
»Ich warne Euch, *Mossenher.* Ermengarda ist klug, und sie kann sehr dickköpfig sein. Ihr sitzt hier fest, und vielleicht lässt sie Euch gar nicht mehr gehen.«
Alfons' Miene wurde ernst. »Eine dumme Zwickmühle, in der Tat. Und daran bist du selbst nicht unschuldig, wie du weißt«, sagte er mürrisch.
Arnaut dachte nach.
»Warum macht Ihr nicht einen Vertrag mit ihr? Dass Narbona bis in alle Zukunft unparteiisch bleibt.«
»Verträge.« Er zog geringschätzig die Schultern hoch. »Was bedeuten die schon? Was nützt mir ihr Versprechen, wenn danach die Katalanen ein Heer schicken und Narbona besetzen?«
»Dann macht einen Pakt auch mit ihnen.«
»Warum sollten sie das tun? Die wollen selbst nichts anderes, als ihr *dominium* zu erweitern, koste es, was es wolle.«
»Ich bitte Euch, lasst es Euch durch den Kopf gehen. Es wäre doch einen Versuch wert.«
»Ich sehe, du liebst das Mädel wirklich, was?«
»Soll ich mich dessen schämen?«
»Nein. Weiß Gott nicht.«
Sie schwiegen.
Alfons wischte sich müde mit der Hand über das Gesicht und seufzte. »Wie geht es la Bela?«, fragte er ganz unerwartet.
»Den Umständen entsprechend gut.«
»Da haben wir wohl beide ein kleines Herzeleid, was?«

Sie grinsten sich etwas verlegen an.
»La Bela ist ein Luder«, sagte Alfons. »Und sie hält sich für so klug, dass sie meint, ich weiß es nicht.« Er seufzte noch einmal. »Vielleicht kannst du auch für sie etwas tun, mein Junge. Da wäre ich dir dankbar.«

***

Ermengarda betrachtete gedankenverloren die kleine Statue der Diana. Ihr Anblick rief unangenehme Erinnerungen wach, Dinge, die sie an ihrer Stiefmutter gehasst hatte. Und doch war die bronzene Göttin viel zu schön, um sie zu verschenken. Was sollte sie mit ihr tun? Und was mit la Bela?
Sie spürte, dass jemand hinter ihr in den Raum getreten war.
»Wir haben einen Besucher«, hörte sie Raimon sagen.
»Ist sie nicht herrlich?«, fragte sie, ohne sich umzudrehen.
»Es heißt, la Bela habe zu ihr gebetet.«
Ermengarda wandte sich um. Raimon sah müde aus. So wie auch sie sich fühlte. Dunkle Bartstoppeln bedeckten seine Wangen. Und als sie ihn so ansah, strich er sich verlegen übers Kinn.
»Ich hatte noch keine Zeit heute Morgen.«
Sie fasste seine Hand. »Bald ist es vorbei, Raimon«, sagte sie. »Dann müssen wir nicht mehr kämpfen, gleich was am Ende dabei herauskommt.«
»Für dich zu kämpfen ist keine Last, das weißt du.«
Er lächelte. Und sie drückte dankbar seine Hand.
»Wer ist es, der mich sprechen will?«
»Gausbert de Vallespir.«
»Was?«, rief sie. »Diesen Lüstling will ich nicht sehen.«
»Solltest du aber.« Es funkelte belustigt in seinen Augen. »Darf ich ihn hereinbitten?«
»Wenn es sein muss.«
Raimon wandte sich zur Tür, öffnete sie schwungvoll und ließ den gewichtigen *Vescoms* de Vallespir eintreten.

»*Midomna,* meine allerhöchste Ehrerbietung«, rief Gausbert und verbeugte sich tief vor ihr. Der Mann war auffällig und teuer gekleidet, in feinster Seide und dem zarten Leder ungeborener Kälber. Ein angenehmer Duft von Lavendel umgab ihn.

»*Vescoms,* ich heiße Euch willkommen. Leider fürchte ich, Euren feinen Sinn für erlesene Genüsse in dieser Stadt kaum befriedigen zu können.«

Der leichte Spott schien wirkungslos an ihm abzuperlen, denn er lächelte mit äußerster Zuvorkommenheit, als sei Ermengarda die allerbeste Freundin.

»Meine Liebe«, säuselte er, »auch wenn es bisweilen nicht danach aussieht, aber Ihr werdet Euren Weg gehen. Lasst Euch nicht entmutigen. Dieses *concilium* …« Er machte eine geringschätzige Handbewegung. »Viel Gerede um nichts. Und, um Euch aufzumuntern, habe ich Euch ein kleines Geschenk mitgebracht.«

»Ein Geschenk?«

Plötzlich merkte sie, dass Raimon schon die ganze Zeit grinsend dabeistand. Nun ging er zur Tür und öffnete sie erneut. Und auf der Schwelle stand, verschüchtert und mit einem ängstlichen Gesichtsausdruck, die maurische Sklavin aus Castel Nou.

»Jamila!«, rief Ermengarda hocherfreut und ging mit ausgebreiteten Armen auf sie zu. »Bist du es wirklich?«

Die Maurin ließ sich umarmen. Dann fiel sie Ermengarda zu Füßen. »O Herrin«, stieß sie rasch hervor. »Ich hoffe, Ihr schickt mich nicht wieder fort.«

Ermengarda warf Gausbert einen erstaunten Blick zu, und der machte plötzlich treuherzige Hundeaugen.

»Ich hoffe, werte *Comtessa,* unser kleines Missverständnis vom letzten Jahr ist mit dieser Aufmerksamkeit vergessen.«

»Ein Missverständnis nennt Ihr das?«

»Nun, im Wald treibt sich viel Gesindel herum, was soll man machen?« Er hob entschuldigend die Schultern.

Da musste sie lachen, fasste Jamila bei den Händen und küss-

te sie herzlich auf beide Wangen. »Von nun an bist du frei. Und du bleibst bei mir, so lange du willst. Das würde mich sehr glücklich machen.«
Dann wandte sie sich wieder an Gausbert. »Mit dieser guten Tat, *Mossenher,* ist alles zwischen uns wettgemacht.«
Erleichtert küsste Gausbert ihre Hand und ließ sich nach weiteren endlosen Höflichkeiten hinausbegleiten.
Zehn Tage später, mitten im Monat April, erreichte *Coms* Ramon Berenguer de Barcelona endlich die Stadt Narbona, an der Spitze von fünfhundert seiner besten Ritter, und mit einem Schlag änderte sich die Lage.

***

»Meine liebe Ermengarda. Wie erfreulich, dich endlich kennenzulernen«, strahlte Ramon Berenguer und küsste sie herzlich und ohne Scheu auf beide Wangen.
Er war ein Mann von gewandtem Auftreten und beeindruckender Erscheinung, groß, schlank, dunkelhaarig, etwa Ende zwanzig. Wie ein Mantel umgab ihn die Aura eines großen Fürsten. Kein Wunder, dass der König von Aragon, mangels männlicher Nachkommen, diesem jungen Mann sein Reich anvertraut hatte.
»Seid mir herzlich willkommen, *Mossenher*«, erwiderte sie freudig, wenn auch ein wenig eingeschüchtert.
»Nicht doch. Nennt mich nicht so. Uns eint doch unsere gemeinsame Großmutter, *Domna* Mahalta, nicht wahr? Ich war noch ein Knappe damals, aber ich erinnere mich noch gut an den letzten Besuch deines Vaters. Er war ein Mann nach meinem Herzen, zielstrebig und entschlossen. Und wie ich höre, schlägst du ganz nach ihm.«
Er betrachtete sie neugierig und mit großem Wohlwollen.
»Wie schön du bist. Ich sehe, man hat nicht übertrieben. Kein Wunder, ganz Narbona liegt dir zu Füßen.« Dabei lachte er, und seine gute Laune wirkte ansteckend.

Sie befanden sich in der *aula* des Palastes, und Ermengarda stellte ihm die wichtigen Persönlichkeiten der Vizegrafschaft vor, wobei der Erzbischof und seine Männer durch Abwesenheit glänzten.

Unter den Anwesenden entdeckte der Graf auch seinen Freund, *Senher* de Castellvell, legte ihm den Arm um die Schultern und beglückwünschte ihn zur Einnahme der Stadt. Zuletzt ließ Ermengarda ihre Gefährten aus den Tagen der abenteuerlichen Flucht vortreten.

»Das also sind die tapferen Kerle, von denen Ihr mir berichtet habt, *Fraire* Aimar?« Er ging von einem zum anderen, ohne auf Aimars Antwort zu warten, der irgendwo unter dem Gefolge des Grafen steckte und glücklich grinste.

»Peire Rogier, ihn und seine fröhlichen Lieder kenne ich ja schon. Felipe de Menerba, meinen herzlichen Dank und Respekt. Raimon de Narbona, der kluge Kaufmann, und Severin, dir danke ich besonders für das Leben meiner Base. Ach, und dies ist also Arnaut de Montalban, der Kopf der wilden Bande, der auch noch den Grafen von Tolosa gefangen hat. Ich bin beeindruckt, mein Freund.«

»Mossenher.« Arnaut, wie auch die anderen vor ihm, kniete kurz und beugte das Haupt.

»Ich muss euch allen danken«, sprach Ramon Berenguer, »dass ihr verhindert habt, dass Narbona wie ein reifer Apfel in die Hand des Tolosaners gefallen ist. Andererseits ist die Lage jetzt eher noch verzwickter geworden. Eure junge Herrin ist irgendwie der Schlüssel zur Lösung, wenn auch niemand so recht weiß, wie er passt. Du verzeihst mir diesen Vergleich, Ermengarda, aber so ist es doch.«

Jetzt oder nie, dachte Arnaut und nahm sich ein Herz.

»Verzeiht, *Mossenher,* wenn ich dazu etwas sagen darf.«

»Nur zu.«

»Ich habe mich lange mit *Coms* Alfons unterhalten. Er ist zu Zugeständnissen bereit.«

»Kein Wunder, als Gefangener.«

»Ich rede nicht von der Aufhebung der Ehe. Er wäre vielleicht bereit, auf seine Ansprüche zu verzichten und über eine dauerhafte Lösung für die Region zu reden, die beiden Seiten Nutzen bringen würde.«

Ermengarda sah ihn erstaunt an.

»Wie bitte?«, sagte der Graf. »Der nimmersatte, landgierige Alfons?«

»Mit Verlaub, Herr. Genauso beschreibt er auch Euch.«

Das fand Ramon Berenguer ziemlich komisch. »Nun, vielleicht hat er recht. In jedem Fall danke ich Euch für den Hinweis, Arnaut. Wir werden sehen.«

Bald darauf löste sich die Versammlung auf, und Ermengarda geleitete die Gäste hinaus. Nicht ohne Arnaut einen dankbaren Blick zuzuwerfen.

Von diesem Tag an hatte das *concilium* des Erzbischofs keine Bedeutung mehr. Der Graf von Barcelona machte sich nicht einmal die Mühe, dort zu erscheinen. Von seinem Hauptquartier aus, dem ehemaligen Palast des Grafen von Tolosa, schickte er täglich seine Unterhändler und Berater durch die Stadt, um direkt und ohne Einfluss des Erzbischofs mit allen Parteien zu verhandeln. Ermengarda und Raimon trugen ihm ihre Pläne für die Vizegrafschaft vor, und anschließend verbrachte er viele vertrauliche Stunden sowohl mit den Trencavels wie mit dem Grafen von Tolosa selbst.

***

»Ihr schon wieder?«, knurrte der Erzbischof. »Was wollt Ihr von mir?«

»Schickt Eure Diener hinaus«, sagte Menerba. »Wir haben Vertrauliches zu bereden.«

»Mit Euch gewiss nicht.«

»Wie Ihr wollt«, sagte Menerba leise. »Aber es geht um Euer Amt und Euren Titel. Oder wollt Ihr mit Schimpf und Schande davongejagt werden?«

»Was soll das? Seid Ihr von Sinnen?«, erregte sich der Kirchenfürst, aber dann schickte er seine Schreiber und Diener aus dem Saal und wies auf einen Stuhl. »Also spuck es aus, Menerba.«
Der setzte sich erst einmal. »Ich will, dass Ihr jegliche Feindschaft oder Widerstand gegen *Domna* Ermengarda einstellt und ihr keine Schwierigkeiten mehr bereitet. Und das nicht nur für den Augenblick, sondern für den Rest Eures miserablen Lebens.«
»Ha!«, lachte Leveson auf. »Das ist nun wirklich zu lustig.«
»Lacht nur. Bald werdet Ihr es nicht mehr so vergnüglich finden. Mir sind gewisse Schriftstücke und Beweise in die Hände geraten, die Euch eher sauer aufstoßen werden.«
Levesons Gesicht verfinsterte sich. Er starrte Menerba aus wässrigen Greisenaugen an. »Sagt endlich, was Ihr zu sagen habt.«
»Ich habe Abschriften, die den Umfang Eurer Abmachungen mit Graf Alfons darlegen. Im Falle einer Vermählung mit Ermengarda hätte er Euch große Teile des vizegräflichen Vermögens zum persönlichen Eigentum überschrieben. Das ist nicht nur ein dreckiger Handel zum Schaden der Grafschaft, sondern auch eine Veruntreuung gegenüber der Kirche.« Menerba nannte Einzelheiten, die jeden Einwand Levesons im Keim erstickten.
»Nun gut«, knurrte der alte Mann. »Ärgerlich, wenn es bekannt würde, doch damit könnt Ihr mir kaum das Genick brechen.«
»Keine Sorge, ich habe mehr. Was wäre, wenn alle Welt erführe, dass Ihr ein Knabenschänder seid, je jünger, je lieber. Mit wem Ihr Euch vergnügt, soll mir gleich sein, aber *per Dieu,* müssen es denn Kinder sein? Was für ein Kirchenmann seid Ihr eigentlich?«
Der Erzbischof war erbleicht. »Wie wollt Ihr das beweisen?«
»Hier, ich habe Aussagen«, er legte Zeugnisse auf den Tisch, nannte Namen. Die meisten waren Waisenkinder oder die

Ärmsten der Armen, denen nie jemand glauben würde, außer natürlich ein Mann wie Menerba würde sich für sie verbürgen. Leveson sackte immer tiefer in seinen Stuhl.

»Und zuletzt«, hob Menerba zum Todesstoß an. »Hier habe ich ebenfalls Abschriften von Vereinbarungen zum Verkauf von Kirchenämtern. Zum Beispiel der Bischofssitz von Elna und viele andere. Wie würde der Papst es sehen, wenn er diese Dokumente zu lesen bekäme. Ihr seid nicht nur ein Kinderschänder, sondern auch ein Dieb, der die Kirche bestiehlt.«

»Wo habt Ihr das her?«, krächzte Leveson. Er war grau geworden, und seine Hand zitterte, als er sich über den Scheitel fuhr.

»Das geht nur mich etwas an.« Menerba sammelte die vorgelegten Schriftstücke wieder ein. »Ich werde alles gut aufheben und Stillschweigen darüber wahren, solange Ihr tut wie geheißen.« Damit erhob er sich und ließ den alten Mann allein.

»Verfluchter Hund«, flüsterte Leveson benommen.

***

Arnaut war erstaunt, als Felipe ihn auf dem Übungsplatz vor den Toren der Stadt aufsuchte. Die Wunden in seinem Gesicht waren fast verheilt. Auch die linke Hand, die er etwas steif an der Seite hielt, war ohne Verband. Mit der Rechten schirmte er seine Augen gegen die Sonne ab und beobachtete einen Augenblick lang die schwitzenden Männer bei ihren Waffenübungen.

»Ich höre, ihr macht Fortschritte«, sagte er etwas verlegen.

»Ich bin nicht unzufrieden. Nur was die Ausrüstung betrifft, die lässt bei vielen zu wünschen übrig. Ich hoffe, Raimon hält sein Wort. Er hat mir Gelder für Waffen versprochen.«

Aber etwas anderes schien Felipe zu beschäftigen. »Hör zu, Arnaut. Ich hab mich wie ein Esel benommen, damals auf deiner Burg. Vergiss auch mein dummes Geschwätz. Ich möchte deine Freundschaft nicht verlieren.«

Das hatte Arnaut nicht erwartet, umso mehr freute es ihn. »Eh, Felipe«, lächelte er. »Wir sind doch Kameraden, oder? Nach allem, was wir erlebt haben? Ein kleiner Streit wird uns nicht entzweien.«

Felipe grinste erleichtert und legte ihm den Arm um die Schultern. »Komm, ich lad dich ein. Lass deine Jungs hier für ein paar Stunden allein. Die kommen auch ohne dich zurecht. Trinken wir einen Schluck oder zwei, um die Versöhnung zu begießen.«

Das Wirtshaus *Al Peis d'Argent* war schon am Nachmittag so voll, dass die Menge bis in die Gasse überquoll und viele Leute den billigen Schankwein draußen trinken mussten, wo der Wirt hastig Bänke aufgestellt hatte. Trotzdem mussten die meisten stehen, und in der Gasse war kaum noch ein Durchkommen.

Doch das schien die Stimmung nicht zu mindern. Man genoss die ersten warmen Tage des Jahres. Es war Frühling, die Luft mild, die Stadt voller Fremder mit Geld in den Taschen, und so ging es hoch her draußen vor der Taverne, besonders da Peire Rogier mitten im Gewühl und in überschwenglicher Weineslust einen Sängerwettstreit vom Zaun gebrochen hatte. Jaufré Rudel, sonst so still, hatte sich zur Freude der Zecher nicht lange nötigen lassen, und als Dritter beteiligte sich ein Sänger aus dem Volk, der für gewöhnlich an schönen Tagen wie diesem sein Handwerk in den Gassen betrieb. Die Gäste sangen mit, und zwischen den Gesangseinlagen gab so mancher Witzbold unter allgemeinem Gelächter freche Geschichten und unzweideutige Zoten zum Besten.

Arnaut und Felipe drängten sich dazwischen, nahmen der Schankmagd einen Becher Wein vom Tablett und hörten belustigt zu. Unter den anwesenden Fischern, Soldaten, Handwerkern und einigen verirrten Mönchen befanden sich auch stadtbekannte Huren, die ihrerseits die Stimmung anheizten, indem sie ihre Brüste zur Schau stellten und besonders den katalanischen *soudadiers* schöne Augen machten.

Einige Male wäre es darüber fast zu Handgreiflichkeiten gekommen.
»Lasst euch nicht auf solche Weiber ein. Die sind alle schlecht«, lallte einer und kippte einen Becher Wein hinunter.
»So wie du säufst, kriegst du eh keinen hoch«, schrie ein anderer.
Darauf stimmte der Straßensänger ein Lied auf die trügerischen Weiber an, das alle mitgrölten, am lautesten die Dirnen selbst. Nachdem er geendet hatte, sprang Rudel mit einem *canso* für die Ehre der hohen Liebe ein und endete mit dem festen Bekenntnis, *dass wahre Liebe keinen Mann betrügt:*

Per qu'ieu sai ben az escien
qu'anc fin'amor ome non trays.

Da ließ Rogier sich nicht lumpen und setzte noch einen drauf:

Bos drutz non deu creir' auctors,
so que ditz qu'a fait alhors,
creza, si tot non lo jura,
esso que'n vi dezacuelha.

Der gute Liebhaber darf auf Dritte nicht hören,
was auch immer andere ihm schwören,
nur was die Liebste ihm sagt, soll er glauben,
und von sich weisen, was er selbst nicht sah.

Dann lachte er unbändig, als ihn die Menge lautstark ausbuhte.
»Das glaubst du doch wohl selber nicht«, brüllten sie.
»Natürlich nicht«, schrie er. »Ich bin doch nur der Sänger.«
Damit ließ er sich in die Arme der Schönen fallen, die neben ihm stand, und küsste sie unter Beifall wild auf den Mund. Nachdem er wieder Luft geholt hatte, rief er: »Seht ihr, wie treu sie mir ist?«

»Bis einer kommt, der mehr Silber hat«, schrien sie zurück.
»So ist es«, lachte er und gab ihr einen deftigen Klaps auf das Hinterteil.
»Entschuldige mich einen Augenblick, Felipe«, sagte Arnaut und zwängte sich durch die ausgelassenen Schankgäste, denn er hatte gerade den grobschlächtigen Joan de Berzi, den Tolosaner Reiterhauptmann, in die Gasse treten sehen. Auch der erkannte ihn gleich.
»*Ola, mon gartz*«, rief er fröhlich und schlug ihm auf die Schulter. »Du hast dich ja gewaltig gemausert, Jungchen. Wer hätte dir das zugetraut?«
»Du hättest uns fast erwischt, weißt du das? Wir waren keine fünf Schritte von dir entfernt. Kannst du dich an die Hütte der Aussätzigen erinnern?«
Joan runzelte die Stirn. Dann rief er: »*Per deable!* Da wart ihr drin?« Er schüttelte den Kopf. »Das ist schon eine unglaubliche Geschichte. Ihr habt uns ganz schön zum Narren gehalten.«
»Du bist mir nicht gram, hoffe ich.«
»Jetzt, da du's sagst, fällt mir ein, du schuldest mir noch einen Zweikampf, oder hast du das vergessen?« Er machte ein grimmiges Gesicht, lachte aber gleich darauf, als er Arnauts verdutzte Miene sah. »Nein, nein. Ich bin dir ebenso wenig gram wie Alfons. So ist *fortuna.* Mal so, mal so. Was soll man da sagen?«
»Wie geht es ihm?«
»Sehr gut. Ich komme gerade von eurem Palast. Ist alles unter Dach und Fach, wie es aussieht.«
»Sie haben sich geeinigt?«
»Es fehlen noch ein paar Nichtigkeiten bezüglich Zahlungen an die Trencavels, aber vermutlich werden die Verträge nächste Woche unterschrieben. Die Ehe wird für ungültig erklärt. Narbona bleibt unabhängig, und beide Seiten verpflichten sich, diesen Status zu verteidigen. Ihr habt also gewonnen, ihr Teufelskerle.«

»Und Ermengarda?«
»Tja, die wird jetzt mit einem anderen verheiratet, auf den sich am Ende alle einigen konnten.«
Arnauts Mund wurde plötzlich staubtrocken. Die Worte trafen ihn wie ein Schlag in die Magengrube, auch wenn sie ihn nicht wirklich überraschten.
»Wer ist es?«, hörte er sich selbst wie aus weiter Ferne sagen.
»Ein gewisser Bernard d'Andusa. Angeblich Witwer und Lehnsmann von Roger Trencavel. Hab vorher selbst noch nie von ihm gehört. Den Knaben kann man jedenfalls beneiden, was?« Er grinste und stieß Arnaut in die Seite. »Kriegt so ein hübsches Ding, auch noch reich. Obwohl, was man so hört, soll sie recht aufmüpfig sein. Aber das sind die Besten immer, was?«
Arnaut nickte, ohne zu wissen, warum.
»Ich brauch jetzt was zu trinken, *ome*«, sagte Joan. »Wir sehen uns.« Und damit tauchte er in die Menge, pflügte mit seinem gewaltigen Leib die Menschen beiseite, um auf die Schankmagd zuzusteuern.
Unwillkürlich sah Arnaut zu Felipe hinüber, der von einer Gruppe Katalanen eingeklemmt an ihrem alten Platz stand. Irgendetwas an seinem traurigen Blick sagte ihm, Felipe hatte es schon gewusst und es ihm nicht sagen können. Hatte er sich deshalb mit ihm versöhnt, aus Mitleid?
Arnaut wandte sich ab und eilte durch die Gasse, über die Brücke und den großen Platz. Sie wird also wieder heiraten, sich unterordnen, wie es sich für ein braves Weib gehört, am Sonntag zur Kirche gehen, Kapellen und Klöster einweihen und vor allem Kinder gebären. Einem Bernard d'Andusa wird sie Kinder gebären. Wer, zum Teufel, war dieser verfluchte Kerl? Ach, was soll's. Wer auch immer er war, es ließ sich nichts mehr daran ändern.
Die Wachen grüßten ihn respektvoll, als er durch das Palasttor schritt. Ansonsten achtete niemand auf ihn. Die Bediens-

teten waren in Aufruhr und liefen geschäftig hin und her, denn in der *aula* oben fand ein großer Empfang statt. Sie feiern wohl ihr wunderbares Abkommen und die bevorstehende Hochzeit. Er jedenfalls gehörte nicht mehr hierher, denn noch einmal würde er es nicht ertragen, sie heiraten zu sehen. Und auf einmal verschwand die Taubheit, die bisher alles Gefühl überlagert hatte, und er spürte einen heftigen Stich im Herzen, der ihm die Luft nahm. Das also war das Ende seines Weges mit Ermengarda.

Er stieg über Nebentreppen zu seinen Gemächern hoch, stopfte seine wenigen Habseligkeiten in Satteltaschen, legte sich *gambais* und Panzer an und gürtete sein Schwert. Dann rief er einen der Diener, die er mit den anderen teilte, und gemeinsam trugen sie alles hinunter in den Stall. Sein Hengst Amir war schlechter Laune und stellte sich quer, als er ihm den Sattel auflegen wollte.

»Du hast dich hier gut eingelebt, mein Freund«, flüsterte er. »Genau wie ich. Aber nun ist es Zeit, zu gehen.«

Als er auch den Wallach belud, stand plötzlich Jori vor ihm. Weder die Satteltaschen entgingen seinem Blick, noch dass Arnaut beide Pferde gezäumt und mit Wasserschläuchen versehen hatte. Er verstand sofort, dass dies ein Abschied war.

»Es wird bald dunkeln, Arnaut«, sagte er kummervoll.

»Ich kenne den Weg.«

»Ich hoffe, du kommst wieder.«

»Ich glaube kaum.«

»Und was soll ich ihnen sagen?«

Arnaut zog Amirs Sattelgurt nach.

»Sag ihnen …« Er fühlte Joris traurigen Blick auf sich gerichtet. »Ach, ich weiß auch nicht. Denk dir was aus.« Er führte die Pferde in den Hof. Jori lief ihm nach und zog ihm am Ärmel.

»Weißt du noch, als ihr angekommen seid, du und Severin? Da war die Prozession, und ich hab gesagt, der Heilige bringt euch Ruhm und Ehre. Und das hat er doch auch. Hier kannst du ein großer *senher* werden. Warum willst du gehen?«

Arnaut drehte sich um. Als er Jori so betrachtete, fiel ihm auf, dass der Junge in letzter Zeit um einiges gewachsen war. Auch die Stimme klang tiefer. Bald ist er ein Mann, dachte er.

»Wenn dir Narbona mal zu eng wird«, sagte er und strich dem Jungen durch die Locken, »dann komm nach Rocafort. Ich bring dir das Waffenhandwerk bei.«

Da leuchtete es in Joris Augen. »Versprochen?«

»Versprochen!«

Arnaut nahm die Pferde beim Zügel.

»Bis dahin, hab dich wohl.« Jori begleitete ihn noch bis ans Tor. »Und sag Severin, ich wünsch ihm Glück.«

Ohne sich ein weiteres Mal umzusehen, verließ er den Palast.

***

Bei dem Empfang in der *aula* hatte es sich in der Tat um eine Art Versöhnungsgastmahl zwischen Anhängern der Katalanen und denen der Tolosaner gehandelt. Als es nach Stunden vorüber war, flüchtete Ermengarda in ihre Gemächer.

Während Jamila ihr aus den Roben half, klopfte es, und *Domna* Anhes betrat den Raum. An ihrem steinernen Gesicht erkannte Ermengarda sofort, dass es keine gute Nachricht war, die sie brachte.

»Was ist, Anhes?«

»*Senher* Arnaut de Montalban hat Narbona verlassen, *Domina.*«

Ermengardas Augen weiteten sich.

»Woher willst du das wissen?«

»Der junge Herr Severin hat es mir gesagt. Angeblich hat Arnaut all seine Sachen mitgenommen und nichts zurückgelassen.«

Ermengarda taumelte und fasste sich ans Herz. Sie war totenbleich geworden und zitterte am ganzen Leib.

»Was ist Euch, Herrin?«, rief Jamila besorgt.
»Wie kann er das tun?«, flüsterte sie und ließ sich auf den nächstbesten Stuhl sinken. Diesmal war es das Ende. Das spürte sie genau. »Wie kann cr mich verlassen?«
Domna Anhes umfasste ihre bebenden Schultern, zog sie an sich, strich ihr über das Haar und wiegte sie sanft.
»Immer sind sie von mir gegangen«, hauchte Ermengarda. »Alle, die ich je geliebt habe.«
»Aber dieser hier ist noch nicht weit«, sagte *Domna* Anhes ungerührt, wie immer nüchtern, zweckmäßig denkend. »Schickt ihm einen Reitertrupp nach. Nehmt ihn gefangen. Holt ihn zurück.«
Ermengarda nahm einen tiefen Atemzug. Das Zittern ließ langsam nach. Sie befreite sich aus *Domna* Anhes' Umarmung und stand auf, sichtlich um Fassung bemüht.
»Nein«, sagte sie leise. »Es ist besser so.«

Liebe aus der Ferne

Andusa liegt nordwestlich von Nimes in den Bergen der Cevenas, eine Gegend geprägt von wildschönen Schluchten, rauher Witterung und wortkargen Menschen.

Eine ähnliche Beschreibung hätte auch auf jenen Bernard, *Senher* d'Andusa, gepasst, den man als Ermengardas Ehemann ausgesucht hatte. Ein kantiger Mann in den frühen Dreißigern, schweigsam und zurückhaltend, eher unauffällig und seit langem Witwer.

Sein verstorbenes Weib war ihm lieb und teuer gewesen, und da sie ihm zwei gesunde Söhne und eine Tochter hinterlassen hatte, war die Nachfolge nicht in Gefahr. Sich neu zu vermählen, war daher nie seine Absicht gewesen. Bernard war ein Vetter der Herrscher von Montpelher und als Lehnsmann auch dem *Vescoms* Roger de Trencavel verbunden. Dadurch konnte er als eher unbefangen gelten, was die großen Mächte, Tolosa und Barcelona, betraf. Dies und die Tatsache, dass er nie politischen Ehrgeiz gezeigt hatte, machten ihn zum bevorzugten Mann für dieses Possenspiel der Mächte.

Gegen eine beträchtliche Summe Gold hatte man ihn überredet, seinen Namen der Herrscherin von Narbona als Gemahl zur Verfügung zu stellen. Sobald Alfons Jordan die Ungültigkeitserklärung seiner Vermählung mit Ermengarda und die Aufgabe all seiner Ansprüche unterzeichnet hatte, wurde das Paar von *Paire* Imbert in der Kapelle des *palatz vescomtal* getraut, unaufgeregt und im Stillen.

Ermengarda wagte ihrem Zukünftigen kaum in die Augen zu

sehen. Auch Bernard d'Andusa wusste während der feierlichen Handlung nicht recht, wohin mit seinen Händen, und zu Ermengardas Erleichterung wurde auf den Brautkuss verzichtet. Als letzten Akt zeigte man sich kurz dem Volk von Narbona auf der Zinne des Palastes, man dankte Bernard überschwenglich für sein Verständnis und richtete ihm und seinen Begleitern ein kleines, aber vorzügliches Gastgelage, an dem auch der Graf von Barcelona aus Höflichkeit teilnahm.
Bernard verbrachte zwar eine Nacht im Palast, aber in einem anderen Flügel. Am nächsten Morgen verabschiedete er sich etwas steif von Ermengarda, um auf seine Besitzungen zurückzukehren und dort sein ruhiges Leben als Edelmann vom Lande fortzuführen.
Nur wenigen waren die Einzelheiten der schriftlichen Abmachung bekannt, in denen er auf sämtliche Ansprüche verzichtete, die sich unter normalen Umständen aus einer solchen Verbindung ergeben hätten. Weder Mitgift noch Titel standen ihm zu, jede Einmischung in die Herrschaft der Vizegrafschaft war ihm untersagt, Erbschaft ausgeschlossen, ja nicht einmal der Vollzug der Ehe war ihm ohne ausdrückliche Zustimmung der Gemahlin gestattet, selbst wenn ihm danach der Sinn gestanden hätte.
Als er nach Norden ritt, atmete Ermengarda erleichtert auf und hoffte, ihn nie wiederzusehen. Endlich, endlich war sie die alleinige Herrscherin über Narbona. Niemandem mehr war sie Rechenschaft schuldig. Sie schwor sich, alles zu tun, um eine würdige Nachfolgerin ihres Vaters zu werden.
»Weiß Arnaut, dass es nur eine Scheinehe ist?«, flüsterte Felipe ihr während eines weiteren Treffens mit Ramon Berenguer zu. Es ging diesmal um die missliche Vermögenslage der Vizegrafschaft.
Sie schüttelte den Kopf.
»Du hättest es ihm aber sagen müssen.«
»Welchen Unterschied hätte es gemacht? Ich bin verheiratet. Nichts ändert sich an dieser Tatsache.«

Der verständnislose Blick, den er ihr zuwarf, schien zu sagen, sie solle doch gefälligst aufhören, sich selbst zu belügen.
Nein, sie belog sich nicht, dachte sie. Sie wusste, dass eine Verbindung mit Arnaut unstandesgemäß und unter den gegenwärtigen Umständen überhaupt nicht denkbar war. Eine verborgene Liebschaft dagegen kam ihr schäbig vor und ließ sich mit ihrer Würde als Fürstin nicht vereinbaren. Das hatte sie schon seit langem so entschieden. Außerdem wäre es Ehebruch, gleichwohl wie aufgesetzt die Verbindung mit Bernard d'Andusa war. Wenn diese sogenannte Ehe den Fürsten am Herzen lag, so sollte sie auch ihr ein Bollwerk sein, gegen die Sehnsüchte, die sie täglich quälten und oft zu übermannen drohten. Sie war verheiratet. Und es war gut so.
»Was ist dir, meine Liebe? Langweilen wir dich?«, fragte Ramon Berenguer mit einem Lächeln auf den Lippen, als wüsste er genau, was sie plagte.
»Keineswegs. Ich überlege nur, wie lange es dauern mag, bis wir deine großzügige Anleihe zurückzahlen können.«
»Nun, da mache ich mir keine Sorgen, liebe Base. Alles, was du in so kurzer Zeit schon erreicht hast, hat mir bewiesen, dass Narbona in den besten Händen ist. Deshalb war es mir eine Genugtuung, mich im Rat der Fürsten ganz hinter dich zu stellen.«
»Dafür kann ich dir nur immer wieder danken.«
»Sechstausend Mark Silber«, fuhr er fort, »ist natürlich eine enorme Summe, aber Raimon hier hat mich von euren Vorhaben überzeugt. Der Ausbau des Hafens und der Schutz, den eine kleine Kriegsflotte bieten kann, sollten die Zolleinnahmen steigern. Besonders aber gefällt mir der Plan einer neuen, ausgebauten Straße durch die Corbieras. Raimon rechnet ganz überzeugend mit einer Verdoppelung der Wegezölle. Und sie wird auch der Erschließung neuer Siedlungen dienlich sein. Es ist mir deshalb um mein Geld nicht bange.«
Ermengarda nickte höflich, obwohl sie kaum zugehört hatte.

Immer noch waren es Felipes Worte, die ihr durch den Kopf gingen und sie aufs Neue in Verwirrung stürzten. Alles, was sie sich erträumt hatte, war erreicht. Doch wie konnte sie auch nur einen Augenblick lang ihren Erfolg genießen – ohne Arnaut? Er, der für sie gekämpft hatte. Sie kam sich schäbig und undankbar vor. Wäre es nicht besser gewesen, ihn zurückrufen zu lassen, ihm alles zu erklären? Aber was dann? Eine Liebe ohne Zukunft? Es war besser, sie zu begraben.
Ach, wie recht hat Ovid, wenn er sagt, dass die Widerspenstigen so viel heftiger und grausamer leiden als solche, die die Knechtschaft Amors willig auf sich nehmen. *Haeserunt tenues in corde sagittae.* In meinem Herzen haften zarte Pfeile.
Als sie es nicht mehr aushielt, stand sie auf und entschuldigte sich mit einer vorübergehenden Unpässlichkeit.
Auch diesmal lächelte der Graf.

***

Zur Bekräftigung aller Abkommen wurde auf der Caularia vor dem Volk von Narbona ein feierlicher Schwur geleistet, bei dem sich Ermengarda und die Fürsten von Carcassona, Besier, Montpelher und andere verbündeten und verpflichteten, die Unabhängigkeit Narbonas hochzuhalten und den Frieden in der Region zu wahren. Alle Fürsten des Landes, mitsamt ihrer ersten Gefolgsleute, traten vor und schworen den heiligen Eid. Als Garanten dieses Friedens bekannten sich gemeinsam Alfons Jordan und Ramon Berenguer.
Auch Menerba, sein Sohn Felipe, der Ritter Roger und andere aus dem Klan der Menerbas leisteten diesen Schwur. Anschließend ließ Menerba seinen Sohn in Narbona zurück und eilte zu seiner Festung in den Bergen. Eine wichtige Angelegenheit war noch zu erledigen.
Niemand, auch nicht Felipe, wusste von Tibauts heimlicher Gefangenschaft. Übel sah er aus, als Menerba vor ihn trat. Kein hochmütiges Wolfslächeln mehr auf seinem Gesicht.

Abgemagert und am Ende aller Kräfte hing er in den Ketten. Auch ihm hatte man wie Felipe die Fingerknochen der linken Hand zertrümmert. Damit aber war Menerbas Rachedurst nicht gestillt gewesen. Auch die Fußzehen hatte man Tibaut zerquetscht. Und zur peinlichen Befragung, um all seine Geheimnisse ans Licht zu fördern, hatte man ihm Haare und Fingernägel ausgerissen, Zähne ausgeschlagen, ihn mit glühenden Zangen gezwickt, die Nase gebrochen und den Kiefer zertrümmert. Der Mann konnte sich nur noch unter Qualen rühren und kaum noch einen zusammenhängenden Satz sprechen.

Nun ließ Menerba ihn von seinen Ketten befreien und an einen Tisch geleiten. Sie halfen ihm, sich zu setzen. Eine Kerze beleuchtete Gänsekiel, Tintenfass und einen Bogen Pergament. Darauf stand in Großbuchstaben das Wort CONFESSO und darunter eine lange Aufzählung seiner Verbrechen.

»Dies ist das Letzte, was ich von dir verlange«, sagte Menerba. »Du hast mir den Mord an dem jungen Aimeric gestanden. Es war allein deine Tat, um dir Vorteile zu verschaffen, weil du glaubtest, la Bela würde dich dafür belohnen. Als sie dies ablehnte, hast du sie heimtückisch mit der Tat erpresst. Auch Ermengarda hast du nach dem Leben getrachtet, wie dein Spießgeselle es bereits gestanden hat. Und andere Schandtaten, alles hier aufgeführt, wie du es gebeichtet hast. Und nun unterschreib.«

Tibaut wandte ihm halb den Kopf zu und blinzelte ihn mühsam aus geschwollenen und blutunterlaufenen Augen an. Er wusste, dass mit der Unterschrift sein Leben ein Ende nehmen würde, aber das war ihm jetzt gleichgültig, ja sogar willkommen. Als man ihm den Gänsekiel in die noch gesunden Finger der rechten Hand drückte, unterschrieb er mit zittrigem Schriftzug. Damit alles seine Rechtmäßigkeit hatte, zeichnete auch *Senher* Roger als Zeuge und am Ende Menerba selbst.

Sobald die Tinte trocken war, faltete Menerba das Pergament sorgfältig und steckte es in seine Gürteltasche.

»Du hast mir sehr geholfen«, sagte er. »Zum Dank dafür will ich dich nicht länger quälen.«
Kaum gesagt, riss er den Dolch aus der Scheide, und bevor Tibaut auch nur mit den Lidern blinken konnte, durchtrennte ihm der scharfe Stahl die Kehle. Die Augen weiteten sich noch ein letztes Mal, als ein mächtiger Blutschwall aus der breiten Wunde quoll und alles Leben mit sich riss. Als Tibauts Leiche zu Boden sank, trat Menerba rasch zur Seite, um seine Stiefel nicht zu besudeln.
»Nun wirst du ihr nicht mehr schaden können«, murmelte er.
Den Rest besorgten seine Männer. Man zog den Leichnam aus, verbrannte die Kleider und machte das Gesicht unkenntlich. In der Nacht stießen sie den Kadaver über eine Klippe in den dichten Wald einer Schlucht, den Tieren zum Fraß. So endete Tibaut, der geglaubt hatte, ungestraft mit den Mächtigen spielen zu können.

***

Menerba wartete noch einige Tage, bis die Stadt sich langsam von den vielen Fremden geleert hatte. Auch Alfons Jordan und der Graf von Barcelona hatten sich freundlich voneinander verabschiedet und waren ein jeder seines Weges gezogen. Nun, so schätzte er, war endlich die Zeit gekommen, la Belas Schicksal zu bestimmen.
»Ich kann verstehen, dass Euch die Entscheidung nicht leichtfällt, *Midomna*«, sagte er zu Ermengarda. Er hatte um ein Gespräch unter vier Augen gebeten. »Lasst Ihr sie frei, müsst Ihr befürchten, sie könnte sich erneut gegen Euch verschwören. Zumindest muss Euch das durch den Kopf gehen, nicht wahr?«
Ermengarda enthielt sich jeglicher Bemerkung.
»Andererseits«, fuhr er fort, »wäre der öffentliche Aufruhr eines Gerichtsverfahrens Eurer jungen Herrschaft gewiss nicht zuträglich, zumal es kaum Beweise gibt.«

»Kommt zur Sache, Menerba. Was wollt Ihr?«
Der ruhige, aufmerksame Blick, den sie unverwandt auf ihn gerichtet hielt, brachte ihn ein wenig aus der Fassung. Es war, *per Dieu,* als ob der alte Aimeric ihn anstarrte.
»Ich bitte Euch um ihr Leben und um ihre Freiheit.«
»Ich soll sie gehen lassen?«
»Sie schwört, sie hat nicht getan, was man ihr zur Last legt.«
»Das glaubt Ihr? Sie hat einen Mörder auf mich gehetzt. Das ist unbestritten.«
»Sie bereut es zutiefst. Und in der Hauptsache hat sie nur Tibauts Drängen nachgegeben. Der wahre Mörder ist bereits bestraft.«
»Und der Mord an meinem Bruder?«
»Ich habe Tibauts schriftliches Geständnis und die vollkommene Entlastung Eurer Stiefmutter.«
Ermengarda runzelte die Stirn. »Ein Geständnis? Ich dachte, er ist entkommen.«
»Nur zum Teil, *Midomna,* nur zum Teil.«
»Und wo ist er?«
»Leider inzwischen verstorben, *Midomna.* Er muss Euch nicht weiter kümmern.«
»Wie zweckdienlich«, sagte sie und sah ihn scharf an. »Ist das so eine Art Erpressung, Menerba? Berufe ich ein Gericht, dann legt Ihr das Geständnis vor?«
»Non, non, per Dieu!«, rief er. »Ich will nur verhindern, dass Ihr Euch an ihr versündigt. Wenn Ihr erlaubt, nehme ich Euch die peinliche Angelegenheit aus den Händen und bringe Ermessenda in meine Festung. Und ich schwöre Euch, die wird sie nie mehr verlassen.«
»Ihr liebt sie also immer noch.«
Er senkte den Blick und hob wie hilflos die Schultern.
Er beschützt sie bis zum letzten Atemzug, dachte sie. Die Liebe dieses Mannes rührte sie mehr als alle Beteuerungen der angeblichen Unschuld ihrer Stiefmutter. Sollte es auch ihr beschert sein, Arnaut ihr ganzes Leben lang zu lieben?

»Und ist sie damit einverstanden?«
»Ich werde, mit Eurer Erlaubnis, sie gleich fragen.«
Ermengarda dachte lange nach, während Menerba still auf seinem Stuhl saß und auf ihre Entscheidung wartete.
»Nur unter einer Bedingung«, sagte sie schließlich. »Als Sühne für Eure Untreue meinem Vater gegenüber verzichtet Ihr ab sofort auf Euren Titel zugunsten Eures Sohnes Felipe. Er wird fortan über Euer Reich bestimmen.«
Menerba lächelte. »Ein milder Richterspruch. Und so habt Ihr uns beiden die Zähne gezogen. La Bela und mir. Aber nichts freut mich mehr. Ich danke Euch von ganzem Herzen, *Midomna.*«
Ermengarda brachte es immer noch nicht übers Herz, ihrer Stiefmutter gegenüberzutreten, zu tief war die Wunde, die ihr dieser Verrat geschlagen hatte. La Bela war wohl ohne Zögern einverstanden gewesen, zu ihrem alten Geliebten zurückzukehren, denn schon am nächsten Tag hatte Menerba einen bequemen Reisewagen bereitstehen, um sie heimzuführen.
Nina wollte wie selbstverständlich die Mutter begleiten.
»Ich erlaube es nicht«, sagte Ermengarda.
»Ich will bei Mama bleiben.«
»Ich lasse Mutter gehen, aber du bleibst hier. Das ist meine Bedingung, Nina. Im Übrigen, du bist jetzt vierzehn Jahre alt und wirst dich bald verloben.«
»Verloben? Mit wem?«
»Mit Don Manrique de Lara, *Senher* de Molina in Aragon. Er ist Graf Ramon Berenguers bester Freund, und die Verlobung findet auf seinen besonderen Wunsch hin statt. Die Laras sind eine edle Familie, auch mit Verbindungen zum König von Kastilien. Du könntest es nicht besser treffen.«
Nina Augen verengten sich. »Du willst mich nur loswerden, gib es doch zu. Du hast Angst, ich könnte etwas gegen dich tun so wie Mutter«, sagte sie voller Zorn. »Du selbst wolltest Alfons Jordan nicht heiraten, erinnerst du dich? Und nun schickst du mich nach Spanien? Eigentlich bist du genau wie

Mama. Eine so schrecklich wie die andere. Alles wollt ihr beherrschen.«

Und dann brach sie in Tränen aus. »Ich will keinen Lara«, wimmerte sie. »Ich will Felipe heiraten.«

»Ach, Nina.«

Ermengarda nahm sie in die Arme und hielt sie ganz fest an sich gedrückt. »Nur du bist mir als Einzige geblieben, und ich liebe dich. Aber Felipe ist jetzt Raimons Schwester versprochen.« Sie streichelte Ninas blonden Schopf. »Wir können uns diese Dinge nicht aussuchen, sosehr wir es auch wünschen. Selbst ich nicht. Ich habe diesen Kerl aus Andusa am Hals und darf überhaupt niemanden mehr heiraten. Kinder werde ich wohl nie haben.«

Nun kamen auch ihr die Tränen.

»Versprich mir eines, Nina.«

»Was?«

»Ich bitte dich, nenn deinen ersten Sohn Aimeric, so wie unser Vater hieß. Und wenn er sechzehn Jahre alt ist, dann schick ihn zu mir, damit ich ihn zu meinem Nachfolger erziehen kann. So bleibt das Blut unserer *familia* erhalten. Versprich es.«

Nina nickte unter Schluchzen.

***

An einem späten Nachmittag saß Ermengarda allein am Fenster ihres Gemachs und schaute auf den Fluss hinunter. Sie hatte sich schön gemacht. Obwohl für wen? Die Sonne stand schon tief und golden über den Dächern von lo Borc. Eine sanfte Frühlingsbrise streichelte ihr Gesicht und füllte den Raum mit den Düften der Blumen aus dem neuen Garten, angereichert mit einem feinen Salzhauch vom nahen Meer und den kräftigeren Gerüchen der Fischbuden auf der Brücke, wo sich Möwen um Reste zankten, die man ihnen zuwarf.

Ein kleines Segelschiff kam vom Meer her den Fluss herauf. Kurz vor der Brücke ließen die Fischer das Segel fallen und den Kiel auf den schmalen Sandstrand auflaufen. Sie mussten tagelang auf hoher See gefischt haben, denn ihre Frauen kamen angerannt und warteten aufgeregt, bis die Männer von Bord sprangen, um ihnen endlich um den Hals zu fallen.

Wie einfach und schön das Leben sein kann, dachte sie.

Vielleicht hatte Nina recht, und sie war viel zu versessen gewesen, ihr Ziel zu erreichen, hatte kaum noch etwas anderes um sich herum wahrgenommen. Nun war ihr alles gelungen, trotzdem blieb sie unbefriedigt. Sie war nicht mehr die Gleiche wie noch vor sechs Monaten, als sie mit Arnaut, Felipe und den anderen durch die Wälder geritten war. Etwas war seitdem verlorengegangen. Doch was es war, konnte sie nicht sagen.

Sie blätterte in ihrem geliebten Ovid und traf auf die zerlesenen Seiten ihres Lieblingsgedichts, wunderschön und schamlos zugleich. Aber gerade deshalb liebte sie es.

»*Aestus erat, mediamque dies exegerat horam …*« So begannen die vertrauten Verse. Sie sprach die Worte des Dichters leise in der eigenen Sprache. *»Heiß war es, und der Tag schon über die Mittagsstunde vorgerückt; ich streckte meine Glieder auf dem Bett aus, um zu ruhen. Ein Fensterladen war nur leicht geöffnet, der andere geschlossen, ein Licht wie vom Walde, zart wie die Dämmerung, wenn die Sonne entflieht oder wenn die Nacht vergangen, der Tag aber noch nicht angebrochen ist … sieh, da kommt Corinna, gehüllt in eine Tunika ohne Gürtel; das gescheitelte Haar fällt ihr offen über den schneeweißen Hals. So soll die schöne Semiramis in ihr Brautgemach gegangen sein oder Lais, die vielgeliebte. Ich entriss ihr das Kleid, das freilich zu dünn war, um sonderlich zu stören. Sie aber kämpfte, sich damit zu bedecken. Doch da sie wie eine kämpfte, die nicht siegen will, fiel sie mühelos durch eigenen Verrat.«*

Ermengarda ließ das Büchlein auf den Schoß sinken.

Ach, könnte ich doch nur seine Corinna sein. Mich besiegen

lassen, seinen ganzen Leib mit zarten Küssen bedecken, seine Haut schmecken, seinen Atem kosten, in seinem Duft schwelgen, sein Gewicht auf mir spüren und das Gefäß seiner Liebe werden.

Sie saß noch lange am Fenster, schaute den Fischern beim Ausladen zu, ließ sich von ihren Träumen tragen, bis auch das letzte Sonnenlicht vergangen war.

Dann sprang sie auf und wanderte unruhig durch den Palast. Das Gedicht wollte ihr nicht aus dem Kopf. *Wie Semiramis in ihr Brautgemach, oder Lais, die vielgeliebte.* Plötzlich hörte sie leises Lautenspiel aus der *aula* klingen. Sie lauschte an der Tür.

Rembra'm d'un amor de loing;
vauc de talan enbroncs e clis,
si que chans ni flor d'albespis
no'm platz plus que l'inverns gelatz.

Vor Sehnsucht nach jener fernen Liebe
geh ich ganz krumm und gebeugt,
so dass nichts, weder Gesang noch Weißdornblüte,
mich mehr erfreut als der so eisige Winter.

Sie öffnete die Tür und fand Rogier allein in einer Ecke sitzen. Er sah sie am Eingang stehen, erhob sich nicht, sondern lächelte ihr nur zu. Sie setzte sich zu ihm.

»Das ist Rudels Lied«, sagte sie.

»Über seine ferne Hodierna, die Fürstin von Tripolis.«

»Er hat sie wirklich nie gesehen?«

»Nie. Hat nur den Berichten der Pilger gelauscht. Sie soll sehr schön sein. Und ihr Mann ein eifersüchtiges Scheusal.« Er lachte leise. »Sperrt sie angeblich ein wie eine Orientalin.«

»Wie kann er sie lieben, ohne sie jemals gesehen zu haben?«

»Er tut es einfach. Tief und innig. In seiner Vorstellung ist sie

die edelste und schönste aller Frauen. Ihr widmet er all seine Kunst. Und er schwört, eines Tages wird er sie besuchen.«
Sie schüttelte den Kopf. »Seltsam.«
»Nicht gar so sonderlich, meine ich. Wer verliebt ist, stattet den Liebsten doch auch mit Tugenden aus, die er möglicherweise gar nicht besitzt.«
»Vielleicht.«
Tat sie das auch? Verklärte sie Arnaut in ihrer Vorstellung? *Jes Maria,* sie wollte nicht schon wieder über Arnaut nachgrübeln.
»Spiel«, sagte sie, ärgerlich mit sich selbst.
Aber als er anhob und einen weichen Akkord anschlug, unterbrach sie ihn gleich wieder. »Nein. Spiel nicht.«
Sie betrachtete seine langen, feingliedrigen Finger auf den Saiten. »Ich muss endlich mit jemandem reden, verdammt.«
Und sie hasste sich dafür, dass ihr die Tränen kamen. Er legte seinen rechten Arm um sie, und sie verbarg ihr Gesicht an seiner Schulter.
»Wann geht Ihr endlich zu ihm, *Domina?*«
Sie fuhr hoch.
»Ich kann nicht.«
»Warum nicht?«
»Es schickt sich nicht.«
»Ihr seid die Herrin. Was kümmert's den Teufel, was die Leute denken?«
»Eben weil ich die Herrin bin, muss ich über solchen Schwächen stehen. Ich muss ein Vorbild sein.«
»Ein Vorbild? Seid Ihr so eitel, dass Euch alle bewundern sollen? Wo bleibt der Mensch in Euch, die Frau, die Liebe?«
»Sie ist nicht für mich.«
»Tort n'avetz, Midomna.« Er schüttelte traurig den Kopf. »Unrecht habt Ihr, unrecht, sag ich, ganz und gar unrecht. Ihr seid eine Frau und keine Heilige. Man kann dem Herzen nicht befehlen, ohne daran zugrunde zu gehen. Wisst Ihr denn nicht, dass alle Welt Euch liebt und Euch nur Gutes wünscht? Nie-

mand wird schlecht von Euch denken. Geht doch endlich zu ihm!«

»Aber singt ihr *joglars* nicht immer von den Wonnen der unerfüllten Liebe?«, fragte sie mit einem bitteren Unterton. »Nun hab ich sie doch, eure Liebe aus der Ferne.«

»Ach, Ermengarda. Dummes Zeug. Glaubt nicht an so etwas. Das sind nur Lieder, nicht das Leben.«

Wütend starrte sie ihn an.

»Mein Vater hätte keine Liebschaft geduldet.«

Da musste Rogier lachen. »Ihr seid schon sehr klug, *Domna* Ermengarda. Aber einiges müsst Ihr noch lernen. Auch Euer Vater war kein Heiliger.«

»Woher willst du das wissen?«

Rogier antwortete lange nicht. Dann sagte er: »In unserer Welt bestimmen Macht, Geld und Einfluss, wer wen heiratet. Für Liebe bleibt da nichts. Und doch ist sie das Stärkste, das der Mensch besitzt. Also muss sie im Verborgenen blühen. Aber blühen tut sie. Wie ein Unkraut vielleicht, aber nicht totzukriegen.«

Sie stieß ihn vor die Schulter. »Rede nicht so.«

»Ihr liebt Arnaut, und er liebt Euch. Und das geht niemanden etwas an.«

Sie saßen noch lange zusammen im Dunkeln, ohne ein weiteres Wort zu sagen. Sie dachte an die Wälder der Corbieras, durch die sie im Herbst geritten waren. Die Schluchten und die weißen Felsen. Das war Arnauts Heimat. Dort musste jetzt der gelbe Ginster blühen und die Düfte von Thymian und Rosmarin über den Hängen liegen.

Sie merkte es kaum, als Rogier aufstand, seine Laute nahm und die *aula* verließ. Erst als sie die Tür ins Schloss fallen hörte, sprang sie hoch, lief auf den Gang hinaus und rief lautstark nach Severin.

»Herrin?«

»Wir reiten.«

»Wohin?«

»Nach Rocafort. Und zwar sofort.«
»Jetzt? In der Nacht?«
»Du kennst doch den Weg, oder?«
Da lachte er auf. »Na klar.«
»Beeil dich. Ich bin im Nu reisefertig.«
Rogier, der sich noch auf der Treppe befand und den lauten Wortwechsel mitbekommen hatte, grinste zufrieden in sich hinein. Von jetzt an und in guter Erinnerung an diesen denkwürdigen Tag werde ich dich, meine liebe *domina,* in all meinen Liedern nur noch *Tort-n'avetz* nennen, dachte er. Ja, das gefiel ihm. Ein guter Name. Unrecht hat sie, aber endlich eingesehen. Und das ist ein Sieg für uns alle, die sie lieben.
Ermengarda eilte in ihre Gemächer, wartete nicht einmal auf Jamila, zog sich um, warf wahllos Dinge in ihre Reisetasche, frische Leinenwäsche, Kleider, Kamm, Spiegel, duftende Seife, Schmuck.
Ihren Ovid durfte sie nicht vergessen. Sie konnte es kaum erwarten, ihn gemeinsam mit Arnaut zu lesen. Bei dem Gedanken, wie Corinna endlich das Lager des Geliebten zu teilen, liefen ihr heiße Schauer über den Rücken.
Inzwischen rief Severin seine Männer zusammen, packte in der Eile ein paar Satteltaschen, warf sich in seinen Panzer, griff Schwert und Helm und rannte hinunter in den Hof.
»Jori, hol deine Sachen. Wir reiten.«
Und als seine Männer sich gewappnet sammelten, die Pferde sattelten und aus den Ställen führten, rief er sie noch einmal alle zu sich. »Ihr wisst, wohin es geht. Wenn mir einer von euch Kerlen den Schnabel nicht hält … ich reiß ihm die verdammte Zunge aus dem Hals. Verstanden?«
»Keine Sorge, *Capitan*«, lachten sie und warfen sich vieldeutige Blicke zu. So ein Abenteuer machte Spaß. Besser als Wache schieben.
Und dann war Ermengarda mitten unter ihnen. Angetan in formlosen Männerkleidern, das weinrote Seidentuch um den Hals geknotet, genau wie damals bei ihrer wilden Flucht. Ihr

Gesicht leuchtete vor Erwartung, und ihre Zähne blitzten im Licht der Fackeln. Sie schnallte ihre Tasche hinter den Sattel, packte die Zügel ihrer Stute und saß auf.

»Na los! Was trödelt ihr?«

Ohne auf eine Antwort zu warten, stieß sie dem Pferd die Fersen in die Seite und stob aus dem Tor, vorbei an den erstaunten Wachen.

»Putan!«, fluchte Severin. »Das Weib ist nicht zu bändigen.«

Dann schwang er sich grinsend auf den eigenen Gaul und folgte seiner *vescomtessa* an der Spitze ihrer bewaffneten Eskorte.

Anhang

Anmerkungen des Autors

Frauen durften nach fränkischem Rechtsverständnis erben, allerdings erst an zweiter Stelle nach den Brüdern. Ermengarda von Narbonne, wie auch ihre berühmte Zeitgenossin Eleonore von Aquitanien, erwarb so den Anspruch auf den Titel erst nach dem frühen Tod ihrer beiden Brüder. Erben war eines, doch eine solche Herrschaft auch auszuüben, war eine andere Sache. Frauenherrschaft war zwar durchaus akzeptiert, doch eher als vorübergehende Lösung, als Regentin bei unmündigen Söhnen oder als Kastellanin, wenn sich der Ehemann auf dem Feldzug befand. Ansonsten waren Erbinnen ein begehrtes Ziel für ehrgeizige Männer, und einmal verheiratet, herrschte der Herr Gemahl.

Umso erstaunlicher, dass es Ermengarda in ganz jungen Jahren gelungen ist, sich neben Titel auch die Herrschaft zu sichern, die sie dann eigenständig fünfzig Jahre lang erfolgreich und hochgeachtet ausübte. Sie war eine große Förderin der Troubadour-Kunst und wird in vielen Liedern als außergewöhnliche Schönheit gepriesen. Von einem Wikingerfürsten, der sich auf dem Weg ins Heilige Land befand, ist ein Lied überliefert, das sie als blond beschreibt. Ich habe sie aber eher als dunkelhaarigen Mittelmeertyp gesehen.

Chroniken über Ermengarda gibt es keine, sie selbst hat ja kein Tagebuch hinterlassen, so ist man also auf dürftige Erwähnungen in Urkunden angewiesen. Der Romanerzähler versucht, aus wenigen Fakten eine Geschichte zu konstruieren, wie sie sich hätte abspielen können.

Der Ehevertrag vom 21. Oktober 1142, wie im Roman verbatim zitiert, ist überliefert. Allerdings wurde diese Ehe kurz darauf, nach Gefangennahme Alfons', wieder aufgelöst. So viel ist nachweisbar. Aufgrund einer Kaufurkunde aus dem Vallespir zu dieser Zeit (mit den im Roman behandelten Unterzeichnern) wird vermutet, dass sie sich durch Flucht dem Grafen von Toulouse entzogen haben könnte. Dies habe ich als Basis für den Roman genommen.

Es hat auch nach Einstellung der Kriegshandlungen jenen Rat der Regionalfürsten gegeben, den nachfolgenden Friedensschwur und die Vermählung mit einem Bernard d'Anduse, der aber fortan nicht mehr in Ermengardas Umgebung aufgetaucht ist, obwohl weiterhin in seiner Heimat urkundlich erwähnt. Daraus schließen Historiker auf eine Scheinehe. Ermengarda hat selbst keine Kinder gehabt, ihre jüngere Schwester wurde wie beschrieben nach Spanien verheiratet. Deren Söhne haben später die Herrschaft in Narbonne angetreten. Die nachfolgenden Vizegrafen hießen dann wie Ermengardas Vater alle Aimeric bis hinein ins 14. Jahrhundert.

Der Troubadour Peire Rogier hat tatsächlich viele Jahre am Hof Ermengardas verbracht, allerdings habe ich ihn einige Jahre vorgezogen. Sein Spitzname für Ermengarda in den Liedern war *Tort-n'avetz,* niemand weiß, warum. Ich habe versucht, dafür eine Erklärung zu finden. Von Jaufré Rudel ist nicht bekannt, ob er sich in Narbonne aufgehalten hat, ist aber durchaus denkbar. Die Geschichten, die ich über ihn erzählt habe, sind tatsächlich so überliefert, ebenso wie seine »ferne Liebe«, Hodierna von Tripolis, die er später (1148) in Begleitung von Alfons Jordan während des ersten Kreuzzugs tatsächlich kennenlernen durfte. Allerdings war er bei seiner Ankunft in Tripolis so todkrank, dass er in ihren Armen verstarb.

Wer Narbonne heute besucht, wird sich wundern, dass die Aude nicht mehr die Stadt durchquert. Nur noch ein bescheidener Kanal, Canal de la Robine, erinnert daran. Vermutlich die für den mittelalterlichen Mühlenbetrieb immer ausgedehnter angelegten Aufstauungen haben zu einer allgemeinen Versandung geführt, so dass sich der Fluss plötzlich im 14. Jahrhundert ein neues Bett weiter nördlich gesucht hat. Der Verlust der Verbindung zur Aude führte zum allmählichen wirtschaftlichen Niedergang der Stadt. Die römische Brücke ist allerdings noch vorhanden, wie Teile der Via Domitia.

Die Namen von Personen und historischen Orten in Südfrankreich habe ich, soweit es sich ermitteln ließ, in mittelalterlichem Okzitan wiedergegeben.

Zuletzt noch ein Wort zum Titel des Buches. Streng genommen war Ermengarda keine Comtessa, aber den Adelstitel Vizegräfin gab es in deutschen Regionen nicht, und Vescomtessa wäre als Romantitel zu unverständlich gewesen. Außerdem sagten solche Titel nicht viel über die Macht und Reichtum eines Adelsgeschlechts aus. Narbona war bedeutender und reicher als manche benachbarte Grafschaft, wie auch ihrerseits die Grafen von Toulouse oder Barcelona den Herzögen von Aquitanien in nichts nachstanden.

Glossar

Im Folgenden die fremdsprachlichen Begriffe, einige lateinischen Ursprungs, die meisten also aus dem mittelalterlichen Okzitan, eine eigenständige Sprache, die in vielem dem Katalanischen ähnelt. Das Wort Okzitan kannte man damals noch nicht. Man sprach die *lenga romana,* also die römische Sprache.

alberc	OCCT	Gasthaus
alquerque	SPAN	Vorläufer des Damespiels
amor	OCCT	Liebe
anjol	OCCT	Engel
aquaeductus	LAT	Aquädukt
aula	LAT	Saal, Aula
avesque	OCCT	Bischof
baneira d'amor	OCCT	Banner der Liebe
bela	OCCT	hübsch
ben	OCCT	gut
bestia	OCCT	Bestie, Viech
bon Dieu!	OCCT	guter Gott!
cambiadors	OCCT	Geldwechsler
canso	OCCT	Lied
capitan	OCCT	Hauptmann
castelan	OCCT	Burgherr
castellum novum	LAT	neue Burg
casula	LAT	liturgisches Priestergewand
cavalier	OCCT	Ritter
certas	OCCT	gewiss

clavicula	LAT	Schlüsselbein
colhons	OCCT	Hoden
coms, comtessa	OCCT	Graf, Gräfin
concilium	LAT	Versammlung
confesso	LAT	ich gestehe
cor	OCCT	Herz
cosiniera	OCCT	Köchin
de que parla?	OCCT	wovon redest du?
deable	OCCT	Teufel
denier	OCCT	Silberpfennig
Dieu	OCCT	Gott
Dieu vos gard	OCCT	Gott schütze Euch
diga me	OCCT	sag mir
dominium	LAT	Herrschaftsbereich
dominus, domina	LAT	Herr, Herrin
domna	OCCT	Dame (Herrin von domina)
domnejant	OCCT	Schürzenjäger
donzela	OCCT	Fräulein
escusa	OCCT	entschuldige
familia	OCCT	Familie
filh	OCCT	Sohn
filh da puta	OCCT	Hurensohn
filha	OCCT	Tochter
filheta	OCCT	Töchterchen
filius	LAT	Sohn
fin d'amor	OCCT	Hohe Minne
fol bestia	OCCT	verrücktes Viech
font freda	OCCT	kühle Quelle
fornicator	LAT	Lüstling
fortuna	LAT	Glücksgöttin
fraire	OCCT	Bruder
gambais	OCCT	gepolsterte Kampfweste
garda	OCCT	Wache
gartz	OCCT	Junge
garça	OCCT	Mädchen (auch: schlimmes M.)
homagium	LAT	Huldigung (u. Treueschwur)
hospitium	LAT	Pflegehaus

imperador	SPAN	Kaiser
Jes Maria!	OCCT	Jesus und Maria!
joglar	OCCT	Gaukler, fahrender Sänger
joia	OCCT	Freude
jusieus	OCCT	Juden
laudes	LAT	klösterliches Stundengebet
lenga romana	OCCT	römische Sprache
leprosarium	LAT	Heim für Aussätzige
magister militum	LAT	Heerführer
magistra	LAT	Meisterin (Klostervorsteherin)
maistre	OCCT	Meister
mantenent	OCCT	jetzt
masel	OCCT	Fleischhauer
medicus	LAT	Arzt
meravilha	OCCT	Wunder
mercé de Dieu	OCCT	Gott sei dank
merda	OCCT	Scheiße
messenhers	OCCT	meine Herren
midomna	OCCT	Madame (meine Dame)
militia	LAT	Miliz, Heer
militia urbana	LAT	Stadtwache
mossenher	OCCT	mein Herr
mout ben	OCCT	sehr gut
nassim	?	Vorsteher der jüdischen Gemeinde
nau	OCCT	Schiff
nina	OCCT	kleines Mädchen
no parla mot!	OCCT	sprich kein Wort!
nonus	LAT	klösterliches Stundengebet
nubilis	LAT	heiratsfähig
ome	OCCT	Mann
oriflamme	FRZ	Banner von St. Denis
paire	OCCT	Vater
palatz	OCCT	Palast
palatz vescomtal	OCCT	Palast des Vizegrafen
pater	LAT	Vater
pater familias	LAT	Oberhaupt der Familie

pax ecclesiae	LAT	Kirchenfriede
per deable!	OCCT	beim Teufel!
per Dieu!	OCCT	bei Gott!
per l'amor de Dieu!	OCCT	um Gottes willen!
perdona me	OCCT	verzeih mir
petit	OCCT	klein
pezo	OCCT	Fußsoldat
posterula	LAT	Hintertürchen
princeps aragonensis	LAT	Fürst von Aragon
purgatorium	LAT	Fegefeuer
putan!	OCCT	verdammt (»Hure«)
que deable!	OCCT	was, zum Teufel!
que Dieu m'ajut!	OCCT	hilf mir, Gott!
quet	OCCT	still
refectorium	LAT	Speisesaal im Kloster
sarasin	OCCT	Maure, Moslem
secretarius	LAT	Schreiber, Sekretär
senher	OCCT	Herr
serra	OCCT	Bergkette
sobrecot	OCCT	Wappenrock
solidus	LAT	Goldmünze
soudadier	OCCT	Reisiger, berittener Krieger
tor de sarasin	OCCT	Maurenturm
tort n'avetz!	OCCT	unrecht habt Ihr!
tramontanha	OCCT	Bergwind in Südfrankreich
trobador	OCCT	Troubadour
usurpator	LAT	der die Macht an sich reißt
velh	OCCT	alt, Alter
vellum	LAT	feinstes Pergament
Verges Maria!	OCCT	Jungfrau Maria!
vescoms, vescomtessa	OCCT	Vizegraf, Vizegräfin
veteranus	LAT	Veteran

Personen

Historische Personen

Die nachfolgende Liste besteht aus wichtigen historischen Personen. Die Spitz- oder Kosenamen stehen in Klammern und sind meine Erfindung.

Ermengarda (Erminha), Vizegräfin von Narbona (*1127, †1197), Tochter des Aimeric II. von Narbona (über die Mutter ist nur bekannt, dass sie den gleichen Namen trug). Ermengarda herrschte allein und kinderlos bis 1192. Ihr Nachfolger war Pedro Manrique de Lara, der zweite Sohn ihrer Halbschwester Ermessenda.

Alfons Jordan, Graf von Tolosa (*1103, †1148), Sohn des Raimon IV. von Tolosa und der Elvira von Kastilien. Sein Leben war gekennzeichnet von Auseinandersetzungen mit Aquitanien (wegen alter Erbansprüche), mit Barcelona über den Besitz der Provence und natürlich durch den hier beschriebenen Konflikt über Narbona. Schloss sich dem Zweiten Kreuzzug an und wurde in Outremer wegen eines Streits über die Grafschaft Tripolis angeblich vergiftet.

Ermessenda (la Bela), Ermengardas Stiefmutter. Es ist kaum etwas über sie bekannt. Ich habe versucht, ihr eine Seele zu geben.

Ermessenda (Nina), Tochter des Aimeric II. von Narbona und Ermessenda (la Bela), Ermengardas Halbschwester. Sie heiratete später Manrique Perez de Lara, einen der wichtigsten Berater und Heerführer der kastilischen Könige. Ihr erster Sohn Aimeric starb jung, der zweite Pedro erbte die Vizegrafschaft von Narbona im Jahr 1192.

Aimeric II., Vizegraf von Narbona († 1134), Ermengardas verstorbener Vater

Aimeric und Berenguer, Ermengardas verstorbene Brüder (Details und Todesdatum unbekannt)

Arnaut de Leveson, Erzbischof von Narbona († 1149), seit 1119, als er Statthalter von Tolosa war, eng mit Alfons Jordan verbündet.

Ramon Berenguer IV., Graf von Barcelona (* 1113, † 1162), Ermengardas Vetter väterlicherseits. Wurde durch seine Heirat mit Peronella von Aragon auch Regent des Königreichs Aragon, beide Reiche wurden als »Krone von Aragon« vereint.

Trencavels Brüder, Roger de Carcassona und Raimon de Besier. Die Trencavels waren eine wichtige Familie, die gern das Zünglein an der Waage zwischen Tolosa und Barcelona spielte.

Bernard d'Andusa, ein Edelmann aus den Cevennen, der zwar offiziell mit Ermengarda verheiratet wurde, aber danach auf seine Ländereien zurückkehrte und nie mehr in ihrem Leben in Erscheinung trat.

Jaufré Rudel, Edelmann und bekannter Troubadour

Peire Rogier, bekannter Troubadour

Weitere urkundlich erwähnte Personen

Bardine Saptis, Konsul und Ratsherr der Stadt Narbona

Gausbert de Vallespir, Vizegraf von Vallespir. Er und sein Bruder Artaud sind Mitunterzeichner der Kaufurkunde über Güter in Fourques.

Peire Monetarius, Kaufmann und Münzer von Narbona

Peire Montbrun, rechte Hand des Erzbischofs Leveson

Peire Raimon de Narbona, junger Edelmann, erwähnt als Ermengardas Berater und Verwalter des Vermögens der Vizegrafschaft.

Peire de Menerba, Vizegraf von Menerba, einer kleinen Festungsstadt nordwestlich von Narbona. Wichtiger Vasall von Narbona. Tritt urkundlich als Unterzeichner von Ermengardas Ehevertrag in Erscheinung, wie auch Montbrun, Monetarius und Saptis.

Rabbi Todros, Vorsteher der bedeutenden jüdischen Gemeinde von Narbona

Erfundene Personen

Arnaut de Montalban, junger Edelmann aus Rocafort, Enkel des Jaufré de Montalban

Severin, Arnauts Schildträger und Freund

Aimar de Rocafort, Mönch und Vertrauter der Familie

Domna Adela, Arnauts Mutter

Raol de Montalban, Arnauts Onkel, Kastellan von Rocafort

Ada und Robert, Arnauts Geschwister

Jaufré de Montalban, Arnauts Großvater und Protagonist aus dem Roman »Der Bastard von Tolosa«

Cortesa, die Köchin auf Rocafort

Hamid, ein alter Moslem und Jaufrés Kriegskamerad

Felipe de Menerba, Sohn des Vizegrafen von Menerba

Tibaut de Malvesiz, Edelmann und Ermessenda la Belas rechte Hand

Namenloser Mann, Tibauts Spitzel und Auftragsmörder

Joan de Berzi, Edelmann und Alfons' Reiterführer

Giraud de Trias, junger Edelmann und Felipes Freund

Guillem Ramon de Castellvell, katalanischer Edelmann. Es

hat ihn zwar gegeben, ich habe ihn aber nur geborgt, denn er war wahrscheinlich niemals in Narbona.

Abd Allah, Ermengardas maurischer Falkner

Domna Anhes, Hofdame des vizegräflichen Palastes

Jamila, maurische Sklavin des Gausbert de Vallespir

Jori, ein Straßenjunge

Maria, eine Aussätzige

Roger, Edelmann und Anführer von Menerbas Kriegern

Roderic, Edelmann und einer von Castellvells Rittern

Prior Berard, Vorsteher des Klosters Fontfreda

Bruder Peire, Mönch des Klosters Fontfreda

Magistra Bertrada, Vorsteherin des Klosters Serrabona

Mossenher Ignatius, Abt des Klosters Santa Maria de Vallespir

Paire Imbert, Abt des Klosters Sant Paul Serge zu Narbona

Danksagung

Von allen, die mich bei diesem Roman unterstützt haben, möchte ich meine Frau Sandra hervorheben. Sie hat das Projekt von Anfang an mitverfolgt und mitgeprägt, das Manuskript mehrfach durchgearbeitet, mir durch ihre Kritik wertvolle Hinweise geliefert und besonders dabei geholfen, die weiblichen Handlungsträger authentisch zu gestalten.

Die detaillierten Kenntnisse über Ermengarda und ihr mittelalterliches Narbonne sowie viele andere Fakten aus dem provenzalischen Leben der Zeit verdanke ich den wissenschaftlichen Veröffentlichungen von Jaqueline Caille (Université de Montpellier), Fredric L. Cheyette (Cornell University) und Linda M. Paterson (University of Warwick), unter anderen Autoren. Besonders Cheyettes Buch »Ermengarda of Narbonne and the World of the Troubadours« hat mich mit dieser historischen Persönlichkeit und ihren Lebensumständen bekannt gemacht. Von Mme. Caille stammt ebenfalls der Stadtplan des alten Narbonne.

Natürlich nicht zu vergessen die bekannten Troubadoure, bei denen ich mich gelegentlich bedient habe. Darunter Guilhem IX., Herzog von Aquitanien, Cercamon, Peire Rogier und Jaufré Rudel. Die Übersetzungen sind von mir. Die Übersetzungen der Ovid-Zitate stammen aus »Amores«, herausgegeben von Reclam 1997.

Dank auch an Joachim Jessen von der Literaturagentur Thomas Schlück, der mich als Testleser unterstützt hat, an Christine Steffen-Reimann von Droemer Knaur für die gute Zusammenarbeit und an Kerstin von Dobschütz für ihr kompetentes Lektorat und unsere ausgezeichnete Teamarbeit. Dies ist nun schon das zweite Buch, das wir gemeinsam auf den Weg bringen. Ich hoffe, es werden noch mehr.

Bildnachweis:

Umschlagabbildungen: Bridgeman Art Library
Fol. 61v Game of pelota in the open air, from the manuscript made under the direction of Alfonso X (1221–84) »The Wise«, King of Castile and Leon (vellum), Spanish School (13th century)/Biblioteca Monasterio del Escorial, Madrid, Spain/Giraudon/Bridgeman Berlin; Ms 680/1389 fol. 2r Historiated initial »C« depicting the author writing his book, from the German translation of »The Fables of Bidpai«, c.1480 (vellum), German School (15th century)/Musee Conde, Chantilly, France/Giraudon/The Bridgeman Art Library
FinePic®, München
Karten: Computerkartographie Carrle

Ulf Schiewe

Der Bastard von Tolosa

Roman

Wie Tausende »Soldaten Christi« folgt der junge Edelmann Jaufré Montalban 1096 dem Aufruf des Papstes, Jerusalem aus der Hand der Ungläubigen zu befreien. Viele grausame Schlachten später beginnt er jedoch am Sinn des Krieges zu zweifeln. Als seine Geliebte brutal niedergemetzelt wird, will er sich auf seine Burg nahe dem heutigen Toulouse zurückziehen. Doch dort erwartet ihn eine Gattin, die er nur unter Zwang geheiratet hat – und eine tödliche Intrige um das Rätsel seiner Herkunft ...

»Ein gewaltiger Roman, ein großartiges Panorama der Zeit.«
Buch Magazin

Droemer

Die erste Pathologin des Mittelalters ermittelt

Ariana Franklin

Der König und die Totenleserin

Historischer Kriminalroman

König Heinrich II. befindet sich wieder einmal in einem Krieg: Er führt ihn gegen die Waliser, die sich erbittert wehren, ihr Land unter die Herrschaft der englischen Krone zu stellen. Noch immer glauben sie an die Rückkehr ihrer Nationalhelden, König Artus und seiner Gemahlin. Als im Kloster Glastonbury zwei Skelette auftauchen, hofft Heinrich, dass es sich um die Gebeine seiner sagenumwobenen Gegenspieler handelt. Nur eine kann dies glaubhaft feststellen: Adelia, die Totenleserin. Wie immer ist sie alles andere als erfreut über den Auftrag ihres Königs. Doch nicht nur er, auch die Kirche in Gestalt von Sir Rowley will den beunruhigenden Fund aufgeklärt sehen. Kein negatives Licht darf auf das Kloster und damit auf die Kirche fallen. Der Fall ist komplizierter und grausamer als gedacht – und für Adelia lebensgefährlich.

Droemer

Die Fortsetzung des Bestsellers »Die Seidenweberin«

Ursula Niehaus

Die Tochter der Seidenweberin

Roman

Silvester 1499 in Köln. Ein neues Jahrhundert beginnt und hält für Lisbeth, die Tochter der erfolgreichen Seidenweberin Fygen Lützenkirchen, so manches Ungemach bereit. Ihre Mutter hat sich aus dem Geschäft zurückgezogen und nach dem Tod ihres geliebten Mannes in Spanien ein neues Glück gefunden. So steht Lisbeth nun allein der schwierigen Aufgabe gegenüber, ihre Weberei gegen die Konkurrenz zu behaupten. Aus den Reihen der mächtigen Seidmacherinnenzunft schlagen ihr Neid und Missgunst entgegen. Hier haben Frauen das Zepter übernommen, die um des eigenen Vorteils willen sogar vor Verleumdung und Mord nicht zurückschrecken. Doch das sind nicht die einzigen Sorgen der jungen Seidmacherin. Obwohl Mertyn ihr ein guter Gemahl ist, hat sich ihr sehnlicher Wunsch nach einem Kind bislang nicht erfüllt. Als Lisbeth eine folgenschwere Entscheidung trifft, gerät ihr Glück in Gefahr ...

Knaur

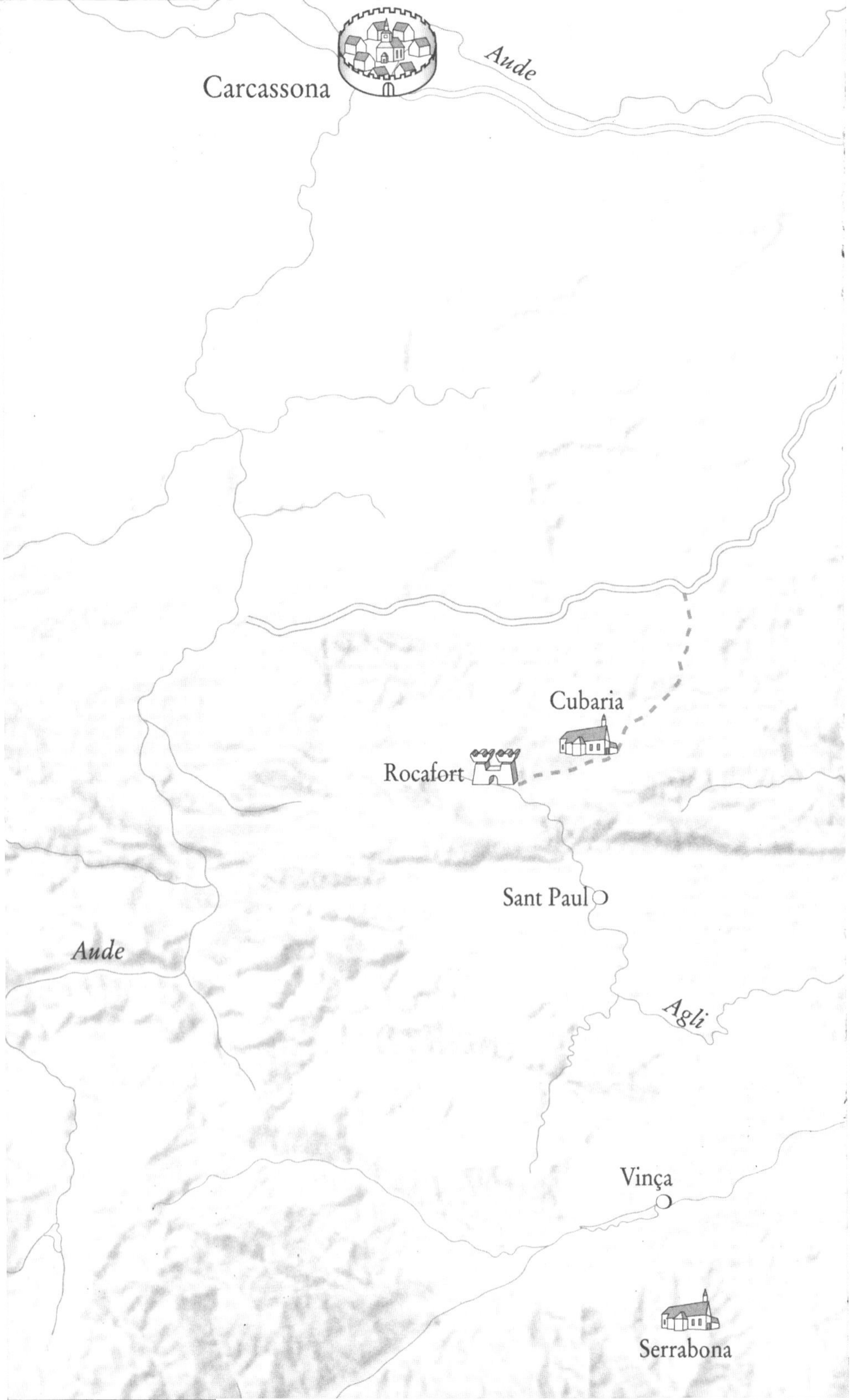

Carcassona
Aude
Cubaria
Rocafort
Sant Paul
Aude
Agli
Vinça
Serrabona